***BRISÉÏS***
***La Citadelle Intemporelle***

## REJOIGNEZ LES CHERCHEURS DU RÊVE

Les Chercheurs du Rêve reçoivent par email les secrets de construction de la série Briséïs, des photos des coulisses, et des cadeaux-surprise qui accompagnent la série.

Les Chercheurs du Rêve sont toujours les premiers à entendre parler d'une nouvelle parution !

Rendez-vous à la fin du roman pour plus de détails sur l'inscription…

# BRISÉÏS

TIPHAINE SIOVEL

Irealistic

**ISBN: 979-10-359-0479-1**

# PROLOGUE

Dans un murmure, la brise du soir dérangea les feuilles vert tendre de l'arbre centenaire et souleva la houppette brune de Céfaïdon. L'angelot détendit la corde de son arc et se retourna pour considérer son compagnon. Cupidon, yeux clairs à demi cachés par des joues roses et rondes, battait nerveusement des ailes, pianotant de ses doigts potelés sur la branche. Lui aussi cherchait leur cible, mâchoires serrées, paupières gonflées, yeux rougis à force de fixer le sol, tout en bas.

Pas un des visages humains ne semblait être marqué par la connaissance d'un terrible secret… Il leur faudrait choisir, pourtant. Bientôt le moment allait passer, et les deux angelots ne pouvaient se permettre de repartir sans avoir tiré.

— Alors, tu te décides ? Sur qui je tire ?

S'il y avait eu au pied de l'arbre un rêveur près de s'assoupir, la voix nasillarde, rageuse de Céfaïdon lui serait parvenue depuis les hautes branches comme un improbable caquètement d'oiseau tropical. Mais seule la mélodie du vent dans les ramures atteignait les oreilles des passants alertes, qui flânaient insouciants dans le parc, en cette belle journée de printemps.

Céfaïdon remit sa flèche en place d'un geste sûr et avisa un petit groupe d'enfants enfoncés jusqu'aux chevilles dans un bac à sable, jouant gaiement sous l'œil attentif de leurs parents. De si jeunes humains percevaient parfois leur présence, aussi valait-il mieux rester cachés dans le feuillage dense de l'érable. Cela ne facilitait pas leur tâche.

L'angelot laissa son regard dériver vers les quelques promeneurs le long du chemin adjacent. Il visa tour à tour un grand monsieur chauve à la barbe rousse, une grand-mère, les yeux rivés sur les mouvements de ses pieds, et une jeune femme enceinte jusqu'aux yeux. De piètres candidats.

Crispé dans son attente, Cupidon serra plus fort l'écorce flétrie de l'arbre, qui céda entre ses doigts. Toute la tension contenue dans sa petite personne éclata alors, comme l'eau d'un barrage soudain libérée :

— Tout ça c'est de ta faute, Céfaïdon ! C'est toi qui a perdu l'ordre de mission ! Nom d'une plume mouillée, si on en sort indemnes, je te jure que je te fais la peau !

— Ma faute ? fit Céfaïdon livide, après tout ce que tu m'as fait faire pour couvrir tes histoires ?

— Pourquoi devrais-je trouver la cible à ta place ? C'était ton ordre de mission, ta responsabilité !

Céfaïdon laissa à la brise le temps de lui voler dans les plumes avant de répliquer d'un ton grave :

— On fait équipe, Cupidon, ne l'oublie pas. Si je tombe, tu tombes aussi. Tu sais bien mieux que moi reconnaître les candidats. Tu dois trouver la cible. Ou peut-être préfères-tu que j'aille leur raconter pourquoi j'ai perdu l'ordre de miss…

— Chhhh !

Cupidon le fit taire d'un geste précipité, puis pointa un doigt en direction du sol.

Deux jeunes hommes tenaient par la main un petit garçon de cinq ans à peine, qu'ils faisaient bondir au rythme de ses cris enthousiastes.

Cupidon frémit sur sa branche sans quitter sa proie des yeux.

— Je te tiens ! murmura-t-il pour lui-même, puis il ajouta plus haut : le petit, vas-y ! Maintenant, avant qu'il ne soit trop tard !

— Le petit ? répéta Céfaïdon, perplexe.

Cupidon faillit perdre ce qui lui restait de sang-froid :

— Tu voulais une cible, en voilà une ! Ne pose pas de question et tire !

Les doigts moites de Céfaïdon se refermèrent sur la corde. Il serra ses petites lèvres, ajusta son arc, visa le cœur de la cible et attendit que la brise faiblisse avant de tirer.

Près de son oreille, Cupidon murmura :

— Ne le rate pas surtout, ou je te casse une aile.

Céfaïdon redoubla d'attention. Non pas qu'il craignît pour ses ailes, elles étaient bien trop solides. Mais dans les paroles de Cupidon se reflétait une menace bien plus terrifiante, placée au-dessus d'eux depuis la nuit des temps, dont la seule pensée suffisait à le remplir d'effroi…

— NON ! PAS CELUI-LÀ !

Céfaïdon sursauta. La flèche bondit. Il se retourna le cœur battant et se trouva nez à nez avec Cupidon, rouge de colère.

— Mais, pourquoi tu m'as… commença-t-il.

— LE PETIT HOMME ! hurla son compagnon. PAS LE PETIT D'HOMME !

— Mais… balbutia Céfaïdon désemparé, tu m'as dit le petit ! Si tu me dis le petit en me montrant un petit et un plus petit que petit, c'est quand même plus logique que je vise le plus petit que petit au lieu du petit, non ?

— Espèce d'emplumé ! rugit Cupidon, on était à deux doigts de tout faire rentrer dans l'ordre, et toi, tu gâches tout parce que tu ne sais pas faire la différence entre un petit homme et un enfant ! Tu es grillé, Céfaïdon, grillé ! Et moi avec…

Cupidon reprit son souffle et se cala à nouveau contre la branche dont il s'était envolé, emporté par son énervement. Des gouttes de sueur perlaient sur son front.

— J'imagine que tu ne sais pas où est partie la flèche ?

Devant le regard impuissant de Céfaïdon, Cupidon commença

à se lamenter comme seuls les angelots savent le faire : il saisit le bout de son aile gauche et, la caressant dans le sens des plumes, détailla en gémissant son destin.

— Je suis fini, je ne suis plus rien… Je vais sombrer dans la nuit, connaître une chute sans fin, et mon mal sera si grand et si terrible que je perdrai toutes mes plumes, une par une… Quand ils sauront ce que nous avons fait… Parce que nous retournerons là-bas ! Il le faudra bien ! ajouta-t-il en remarquant l'expression calculatrice de Céfaïdon.

— Se cacher est absurde, mais… cacher la vérité ne l'est pas, fit ce dernier, affichant un sourire hésitant.

Une lueur d'espoir brillait dans ses yeux. Cupidon n'aimait pas cela. Il gigota sur sa branche, mal à l'aise.

— Qu'est-ce que tu entends par là ?

— Ils ne sont pas obligés d'apprendre ce qui s'est passé. Toutes les recrues ne survivent pas…

— Je ne vois pas du tout ce que tu veux dire.

— Bien sûr que si. Il nous suffirait de le contacter, lui… De le laisser étouffer l'affaire…

D'un mouvement fébrile, Cupidon arracha une de ses plumes qu'il coinça entre ses dents avant de la mordiller nerveusement.

— Ça ne marchera pas, dit-il dans un murmure.

— Si, ça marchera. Nous n'avons pas le choix, répondit Céfaïdon. Nous n'avons pas le choix…

# 1

# LE VŒU

Un poil, noir à la racine, grisonnant à l'extrémité, vibrait. Il ondulait, suivant docilement les mouvements nerveux du menton anguleux auquel il s'accrochait désespérément. Sa propriétaire, Mlle Pichet, coincée dans un tailleur mal coupé, attendait. Elle attendait une réponse que Briséïs ne pouvait lui donner.

Toute la journée, Briséïs avait cherché une excuse valable, quelque chose qui aurait pu satisfaire l'esprit coriace de son professeur sexagénaire. Mais lorsque les talons usés de la vieille fille se cognèrent l'un contre l'autre, au garde-à-vous, face à la table bancale du fond de la classe, Briséïs ne trouva rien à dire.

— Mademoiselle Riccetti ?

Briséïs bloqua d'un coup sec la table que son amie Alix, grande punk au crâne à demi rasé, ne cessait de faire bouger nerveusement. Son regard remonta du poil aux épaisses lunettes. Briséïs put y contempler son propre reflet : boucles brunes, yeux noisette, légères taches de rousseur sur un visage trop pâle et trop rond à son goût.

— Mademoiselle, je n'ai pas de temps à perdre avec vos bêtises, ajouta la professeur d'un ton perçant.

— Ce ne sont pas des bêtises, protesta Briséïs. Je sais parfaitement ce que je fais.

La professeur secoua son questionnaire devant les yeux de Briséïs. Sur la feuille s'agitait en cadence une série de destinées : droit, médecine, lettres, économie, et bien d'autres encore, accompagnées de codes à rallonge.

Briséïs concentra à nouveau son attention sur la face rougie de Mlle Pichet : tout cela lui donnait mal au cœur.

— Il n'y a aucun code qui corresponde, expliqua Briséïs en se redressant sur sa chaise.

— Comment cela ?

— Ce que je vais faire de ma vie ne s'écrit pas. Ça ne s'étiquette pas et ça ne se classe pas.

— Non ? fit la professeur, sarcastique.

— Non.

Briséïs croisa les bras pour se donner plus de contenance. Elle ne signerait pas son mandat d'arrêt. Bien sûr, elle savait que ce n'était qu'un sondage de l'inspection académique. Cela ne l'engageait en rien. Mais sa liberté ne commençait-elle pas par la liberté d'expression ? Ne devait-elle pas protester contre cet étiquetage systématique des générations futures ?

Si, certainement.

— Et qu'allez-vous faire, une fois sortie du lycée ?

Briséïs resta interdite. La question tant redoutée. Une fois qu'elle était arrivée à ce point de la conversation, son maigre argumentaire finissait toujours par flancher.

Les lèvres ridées de Mlle Pichet se retroussèrent imperceptiblement. Elle commençait à perdre patience.

— Bon ! Écoutez, mademoiselle Riccetti, explosa-t-elle, si vous voulez faire clocharde, c'est votre problème, mais ayez au moins la politesse de ne pas nous faire perdre notre temps. Imaginez-vous, si je devais écouter les états d'âme de plus de deux mille élèves !

Une vague de murmures amusés ondula dans la salle. La

professeur se retourna vers son auditoire. Les élèves relevèrent la tête, le crayon en suspens.

— Ce n'est quand même pas compliqué, une case à cocher ! Vous avez eu toute l'année pour réfléchir. Dans trois mois, il sera trop tard. Remarquez, vous n'êtes pas la seule à posséder de grandes ambitions : mon petit-fils de cinq ans m'a dit hier qu'il voulait devenir pirate interstellaire. Je doute effectivement qu'il trouve un code correspondant !

La rumeur enfla, des éclats de rire fusèrent. Briséïs se leva brusquement. Elle avait espéré être guidée par une inspiration soudaine, mais ne put que bredouiller entre ses dents :

— Vieille cruche.

Mlle Pichet fit volte-face. Alix se mit à mâcher bruyamment son chewing-gum, mais la professeur, focalisée sur Briséïs, ne lui fit aucune remarque. Lentement, la poitrine de Mlle Pichet se gonfla d'air, en même temps que la bulle rose bonbon d'Alix.

Il était dix-sept heures précises. La sonnerie retentit. Briséïs sursauta, et sa chaise, restée en équilibre précaire contre ses jambes comme elle s'était levée trop vite, tomba à la renverse dans un grand fracas.

La professeur poussa un petit cri de surprise, Alix eut un hoquet et sa bulle lui explosa à la figure. Mlle Pichet leva un doigt furieux, mais le brouhaha des élèves pressés de sortir couvrait déjà sa voix.

— Elle vous rapporte son questionnaire demain, c'est promis, assura Alix avec un air entendu pour la professeur, tirant son amie par la manche, l'emportant dans le tourbillon d'élèves qui se déversait dans le couloir avant que celle-ci n'ait l'idée d'ajouter son grain de sel.

— Tu as vu sa tête ! s'esclaffa Briséïs en déboulant dans la cour. Quand je l'ai appelée « vieille cruche », elle s'est toute craquelée !

— Tu devrais la ménager, sourit Alix, elle n'est pas faite pour les grandes rêveuses dans ton genre, la pauvre. À ce rythme-là elle va finir en morceaux avant la fin de l'année.

— Plus que quelques mois, elle devrait tenir. Et puis c'est sa faute aussi. Tu vas voir qu'elle ne va pas me lâcher si facilement, dès demain elle va remettre ça !

— Ça sera plus simple quand tu lui auras rendu ton questionnaire.

— Tu plaisantes ? Je ne lui rendrai certainement pas.

— Elle t'enverra chez le proviseur.

— Qu'elle le fasse, je lui expliquerai comment la cruche…

— Tu lui diras quoi ? la coupa Alix, enfilant ses mitaines noires.

Briséïs s'arrêta net.

— Qu'est-ce qu'il y a ? Qu'est-ce que j'ai dit ?

— Briséïs, on ne va pas chercher le proviseur pour qu'il aille tirer les oreilles à un professeur, comme on ne va pas chez le président pour lui demander de changer le monde. Mlle Pichet a raison, tu vis dans un conte de fées.

— Mais… Peut-être bien que c'est ce que je veux, justement, vivre un conte de fées…

Alix leva les yeux au ciel.

— Quoi ? s'exclama Briséïs, tu préfèrerais que je m'écrase et que…

— Tu ne pourrais pas faire au moins semblant de rentrer dans le moule, pour une fois ? Tu ne joues pas ta vie, que je sache.

— Tout ce que je fais, c'est pointer qu'il existe peut-être autre chose en dehors de cette liste…

— Autre chose, peut-être. Un conte de fées, non.

Briséïs força un sourire, incrédule.

— Tu te couvres de tatouages et de piercings, et tu fais la grimace parce que j'essaye de sortir du cadre ?

— Ne mélange pas tout, Briséïs. Mes revendications sont fondées sur des idéaux solides, en adéquation avec le contexte socioculturel actuel. Ma démarche est construite, réfléchie.

— Mais je veux justement prendre le temps de réfléchir !

— Jusqu'à quand ? Personne n'a jamais sécurisé son avenir en restant aux pays des merveilles. Sors un peu de ton cocon, ma vieille, je ne serai pas toujours là pour te protéger. Sérieusement, il ne te manque plus qu'un lapin blanc !

— Mais pas du…

— Choisis un métier qui ne t'embête pas trop et qui paye bien, et *ensuite* tu pourras te poser toutes les questions qui te chantent. Les études, c'est long, et tu ne seras pas éternellement jeune. Tout ce que tu as à faire, c'est accepter de t'inscrire quelque part. C'est quand même pas la mer à boire !

Avant que Briséïs n'ait eu le temps de riposter, Alix plongea le bras dans son sac, à la recherche d'un bâton de réglisse. Elle avait décidé d'arrêter de fumer quelques mois plus tôt et résistait chaque jour à la tentation de reprendre une cigarette. Elle fit mine d'allumer son bout de bois avec un briquet fictif et, d'un air de faire la paix, souffla de la fumée imaginaire vers le visage de Briséïs.

— Il faut savoir faire des compromis, ma chère.

— Ma vie ne sera pas un compromis, rétorqua Briséïs, déterminée.

Et elle tourna les talons pour s'éloigner à grands pas, les mains refermées sur les manches de son pull passe-partout.

— Tu n'auras pas le choix, reprit Alix derrière elle. Si tu veux survivre dans ce monde, il faudra t'adapter !

Briséïs accéléra. Son sac en bandoulière jaune poussière frappait contre son jean à chaque pas.

— Ils ont tort, tu as raison, se répétait-elle en martelant le macadam.

Elle serait l'héroïne de son propre conte de fées. Elle avait le choix. Il *fallait* qu'elle ait le choix.

Et pourtant…

Absorbée dans ses pensées, elle pénétra dans le parc sans même s'en apercevoir. Quel genre de quête une jeune fille de dix-huit ans pouvait-elle entreprendre ? Le monde n'avait pas besoin d'elle. Briséïs aurait trouvé bien plus facile de sauver le monde, que de s'y accorder. Ah ! S'arracher à l'ennui qui l'étouffait un peu plus chaque jour, pourfendre tel un dragon son insipide perspective d'avenir ! Sa vie n'était rien d'autre qu'une succession de codes, de notes, de numéros, et le resterait pour toujours…

Briséïs avait couru à perdre haleine à travers le parc, jusqu'à l'aire de jeux. Elle ne se sentait plus la force ni d'avancer, ni de réfléchir. Elle jeta son sac à terre et s'appuya contre le cabanon du jardinier pour reprendre son souffle. Dans le bac à sable tout proche, les enfants s'ébattaient joyeusement.

Le désespoir l'envahit comme la marée montante, et elle se retrouva bientôt noyée dans ses angoisses, cherchant une bouée de sauvetage.

Elle appela à l'aide.

— S'il vous plaît, qui que vous soyez là-haut, faites qu'il m'arrive quelque chose ! implora-t-elle, la tête levée vers le ciel. Quelque chose qui change, un peu d'extraordinaire, je n'en peux plus de cette vie sans his… Aïe !

Briséïs jura. Quelque chose venait de heurter sa nuque. Elle lança un regard assassin autour d'elle, se massant le cou et cherchant le petit malin qui l'avait prise pour cible. Sur le toit du cabanon, un gros matou noir ébène fixait de ses yeux jaunes le feuillage fourni des grands arbres.

Briséïs eut un petit rire sarcastique.

— C'est tout ce que vous avez ? dit-elle, les mains sur les hanches, s'adressant au chat. C'est ça que vous trouvez extraordinaire ? Voilà ce que j'en fais, moi, de vos idées ! hurla-t-elle, rouge de colère, avant de décocher un phénoménal coup de pied à la gouttière du cabanon qui craqua, grinça et fit résonner toute la structure rouillée.

Le chat s'enfuit avec un cri déchirant, traversant en un éclair le bac à sable où régnait soudain un silence hors du commun : tous les enfants avaient suspendu leurs gestes et la regardaient de leurs grands yeux ronds, au bord des larmes.

— QUOI ? explosa-t-elle, défiant ces marmots si sûrs de l'importance de leurs châteaux de sable. Quoi ? Je vous dérange ? Vous avez une meilleure idée peut-être ?

Un coup d'œil vers les mines furieuses des parents la dissuada d'attendre une réponse. Prenant conscience de l'absurdité de son manège, elle attrapa son sac et fila sans demander son reste.

— Qu'est-ce que tu as sur la nuque ? demanda sa mère en la voyant passer et repasser sa main sur son cou, là où le projectile invisible l'avait touchée.

— C'est rien, balaya Briséïs dans un soupir.

Ce n'était pas rien, bien sûr. Sa peau était brûlante au toucher, comme si elle avait attrapé un étrange coup de soleil sur quelques centimètres carrés. En rentrant elle avait filé vers sa chambre, espérant se reposer un peu, mais la douleur cuisante lui avait fermé les portes du sommeil. Briséïs n'avait jamais entendu parler d'une réaction pareille après un simple choc. Malgré tout, elle était déterminée à ne rien laisser paraître.

Annie Riccetti travaillait comme hôtesse d'accueil à l'hôpital Richet, à quelques kilomètres de là. Parce qu'elle voyait des malades du matin au soir, elle ne supportait plus la moindre fièvre chez ses enfants. Plusieurs fois Briséïs avait subi, à la suite d'une infection bénigne, des journées d'analyses médicales, des semaines de traitements préventifs et des mois de commentaires maternels. Pour rien au monde elle ne recommencerait un tel cycle infernal si elle pouvait l'éviter.

Elle reposa sa main sur la table et sourit à son petit frère, installé sur son tabouret préféré, qui pataugeait au milieu de ses tartines dans un effort désespéré pour sauver Dark Vador Plastique d'un déluge de boulettes de mie de pain.

— Tu ne crois pas que tu as passé l'âge ? remarqua-t-elle, redirigeant la conversation l'air de rien.

Son petit frère releva vers elle ses grands yeux bleus. À onze ans, Jules n'était plus dupe. Lui aussi esquivait tant qu'il le pouvait les réflexes de protection de leur mère. Il avait parfaitement compris le manège de Briséïs et trouvait mesquin qu'elle reporte l'attention sur lui. Elle soutint son regard, prête à en découdre. Mais Jules était d'une nature conciliante :

— Tant que Papa peut jouer, c'est que je n'ai pas passé l'âge, rétorqua-t-il d'un air espiègle, glissant la figurine dans la main de son père, assis en bout de table, le regard perdu dans le vague comme à son habitude.

— Laisse ton père tranquille, soupira Annie, sortant le plat de poisson du four. Tu peux avoir l'âge que tu veux tant que tu nettoies après. Tu connais la règle : pas une miette.

Jules leva les yeux au ciel, prenant à témoin les quatre murs de la cuisine. En plus d'une manie du récurage, Annie avait décrété que les murs éclatants de blancheur ne souffriraient ni scotch ni punaise. Ainsi la cuisine siégeait-elle comme une dame de catalogue, toujours immaculée, vierge et sans vie. Jules râlait beaucoup, mais Briséïs s'en accommodait. Elle préférait la vérité nue à un mensonge criard, placardé à tout va. Or la cuisine se mariait admirablement avec la banalité de leur maison et de la centaine d'autres maisons de leur quartier résidentiel, toutes identiques, réparties le long de rues aseptisées, gardées par des haies de verdure parfaitement rectilignes. Aux yeux de Briséïs, seule la grisaille de son environnement égalait la monotonie de son quotidien. Comme une piqûre de rappel, pour ne pas être tentée d'abandonner ses idéaux.

Et puis elle ne pouvait pas en vouloir à sa mère qui, après de longues heures à l'hôpital, devait encore faire face aux réclamations de deux adolescents et jouer les gardes-malades. Briséïs l'observa saupoudrer son plat de poivre, goûter à sa sauce blanche et ajouter des herbes. Ses longues mèches blondes cachaient à moitié son visage encore plus fatigué qu'à l'ordinaire. Elle s'était déjà débarrassée de son maquillage, son masque de parade, mais malgré tout elle imposait le respect, belle de jour dans la fleur de l'âge. Oui, si Annie exigeait une cuisine irréprochable pour retrouver un peu de calme, c'était son droit.

— Qu'est-ce qu'il y a ? Annie s'essuya la bouche, consciente du regard de sa fille. Qu'est-ce que j'ai ?

— Rien, répondit mollement Briséïs. Je pensais, c'est tout.

— Tu es sûre que ça va, Briséïs ? Tu n'as pas l'air en forme. Jules, arrête avec ce tabouret, tu vas finir par le casser.

— Eh, Briséïs, regarde ça.

Jules retira Dark Vador Plastique des mains de son père et le posa sur sa tranche de pain qu'il souleva dans les airs :

— Dark Vador traverse un champ d'astéroïdes avec son vaisseau, il les évite autant qu'il peut mais ah ! trop tard ! Il est touché ! Son vaisseau va exploser, il faut qu'il s'éjecte, pouf ! La force de l'explosion le projette dans l'espace !

Jules lança la figurine vers son père qui leva vivement la main pour sauver Dark Vador Plastique, l'attrapant au vol.

— Mais oui ! Il l'a fait ! C'est pas un bon papa ça ?

— Jules !

— T'as vu ce réflexe de malade M'an ?

— Combien de fois je t'ai dit de ne pas abuser de ton père ! C'est un être vivant, pas un de tes jouets !

Hormis son bras toujours tendu en l'air, Lucien n'avait pas bougé un muscle. Il fixait toujours l'invisible de ses yeux clairs, l'expression figée tel un mannequin de cire. D'un mouvement rageur, Annie lui arracha la figurine et la reposa sur la table. À cet instant, le plat de poisson qu'elle tenait de l'autre main lui glissa des doigts et explosa en mille morceaux sur le carrelage.

— Ah bravo ! Voilà ce que tu me fais faire ! s'emporta-t-elle.

— Pardon M'an…

— Ne touche pas, Jules, tu vas te blesser ! Va plutôt chercher du Sopalin. Lucien, tu n'as rien ? Tu n'es pas brûlé ?

— Il va bien Maman, l'assura Briséïs, se levant pour l'aider à ramasser les débris.

Lucien n'avait même pas sourcillé en entendant le plat tomber.

— Bon, eh bien ce soir, pour accompagner votre riz, vous aurez du riz, dit Annie en claquant le couvercle de la poubelle quelques minutes plus tard.

Elle se laissa retomber sur sa chaise et planta sa fourchette dans une boule de riz gluant que venait de lui servir Briséïs. Un lourd silence s'installa. Désireux d'arranger les choses, Jules les regardait furtivement à tour de rôle.

— J'aime bien le riz, moi, M'an, dit-il finalement d'une voix timide. Et Papa aussi, regarde.

Il plaça la fourchette de son père dans sa main et chuchota de biais :

— Vas-y, mange ! avant d'ajouter plus haut : mmm ! Il adore !

Annie sourit malgré elle. Lucien mangeait toujours ce qu'on mettait dans son assiette. Il aurait mangé de la pâté pour chien tout aussi facilement : Annie ne le savait pas, mais Briséïs et Jules avaient testé une fois, il y a longtemps…

— Maman, tu nous racontes une histoire ? proposa Briséïs. Une histoire rigolote, ma naissance par exemple.

Jules sauta sur l'occasion de changer de sujet :

— Oui ! Vas-y Maman, raconte ! Raconte ! s'écria-t-il, enthousiasmé.

Annie hocha la tête en riant.

— Mais je vous l'ai déjà racontée cent fois, cette histoire !

— Eh bien c'est pas grave, recommence ! S'il te plaît…

Ton suppliant et yeux larmoyants : réussite assurée. Annie remit soigneusement ses cheveux en place et commença son récit, touillant distraitement son riz.

— Bon, alors on était à l'hôpital Richet…

— Dans quel bâtiment ? Celui où tu travailles ? l'interrompit Jules.

— Non, un autre, qui n'existe plus maintenant.

— Celui qu'ils ont démoli avec un bulldozer ? Parce qu'il allait s'écrouler parce qu'il était trop vieux ?

— C'est ça. Je venais d'accoucher et…

— Et après ils ont construit celui où tu travailles maintenant.

— Agrandi seulement. Tu veux raconter l'histoire à ma place, Jules ?

— Non, vas-y, s'excusa Jules.

— Je venais d'accoucher quelques heures avant…

— Combien d'heures avant ?

— Je ne sais pas, quelques heures. Jules, si tu m'interromps encore, j'arrête.

— Pardon…

— On était tous nases…

— Qui ça ?

— Moi, Briséïs, mais votre père aussi. Moralement, c'est excitant, mais c'est aussi très fatigant, une naissance. Votre père est allé me chercher un jus d'orange dans le couloir. Je le soupçonne d'en avoir profité pour sortir fumer une cigarette. Il essayait d'arrêter, mais dans des moments comme ça…

— Des moments comme quoi ?

— Comme une première naissance. Jules, qu'est-ce que j'ai dit à l'instant ? Toujours est-il que pendant son absence, un vieux monsieur…

— Vieux comment ?

Annie n'eut pas le temps de reprendre son fils, Jules s'était déjà bâillonné la bouche d'une main et secouait la tête comme pour jurer qu'on ne l'y reprendrait plus.

— Un très vieux monsieur, donc, est entré dans la chambre. Il était tout courbé par le poids des années, et sa longue barbe effilochée pendait misérablement. Je ne l'avais jamais vu, mais lui semblait me connaître. Il avait l'air tout content d'être là. Il s'est approché de la couveuse et a prononcé le nom de Briséïs. Votre père et moi, nous venions de décider de son prénom, et nous n'en avions encore parlé à personne. Je ne sais pas comment il a fait pour savoir.

— Peut-être qu'il avait croisé Papa dans les couloirs ? proposa Briséïs.

— Je le lui ai demandé un peu plus tard, mais il m'a juré que non. Le vieil homme n'avait pas l'air dangereux, mais je n'étais quand même pas trop rassurée, alors j'ai appuyé discrètement sur la poire pour appeler l'infirmière de service. Je ne pouvais rien faire d'autre, j'étais trop faible pour me lever. Puis je lui ai demandé ce qu'il voulait, et il a répondu : « Apercevoir une dernière fois la plus belle jeune fille qu'il m'ait été donné de contempler. » Il m'a souri, s'est penché pour embrasser Briséïs sur le front en attrapant sa barbe d'une main. Je m'en souviendrai toujours… Puis il s'est redressé douloureusement, m'a dit merci et s'est éclipsé aussi vite qu'il était apparu. Je ne l'ai jamais revu.

— Peut-être que c'était un fantôme, dit Jules rêveusement.

— Il avait pourtant l'air bien réel, répondit sa mère avec un sourire.

— C'est beau, quand même, soupira Briséïs. C'est étrange, mais c'est beau.

— Il n'avait sans doute pas toute sa tête, répliqua sa mère. À vrai dire, j'ai cru un moment qu'il s'était perdu dans les couloirs. Vous savez, à l'hôpital, on trouve de tout. Et il arrive que les vieux oublient ce qu'ils font là, et qu'ils sortent de leur chambre sans qu'on s'en aperçoive. Mais l'infirmière m'a assuré qu'il ne s'agissait pas d'un patient. Ils ont fait quelques recherches…

— Ils l'ont rattrapé ? Vous l'avez coffré ?

Jules frétillait comme un poisson sur son tabouret.

— On ne coffre pas un vieux pour avoir embrassé un bébé, Jules, intervint Briséïs, agacée.

— Ils n'ont jamais retrouvé sa trace, il était parti depuis longtemps quand l'infirmière et votre père sont arrivés, ajouta Annie. Lucien n'était pas content : si n'importe quel illuminé pouvait entrer comme ça dans ma chambre, nous n'étions pas en sécurité. Il voulait ramener Briséïs à la maison immédiatement. Les docteurs n'étaient pas d'accord, elle était trop fragile, elle devait rester encore une nuit au moins en couveuse. Mais quand Lucien s'était persuadé de quelque chose… Il a remué tout l'hôpital, il a rendu la vie impossible à tout le personnel, je ne savais plus où me mettre. Je te jure, cet homme, il m'en a fait voir ! Il ne s'est calmé que lorsqu'on lui a permis de dormir par terre dans la chambre, pour monter la garde, au cas où.

Briséïs sourit. Lucien lui en avait effectivement fait voir de toutes les couleurs… Elle l'observa un moment, toujours assis au bout de la table, fixant inlassablement le fond de son assiette qu'il avait vidée en moins de deux. Qu'elle aurait aimé se souvenir précisément de lui à cette époque ! Aujourd'hui, Lucien Riccetti n'avait plus rien d'un père, ni même d'un homme. C'était un légume qui passait son temps entre cette chaise le jour, et le lit de camp que lui avait installé sa femme dans un coin de leur chambre la nuit. Elle tenait à garder un œil sur lui, mais ne supportait plus de sentir à son côté ce corps inerte, qu'elle aurait pu croire sans vie s'il n'avait été tiède. Lucien avait progressivement perdu la raison alors que Briséïs n'avait pas sept ans, peu de temps après le début de la deuxième grossesse de sa femme. À l'occasion, Briséïs avait appris des mots bien trop savants pour son jeune âge :

• catatonie : *forme de schizophrénie caractérisée par des périodes de passivité et de négativisme alternant avec des excitations soudaines ;*

• céphalée : *mal de tête ;*

• psychose : *trouble anormal de l'esprit pouvant amener à des :*

• délires de persécution : *condition délirante durant laquelle l'individu affecté croit être persécuté.*

Briséïs avait su réciter par cœur ces définitions longtemps avant d'en comprendre le sens, et avait même drôlement impressionné son maître d'école, les déclamant devant toute la classe. Puis son père avait été interné dans le département psychiatrique de l'hôpital Richet, et Briséïs avait ainsi pu apprendre trois mots de plus :

• léthargie : *état engourdi, avec absence d'émotions ;*

• hypertonie : *rigidité anormale du corps ;*

• encéphalite léthargique : *tous les autres mots mis ensemble, ou maladie théorique de son père, même si personne n'en est trop sûr ni ne veut trop s'avancer, et surtout pas les médecins.*

Trois mois plus tard, sa mère accouchait d'un petit garçon.

Annie s'était battue pour récupérer son mari. Il aurait plus de chances de s'en sortir s'il rentrait chez lui, elle en était persuadée.

À travers la jungle administrative, le combat n'avait pas été simple. Mais au bout de trois ans de remue-ménage, et après s'être fait embaucher à l'hôpital pour se rapprocher du personnel, elle avait enfin obtenu la garde de Lucien.

Lorsqu'il était revenu à la maison, elles avaient fait la fête, et Briséïs se souvenait avoir vu sa mère pleurer de joie. Pourtant, retrouver son foyer ne fit pas retrouver la raison à Lucien Riccetti. Tous les efforts de sa femme restèrent infructueux. Aujourd'hui encore, Annie s'évertuait à lui parler, à lui demander conseil lorsqu'elle devait prendre une décision, dans l'espoir qu'un jour, il retrouve le goût de vivre. Mais Lucien demeurait apathique, ne se mouvant que par automatisme lorsqu'on l'exhortait ou le provoquait. Il semblait avoir perdu son âme à jamais.

Briséïs soupira.

— C'est l'heure de se coucher pour moi, dit-elle en cachant un long bâillement.

Elle s'approcha de son père, caressa d'une main alourdie les longs cheveux gris rassemblés en catogan, déposa un baiser sur son crâne. Elle s'étira, laissa échapper une grimace : la douleur sur sa nuque s'intensifiait.

— Tu es sûre que ça va ? s'inquiéta sa mère.

— Ça va parfaitement bien. Bonne nuit.

Mais au même instant, elle fit l'erreur de vouloir s'appuyer d'un bras sur le dossier de sa chaise qui la trahit lâchement, se dérobant sous son poids. Briséïs se retrouva étalée à terre avant d'avoir compris ce qu'il s'était passé.

— Briséïs ! Ça va ?

— Elle est encore tombée ! s'exclama Jules, pouffant de rire.

— Merci, Jules, cingla Briséïs, je ne m'en étais pas rendu compte.

Son frère ne manquait jamais une occasion de pointer ses défauts, mais il semblait chaque fois prendre un plaisir tout particulier à évoquer son incorrigible maladresse.

— Mais… tu es toute chaude ! s'exclama sa mère, l'aidant à se rasseoir. Tu as de la fièvre !

Briséïs réalisa trop tard qu'elle s'était remise à passer sa main sur sa nuque.

— Fais-moi voir, dit Annie, rassemblant les boucles brunes de sa fille pour lui dégager le cou. Oh là ! Mais qu'est-ce que c'est que ça ? Tu t'es fait piquer par un insecte ?

— Je ne crois pas, non…

— C'est tout rouge Briséïs ! Pourquoi tu ne me l'as pas dit plus tôt ?

— Je ne sais pas, peut-être parce que je n'ai pas d'yeux dans le dos, soupira Briséïs, sentant venir l'inévitable.

Elle surprit son reflet dans la glace du placard. En se tordant un peu, elle aperçut un gros bouton à la base de son cou, d'où rayonnait une large tache cramoisie. Ce n'était pas beau à voir.

— Ça te fait mal ?

— Pas du tout.

Annie n'était pas si facile à berner. En un clin d'œil elle avait dégainé son portable.

La voix amusée de sa collègue de l'accueil à l'hôpital grésilla dans l'appareil.

— J'ai reconnu ton numéro ! On te manque donc à ce point ? Tu veux faire des heures sup ?

— Comment sont les urgences ce soir, Paulette ?

— Les urgences ? Oh là, c'est pas brillant ! J'éviterais, si j'étais toi. Qu'est-ce qui t'arrive ?

Annie lui expliqua en détail l'état de sa fille.

— Un genre d'allergie ?

— Mmm, fit Annie, peu assurée.

— Et comment se sent-elle ? À cette heure, c'est surtout ça qui compte, tu sais.

Briséïs fit un grand sourire à sa mère. Si Paulette lui évitait les urgences, elle se promettait de lui offrir un bouquet de fleurs.

— Tu peux toujours l'amener, ajouta Paulette, mais bon, je ne vais pas te faire un dessin, vous en aurez pour quelques heures. Pour moi, tu ferais mieux de la garder au chaud jusqu'à demain matin…

— Merci Paulette.

Annie raccrocha. Elle resta un instant interdite, les yeux dans le vague, avant de relever la tête.

— Jules, Briséïs, prenez vos manteaux, on va à l'hôpital.

Paulette ne fit aucun commentaire en les voyant arriver tous les quatre, Annie tirant par la main son mari qu'elle n'aimait pas laisser seul à la maison en l'absence de son aide à domicile.

— Tu veux des jeux pour t'occuper ? demanda-t-elle à Jules, contournant le grand bureau ovale de l'accueil pour venir caresser la chevelure blonde du fils de sa collègue.

— Ça va, j'ai plus cinq ans, grommela-t-il en retour.

— Jules !

— Non merci Paulette, ça ira comme ça. J'ai plus cinq ans.

Paulette adressa un clin d'œil à Annie. Elle n'avait pas à s'excuser du manque de politesse de son fils.

— C'est vrai que tu grandis vite, je me souviens encore quand tu étais haut comme ça… Je peux vous faire une tisane si vous voulez, pour attendre ? Bon, je vous apporte ça. Allez vous installer, je ne vous montre pas le chemin…

C'était à peu près tout ce que Paulette pouvait faire pour leur rendre service. Faire partie du personnel de l'hôpital n'octroyait malheureusement pas à Annie un droit de passage prioritaire aux urgences. Surtout quand il ne s'agissait pas réellement d'une urgence, ce dont tout le monde, hormis sa mère, avait conscience, songea Briséïs en s'affalant sur une chaise dans la salle d'attente, en face d'un des nombreux portraits d'Alfred Richet. Le fondateur de l'hôpital la fixait de ses petits yeux noirs d'un air sévère et hautain, son long visage au teint jaunâtre à moitié mangé par l'obscurité étouffante du tableau. Elle lui rendit un regard provocateur. Briséïs côtoyait ce tableau depuis des années, mais il lui filait encore la chair de poule chaque fois qu'il se dressait devant elle. Elle n'avait jamais compris pourquoi une copie du portrait avait été installée dans chaque bâtiment de l'ensemble hospitalier. On avait déjà donné son nom à l'établissement, n'aurait-il pas pu se contenter d'un seul tableau, caché dans le bureau du directeur ? Le bonhomme avait dû trimballer un ego sacrément développé…

— Madame Riccetti ?

Un médecin se tenait dans l'encadrement de la porte. Plutôt grand, le crâne légèrement dégarni mais d'allure engageante : Briséïs reconnut le docteur Moulin, une institution à l'hôpital malgré son relatif jeune âge.

— Quelque chose ne va pas ? poursuivit-il, son regard s'attardant sur Lucien.

Il s'était occupé du dossier de Lucien pendant son séjour à l'hôpital. Il connaissait tout des malheurs d'Annie et de ses péripéties administratives. Il avait été aux petits soins pour elle : il s'était même démené pour l'aider à sécuriser son poste d'hôtesse à l'accueil. Ils avaient depuis longtemps franchi le seuil de la courtoisie, et pourtant le docteur s'obstinait à l'appeler par son nom de famille, comme s'il s'adressait à une quelconque collègue. Briséïs en avait conclu que le docteur en pinçait pour sa mère et qu'il jouait d'un surplus de politesse dans un effort grossier et pitoyable pour cacher l'évidence. Sa mère n'était sans doute pas indifférente à ses charmes non plus. Même si Annie n'aurait jamais voulu l'admettre tant elle s'accrochait à l'idée de voir un jour son mari renaître.

— Oh, Lucien va bien, répondit Annie, souriante. C'est ma fille, elle a de la fièvre et une tache très étrange sur la nuque.

— Une tache ?

— Oui, rouge sombre. Elle semble être apparue sans raison, c'est très curieux…

— Faites-moi voir.

Briséïs assena un coup de pied discret à Jules pour lui faire passer l'envie de sourire, et se résigna à exposer sa nuque, par-dessus laquelle ces deux coincés auraient tout le loisir de se rapprocher.

— Hum… Oui, c'est très étrange en effet. Apparue sans raison, vous dites ? Vous avez bien fait de venir. Je crois que nous ferions mieux d'examiner ça d'un peu plus près. Si vous voulez bien me suivre dans mon bureau…

— Vraiment ? C'est gentil, mais… Il est vingt et une heures passées, vous avez déjà fini votre journée…

— Ce ne sera pas la première fois que je ferai des heures supplémentaires. Ne vous inquiétez pas, ça ne prendra que quelques minutes, et je ne voudrais pas que vous attendiez des heures avec toute votre famille…

Briséïs se laissa prendre le pouls, sauta, toussa, tira la langue, écarquilla les yeux, pour enfin s'entendre dire qu'il n'y avait pas de quoi s'affoler. Le docteur Moulin lui fit une prise de sang pour la forme – il les tiendrait informés des résultats de l'examen –, Annie se calma enfin ; une fois rentrée chez elle, Briséïs claqua la porte de sa chambre.

Ses pas résonnaient dans le long couloir. Il marchait vite, dépassant les portes blanches sans prendre le temps de jeter des coups d'œil par les fenêtres comme il le faisait habituellement. Les infirmières s'en chargeraient. Après tout, c'était leur travail. Quatorze heures qu'il arpentait l'hôpital : il avait largement rempli son contrat pour la journée. Il consulta sa montre, accéléra le pas. S'il n'arrivait pas chez lui avant vingt-deux heures, il aurait droit à une nouvelle scène de ménage. Il voyait déjà le tableau : Agnès brandirait sa cigarette sous son nez d'un air accusateur : « Tu ne peux pas te laisser exploiter comme ça à longueur de journée chéri, ils vont t'user jusqu'à la moelle ! Je te préviens, je ne serai pas toujours là pour ramasser les morceaux ! » Il répondrait comme à chaque fois qu'ils n'y pouvaient rien, l'hôpital n'avait pas les moyens d'engager plus de personnel, et que lui-même avait malgré tout une responsabilité envers ses patients… Discours qui, bien sûr, tomberait dans l'oreille d'une sourde. Aujourd'hui, cela faisait tout juste un an qu'ils avaient emménagé ensemble, et pour leur premier anniversaire, le docteur n'avait pas envie d'une dispute aux chandelles. Il grimaça, réalisant que sa course contre la montre était perdue d'avance. Car avant de rentrer chez lui, André Moulin avait une dernière tâche à accomplir.

Malgré sa façade relativement rustique, l'hôpital avait su s'offrir une allure moderne grâce aux aménagements intérieurs. Le hall d'entrée en était l'exemple type. Le docteur répondit au signe de tête amical de la secrétaire en poste derrière le bureau ovale par un sourire discret, puis se dirigea vers la pièce aux cloisons vitrées qui dessinait le coin ouest du grand hall. Il tira de la poche de sa blouse blanche une clef magnétique et la glissa le long de la serrure. De l'autre côté, des rangées d'étagères identiques s'alignaient dans un ordre parfait. On y trouvait, classés méthodiquement dans des casiers métalliques coulissants, tous les dossiers des patients ayant visité l'hôpital Richet durant les quatre années passées. André Moulin jeta un coup d'œil à la fiche cartonnée qu'il tenait entre deux doigts. Généralement, une secrétaire s'occupait de ranger les formulaires. Pour une fois, il s'en chargerait lui-même.

Quelques grandes enjambées le conduisirent à la troisième rangée, où il laissa courir ses doigts le long des étiquettes jaunies, jusqu'à la lettre R. Le docteur trouva facilement l'emplacement qui l'intéressait. Après tout, il s'agissait d'un geste accompli un millier de fois auparavant. La chemise de Briséïs Riccetti était évidemment moins fournie que celle de son père, bien que relativement conséquente pour une jeune fille de son âge, en parfaite santé de surcroît. Un mètre soixante-dix, cinquante-huit kilos, pas de maladie infantile, aucune allergie particulière... André Moulin éplucha les trop nombreuses analyses médicales, se remémorant les heures qu'Annie Riccetti lui avait fait perdre, avec son comportement protecteur. Mais il ne pouvait pas lui en vouloir : après ce qu'elle avait vécu avec son mari, n'importe qui à sa place serait devenu paranoïaque. Il referma la chemise en ajoutant la petite fiche cartonnée datée de ce jour parmi les autres.

Un instant, il hésita. Était-ce vraiment nécessaire ? Il lança un regard méfiant du côté de la secrétaire, dans le hall d'entrée. Elle lui tournait le dos mais s'était levée et rangeait à présent ses affaires dans son sac à main. La relève n'était pas encore arrivée, mais la secrétaire avait fini sa journée et dans quelques instants elle sortirait du bureau circulaire pour attendre sa collègue. En passant, elle réaliserait que la lumière était toujours allumée dans la salle des archives et lui demanderait s'il avait besoin d'aide. Il fallait faire vite.

Le casier se referma dans un bruit sourd, ses semelles couinèrent sur le lino jusqu'au fond de la rangée. En bas, contre le mur, le casier marqué de la lettre Z, si rarement ouvert. Un peu audessus, le casier X, guère plus utilisé. Entre les deux, un troisième casier à l'étiquette absente. Le docteur Moulin se racla la gorge, mal à l'aise. Il jeta un dernier coup d'œil sur sa gauche : la secrétaire enfilait son manteau. Il tira la poignée d'un coup sec. Le tiroir récalcitrant s'ouvrit en grinçant. Il était vide. André Moulin laissa tomber la chemise de Briséïs Riccetti à plat dans le fond, trop agité pour prendre soin de la ranger verticalement, et y ajouta la petite fiole contenant l'échantillon de sang de la jeune fille, qu'il avait gardée précieusement dans la poche de sa blouse.

Une voix, froide et rauque, crissa depuis l'intérieur contre les parois métalliques.

— Merci.

— De rien, répondit le docteur dans un souffle.

Il n'attendit pas que le tiroir se referme de lui-même pour s'éloigner. Un sentiment de culpabilité comprima sa poitrine lorsqu'il entendit l'irrémédiable grincement. Mais bientôt il serait dehors, et il oublierait ce désagréable moment. Le docteur sortit de sa poche un mouchoir à carreaux qu'il frotta nerveusement contre son front, chassant l'angoisse autant que la sueur qui perlait le long de ses tempes.

Il était en retard, très en retard, et Agnès trépignait sans doute déjà derrière ses fourneaux.

## 2

# EXAUCÉE

Allongée sur ses draps froissés, les yeux clos mais l'esprit alerte, Briséïs se laissait imprégner par l'atmosphère matinale. Le soleil caressait ses joues à travers le Velux ; la journée devait être déjà bien entamée. Elle avait la tête lourde et elle était en sueur : son sommeil avait dû être long et agité. Elle promena ses doigts le long de sa nuque, brûlante au toucher, s'aperçut qu'une bonne partie de son dos avait perdu toute sensibilité. Elle fronça les sourcils, se traîna hors du lit pour aller s'examiner dans la glace plaquée contre son armoire. Hébétée, elle passa une nouvelle fois sa main sur son épaule. Loin de s'être résorbée, la tache rouge s'étendait à présent sur une surface couvrant presque la totalité de son épaule gauche, son omoplate et sa nuque. Sous la blessure, son sang pulsait rageusement dans ses veines gonflées. Cela n'avait rien d'engageant.

Mais sa fièvre était tombée, et le docteur Moulin lui avait dit de ne pas s'inquiéter. Bien décidée à ne pas attirer l'attention, Briséïs dénicha une grosse écharpe au milieu du monticule d'habits en équilibre sur la chaise de son bureau et l'enroula plusieurs fois autour de son cou jusqu'à dissimuler le bas de ses joues. C'était la mode, sa mère n'y verrait que du feu. Si elle s'habillait, bien sûr. En fouillant dans le même tas de vêtements, elle fit tomber son téléphone portable qu'elle rattrapa de justesse avant qu'il ne s'écrase sur le plancher. Elle avait reçu un texto d'Alix à dix heures quarante-six, autrement dit quelques minutes plus tôt : « Qu'est-ce que tu fous ? » On était vendredi et le cours d'histoire commençait toujours en retard. Briséïs appuya sur la touche de rappel, se jeta sur son lit et s'emmitoufla dans sa couette.

— Je suis malade, déclara-t-elle de but en blanc, le téléphone à peine décroché de l'autre côté de la ligne. J'ai été empoisonnée par un truc, mais personne ne sait quoi, et maintenant j'ai le dos tellement rouge et tellement bizarre qu'on dirait une tortue ninja trempée dans un pot de peinture. Mais sinon ça va.

Elle prenait un malin plaisir à tout exagérer en compagnie d'Alix, qui ne s'inquiétait jamais de rien hormis de ses notes de philo, et récemment de son avenir. C'était un délicieux bol d'air frais après l'atmosphère étouffante qu'offrait sa mère.

— C'est bizarre, dit malgré tout Alix après avoir entendu toute l'histoire. Je veux dire : que la réaction ne s'arrête pas. Et ce n'est pas une allergie ?

— Moulin n'en a pas parlé, et je n'ai jamais eu d'allergies. Mais tu verrais la tête de ma mère !

— Remarque, je la comprends, c'est un peu flippant ton truc.

Briséïs n'avait pas envie de s'étendre sur le sujet avec Alix non plus. Elle trouva rapidement un moyen de détourner son attention.

— Alix, tu n'as jamais fini de me raconter cette histoire avec ton voisin…

Le poisson mordit immédiatement à l'hameçon. Alix était intarissable lorsqu'il s'agissait de ses nouvelles conquêtes.

— Mon voisin ! s'exclama-t-elle, comment j'ai pu oublier ? Alors, c'était mercredi soir, j'étais rentrée du tennis et j'avais pris une douche quand je l'ai vu par la fenêtre qui me reluquait…

Briséïs posa son téléphone sur son matelas, rejeta sa couette trop chaude, coinça ses genoux resserrés à l'intérieur du très large et très vieux T-shirt de son père qui lui servait de chemise de nuit depuis toujours. Ça allait durer, mieux valait être bien installée.

— … Tu te rends compte ! En soutif ! Alors j'ai tiré les rideaux d'un coup sec. Mais après, je me suis dit que c'était peut-être l'occase pour prendre contact, alors je suis allée frapper à sa porte pour exiger des excuses.

Alix lui raconta en détail comment elle s'était introduite dans sa maison, comment ils avaient commencé à parler de tout, de rien, de musique punk, comment ils s'étaient rapprochés, avaient chuchoté…

— Et après ? demanda Briséïs, qui bayait aux corneilles.

— Et après ? Après c'est perso, ma fille !

Briséïs haussa les sourcils, regrettant de s'être engagée dans cette conversation.

— Pourquoi tu me racontes tout ça si c'est pour t'arrêter en plein milieu ?

— C'est toujours mieux que de n'avoir rien à raconter du tout, riposta Alix d'un ton cinglant. Tu ferais bien d'en prendre de la graine. On ne vit plus au temps des chevaliers, Briséïs. Si tu veux te trouver un mec, va falloir prendre les devants. À rester dans ton trou tu vas finir en Don Quichotte, perdue entre les pages de tes romans, ou pire : comme ton père, et ça, ce serait dommage.

— C'est sûr, laissa échapper Briséïs, le T-shirt de son père soudain trop serré autour de ses genoux.

Alix réalisa qu'elle était allée trop loin.

— Pardon… Ce n'est pas ce que je voulais dire… Ton père était sans doute un mec cool avant. Mais justement, toi aussi, t'es une fille cool, et je te dis ça pour ton bien, tu sais…

— Merci, appuya Briséïs, coupant court à la conversation. Je dois y aller, on se rappelle.

— Tu n'es pas vexée quand même ?

Annie venait de toquer à la porte. Briséïs marmonna un « ma mère » et raccrocha.

— Bonjour bichon ! fit sa mère d'une voix douce, passant la tête par l'entrebâillement de la porte. Je t'ai entendue parler… Tu as dormi presque treize heures d'affilée. Tu vas mieux ?

— Beaucoup mieux, mentit Briséïs. Et ton boulot ?

— J’ai pris une disponibilité pour la matinée.

— Tu n’aurais pas dû.

— Ne dis pas de bêtises, voyons. Qu’est-ce que tu fais avec ton écharpe autour du cou ?

Les mots glissèrent entre les lèvres de Briséïs tandis que son pouls s’accélérait :

— J’avais froid.

— Tu me montres ?

Sa mère était déjà assise sur son lit, prête à lui retirer l’écharpe elle-même. Dans un élan d’auto-préservation, Briséïs afficha un air outré d’adolescente mal comprise.

— Maman, ça n’a pas changé, c’est pareil qu’hier soir. Et j’ai froid.

Annie n’avait pas l’habitude de ce genre d’attitude chez sa fille. Elle toisa Briséïs d’un air suspicieux, mais décida finalement de prendre les choses du bon côté et lui caressa les cheveux en déposant un baiser sur son front.

— Je n’ai pas renvoyé l’aide à domicile de ton père, on n’est pas cloîtrées à la maison. Qu’est-ce que tu dirais d’une petite escapade au marché, entre filles ?

En route pour le marché, sa grosse écharpe coincée sous la bandoulière de son sac jaune poussière, Briséïs prit le bras de sa mère et posa sa tête sur son épaule.

— Maman, demanda-t-elle d’un ton qui se voulait le plus détaché possible, qu’est-ce que tu crois que Papa aurait aimé que je fasse de ma vie ?

Annie eut l’air surprise, puis amusée.

— J’imagine assez bien qu’il est encore d’accord avec moi. Du moins, il ne s’est jamais manifesté pour défendre le contraire. Il faut au moins qu’il y ait quelques avantages à avoir un mari comme le mien… Ce que tu souhaites, mon ange. L’important, c’est que tu t’épanouisses, que tu sois heureuse.

— Mais comment ?

Sa mère posa sur elle un regard bienveillant.

— Comme tu voudras, Briséïs, c'est ta vie.

— J'aimerais que ce soit aussi simple… maugréa Briséïs.

Annie se contenta d'inspirer profondément, portant son regard au loin, vers les premiers étalages qui se profilaient sur la place piétonne.

— Tu y arriveras, tu verras.

— Comme Papa ?

Le visage de sa mère se crispa.

— Pardon, bredouilla Briséïs en baissant la voix.

— Je crois qu'il n'avait pas une vision très claire de la réalité, c'est là son problème, dit Annie d'une voix légèrement pincée. Mais toi, ma fille, tu feras de grandes choses, j'ai confiance en toi.

Annie n'avait cessé de lui répéter au cours des dernières années que c'étaient ses projets fantastiques et ingénieux mais beaucoup trop ambitieux qui avaient perdu son père. Bien qu'il soit un physicien reconnu, aucune société ne voulait prendre le risque de financer ses folles extravagances. D'après Annie, ses échecs répétés l'avaient peu à peu entraîné vers cette psychose au nom compliqué.

Briséïs sourit faiblement et soupira, tâchant de dissiper son appréhension. Entre suivre de grands rêves et sombrer dans la folie, la frontière lui semblait bien floue…

Le marché battait son plein : la foule ondulait entre les étals comme un essaim d'abeilles à travers une multitude de couleurs et d'odeurs. Briséïs et sa mère se laissèrent emporter par cette assourdissante vague humaine. Annie avait emmené une liste de courses qu'elle s'empressa de ne pas suivre, sans cesse séduite par l'une ou l'autre proposition alléchante des étalages. Le sac de Briséïs fut bientôt plein, mais Annie continua de le charger, dégainant son porte-monnaie à chaque tournant. La foule se fit plus dense encore à mesure qu'elles s'enfonçaient dans les rues étroites, et Briséïs dut jouer des coudes pour ne pas perdre sa mère de vue.

— Il nous faudrait aussi des radis, des choux de Bruxelles et des poivrons, annonça Annie, revenant vers sa fille pour la prendre par la taille et ne plus la perdre de vue. Mais les poivrons de chez Antonio sont toujours trop petits, je crois qu'on ferait mieux de… Lucien !

Briséïs releva la tête et eut un haut-le-corps. Comme sorti d'un rêve, son père était planté au milieu de la foule, à quelques mètres devant elles. Il les fixait, immobile, de ses grands yeux bleus.

— Mais qu'est-ce que tu fais là ? s'exclama Annie, le rejoignant en trois enjambées. Pourquoi Marta t'a fait venir ici ? Où est-elle ? Marta ? Marta !

— Elle doit l'avoir perdu au milieu de tout ce monde, remarqua Briséïs, cherchant elle aussi la nouvelle aide à domicile.

La petite femme trapue, toujours vêtue de noir de la tête aux pieds, ne serait pas facile à repérer.

— Quelle idée de l'avoir traîné jusqu'ici ! s'emporta sa mère. Elle sait très bien que ce n'est pas bon pour lui ! Si elle voulait quelque chose, il fallait nous le demander, elle savait parfaitement qu'on allait au marché !

— Tu crois qu'il aurait pu nous suivre tout seul ? demanda Briséïs, qui ne voyait Marta nulle part.

Le regard de son père l'empêchait de se concentrer réellement sur sa fouille : si elle ne l'avait pas si bien connu, Briséïs aurait presque pu croire qu'il la regardait droit dans les yeux. Elle déglutit. Une étrange bataille semblait se jouer derrière les pupilles de Lucien, perdues dans un océan bleu turquoise. Comme si l'âme de l'homme tentait de retrouver un chemin vers son corps de pantin…

— Bien sûr qu'il ne nous a pas *suivies*, répondit Annie, ne sois pas ridicule ! Il n'est pas capable d'aller jusqu'au jardin tout seul.

— C'est toi qui lui parles et c'est moi qui suis ridicule, remarqua Briséïs en haussa les épaules.

— Lucien, tu m'as fait peur ! essaya encore Annie en attrapant la main de son mari. Qu'est-ce qui t'a pris de t'éloigner de Marta ? C'est dangereux, tu sais, il ne faut pas faire ça. Tiens-moi ça Briséïs, le temps que j'appelle Marta.

Annie sortait son téléphone de son sac lorsqu'une voix l'interrompit. Rauque, sourde, masculine.

— Je sais ce que c'est.

Briséïs se figea. Elle avait sans doute mal entendu. Elle releva la tête, les bras chargés de tous les sacs de course, se tourna vers sa mère : le teint hâlé d'Annie avait viré au blanc.

— Tu... tu sais ? bégaya Annie.

Les lèvres de Lucien se contractèrent pour découvrir ses dents en un sourire maladroit. Il s'approcha de Briséïs, souleva une mèche de ses cheveux. Elle retint sa respiration, pétrifiée. Le bruit de la foule autour d'elle s'était comme évaporé. Au ralenti, elle observa la main de son père descendre jusqu'à son écharpe, qu'il écarta légèrement, découvrant sa tache rouge. Il articula lentement une deuxième phrase, pour la première fois depuis plus de onze ans :

— Il faut que tu retournes à l'hôpital. D'accord ?

Tel un automate rouillé, Lucien fit ensuite quelques pas en arrière. Alors seulement Briséïs remarqua l'étrange blouson raidi par l'âge qu'il s'était dégoté et qu'il avait enfilé à l'envers. Il fit demi-tour en titubant et s'éloigna, le col du manteau coincé sous les aisselles, serrant les poches autour de son cou.

La mère et la fille, sous le choc, le regardèrent sans réagir disparaître entre les passants.

— LUCIEN ! LUCIEN, REVIENS ! cria Annie, revenue à elle, s'engouffrant dans la cohue.

Briséïs aurait aimé lui coller aux talons, mais deux hommes traversèrent la rue avec un immense miroir, injuriant ceux qui ne leur cédaient pas le passage. Coincée du mauvais côté, Briséïs vit surgir son propre visage hagard, observa comme dans un rêve les vêtements qu'elle ne se souvenait pas avoir enfilés quelques heures plus tôt. Les jambes molles, la gorge sèche, le cœur palpitant, elle laissa une vision insolite éclipser son reflet : son père se transformait en lapin blanc et plongeait dans un immense terrier, suivi de sa mère, déterminée à le rejoindre. Briséïs, prête à tomber elle aussi dans l'abîme, était rattrapée par la cheville au dernier moment par son amie Alix, qui lui criait dans les oreilles : « Non ! Ne suis pas le lapin blanc ! »

— Bonne journée ma'mselle, fit le deuxième porteur en passant à sa hauteur, lui adressant un clin d'œil.

Un jeune homme en réalité, plutôt beau gosse, eut-elle le temps de remarquer avant que brusquement le fond de ses sacs de courses en papier se déchirent et déversent leur contenu sur le sol. Pommes, poires et tomates s'en allèrent rouler entre les pieds des passants.

Briséïs slalomait dans la forêt de jambes, courant après les dernières pommes quand une main inconnue lui saisit le bras. L'homme la tira par le poignet pour l'obliger à se retourner. Sa force contrastait avec son allure de vieillard claudiquant.

— Qu'est-ce que vous voulez ? demanda sèchement Briséïs, le souffle court.

Le clochard en loques la fixait sans un mot. Ses vêtements dégageaient une odeur repoussante. Ses longs cheveux épars et sa barbe hirsute soulignaient l'étrange intensité de son regard.

Elle tenta de se libérer.

— Lâchez-moi !

La poigne du vieillard commençait à lui faire mal. Il approcha son visage. L'effluve écœurant d'alcool et de tabac la fit reculer.

— Parfois, le lapin blanc court dans la bonne direction, murmura-t-il à son oreille.

Il lâcha enfin sa prise, mais Briséïs ne songeait plus à s'éloigner.

— Comment… Que voulez-vous dire ? demanda-t-elle, désarçonnée.

En guise de réponse, le clochard afficha une expression bienveillante, réajusta humblement l'écharpe de Briséïs autour de son cou pour mieux dissimuler sa peau rougie.

— Cette tache n'est pas une tache ordinaire, dites-moi… Vous m'avez l'air bien sympathique. Tenez, je vais vous faire un cadeau.

Il plongea la main dans une poche crasseuse et en ressortit un pendentif, qu'il déposa dans la paume de Briséïs.

— Qu'est-ce que c'est ?

— Une brindille vieille de plusieurs millions d'années, prise au piège d'une goutte d'eau.

Briséïs jeta un coup d'œil à l'objet. Au bout d'un très fin cordon de nylon pendait une petite pierre orangée et transparente. À l'intérieur, on devinait un fil jaune dessinant une minuscule spirale.

— Merci, fit Briséïs, perplexe, mais... que vouliez-vous dire à propos du...

— À qui parles-tu, Briséïs ?

Briséïs se retourna vivement pour se retrouver face à sa mère essoufflée.

— Je parlais à...

Elle se tourna à nouveau, mais le vieillard avait disparu. Elle le chercha des yeux dans la foule grouillante.

— À qui ?

— Rien, à personne, souffla Briséïs, décontenancée, en glissant le pendentif dans son sac en bandoulière.

Sa mère paraissait plus désemparée que jamais. Lucien s'était évanoui au détour d'une allée, et elle avait eu beau l'appeler, interroger les passants, elle ne l'avait pas retrouvé. Elle avait réussi à joindre Marta : Lucien l'avait enfermée dans les toilettes avant de s'enfuir. Elle venait juste de se libérer avec l'aide du voisin qui l'avait entendue crier par la fenêtre.

— Je ne crois pas qu'il retournera à la maison, acheva Annie d'une voix éraillée. Viens, allons prévenir l'hôpital.

Les deux hommes portant le miroir avaient enfin dégagé la ruelle, et les passants agacés se bousculaient de tous côtés. Annie attrapa le bras de sa fille pour l'entraîner à contre-courant.

Paulette était à l'accueil. Le sourire qu'elle leur adressait s'évanouit face à l'affolement de sa collègue.

— Lucien s'est réveillé. Il s'est réveillé et il a disparu. Je ne sais pas où il est.

— Il n'est pas venu ici, souffla Paulette, estomaquée. Tu... Tu es sûre ?

— Évidemment ! Il m'a regardée droit dans les yeux, il m'a parlé, et il, il…

— Qu'est-ce qu'il a dit ?

Annie éclata en sanglots.

— Il a dit qu'il sait ce que j'ai sur l'épaule, répondit Briséïs d'une petite voix.

Paulette passa un coup de téléphone, puis fit le tour du comptoir pour installer Annie sur une chaise. Elle essaya de la rassurer, l'hôpital allait coordonner des recherches avec la police. Briséïs s'assit dans un coin, laissant passer les collègues de sa mère. Infirmiers et médecins curieux se regroupaient peu à peu autour d'Annie, lui témoignant leur soutien, débattant de la méthode à suivre. Il fallait faire une liste des lieux fréquentés dans le passé par Lucien. Prévoir des médicaments pour le calmer et des ambulanciers costauds pour le ramener à l'hôpital. Avant de sombrer dans un état léthargique, le physicien s'était plusieurs fois évadé du département de psychiatrie. Croyant déjouer d'horribles complots, il retournait chez lui prévenir sa femme et faire ses bagages. Trop désorienté pour être efficace, il était toujours rattrapé par les ambulanciers avant de s'échapper pour de bon. Mais quand on venait le chercher, il se débattait comme un lion, mordait, hurlait et terrorisait Briséïs qui, du haut de ses dix ans, semblait la seule à entendre ses pleurs et croire en son martyre. Catatonie, psychose, délire de persécution. Tous connaissaient l'histoire de Lucien Riccetti.

— Mademoiselle Riccetti ?

Une main venait de se poser sur l'épaule de Briséïs. Elle leva les yeux. Le docteur Moulin lui souriait.

— Il ne faut pas vous en faire, mademoiselle. On va retrouver votre père.

Elle secoua timidement la tête, ne trouvant rien à dire.

— Comment va votre petite allergie ? Faites-moi voir.

Briséïs laissa le docteur dérouler son écharpe et examiner sa peau. Il réfléchit un instant.

— Vos résultats sanguins devraient arriver d'ici demain, je

crois qu'il serait préférable que vous restiez ici en attendant. Et si je vous trouvais un endroit plus tranquille pour vous reposer ? Ne vous inquiétez pas pour votre mère, ajouta-t-il, la voyant hésiter. Paulette va s'occuper d'elle. Croyez-moi, la meilleure façon de l'aider, c'est de vous soigner. Vous la connaissez aussi bien que moi…

De loin, Paulette lui adressa un sourire d'encouragement. Briséïs se leva à contrecœur.

Le docteur la conduisit dans une petite chambre isolée, au quatrième étage. Elle posa son sac sur le premier des deux lits, contempla les murs blancs, le silence, la vue de la fenêtre donnant sur un petit parking. L'endroit était franchement triste.

— Tâchez de vous reposer, appuya le docteur.

— C'est que… je ne suis pas si fatiguée. Est-ce qu'il n'y a pas une chambre plus proche de l'accueil ?

— Dès que nous aurons du nouveau concernant votre famille, nous vous préviendrons. Je repasserai vous voir plus tard. Si vous avez besoin de quelque chose, appuyez sur cet interrupteur. Ne vous inquiétez pas, tout finira par s'arranger.

— Merci.

Le docteur disparut dans le couloir, laissant Briséïs face à ses inquiétudes. Elle regrettait de ne pas avoir osé lui avouer qu'elle préférait rester assise sur l'une des chaises froides du hall d'entrée. Il s'était montré si attentionné… La télévision ne fonctionnait pas. Elle s'installa sur les draps blancs, contempla ses orteils à travers les trous de ses chaussettes. Une heure interminable passa. Enfin, sa mère vint lui rendre visite. Un petit gobelet de café à la main, elle s'assit sur le lit.

— Briséïs, comment vas-tu mon ange ? Le docteur Moulin m'a dit que ta tache avait grossi. Tu aurais dû me le dire, tu es incorrigible !

— Mais je n'ai pas de fièvre… Et Papa ?

Annie posa ses doigts réchauffés par le café brûlant sur le front de sa fille avant de lui répondre. L'avis d'une mère valait toujours plus que l'avis d'un médecin.

— Les ambulanciers sont partis à la gendarmerie. Le docteur Moulin pense qu'on l'aura retrouvé avant ce soir. Enfin, ils font ce qu'ils peuvent. Avec le secteur de radiologie qui est fermé depuis la semaine dernière, c'est la pagaille : il faut transférer la moitié des patients de l'autre côté de la ville. J'ai proposé de rester de garde ce soir pour les aider. Au moins, comme ça, je serai auprès de toi. J'appellerai la voisine pour Jules.

— Tu es sûre que tu es en état de travailler ?

— Bien sûr, voyons ! Je commence dans dix minutes. Tu as de quoi t'occuper ?

— J'ai un carnet dans mon sac. J'écrirai, peut-être.

— Bien.

Briséïs l'observa quelques instants, perdue dans ses pensées, serrant ses mains sur son petit gobelet pour en absorber la chaleur.

— Sois sage, dit enfin Annie avec un clin d'œil, avant de déposer un baiser sur le front de sa fille.

Et à son tour, elle laissa Briséïs seule entre les quatre murs blancs.

L'après-midi lui parut sans fin. Vers seize heures, une infirmière vint installer une vieille dame dans le second lit. Ils n'avaient toujours pas retrouvé le père de Briséïs, elle en était désolée. Elle avait bien connu Lucien Riccetti du temps où il était pensionnaire à l'hôpital. Elle finissait son service en début de soirée, elle viendrait lui faire un compte-rendu de la situation. Le docteur Moulin passerait plus tard, il était débordé. Briséïs la remercia, puis écouta trois heures durant sa voisine tousser, cracher et chanter de vieilles rengaines. Il lui semblait que le soleil ne se coucherait jamais.

Enfin, la porte de la chambre s'ouvrit et deux blouses blanches apparurent. Briséïs releva la tête, soulagée... et le monde s'arrêta de tourner. Son père se tenait là, tout sourire, en compagnie d'un inconnu. Sa mâchoire en tomba.

— *Il n'est pas encore l'heure du repaaaas*, chantonna la petite dame, se raclant grossièrement la gorge.

— Mais nous ne venons pas pour le repas, fit doucement

Lucien. Briséïs, tout va bien ? Hem… Francis, voici ma fille, Briséïs. Elle est belle, n'est-ce pas ?

— Francis, enchanté, dit l'homme trapu aux sourcils broussailleux, se baissant légèrement.

Briséïs tourna lentement la tête vers lui, puis son regard revint tel un ressort sur son père souriant. Souple dans ses gestes, vivant, normal…

— Attention Briséïs, tu vas gober une mouche…

Il lui pinça le nez, comme il le faisait si souvent autrefois pour la faire rire, provoquant chez elle une réaction en chaîne : décharge électrique, cheveux dressés sur la tête, chair de poule, bouffée de chaleur, gorge sèche, hyperventilation, membres engourdis, crampe à l'estomac. Elle fit tout son possible pour ne rien laisser paraître.

Son père prit un air plus sérieux et s'assit sur le bord du lit.

— On a pensé qu'on pourrait t'aider.

Et comme Briséïs ne réagissait pas, il ajouta :

— Francis est physicien comme moi, ou du moins comme moi avant, et… Enfin nous avions commencé un programme de recherche avant ma petite euh… convalescence. Nous croyons maintenant pouvoir utiliser notre travail pour te guérir. Alors ? Qu'est-ce que tu en penses ?

— Qu'est-ce que je pense de quoi ? s'étrangla-t-elle.

Lucien interrogea du regard son ami, puis ajouta sur le ton de l'évidence :

— De notre proposition !

— Je… Je… balbutia Briséïs, submergée par ses émotions, avant de fondre en larmes.

— Est-ce que c'est bon signe ? demanda discrètement Lucien à son ami.

Francis fit la grimace.

— Briséïs, quelque chose ne va pas ? tenta Lucien.

Elle le dévisagea.

— Qu… Quelque chose ne va pas ? répéta-t-elle d'une voix éraillée. Tu… tu me demandes si quelque chose… ne va pas ?

Lucien attendit la suite avec un sourire gêné.

— Je ne peux pas le croire... fit Briséïs, riant et sanglotant à la fois. Tu vis... ou plutôt tu survis pendant onze ans comme un mollusque... Même pas capable de faire tes lacets ou d'ouvrir au facteur... Un pantin vivant... et puis pouf ! Tu réapparais, tout comme avant... Et maintenant, paf ! « Qu'est-ce qui ne va pas ? »

Lucien échangea un regard avec Francis.

— Hem... Alors ? Pour notre proposition ? essaya-t-il timidement.

— Est-ce que Maman sait que vous êtes ici ?

Lucien prit un air innocent. Briséïs se leva d'un coup.

— Je vais la prévenir.

— Alors nous ne serons plus là lorsque vous reviendrez toutes les deux, dit Lucien, catégorique. Je ne dois pas voir Annie. Ou du moins pas encore. Nous avons des choses à faire avant.

— J'appelle l'infirmière, le coupa Briséïs en saisissant l'interrupteur.

— Non !

Lucien le lui arracha des mains.

— Écoute Briséïs, tu ne comprends pas, c'est une question de vie ou de mort !

— Moins fort Lucien, on va se faire repérer ! souffla Francis en jetant un coup d'œil à la porte vitrée.

La vieille dame s'était redressée sur son lit, visiblement intéressée. Lucien attrapa sa fille par les épaules pour lui souffler plus bas :

— Briséïs, laisse-moi une chance. Une toute petite chance de me racheter avant de disparaître, d'accord ? Je suis persuadé, je *sais* que je peux t'aider. Tu ne risques rien, et si ça ne marche pas, promis, je te laisserai tranquille.

Briséïs baissa les yeux, incapable de soutenir plus longtemps son puissant regard bleu. Elle avait envie de se jeter dans ses bras. La vieille femme s'était remise à chanter.

Il avait dit « *avant de disparaître* ». Avait-il réellement l'intention de disparaître ? S'il était parvenu à retrouver sa trace, à venir jusque dans sa chambre sans se faire repérer alors que tout l'hôpital le recherchait, il en était bien capable…

— De quoi s'agit-il ? demanda Briséïs.

— L'appareil IRM, répondit Francis.

— Eh bien ! Vous n'avez pas de chance, le secteur de radiologie est fermé ! trancha-t-elle en se laissant retomber sur son lit.

Lucien esquissa un sourire.

— Vous ne pourrez jamais entrer, insista-t-elle, comprenant où il voulait en venir.

— Les travaux s'arrêtent à dix-huit heures et la salle d'IRM est encore en état, dit Lucien. Il suffit d'un passe.

— Et où trouverez-vous un passe ?

— Dans cette poche, dit-il en tapotant sa blouse.

— D'accord. Mais après ?

— Nous t'expliquerons là-bas. Il ne faut pas s'éterniser ici, c'est bientôt l'heure du repas.

— *C'est bientôt l'heure du repaaas* ! reprit la vieille dame en chantant.

Pour rien au monde Briséïs n'aurait voulu voir son père s'évanouir à nouveau dans la nature. Elle sauta au pied du lit.

Ils traversèrent le couloir désert du quatrième étage jusqu'à une porte de service. Lucien l'ouvrit sans hésiter et ils s'engouffrèrent dans un petit passage chargé d'une forte odeur de poisson. Les cuisines ne devaient pas être loin.

— Poisson pané ce soir, remarqua Lucien en fronçant le nez. Très franchement, tu ne manques pas grand-chose. Celui qu'ils servent n'a aucun goût. À droite toute !

Une sortie de secours donnait sur un escalier en colimaçon, encastré entre deux bâtiments. C'était le seul moyen de descendre au rez-de-chaussée sans se faire repérer. Arrivés en bas, ils longèrent une cour où s'entassaient les containers des poubelles puis débouchèrent, après avoir suivi une petite allée, sur le coin ouest du grand hall d'entrée.

— C'est là que ça se complique, remarqua Lucien à voix basse.

On ne peut pénétrer dans le bâtiment de radiologie que par la porte que tu vois là, de l'autre côté du parking.

Briséïs fit la grimace. Elle était plusieurs fois entrée à l'intérieur du bureau ovale des hôtesses d'accueil du grand hall. On pouvait y apercevoir l'entrée du bâtiment de radiologie simplement en levant le nez.

— Et vous avez un plan ?

— Presque…

— Nous allons contourner le parking et faire bien attention à ne pas montrer nos visages, expliqua Francis, retirant sa blouse blanche.

— Ma mère est à l'accueil ! Elle n'a pas besoin de voir mon visage pour savoir que c'est moi ! Est-ce qu'on ne peut pas attendre qu'il fasse complètement nuit ?

Son père secoua la tête d'un air catégorique :

— Bientôt ils vont se rendre compte que tu n'es plus dans ta chambre. On ne peut pas attendre, il faut trouver une diversion.

Briséïs se risqua à jeter un rapide coup d'œil dans le hall. Sa mère était occupée à renseigner un vieux monsieur, tandis que sa collègue, une nouvelle prénommée Esther que Briséïs connaissait très peu, remplissait des papiers. Il n'y avait pas grand monde autour du point d'accueil, pas assez pour leur permettre une traversée inaperçue.

— Est-ce que maman connaît Francis ?

Son père acquiesça.

— Si aucun de nous trois ne doit être vu, je ne vois pas bien qui va pouvoir faire diversion.

Francis tira de sa poche un téléphone portable, composa le numéro de l'hôpital. Briséïs entendit grésiller dans l'appareil un « Hôpital Richet bonj… » et Francis raccrocha précipitamment.

— C'est l'autre qui a décroché.

— Tu es sûr ? fit Lucien. Rappelle sur haut-parleur, je veux entendre.

Briséïs jeta un autre coup d'œil vers le bureau d'accueil : à présent, les deux collègues discutaient pour passer le temps. S'ils traversaient maintenant, ils ne feraient pas dix mètres avant d'être repérés. Francis appela à nouveau, et pour la deuxième fois Esther décrocha.

Se faisant passer pour un suicidaire, Francis jura qu'il allait prendre des cachets et se jeter par la fenêtre de chez lui si on n'appelait pas immédiatement le directeur de l'établissement. Un peu troublée, Esther envoya Annie chercher un responsable. Celle-ci s'en alla à grands pas.

Dos à la baie vitrée, l'hôtesse essayait de calmer son interlocuteur :

— Ne vous inquiétez pas monsieur, je vais appeler une ambulance et ils iront vous chercher. Mais il faut que vous me donniez une adresse.

— Mais je ne veux pas d'une ambulance ! répondit Francis d'une voix torturée.

Il leur fit signe d'avancer tout en continuant sur le même ton.

— Je veux parler au directeur !

Briséïs sortit la première à découvert, suivie de près par son père.

— D'accord, d'accord ! Mais on ne peut pas venir vous aider si vous ne me donnez pas plus d'informations. Donnez-moi votre adresse…

Ils progressaient, se retenant de courir pour ne pas attirer l'attention.

— Non, non, non, je vois bien que vous essayez de m'avoir, dit Francis. Je ne vous donnerai pas mon adresse, je sais très bien ce que vous allez faire. Vous allez m'emmener de force dans un de vos abattoirs pour volailles ! Et vous voulez que je me laisse faire ?

— Écoutez monsieur, dit Esther, tâchez d'être raisonnable. Vous avez besoin d'assistance et je ne peux rien pour vous si vous ne m'aidez pas. Dites-moi au moins dans quel quartier vous habitez.

Il ne leur restait plus que quelques mètres pour atteindre la porte du bâtiment de radiologie. Ils pressèrent le pas.

— Attendez… je crois que j'entends ma collègue qui revient, elle va peut-être pouvoir vous aider…

— Merde.

— Pardon ?

— Non, je voulais dire, pas votre collègue, le directeur ! couina Francis, lançant ses bras dans un mouvement désespéré vers Briséïs et Lucien.

— Vous avez l'air essoufflé, s'inquiéta l'hôtesse. Ça va aller ?

— Oui, oui, très bien !

Lucien glissa sa carte dans la fente magnétique de la serrure, attendit un déclic, poussa contre la barre d'ouverture, mais la porte ne fit que s'entrebâiller. Quelque chose semblait la bloquer de l'intérieur. Il appuya plus fort, de tout son poids, sans résultat.

— Enfin non, ça ne va pas ! Où est le directeur ? Je veux voir le directeur !

— Il est avec moi, il va vous parler… Annie, dépêche-toi !

Briséïs se joignit à son père pour pousser. Sous la pression, la porte céda de quelques centimètres.

— Mais non, je vois bien qu'il n'est pas avec vous ! s'emporta Francis.

— Comment ça, vous *voyez* ?

L'hôtesse se retourna au moment où Annie la rejoignait. Une fraction de seconde plus tard, la porte cédait d'un mètre, juste assez pour les laisser s'engouffrer dans le bâtiment. Francis les poussa à l'intérieur et, dans la précipitation, son téléphone vola sur le carrelage. La voix de l'hôtesse résonna dans le hall vide.

— Allô ? Allô ? Monsieur, que s'est-il passé ? Vous allez bien ?

Francis se jeta sur son portable.

— Ça va beaucoup mieux maintenant, mes hommages au directeur. Merci, au revoir.

Il raccrocha, et se laissa retomber par terre, le souffle court.

À l'abri dans la pénombre, Lucien s'approcha d'une fenêtre pour contempler sa femme, engagée dans une grande conversation avec Esther. Il soupira et, de la main, lui souffla un baiser.

## 3

# EXPÉRIENCES

— Ce qui manque aux médecins, c'est ce qui fait un bon scientifique : l'imagination. Ils sont tellement accrochés à leur réalité qu'ils se limitent à observer ce qu'ils ont sous les yeux ! C'est ridicule. Pour trouver une solution, il faut pouvoir la visualiser. Tiens, passe-moi le fil rouge sur la table, là.

Briséïs trouva le fil de fer au milieu d'un fourbi indescriptible et le tendit à son père.

— Et la solution que tu cherches, elle existe ou vous l'avez juste imaginée ?

— Y a-t-il une si grande différence entre les deux ?

Briséïs haussa les épaules, mal à l'aise.

— Je ne sais pas. J'aurais cru… mais si vous le dites.

— Il n'y a absolument aucune différence. Aucune, appuya Lucien avec un regard bleu transperçant. Le problème de la médecine, c'est qu'elle voit tout en termes de maladie.

— Ce qui, en un sens, est assez logique…

— Mais qui dit « maladie » dit « corps biologique », et donc réaction chimique. On écarte dès le départ l'hypothèse physique. C'est grotesque !

Lucien partit d'un éclat de rire que Francis prolongea. Briséïs esquissa un sourire crispé. Ils avaient l'air tellement sûrs d'eux !

Les deux physiciens avaient passé une partie de la soirée à bricoler un système de mesure. L'appareil IRM, un grand tube horizontal pourvu d'une épaisse coque blindée, disparaissait à présent sous un enchevêtrement de fils et d'appareils, telle une gigantesque araignée au milieu de sa toile. Les fenêtres avaient été calfeutrées et deux spots éclairaient la scène, tandis que quatre ordinateurs ronronnaient de l'autre côté de la paroi vitrée.

— Quand on parle de chimie, on parle forcément d'éléments mis en contact, poursuivit Lucien en se penchant sur un boîtier électronique qu'il venait d'éventrer sur le flanc droit de la machine. Ainsi, on ne peut faire réagir deux corps chimiques qu'à partir du moment où on les place dans un même récipient. Dans ton cas, cela impliquerait que le problème se trouve à l'intérieur.

— À l'intérieur ? reprit Briséïs.

— À l'intérieur de ton corps. Francis, tu peux activer le compensateur !

— De mon corps ? Alors le problème ne vient pas de mon corps ? s'étonna Briséïs.

— C'est bon, c'est activé ! lança Francis derrière la grande vitre.

Lucien releva la tête, et offrit à sa fille un beau sourire.

— Non, c'est évident. Ton corps réagit à une source extérieure à laquelle tu es reliée, de façon synchrone en quelque sorte. Le tout est de la retrouver.

— La source ?

— Oui.

Il tira sur un fil d'un coup sec, l'arrachant de l'outillage compliqué auquel il était amarré, et referma le boîtier.

— Voilà !

Il se redressa, s'essuya le visage et la contempla d'un air amusé.

— Ne fais pas cette tête ! On va la trouver, cette source.

— Mais qu'est-ce que c'est ? Et pourquoi mon corps y réagirait-il ? s'impatienta Briséïs.

La brûlure sur son cou la piquait à nouveau, et elle commençait à regretter de ne pas avoir attendu le retour du docteur Moulin.

— On y est presque. Un peu de patience, tu verras, tu finiras par comprendre. Tiens, regarde, je vais te montrer comment tu devras t'installer. Tu n'auras qu'à t'allonger sur cette civière, comme ça, la tête vers la machine, et puis nous te glisserons à l'intérieur du tube. Ça ne pourrait pas être plus simple. Mais il va falloir que tu sois très attentive : pour que nous ayons une chance de réussir les essais, tu devras rester *absolument* immobile pendant toute la période d'expérimentation. Il te suffira de fixer du regard le point rouge qui clignotera au-dessus de toi et de rester concentrée, quoi qu'il arrive.

— Pourquoi ? Que risque-t-il d'arriver ?

— Rien de grave… mais c'est une expérience. J'ai beau être presque certain du résultat, il y a toujours une part d'impondérable. C'est ce qui fait la beauté du métier, d'ailleurs.

Briséïs sentit son estomac se contracter. Elle était donc leur cobaye. Elle se souvenait d'une émission télévisée qu'elle avait vue quelques semaines plus tôt, déplorant l'abomination des tests pharmaceutiques sur les animaux. On y apprenait que la durée de vie moyenne d'un rat de laboratoire dépassait rarement quelques jours. Un biologiste tentait de justifier ce carnage en rappelant que ces sacrifices permettraient de sauver beaucoup de vies humaines dans un avenir proche. C'était la règle du jeu. Du jeu ! Est-ce que son père jouait, lui aussi ?

— Ensuite, quand tu seras installée, Francis relèvera les différences de température entre les zones de ta peau touchées par la plaque rouge. Sur le point le plus chaud, nous enverrons des ondes électromagnétiques infimes, que tu ne sentiras pas mais auxquelles ton corps va réagir. Tes cellules, pour se protéger, vont pour ainsi dire se « fermer », et le « message radio » que t'envoie la source lui sera alors retourné, comme un écho. Nos récepteurs, ces sortes de petits miroirs que tu vois partout, seront capables de capter cet écho et de déterminer, grâce à la direction et à l'ampleur de l'onde, la position de la source. C'est simple comme bonjour, mais il faut être physicien pour y penser.

— C'est simple comme bonjour… murmura Briséïs.

— Évidemment, tempéra Francis, cela implique que nous repérions le bon point d'énergie sur ton épaule, que les miroirs soient bien placés, que les électrochocs soient bien dosés…

Lucien lui lança un regard noir.

— Tout va très bien se passer.

Briséïs déglutit.

— Est-ce que vous avez au moins une petite idée de l'endroit d'où provient cette source ?

— Elle vient d'un endroit plutôt éloigné. Et même très, très éloigné… assura Lucien.

Briséïs jeta un coup d'œil à Francis. Il ne semblait pas à son aise, et cela l'inquiéta. Son père s'en aperçut.

— C'est évident ! s'exclama-t-il, Francis, tu me l'as confirmé toi-même, cela ne peut venir que de là-bas !

— En théorie, oui, fit Francis d'une voix faible. Mais quand on le voit de ses propres yeux…

— Je peux t'assurer que tu n'as rien vu, coupa sèchement Lucien.

Francis acquiesça d'un air coupable.

— Je sais… Mais quand même, c'est difficile à croire…

Les muscles de la mâchoire de Lucien frémirent. Il se tourna vers sa fille, forçant un sourire :

— Briséïs, pourquoi tu n'irais pas nous chercher deux cafés dans le couloir, le temps pour nous de terminer les derniers réglages ?

Elle accepta sans rechigner. Elle avait besoin de prendre l'air.

Il faisait nuit noire lorsque Briséïs sortit dans le couloir avec une lampe de poche, qu'elle tenait tout près du sol pour ne pas attirer l'attention. Elle l'éteignit une fois arrivée près de l'entrée. Plusieurs fenêtres donnaient sur le parking éclairé. Paulette était en poste, derrière le bureau ovale du grand hall. Elle avait dû venir au secours d'Annie après la disparition de sa fille. Le téléphone de Briséïs n'avait pas arrêté de sonner toute la soirée. Lucien ne s'en était pas inquiété, personne d'après lui ne penserait à venir les chercher dans ce bâtiment. Elle avait eu du mal à le croire, mais il avait eu raison. On l'avait bien cherchée, ils avaient même entendu des sirènes un peu plus tôt. Puis tout s'était calmé. Briséïs eut un pincement au cœur. Comme si sa mère n'avait pas assez de soucis… Elle se jura de ne pas la faire languir trop longtemps. Avant minuit, quoi qu'en dise Lucien, elle lui passerait un coup de fil.

Elle trouva la machine à café dans un coin sombre, derrière des portes battantes, coincée entre des étagères de prospectus et une plante en plastique. Tout fonctionnait à merveille. Elle prit deux cafés et s'apprêtait à repartir lorsqu'une horrible impression lui glaça le sang. Quelqu'un, dans son dos, l'observait. Elle resta un instant immobile, ne sachant que faire, puis le cœur palpitant se dirigea vers les portes battantes, avant de se retourner au dernier moment pour surprendre l'inconnu.

De stupeur elle lâcha les deux gobelets qui s'écrasèrent sur le sol dallé. Deux petits yeux noirs la fixaient froidement depuis le mur d'en face. Alfred Richet, bien sûr. Le portrait si empreint de réalisme parut sourire de sa frayeur. Un sourire mauvais : plus que jamais dans cette pénombre, le grand docteur au teint blafard semblait prêt à haïr quiconque se risquerait à l'observer.

— Toi, un jour, j'aurai ta peau, grommela Briséïs les mains encore tremblantes.

Elle se dépêcha d'aller chercher deux nouveaux gobelets et ne prit pas la peine d'essuyer le café répandu sur le sol. Plus vite elle en aurait fini avec les expériences de son père, plus vite elle pourrait rentrer chez elle.

— J'espère que tu n'es pas claustrophobe : avec ce que nous avons ajouté dans la machine, tu n'auras pas vraiment la place de bouger.

Et puis nous allons devoir sceller l'ouverture à tes pieds, c'est impératif pour obtenir les bonnes mesures.

Assise sur la civière, Briséïs suspendit son geste, sa chaussure à la main, pour regarder Francis. Celui-ci reprit précautionneusement :

— Nous serons derrière la vitre avec les ordinateurs, encore une fois pour ne pas fausser les mesures… mais tu auras avec toi ce petit boîtier… pour communiquer, ajouta-t-il rapidement, sentant le regard de Briséïs s'assombrir.

— On dirait le Babyphone de Jules, quand il était petit.

— C'est ça, confirma son père.

— Ce truc ne marche qu'une fois sur deux, remarqua Briséïs, incrédule. Et encore, c'était il y a onze ans…

— Nous l'avons réparé. Ne t'inquiète pas, Briséïs, tout est sous contrôle. Ta ceinture aussi. Il faut que tu enlèves ta ceinture, et puis ton pull.

Elle s'exécuta à contrecœur.

— Et le Babyphone ne va pas fausser les mesures ?

— Nous l'avons modifié. Voilà, parfait, maintenant tu n'as plus qu'à t'allonger. Tu as froid, tu trembles. Désolé, on va se dépêcher.

— Non, en fait je meurs de chaud.

Sa fièvre était remontée en flèche. Elle se sentait faible, l'esprit embrumé. Lucien posa une main sur son front puis, sans la quitter des yeux, cria à son collègue qui s'installait près des ordinateurs :

— Francis ! Il va falloir y aller vite fait !

— Et après, tu me promets de rentrer à la maison avec moi, sans histoire ?

— Oui, bien sûr.

— Jure-le.

— Je le jure.

— Ça a intérêt à marcher votre truc, soupira Briséïs en s'allongeant, parce que cette maudite tache commence à me taper sur les nerfs.

D'un geste elle signala à Francis, posté derrière la vitre, qu'elle était prête. Il appuya sur un bouton et la civière glissa lentement dans le grand tube.

— Attends ! s'exclama Lucien avant de disparaître de son champ de vision.

La civière s'arrêta, il lui attrapa la main et se pencha devant le tube pour pouvoir croiser son regard.

— Je voulais juste te dire… Je suis désolé de ne pas pouvoir t'expliquer plus. Tu ne pourrais pas comprendre. Il faudra que tu attendes de voir… le résultat de tes propres yeux.

— C'est pas grave, Papa.

— Non, je veux dire… Tu finiras par comprendre, je l'espère. Mais je veux que tu saches que je suis sincèrement désolé pour ce qui s'est passé ces onze dernières années. Et que je n'ai jamais cessé de penser à toi.

— D'accord.

Briséïs n'avait pas la moindre idée de ce qu'il voulait dire. La civière se remit en marche en tremblotant. Elle concentra son attention sur le plafond de l'appareil IRM qui défilait lentement, à moins de dix centimètres de son nez.

La civière atteignit le fond du cylindre, et son père referma la cloison d'un coup sec. Dans une obscurité totale, juste ponctuée de quelques LED clignotantes, Briséïs commença à se demander si elle n'avait pas fait une bêtise. Comment pouvait-elle être certaine que les deux hommes n'avaient pas totalement perdu la tête ? Qu'ils n'allaient pas la laisser moisir dans son sarcophage ? La paroi était si proche de son visage que les vapeurs de sa respiration revenaient lui caresser les joues. On était vendredi. Elle se mit à espérer très fort que l'équipe de restauration du bâtiment travaille également le samedi.

— Tout va bien ? grésilla la voix de son père dans le babyphone, coincé contre son épaule.

— Ça peut aller… Mais j'aimerais autant que ça ne dure pas trop longtemps. On est serré là-dedans…

— On démarre tout de suite ! Je vais compter jusqu'à trois. À trois, surtout, ne bouge plus, OK ?

— OK !

— Un…

Son cœur se mit à battre plus vite.

— Deux…

Elle respira profondément pour se calmer. Une fraction de seconde, elle imagina sa mère arrivant essoufflée dans la salle et découvrant les deux hommes penchés sur le corps de sa fille inerte.

— Trois !

Tout à coup, des étincelles jaillirent, suivies d'une violente explosion. Briséïs releva la tête et se cogna contre la paroi de l'IRM. Elle jura.

— Briséïs ! Je t'avais dit de ne pas bouger !

— Tu ne m'avais pas dit qu'il y aurait des explosions ! protesta-t-elle en donnant un coup de poing rageur contre la paroi. Laissez-moi sortir de là !

— Nous allons recommencer !

Déjà Lucien enchaînait, avant qu'elle n'ait le temps de réagir :

— C'est parti ! Un, deux…

— Non, attends !

— Trois !

Une faible lumière apparut, puis un courant d'air l'enveloppa. Subitement trois puissantes décharges électriques traversèrent son épaule et lui coupèrent le souffle. Pendant quelques secondes, son corps ne lui obéit plus.

— C'est incroyable ! Incroyable ! s'exclama son père.

— Qu'est-ce qui est incroyable ? articula-t-elle, les muscles engourdis.

— Et pourtant, c'est bien ça ! Extraordinaire !

— Papa ? Papa !

— Briséïs ? Tu m'entends ?

— Oui, je t'entends ! Qu'est-ce qui se passe ?

— Un seul des récepteurs était censé détecter une source ! Or six d'entre eux ont répondu. Six ! C'est énorme ! Il faut faire d'autres essais !

— D'autres ?

— Il faut recommencer tout de suite, tant que les conditions sont optimales !

— Papa, attends, je ne me sens pas…

Mais Lucien avait déjà repris son compte à rebours.

Briséïs ferma les yeux, comme si cela pouvait changer quelque chose, et guetta la nouvelle secousse, le visage crispé.

— … Trois !

Rien ne se produisit. Elle attendit un peu avant d'ouvrir les yeux. Toujours rien. Elle releva doucement la tête, n'aperçut que le bout de ses orteils, juste en dessous d'une LED clignotante. Elle tendit l'oreille, ne perçut que sa propre respiration et le frôlement de ses cheveux contre la paroi.

— Papa ?

Pas de réponse.

— Francis, Lucien, vous êtes là ?

Silence.

L'étroitesse de l'habitacle l'empêchait de remonter sa main vers son épaule pour attraper le Babyphone. Elle essaya de le déplacer en jouant du menton. Ce n'était pas le moment qu'il la lâche.

— Je crois que ça n'a pas marché ! cria-t-elle, je n'ai rien senti ! J'étouffe là-dedans ! Vous pouvez me faire sortir ?

Rien, pas même un grésillement. Si l'engin ne marchait plus, les deux hommes s'en étaient certainement rendu compte. Ils viendraient lui ouvrir d'un instant à l'autre…

— Eh ! sortez-moi de là ! hurla-t-elle, perdant patience, en tapant contre la cloison.

Une minute passa, interminable. Elle plaqua ses bras et ses jambes contre la paroi pour se glisser vers la sortie. Avec si peu d'espace, impossible de prendre de l'élan : elle poussa de toute la force de ses chevilles la cloison sous ses pieds. L'air commençait à lui manquer, son cœur battait à tout rompre. Jamais elle ne supporterait de passer la nuit, le week-end dans ce cauchemar de sarcophage. Elle poussa encore et encore, se contorsionnant comme une folle. La panique montait, elle ne tiendrait pas une minute de plus, il fallait sortir, sortir, sortir !

La plaque céda. Elle se faufila frénétiquement à l'extérieur. De l'air, enfin ! L'éclairage excessif des spots l'obligea à se protéger les yeux.

— Papa ! cria-t-elle, encore aveuglée.

Il faisait froid. Elle tituba jusqu'à son sac, repéra ses chaussures, son pull, se fraya un chemin jusqu'à la salle des ordinateurs tout en clignant des yeux. Personne.

— Lucien ?

Son téléphone n'avait plus de batterie. Sa montre s'était arrêtée. Elle passa une main sur son front, eut tout à coup très chaud. Ses yeux la brûlaient.

Elle fit quelques pas, les jambes lourdes, vidée de son énergie. Elle ne voyait plus que du blanc. Elle s'arrêta pour attendre que le malaise passe, et le sol se déroba sous ses pieds.

4

## LES PASSEURS

Briséïs s'efforça de rester immobile le plus longtemps possible. Elle aimait cet instant privilégié où l'on peut prétendre être éveillé tout en baignant encore dans la magie du sommeil. Tenir le gouvernail et voguer dans l'imaginaire foisonnant des songes de la nuit… Dans ces moments-là, tout était permis.

Une petite pulsation électrique vint la troubler, suivie d'autres, à intervalles réguliers. D'un violent mouvement, Briséïs chassa de son esprit l'irritante intrusion. Mais l'insupportable bruit s'installa dans ses rêves avec la ferme intention d'y rester. Amusée, Briséïs remarqua qu'il avait adopté le rythme de son cœur. Oh, le vilain tricheur !

— C'est vraiment n'importe quoi ! Un de ces jours, vous allez voir, il y en a un qui va nous claquer entre les doigts !

Elle entendait distinctement une voix. Le petit bruit électronique accéléra la cadence, comme pour signifier son mécontentement.

— Nom de nom, ne crie pas comme ça Katie, ou elle va vraiment l'avoir, sa crise cardiaque ! Remarque, si ça arrivait, ils se bougeraient peut-être le cul…

— Ah ! Tu te crois malin Freddy, avec tes réflexions à la c…

— Arrêtez tous les deux, vous allez finir par la réveiller !

Briséïs retint sa respiration.

On avait dû la trouver dans le bâtiment de radiologie. On allait lui demander ce qu'elle faisait loin de sa chambre à cette heure de la nuit, étendue dans un couloir fermé au public. À moins qu'on ne l'ait trouvée le matin ? Elle avait la bouche pâteuse et mal à la tête. Elle avait très bien pu passer la nuit dans le couloir.

— Quand même, dit Katie, avec les moyens dont ils disposent, tu ne vas pas me faire croire qu'ils ne peuvent pas…

— Chut ! Venez voir, je crois qu'elle se réveille.

Trois visages se penchèrent sur elle. Briséïs tenta de se relever.

— Oh là ! Pas si vite, jeune fille ! s'exclama la femme, Katie, ses courtes boucles noires dansant autour de son visage ovale alors qu'elle appuyait sur l'épaule de Briséïs pour que celle-ci s'allonge à nouveau. Si vous vous levez maintenant, vous allez tomber dans les pommes. Il faut faire les choses en douceur.

Briséïs se tâta l'épaule, là où l'avait touchée Katie : elle pouvait à nouveau sentir la pression de ses doigts sur sa peau qui avait retrouvé une température normale.

— Oui, oui, la tache a bien disparu, dit le plus grassouillet des deux hommes. Ça fait bizarre, hein ? Moi, j'ai été touché au palais. Je m'étais endormi en classe et ils m'ont eu alors que j'avais la tête renversée en arrière et que je ronflais la bouche ouverte. Tu parles d'une catastrophe, j'ai perdu le sens du goût pendant plus de quinze jours ! Alors après ça, tu te doutes que j'ai dû me rattraper un peu… lui confia-t-il en tapotant sa bedaine.

Le deuxième homme, grand et élancé, vêtu d'une blouse blanche comme ses deux collègues, gloussa dans sa moustache.

— Mais laisse-la donc tranquille avec tes histoires ! s'emporta le petit bout de femme. Comme si ça pouvait l'intéresser !

— C'est-à-dire que… commença Briséïs, avant d'être interrompue par une violente toux.

Sa gorge était comme remplie de poussière, faute d'avoir servi depuis longtemps.

— Allez, poussez-vous donc ! ordonna Katie. Laissez-lui de l'espace, qu'elle puisse respirer !

— De quoi parlaient-ils ? demanda Briséïs après que les deux hommes se furent reculés.

— De rien d'important. Il faut les excuser, ils ne sont pas très finauds. Mais bon, ils sont gentils. C'est une grande qualité, vous savez, à notre époque.

Briséïs lui sourit poliment.

— Qu'est-ce que je fais là ? risqua-t-elle après un temps.

Elle avait décidé de jouer l'amnésique. C'était sans doute la meilleure façon de s'en sortir sans trop de problèmes.

— Comment, vous ne vous en doutez pas ?

— C'est-à-dire que… je dois être à l'hôpital puisque ma mère m'y a emmenée, mais après…

— Oui, enfin, c'est vrai que cette idée de calmant, ce n'était pas génial, admit l'infirmière. Si on y ajoute le stress, et puis ce passage prolongé dans l'IRM, non, vraiment, ce n'était pas très brillant. Ils auraient pu trouver autre chose. Tenez, buvez, ça vous fera du bien.

Briséïs ouvrit des yeux ébahis.

— Quoi ? Vous voulez dire que vous êtes au courant de…

— Bien sûr que je suis au courant, voyons ! Pourquoi serais-je là sinon ? Allez, buvez !

— Alors vous êtes avec eux ? s'exclama Briséïs, se sentant tout à coup beaucoup mieux.

— Oui, enfin vous savez, ici, je ne suis qu'une passeuse…

— Vous ne pouvez pas savoir à quel point je suis soulagée ! reprit Briséïs. Ils avaient tout prévu ! Ils auraient pu me prévenir, quand même ! Qu'est-ce qui s'est passé exactement ? Est-ce que ma mère est au courant ?

— Ne vous inquiétez pas, vos parents seront prévenus en temps voulu. Mais s'il vous plaît, faites doucement, ici les murs ont des oreilles…

— Ah ? Oui, bien sûr, s'excusa Briséïs à voix basse. Mais vous ne croyez pas que nous pourrions leur dire, maintenant que tout est réglé ? Ma mère n'est pas si rancunière, vous savez.

L'infirmière ne répondit rien. Elle ordonnait nerveusement quelques papiers dans le dossier d'hôpital de Briséïs, qui reconnut plusieurs des fiches d'examens médicaux passés durant son adolescence.

— Vous ne m'avez pas répondu : où sont mon père et Francis ? Mon père m'a promis qu'il rentrerait à la maison une fois que tout serait terminé.

Katie referma le dossier si brusquement que Briséïs sursauta.

— Bien ! Vous me paraissez en pleine forme, dit-elle d'une voix forte. Vous allez pouvoir rejoindre l'accueil. On vous donnera votre numéro d'identification.

— Mon numéro de ?

Katie lui remit son sac jaune poussière dans les bras et la poussa jusqu'à la porte, avec un regard entendu :

— Vous me ferez le plaisir de suivre attentivement les instructions, à l'accueil.

— Oh, oui, bien sûr, mon numéro d'i-den-ti-fi-ca-tion, reprit Briséïs de la même voix forte.

— C'est ici que je vous quitte. J'ai encore beaucoup à faire.

— D'accord… répondit Briséïs un peu étonnée, avant d'ajouter plus bas : merci pour tout !

L'infirmière voulut refermer la porte, mais Briséïs l'arrêta :

— Encore une chose, quelle heure est-il ? Ma montre ne fonctionne plus…

— L'heure de se dépêcher ! répondit l'autre avant de lui claquer la porte au nez.

Briséïs resta interdite. Elle se trouvait dans un grand couloir blanc dépourvu de fenêtres. Ne sachant quelle direction prendre, elle partit au hasard, s'accrochant à son sac comme à un radeau de fortune. Elle finirait bien par retrouver son chemin.

Un second couloir blanc succéda au premier, puis un troisième et un quatrième sans qu'elle n'en reconnaisse aucun. Elle n'aurait jamais imaginé que l'hôpital soit si grand. La fatigue la gagnait. Elle s'apprêtait à retourner sur ses pas lorsqu'elle aperçut une porte entrouverte. Elle la poussa doucement et se trouva face à un grand homme noir penché au-dessus d'un chariot de ménage.

— Euh… excusez-moi… dit-elle timidement.

L'homme fit un bond, se redressa et vint se placer dans l'entrebâillement de la porte.

— Qu'est-ce que vous faites là ? aboya-t-il.

— Euh… je… balbutia Briséïs.

— Vous savez lire ? dit-il encore. « Passage interdit sauf service. » C'est écrit là, sur la porte !

Il désigna l'écriteau à l'aide de sa casquette avant de la remettre sur sa tête lisse et humide.

Ne sachant quoi répondre, Briséïs promena son regard de l'écriteau à l'homme, qui semblait déterminé à lui dissimuler le contenu du cagibi de son imposante carrure, comme s'il y gardait un précieux trésor. Pourtant il ne contenait que des produits de nettoyage rangés dans l'ombre, sur des étagères, au fond de l'étroit conduit. Briséïs plissa les paupières, n'en croyant pas ses yeux : non, il n'y avait pas d'étagères ni de produits de nettoyage. Le tout n'était qu'un trompe-l'œil, peint avec une surprenante minutie…

— Vous voulez peut-être que je vous aide ? grogna l'homme d'une voix menaçante.

Elle déglutit.

— À vrai dire, je voudrais bien que…

— Si vous cherchez quelque chose, il faut vous adresser à l'accueil ! rugit-il encore, avant de lui claquer la porte au nez si violemment que ses cheveux se dressèrent sur sa tête.

Elle décida sagement de ne plus importuner ce bon monsieur. Elle avait obtenu ce qu'elle voulait : dans son élan de colère, l'homme lui avait montré du doigt la direction de l'accueil.

— Par là, donc, dit-elle à haute voix pour se redonner du courage, reprenant son chemin.

Elle marchait d'un pas vif depuis quelques minutes quand une petite voix traînante lui chatouilla les oreilles.

— Vous cherchez ?

Elle tourna la tête. Dans une minuscule pièce sans fenêtre, derrière un bureau vide, se tenait une femme en blouse vert pâle, le visage copieusement ridé et outrageusement fardée.

— Vous cherchez ? répéta-t-elle d'un ton monocorde.

— Euh… je cherche l'accueil, dit Briséïs.

— C'est ici, lui répondit la femme, impassible.

— Ah ?

Briséïs leva les yeux vers le haut de la porte. Sur le mur beige, à la craie blanche, le mot « accueil » était bien inscrit, d'une écriture maladroite.

— C'est étrange, je connais bien cet hôpital et je…

— Nous avons déménagé pour des raisons pratiques. Alors, qu'est-ce que vous voulez ?

— Déménagé ? s'étonna Briséïs. Dans cette pièce ?

— Faut-il que je repose ma question ?

— Euh… c'est-à-dire que… oui, enfin non, ce n'est pas la peine…

La femme leva un sourcil, l'air exaspéré.

— C'est… à propos du numéro d'identification.

L'autre l'observa de haut en bas, sortit un papier bleu de l'unique tiroir du bureau, tira un crayon de la poche de sa chemise et commença son interrogatoire.

— Nom ?

— Briséïs Riccetti.

— Âge ?

— Dix-huit ans.

— Sexe ?

— Euh, féminin, répondit Briséïs, hésitante devant l'absurdité de la question.

L'employée la toisa d'un air désapprobateur puis haussa les épaules.

— On ne sait jamais…

Elle se pencha à nouveau sur son questionnaire. Briséïs s'agita un peu, debout devant le bureau vide.

— Matricule ?

— Pardon ?

— Numéro d'identification si vous préférez, fit-elle, agacée, en posant son papier sur la table.

— Mais c'est vous qui… commença Briséïs.

— Vous le trouverez sur votre feuille de résultat des tests.

— Le résultat des…

— Sur le formulaire jaune, le résultat des tests.

— Mais je ne…

— Mais, mais ! coupa la femme, comment voulez-vous qu'on y arrive si vous n'avez pas fait les tests ? Revenez lorsque vous aurez obtenu le formulaire jaune.

— Et où dois-je me rendre ?

— C'est très simple. Il vous suffit de prendre à gauche en sortant, puis de prendre à droite, puis encore à droite, deux fois à gauche et ce sera la troisième porte à droite. Vous ne pouvez pas vous tromper, le numéro 37 349 est inscrit sur la porte. À moins que ce ne soit le 73 943 ? Oui, enfin, peu importe, quelque chose comme ça.

Elle considéra Briséïs, toujours immobile.

— Eh bien, qu'est-ce que vous attendez ? Vous n'allez pas rester plantée là toute la nuit ?

— Excusez-moi, répondit Briséïs, mais où suis-je, exactement ?

— Eh bien… hésita la femme qui perdit de son assurance, vous êtes au passage…

— Où ça ?

— Écoutez, ce n'est pas à moi de vous expliquer. Suivez les instructions et tout s'éclaircira.

Elle fit le tour de son bureau pour raccompagner Briséïs jusqu'à la porte.

— Gauche. Droite. Droite. Gauche. Gauche et troisième à droite. Au revoir.

Elle claqua sa porte et Briséïs se retrouva penaude, seule dans le silence pesant de l'interminable couloir.

La logique aurait voulu qu'elle frappe à la porte de l'accueil, pour exiger plus d'explications. Si tout ceci était une invention de son père, il allait l'entendre… Mais l'idée de devoir affronter une nouvelle fois l'étrange faciès peinturluré de cette vieille femme…

— Patience, se dit-elle, quelqu'un va finir par m'expliquer. D'abord, trouver cette foutue salle de tests…

Les couloirs se suivaient et se ressemblaient tous. Les questions se bousculaient dans son esprit et l'empêchaient de se concentrer. Quel genre d'endroit possédait tant de corridors sans fin, tant de carrefours sans signalisation ? À chaque embranchement, elle hésitait un peu plus, priant de toutes ses forces pour ne pas se tromper de chemin. Il lui aurait été impossible de retrouver l'accueil. Elle désespérait de sortir un jour de ce labyrinthe quand enfin elle découvrit une dizaine de personnes faisant la queue devant une porte. Un écriteau, « visite médicale », signalait le début de la file d'attente. Elle posa son sac derrière un jeune homme un peu plus âgé qu'elle. Il se retourna et lui sourit. Il portait un béret et une chemise ample aux manches retroussées. Des bretelles croisées retenaient son pantalon, et il tenait par-dessus son épaule un gros balluchon en toile. Il avait de la terre sous les ongles et mordillait une brindille.

— Bonjour, dit Briséïs, heureuse de pouvoir enfin parler à quelqu'un de sympathique. Les couloirs sont longs ici, hein ? J'ai bien cru que je m'étais perdue ! Ça fait longtemps que vous attendez ?

Le jeune homme esquissa une grimace d'excuse :

— *Eu nao falo sua lingua.*

— Ah, d'accord…

Et comme étonnamment aucune autre personne ne semblait parler français, elle se contenta d'attendre son tour, en espérant qu'il viendrait rapidement.

Une éternité passa.

Enfin, une jeune femme au visage dur l'introduisit dans une petite pièce et lui présenta un fauteuil. Briséïs alla s'y asseoir avec gratitude. Elle était si fatiguée, elle aurait pu s'endormir sur-le-champ.

— Ce n'est pas pour vous, c'est pour vos affaires. Je viens de le dire, mais vous n'écoutez jamais.

Briséïs se releva, suivit la femme qui retroussa les manches de sa blouse rose et s'installa derrière son bureau, seul autre meuble de la pièce.

— Vous êtes ?

— Briséïs Riccetti.

L'autre la considéra d'un œil désobligeant, puis sortit un carnet.

— Ah oui, mademoiselle Riccetti. Vous êtes en retard. On ne vous a pas appris à respecter les horaires dans votre petite ville ?

— Pardon ?

— Les horaires, articula-t-elle. Et bouchée avec ça. Il va falloir montrer un peu plus de bonne volonté si vous voulez réussir ici. Vous avez déjà de la chance qu'on vous accepte dans notre établissement. Vous auriez pu au moins faire preuve d'un peu de reconnaissance et arriver à l'heure.

— Je vous prie de m'excuser, dit Briséïs, mais je suis où ici ? Et envers qui suis-je censée être reconnaissante ? J'aimerais bien qu'on m'explique…

— Comment, vous ne le savez pas ?

— Non, justement, je ne le sais pas, et j'aimerais bien le savoir.

— Ah… Dans ce cas, je suis désolée, mais vous allez devoir attendre de pouvoir parler à un responsable. Ce n'est pas mon rôle de vous expliquer tout cela.

— Pourquoi ? C'est si compliqué ? s'énerva Briséïs.

— Assez, en effet. Et je vous prie de rester polie. Ce n'est pas parce que votre situation est précaire qu'il faut être désagréable avec tout le monde.

Elle gribouilla quelques notes sur une page en maugréant :

— Ça, c'est bien les jeunes, tiens. Ça arrive en retard, ça ne s'intéresse à rien, ça ne respecte plus personne… C'est à cause de gens comme vous que le monde va mal.

— Parce que ma situation est précaire maintenant ? fit Briséïs, ignorant la dernière remarque.

— Mais comment voulez-vous que je le sache, vous ne m'avez même pas encore laissé le temps de vous ausculter ! Ce que c'est pressé, les jeunes, je vous jure !

Elle se ressaisit, retira une poussière de sa blouse rose pâle. Puis elle chercha une page vierge dans son carnet, appuya soigneusement sur la pliure pour le maintenir ouvert avant de reprendre la parole.

— Vous avez quel âge ?

— Dix-huit ans.

— Bien, fit la femme avant de cocher consciencieusement une petite case.

Elle contempla paisiblement son œuvre avant de relever la tête.

— Dormez-vous bien ?

— Sans problème, répondit Briséïs, songeant qu'elle pourrait en profiter pour lui faire une démonstration.

— Quelle quantité de produits illicites fumez-vous par semaine ?

— Quoi ? Je… Je ne fume pas…

— Alors vous buvez, c'est pareil, dit la femme en cochant une autre case.

Briséïs allait protester, mais l'autre ne lui en laissa pas le temps :

— Désirez-vous aborder un sujet particulier ? Sur les dangers du bruit, du soleil, des études, de la malnutrition, des médicaments, de la psychologie ? Sur un problème en particulier ? Problème familial, de sexualité, de stress ?

— Euh…

— Non, d'accord, fit-elle en cochant une autre case. Mettez-vous là.

Briséïs fit le tour du bureau et vint se placer à côté d'elle.

— Enlevez votre haut.

Briséïs obtempéra, et l'infirmière lui mit un tensiomètre autour du bras.

— Paaarfait ! Faites-moi cinquante flexions. Mais attention, on ne triche pas, je compte avec vous !

Briséïs lui jeta un regard incrédule. Elle tenait à peine sur ses jambes... Mais son interlocutrice ne semblait pas prête à changer d'avis, et Briséïs avait besoin de son aide pour sortir de ce cauchemar.

— Des problèmes oculaires, auditifs ? poursuivit la femme alors que Briséïs entamait ses flexions.

— Euh... pas que je sache...

— Ça veut dire oui ou ça veut dire non ?

— Ça veut dire non.

Nouveau trait sur le papier.

— Vous prenez la pilule ?

— Non.

— Préservatifs alors.

— Non plus...

La femme posa son stylo pour la regarder droit dans les yeux, ce qui l'obligeait à une curieuse gymnastique, au gré des mouvements de Briséïs.

— Vous ne vous protégez pas ? fit-elle d'un air scandalisé.

Par chance, Briséïs était déjà rouge du fait de ses flexions. Elle se contenta de sourire bêtement et de murmurer :

— C'est que... je n'en ai pas encore vraiment besoin...

— Aaah ! fit tout à coup la femme avec une moue désabusée. Et ça croit tout savoir...

Nouvelle case cochée.

— Encore vingt-cinq, ne vous relâchez pas.

Briséïs n'en pouvait plus. Seule son exaspération lui donnait la force de poursuivre un numéro si absurde. Elle était partie retrouver son père et comprendre enfin ce qui lui arrivait. Au lieu de cela, elle se retrouvait en soutien-gorge à faire des flexions pendant qu'on lui parlait de sa sexualité. C'était grotesque.

— Pouvez-vous me citer trois maladies sexuellement transmissibles ?

— Que… Que je les… cite ? dit Briséïs à bout de souffle.

La femme fit jouer son stylo, attendant.

— Euh… Eh bien… Il y a… Il y a le sida… Mais les autres…

— Les autres ?

La femme soupira, l'air agacé, rayant brutalement une case de plus sur son formulaire.

— Votre ignorance risque de vous coûter cher, vous le savez j'espère ? Ça s'attrape très facilement, ces trucs-là. Cinquante, vous pouvez vous arrêter.

Briséïs se rhabilla et vint s'appuyer sur le bureau pour ne pas tomber. Des étoiles dansaient devant ses yeux, elle tremblait comme une feuille.

— Je vous en prie, faites comme chez vous, dit la femme d'un ton de reproche.

Une porte que Briséïs n'avait pas remarquée s'ouvrit au fond de la pièce, et un homme d'une cinquantaine d'années, vêtu d'une grande toge blanche, entra.

— Vous avez bientôt fini ? demanda-t-il.

La femme se leva d'un bond et le salua respectueusement.

— Jeune fille, signez ici et suivez monsieur.

— Merci Marlène, dit l'homme d'une voix douce une fois que Briséïs eut signé. Est-ce que vous n'allez pas lui donner son sac ?

— Si, bien sûr, sursauta l'infirmière qui apporta son sac à Briséïs. En espérant que vous apprécierez votre séjour parmi nous.

— Merci…

La femme la salua avec un sourire pincé :

— C'est moi qui vous remercie. Tout le plaisir est pour moi.

Et comme elle attendait la suite, coincée dans une courbette forcée, l'homme toussota :

— Marlène ? N'allez-vous pas ouvrir la porte à la personne suivante ?

— Si, bien sûr, naturellement…

— Mademoiselle, si vous voulez bien me suivre.

L'homme referma la porte derrière Briséïs avant que la personne suivante entre dans la pièce.

— Il faut l'excuser, dit-il lorsqu'ils se retrouvèrent seuls. Les gens qui travaillent ici sont de bonne volonté, mais pas toujours très… enfin pas très débrouillards, quoi.

— Je devais prendre mon numéro d'identification pour le donner à l'accueil…

— Ne vous inquiétez pas, Marlène s'en chargera.

À nouveau, un très long couloir. Mais cette fois, de grandes étagères étaient érigées de chaque côté. Des draps, des couvertures et des vêtements y étaient soigneusement rangés.

— Je m'appelle Dorian, dit l'homme en passant distraitement son doigt sur les étiquettes de l'une des rangées. Je suis veilleur, et je suis chargé de vous expliquer quelques petites choses avant de vous laisser rejoindre votre chambre. Là, vous pourrez vous reposer.

— Ma chambre ? Je vais rester ici longtemps ?

Il marchait vite, elle dut accélérer le pas pour rester à sa hauteur. Enfin elle allait obtenir des réponses.

— Vous êtes ici parce que des personnes très haut placées vous ont jugée apte à recevoir un certain enseignement, dit le veilleur d'un ton grave. Avant tout, il faut que vous sachiez que c'est un honneur réservé à un très petit nombre. Tenez, voilà pour votre chambre.

Il s'arrêta net et lui tendit une pile de draps. Briséïs faillit lui rentrer dedans.

— Mademoiselle…

— … Riccetti.

— Mademoiselle Riccetti, ce que vous allez découvrir derrière ces portes…

Dorian lui montra le fond du couloir. Elle tourna la tête.

— … dépasse certainement votre entendement. Derrière ces portes, se cache l'un des lieux les plus insolites au monde.

Ses yeux pétillaient. Briséïs l'observait sans comprendre.

— Et alors… Qu'est-ce que c'est, exactement ? demanda-t-elle.

— On l'appelle la Citadelle, dit le veilleur. Elle est née d'un commun accord entre les chefs des grandes nations, il y a très longtemps, et son œuvre se poursuit encore aujourd'hui. Elle possède tous les secrets de l'humanité et peut tout expliquer. Une école y a été créée, et chaque jour, des milliers d'élèves foulent son sol. Comme vous, ils ont été élus pour construire l'avenir grâce aux connaissances du passé.

Briséïs sonda le visage de l'homme. Il avait l'air tout à fait sérieux.

— Ce doit être… impressionnant… murmura-t-elle pour ne pas le vexer. Je n'en avais jamais entendu parler.

— La Citadelle est trop précieuse pour être révélée à tous, répondit le veilleur avec un hochement de tête entendu. Tant de trésors rassemblés dans un même lieu, cela attirerait des convoitises. Un système de sélection très strict a été mis en place. Et vous, mademoiselle Riccetti, vous avez été choisie. Désormais, vous faites partie de l'Élite.

Il accompagna cette conclusion d'un large sourire.

— N'est-ce pas fantastique ?

— Euh… sans doute… Est-ce que c'est mon père qui m'a envoyée ici ? Lucien Riccetti.

— Je ne peux malheureusement pas vous révéler le processus de sélection, il est confidentiel.

— Mais c'est lui qui vous a aidé à me faire venir, n'est-ce pas ? Est-ce qu'il est ici ? Est-ce que je peux le voir ?

— Vous pourrez écrire à vos parents très bientôt.

— Mais… la première dame à qui j'ai pu parler en me réveillant tout à l'heure avait l'air de le connaître, elle s'est même plainte de ses méthodes, avec l'IRM…

— Le nom de cette dame ? demanda l'homme en blanc, le visage soudain fermé.

Briséïs s'apprêtait à lui répondre, mais elle se ravisa.

— Je ne m'en souviens plus.

— Mais elle vous a parlé d'un appareil IRM.

— C'est moi, à vrai dire, qui lui en ai parlé, et elle n'avait pas l'air de comprendre… J'ai dû me tromper.

— Tenez, voici votre uniforme, dit l'homme, plus détendu, ajoutant sur sa pile de draps un ensemble bleu roi impeccablement repassé et une paire de chaussures noires cirées flambant neuves. Vous verrez, la Citadelle est une vraie splendeur.

— Il y avait des gens qui ne parlaient pas français, dans le couloir où j'attendais…

— Sachez, mademoiselle, que nos élèves viennent des quatre coins du monde. Je vous laisse ici. Si vous avez d'autres questions, vos camarades se feront un plaisir de vous répondre. Pour rejoindre votre chambre, prenez à gauche, montez deux étages, puis prenez la première à droite, ensuite la septième à gauche, montez trois étages, puis deux fois à droite, et ce sera la cinquième porte à droite. Bonne chance…

5

# L'ÉCOLE

Ses doigts se promenèrent nerveusement sur la veste neuve. De petits boutons gravés d'un motif de dragon s'alignaient sur le devant. Un drapeau français était brodé sur l'épaule.

Tout cela était-il bien réel ? Briséïs n'arrivait pas à assembler deux idées cohérentes. Dormir…

Elle leva les yeux, cherchant à se rappeler les indications du veilleur. Il ne fallait pas se tromper si près du but. Un lit l'attendait, tout près.

Elle rassembla ses forces et se mit en marche. Les couloirs se succédèrent, sans que jamais elle ne croise personne, ni ne trouve d'indices qui lui permettent de mieux cerner cet étrange lieu. Mais elle arriva à bon port, et c'était l'essentiel.

Derrière la cinquième porte, elle découvrit une petite pièce flanquée de huit lits superposés. Briséïs repéra l'interrupteur sur sa droite. L'halogène toussota. Elle s'apprêtait à poser son paquetage sur le lit le plus proche lorsqu'une voix sortit de nulle part :

— Comment t'appelles-tu ?

Briséïs se cogna la tête contre le lit du dessus.

— Briséïs… lança-t-elle à l'aveuglette.

D'un seul coup, quatre têtes ébouriffées surgirent des couchettes supérieures. Quatre garçons la dévisageaient avec étonnement. L'un d'eux s'esclaffa :

— Une fille ! Ah, c'est la meilleure !

Et tous éclatèrent de rire.

— Qu'est-ce que cela a de drôle ?

Elle discernait à peine leurs traits sous la faible lumière. Ils devaient avoir à peu près son âge.

— T'en connais beaucoup, toi, des femmes, dans la politique ? dit l'un. Il n'y en a même pas assez pour créer un dortoir de filles !

— Dans la politique ? reprit Briséïs.

— Ben oui, au pouvoir, quoi.

— Remarque, commenta un troisième, c'est de plus en plus courant. C'est la mode, ça leur passera.

— Ouais, eh bien ils feraient mieux de ne pas jouer à ce jeu-là trop longtemps, ils s'en mordront les doigts, compléta le quatrième.

— Qu'est-ce que tu veux dire ? s'indigna Briséïs.

Mais elle n'était pas certaine de vouloir polémiquer. Son lit était juste là…

— Ben oui, dit-il en se relevant pour mieux l'observer. Elles sont trop imprévisibles.

Les trois autres approuvèrent avec de petits rires moqueurs.

— Moi, c'est Willis, dit celui qui l'avait questionnée le premier, Willis Ferdinand.

Ses cheveux blonds cendrés, ses joues rosées et ses gestes assurés lui donnaient une parfaite allure de fils de bonne famille. Il occupait le lit le plus proche de la porte. Il se tordit le cou pour indiquer d'un signe de tête le garçon brun aux grandes dents assis derrière lui.

— Lui, c'est Axel Olsen.

Axel hocha la tête.

— Le fou du fond, c'est Benji Lorenz.

Benji était le grand gaillard aux longs cheveux châtains qui trouvait les filles « trop imprévisibles ». Malgré ses mains osseuses et son nez légèrement bossu, il dégageait un certain charme.

— Et pour finir, voilà Pierre Dull.

De Pierre, elle ne vit qu'une main s'ébrouant dans le vide en signe de bienvenue.

— Vous êtes ici depuis longtemps ? demanda-t-elle.

— Depuis aujourd'hui, lui répondit Willis. On est tous du même mois.

— Du même mois ?

— Il y a une nouvelle classe par mois et par pays. On est huit par classe.

Briséïs jeta un coup d'œil autour d'elle. Encore trois lits vides.

— Les autres ont jusqu'à demain matin dix heures pour se pointer, ajouta Willis. Après, ils n'auront plus qu'à repartir chez eux. Moi, je trouve que c'est le minimum : si on n'est pas capable d'arriver à l'heure, on n'a rien à faire dans un endroit pareil.

— Encore faudrait-il savoir où arriver, à quelle heure et pour quoi faire, observa Briséïs. Moi, on ne m'avait rien dit.

— Tu devais bien avoir une petite idée de ce qui ce qui t'arrivait, non ? dit Pierre en émergeant de son lit. Nous, on se doutait tous de quelque chose.

La pâleur de son visage combinée à ses cheveux très blonds et à ses yeux noirs lui donnait un air un peu effrayant. La lumière verdâtre de la pièce n'arrangeait rien.

Les autres hochèrent la tête et Willis s'expliqua :

— La vie n'est pas qu'une succession de hasards. Il existe une élite grâce à laquelle le monde avance. Et bien sûr, nous faisons partie de cette élite.

— Bien sûr… souffla Briséïs. Combien de temps devons-nous rester dans ce… cette école ?

— Neuf mois, lui répondit Willis sur le ton de l'évidence.

— Alors je vais devoir rentrer chez moi d'abord, glissa-t-elle précipitamment.

— Ben voyons, s'esclaffa Benji.

— Tu ne peux pas rentrer chez toi, expliqua Willis. Ou alors définitivement. Je te le déconseille. Et puis, personne n'a jamais choisi de rentrer. C'est un tel cadeau que l'on nous fait !

Briséïs hocha lentement la tête. Elle était en pleine crise familiale, il était hors de question de disparaître pendant neuf mois…

— T'as l'air complètement crevée, dit Willis avant qu'elle n'ait eu le temps de rouvrir la bouche. Demain il fera jour… tu verras, tout sera beaucoup plus clair. On va te laisser dormir.

Dormir…

Son lit lui tendait les bras. Willis éteignit la lumière. Des ronflements sourds montaient déjà du lit de Pierre.

Briséïs capitula. Elle jeta un drap sur son matelas et s'allongea, encore habillée. Elle soupira d'aise en ôtant ses chaussures. L'oreiller était incroyablement moelleux. À peine avait-elle remonté la couverture de laine sur ses épaules qu'une vague de sommeil l'emporta.

Le lendemain matin, lorsque Briséïs ouvrit les yeux, Axel, assis sur le lit d'en face, lui souriait de ses grandes dents. Il avait enfilé son uniforme.

— C'est l'heure, dit-il simplement avant de se lever. On t'attend dehors. Il faut que tu t'habilles.

Axel sortit dans le couloir, refermant précautionneusement la porte.

Briséïs se sentait faible. Sa bouche était pâteuse, ses lèvres gercées. Si elle se trouvait réellement quelque part loin de chez elle, il s'était peut-être passé plusieurs jours sans qu'elle ne s'en soit rendu compte. À la maison, on devait être mort d'inquiétude à son sujet. Il fallait qu'elle rentre chez elle au plus vite.

Elle se leva, et de petites étoiles dansèrent devant ses yeux. Elle ne pouvait entreprendre un voyage sans avaler quelque chose. Son regard se posa sur son uniforme. Il était plus sage de l'enfiler pour le moment. Elle aviserait ensuite.

Son complet bleu roi, léger et très agréable, était identique à celui des garçons tout en épousant parfaitement ses formes féminines. À croire qu'il avait été fait sur mesure. Dommage qu'il n'y ait pas de miroir dans la chambre, qu'elle puisse au moins profiter de sa tenue quelques instants avant de la rendre. Briséïs n'avait jamais rien porté d'aussi chic. À l'épaule, son sac jaune poussière faisait pâle figure sur la veste impeccablement coupée. Elle tassa son jean, son pull et ses baskets dans la besace, au cas où elle ne repasserait pas par cette chambre, enfila les chaussures cirées et se glissa à l'extérieur.

Un cinquième garçon l'attendait avec les autres.

— Bonjour, dit-elle timidement.

— Salut, lui répondit Willis. On a un nouveau venu : Quentin Rasière. Il est arrivé tôt ce matin. Quentin, voilà Briséïs. C'est une fille.

— Je crois qu'il avait remarqué, dit mollement Benji, adossé contre le mur.

Il avait rassemblé ses cheveux châtains en catogan pour laisser apparaître la partie inférieure de son crâne, rasée.

— Où tu comptes aller comme ça avec ton pactole ? demanda-t-il, pointant son sac à bandoulière.

— Nulle part… Enchantée, ajouta-t-elle, tendant la main à Quentin pour changer de conversation.

Celui-ci, occupé à passer sa main dans ses cheveux noirs d'un geste fringant, lui tendit la main gauche au lieu de la droite. Il portait une chevalière à l'annulaire. L'échange maladroit fit pouffer Pierre et Axel, et Quentin se recoiffa une énième fois les cheveux pour se donner de la contenance.

— Une petite faim ? entonna Willis.

Briséïs hocha la tête.

— Bon, alors puisque tout le monde est là, c'est parti !

Les longs couloirs étroits laissèrent rapidement place à de grandes allées de pierre brute rappelant celles des cloîtres moyenâgeux, bordées de colonnades ouvragées. À travers ces très hautes ouvertures, Briséïs put enfin découvrir le lieu : elle en resta bouche bée. Elle se trouvait dans une véritable citadelle – c'était le terme employé par Dorian –, une gigantesque forteresse. Vers l'extérieur, des tours, des cours, des maisonnettes encastrées entre les différents niveaux de murailles jusqu'à la dernière, qui protégeait une grande ville basse et sa multitude de toits de tuiles rouges. Vers l'intérieur, des bâtiments s'élevant comme des falaises, toujours plus hauts, à perte de vue. L'édifice médiéval avait dû être agrandi au fur et à mesure des siècles, incorporant progressivement les marques architecturales d'époques et de cultures très différentes. Un mélange de genres parfaitement maîtrisé, qui octroyait à la Citadelle une élégance et une puissance comme Briséïs n'en avait jamais vu. Chaque nouvelle découverte la laissait sans voix : une immense façade de temple égyptien ouvrant sur une cascade d'escaliers sculptés comme une cathédrale gothique ; un palais birman au toit recouvert d'or desservi par un pont suspendu semblant dater du prochain millénaire… Elle dut se pincer pour être certaine de ne pas rêver.

— C'est beau, hein ? lui glissa Willis à l'oreille.

— Comment une telle merveille peut-elle rester cachée du monde entier ? s'étonna-t-elle, son regard accrochant une grande fontaine d'ivoire dressée comme une dentelle africaine au milieu d'une place carrée d'un blanc immaculé.

— Pas du monde entier, d'une grande partie du monde seulement, rectifia Willis. Tu verras, un jour, tout le monde y aura droit. Mais pour l'instant, l'essentiel de l'humanité n'est pas prêt à la voir.

Ils arrivèrent au réfectoire après dix minutes de marche. Des lustres majestueux pendaient du plafond de la luxueuse salle, vaste comme un hall de gare. D'immenses tapisseries ornaient les murs, et de lourds rideaux rouges encadraient les fenêtres. Sur chaque table ronde recouverte d'une nappe brodée, des couverts en argent rutilaient. Une trentaine de groupes d'élèves étaient déjà assis. D'autres arrivaient encore. Ses camarades de chambre avaient dit vrai : Briséïs ne repéra qu'une seule jeune fille, assise un peu plus loin, au milieu d'un groupe de jeunes gens. Le drapeau Finlandais était brodé sur son épaule. Briséïs lui adressa un sourire, auquel l'autre répondit poliment.

Ils s'installèrent à l'une des tables. Un homme vêtu d'une chemise aux manches bouffantes sur lesquelles s'alternaient des bandelettes rouges et jaunes vint leur apporter des boissons. Il portait en guise de pantalon une culotte à l'ancienne, tout aussi bouffante, et des bottines à bouts pointus. Trois majestueuses plumes d'autruche agrémentaient son chapeau.

— Ça, c'est du costume, souffla Briséïs sitôt le serveur reparti, alors que Pierre, Axel et Quentin pouffaient de rire.

— Ceux qui travaillent dans la Citadelle sont tous de nationalités différentes, expliqua Willis en jetant un regard désapprobateur vers les trois garçons. Il leur est parfois difficile de trouver leurs repères, alors on leur permet de porter le costume de parade de leur patrie. Pour mieux préserver leurs racines. Et puis ça met un peu de vie, c'est sympa... Mais je dois avouer que je n'ai pas la moindre idée du pays d'origine de celui...

L'homme revint avec un large plateau où s'amoncelaient viennoiseries, petits pains, céréales, fruits. Le doux fumet des croissants réveilla l'appétit de Briséïs. Elle mordit dans la pâte avec délice : encore chaud, croquant à souhait. Elle n'en avait jamais goûté de meilleur.

— Ils doivent en avoir, de l'argent, pour entretenir un endroit pareil, fit remarquer Pierre en examinant un lustre, une énorme tartine de confiture à la main.

— Et ce n'est pas tout, assura Willis. Je suis arrivé tôt hier matin, j'ai eu le temps de visiter. On a le droit d'aller partout, sauf derrière cette grande porte, vers le centre de la Citadelle, fit-il, pointant le fond de la salle. On ne peut y aller que pendant les cours, accompagnés d'un veilleur. De ce côté-ci, il n'y a que les dortoirs. C'est là-bas que sont gardés tous les secrets de la Citadelle... et de l'humanité !

Il laissa le temps au groupe d'observer l'immense double-porte en bois massif qui trônait derrière les tables, content de son effet.

Briséïs se perdit un moment dans sa contemplation. *Tous* les secrets ?

— C'est bien ça, renchérit Willis, comme s'il répondait à sa question muette, tous les mystères non résolus, tout ce que vous avez toujours voulu comprendre de notre monde, sans imaginer pouvoir un jour trouver de réponse. Les réponses existent. Elles sont juste derrière cette porte. Mais il y a déjà tellement à voir de ce côté ! Chaque pièce représente un courant architectural, vous avez remarqué ? La Citadelle est un gigantesque musée.

— Avec tout cet espace, on se demande pourquoi notre dortoir est si petit, remarqua Briséïs.

— Regarde autour de toi et tu auras la réponse, lui dit Willis. Rien que dans cette pièce, on doit être au moins trois cents. La Citadelle accueille des milliers de personnes. Et il faut loger tout ce monde…

— Je croyais qu'elle n'était réservée qu'à une élite… fit-elle, amusée.

— C'est peu de gens, comparé au reste de la terre, mais ça fait quand même du monde. Huit personnes par promotion, et une promotion par pays et par mois. C'est quand même pas mal…

— Et chaque promotion vit ici durant neuf mois ?

— Neuf mois, le temps d'une renaissance, déclama Willis avec assurance.

Briséïs resta songeuse, s'imaginant vivre dans un endroit pareil. Ce ne serait pas si désagréable… Mais ses pensées retournèrent vite vers sa mère, quelque part dans sa banlieue. Neuf mois… Autant dire une éternité.

— Mais c'est impossible, réalisa-t-elle tout à coup, comment se fait-il qu'on ne remarque pas la disparition de tant de personnes ?

— Les familles des élèves sont averties. Et la Citadelle est gérée par des personnes très haut placées, qui ont des moyens de pression sur tous les médias. Si quelqu'un s'amuse à faire une enquête, on s'arrange pour lui raconter une histoire. Et puis quelques personnes par pays, c'est rien du tout. On dit qu'ils sont partis en voyage à l'autre bout du monde, et le tour est joué. Au bout de neuf mois, la personne réapparaît comme par miracle, et c'est comme s'il ne s'était rien passé.

— Mais comment ont-ils pu cacher un si grand bâtiment à la vue du monde entier ? demanda Quentin. Et où sommes-nous exactement ?

— Ah, ça, c'est le grand mystère, dit Benji avec un petit sourire en coin. Personne ne le sait. Je ne suis même pas sûr que les veilleurs soient au courant.

— Comment font-ils pour rentrer chez eux le soir, s'ils ne sont pas au courant ? s'étonna Briséïs.

— Ils ne rentrent pas chez eux, répondit Willis. Ni eux, ni les passeurs, ni aucun autre employé de la Citadelle. Tous vivent ici, dans la forteresse.

— Pourtant il faut bien que quelqu'un l'approvisionne, cette forteresse.

— Les livreurs s'arrêtent aux portes de la ville basse. Ils n'ont aucune idée de ce qu'il y a derrière ces murs. De l'extérieur, la Citadelle ne ressemble qu'à un vieux château réaménagé en camp militaire.

Briséïs fronça les sourcils. Cela lui paraissait peu vraisemblable. Pourtant... Des politiciens habiles pouvaient probablement cacher un château, même à l'heure des satellites... Mais pourquoi lui avait-on permis à *elle* d'y pénétrer ? Qu'avait-elle de si différent des autres ?

La salle se remplissait peu à peu. Près de cinq cents personnes discutaient, mangeaient, riaient à présent autour d'eux. Il n'était pas difficile de différencier les nouveaux venus des habitués, tout à fait à l'aise. Des conversations joyeuses fusaient dans toutes les langues. Elle reconnut le garçon à qui elle avait parlé le jour précédent, à l'infirmerie. Il avait troqué son habit de paysan pour un uniforme identique au sien, excepté le drapeau portugais brodé sur l'épaule droite. Il semblait bien intégré à son groupe.

— Bonjour tout le monde, je vous amène un nouveau, annonça une voix derrière son dos.

Briséïs se retourna et reconnut le veilleur Dorian, accompagné d'un gringalet roux au sourire timide.

Willis se leva d'un bond.

— Salut, bienvenue à toi, moi c'est Willis !

L'autre le salua furtivement tandis que Willis faisait les présentations :

— Lui, c'est Axel, à côté, c'est Benji, Pierre, Quentin, et Briséïs. C'est avec nous que tu vas vivre pendant ces neuf mois. Tu vas voir, c'est déjà la super ambiance. Tu t'appelles comment ?

— Christophe… Christophe Guerkan… répondit doucement le garçon.

— Christophe ? Génial. Tiens regarde, il reste encore deux chaises.

— Bien, comme je vois que tout va bien, sourit Dorian d'un air amusé, je vais vous laisser…

— Ne devait-il pas y avoir un huitième ? demanda Axel.

Dorian hésita un instant.

— Si… Mais il ne viendra pas. Il a eu un empêchement.

— Un empêchement, mon œil, ricana Benji une fois le veilleur parti. Il n'a pas survécu, c'est tout.

— Que veux-tu dire ?

— Tout le monde ne survit pas au passage.

— Quel passage ?

— Celui qui nous amène jusqu'ici, espèce de nigaud. D'après toi, comment es-tu arrivé dans la Citadelle ?

— Je ne sais pas, fit Axel un peu hésitant, je m'étais endormi, et je me suis réveillé ici. Je n'ai rien vu.

— Évidemment, s'esclaffa Benji. Tu ne croyais quand même pas qu'ils allaient te laisser découvrir le chemin qui mène à la Citadelle !

— Et alors ? dit Willis. Un simple somnifère suffit, il n'y a pas de quoi en faire tout un plat.

Benji le dévisagea, consterné.

— Précisément. S'il ne s'agissait que de nous endormir, ce genre d'accident n'arriverait pas.

— Je vous l'avais dit, c'est un fou, s'esclaffa Willis. Il déraille, il ne faut pas prêter attention à ce qu'il dit.

Briséïs prit la parole :

— J'étais malade avant d'arriver ici. J'avais une sorte de tache rouge sur la nuque, un genre de réaction allergique bizarre. Hier, quand je me suis réveillée ici, tout avait disparu.

Benji la dévisagea d'un air curieux, mais Willis se contenta de hausser les épaules :

— La Citadelle possède le plus grand centre de recherches médicales au monde. Ils avaient certainement de quoi te soigner, ça n'a aucun rapport.

— Peut-être, peut-être pas, fit Benji. Nous le saurons tôt ou tard.

— Comment le saurons-nous ? demanda Quentin tout en se passant la main dans les cheveux.

— Nous sommes là pour découvrir les secrets de la Citadelle, dit Benji sans quitter Willis des yeux.

— La porte ! s'exclama Axel, pointant du doigt le fond de la salle.

Un veilleur en toge blanche s'était approché d'une grande cloche en fonte soutenue par un solide arc de bois. Il attrapa la corde pendue sous la cloche et d'un geste précis la fit sonner trois fois. Six autres veilleurs tout de blanc vêtus s'approchèrent cérémonieusement des grands battants de la porte, saisirent deux énormes anneaux encastrés dans le bois sculpté et tirèrent de toutes leurs forces. Lentement, les battants pivotèrent sur leurs gonds, dévoilant l'entrée du temple de la connaissance.

— C'est l'heure ! s'exclama Willis en se levant d'un bond.

Il suivit le mouvement des élèves confirmés, déjà en marche vers la grande porte.

— Dépêchez-vous, dépêchez-vous ! ajouta-t-il, voyant Christophe, qui n'avait pas vraiment eu le temps de manger, se remplir les poches de viennoiseries.

Briséïs hésita. Devait-elle trouver le bureau d'un responsable tout de suite ? Mais il y avait tant de monde, l'endroit était si grand, elle avait peur de se perdre, n'ayant récolté jusque-là que quelques maigres explications. Peut-être, si elle attendait la fin des cours de la matinée… Cela faisait déjà plus d'une journée qu'elle avait quitté sa mère, deux ou trois heures supplémentaires ne changeraient rien. Les grandes portes mystérieuses l'attiraient comme une lampe envoûte un papillon de nuit. *Quelques heures*, se promit-elle, attrapant son sac pour suivre les autres. Ensuite, elle irait voir ce qu'avait bien pu fabriquer son père…

Une vingtaine de veilleurs en toge blanche s'affairait à diriger les groupes dans pas moins de vingt langues différentes, répartissant les élèves agglutinés près de l'entrée.

— Comment font-ils pour s'organiser s'ils ne parlent pas les mêmes langues ? demanda-t-elle à Willis, intriguée.

Cela aurait été tellement plus simple de baragouiner un anglais même très imparfait.

— Oh, ils se comprennent. Les veilleurs sont choisis pour leur maîtrise des langues. Ils en connaissent tous un paquet, et ils les utilisent très bien : jusqu'ici, je n'en ai pas croisé un seul qui ne parle pas parfaitement français.

— C'est sans doute parce que nous sommes en France, observa Briséïs en haussant les épaules.

Willis éclata de rire :

— Tu es bien une Française, toi ! Toujours à se prendre pour le nombril du monde ! La Citadelle n'a pas plus de chance de se trouver en France que dans n'importe quel autre pays.

Le cœur de Briséïs fit un bond.

— Tu veux dire que nous ne sommes peut-être pas en France, là ? Tu crois qu'on aurait pu nous emmener à l'autre bout du monde comme ça, sans prévenir personne, à notre insu ?

Elle tenta de se raisonner. C'était impossible. Elle n'avait même pas de passeport valide. Elle devait être quelque part en France.

— Et si on était bien en France, comment auraient-ils fait avec les autres élèves, d'après toi ?

— Français ! Français du premier mois, par ici ! cria un veilleur au crâne rasé.

Ils avancèrent dans sa direction.

— Par ici, suivez-moi ! fit-il avec de grands gestes.

À côté de lui, un autre criait :

— *English third month, over here please !*

6

## SYMBOLES

Le veilleur les invita à le suivre dans un grand couloir de granit brut. La lumière semblait plus vive de l'autre côté de la grande porte. L'air, frais, saisissant, était empli de particules de poussière scintillantes. Elles dansaient dans les courants d'air et créaient une étrange atmosphère mystique, irréelle, indescriptible. Briséïs en avait des frissons.

Après cinq minutes de marche loin de la foule des élèves, le veilleur fit entrer le groupe dans une pièce circulaire. Un petit homme, bouc effiloché, crâne dégarni, les y attendait. Il semblait engoncé dans sa toge dorée dont il avait retroussé les manches, laissant apparaître de gros bras poilus et une montre en or massif.

— Prenez place, leur dit-il, enthousiaste.

Des rayons de soleil descendaient du plafond par un dôme de verre, inondant de lumière la grande table basse en cristal au centre de la salle, entourée de huit coussins. L'homme alla s'asseoir sur le seul tabouret.

— Vous voilà arrivés dans la Citadelle, commença-t-il d'une voix chaleureuse. C'est impressionnant, n'est-ce pas ? Et encore, vous n'avez rien vu. Je me souviens de mes premiers pas ici en tant qu'élève…

Il soupira longuement.

— Les plus beaux souvenirs de ma jeunesse. Tâchez de bien en profiter, ce n'est pas donné à tout le monde. Neuf mois, c'est très court. Après, vous n'aurez plus qu'une idée en tête, comme moi : y revenir.

En vérité, lui-même s'y était tellement plu qu'il n'en était jamais ressorti. Il se faisait appeler « pédagogue Don Kallys » et enseignait dans la Citadelle depuis la fin de son cursus. La Citadelle était son petit paradis, affirmait-il. Pour rien au monde il ne la quitterait.

Willis ne put s'empêcher de présenter tout le monde à sa manière, et le pédagogue sembla remarquer pour la première fois la présence de Briséïs.

— Tiens, tiens, une demoiselle, fit-il en clignant de ses petits yeux curieux. Savez-vous, jeune fille, que vous êtes une pionnière dans votre genre ?

— J'ai entendu dire qu'il n'y avait pas beaucoup de filles, répondit Briséïs d'un ton mal assuré.

— Pas beaucoup ? Le mot est faible ! J'enseigne dans cet établissement depuis trente ans, et chaque année, plus de quatre cents élèves passent dans ma classe. Mais de demoiselles, je n'en ai eu que deux. Que voulez-vous, le monde d'aujourd'hui est un monde d'hommes…

Cette remarque provoqua quelques murmures amusés. Briséïs ne sut si elle devait s'offusquer ou se sentir flattée. Elle parvenait de moins en moins à comprendre ce qui lui avait valu une place si rare.

Le pédagogue enchaîna :

— Le matin, vous suivrez des cours interactifs en petit groupe, avec moi ou d'autres pédagogues. L'après-midi, vous irez à l'oratorium, où vous recevrez un enseignement magistral. Je vous demanderai d'y être très attentifs. Cela pourra vous paraître rébarbatif, et vous serez peut-être tentés de sécher les cours pour aller découvrir la Citadelle par vous-même.

Il appuya son propos d'un hochement de tête tandis que Willis protestait.

— Si, si, vous verrez. Beaucoup d'élèves ont cette réaction, croyez-en ma longue expérience. Mais je sais également que vous saurez prendre au sérieux ma mise en garde, et que vous agirez en conséquence : nous sommes là pour vous guider dans votre découverte de la Citadelle. Ne brûlez pas les étapes. Les réponses à vos questions viendront bien assez tôt, si, et je dis bien *si* vous respectez les règles du jeu. Je pèse mes mots : tous les élèves ne finissent pas leur apprentissage, il faudra mériter votre place chaque mois.

Tous hochèrent la tête en signe d'approbation, hormis Benji qui toisait le professeur d'un air provocateur. C'était à se demander s'il avait bien compris le sens de ses paroles. Le pédagogue fit mine de ne pas le remarquer.

— J'insiste d'autant plus que vous partez avec un effectif réduit. Les équipes encore au complet en fin de cursus sont rares, mais sur ce point, la France a toujours brillé. Durant votre formation, vous allez côtoyer des élèves du monde entier qui un jour rentreront chez eux pour diriger leur pays, emportant avec eux une image de la France que *vous* aurez forgée. J'espère de tout mon cœur que la France n'aura pas à s'en mordre les doigts. Serrez-vous les coudes, travaillez ensemble, et tout se passera bien.

Briséïs remua sur son coussin, mal à l'aise. Elle n'aurait pas dû attendre. Elle aurait dû leur faire part de ses intentions dès le départ. Il allait être beaucoup plus difficile de partir, maintenant que sa décision risquait d'entacher l'avenir de son groupe et l'image d'un pays.

— Ah, et une dernière chose : les élèves des mois qui vous précèdent ont évidemment l'interdiction de vous parler de leurs découvertes. Même s'ils sont entièrement responsables de leurs actes, vous leur rendrez un grand service en gardant vos distances. Un accident est si vite arrivé…

Un instant, le pédagogue appuya son regard sur celui de Benji, impassible. Il enchaîna d'un ton jovial :

— Bien ! Vous allez découvrir tout au long de ces neuf mois que la culture, l'art, les traditions sont autant d'éléments indispensables pour comprendre les mécanismes de cohésion sociale d'un peuple. Absolument tout ce qui a pu être construit, inventé, imaginé se trouve répertorié dans la Citadelle. Grâce à son incroyable collection ethnique, la Citadelle a su au cours des siècles analyser les cycles d'évolution des civilisations, et jeter une nouvelle lumière sur les questions existentielles de l'humanité. La Citadelle met tout en œuvre pour faire profiter les hommes de ses découvertes. C'est ainsi que les plus grands politiciens sont venus apprendre ici les bases de leur art, les hommes d'affaires, ingénieurs, philosophes, peintres, poètes, musiciens… tous ceux qui contribuent à faire avancer le monde. Et maintenant, c'est votre tour. Imaginez seulement ce qui vous attend, ce que vous pourrez bientôt construire grâce à tout ce savoir !

Les garçons ouvraient de grands yeux pétillants, déjà conquis par la seule promesse de tant de trésors. Le pédagogue lissa son bouc entre deux doigts dodus, visiblement content de son effet.

— Mais chaque chose en son temps. D'abord, occupons-nous de poser les fondations.

Il croisa ses doigts sur son ventre rebondi, les observant malicieusement.

— Lequel d'entre vous saurait me dire ce que nous allons étudier aujourd'hui ? Mis à part M. Benji Lorenz, bien sûr.

— Vous allez nous parler de culture, supposa Axel en même temps qu'il levait le doigt.

— Et vous vous appelez ?

— Axel Olsen.

— Vous ne vous êtes pas beaucoup mouillé, monsieur Olsen. La culture, c'est un peu vague.

— La politique ? proposa Christophe d'une petite voix.

— Non plus.

— Le marketing ? souffla Quentin.

— Non, non, vous n'y êtes pas du tout. Il convient de prendre le problème à la souche. Quel est le fondement de toute civilisation ? Vous pouvez trouver des indices dans cette pièce.

Briséïs jeta un coup d'œil autour d'elle. La pièce était presque vide : la table autour de laquelle ils se trouvaient, une armoire fermée dans un coin. Tous cherchaient consciencieusement autour d'eux le moindre indice. Benji avait les yeux rivés sur le mur arrondi. Briséïs se demanda ce qu'il pouvait scruter ainsi, lorsqu'elle discerna tout à coup quelques formes géométriques sur la pierre effritée, dessinant une fresque aux couleurs délavées, à demi effacée.

— Un peu comme des peintures préhistoriques, pensa-t-elle tout haut.

— C'est un bon élément de réponse, développez, releva le pédagogue.

— Nous allons avoir un cours sur la préhistoire ? s'étonna Willis.

— Cela vous paraîtrait-il si incongru ? Ce n'est pas un cours sur la préhistoire, mais sur les origines du dessin.

Briséïs plissa les yeux pour mieux discerner les figures.

— On dirait des symboles.

— Précisément ! s'exclama le pédagogue. On dirait que la présence d'une élève de la gent féminine se révèle bénéfique ! La symbolique est en effet le sujet de ce premier cours.

Il sourit et se leva pour aller chercher quelque chose dans l'armoire.

— Le symbole, du grec *sumbolon,* qui signifie marque, repère, signe.

Il revint s'asseoir, muni d'un petit boîtier noir.

— On le retrouve partout, dans les grottes des hommes préhistoriques, sur les objets de culte religieux, et jusque sur nos pancartes commerciales contemporaines. Assemblé à d'autres, il forme le langage ; seul, il porte l'identité d'un être, d'un groupe, d'un peuple. Ne vous méprenez pas : la simplicité de ses traits ne lui retire en rien sa puissance, bien au contraire. Imaginez une armée entière de soldats, forts comme des ours, galopant derrière la bannière d'un empereur. Imaginez les couleurs vives du drapeau flottant dans le vent, donnant aux hommes un élan fougueux de patriotisme chaque fois qu'ils lèvent les yeux. Ils marchent comme un seul homme au rythme des tambours, avancent en territoires inconnus, se croient invincibles ; ils ont raison. Car en partant vainqueurs, ils ont déjà gagné. Mais qu'a-t-elle de si particulier, cette bannière, un simple bout de tissu peint, pour leur donner tant de courage ? Rien. Rien, si ce n'est qu'elle est à eux, à eux tous. Elle est ce qui les rapproche, les rassemble, les définit. Elle est leur identité. Enlevez-la, et il ne reste plus que des hommes hagards, errant dans l'absurdité du monde… Le symbole cristallise une convention établie entre plusieurs personnes, mais pas seulement. Il a aussi sa propre vie. Comment expliquer sinon qu'un même symbole soit utilisé dans des conditions identiques par des peuples qui ne sont jamais entrés en contact l'un avec l'autre ? À présent je vous demande de bien vouloir lever la tête.

Il pointa un doigt vers le dôme au plafond, soutenu par une immense structure de fer forgé.

— Observez bien les volutes de fer : pouvez-vous y deviner quelques tracés ? Un symbole quelconque ?

Briséïs mit sa main en visière pour se protéger des rayons du soleil qui perçaient la voûte. Les détails de la sculpture évoquaient les grilles d'un vieux château hanté : les tiges de fer joliment agencées s'entortillaient à n'en plus finir, sans ordre apparent.

— Il n'y a rien, déclara Pierre d'un ton catégorique.

Le pédagogue Don Kallys sourit, appuya sur un bouton du boîtier. Aussitôt, un volet tournant se referma en dessous du dôme tel un objectif de caméra, ne laissant filtrer qu'une fine colonne de lumière au centre qui traversa la table en cristal. Sur le plancher de bois clair en dessous, une ombre très nette se dessina.

— Il y a toujours une symbolique, même dans ce qui paraît le plus aléatoire, dit le pédagogue. Quelqu'un peut-il me dire ce que représente ce symbole ?

— Un cercle écrasé coupé d'une barre, c'est la lettre grecque *phi*, dit fièrement Willis.

— Et que représente-elle ?

— Le nombre d'or ! s'exclama Briséïs, se rappelant un lointain cours de maths.

— Bien ! Le nombre d'or, ou proportion divine, est le dénominateur commun de l'univers. On le retrouve dans les angles naturels des minéraux, dans les spirales de mollusques et d'escargots, dans la structure des végétaux et même chez l'homme, comme a pu le démontrer Léonard de Vinci. De ce fait, il est utilisé depuis des millénaires dans la peinture, la sculpture, la musique, l'architecture, pour représenter l'équilibre parfait de la vie. Pendant des siècles, le nombre d'or a fait partie d'un enseignement confidentiel au sein de familles ou de confréries. Les plus grands édifices religieux ont été érigés ainsi, dans le secret le plus total. Cathédrales, pyramides… Le mystère de certaines constructions n'a d'ailleurs toujours pas été percé. Hormis, bien sûr, par les spécialistes de la Citadelle, ajouta-t-il avec un sourire satisfait. La Citadelle a été entièrement construite grâce au nombre d'or. Vous y trouverez des références dans les moindres détails. Ce midi, évaluez sur vos fourchettes la proportion du manche par rapport aux dents : vous verrez que le nombre d'or y est inscrit.

Les élèves échangèrent des regards admiratifs. Christophe prenait fébrilement des notes.

— Mais le nombre d'or n'est qu'un symbole parmi tant d'autres.

Le pédagogue appuya sur son boîtier, le volet se décala et un autre symbole apparut sur le plancher. Les douze rayons d'un cercle n'étaient qu'à demi dessinés, formant une roue privée de son axe.

— Voici le cadran de l'horloge, symbole de la domestication du temps, annonça-t-il cérémonieusement. La prise de conscience du temps qui passe, puis son découpage et sa mesure ont été des étapes indispensables à l'évolution de l'homme. L'espace, *phi,* et le temps, l'horloge, sont inséparables. C'est sur eux que repose le génie de l'esprit.

Il actionna un nouveau bouton de son boîtier, et le volet s'ouvrit davantage.

— Maintenant, observez encore une fois le dôme. Si vous vous placez dans le même sens que M. Olsen, vous pourrez peut-être apercevoir une silhouette. Je vais vous faciliter la tâche : il s'agit d'un dragon. La gueule grande ouverte et les ailes à demi déployées, il pose sa patte avant gauche sur *phi*, et la droite sur l'horloge. Vous le voyez, n'est-ce pas ?

— Je le vois ! s'exclama Quentin, suivi d'Axel et Willis.

Benji laissa échapper un grognement entendu. Briséïs allait abandonner ses recherches quand elle remarqua enfin deux petites billes de ferraille, comme deux yeux encastrés dans deux spirales collées l'une contre l'autre. Le dragon lui apparut soudain en son entier. Elle eut un hoquet de surprise et comprit pourquoi elle ne l'avait pas remarqué avant. Elle s'était attendue à une représentation enjolivée d'un dragon de conte de fées. Celui-là n'avait rien de merveilleux : il était terrifiant, terriblement agressif avec ses immenses crocs, ses griffes acérées, sa queue diabolique… Toute la puissance dévastatrice de l'animal semblait avoir été piégée dans la dentelle de fer. Il lui donnait froid dans le dos.

— Le dragon noir, couleur de la sagesse, représente la force de l'esprit. Sa crête est dorée, symbole de la connaissance. Jeunes gens, vous avez devant vous le blason de la Citadelle, lança fièrement Don Kallys.

Briséïs laissa courir ses doigts le long de son vêtement et des boutons dorés à l'effigie du dragon.

— Et oui, mademoiselle, rien ici n'est laissé au hasard, confirma le professeur en actionnant une autre manette.

Le volet se replia et le dragon disparut dans l'entremêlement de fer forgé.

— Mais pourquoi un dragon ? demanda Pierre, intrigué.

— Ah ! fit le pédagogue d'un air mystérieux.

Il se leva et dévisagea ses élèves.

— Allez, suivez-moi, nous partons en visite.

— Il y a une symbolique dans les chiffres, n'est-ce pas ? s'enquit Christophe alors qu'ils se préparaient à sortir.

— Surtout dans les chiffres !

— Si nous sommes sept au lieu de huit ce mois-ci, vous croyez que ça veut dire quelque chose ?

Le pédagogue réfléchit un instant et Benji parut intéressé pour la première fois depuis le début du cours.

— Le chiffre sept, commença le pédagogue, hum… C'est le nombre de couleurs dans l'arc-en-ciel, de notes dans une gamme de musique, de jours dans la semaine, d'années dans chaque phase de la vie d'un homme… C'est le symbole de l'accomplissement. C'est un très bon chiffre. C'est même à se demander pourquoi ils font des classes de huit, ajouta-t-il avec un clin d'œil.

— Et le chiffre six ? demanda Briséïs.

Peut-être trouverait-elle là de quoi justifier son départ ? Le pédagogue la toisa d'un air inquisiteur, et elle crut un instant qu'il avait deviné sa pensée. Mais il se dérida vite :

— Bien essayé jeune fille, mais je ne vais pas vous faire toute la liste. Vous aurez plus de détails sur la symbolique des nombres cet après-midi, en cours magistral. En route, nous n'avons pas de temps à perdre.

À peine étaient-ils sortis dans le grand couloir que le pédagogue les invitait à s'engouffrer dans un étroit conduit sinueux, éclairé seulement par de petites persiennes, à plusieurs mètres de hauteur. Don Kallys avançait d'un pas assuré malgré la faible lumière, se retournant pour poursuivre son cours tout en marchant.

— Quel est d'après vous l'élément majeur qui suit le symbole dans la construction d'une civilisation ?

— L'art ? proposa Quentin, pointant du doigt l'un des grands cadres de bois massif sculptés et dorés accrochés aux murs humides de chaque côté du corridor.

Il n'en fallut pas moins pour faire pétiller les yeux du pédagogue.

— L'art en effet, mais pas n'importe quel art. L'art du conte, de la parole créatrice des légendes ! s'exclama-t-il, désignant d'un grand geste les magnifiques portraits de créatures hybrides mi-homme, mi-animal alignés sur leur chemin.

Silhouettes fantastiques émergeant de l'obscurité de la toile, personnages plus grands que nature, terriblement expressifs, les chimères semblaient suivre les promeneurs du regard, comme si leur passage les avait éveillées d'un long sommeil. Centaures cabrés sur leurs postérieurs, sirènes assises sur un rocher, créatures ailées ou munies de pattes de chèvre… Briséïs en restait bouche bée. Seul le portrait du fondateur de l'hôpital Richet avait pu jusqu'alors lui provoquer autant de frissons.

— Le conte est le cousin direct du symbole, poursuivit Don Kallys. Ne sous-estimez jamais ni l'un ni l'autre. Quelques traits sur un morceau de tissu rassemblent les hommes sous une bannière ; mais c'est la petite histoire qui leur donne une direction. Un bon conte est comme un médicament enrobé de miel offert à un enfant : sa poésie maintient votre esprit calme, occupé, tandis que son sens profond se glisse sans effort jusque dans votre inconscient. Les contes et légendes vous sont d'ailleurs racontés dès votre plus tendre enfance. Tout au long de votre éducation, histoire après histoire, vos parents, vos professeurs, les médias vous inculquent un code moral qui va façonner à votre insu votre mode de pensée et votre vie d'adulte. La notion du bien et du mal, la valeur du travail…

— Et… c'est une bonne ou une mauvaise chose ? demanda Axel.

— Un outil en soi n'est jamais bon ou mauvais. Celui qui le manie fera la différence. Mais si cet outil est un marteau, je préférerai toujours être la main qui le manipule plutôt que le clou qui le subit. Pas vous ?

— Si… bien sûr.

— Attention au rebord, vous risqueriez de tomber.

Briséïs crut à une nouvelle tirade imagée et faillit culbuter par-dessus un petit muret qui coupait le couloir en deux. Le pédagogue la rattrapa de justesse par le bras. Le muret ne s'arrêtait pas au niveau du sol mais continuait le long des murs et au plafond.

— On les appelle les « fenêtres », expliqua le pédagogue, reprenant son chemin après avoir enjambé le muret. Il en existe quelques-unes, réparties dans la Citadelle. Elles ont été construites symboliquement, pour vous rappeler que vous n'êtes que temporairement les hôtes de la forteresse. On vous permet d'y entrer discrètement, par la fenêtre puisqu'elle est ouverte, mais il ne faudrait pas vous croire chez vous. Trop de gens ont voulu par le passé s'approprier le lieu. La Citadelle n'a jamais eu et ne doit jamais avoir d'autre maître que le Grand Gestionnaire… Nous y voilà ! déclara-t-il en débouchant dans une petite pièce circulaire, plus sombre que leur salle de cours.

Six immenses tableaux ornaient le mur de pierre brute.

— Des dragons ! s'exclama Quentin, enthousiaste.

— Tout comme les symboles, les contes et légendes possèdent leur propre vie, déclara Don Kallys. Des légendes similaires naissent dans l'esprit de conteurs vivant dans des contrées totalement isolées les unes des autres, sans que l'on sache pourquoi. Les histoires de dragons, particulièrement, surgissent partout dans le monde. Savez-vous qu'il n'existe pas un seul peuple, même le plus reculé, qui ne possède ses légendes de dragons ? Nous aurions bien voulu les exposer tous ici, mais nous n'aurions jamais eu la place… Ces cinq dragons représentent les légendes des cinq continents. Voyez ici le dragon oriental, dit-il en montrant du doigt l'animal au corps galbé. Il vit souvent dans les rivières, mais de temps en temps il jaillit des flots pour aller s'accrocher aux nuages et faire tomber une pluie bénéfique. Là, le dragon occidental, celui que nos ancêtres du Moyen Âge se sont efforcés de chasser sans succès…

Briséïs contempla les ailes déployées et la puissante mâchoire de la bête crachant du feu.

— Mais vous avez également les dragons d'Afrique, d'Océanie, d'Amérique.

Les autres dragons arboraient des caractéristiques plutôt excentriques : cornes de buffle, bec d'aigle, antennes d'insecte ou encore carapace de tortue. Derrière ces morphologies changeantes affleurait toujours une puissance monstrueuse, typique des dragons.

— Sa popularité universelle lui a valu sa place dans le blason de la Citadelle, expliqua le pédagogue. Il est, et a été de tout temps, l'animal mythologique le plus puissant, le plus vénéré et le plus craint. On lui a confié les tâches les plus importantes, que ce soit d'apporter l'eau, source de vie, ou de garder un précieux trésor. Il était donc logique qu'on lui confie la tâche de veiller sur les valeurs de la Citadelle, les mesures parfaites de l'espace et du temps que sont *phi* et l'horloge.

— Et sur ce tableau, qu'est-ce que c'est ? demanda Christophe en désignant la dernière toile.

La peinture représentait non pas un mais trois dragons volant au-dessus d'un majestueux paysage de montagnes illuminé par un coucher de soleil. Deux d'entre eux, l'un noir ébène à la crête dorée, et l'autre rouge vif aux reflets bordeaux, se tenaient face à face, engagés dans un combat féroce. Le troisième, bleu azur à la crête irisée, volait au-dessus des deux autres, comme pour arbitrer le duel.

— Voici la légende de la Citadelle… dit le pédagogue d'un ton gourmand.

Tous abandonnèrent leur inspection minutieuse des toiles pour écouter le pédagogue avec intérêt. Excepté Benji, bien sûr, qui s'était adossé contre un mur et paraissait absorbé dans la contemplation d'une toile d'araignée accrochée au plafond.

— La légende de la Citadelle ? reprit Willis, impatient d'en savoir plus.

— Le dragon noir, dragon de la Citadelle, porte en lui la sagesse de l'esprit. En face de lui, le dragon rouge représente les pulsions incontrôlées et dévastatrices de notre nature primaire. Pendant des siècles, les deux dragons se livrèrent un combat sans merci pour déterminer laquelle des deux puissances influencerait la destinée de l'espèce humaine. Leurs forces et leurs volontés quasi égales rendaient leur lutte interminable. Le dragon bleu symbolise le jugement sacré qui arbitra leur impitoyable combat.

— Et qui a gagné ? voulut savoir Pierre.

— Eh bien, la légende ne nous le dit pas précisément, répondit le pédagogue. Et la lutte contre la sauvagerie n'est jamais achevée. Mais comme vous pouvez le constater, la Citadelle se porte plutôt bien…

Briséïs s'approcha du tableau pour en admirer les détails. Elle resta longuement immobile, suivant le contour des majestueuses créatures, imaginant leurs mouvements, admirant l'intensité de la scène. De la toile émanait un tel réalisme qu'elle avait l'impression de sentir sur son visage la brise légère courant entre les hautes herbes du premier plan, et qu'il lui suffirait de se concentrer un peu pour percevoir le rugissement féroce des reptiles hybrides… Comme si elle avait pu entrer dans le tableau rien qu'en se penchant légèrement en avant… Un grondement rauque la fit sursauter.

Une main sur son épaule la tira en arrière. Elle poussa un cri de surprise et se retourna vivement pour se retrouver nez à nez avec le pédagogue Don Kallys.

— Attention jeune fille, chuchota-t-il tout près de son visage, certaines peintures ont le pouvoir d'attirer à elles celui ou celle qui les regarde avec trop d'insistance…

Il lissa son bouc d'un air mystérieux, lui fit un clin d'œil, puis s'en fut vers le couloir. Les autres étaient déjà partis.

— Il est temps, lança encore le pédagogue avant de s'évanouir dans la pénombre.

## 7

# BENJI

Durant tout le repas, composé de spécialités de l'Europe du Sud-Est – salade grecque, délicieuse moussaka bulgare –, Briséïs se concentra sur la meilleure façon d'annoncer aux autres ses intentions. Elle avait d'abord pensé en parler discrètement au pédagogue, mais celui-ci s'était esquivé sitôt les derniers mots de son cours prononcés, les laissant entre les mains d'un veilleur qui les avait lui-même quittés promptement devant le réfectoire. L'heure passait, et elle n'arrivait toujours pas à se décider. L'enthousiasme de Willis, qui décrivait avec de grands gestes toutes les aventures qu'ils allaient pouvoir vivre ensemble durant ces neuf mois, n'arrangeait pas les choses.

— Il faut que je voie un responsable avant d'aller en cours cet après-midi. Ne m'attendez pas, je risque d'être en retard.

— L'amphithéâtre se trouve du côté gardé de la Citadelle, répondit Willis, l'étudiant d'un air curieux. On ne peut y aller qu'avec un veilleur, tu ne pourras pas arriver en retard. Qui veux-tu aller voir ? Un maître gérant ?

— Si c'est eux qui dirigent, alors oui. Je dois absolument contacter ma famille.

— Dorian ne t'a pas dit que ta famille serait prévenue ?

— Si, mais… Il s'est passé des choses un peu particulières avant mon arrivée ici, et…

— Nous avons tous vécu des choses un peu particulières avant d'arriver ici, remarqua Benji, qui daignait lui adresser un regard pour la première fois depuis le début du repas.

— C'est que j'ai une famille un peu compliquée et…

— Nous avons tous des familles un peu compliquées.

— Comme la mienne, je ne pense pas, rétorqua sèchement Briséïs.

— La Citadelle a des règles très précises en ce qui concerne la communication avec l'extérieur, intervint Willis, diplomate. Même si un maître gérant acceptait de te recevoir, il ne pourrait pas te laisser téléphoner à tes parents.

— Mais peut-être pourrait-il répondre à mes questions.

— Quelles questions ?

Briséïs n'en était pas certaine… La réaction du veilleur Dorian quand elle avait mentionné son père et l'appareil IRM à son arrivée l'avait quelque peu refroidie. Comment savoir à qui poser ces questions sans risquer de compromettre le plan de son père ? Bien sûr, rien ne prouvait que son père avait effectivement un plan, mais elle avait bien guéri, comme il le lui avait promis… Et il l'avait prévenue qu'il lui faudrait attendre de découvrir son projet de ses propres yeux, qu'elle ne pourrait le comprendre autrement… Et il fallait bien reconnaître que s'il lui avait parlé de la Citadelle, jamais elle ne l'aurait cru.

— Si personne ne t'a rien dit de plus sur ton arrivée ici, c'est qu'ils n'en avaient pas le droit, poursuivit Willis. La seule façon d'en apprendre davantage sur ta famille, ce serait de rentrer chez toi. C'est ce que tu veux ? Ce n'est pas ce que tu veux, quand même ?

Si son père avait bien organisé son arrivée dans la Citadelle, ne serait-il pas idiot d'en sortir juste pour le vérifier ?

— Ma mère doit être morte d'inquiétude, argua-t-elle, indécise.

— Elle va recevoir une lettre, dit Willis en haussant les épaules. Tout est prévu.

— Comme si cela allait calmer ma mère !

— C'est un papier officiel.

— De toute évidence, tu n'as jamais rencontré ma mère, insista Briséïs.

— Mais tu ne mets personne en danger en restant ici, remarqua Benji, un sourire en coin.

Il semblait être le seul à prendre ses hésitations à la légère. Comme s'il avait pu sonder le cœur de Briséïs, comme s'il avait déjà vu ce qu'elle se refusait encore à admettre. Il se pencha vers elle, son sourire trop large pour être aimable, d'une arrogance insupportable.

— Tu abandonnerais la perspective de tant de fascinantes découvertes, tu retournerais vivre ton insignifiant petit quotidien simplement pour éviter à ta mère quelques instants de stress ?

— Tu ne sais rien de ma vie. Tout le monde n'est pas aussi égoïste que toi.

— Erreur. Nous sommes tous de grands égoïstes, et de petits curieux.

— Alors tu veux partir, reprit Willis, déconfit.

— Je n'ai pas dit ça... Il faut que je réfléchisse.

Benji acquiesça, satisfait.

— Tu peux leur faire parvenir une lettre, si tu penses que c'est un cas urgent. Seulement soit sûre qu'elle sera lue avant d'être transmise à ta famille. Fais bien attention à ne rien divulguer sur la Citadelle, ou ils ne l'enverront pas. Pas la peine d'écrire une adresse, ils savent très bien où tu habites. Avec un peu de chance, tu devrais recevoir une réponse dans les quinze prochains jours.

Briséïs ne savait si elle devait se réjouir de la nouvelle ou s'emporter contre Benji. Il aurait pu lui annoncer cela dès le début. Il l'avait volontairement fait mariner.

— On peut savoir ce qui te rend si sûr de toi ? rétorqua-t-elle. Et puis nous sommes peut-être tous de grands égoïstes, mais tu n'as pas l'air terriblement curieux de ce qui nous arrive, toi, depuis le début. C'est à peine si tu as écouté le cours du pédagogue, ce matin.

La cloche près des grandes portes sonna le rassemblement.

— Quel dommage, soupira Benji, posant sur la table sa serviette de tissu brodé, j'aurais tant aimé poursuivre cette conversation. J'espère, mademoiselle, que vous aurez l'amabilité de vous joindre à nous au moins pour cet après-midi ?

On les conduisit dans un amphithéâtre somptueux, gigantesque, fidèle aux proportions de la Citadelle. Un flot continu d'élèves en uniforme bleu roi entrait par les arcades latérales, le long des vertigineux gradins de bois sombre surplombant la scène en demi-cercle. L'excitation était tangible. On cherchait sa place dans une atmosphère agitée et bruyante. Briséïs s'installa avec son groupe au bout d'un banc à mi-hauteur. Tout en bas, un homme vêtu d'une toge argentée arpentait déjà l'estrade. À cette distance, elle distinguait à peine les traits de son visage. Un micro en main, il semblait parler à l'assemblée, mais Briséïs n'entendait rien.

— Qu'est-ce qu'il dit ? demanda-t-elle à Benji, assis à sa droite.

Le vacarme était tel qu'elle entendait mal sa propre voix. Benji se contenta de pointer du doigt un casque installé sur une tablette, juste devant elle. Elle posa les écouteurs sur ses oreilles. Le bruit de la salle s'estompa et la voix d'un homme âgé lui parvint distinctement. Mais elle aurait été bien incapable d'identifier la langue parlée par l'orateur. Elle fit des signes désespérés à Benji, qui leva les yeux au ciel et révéla sous un clapet de la tablette une petite roulette incrustée dans le bois. Il fit défiler une liste sur un petit écran jusqu'à la mention « français ». Aussitôt, une voix monocorde traduisit automatiquement dans son casque :

— … et attention de faire. Orateur Guesp Yu Naë se présente de content vous voir. De symbolisme il est de vous parler dans les jours qui sont avant de ceux après. Orateur Guesp parle vous de catégories à symbolisme. En histoire de c'est important trouvant toujours de symboles vie ou mort. Exemple : le soleil de brille mille feux de extraction vie de mort. Repérage exhaustif chaque langage de temps par état et de culture…

— C'est du français, ça ? s'inquiéta Briséïs.

Les bruits de la salle s'étaient calmés. Benji l'entendit et lui fit un clin d'œil.

— On s'y habitue…

L'orateur parla sans discontinuer quatre heures durant. Il ne s'arrêta pas même pour boire un verre d'eau. Où trouvait-il tant d'énergie ? Briséïs n'en revenait pas. Elle ne s'habitua pas au français décousu du traducteur automatique et ne parvint qu'à force d'une concentration acharnée à suivre les grandes lignes du cours magistral. Quand enfin l'homme cessa de parler, un son strident annonça qu'ils pouvaient retirer leurs casques. Le vacarme des élèves se levant pour sortir acheva d'étourdir Briséïs. Sa tête bourdonnait, elle se sentait vidée.

— La vache, ce n'est pas facile, siffla Quentin une fois retrouvé le calme relatif de l'immense cour-jardin accolée au réfectoire, ensoleillée par le couchant.

Benji leva un sourcil.

— Personne n'a dit que ça le serait. Si ça l'était, tout le monde parviendrait jusqu'au neuvième mois.

Quentin hocha doucement la tête.

— Quand même, ce n'est pas évident.

Éreintés, ils s'affalèrent sur un carré d'herbe, près de la fontaine centrale où se dandinaient trois farfadets de pierre.

— L'orateur parlait une langue très éloignée du français aujourd'hui. Mais on change souvent d'orateur, et si la langue est voisine du français, ça passe tout seul. Il n'y a pas de quoi s'affoler.

— Qu'est-ce que t'en sais, Benji ? demanda Willis. J'étais avec toi hier matin, et je n'ai rien entendu de tout ça.

— Oui, et puis on aimerait bien savoir ce que voulait dire Don Kallys ce matin, ajouta Pierre : « Qui peut me dire ce que nous allons étudier aujourd'hui, hormis M. Benji Lorenz *bien sûr ?* » Tu nous caches quelque chose.

— J'ai été un tantinet curieux, répondit Benji.

Il s'allongea dans l'herbe en croisant les mains derrière la tête et ferma les yeux pour profiter tranquillement du soleil de fin d'après-midi.

— C'est-à-dire ? dit Christophe, n'y tenant plus.

Benji l'étudia un instant avant de répondre.

— Je suis du mois précédent.

— Quoi ? s'étrangla Willis.

Briséïs s'en était doutée. Mais la réaction de Willis lui apporta une nouvelle perspective : leur groupe, déjà en effectif réduit, avait hérité non seulement d'une fille, mais en plus d'un mauvais joueur.

— Tout ce que vous allez apprendre ce mois-ci, je le sais déjà. Mais j'en sais beaucoup plus encore, parce que je ne me suis pas contenté d'aller en cours. J'ai eu envie d'aller découvrir par moi-même les mystères de la Citadelle. J'ai pris l'habitude de me glisser dans les couloirs le soir, histoire de visiter un peu…

— Exactement ce que Don Kallys nous a défendu de faire ! s'exclama Axel, écarquillant de grands yeux.

— Oui, et maintenant on sait pourquoi il était si insistant, soupira Willis, navré.

— Ce que j'ai fait n'est pas à la portée de tout le monde, poursuivit Benji d'un air détaché, sans pouvoir dissimuler une teinte de fierté. Mais je possède une sorte de sixième sens qui me guide dans ma recherche du Grand Secret…

— Quel Grand Secret ? demanda Axel, pendu à ses lèvres.

Benji ne lui prêta pas attention.

— … Enfin, j'ai vu beaucoup de choses avant qu'on ne s'aperçoive de ma présence et que je sois recalé à la prochaine promotion.

— Et te voilà *tellement* plus avancé maintenant, ironisa Willis.

Benji le toisa et dit d'une voix faussement amicale :

— Sois gentil, ne parle pas de choses que tu ignores. En réalité, tu ne pourrais même pas imaginer le dixième de ce que j'ai vu là-bas.

Le sourire de Willis s'effaça.

— Tu n'as qu'à nous dire ce que tu as vu, si c'était si extraordinaire.

— Non, je ne peux pas, fit Benji, catégorique.

— Et pourquoi ça ?

— D'abord, parce que je risquerais l'expulsion définitive, ensuite, parce que vous risqueriez vous aussi de perdre un mois, et enfin, parce que je doute fort que vous puissiez me croire.

Son expression en cet instant reflétait tant celle de Lucien que Briséïs en eut la chair de poule. Son père n'avait pas menti en prononçant ces mêmes mots. Qu'est-ce que Benji pouvait bien avoir découvert ?

— … Et alors, tu l'as trouvé *ce Grand Secret ?*

— Disons que j'ai éclairci beaucoup de points d'ombre, lâcha Benji sans la regarder. Mais il est difficile d'en savoir plus : je crois que même les pédagogues et les orateurs ne savent pas tout. Seuls les maîtres et le Grand Gestionnaire connaissent le Grand Secret.

— Qui ça ? fit Christophe, désorienté.

— Les maîtres gèrent la Citadelle, le Grand Gestionnaire contrôle les maîtres, rappela Willis.

— Et qui te dit qu'il y a un secret, Benji ? demanda Pierre.

— Pourquoi crois-tu que l'intérieur de la Citadelle est si protégé ?

— Le pédagogue nous a expliqué pourquoi, objecta Axel.

— Oui, je sais, dit Benji en secouant la tête. « Les réponses à vos questions viendront bien assez tôt. » Des bêtises, tout ça. Je ne peux pas vous expliquer pourquoi, mais je sais que c'est faux.

Il les observa un moment, examinant leur réaction. Le groupe le regardait sans un mot, ne sachant que penser. Cela ne sembla pas lui plaire, puisqu'il se leva d'un bond en s'exclamant :

— Oh, et puis de toute façon, ça m'est complètement égal que vous me croyiez ou non. Faites comme vous voudrez !

Il fit mine de partir, mais revint sur ses pas.

— Au fait, il va y avoir une joute, dit-il en s'affalant de nouveau dans l'herbe. C'est la coutume quand une nouvelle fournée d'élèves se pointe. Ils aiment bien nous en mettre plein la vue…

— Benji, vieux frère ! T'es de nouveau dans la course ?

Briséïs se retourna pour découvrir deux playboys qui s'approchaient d'eux.

— Raoul, Hugo, vous allez bien ? lança Benji en offrant aux nouveaux venus une poignée de main chaleureuse.

— Impec… Mince, c'est ça, ta nouvelle équipe ? dit Raoul en lorgnant Briséïs avec un sourire éclatant.

— Ce mois-ci, on fait dans le mixte, laissa tomber Benji.

— Eh ben mon vieux, si j'avais su, je ne me serais pas privé de gambader dans les couloirs avec toi… Ne me dis pas que tu l'as fait exprès quand même ! C'est ton sixième sens qui t'avait prédit l'avenir ? Il vous a déjà parlé de son sixième…

— Je vous présente Raoul, deuxième mois, le coupa Benji, agacé.

— Ha ha ! Déride-toi mon vieux, si on ne peut plus rigoler !

— Nous ne sommes pas censés parler aux élèves du deuxième mois… remarqua Willis.

— Détends-toi mon gars, je ne vais rien pouvoir te révéler d'extraordinaire après seulement une journée. Et puis Benji te dira qu'il en sait bien plus que les groupes du troisième mois, alors… Ça ne vaut pas le coup de se priver d'un peu de compagnie féminine.

Il fit un clin d'œil à Briséïs, auquel elle ne sut que répondre, atterrée.

— Briséïs n'est quand même pas la seule fille ici, remarqua Christophe.

Raoul fit la moue.

— Il y en a quelques-unes, mais va parler à une Polonaise du cours de la veille ! J'ai essayé. Tu sais ce qu'elle te répond ?

Ils haussèrent les épaules.

— Moi non plus, je n'ai rien compris de ce qu'elle m'a dit…

Les garçons éclatèrent de rire.

— Les filles, commenta Benji, ça fout plus le bazar qu'autre chose. Mieux vaudrait qu'il n'y en ait pas du tout.

— Ou alors on pourrait n'accepter que les filles, riposta Briséïs. Là au moins, on serait sûr d'avoir le calme, vu le nombre qu'on est.

— Elle marque un point, s'amusa Raoul, les éclaboussant de son large sourire.

— Mais je ne vois pas non plus beaucoup d'Asiatiques ou d'Africains, poursuivit Briséïs. Je croyais qu'il y avait des représentants de toutes les nationalités ?

— C'est le cas, assura Raoul en s'installant confortablement dans l'herbe. Mais ils ne peuvent pas caser tout le monde dans le même quartier. Il y a un espace pour chaque continent, aménagé à son image.

— Et est-ce qu'ils sont tous aussi misogynes ?

— C'est une bonne question. Peut-être que tu pourrais aller y jeter un coup d'œil, Briséïs.

— Benji, ça suffit ! l'interrompit Willis. Nous sommes une équipe, qu'on le veuille ou non, et il faut se serrer les coudes.

— Fais le malin, tiens ! On verra si tu es toujours du même avis après avoir vu la joute.

— C'est la première joute du mois ce soir, enchaîna Hugo.

Benji hocha la tête d'un air entendu :

— Ça pourrait être pas mal. La Belgique, l'Estonie et la Grèce sont à huit. Évidemment, ça ne pourra pas être comme avec les Français, mais on ne peut pas toujours gagner.

— Le problème, c'est qu'on ne risque pas de gagner avant longtemps, fit Raoul avec une grimace. Ceux de ce mois-ci sont lamentables, ceux d'après ne sont pas tellement mieux, et nous, on est déjà réduits…

— On est hors jeu avant même d'avoir commencé, compléta Benji.

— Dites, ça vous dérangerait de nous expliquer ? intervint Willis, frustré. Les rébus, ce n'est pas ma spécialité.

Raoul prit les choses en main :

— La joute est un jeu qui permet aux élèves des différentes nationalités de mieux se connaître. Trois promotions sortantes s'affrontent en début de mois dans chaque continent, et en milieu de mois c'est la finale mondiale. Le mois dernier, ce sont les Français qui ont tout gagné, dit-il en se frappant fièrement la poitrine. Le problème, c'est que pour être choisi pour les finales, il faut être arrivé au neuvième mois avec une équipe de huit, sinon les chances de gagner sont trop faibles.

— Je ne crois pas que ce soit impossible à sept, objecta Benji. Vous avez encore une chance.

— Tu dis ça parce que tu nous as laissés tomber comme des vieilles chaussettes. Tu veux avoir la conscience tranquille.

— Pas du tout, je crois sincèrement que c'est faisable.

— Peut-être... Mais ça ne sera pas pour nous : Armand et Samuel ne tiendront jamais jusqu'au neuvième mois. Vous par contre, mes amis, vous avez peut-être vos chances. Surtout avec Benji. Ce gars a une endurance de fou, profitez-en.

Benji balaya son compliment d'un geste ennuyé.

— Non, avec une fille, c'est comme si on était six et demi, ça ne marchera jamais.

Briséïs eut un hoquet, regarda autour d'elle pour voir si quelqu'un allait la défendre, mais personne ne réagit.

— Et qu'est-ce qui te fait croire que je ne vaux pas mieux qu'un demi ? s'insurgea-t-elle. C'est quoi votre truc, un concours d'haltères ?

— Une légende est à l'origine de ce jeu, intervint Hugo. Une légende qui hante les murs de la Citadelle depuis des siècles, et qui continue de terroriser les techniciens périphériques.

— Qui ? le coupa Axel.

— Les techniciens périphériques, les « petites mains » de la Citadelle, expliqua Willis. On dit « périphériques » parce qu'ils ne pénètrent jamais dans la Citadelle, ils restent dans la ville basse, contrairement aux techniciens intérieurs.

— La légende, reprit Hugo, raconte que la Citadelle n'a pas toujours été isolée du monde. Il fut un temps où la paix régnait sur terre, et où le savoir circulait librement. Les hommes se répartissaient le travail équitablement et cultivaient leurs terres de manière à ce que tous mangent à leur faim. Chacun s'adonnait aux arts et aux sciences, la vie était douce et les cités prospéraient. Un véritable paradis. Mais un jour le roi qui régnait sur les terres d'en dessous vint se plaindre au Grand Jugement : faute de péchés, personne ne venait jamais lui rendre visite, et lui et son armée de démons se sentaient terriblement seuls. Le Grand Jugement du monde eut pitié de lui. Et comme il était bon mais aussi un peu naïf, il permit au roi de venir se promener une journée durant sur les terres du dessus. S'il parvenait à convaincre des hommes de le suivre, il pourrait les emmener avec lui.

Mais le roi avait d'autres plans. Il déploya son armée de démons dès son arrivée sur la terre du dessus et décima le peuple, qui ne savait se défendre, ayant toujours vécu en paix. Fier de sa victoire, le roi se proclama empereur. Il parqua la connaissance qu'il ne pouvait comprendre dans la Citadelle, autour de laquelle il édifia une muraille pour que le monde l'oublie. Et pour être certain de maintenir son nouveau peuple dans l'ignorance, il plaça autour de la Citadelle ses guerriers les plus fidèles et les plus puissants : de terrifiants cavaliers noirs, plus cruels encore que leurs maîtres. Infatigables, les cavaliers rôdaient jour et nuit devant la grande muraille, prêts à tirer le sabre à la moindre occasion, égorgeant sans pitié les imprudents téméraires qui voulaient pénétrer dans la Citadelle. Car pour entretenir la Citadelle, un groupe de villageois y avait été enfermé. Conscients de l'importance de leur travail, ceux-ci s'étaient résignés à vivre une existence de prisonniers et subissaient sans rien dire les agressions constantes des cavaliers noirs.

Jusqu'au jour où un petit garçon qui avait toujours rêvé de parcourir le monde parvint à s'échapper. Il était si menu qu'il réussit à se faufiler entre les fourrés sans être vu des cavaliers. Lorsqu'il s'en aperçut, l'empereur, furieux, fit exécuter dix hommes en représailles, dont le père du garçon, et renvoya les cavaliers qui avaient failli à leur tâche. Mais ceux-ci, de nature assez susceptible, ne supportèrent pas l'affront : ils tranchèrent la tête de l'empereur et retournèrent à leur poste. Toute leur vie, ils gardèrent férocement la Citadelle, le cœur empli de rage. Leur humiliation était telle que même la mort ne put les faire renoncer à leur mission. Certains disent qu'ils sévissent encore, et c'est pour cette raison que le secret de l'existence de la Citadelle perdure.

— Des cavaliers plus hargneux que le diable lui-même ont tranché la tête de l'empereur, et leurs fantômes continuent de garder la Citadelle ? demanda Briséïs, ahurie. Elle n'est pas très guillerette, ta légende.

— Mais grâce à la bravoure du petit garçon, une partie du savoir est maintenant accessible au monde. En sa mémoire, le but de la joute est de parvenir à déjouer la vigilance des cavaliers noirs pour aller répandre la connaissance à l'extérieur. Il faut avoir de l'esprit, user de tactiques, mais aussi oser des coups. C'est avant tout une course, et plus il y a de joueurs, plus on a de chances de réussir.

— Je ne vois là rien d'infaisable pour une fille, déclara Briséïs d'un ton décidé.

— Attends de voir comment ça se passe vraiment, répliqua Benji avec un petit sourire moqueur. Je peux te dire que ces gars-là ne sont pas des agneaux.

Willis posa sa main sur le bras de Briséïs avant qu'elle n'ait le temps de riposter.

— Laisse-le donc avec ses bêtises, il n'en vaut pas la peine. Nous verrons bien, de toute façon…

## 8

## LA JOUTE

À la nuit tombée, on les guida avec les autres élèves à travers des couloirs sombres jusqu'au stade à ciel ouvert où se déroulaient les joutes. L'endroit ressemblait à une gigantesque arène romaine. Des gradins de pierre calcaire encerclaient un large disque de terre battue, au milieu duquel s'élevaient trois tours en bois éclairées par de puissants projecteurs. Les veilleurs allaient et venaient frénétiquement entre les grands escaliers des gradins, contenant comme ils pouvaient le flot continu d'élèves en uniforme bleu roi qui se déversait dans le stade.

— Le stade peut accueillir tous les élèves de la Citadelle, dit Raoul à l'oreille de Briséïs pour se faire entendre malgré la clameur grandissante. Plus de cent mille personnes. Dans quinze jours, il sera bondé !

— C'est incroyable ! dit-elle, émerveillée. C'est si grand, c'est à croire que la Citadelle n'a pas de limites…

— C'est presque ça, répondit Raoul avec un clin d'œil, avant d'enchaîner : l'Europe est la première à sélectionner son champion du mois puisqu'elle a remporté les joutes du mois dernier grâce à la France. Tiens, installons-nous par ici. Il faut être au niveau des tours d'observation pour bien profiter de la partie : trop en haut, on ne voit pas bien les joueurs, et trop en bas, on n'a pas assez de recul pour comprendre les enjeux stratégiques.

— Quels enjeux stratégiques ?

— Regarde bien par terre, entre les trois tours.

Briséïs examina le sol poussiéreux inondé d'une lumière blanche éblouissante.

— Il y a quelque chose de tracé sur la terre !

— Le grand triangle qui relie les trois tours mesure plus de cent-cinquante mètres de côté et contient trois grilles carrées, dans lesquelles sont placées des énigmes, confirma Raoul.

Christophe et Willis, assis de l'autre côté de Briséïs, se penchèrent pour mieux écouter.

— Chaque équipe doit compléter sa grille le plus rapidement possible. Le premier qui termine gagne. Deux membres de chaque équipe se placent au poste d'observation, en haut de leur tour. L'un des deux est chargé de résoudre les énigmes, on l'appelle « l'énigmatique » pour faire plus court. Je sais, c'est bête, mais c'est comme ça… L'autre doit envoyer les joueurs inscrire les réponses dans les cases correspondantes.

— Et vous l'appelez « l'envoyé » ?

— « Le messager ». L'énigmatique et le messager dirigent le jeu. Pendant toute la durée de la partie, des gardiens qui représentent les cavaliers noirs patrouillent à l'extérieur du triangle. Ils peuvent s'y introduire à tout moment et pourchasser les coureurs pour les éliminer.

Briséïs jeta un coup d'œil sur la piste, que des techniciens quittaient à la hâte après avoir versé un liquide le long du tracé des trois grilles et sur le contour du triangle.

— La difficulté, c'est que les gardiens sont très rapides et que les joueurs ne peuvent les voir arriver qu'au dernier moment.

— Pourquoi ?

Raoul lui sourit, puis son visage disparut, englouti par une obscurité soudaine. Des hourras montèrent de la foule.

— Pour cette raison ! s'exclama Raoul dans le noir.

— Eh ! Raoul ! cria un garçon du deuxième mois juste derrière eux, n'en profite pas trop, on t'a à l'œil !

— Ferme-la Louis, t'es juste jaloux, ça crève les yeux ! Faut pas les écouter, s'excusa encore Raoul, alors que les éclats de rire fusaient dans leurs dos. Ce ne sont vraiment que des gamins.

— Qu'est-ce que…

Briséïs n'eut pas le temps de terminer sa phrase : un homme brandissant une torche venait de mettre le feu au triangle, et tous les élèves s'étaient levés, hurlant et applaudissant. Trois gigantesques murs de flammes reliaient maintenant les trois tours, délimitant le terrain de jeu.

Une voix grave résonna dans les haut-parleurs :

— Mesdames et messieurs, veuillez accueillir nos trois courageuses équipes pour la joute européenne : la Belgique, la Grèce et l'Estonie !

Les hurlements enthousiastes redoublèrent tandis que trois camionnettes pénétraient dans l'arène.

— Celui qui porte le flambeau, c'est le messager, cria Raoul. Il vient apporter un message de lumière. Toute une symbolique, à ce qu'ils disent…

Assis sur les toits de tôle équipés de barres d'accroche, chaque équipe soutenait son messager qui, debout, brandissait fièrement un flambeau. Tous habillés de blanc, les couleurs de leurs pays badigeonnées sur le torse et le dos à même le tissu telles des peintures de guerre, les joueurs répondaient aux cris de la foule en levant leurs poings. Les véhicules stoppèrent au pied des tours et les porteurs de flambeau grimpèrent jusqu'au sommet sous les roulements de tambour, chacun accompagné de son observateur énigmatique. Les autres joueurs se faufilèrent sous les tours pour pénétrer dans le triangle de feu en évitant les flammes, qui leur arrivaient bien aux épaules. Puis les véhicules s'éloignèrent, tandis que chacun trouvait sa place sur le terrain.

— Les gardiens n'ont le droit d'attaquer les joueurs que lorsqu'ils sont à l'intérieur de leur grille d'énigme, expliqua Raoul. Chacun a sa tactique pour passer le moins de temps possible dans le « carré de la mort », comme ils l'appellent. Tu vois les Estoniens, tout à gauche ? Ils sont connus pour leurs attaques en masse. Ils préfèrent se répartir tout autour de leur grille : c'est moins dangereux, mais aussi moins efficace. La plupart des autres équipes préfèrent se répartir les tâches : deux coureurs pour surveiller l'arrivée des gardiens, un autre au pied de la tour pour transmettre les ordres des observateurs ; ce qui laisse seulement à trois joueurs, les plus rapides de l'équipe, la possibilité de pénétrer à l'intérieur de la grille pour inscrire les réponses. C'est la tactique qu'ont adoptée la Grèce et la Belgique, on dirait. Tiens, regarde les observateurs ! Ils vont lancer la partie !

Du haut de leurs perchoirs, les six petites silhouettes semblaient aussi fragiles que des lucioles. Les roulements de tambour se turent, puis les haut-parleurs annoncèrent :

— Mesdames et messieurs, je déclare les joutes européennes ouvertes. Qu'on se le dise : « L'esprit fait la force ! »

Les tambours reprirent de plus belle. Les trois porteurs de flambeau abaissèrent leur torche au-dessus de trois cordes qui s'embrasèrent, permettant à trois jets de lumière de glisser doucement jusqu'au pied de chaque tour. En quelques instants, les trois grilles carrées s'illuminèrent elles aussi. Dans chacune d'elles, quatre-vingt-une cases apparurent, dix-sept d'entre elles contenant un chiffre flamboyant de plus de quatre mètres d'envergure.

— La vache ! cria Raoul, ils n'ont pas été sympas, elles sont infaisables, ces grilles !

— Des sudokus ? s'exclama Christophe, incrédule.

— Un peu oui ! Et pas n'importe lesquels ! Il faut des mois d'entraînement pour savoir résoudre un truc pareil sans un papier et un crayon pour faire des essais. Tout dans la tête, vous vous rendez compte ? Ils n'ont pas droit à l'erreur !

— Un jeu de chiffres avec des règles simples, mais des complications de jeu infinies, ça paraît logique pour un tournoi international, admit Willis tandis que Christophe rappelait les règles à Quentin, visiblement un peu perdu :

— … Les neuf chiffres arabes doivent trouver leur place dans chacune des lignes de neuf cases et dans chacun des sous-carrés de neuf cases, sans jamais se répéter…

— Ça y est, ils démarrent ! s'écria Raoul, sa voix à peine audible sous le grondement d'excitation de la foule. Tiens Briséïs, jette un coup d'œil dans les jumelles.

Les observateurs grecs avaient lancé leurs premiers joueurs. Briséïs accepta bien volontiers les jumelles et fit le point sur leur messager qui exécutait une série de gestes compliqués pour se faire comprendre de son relais au sol. Il semblait déjà en sueur, sans doute à cause de la proximité des grandes flammes de sa torche, qu'il gardait près de lui pour être bien vu de ses coureurs. Il était très beau, concentré dans sa danse silencieuse, ses cheveux blonds frappant son visage à chaque mouvement, comme un jeune chef d'orchestre en transe. En bas, les coureurs grecs inscrivaient leur second chiffre. Ils allaient par deux, l'un brandissant un petit vaporisateur pour dessiner le chiffre à l'essence, que le second enflammait à l'aide d'un briquet allongé. Plus loin, les Estoniens commençaient eux aussi à s'aventurer sur le terrain. Ils s'élançaient tous en même temps bien que seuls deux joueurs puissent inscrire un chiffre à la fois.

— C'est la règle, précisa Raoul, ils peuvent risquer autant de joueurs qu'ils veulent sur le terrain pour faire diversion, mais chaque équipe ne dispose que d'un vaporisateur et d'un briquet.

Étudiant l'équipe belge à présent elle aussi en mouvement, Briséïs remarqua tout à coup que les coureurs semblaient tendus. Sursautant sans arrêt, ils s'essoufflaient dans des sprints apparemment superflus pour sortir au plus vite du carré de la mort.

— Les Belges paniquent, fit Raoul, connaisseur. Ce n'est pas bon ça, ils ne vont pas tenir longtemps.

— Mais pourquoi ? demanda Briséïs, il n'y a aucun garde…

Elle s'arrêta net : il lui semblait avoir aperçu une ombre pendant une fraction de seconde, le long d'une des barrières de feu. Elle plissa les yeux.

— Ils sont là ! fit Raoul, survolté. Ils vont bientôt entrer ! Ça va faire mal !

Briséïs scrutait la pénombre au-delà des murs de feu, tout comme les joueurs chargés de la surveillance qui redoublaient d'effort, sentant le moment venu…

Une forme noire surgit des flammes devant la foule électrisée et fonça droit sur le sudoku belge. Briséïs mit quelques secondes à réaliser ce qui se cachait sous la masse de tissus claquant dans le vent.

— Mais… il est à cheval ! s'écria-t-elle.

Le cavalier cagoulé pointa sa lourde lance sur l'un des coureurs, tel un chevalier du Moyen Âge, mais il rata sa cible et la bête noire lancée à fond de train franchit à nouveau les flammes pour disparaître dans la nuit.

— Tu en connais beaucoup, des cavaliers sans chevaux ? rétorqua Raoul. Je t'ai dit que les gardiens représentaient les cavaliers noirs.

— Mais je pensais que c'était une image ! fit Briséïs, éberluée.

— Tu pensais mal, répliqua Raoul. Ici, on ne fait pas les choses à moitié. Les cavaliers sont rapides, mais ils ont un désavantage : ils n'ont pas le droit de ralentir à l'intérieur du terrain. Et pour de telles bêtes lancées à pleine vitesse, c'est difficile de changer de direction.

Déjà, deux Estoniens s'élançaient dans leur grille de la mort. Ils n'avaient pas fait vingt mètres qu'un cavalier noir surgissait à nouveau, sa lance pointée sur eux.

— Il ne va quand même pas les embrocher ? hurla Briséïs, sentant que cette fois-ci le gardien allait atteindre sa cible. Ils ne l'ont pas vu !

Le cavalier n'était plus qu'à quelques mètres et les coureurs, occupés à tracer un chiffre, n'avaient encore rien fait pour sortir de sa trajectoire. La collision semblait inévitable. À la dernière seconde, les deux Estoniens se jetèrent sous les sabots du cheval qui fit un bond au-dessus d'eux pour les éviter. Emportée par son élan, la bête noire fondit sur un troisième Estonien tout juste entré dans la grille par le centre du triangle, qui semblait ne chercher rien d'autre que de se faire bousculer par le monstre de muscles.

— Mais il est fou ! Qu'est-ce qu'il fait ?

Les deux premiers joueurs se roulaient encore dans la poussière pour éteindre les flammes de leurs tuniques touchées par le chiffre de feu que déjà le troisième joueur reprenait leur tactique, s'étalant aux pieds du cheval une fraction de seconde avant que la lance du cavalier ne l'atteigne. Le cheval bondit encore et poursuivit sa course droit devant, tel un boulet de canon, vers le sudoku belge.

— L'Estonien l'a fait exprès pour rediriger le gardien ! s'exclama Raoul, comprenant tout à coup.

En un éclair le cavalier arrivait à hauteur d'un coureur belge, occupé à enflammer un chiffre tout juste tracé par son compagnon. Il planta sa lance noire entre les omoplates du pauvre joueur, qui s'écroula sous les hurlements de la foule en délire. Le cheval disparut à travers le mur de flamme, laissant le Belge étalé à terre, le dos marqué d'une large tache rouge.

— Ça, c'est ce que j'appelle une sacrée bonne tactique !

— Il l'a tué ! glapit Briséïs, la gorge serrée. Il l'a tué !

— Mais non, il l'a juste marqué ! s'esclaffa Raoul. Ce que vous pouvez dramatiser, vous les filles ! Mais ça ne doit pas faire que du bien, c'est sûr… Regarde-le, le pauvre !

Le joueur éliminé se relevait péniblement. Il prit son temps pour sortir du carré de la mort, traînant des pieds tandis qu'autour de lui les coureurs belges poursuivaient leur danse, s'élançant sur la piste comme sur un champ de braises.

— Est-ce que je peux reprendre mon bras maintenant ?

Briséïs retira vivement sa main du bras de Raoul, qui la considérait avec un sourire charmeur.

La suite de la joute fut tout aussi enragée. Plus les joueurs se démenaient pour éviter les bêtes en furie, plus les cavaliers intensifiaient leurs attaques. Briséïs regrettait d'avoir fait la maligne devant Benji. Exigerait-on d'elle qu'elle se roule dans la poussière, entre les flammes et les sabots des chevaux ?

— Quel jeu magnifique, commenta Raoul alors que les haut-parleurs annonçaient les scores provisoires : quarante-quatre chiffres manquants pour la Belgique, quarante-sept pour la Grèce et trente-huit pour l'Estonie. Regarde-moi ces grilles, une pure merveille ! Si seulement j'avais de quoi noter, je les recopierais pour essayer de les résoudre plus tard…

— Moi, j'ai de quoi noter si tu veux.

— Non, laisse, je disais ça comme ça.

— Mon sac ! Il n'est plus là !

Briséïs sauta sur ses pieds. Toutes ses possessions se trouvaient dans son sac. Son portable, son portefeuille avec ses papiers d'identité… Elle aurait l'air malin, de l'autre côté de la planète sans rien sur elle !

— Il ne doit pas être loin, tu le chercheras à la fin de la joute, répondit Raoul, la tirant par le bras pour qu'elle se rassoie sans quitter la partie des yeux.

— Avec tout ce monde ? Je ne préfère pas prendre le risque, merci.

Où pouvait-il bien avoir disparu ? Il n'y avait pas de passage sous les gradins de pierre.

— Qu'est-ce qu'elle a perdu ?

— Son sac, il était à ses pieds…

— Ce n'est pas celui-là, là-bas ?

— Eh Briséïs ! Ce n'est pas ton sac là-bas ?

Axel pointait du doigt l'escalier qu'ils avaient emprunté avant le début de la joute. Son sac jaune poussière trônait en plein milieu des marches, plusieurs niveaux plus bas.

— Mais qu'est-ce qu'il fait là-bas ? pesta Briséïs en se frayant un chemin entre les élèves agacés qu'elle leur bouche la vue. Pardon… excusez-moi… vraiment confuse…

Le temps qu'elle parvienne jusqu'aux marches, son sac ne s'y trouvait plus. Le cœur battant, Briséïs chercha une explication dans le regard des élèves assis de chaque côté de l'escalier. Mais la Grèce venait de perdre son premier joueur, et personne n'était prêt à lui accorder d'attention. L'escalier faisait un coude un peu plus bas et continuait de descendre dans un tunnel qui passait sous les plus hauts gradins. Elle s'y aventura juste à temps pour voir dégringoler son sac dans la pénombre du souterrain. Comme s'il avait été tiré par une force invisible…

L'obscurité devait lui jouer des tours.

— Eh ! C'est mon sac ! cria-t-elle en se lançant à la poursuite du voleur.

Dans les escaliers, l'atmosphère n'était plus la même sans les centaines d'élèves jacassant gaiement en chemin vers le stade. La lumière tremblotante des torches accrochées aux murs, les ombres dansantes, le puissant courant d'air qui balayait la pierre froide, emportant avec lui la clameur de la foule… Bientôt Briséïs arriva au niveau du disque de terre battue. Les cris des joueurs lui parvenaient à travers les cloisons comme les bruits perdus d'une bataille lointaine. Mais l'escalier descendait encore plus bas. Il la conduisit jusqu'à une forêt de piliers de bois soutenant un grand plafond plat. Un puissant roulement de tambour étouffait de temps à autre les cris des joueurs, faisant trembler le plafond et goutter du sable entre les couloirs de piliers. Les sabots des chevaux. Elle devait se trouver juste sous la piste. Elle plissa les yeux, sondant le sol de terre battue. L'endroit était si vaste et si mal éclairé, comment savoir où s'était réfugié son voleur ? Elle fit quelques pas en observant les lieux, regrettant déjà de s'être aventurée si loin. De temps à autre, un grand portrait de chimère semblable à ceux des couloirs de la Citadelle émergeait de l'obscurité, accroché contre un pilier, sous la flamme d'une torche. Un drôle d'endroit pour entreposer des peintures. Comme si la forteresse n'était pas assez vaste pour abriter ces œuvres-là… Certains des tableaux étaient cachés par un rideau, sans doute pour les protéger des chutes de sable. Un frottement attira son attention. Puis le son d'une petite cloche, et enfin des chuchotements.

— Eh ! Vous !

Elle s'élança, et derrière le troisième pilier sur sa gauche, trouva une petite femme en blouse blanche, le visage ovale entouré de courtes boucles noires.

— Katie ?

— Qu'est-ce que vous faites là ? sursauta la passeuse, laissant tomber la petite cloche et le sac de Briséïs à ses pieds. Qu'est-ce que vous voulez ?

— Katie ! Je voulais vous revoir justement ! À propos de mon père, de Lu...

— Connais pas ! Les élèves n'ont rien à faire ici ! Voulez-vous bien remonter avec les autres !

— Mais... C'est mon sac que vous avez là. Et dans votre main, c'est ma carte d'identité...

— Oui et alors ? explosa Katie. Il faut bien que je vérifie qui vous êtes !

— Vous ne me reconnaissez pas ? Hier soir...

— Je vous reconnais, oui, et alors ? D'autres pourraient avoir envie d'en être certains !

— D'autres ? Quels autres ?

— Vous êtes bien Briséïs, comme il est marqué là-dessus, et c'est bien votre sac, vous pouvez le reprendre ! proclama Katie comme si elle s'adressait à une assemblée, en brandissant la carte d'identité tout près du visage de Briséïs pour comparer la photo.

Puis elle ramassa le sac de Briséïs et le lui fourra dans les mains avec sa carte. Un nouveau roulement de tambour marqua le passage d'un cavalier noir juste au-dessus de leurs têtes.

— Allez, filez maintenant ! Y a pas idée de venir traîner dans un endroit pareil...

— Mais... à qui vous adressiez-vous ?

Une petite plume blanche vint se poser sur le nez de Briséïs, qui éternua. Emportée par son souffle, la plume duveteuse voleta vers un grand tableau représentant un angelot, ses ailes blanches déployées, prêt à tirer une flèche. Il dévisageait Briséïs d'un air très intéressé...

Mais celle-ci n'eut pas le loisir de l'observer longtemps. Katie, qui avait suivi son regard, rabattit un rideau sur le tableau d'un geste vif.

— Dépêchez-vous. Croyez-moi, vous ne voudrez pas être là pour la prochaine sortie d'un...

Un énorme grondement étouffa la fin de sa phrase, puis les

bruits de la joute envahirent l'air. Un peu plus loin, un puits de lumière était apparu : une trappe s'était abaissée, ouvrant une voie directe vers le terrain de jeu.

— Vite ! Courez ! s'exclama Katie, la poussant dans le dos avant de s'élancer dans la direction opposée.

Briséïs n'attendit pas de comprendre ce qu'il se passait. Elle serra son sac contre elle et prit ses jambes à son cou. Elle avait fait des détours pour arriver jusque-là et elle n'était plus trop sûre de retrouver l'escalier. Elle marqua un arrêt face à un portrait, à l'intersection entre deux allées de piliers. Elle avait repéré l'escalier et s'apprêtait à prendre le chemin de droite, quand une évidence la frappa de plein fouet : le tableau juste sous ses yeux était vide. La toile n'était pas blanche, un joli chemin serpentait jusqu'aux bords du cadre, mais le sujet de la peinture avait abandonné son décor, comme s'il était parti prendre l'air.

Le bruit d'une bête essoufflée monta dans son dos. Elle se retourna brusquement. Un cavalier noir se trouvait là, à quelques pas, la tête dissimulée sous de grands drapés noirs, sa longue lance noire dans la main. Le cheval fiévreux, les naseaux dilatés, se cabra devant Briséïs qui fit volte-face et se rua vers l'escalier. Elle ne prit le temps de se retourner qu'une fois sur les premières marches, juste à temps pour voir la silhouette du gardien et de sa monture se découper dans le puits de lumière, galopant à l'assaut des coureurs de la joute.

— J'en ai vu un de près ! s'exclama-t-elle tout essoufflée en reprenant sa place entre Raoul et Willis.

— Tiens ! Te voilà toi ! s'exclama Raoul. Mais qu'est-ce que tu fichais ? T'as manqué de beaux coups ! L'Estonie n'a déjà plus que cinq chiffres manquants, contre huit pour les Grecs et quinze pour les Belges !

— J'ai vu un des cavaliers noirs ! renchérit-elle.

— Tu as quoi ? s'exclama Willis.

— En allant chercher mon sac ! Son cheval était tellement…

comme si la fumée s'échappait de ses naseaux, comme si des étincelles rouges lui sortaient des yeux !

— Quoi ?

— … Et l'homme, comme s'il n'avait pas de visage ; il en avait un bien sûr, mais il était tellement… vaporeux…

— Mais qu'est-ce que tu racontes, Briséïs ?

— Son visage…

— Tu l'as vu ou tu ne l'as pas vu ?

— Je ne sais pas… On aurait dit qu'il n'était pas humain.

— Ils ont de très bons costumes, acquiesça Raoul, éclatant de rire. Regardez donc en bas, vous êtes en train de tout rater ! Mince ! Ce gardien a bien failli avoir le Grec !

Le nombre de cavaliers noirs faisant irruption sur le terrain de joute avait singulièrement augmenté. Il arrivait fréquemment que deux, voire trois gardiens se trouvent en même temps à l'intérieur du triangle. Les coureurs n'attendaient plus que la voie soit libre pour se lancer, elle ne l'était jamais. Ils se contentaient de foncer tête baissée, en espérant que leurs tactiques d'esquive suffiraient à les protéger. Chaque fois, les cavaliers chargeaient les joueurs avec plus de hargne, comme s'ils sentaient venir la fin et craignaient que la partie ne leur échappe. Ils avaient fait d'autres victimes depuis le départ de Briséïs : un Belge, un Estonien et trois Grecs.

— Si l'équipe sent qu'elle n'a pas assez de joueurs, elle peut faire appel à son messager, expliqua Raoul, pointant du côté des Grecs.

Le beau messager chef d'orchestre avait rejoint les deux coureurs grecs encore sur le terrain, laissant à l'énigmatique le soin de leur signer ses instructions.

— Mais même comme ça, parfois, ça ne suffit pas, ajouta Raoul, observant les trois joueurs à bout de souffle qui osaient à peine se lancer sur le terrain pour suivre les indications de leur observateur.

Chaque joueur scrutait inlassablement les murs de feu, protégeant son visage de la chaleur des flammes et essuyant les larmes dues à la fumée d'un revers de bras, dans un effort désespéré pour voir arriver à temps la masse furibonde d'un cavalier noir.

— Ils savent qu'ils n'ont plus droit à l'erreur, ils n'ont plus assez de joueurs.

Briséïs fit le point avec les jumelles sur un cavalier noir traversant le sudoku belge. Même de si loin, son allure démoniaque lui donnait la chair de poule. Elle pouvait imaginer une autre raison qui les faisait hésiter à se lancer…

— Regardez l'énigmatique estonien ! s'exclama Willis. Il s'agite ! Il a trouvé la solution pour sa grille, ils vont gagner !

— Tout peut encore arriver… répondit Raoul par-dessus le murmure d'excitation de la foule.

L'espoir avait donné des ailes aux coureurs estoniens, qui s'élançaient sur la piste comme des bolides, tous ensemble, selon leur tactique de diversion. Sachant la fin du jeu proche, les Grecs les imitèrent, oubliant toute prudence. Mais ils n'étaient plus que trois, et leur élan d'héroïsme ne les sauva pas. Le gardien qui vint à leur rencontre élimina deux joueurs d'un seul coup de lance bien placé. Le dernier coureur n'eut que le temps de sortir par la grille belge, ce qui l'éliminait d'office.

Un coup de canon résonna dans l'air et les haut-parleurs annoncèrent :

— Grèce, sept chiffres manquants, score final.

La vague de protestation des supporters fut vite étouffée par une nouvelle vague, de surprise celle-ci, venant de l'ensemble de la foule. Briséïs suivit les regards jusqu'au sudoku estonien, où l'énigmatique et le reste de son équipe semblaient s'arracher les cheveux.

— L'énigmatique a fait une erreur ! s'écria Raoul survolté. La troisième rangée en partant de la tour, tu vois ? Il y a deux fois le chiffre 9 ! Tout le sudoku est faux ! Les juges ne vont pas tarder à s'en rendre compte. C'est dommage, ils étaient vraiment près du but…

Une cloche sonna cinq coups et les haut-parleurs annoncèrent :

— Estonie, hors jeu. Messieurs, la Fédération des jeux européens vous remercie.

— Alors la Belgique a gagné ? demanda Christophe, observant les Estoniens quitter le terrain la tête basse, leurs vêtements brûlés, déchirés, comme les Grecs quelques minutes plus tôt.

— J'aimerais bien, répondit Raoul, j'ai une grand-mère belge, alors ça ferait comme un quart de victoire... Mais les Grecs ont un bon score, sept chiffres manquants, c'est pas mal. Si la Belgique ne parvient pas à remonter la pente avant que tous ses joueurs soient éliminés, la Grèce aura gagné. Et maintenant ils vont avoir tous les cavaliers noirs sur le dos, ça va être serré...

Briséïs reporta son attention sur le sudoku belge : ils n'avaient plus besoin que de trois chiffres pour dépasser le score grec et décrocher la victoire. Le messager avait rejoint les quatre coureurs restants au pied de leur tour. Les cinq joueurs étaient plongés dans une grande discussion. Restant seuls avec encore des cartes en main, ils prenaient leur temps, étudiant toutes leurs possibilités de jeu. Enfin, les cinq garçons se déployèrent autour de leur grille de sudoku. Les cavaliers noirs en furie ne cessaient de fendre les flammes, de fondre sur les joueurs qu'ils n'évitaient qu'à la dernière seconde. Les coureurs ne bougeaient pas d'un pouce, insensibles à leurs manœuvres d'intimidation. Tant qu'ils ne pénétraient pas sur leur grille, ils se savaient intouchables. Mais bientôt, il leur faudrait faire le pas. Un silence de plomb tomba sur le stade à mesure que la tension montait, que le moment fatidique approchait...

— Combien y a-t-il de gardiens ? souffla Briséïs, trop impressionnée par le calme soudain du stade pour élever la voix.

Ils pouvaient entendre les sabots des chevaux galopant dans l'obscurité autour du terrain triangulaire.

— Je ne sais pas, répondit Raoul dans un murmure. Mais ils ne peuvent pas être plus de trois en même temps sur la piste... Cinq coureurs contre trois gardiens, c'est vraiment juste... Ils pourraient tenter une diversion classique, mais avec toute l'attention sur eux, ça ne marchera qu'une seule fois, et ils ont trois chiffres à placer… Il faut qu'ils gagnent, ce serait une victoire spectaculaire !

Les joueurs marchaient lentement autour du carré de la mort, se lançant des regards concentrés à travers la piste, ignorant délibérément les attaques répétées des cavaliers à bout de nerfs. Puis l'un d'eux fit un geste infime, à peine visible, et tout s'enchaîna très vite.

Les cinq coureurs belges s'élancèrent comme un seul homme au centre de la grille. Au lieu de courir vers un but précis comme auparavant, ils avançaient en zigzaguant chacun de leur côté, jamais plus de trois pas dans la même direction, bondissant de-ci de-là à vous en donner le tournis.

— Que font-ils ? s'exclama Briséïs. Ils s'épuisent pour rien s'ils n'inscrivent pas de chiffres…

Il fallait deux joueurs pour tracer et enflammer une réponse. Les Belges n'avaient encore rien fait, elle en était certaine. Elle ne parvenait même pas à comprendre lesquels des joueurs tenaient le vaporisateur et le briquet. Les cavaliers noirs semblaient tout aussi perdus qu'elle, lançant leurs assauts sans trop de conviction, attendant le bon moment pour vraiment frapper… Raoul se contentait de scruter l'obscurité.

— Là ! Celui du coin droit, vers la tour ! s'exclama-t-il enfin en désignant le terrain.

Le garçon qu'il pointait du doigt s'agitait de la même façon que les autres a priori… Briséïs étudia sa posture, un bras collé le long du corps.

— Il dessine un chiffre ! réalisa-t-elle, enthousiasmée.

Tenant le vaporisateur caché contre sa jambe, il ne changeait pas de direction de façon aléatoire mais traçait un 4. Puis il fonça vers une autre case, roulant par terre pour éviter un gardien, avant de cogner l'un de ses compagnons à l'épaule. Briséïs crut qu'il avait perdu le vaporisateur dans sa roulade, mais l'autre joueur l'avait récupéré. Il traçait déjà le chiffre 6 dans une case voisine, le bras calé le long du corps.

Les cavaliers noirs semblèrent se douter de quelque chose,

puisqu'ils se mirent en chasse systématique. Ils éliminèrent deux joueurs tandis que le vaporisateur passait de main en main. Les trois derniers garçons tracèrent chacun une partie du chiffre manquant. Le troisième joueur fut éliminé quelques secondes après avoir terminé son trait, au moment où, de l'autre côté du terrain, l'un des deux coureurs restants enflammait le chiffre 4. Le temps que les cavaliers surpris se retournent et foncent sur lui, il avait enflammé le 6.

— Le dernier… murmura Raoul dans un souffle, s'il te plaît, le dernier…

Le joueur lança le briquet à son dernier compagnon juste avant qu'un cavalier lui coupe la route. Immédiatement, deux des cavaliers firent demi-tour pour prendre en chasse le garçon, qui sprinta vers le coin opposé à sa destination. Libéré de son briquet et face au troisième gardien, le premier joueur, au lieu de se rouler par terre, fonça droit vers son adversaire, esquiva par miracle la lance à droite, attrapa la bride du cheval à gauche et tira d'un coup sec. Surpris, le cheval trébucha et se retrouva les genoux à terre. Le joueur n'attendit pas une seconde : il fonça vers son compagnon qui avait réussi à faire demi-tour en esquivant les deux cavaliers et courait maintenant vers la dernière case. Il était à deux doigts de se faire rattraper. À l'instant où le premier de ses poursuivants levait sa lance pour le frapper, le premier joueur se jeta en avant. Il reçut le coup de lance, épargnant son compagnon juste assez longtemps pour qu'il enflamme le dernier chiffre, avant que le troisième gardien ne l'atteigne.

— Ils l'ont fait ! hurla Raoul, sautant sur ses pieds, alors que la foule explosait de joie.

Les applaudissements étaient tels qu'on entendit à peine le coup de canon puis les haut-parleurs annoncer le score, « six cases manquantes », ce qui faisait de la Belgique la nouvelle championne européenne.

9

# LÉGENDES

— Je n'en reviens pas de ce qu'ils ont réussi à faire ! s'exclama Axel en rentrant vers leur dortoir en compagnie de Pierre et Briséïs. C'est tout simplement dément ! Ces mecs-là, ils ont la rage au ventre, ça se voit ! Trois gardiens à eux tout seuls, et c'est comme si c'était une promenade de santé ! Le jour où on leur ressemblera, mince, ce sera vraiment géant !

— Je suppose que pour ça, il va d'abord falloir qu'on s'entraîne, fit remarquer Briséïs, mal à l'aise.

— Oui, et le plus tôt sera le mieux, dit Pierre. Vous croyez qu'on devra s'entraîner avec les cavaliers noirs ?

— Ça me donne la chair de poule ! s'exclama Axel. Je me demande de quoi ils ont l'air de près… S'ils ont vraiment de la fumée qui s'échappe des naseaux et des étincelles qui leur sortent des yeux.

— Nan, Briséïs a dû mal voir dans l'obscurité, le coupa Pierre, catégorique. C'est pas possible un truc pareil.

Briséïs ne fit rien pour se défendre. Elle n'était plus trop sûre de ce qu'elle avait vu. Elle n'était plus trop sûre de rien, après une journée pareille. Elle se sentait trop fatiguée pour réfléchir. Ils avaient bien profité de la fête improvisée pour l'équipe belge, dans le grand jardin du quartier européen, mais Briséïs était soulagée de pouvoir enfin aller se coucher. Elle serait rentrée plus tôt au dortoir si elle n'avait pas eu peur de se perdre, seule dans ce labyrinthe de couloirs.

— La façon dont ce Belge s'est sacrifié pour que son copain puisse atteindre la dernière case, c'était carrément héroïque ! reprit Axel tout en leur mimant la scène alors qu'ils pénétraient dans leur chambre. Et les énigmatiques ! De vraies bêtes de calcul !

Il grimpa sur son lit, s'y étala de tout son long avec un grognement. Un pyjama deux pièces avait été posé sur l'oreiller de Briséïs en son absence, à côté d'une trousse de toilette bien garnie, estampillée du sceau de la Citadelle. Axel, dont le lit se trouvait en face du sien, resta allongé, le regard résolument planté au plafond, le temps qu'elle se déshabille. Une fois changés, ils restèrent un moment étendus sur leurs lits respectifs, écoutant le néon clignoter, perdus dans leurs pensées. Aucun ne se sentait prêt à s'endormir. Trop de notions nouvelles, trop d'images fantastiques hantaient leurs esprits.

— Alors Briséïs ? Qu'est-ce que tu en penses ? lança finalement Axel, brisant le silence.

— Qu'est-ce que je pense de quoi ?

— De tout ça, dit-il dans un geste large. De ta première journée.

Briséïs fixa le lit de Pierre au-dessus de sa tête.

— Je ne sais pas. C'est… comme un rêve. C'est irréel, et pourtant c'est là. J'ai l'impression que je vais me réveiller d'un moment à l'autre.

— C'est normal, fit Axel en hochant la tête. Cette impression, on la ressent tous. Mais qu'est-ce que tu penses de la Citadelle ? Elle te plaît ?

Briséïs hésita.

— Elle m'intrigue… avoua-t-elle comme pour elle-même.

— Alors c'est qu'elle te plaît. Tu vas voir, maintenant elle te suivra partout, même dans tes rêves…

— C'est un connaisseur qui parle, ironisa Pierre. Combien de mois as-tu redoublés, toi ?

Pour toute réponse, Axel lui envoya son oreiller dans la figure avant de se tourner vers Briséïs.

— Tu peux lâcher ton sac maintenant, tu sais. Ta passeuse tordue ne va pas se faufiler dans la chambre pendant que tu dors pour te le prendre.

— Qu'est-ce que tu en sais ? fit Pierre passant sa tête blonde par-dessus la rambarde de son lit. Elle est bien venue jusque sous ses pieds dans les gradins pour le lui piquer sans que personne ne remarque rien…

— Et si je décidais de rentrer chez moi maintenant ? Ils ne peuvent quand même pas me retenir.

Les deux garçons lui lancèrent un regard étonné.

— Non, ils ne peuvent pas… admit Axel. Mais si tu t'en vas maintenant, tu ne sauras jamais ce que tu as manqué, et tu risques de le regretter toute ta vie…

— Je posais juste la question ! s'emporta Briséïs. Bien sûr que je ne vais pas partir… Mais neuf mois, quand même… Est-ce que vous n'avez pas une vie à l'extérieur, vous ? Moi, j'étais encore au lycée, je vais manquer mon bac.

Un regard des garçons suffit à lui répondre : aucun argument ne faisait le poids face aux trésors de la Citadelle. Briséïs hocha la tête, bien obligée d'admettre qu'elle mourait d'envie de rester. Benji avait eu raison sur toute la ligne.

— Ça n'empêche que c'est un macho borné et stupide, rétorqua-t-elle à voix haute pour elle-même avant de plonger la main dans son sac. Et que ça lui plaise ou non, je vais écrire une lettre.

— Que ça plaise à qui ?

Elle ne songea pas à répondre à Axel : elle venait de faire tomber un bouton sur son lit. Il n'en manquait pourtant pas sur sa veste… Sur un côté était gravé le dragon de la Citadelle. Sur l'autre, un petit angelot déployait ses ailes, prêt à tirer une flèche. Elle le glissa dans son sac.

— Écris autant de lettres que tu veux du moment que tu restes, appuya Pierre. Manquerait plus que ça, qu'on se retrouve à six au bout du deuxième jour. Imagine la honte pour les Français ! Dans notre position, on ne peut vraiment pas se permettre de te laisser partir…

— Qui va partir ? lança Willis, inquiet, en pénétrant dans la chambre.

— Personne, répondit prestement Briséïs.

Willis darda sur eux un regard inquisiteur, mais son visage retrouva vite une expression joviale.

— En tout cas, vous avez manqué quelque chose là-haut : les Belges ont jeté leur équipe dans la fontaine ! Après, ils ont arrosé tout le monde, c'était l'euphorie totale, il y en avait partout ! Christophe s'est pris un seau entier sur la tête !

Briséïs jeta un coup d'œil à Christophe, appuyé contre l'encadrement de la porte. Le pauvre rouquin grelottait, les épaules trempées, la goutte au nez.

— Mais c'était marrant, fit-il, un sourire timide aux lèvres.

— Et puis ça a commencé à se gâter, alors les veilleurs ont tout arrêté, enchaîna Willis. Dommage, on s'amusait bien.

— Attends les joutes mondiales et tu verras ce que c'est que de s'amuser, dit Benji en s'affalant sur son lit.

Les autres l'imitèrent. La chambre était si petite qu'ils ne pouvaient faire autrement une fois tous réunis, que de rester chacun sur son matelas.

— Benji, toi qui sais tant de choses… dit Briséïs en se relevant sur son coude.

— Ouais…

— … Quelle est la taille exacte de la Citadelle ? Je veux dire, bien sûr, elle est grande, mais grande comment ? Jusqu'où vont tous ces interminables couloirs ?

— C'est une bonne question, répondit Benji. Un point pour vous, mademoiselle… La Citadelle est très, très grande.

Briséïs laissa le temps au néon de clignoter trois fois avant de hausser les sourcils.

— Ça, par contre, ce n'est pas une réponse. Tu ne connais pas la réponse.

— Alors c'est qu'il n'y en a pas, dit solennellement Axel.

Pierre et Willis partirent d'un rire étouffé.

— Précisément, riposta Benji. Si je ne peux pas te donner de réponse, c'est qu'il n'y en a pas. Personne ne sait quelle est la taille réelle de la Citadelle. Je peux seulement te dire qu'elle est plus grande que tout ce que tu peux imaginer. Un jour, un livreur qui apportait des provisions pour les cuisines m'a dit que même de très loin, il est impossible de voir la Citadelle entièrement. Elle est trop imposante pour que l'horizon puisse la contenir.

— Mais… je croyais que les livreurs ne devaient parler à personne, remarqua Quentin en lançant un regard interrogateur à Willis, qui confirma d'un hochement de tête.

— Tu n'as pas pu parler à cet homme Benji, c'est impossible.

— Impossible si tu restes sur les sentiers battus. Mais si tu te fraies ton propre chemin, alors rien n'est impossible.

Benji sauta de son lit, réenfila la veste qu'il venait à peine d'ôter et se dirigea vers la porte.

— Où tu vas ? lui demanda Willis.

— Je sors. C'est l'heure de ma petite expédition.

— Quoi, tu vas recommencer ?

— Je ne vois pas pourquoi je perdrais mes bonnes habitudes.

— Tu ne peux pas faire ça ! s'exclama Willis, quittant lui aussi son lit. Si tu t'en vas maintenant, tu vas te faire prendre et ils te renverront. On se retrouvera à six ! Tu dois rester ici. Je te forcerai s'il le faut.

— Essaye donc.

Willis se planta devant Benji qui se grandit, menaçant, faisant craquer ses doigts comme pour se préparer à la bagarre. Les autres retinrent leur souffle, mais Willis fit un pas en arrière, et Benji disparut dans le couloir en claquant la porte.

— Ce gars est complètement cinglé, dit Axel à Willis pour le réconforter une fois les bruits de pas étouffés.

— Je ne sais pas… fit Pierre après un moment de silence.

— Eh bien moi, je te le dis, assura Axel d'un ton catégorique. Il est même royalement allumé.

— Et il va tous nous mettre dans la merde avec son petit jeu, soupira Willis.

— Il s'est fait suffisamment peur la dernière fois, objecta Pierre. Ça m'étonnerait qu'il prenne le risque de se faire renvoyer.

— Et… Et s'il avait raison ? demanda Christophe, recroquevillé sur son lit.

— Comment pourrait-il avoir raison ? s'exclama Willis, agacé. Tu as déjà vu un château grand au point que *l'horizon ne puisse le contenir* ? Je n'ai jamais rien entendu d'aussi stupide.

— Willis dit vrai, fit Quentin, soit Benji est fou, soit il nous prend vraiment pour des idiots.

— Je ne crois pas qu'il soit fou, argua Pierre, plongé dans ses pensées. Je crois surtout qu'il vit dans un autre monde. Chacun voit les choses comme ça l'arrange.

— Quel fin psychologue ! claironna Axel.

— Bof, tu sais, il y a des choses comme ça qui crèvent les yeux. Par exemple, y a pas besoin d'être devin pour savoir que tu es déjà tombé sous le charme de Briséïs.

Axel voulut lui lancer son oreiller à la figure et se rappela qu'il ne l'avait déjà plus.

— Je l'ai gardé, au cas où, dit Pierre, content de lui, tapotant l'oreiller sur ses genoux.

— Quelqu'un a une idée de l'heure ? demanda Quentin en se frottant les yeux. Ma montre n'a pas supporté le voyage.

— La mienne aussi est cassée ! s'exclama Briséïs. Elle s'est arrêtée juste après mon arrivée ici.

Christophe écarquilla les yeux.

— La mienne ne fonctionne plus non plus… Vous croyez que ça veut dire quelque chose ?

Axel haussa les épaules.

— Il doit y avoir un champ magnétique négatif dans le coin.

— Ouais, et il s'appelle la Citadelle, pouffa Willis.

— Tu crois vraiment que… commença Christophe, ébahi.

— Je ne crois pas, je sais. Il n'y a rien d'extraordinaire là-dedans. Si vous aviez pu garder votre montre à l'heure de la France, il vous suffirait de suivre la course du soleil pour savoir dans quelle partie du monde vous vous trouvez.

— Mais comment s'y prennent-ils ? Ils n'ont pas enlevé la pile de ma montre, j'ai vérifié, dit Quentin.

— Il leur suffit de les démagnétiser, répondit Axel.

— N'importe quoi, on ne démagnétise pas une pile.

— J'ai ma théorie, intervint Willis. Pour les montres à quartz en tout cas, comme la mienne : ils ne touchent pas à la pile, ils dérèglent les propriétés de piézoélectricité de la silice.

— Comment ? demanda Christophe, les yeux toujours écarquillés.

Briséïs écouta sans trop essayer de comprendre les explications de Willis, ponctuées par les clignotements répétés du néon essoufflé. Ses paupières s'alourdissaient. Bientôt, elle n'entendit plus qu'un bourdonnement sourd et plongea dans un profond sommeil.

Elle avançait à l'aveuglette dans un brouillard épais, ses mains tâtonnant dans le vide. Il lui fallait rejoindre l'autre côté… L'autre côté de quoi ? Briséïs ne parvenait plus à s'en souvenir. Elle se creusa les méninges tout en marchant, persuadée de l'importance de sa destination mystérieuse.

Deux cavaliers noirs surgirent devant elle, immenses, terrifiants, leurs grandes capes flottant au vent. Les voyant fondre sur elle, Briséïs se recroquevilla, mais les deux gardiens passèrent de chaque côté sans même la regarder. Ils poursuivaient un soleil doté de longues jambes, portant sur son dos une horloge sans aiguille. Le soleil semblait terrorisé à l'idée d'être rattrapé par les deux ombres noires. Briséïs voulut lui crier de ne pas s'inquiéter, rien ni personne ne pouvait faire de l'ombre au soleil, mais à cet instant quelqu'un la tira par le bas du pantalon. Un angelot s'accrochait au tissu, levant vers elle de petits yeux bruns suppliant. Il pleurait, cachant honteusement son arc derrière son dos.

— Ce n'est pas ma faute, gémit-il, c'est lui qui a voulu ! Il ne faut pas me punir !

Briséïs fut prise de pitié en le voyant se dandiner et tortiller le bout de son aile. Elle se pencha pour le consoler.

— Qui a voulu ?

Sa main passa au travers de l'angelot. Elle la retira dans un sursaut. L'angelot éclata de rire.

— Tu ne peux pas encore me toucher ! dit-il. Tu n'y crois pas encore assez…

Briséïs se boucha les oreilles pour ne plus avoir à supporter les gloussements stridents de l'angelot hilare. Elle ferma les yeux aussi, si bien qu'elle ne vit pas qu'il l'enfermait derrière une porte. Quand elle rouvrit les yeux, il était trop tard. Elle était cloîtrée dans un horrible tube de métal qui peu à peu se resserrait. Elle étouffait. La brûlure de son épaule revint la narguer tandis qu'elle tapait du poing contre l'épaisse paroi. Une radio grésilla et la voix de son père emplit l'habitacle : « Au revoir Briséïs, à dans neuf mois, bonne chance… »

Une vague de panique s'empara de Briséïs : il n'allait tout de même pas la laisser enfermée là-dedans pendant neuf mois ? L'air se faisait de plus en plus rare, il lui fallait sortir, sortir tout de suite !

— Papa ! hurla-t-elle, ne me laisse pas ici ! Sors-moi de là ! Papa ! Dis quelque chose, ne t'en vas pas ! PAPA !

— Eh bien, je ne sais pas ce qu'il t'a fait, ton *papa*, mais ça n'a pas l'air d'une histoire drôle.

Briséïs sursauta, empêtrée dans ses draps, dégoulinante de sueur, le néon éblouissant ses yeux humides. Willis était penché au-dessus d'elle, appuyé contre le lit de Pierre, et lui souriait vaguement.

Le carillon au mécanisme électrique accroché près de la porte sonna trois coups. Willis appuya son doigt sur la cloche pour étouffer sa résonance.

— J'ai bien peur que ce soit l'heure de se lever. Il va falloir remettre ta discussion avec ton paternel à plus tard…

Tout le long du petit-déjeuner, Briséïs observa Benji ; trempant ses tartines dans son café d'un air absent, il songeait sans doute à ses découvertes de la veille. Il avait dû revenir tard de son expédition. Mais si de légers cernes creusaient son visage, il ne laissa rien paraître de sa fatigue face au pédagogue Don Kallys une fois qu'ils furent installés dans la salle de classe circulaire de la veille.

— Alors, lança celui-ci, les yeux pétillants, lissant sa toge argentée par-dessus son ventre rebondi, comment avez-vous trouvé notre petite surprise d'hier ? Amusant, n'est-ce pas ?

— C'était passionnant ! s'exclama Willis, jamais à court d'enthousiasme. On est impatients de pouvoir y jouer aussi ! Neuf mois, ça paraît tout à coup tellement long !

— Oh, mais vous n'aurez pas besoin d'attendre neuf mois, vous allez devoir vous entraîner dès maintenant si vous voulez avoir une chance d'être sélectionnés pour la finale.

Briséïs déglutit. Elle n'était pas la seule : Christophe sembla se tasser sur son coussin, de l'autre côté de la grande table de cristal.

— Mais pas de panique, vous allez commencer progressivement, tempéra le pédagogue. Vous devez tout d'abord définir le rôle de chacun dans l'équipe. L'énigmatique d'abord : vous disposez d'un peu plus d'un mois pour tester vos compétences et élire l'esprit le plus affûté pour guider votre équipe, grâce à ces grilles de sudoku.

Il jeta au centre de la table ronde une pile de petits cahiers identiques, qu'ils se répartirent. Sur les couvertures était inscrit :

*L'esprit fait la force*

*Car ici sera élaborée l'essence de l'éternel*

. . .

— Qu'est-ce que ça veut dire ? demanda Quentin.

— L'expérience a un pouvoir d'enseignement qui va bien au-delà des mots. Je vous laisserai le découvrir par vous-même. Entraînez-vous sans relâche, mais surtout encouragez-vous les uns les autres. Il ne s'agit pas de prouver que vous êtes le plus fort. Vous êtes une équipe. Vous devez identifier ensemble le meilleur d'entre vous, pour le bien de tous… Je savais que vous aimeriez les joutes, ajouta-t-il, rêveur. J'en vois deux par mois depuis trente ans, et pourtant je ne m'en suis jamais lassé. Jamais deux parties ne se ressemblent, n'est-ce pas terriblement excitant ? Mais revenons à nos moutons. L'un de vous peut-il me dire de quelles légendes nous allons parler aujourd'hui ?

Une très bonne surprise attendait le groupe de Briséïs dans l'amphithéâtre quelques heures plus tard. Briséïs avait eu peur, après avoir passé la matinée à écouter de fascinantes histoires de dragons, de princes et de monstres millénaires grâce aux talents de conteur du pédagogue Don Kallys, de vite perdre le fil d'un discours mal traduit et décousu d'orateur. Les merveilleux tableaux fantastiques découverts pendant leur promenade matinale, commentés par le pédagogue, hantaient encore son esprit. Mais ce fut un orateur français qui apparut sur la scène.

— Jour de chance, jour de chance aujourd'hui sur Terre… chantonna Benji à côté de Briséïs tandis qu'elle posait son casque sur ses oreilles et que les bruits de l'amphithéâtre disparaissaient pour laisser place à une profonde voix rauque.

— … dans l'amphithéâtre réservé aux élèves du premier mois. Je me présente, orateur Du Chonssi, nationalité française. Nous allons étudier aujourd'hui l'impact des mythes et légendes sur les cultures…

Briséïs laissa échapper un long soupir. Qu'il était bon de se laisser porter par un flot de paroles cohérentes ! Elle ne perdit pas une seule miette de son fascinant discours. Il leur conta quelques-unes des légendes de dragons les plus influentes dans l'évolution des sociétés occidentales. Du serpent géant qui veilla sur la Toison d'or dans l'Antiquité jusqu'aux monstres combattus au Moyen Âge par les chevaliers de la Table ronde cherchant à retrouver le Graal, les dragons européens illustraient la puissance à l'état brut, sans compromis, si chère aux civilisations de l'Ouest. Créés pour représenter la force indestructible des premiers peuples conquérants, ces dragons agressifs et machiavéliques – contrairement aux dragons du reste du monde – avaient fini par nourrir dans les esprits occidentaux une peur irrationnelle de l'étrange. Ainsi, mille ans durant, l'Europe s'était renfermée sur elle-même tandis que fleurissaient les arts et la science en Orient. Les dragons asiatiques, bénéfiques, protecteurs et justiciers, ne manquaient pas de charme : ils envoûtaient leurs assaillants avec des charades, se transformaient en carpe, cachaient des perles de nacre sous leurs pattes aux cinq énormes griffes, s'accrochaient aux nuages grâce à leurs moustaches…

— C'était fantastique ! s'exclama Briséïs en sortant de l'amphithéâtre.

— C'est le mot, fit Axel en hochant la tête.

— Si seulement tous les cours pouvaient être ainsi… renchérit Pierre.

— Mais ils ne le sont pas, soupira Benji d'un ton las. Et vous savez pourquoi ? Parce que s'ils étaient toujours compréhensibles par tous, les gens se rendraient compte qu'on les berne. Il n'y a pas assez de matière pour rendre les cours intéressants pendant neuf mois. Tout ça, c'est du baratin.

— Contrairement au grand mystère de la Citadelle qui est caché de tous ? ironisa Willis.

— Exactement. C'est bien, tu apprends vite, fit Benji, impassible.

Briséïs vit Willis serrer les poings, puis les détendre aussitôt. Il se força à sourire.

— J'imagine que nous devons ces remarques à ta *longue* expérience dans la Citadelle ?

— Là encore, tu as vu juste.

— … Expérience qui, bien sûr, est beaucoup plus précieuse que celle des élèves du neuvième mois, qui ne peuvent se douter de l'odieuse supercherie que tu as pu démasquer grâce à ton sixième sens…

Axel et Pierre pouffèrent, et Briséïs ne put s'empêcher de sourire à son tour. Benji haussa les sourcils, visiblement excédé.

— Il y a des choses que même neuf mois de cours intensifs ne peuvent apporter. Bon sens, discernement… Mais des petits péteux dans votre genre ne comprendront jamais cela, siffla-t-il avant de s'éloigner.

— Attention de ne pas trop t'écarter des sentiers battus ! lui cria Axel, secoué de rires.

— Oui, attention, tu risquerais de glisser ! renchérit Pierre, essuyant une larme du coin de l'œil.

— Qu'est-ce qu'il a encore fait, le pauvre bougre, pour mériter ces moqueries ? demanda une voix derrière Briséïs.

Raoul s'approchait à grands pas.

— Rien du tout, dit Pierre. Il s'est contenté d'être lui-même, c'est bien suffisant.

— Alors je ne vous blâmerai pas, acquiesça Raoul.

— Raoul, tu crois vraiment que Benji est fou ?

Ils s'étaient assis au bord de la fontaine pour se pencher sur leurs cahiers de sudokus. En moins d'une heure, Briséïs s'était convaincue de son incapacité à se concentrer sur de tels problèmes de logique mathématique. Elle écoutait l'eau ruisseler sur les farfadets de pierre depuis un moment déjà, feignant de réfléchir à sa grille, retournant sans cesse dans sa tête la question qui lui brûlait les lèvres. Comment la formuler sans paraître trop antipathique ? Elle avait finalement opté pour l'honnêteté.

— Fou, ce n'est pas vraiment le mot, répondit Raoul avec une petite moue. Disons qu'il a une façon assez originale de voir les choses… Ce n'est pas de tout repos de vivre à ses côtés, mais il est sympa. Je ne crois pas que tu aies à t'en faire, il ne ferait pas de mal à une mouche.

— Je ne te demande pas s'il est dangereux, l'interrompit Briséïs, je te demande s'il est possible qu'il y ait une once de vérité dans ce qu'il raconte.

— Non, répondit Raoul d'un ton catégorique.

— Pas une seule…

— Pas une. En plus d'être macho et un peu borné, Benji est incroyablement parano, c'est là tout son problème.

— Et mythomane, compléta Willis de l'autre côté de Briséïs.

— Et mythomane, approuva Raoul.

— Ça fait beaucoup pour un seul gars, fit remarquer Willis en jetant un caillou dans l'eau.

Briséïs observa les ondulations déranger le reflet de la grande horloge de la cour, puis se fondre dans les remous du jet d'eau. Benji avait si bien lu dans ses pensées le jour précédent… Était-il possible d'être à la fois clairvoyant et fou ? À vrai dire, si elle considérait sa propre famille…

— Ça n'a pas l'air de te satisfaire, comme réponse, dit Raoul amusé.

Le regard de Briséïs s'échoua sur l'étincelant sourire du jeune homme.

— Il y a tellement de choses que j'aimerais comprendre. Et Benji semble être le seul à savoir ce qui se passe.

— Ce n'est qu'un air qu'il se donne, crois-moi.

— Qu'est-ce que tu voudrais comprendre ? demanda Willis en jetant un second caillou dans l'eau.

— Je…

Briséïs prit une grande inspiration. Pour être claire, il fallait qu'elle leur explique toute son histoire en détail.

Elle leur raconta l'étrange tache sur son épaule, la métamorphose subite de son père, les expériences dans l'hôpital, puis son réveil dans la chambre de réanimation, le comportement très nerveux de Katie à leur première rencontre, et la veille, parmi tous ces tableaux…

— Les passeurs sont toujours nerveux, l'interrompit Raoul. Ça ne veut pas dire que cette Katie connaît effectivement ton père et qu'elle te cache quelque chose. Ils sont connus pour leurs comportements très étranges. Ceux qui m'ont accueilli étaient bizarres aussi.

— Pareil pour moi, acquiesça Willis.

— Certains disent que c'est parce qu'ils ont peur de perdre leur boulot, poursuivit Raoul. Moi, je crois surtout que les passeurs sont de la même trempe que les techniciens périphériques. Ce sont d'anciens élèves qui n'ont pas pu aller au bout des neuf mois. Ils ne sauront jamais quels sont les vrais secrets de la Citadelle, alors ils croient à toutes les histoires terrifiantes qui circulent à son sujet pour compenser. Et crois-moi, il en circule un paquet.

— Comme celle sur les cavaliers noirs, compléta Willis.

— C'est ça. Si on commence à prendre au sérieux toutes ces âneries, on n'a pas fini. Si tu veux mon avis, ton père n'a rien à voir dans cette histoire. Tu l'as dit toi-même, quelques heures avant, il n'était encore qu'un légume. C'est une étrange coïncidence, mais c'est ainsi, et tu n'y peux rien. La délégation de la Citadelle a dû arriver chez toi quand tu étais à l'hôpital. Ils t'ont retrouvée avec l'aide de ta mère alors que tu avais déjà perdu connaissance, à cause des bêtises de ton père. J'imagine bien que la délégation ne pouvait attendre, ta mère a dû signer l'autorisation pendant que tu étais inconsciente et ils t'ont prise avec eux.

— Ça me paraît honnête, déclara Willis.

— Pas vrai ? Top là !

Les deux garçons se serrèrent la main.

— Ça n'est pas drôle ! Ma mère ne m'aurait jamais abandonnée comme ça, et mon père n'est pas fou ! s'exclama Briséïs avant de changer de position, mal à l'aise.

— Admets quand même que l'hypothèse est valable, dit Raoul.

— Ce n'est qu'une hypothèse, trancha Briséïs.

— Ce qu'elle peut être têtue ! s'exclama Raoul. Écris-leur et demande-leur, tu seras fixée.

Briséïs jeta à son tour un caillou dans la fontaine. Elle avait déjà réfléchi à sa lettre. Que pouvait-elle réellement demander sans risquer de se la faire confisquer ? Il en avait de bonnes, Raoul !

Le reflet de l'horloge dans la fontaine se tordait au rythme des vaguelettes. Le cadran indiquait six heures trente. Soudain, les aiguilles s'animèrent et se mirent à tourner comme des folles autour de leur axe. Briséïs releva la tête vers la véritable horloge.

— Le… commença-t-elle d'une voix étranglée.

— Quoi ? dirent d'une même voix les deux garçons.

Briséïs fronça les sourcils. Les aiguilles indiquaient toujours six heures trente.

— Non, rien… souffla-t-elle. J'ai juste cru voir… mais j'ai dû me tromper…

— Pourquoi tu n'essaierais pas de lâcher prise ? proposa gentiment Willis. C'est vrai, il y a des choses étranges, et tout ne s'explique pas. Et alors ? Est-ce si important ? Tu n'as pas toujours su comment était fait un arc-en-ciel, et ça ne t'a jamais empêchée de l'admirer.

— Non, sans doute pas, mais…

— Tu sais ce qui t'embête réellement ? Ce n'est pas ton père, ni ta mère. C'est l'idée que la Citadelle t'a choisie toi, parmi des milliers d'élèves potentiels. Tu as une mauvaise estime de toi et tu culpabilises, tu ne te sens pas à la hauteur. C'est tout à fait compréhensible, j'ai eu la même réaction au début. Mais est-ce que ce serait si terrible que ça d'imaginer que tu es quelqu'un de bien, de différent, qui possède énormément de qualités et qui a été jugé digne de recevoir un enseignement supérieur ?

— Ce n'est pas ça, mais…

— Est-ce que ce serait si terrible que ça ? insista Willis.

— Non, bien sûr, non…

— Bon, et bien dans ce cas, je crois que l'affaire est réglée, dit-il en la prenant amicalement par les épaules.

Briséïs acquiesça, à court d'arguments.

Après tout, pourquoi se poser tant de questions ? Assise près de la fontaine, dans un lieu si grandiose, se sachant choisie… Elle ne s'était pas sentie aussi bien depuis longtemps. Elle se plaignait depuis des années de sa vie minable de banlieue, de son lycée soporifique, de son avenir incertain. Et voilà qu'on lui proposait enfin quelque chose de nouveau…

Elle décida de ne plus s'inquiéter. Elle rédigea tout de même sa lettre, qu'on aurait pu confondre avec une carte postale de voyage scolaire tant elle était succincte, et la confia à un veilleur. Celui-ci lui assura qu'elle arriverait à bon port, et sans délai. Elle espérait seulement recevoir de ses parents une réponse explicite, avec des arguments qui conforteraient son choix. Alors, tout serait pour le mieux.

## 10

# LE CHOIX

Subjuguée par les splendeurs de la Citadelle, Briséïs ne voyait pas les jours s'enchaîner. Les cours du matin la passionnaient, ceux de l'après-midi restaient énigmatiques. En fin de journée, toujours munis de leurs petits cahiers de sudokus, les membres du groupe s'installaient dans les jardins pour profiter de la douceur du soir. Briséïs se penchait chaque fois avec résolution sur ses grilles de chiffres, histoire de faire bonne figure, avant de laisser divaguer son esprit, réfléchissant au sens de la mystérieuse devise des joutes, « car ici sera élaborée l'essence de l'éternel ». Que pourrait-elle comprendre à force d'expérience ?

— Si tu veux mon avis, la phrase est juste assez élusive pour éveiller notre curiosité et nous faire prendre au sérieux la promesse du pédagogue, releva un jour Pierre, qui l'observait du coin de l'œil. Exerce-toi comme il te le demande, et tu auras droit à une sucette à la fin. Il n'y a qu'un sens caché dans tout ça : « Au boulot ! »

Briséïs grimaça un sourire et reporta son attention sur sa grille à peine commencée, rêvant déjà aux merveilles qu'ils allaient découvrir le jour suivant.

Au septième jour, les cours furent suspendus. Pour la première fois, on leur donnait quartier libre. Benji les emmena visiter la ville basse où travaillaient les techniciens périphériques.

L'endroit était pittoresque. De petites maisons à colombages s'arc-boutaient au-dessus d'étroites ruelles pavées où la vie battait son plein. Les échoppes imprégnaient les environs de doux fumets, les marteaux de ferronniers résonnaient dans l'air chaud, les cochons de laits gambadaient le long des rigoles. Pas un bruit de moteur. On n'entendait que le claquement des sabots des chevaux contre les pavés, les couvertures battues aux fenêtres, l'eau dans les canaux d'irrigation, dans les lavoirs, dans les fontaines. Et des éclats de voix, des rires, de grandes discussions sur les pas de porte. Sans les accoutrements hétéroclites des passants, Briséïs se serait crue transportée quelques siècles en arrière.

— La Citadelle essaye d'être la plus autonome possible, leur expliqua Benji. Seules les matières premières sont importées. Tout le reste, c'est le travail des techniciens.

Aux artisans, ouvriers, paysans, on avait confié la tâche de faire vivre la Citadelle. Benji les emmena visiter la teinturerie où était préparé le bleu de leurs uniformes. Plus loin, ils découvrirent la presse à papier, et un atelier où l'on forgeait des ustensiles au blason de la Citadelle. Tout était fait artisanalement, avec une précision sans pareille.

La dévotion des techniciens à la Citadelle semblait inconditionnelle. Dès qu'ils voyaient des élèves, ils les saluaient chaleureusement en leur souhaitant bonne chance. Un tavernier français leur offrit de lever un verre « à la santé d'la Citadelle », puis leur proposa toutes sortes de grigris porte-bonheur.

— Toute cette attention, rien que pour nous ! s'exclama Quentin, impressionné. Est-ce que ce n'est pas un peu trop ?

— C'est normal, fit Benji. Ils bossent toute l'année pour que la Citadelle puisse fonctionner. Nous représentons tous leurs espoirs, nous sommes l'avenir. Leur avenir.

En fin d'après-midi, avant de rentrer au quartier européen, Benji les emmena en haut d'une tour surplombant la ville basse. Là, ils purent enfin découvrir plus largement le paysage autour de la Citadelle. Briséïs ouvrit de grands yeux étonnés. Durant la semaine, elle avait cherché à comprendre la géographie du lieu et avait inspecté la vue depuis chaque nouvelle fenêtre. Elle avait pensé manquer de chance, n'apercevant que des étendues d'herbe entre les successions de tours et de toits. Elle réalisait à présent que rien ne lui avait échappé. Autour de la Citadelle seule cette vaste plaine s'étalait à perte de vue, ses hautes herbes ondulant au gré du vent. Pas une montagne à l'horizon, pas une colline, ni même un rocher. Un véritable paysage de western. Briséïs prit une grande inspiration. Qu'il était bon, après une semaine passée entre des murs, de pouvoir contempler l'horizon !

— Je comprends pourquoi ils ont choisi cet endroit, dit Willis. Il n'y a aucun moyen de deviner dans quelle partie du monde nous sommes.

— À part que nous ne sommes pas en plein Sahara, objecta Axel.

— Ni sous les tropiques, ajouta Pierre.

— Ni en Antarctique, dit Quentin.

Christophe se contenta de hocher la tête d'un air approbateur.

— Oui enfin, ça laisse encore beaucoup de possibilités, répliqua Willis, irrité.

— Ce n'est pas aussi grand que ça en a l'air, dit Benji d'un ton blasé. La plaine remonte à l'horizon et nous cache ce qu'il y a derrière. C'est plutôt trompeur.

— Et comment tu sais ça, toi ? demanda Briséïs, devinant la réponse.

— C'est un livreur qui me l'a dit.

— Bien sûr, fit Briséïs avec une grimace pour les autres qui partirent d'un rire faussement contenu.

Benji posa sur eux le même regard qu'il aurait posé sur un amas d'insectes.

— Vous êtes usants à la fin, soupira-t-il. Ce n'est pas le rire qui vous protégera des méfaits de la Citadelle. Enfin, libre à vous de choisir votre destin. Si vous voulez rester bêtes et ignares, à votre guise…

Et il les planta là, sans prendre la peine de leur indiquer le chemin de retour jusqu'au réfectoire.

Le huitième jour, le veilleur les mena plus loin que leur salle de classe habituelle.

— Où allons-nous ? demanda Willis par-dessus l'épaule de l'homme en toge blanche.

— Vers votre prochaine destination, répondit-il posément.

Willis leva les yeux au ciel.

Ils longèrent une cour espagnole, gravirent un escalier de château turc, empruntèrent un passage sinueux creusé dans des morceaux de glace, traversèrent un jardin à la française, dévalèrent les marches d'un autre escalier, égyptien cette fois, pour s'arrêter devant une porte en bois à deux battants presque aussi grande que celle du réfectoire.

— Je vous laisse ici. Vous n'avez qu'à pousser la porte, on vous attend à l'intérieur, dit le veilleur cérémonieusement avant de disparaître, sa grande toge dansant dans la pénombre.

Ils pénétrèrent dans une gigantesque salle vide aux allures de cathédrale baroque. Des rayons de soleil traversaient la pièce depuis de hautes fenêtres et venaient s'échouer sur les murs chargés de dorures, sur les colonnes en marbre rouge, sur le sol lustré et marbré de vert, de bleu, d'orange. Un homme vêtu d'un ensemble noir, petite silhouette perdue au milieu de cet immense décor, les attendait debout, au centre, les mains croisées dans le dos. Bien qu'il ne soit pas vêtu de la traditionnelle toge dorée, Briséïs ne douta pas qu'il s'agisse d'un pédagogue tant émanait de lui prestance et sérénité.

Il les somma d'approcher et les étudia un à un, dans un silence religieux. Il les auscultait, les dévisageant avec un tel sans-gêne qu'ils finirent par se sentir mal à l'aise. Willis eut la bonne idée de rompre le silence.

— Bonjour, dit-il d'un ton qui se voulait assuré. Nous ne sommes que sept parce que l'un d'entre nous a eu un empêchement. J'imagine que vous connaissez déjà Benji, puisqu'il est du mois précédent.

Ni Benji ni le pédagogue ne lui prêtèrent attention. Willis se racla la gorge.

— Le... Le pédagogue Don Kallys, que nous avions la semaine dernière... comme vous le savez certainement... Le pédagogue nous a dit que le chiffre sept était en fait plutôt un bon chiffre, alors...

— Merci, coupa froidement le pédagogue, alors qu'il examinait Pierre sous toutes les coutures.

Pierre et Willis déglutirent à l'unisson. Mais Willis n'était pas du genre à se décourager si facilement.

— Peut-être aimeriez-vous que je nous présente ? Nous formons une bonne équipe, nous avons déjà...

— Ayez l'obligeance de cesser de parler pour ne rien dire. L'usage de la parole à des fins superflues m'insupporte.

Willis ouvrit la bouche, mais le son resta coincé dans sa gorge. Il hocha la tête, concentrant son regard sur ses orteils.

Le pédagogue se retourna vers le fond de la salle, claqua des doigts. Un technicien intérieur vêtu d'une veste rouge et d'un haut chapeau en fourrure noir lui tombant sur les yeux trottina vers eux. Il poussait devant lui une petite table à roulettes qui couinait dans le silence, et sur laquelle trônaient deux boîtes rondes, l'une de nacre, l'autre d'ébène. Il l'arrêta devant le pédagogue, effectua un salut réglementaire et s'en fut du même pas.

Le pédagogue attendit qu'il soit parti pour ordonner d'une voix puissante :

— Tenez-vous bien, je vous prie.

Chacun se redressa.

— Ma mission, continua-t-il, est de vous guider dans votre orientation pour les prochaines semaines. Vous avez face à vous deux boîtes, l'une blanche, l'autre noire. La blanche représente la formation de l'Élite Béta. Tous vos noms s'y trouvent. Si vous choisissez de l'ouvrir, vous serez assuré de finir votre formation et vous obtiendrez plus tard un poste subalterne – de veilleur ou de technicien. La noire représente la formation de l'Élite Alpha, à laquelle sont confiés les hauts postes à responsabilité hors de la Citadelle. Seuls quelques-uns d'entre vous ont été jugés aptes à la suivre. Ceux-là y trouveront leur nom inscrit. Chacun de vous ne pourra ouvrir qu'une seule boîte. Si vous choisissez d'ouvrir la noire et que votre nom ne s'y trouve pas inscrit, vous serez expulsés de l'école. Les véritables leaders doivent être capables de se reconnaître. Sondez votre cœur, soyez honnête avec vous-même. Je vous laisse cinq minutes pour réfléchir.

Briséïs se tourna vers les autres, ahurie. Elle réalisait à quel point elle s'était attachée à la Citadelle en l'espace d'une semaine. Il était hors de question qu'elle rentre chez elle maintenant. Elle ne pouvait prendre le risque d'être renvoyée. Pourtant, jamais elle ne pourrait se contenter de l'offre de la boîte blanche…

Tous semblaient déconcertés, mis à part Benji qui affichait son habituel air blasé. Pourquoi ne leur avait-il pas parlé de cette curieuse méthode ? Elle aurait bien voulu pouvoir lire dans ses pensées. Willis s'approcha de la petite table. Les autres l'imitèrent.

Briséïs n'avait aucune idée de sa propre valeur. Si leurs critères de sélection incluaient les jeux mathématiques des joutes, elle n'avait pas la moindre chance.

— Comment peut-on savoir si notre nom est dans la boîte noire ? dit Quentin en la fixant, comme s'il s'attendait à ce qu'elle lui réponde.

— Mieux vaut prendre le risque plutôt que de se retrouver simple technicien avec des plumes sur la tête, marmonna Pierre.

— Mais si on se fait renvoyer ? répliqua Axel, angoissé.

— Il vaut peut-être mieux se contenter de peu que de jouer avec le feu, chuchota Christophe.

— Mais si je choisis la boîte blanche et que mon nom était dans la noire, je le regretterai toute ma vie… gémit Willis.

— Bien, il est temps s'il vous plaît, déclara le pédagogue en claquant des mains.

Le cœur de Briséïs battait la chamade. Elle n'avait toujours pas pris sa décision. Ils se mirent en ligne. Elle allait opter pour la boîte noire : tant pis, il fallait prendre le risque. Non… la blanche. La blanche serait mieux. Au moins, elle serait sûre de rester. La simple idée de devoir retrouver sa banlieue, son lycée lui donnait des frissons.

— Honneur aux dames. Mademoiselle ?

Le cœur de Briséïs bondit dans sa poitrine. Ses camarades la regardaient, compatissants, leurs pommes d'Adam jouant les pistons. Quel était donc l'imbécile qui avait inventé cette règle de politesse ?

Elle s'avança lentement vers la table. La noire. Bien sûr qu'elle ferait un bon leader. Elle avait déjà dirigé nombre d'équipes avec succès… comme la fois où elle avait convaincu son petit frère de construire une cabane dans un arbre et comme d'autres fois… Voyons, il y en avait certainement eu d'autres…

— Jeune fille ? dit le pédagogue en se penchant pour voir ses yeux. Alors ?

— A… Alors ? répéta Briséïs.

— Votre choix ?

— Ah, oui, bien sûr, fit Briséïs. Euh… Je… Je ne suis pas sûre d'avoir tout compris…

— Dites-moi, mademoiselle, vous comptez me faire perdre encore beaucoup de temps ? lâcha le pédagogue, impassible.

— Non, non, bien sûr.

Briséïs leva le bras au-dessus des deux boîtes. Son sang pulsait sur ses tempes comme une bombe à retardement. Des images de la semaine passée défilaient devant ses yeux. Son arrivée chaotique, l'état peu enviable des passeurs constamment stressés… La noire. Les heures passées à déchiffrer d'interminables discours à l'amphithéâtre en échange d'une promesse d'apprentissages qui risquaient à présent de lui passer sous le nez… Non, la blanche. La noire ! Que pouvait-elle faire ?

— Choisissez ! tonna le pédagogue. Mais choisissez bien, il s'agit de votre avenir.

À ces mots, Briséïs rabaissa brusquement le bras.

— Je… Je ne peux pas, murmura-t-elle, le souffle court, la gorge sèche. Je ne peux pas choisir, je n'en sais rien.

Un silence pesant s'installa dans l'immense pièce froide tandis que le pédagogue l'examinait.

— Évidemment que vous ne savez pas, puisque je ne vous ai rien dit, finit-il par lâcher. Mais là n'est pas la question. Avoir l'air sûr de soi quoi qu'il arrive, voilà le secret.

Il leva un sourcil, fit un pas de côté pour s'adresser au groupe entier.

— Votre rôle d'Élite ne sera pas de savoir, vous aurez des experts à votre disposition pour cela. Votre rôle sera de trancher, net, précis. De diriger d'une main de fer tous ces petits intellectuels qui se croient si malins. Si un homme de pouvoir prend le temps de réfléchir, s'il hésite, aux yeux de ses subalternes, c'est qu'il est faible. Et s'il laisse à ses subalternes le loisir de réfléchir, il prend le risque de se faire remettre en question. Absolument inadmissible. Pour cela, le temps sera votre ennemi. Vous serez pressés par principe. Vous prendrez vos décisions dans l'instant, quelles que soient les conséquences. Quand vous tenez les rênes, il est toujours possible ensuite de rectifier le tir. L'apparence ! Tout est dans l'apparence. Je viens de vous en donner le parfait exemple.

Il souleva les couvercles des deux boîtes, révélant leur véritable contenu : elles étaient remplies à ras bord de confettis.

— C'était pour rire ? fit Christophe d'une petite voix ébahie.

— C'était pour votre bien.

Briséïs surprit un sourire en coin sur le visage impassible de Benji. Il était au courant de tout bien sûr, et il ne leur avait rien dit.

— Les apparences vous permettront de maintenir votre pouvoir, mais aussi de le gagner. N'imaginez pas un seul instant que, sous prétexte d'avoir obtenu votre diplôme d'Élite, tout vous sera offert sur un plateau à votre retour chez vous. Même si nous le voulions, nous ne le pourrions pas. Comment justifier votre intrusion impromptue aux postes de commandement alors que l'existence de la Citadelle et de son Élite doit rester secrète ? Non, vous devrez *gagner* votre place de leader dans la société. Mais rassurez-vous, grâce à ce que vous allez apprendre ici, il ne vous faudra pas longtemps pour grimper les échelons du pouvoir : regardez aujourd'hui avec quelle rapidité je vous ai convaincus de ma supériorité. Je n'avais pas encore prononcé un seul mot que déjà, vous étiez prêts à tout pour me faire plaisir.

— … Sauf que vous tenez notre destin entre vos mains, objecta Briséïs. Peut-être pas dans ces boîtes, mais vous êtes pédagogue, vous vous trouvez déjà en position de force.

— Et pourtant, rien n'est si évident… répliqua le pédagogue, soudain très enthousiaste. Est-ce que vous vous rendez compte que je ne vous ai même pas encore donné mon nom ?

Il jeta un coup d'œil sur le côté et murmura « je peux… ? » d'un air gourmand. Puis ses yeux s'illuminèrent, il attrapa une boîte dans chaque main et jeta leur contenu en l'air. Une pluie de confettis se déversa sur les élèves tandis que le pédagogue lançait un glorieux « tada ! », tordu de rire. Des deux boîtes avaient surgi deux ressorts, l'un portant le prénom « Andrews » et l'autre le nom « Wilkins ».

Une voix grave se fit entendre derrière une colonne :

— Merci Andrews, je crois que ce sera suffisant.

— Tout ce que vous voudrez, monseigneur, dit Andrews en se recroquevillant sur lui-même, tel un escargot rentrant dans sa coquille.

Un homme vêtu d'une longue toge couleur or s'avança entre deux colonnes. Une telle force se dégageait de lui qu'il s'en trouvait grandi. Il semblait appartenir à la cathédrale comme elle paraissait bâtie pour lui.

— Bonjour, je suis le pédagogue Herfolk, dit-il en s'approchant de l'homme en noir. Et voici Andrews, qui a aimablement accepté de jouer la comédie pour votre première leçon. Andrews fait partie des techniciens périphériques. Il m'arrive de faire appel à lui pour de menus services.

— J'adore jouer la comédie, ajouta Andrews le regard

pétillant, exécutant une révérence d'artiste. Surtout quand c'est pour imiter un pédagogue…

— À présent, Andrews va pouvoir regagner son poste, l'interrompit Herfolk, posant une main dans le dos d'Andrews qui tressaillit et rentra la tête entre les épaules.

— Ah, oui, bien sûr… Bon, alors rendez-vous dans un mois, pour la prochaine fournée…

— Rendez-vous dans un mois, appuya le pédagogue, entraînant Andrews vers la sortie.

Herfolk referma la porte derrière le technicien périphérique, marqua un temps, dos à ses élèves, puis se retourna, la mine sévère.

— Dans ce cours, vous apprendrez que tout est possible. Munissez-vous d'un tant soit peu de détermination et de culot, et le monde s'inclinera à vos pieds. À condition bien sûr de déborder d'assurance, au point de vous sentir solide comme un roc. Voilà donc ce sur quoi nous allons travailler. Commençons !

Il claqua des mains, et la grande salle amplifia si bien le son que tous sursautèrent, y compris Benji. Sans que l'ordre leur ait été donné, ils se remirent en ligne, et le pédagogue, les mains dans le dos, se promena le long de leur rangée bien droite, les étudiant un à un en déclamant :

— La puissance du regard est un pouvoir sous-estimé. Le regard donne une direction à la pensée. Fixez intensément quelqu'un, comme Andrews vous l'a montré tout à l'heure, et vous parviendrez à diriger l'attention de la personne observée vers elle-même. Considérez-la plus longuement ; vous lui ferez prendre conscience de son apparence. Dévisagez-la encore sans retenue, épluchez chacun de ses gestes, les moindres tics de son visage, et vous la pousserez à remettre en question non seulement son apparence, mais aussi la légitimité de sa présence à vos côtés. Les peurs remontent alors à la surface. Peur de ne pas être à la hauteur, peur de ne pas être aimé, d'être rejeté. Déstabilisée, la personne tentera de retrouver son équilibre. Inconsciente de l'origine de son malaise, elle cherchera de l'aide et se tournera vers vous, qui serez présent, pour la soutenir. Et voilà votre but atteint : d'un seul regard, vous l'aurez rendue dépendante de votre opinion. Vous pourrez alors lui dicter la pluie comme le beau temps. Vous serez devenu sa boussole, son véritable leader… En cercle, je vous prie ! Mademoiselle, au centre. Messieurs, je vous donne carte blanche pour la déshabiller des yeux.

Briséïs se renfrogna en pénétrant dans le cercle. C'était trop facile d'utiliser sa différence contre elle. Elle jeta au pédagogue le regard haineux qu'il méritait.

— Pourquoi tant d'agressivité ? lança le pédagogue en la toisant d'un air de défi qui lui fit immédiatement regretter son audace. Estimes-tu être traitée injustement ? Peut-être penses-tu te trouver dans une situation que tu ne peux contrôler, que tu n'as pas choisie, de même que tu n'as pas choisi ton sexe ?

— Je ne regrette pas d'être une fille, répondit Briséïs, sentant sa colère monter.

— Alors montre-le, nom d'un chien ! Ne saute pas sur la première excuse venue pour t'autoproclamer victime ! Personne ne peut devenir victime sans le consentir. En réagissant de la sorte, par la colère, tu ne fais que reconnaître et consentir à ta position de victime ! La colère n'est pas ton alliée ! L'assurance ! C'est l'assurance que tu cherches ! La certitude absolue d'être maître de ton destin. Prends le pouvoir, retourne l'attention des hommes vers eux ! Ils sont six et tu es seule ? Et alors ? Comment crois-tu qu'une seule personne est capable de rallier tout un peuple ? Crois-tu que les leaders de ce monde énumèrent les millions d'âmes qu'ils auront à convaincre pour évaluer leurs chances de réussir ? Aucune excuse ! Il ne doit y avoir aucune excuse !

Les poings serrés, Briséïs dévisagea tour à tour Axel et ses grandes dents de devant, Pierre et son teint terriblement pâle, Quentin, sa chevalière en or rutilant à son doigt. Malgré tous ses efforts, elle ne pouvait occulter le poids de leur regard la scrutant de part en part. Le rouge lui montait aux joues. Elle se tourna vers Willis : il lui souriait pour l'encourager, s'interdisant de regarder ailleurs que dans le fond de ses yeux. Il reçut pour sa peine une calotte du pédagogue :

— On ne triche pas jeune homme, j'ai dit : déshabillez-la du regard !

Ne souhaitant pas voir le regard de Willis changer, Briséïs se tourna vers Christophe. Le petit rouquin semblait tout aussi mal à l'aise qu'elle. Enfin elle fit face à Benji. Lui ne se gênait pas pour sourire, prenant un malin plaisir à décortiquer chaque partie de son corps comme si elle lui appartenait, comme s'il s'était amusé avec une poupée. Briséïs n'eut plus qu'une envie, se jeter sur lui pour le rouer de coups.

— Lamentable ! cria le pédagogue, rompant le cercle. J'ai dit : pas de colère ! Tu es très loin du compte ! Mettez-vous par deux, face à face. Toi, jeune fille, tu restes avec Benji. Tu resteras avec lui tant que tu n'auras pas changé d'attitude !

Le sourire de Benji s'élargit. Une bouffée de chaleur envahit Briséïs. Elle serra plus fort les poings. Ils devaient à présent se regarder droit dans les yeux, dans une joute où le plus puissant des deux parviendrait à faire baisser le regard de l'autre. Briséïs aurait donné n'importe quoi pour se trouver avec quelqu'un d'autre : Benji se révélait terriblement bon à ce jeu-là, et l'idée de fléchir devant lui l'enrageait plus que tout. Le pédagogue passait et repassait entre chaque binôme, martelant tout en marchant :

— Certaines sociétés ont instauré une réglementation sévère concernant les regards : ne pas regarder l'empereur dans les yeux, ne pas regarder son supérieur dans les yeux, ne pas regarder ses *beaux-parents* dans les yeux ! Ce n'est pas pour rien. Influencez le regard des autres et vous voilà capables de créer votre réalité, d'obtenir du monde tout ce que vous voudrez ! Tout se joue dans les esprits ! Allons, concentrez-vous ! Renvoyez l'attention sur l'autre comme dans un tournoi de tennis : le perdant sera celui qui garde la balle dans son camp ! Non, vous n'y arriverez jamais comme ça ! poursuivit-il, se rapprochant de Christophe, déjà transpirant, qui se balança légèrement de côté pour s'écarter, comme poussé par un vent imperceptible. Le buste droit, la tête haute, les pieds bien à plat ancrés dans le sol ! Tout votre corps doit accompagner votre regard !

Ils s'entraînèrent sans relâche, plusieurs heures durant. Malgré cela, le pédagogue Herfolk ne se montra pas satisfait de leurs progrès, si bien qu'il ne les autorisa à s'éclipser qu'après l'heure du repas.

— Il faudra être plus efficace la prochaine fois si vous voulez avoir le temps de manger, gronda-t-il avant de les laisser partir. Vous *devez* être capables de ressentir le pouvoir de persuasion du regard. C'est un pouvoir grisant, mais qui s'acquiert à force de travail, alors au travail ! À partir de maintenant, entraînez-vous en permanence. Pensez-y quand vous mangez, quand vous parlez, quand vous marchez. Saisissez chaque opportunité de vous emparer d'un regard, de le faire danser, d'affirmer votre supériorité ! Allez, disparaissez !

Ils retournèrent au réfectoire juste à temps pour suivre la foule d'élèves qui repartait vers l'amphithéâtre. Sur le chemin, les élèves des autres nationalités s'exerçaient déjà à torpiller du regard quiconque s'approchait de trop près. Briséïs ne chercha pas à leur renvoyer la balle. Elle ne souhaitait qu'une chose, fermer les paupières pour soulager ses yeux fatigués, rougis à force de fixer Benji, indéfiniment. Elle frissonna au souvenir du jeune homme. Si elle ne l'aimait déjà pas auparavant, à présent, elle ne pouvait plus le voir en peinture. Elle avait tenu bon jusqu'au bout, et n'avait pas baissé les yeux. Mais malgré tout, il avait gagné sur toute la ligne : pas un instant ne s'était passé sans qu'elle n'ait conscience d'elle-même, et de sa colère.

Le cours de l'après-midi se révéla plus difficile qu'à l'accoutumée. L'orateur danois ne leur laissa aucun répit. Affamée, Briséïs se sentait si faible qu'elle aurait pu s'endormir à sa table. Lorsque enfin la cloche sonna, elle ramassa le cahier sur lequel elle avait écrit sans conviction quatre heures durant et se laissa porter par la foule qui glissait lentement vers l'extérieur.

— Quelle journée ! s'exclama Willis en arrivant à sa hauteur.

Briséïs lui répondit par un faible hochement de tête.

— Les autres veulent aller s'entraîner après le dîner, mais je ne vois pas vraiment l'intérêt quand on est si fatigués, ajouta-t-il, la voyant écarquiller les yeux. Je veux dire, ils n'auront pas de mal à se faire baisser le regard, ils piqueront du nez tous seuls !

Il rit doucement et Briséïs remarqua pour la première fois de minuscules fossettes sur ses joues. Cela lui allait bien.

— … Non, reprit Willis, moi je pensais plutôt aller faire un tour dans les couloirs, visiter un peu… Ça te dit ? On a besoin de se détendre, non ?

## 11

# LE VRAI POUVOIR

— Il faut se décontracter un peu, insista Willis comme s'il avait besoin de se justifier, entraînant Briséïs après le repas vers une cour inconnue.

— De toute façon, je ne pourrais pas passer un instant de plus avec Benji, sourit Briséïs.

Il lui rendit son sourire, ravi.

— Raoul m'a parlé d'une galerie de peintures quatre étages plus haut qui vaut le coup d'œil. On y va ?

— Du moment que tu ne nous perds pas…

— Aucun risque, ce n'est pas très loin et j'ai un bon sens de l'orientation. On ne devrait pas mettre plus de trois ou quatre jours pour retrouver le dortoir… C'est par là. Après vous, mademoiselle.

Ils marchèrent lentement jusqu'à la galerie de tableaux, admirant en chemin la vue plongeante sur la ville basse. Le crépuscule teintait le ciel et la plaine d'une douce lueur rosée. Depuis son arrivée dans la Citadelle une semaine plus tôt, Briséïs avait constamment été entourée de monde. Elle ne s'était retrouvée seule que pour le minimum qu'imposait sa situation d'unique fille de toute l'Europe du Sud-Ouest. Le silence de cette marche en duo avait quelque chose de magique. Lorsqu'il ne s'arrogeait pas le rôle d'ambassadeur ou de professeur, Willis était très attachant. De temps à autre, il tentait une petite blague maladroite mais touchante. Il ne la quittait pas des yeux, mais son regard n'avait rien de comparable avec celui de Benji : il était agréable, même s'il la troublait un peu, et elle s'intéressait à tout et à rien pour dissiper son embarras. Un homme guidant son cheval attelé sous le pont qu'ils traversaient, des statuettes hindoues juchées sur un toit asiatique, une fleur poussant contre toute attente à mi-hauteur d'une tourelle de briques ocre… Enfin, ils atteignirent la galerie, qui sentait la poussière, comme si personne n'y avait mis les pieds depuis des années. Les paysages fabuleux des tableaux offraient des panoramas grandioses de montagnes, canyons, vallées, cascades abritant les aventures rocambolesques de créatures toujours aussi fantastiques : fées, gnomes, licornes, diablotins…

— Regarde celui-là, dit Willis en désignant un petit bonhomme aux pattes de chèvre qui les observait avec un sourire fourbe. Qu'est-ce que tu crois qu'il veut nous dire ?

Briséïs l'examina de plus près.

— Il connaît le secret de la Citadelle, il rigole bien parce qu'il pense qu'on peut toujours courir pour le découvrir.

Willis se planta devant le tableau, défia la chimère du regard.

— Ah tu crois ça ? Parce qu'on n'est pas assez malin peut-être ? Eh bien, c'est ce qu'on verra… Non ! Ne dis rien, on verra bien qui rira le dernier ! s'exclama-t-il en pointant un doigt accusateur.

— Laisse, il est têtu, on ne le fera pas changer d'avis comme ça.

Briséïs s'avança vers le tableau suivant. Sur un cheval ailé s'agrippait un homme au visage torturé. Au-dessous de lui, sur la terre, une femme en haillons levait les bras vers le ciel, désespérée de ne pouvoir le rejoindre.

— Je n'aime pas les histoires d'amour qui finissent mal, commenta Briséïs.

— Peut-être qu'ils n'étaient pas amoureux, remarqua Willis en haussant les épaules. Peut-être qu'elle est furieuse parce qu'il lui a volé son cheval.

— Et peut-être que tu n'es pas très doué pour interpréter les tableaux.

— Pas du tout ! Regarde celui-là, je vois très bien que c'est un monstre.

L'air de rien, il passa son bras autour des épaules de Briséïs pour l'entraîner vers le prochain tableau. Il représentait un homme gravissant une colline, portant sur son dos un gnome au visage hideux.

— Il est vraiment moche, approuva Briséïs. Mais ce n'est pas une interprétation, c'est un fait.

— L'homme porte sur son dos l'un des démons du diable. C'était un angelot avant, mais il a chuté, comme Satan lui-même. L'homme gravit la montagne parce qu'il a promis à l'angelot qu'il le ramènerait au paradis.

Briséïs s'approcha du tableau pour mieux discerner les détails. De petites ailes blanches poussaient dans le dos du gnome, à la manière d'un angelot.

— Pas mal, admit-elle. Pauvre gars, il n'a pas fini, s'il doit monter jusqu'au paradis... Regarde-le, il est déjà rouge et tout essoufflé.

— T'inquiète, va, une bonne coupe de vin l'attend là-haut, et du bon pain.

— Mon Dieu ! Willis ! Regarde l'homme, sur son visage, ce n'est pas de la fatigue, c'est de la douleur ! C'est, c'est...

Elle se retint, osant à peine s'avouer sa découverte.

— C'est ?

— Le rouge, là, sur sa joue ! Il n'est pas juste essoufflé, c'est une tache qu'il a sur la peau, et elle est identique à celle que j'avais sur la nuque ! Tu sais, je vous en ai parlé !

— Tu en es sûre ?

— Certaine ! C'est exactement la même chose ! Comme un coup de soleil, mais plus sombre. Et la réaction te pompe toute ton énergie, tu as l'impression qu'il y a un truc qui t'aspire de l'intérieur...

— C'est une tache, dit Willis qui s'était approché à son tour pour examiner la toile.

— Mais oui ! C'est ce que je te dis ! s'exclama Briséïs.

— Non, je veux dire que c'est une saleté qui s'est incrustée sur la toile. Personne ne l'a peinte.

Briséïs resta interdite un moment puis retourna examiner la tache.

— Très franchement Briséïs, je te l'ai déjà dit, je ne crois pas que ton histoire de tache ait quelque chose à voir avec la Citadelle.

— Mais, mais... balbutia Briséïs.

La ressemblance était si frappante, ce n'était sûrement pas que le fruit du hasard ! Pourtant, une fois le nez collé dessus, elle dut bien admettre qu'il ne s'agissait pas de peinture.

— Viens, dit Willis, lui attrapant la main. Il se fait tard, il va bientôt faire nuit. On ferait mieux de rentrer.

Mais Briséïs n'était plus d'humeur à se laisser séduire. Elle retira sa main, accéléra le pas pour prendre de l'avance. Elle avait peut-être eu tort, mais la facilité avec laquelle Willis balayait ses doutes l'agaçait. Il ne l'avait pas prise au sérieux, elle le voyait bien... L'idée qu'on la trouve touchante de naïveté l'horripilait.

Elle le laissa rentrer seul au dortoir et se rendit à la fontaine du grand jardin pour s'asperger le visage. L'eau froide sur son front la calma un peu. Relevant la tête, elle aperçut Christophe, assis dans un recoin du jardin, la mine sérieuse, penché sur des calculs au milieu d'un océan de boulettes de papier. Elle s'approcha discrètement. Ce n'était pas une grille de sudoku qui l'occupait ainsi : les quelques feuilles qu'il n'avait pas encore réduites en boules étaient couvertes de formules mathématiques compliquées.

— Qu'est-ce que tu fais ? demanda-t-elle à mi-voix dans son dos.

Christophe sursauta et rassembla vivement ses calculs.

— Quoi ? Ah, heu... Ce n'est pas vraiment important. C'est rien, en fait.

Briséïs haussa les sourcils.

— Ça a pourtant l'air de te tenir à cœur.

— Oui, enfin, c'est juste par curiosité…

Briséïs insista un peu. Christophe finit par jeter un coup d'œil autour de lui et glissa discrètement :

— J'essaye de déterminer la course du soleil.

— La course du soleil ? s'exclama Briséïs.

— Chut ! Moins fort ! J'ai fait un peu d'astronomie et tout ça, quand j'étais… Tu sais, avant quoi. Et si j'arrive à mesurer l'angle que fait le soleil avec l'horizon en suivant l'évolution de sa course pendant plusieurs jours, je pourrai peut-être trouver à quelle latitude nous sommes ! Et après, ce sera facile de… Mais il faut rester discret, je ne suis pas sûr d'avoir le droit.

— Oh, je ne dirai rien, lui assura Briséïs.

— Parce que si je trouve la solution, ouaouh ! Ça serait vraiment…

Il s'interrompit, comme frappé par une illumination, et replongea la tête dans ses calculs. Il avait déjà oublié sa présence.

Briséïs jugea bon de le laisser tranquille. Avait-il une chance de réussir ? L'idée était assez excitante pour lui faire oublier sa dent contre Willis. Elle avait promis de ne pas en parler, mais si elle le trouvait seul dans la chambre…

De retour au dortoir, elle se trouva nez à nez avec Willis et Benji sur le pas de la porte.

— Benji fait encore des siennes, annonça Willis avec un petit rictus. Mais cette fois, il ne va pas aller bien loin, n'est-ce pas Benji ?

— Mais si, mais si, j'y vais de ce pas, affirma Benji d'un ton moqueur.

— Tu ne bougeras pas d'ici, lui lança Willis, l'œil noir.

— Oh ! Tu mets en pratique le cours de ce matin ? répondit Benji, pas impressionné le moins du monde. C'est bien. Mais tu oublies que je pratique ce sport depuis plus d'un mois maintenant. Alors tu peux retourner te coucher avec tes petites grimaces, parce que t'es loin du compte.

Willis leva le poing, esquissa un geste pour le frapper. Benji ne bougea pas d'un pouce. Il se tourna vers Briséïs.

— Il sait très bien que cogner quelqu'un est passible d'exclusion.

— T'es vraiment un malade, grogna Willis, les dents serrées.

— Sans doute, sourit Benji avant de saluer Briséïs et de s'éloigner dans le couloir.

Axel, Pierre et Quentin étaient perchés sur leurs lits. Briséïs et Willis regagnèrent leur place.

— Ce n'est pas si grave, risqua Axel. Je veux dire, s'il se fait prendre. Peut-être qu'il vaut mieux être six que d'avoir un malade dans l'équipe.

— On croit rêver ! répliqua Willis en secouant la tête. Comment ose-t-il se foutre à ce point des autres ? Et pas seulement de notre équipe ! Tu crois qu'il a pensé au pauvre gars privé d'une place dans la Citadelle parce que monsieur a été recalé au mois d'après ? Sans compter le manque de respect pour la Citadelle, qui nous offre sa confiance... Qu'est-ce qui peut bien lui passer par la tête ?

— Écoute, ne pense plus à ça, il n'en vaut pas la peine, fit Briséïs d'un ton conciliant. Il y a beaucoup d'autres choses dont nous pourrions discuter.

— Oui, parlons d'autre chose ! s'exclama Pierre. De la façon dont Axel a si bien arrosé cette bonne femme par exemple !

— Oh non, tu n'es pas obligé de leur dire... marmonna Axel, un peu gêné, mais Pierre enchaîna :

— On est descendus dans la périphérie pour s'entraîner à lancer des regards percutants, dit-il, hilare, et Axel a été si *percutant* qu'il a réussi à faire tomber un seau d'eau sur une femme qui épluchait des légumes sur le pas de sa porte ! Vous auriez du le voir détaler quand elle a brandi son couteau en hurlant !

— C'était assez cocasse, avoua Quentin.

— Mais ça n'était pas vraiment ma faute, le seau était en équilibre sur des tréteaux : un cochon est passé à côté de moi et je me suis poussé trop vite.

— Il a détalé comme un lapin, oui ! s'esclaffa Pierre.

— Les cochons et moi, on n'est pas en très bons termes, bougonna Axel.

— Moi, par contre, je ne me suis pas mal débrouillé, se vanta Quentin en se passant la main dans les cheveux.

— Il a réussi à faire baisser la tête à une jeune fille qui s'est poussée pour le laisser passer, dit Pierre. Il faut admettre qu'il s'en est bien sorti.

— Oui, mais bonjour la courtoisie, fit remarquer Axel.

— C'est vrai qu'arroser une femme est beaucoup plus courtois, remarqua Quentin.

— Mais je ne l'ai pas fait exprès ! protesta Axel, avant que Pierre ne s'exclame :

— Tiens, prends ça, ça te calmera ! et lui jette son oreiller à la tête.

Saisie d'une envie folle de se défouler, Briséïs en profita pour attraper le sien et le lancer sournoisement en riposte sur Pierre, assis au bord de son lit. Surpris par le projectile, il tomba à la renverse, aussitôt en proie au tir vengeur d'Axel.

— Je ne sais pas ce que valent les combats de regards, mais rien ne vaut un bon gros tir de polochons pour remettre les idées en place ! approuva Briséïs, satisfaite.

S'ensuivit une magnifique bataille de traversins qui ne cessa que lorsque Christophe, passant discrètement sa chevelure rousse par la porte, se fit magistralement assommer.

L'entraînement de ses amis n'avait peut-être pas été à la hauteur de leurs espérances, mais il avait sans doute eu son utilité. Ce fut la réflexion de Briséïs le matin suivant, quand elle se retrouva face à Benji : le pédagogue Herfolk tournait autour d'eux comme un rapace repérant sa proie.

— Jeune fille, vous ne vous êtes pas entraînée.

— C'est, c'est que… balbutia Briséïs, perdant toute concentration. J'étais assez…

— Tout le monde était fatigué, coupa Herfolk. Pas d'autres excuses ? Dommage. C'est fort dommage. Ne vous a-t-on pas expliqué que le passage au mois suivant n'était pas systématique ?

Briséïs ne trouva rien à répondre.

— Tout le monde est fatigué, reprit le pédagogue. L'inverse serait étonnant. Ce que nous faisons ici *est* un travail *fatigant.* C'est pourquoi la sélection des élèves est stricte, et que le neuvième mois est si dur à atteindre. Vous vous croyez peut-être en vacances ? Vous pensez que les mises en garde de mon collègue ne vous concernent pas ?

— Je... bredouilla Briséïs.

— Assez perdu de temps, déclara le pédagogue d'un ton cassant. Au travail, si vous voulez avoir une chance de vous rattraper !

Il leur montra comment joindre la parole au geste en une parfaite chorégraphie, afin de gagner le contrôle absolu de l'autre. Ils n'avaient pas besoin d'un vocabulaire impressionnant. Un regard puissant et un bon timing suffisaient. Mais Briséïs ne possédait ni l'un ni l'autre, si bien que la séance se révéla catastrophique. Willis non plus ne faisait pas bonne figure. Pour finir, le pédagogue fut si mécontent de leurs résultats qu'il cessa de leur adresser la parole.

Briséïs et Willis décidèrent de s'entraîner ensemble le soir même, alors que les autres se penchaient sur leurs sudokus. Ils y passeraient la nuit s'il le fallait, mais ils devaient réussir : leur place dans la Citadelle en dépendait.

C'est donc ensemble qu'ils descendirent les allées qui menaient à la ville basse, où ils trouveraient plus facilement des cobayes pour leur entraînement. Ils longèrent un petit canal, prirent une rue au hasard et entamèrent leurs recherches. Il se faisait tard, les échoppes fermaient une à une, il fallait se dépêcher.

Près d'un atelier, un homme rangeait son étalage de verrier. Willis s'approcha. Voyant son uniforme, l'homme interrompit son activité pour écouter sa requête. Willis rassembla ses forces et se tint bien droit pour paraître impressionnant. L'artisan attendit patiemment que Willis veuille bien lui dire de quoi il s'agissait. Willis entama une sorte de grimace, histoire d'avoir l'air menaçant, et s'appliqua à lancer un regard foudroyant. Le verrier attendait toujours.

— Vous n'êtes pas aux normes, dit Willis en pointant du doigt le plan de travail du verrier.

L'autre haussa les sourcils. Willis hocha la tête d'un air désolé.

— Il va falloir revoir ça !

L'artisan sembla réfléchir, puis son visage s'éclaira.

— *Ah si !* s'écria-t-il tout à coup. *La piazza ! E di la ! Si si !* s'exclama-t-il en montrant la rue qui descendait.

— Euh, non. J'ai dit : il va fal-loir re-voir ça ! articula Willis en montrant l'atelier.

L'homme afficha un grand sourire et le poussa dans le dos en disant :

— *Si si ! La piazza, si !*

Willis ne put aller contre la pression de la puissante main du verrier, et se vit obligé de descendre la rue avec lui. Briséïs les suivit, pliée en deux. Le débit de l'homme était impressionnant : il ne s'arrêta de parler que lorsqu'ils atteignirent une jolie petite place, où il les laissa pour s'en retourner à ses occupations, sans jamais cesser de sourire.

— Bien joué, fit Briséïs, admirant la place. Tu nous as trouvé un beau petit coin. Et surtout un bon copain.

— Évidemment, Herfolk ne nous a pas dit comment nous adresser aux étrangers, maugréa Willis. « Peu importe le vocabulaire », facile à dire…

La place était presque vide. Seul un homme était assis sur les marches d'un perron, un violon à la main. Il jouait une mélodie grinçante, qu'un baffle au son brumeux amplifiait.

— À mon tour, dit Briséïs avant de s'approcher du musicien d'un pas décidé.

Elle se planta devant lui et croisa les bras, l'étudiant de haut en bas. L'homme s'arrêta de jouer.

— Qu'est-ce que vous faites ? demanda-t-elle.

— Euh… Je joue, dit l'homme avec un léger accent, surpris.

Briséïs sourit intérieurement. Au moins parlait-il français.

— Je le vois bien que vous jouez, reprit-elle d'un ton irrité. Mais où est votre autorisation ?

— Mon… Mon autorisation ? fit l'homme, hésitant.

— Votre autorisation, oui. Ne me dites pas que vous l'avez perdue, ça ne marche pas avec moi. Alors, où est-elle ?

— Mais de quoi… commença-t-il, mal à l'aise.

— Ah, parce qu'il faut que je vous le rappelle en plus ?

L'homme posa son violon.

— Mais c'est que…

— Écoutez : pas d'autorisation, pas de violon. Compris ? Vous savez ce qui se passera sinon.

Une lueur de compréhension jaillit dans le regard de l'homme.

— Mais que dois-je faire alors ? gémit-il, alarmé.

Briséïs ne s'attendait pas à produire un tel effet. Elle hésita, puis se reprit :

— Eh bien, allez chercher une autorisation et revenez me voir quand vous l'aurez, c'est quand même pas sorcier ! Allez, bonne nuit.

Elle tourna les talons pour retraverser la place. Dans son dos l'homme cria :

— J'obéirai ! Merci, merci infiniment. Je… Je suis pour la Citadelle mademoiselle, vous ne serez pas déçue, vous verrez ! Au revoir mademoiselle ! À bientôt !

Briséïs se garda bien de se retourner. Un minimum de gestes, avait dit le pédagogue. Elle se contenta de lever la main pour un bref salut et disparut dans la rue, Willis sur les talons.

Son succès la porta allègrement jusqu'au dortoir où elle fut reçue en triomphe après de brèves explications de Willis.

— Avec ça, si Herfolk n'est pas content ! dit Willis triomphant.

— Mais comment as-tu fait ? demanda Axel, ébahi.

— Je ne sais pas, répondit Briséïs en haussant les épaules, j'ai improvisé et ça a marché, il a tout gobé.

— Il l'aurait suivie jusqu'au bout du monde, affirma Willis.

— *Jusqu'au bout du monde*... répéta Briséïs pour elle-même.

Quelle étrange sensation provoquait ce pouvoir ! C'était comme si tous ses rêves devenaient réalisables, en un claquement de doigt. Un monde nouveau s'ouvrait à elle.

— Ce n'est pas qu'une impression, dit Pierre, comme s'il avait pu lire dans ses pensées. Ce pouvoir est réel. C'est ça, le vrai cadeau de la Citadelle.

## 12

# L'HORLOGE

Briséïs eut du mal à se retenir d'éclater de rire le lendemain matin, en entrant dans la salle de cours. Le pédagogue Herfolk les attendait, comme le jour précédent, au centre de la pièce. Comme le jour précédent, il se tenait fièrement, les mains croisées dans le dos, immobile, semblable à une statue. Mais cette fois-ci, le pédagogue Herfolk avait perdu de sa superbe.

La toge magnifique et dorée qui lui tombait habituellement jusqu'aux chevilles était retroussée jusqu'au nombril. Elle révélait un ridicule caleçon flasque, verdâtre, et des chaussettes à pois roses, remontées jusqu'aux genoux et fichées dans des baskets flambant neuves. À cela, le grand pédagogue avait ajouté un bandeau bariolé autour de son crâne, et à ses poignets des bracelets anti-transpirants, fluorescents bien sûr. Mais sa nouvelle apparence ne lui avait rien enlevé de son assurance. D'un geste, il leur fit signe d'avancer.

— Enlevez vos vestes.

Ils échangèrent des regards interrogateurs.

— À moins bien sûr que vous ne préfériez les garder pour l'entraînement, mais vous risquez de le regretter.

— L'entraînement ? demanda Willis.

— Aujourd'hui, nous aborderons un élément crucial pour votre formation : la persévérance. Il ne faut pas croire qu'à l'extérieur, tout vous tombera dans les bras aussi facilement que dans la Citadelle. Sans un minimum de patience et de témérité, vous ne parviendrez jamais à vos fins. L'effort physique est un moyen très efficace de gagner en persévérance. Cet entraînement vous sera par ailleurs très utile pour vos prochaines joutes de sudoku. Il pourrait se révéler l'un des trois points clés de votre réussite, avec votre communication entre joueurs et le savoir-faire de l'énigmatique.

— Et que devons-nous faire ? s'enquit Willis.

— Oh, c'est très simple. Je vais effectuer une série de gestes que vous devrez répéter à l'identique. Même rythme, même intensité, même précision. Maintenant, que les choses soient claires : il est question ici de force mentale. Tout le monde dans cette pièce est capable d'aller jusqu'au bout, dit-il en fixant Briséïs.

Elle serra les poings. Sur sa gauche, Benji lui lança un regard moqueur. Elle serra les poings plus fort.

Avec une puissance inouïe, le pédagogue bondit, exécuta un savant jeu de jambes et atterrit au sol avec la souplesse d'un danseur. Il n'avait plus du tout l'air ridicule. Briséïs resta sans voix. À côté d'elle, Axel murmura un « ça ne va pas être du gâteau… ».

— À vous maintenant ! intima Herfolk.

Briséïs rassembla ses forces pour le premier saut. Comme elle s'y attendait, sa figure aérienne ne ressembla en rien à celle du pédagogue.

— Plus d'énergie, vous êtes trop mous ! cria Herfolk qui enchaînait avec une série de mouvements au sol, tout aussi exténuants.

Tomber sur les mains, rouler sur le côté, se plier en avant, en arrière, bondir sur ses pieds et s'élancer à nouveau, toujours plus haut…

Ils sautèrent et sautèrent encore, sans relâche.

Chaque minute passée faisait ressentir à Briséïs un peu plus la faiblesse de ses muscles. Elle transpirait. La chemise de l'uniforme l'embarrassait. Les garçons aussi peinaient : Axel avait pris une teinte rouge tomate, Quentin crachait ses poumons, Christophe tremblait, même Benji semblait peiner. Mais ils poursuivaient malgré tout, à un rythme insoutenable. Le temps semblait s'être arrêté. Briséïs n'avait plus de force. Elle ne tiendrait plus longtemps…

— Du nerf ! tonna le pédagogue. Qu'est-ce que c'est que ces mollusques ? Vous vous croyez fatigués, mais je peux vous garantir que tout se joue dans votre tête. S'il vous fallait courir un cent mètres pour sauver votre peau à l'instant même, vous trouveriez l'énergie nécessaire. La puissance de votre esprit va bien au-delà de celle de vos muscles ! Ne faiblissez pas ! cria-t-il alors que Pierre manquait un temps et se rattrapait au prochain. Chassez l'échec de votre esprit ! L'échec *n'est pas* une option ! Cherchez plutôt le moyen de tenir jusqu'au prochain saut, et celui d'après, et le suivant, encore et encore et encore ! Ne pensez pas à l'effort à fournir ! Reportez votre attention sur votre respiration. Laissez-vous guider pas à pas par votre désir de vaincre, gardez confiance ! Allez, sautez !

Briséïs s'élança une énième fois et, les jambes molles, retomba sur ses genoux. La main puissante du pédagogue l'attrapa par le col et la remit sur pied.

— Est-ce que je ne vous ai pas dit qu'il fallait tenir ? gronda-t-il, furieux, en la secouant par l'épaule. Est-ce que tu m'as écouté au moins ? Ça t'amuse, de m'entendre m'égosiller pour rien ? Alors ! Qu'est-ce que tu attends ?

— JE FAIS CE QUE JE PEUX ! explosa Briséïs, hors d'elle, en se dégageant vivement.

Le pédagogue se figea, la perçant du regard.

Tous autour s'immobilisèrent, la respiration haletante. Briséïs savait qu'elle devait s'excuser. Mais elle ne put s'empêcher de continuer sur sa lancée.

— Qu'est-ce qui vous donne le droit de nous traiter comme ça ? Je ne suis pas votre souffre-douleur, je suis, je suis… Je suis Briséïs, articula-t-elle, tout essoufflée.

Le rouge lui monta au visage. Elle aurait voulu disparaître sous terre. Ce n'était pas possible de sortir une ânerie pareille. Et puis jamais le pédagogue ne lui pardonnerait cet affront. Elle venait de tout gâcher.

— Votre veste, dit-il simplement.

La tête basse, Briséïs alla ramasser sa veste et la donna au pédagogue. Elle s'attendait à ce qu'il la lui confisque, mais à son grand étonnement, il la lui plaça sur les épaules.

— Je vois que vous vous êtes entraînée, fit-il avec un clin d'œil alors qu'elle relevait la tête. Bon travail. Mais ne baissez pas la tête juste après, ça gâche tout.

Il jeta un coup d'œil à sa montre et ajouta :

— Il vous reste exactement treize minutes pour aller manger avant le cours de cet après-midi à l'oratorium. Je vous conseille de ne pas traîner.

Et devant leurs regards ahuris, il lança, un brin sarcastique :

— Alors quoi ? Vous n'avez pas faim ?

Briséïs était tellement fatiguée qu'elle s'endormit sitôt assise sur les bancs de l'amphithéâtre. Elle ne se réveilla que lorsqu'une sonnerie retentissante bouscula la foule autour d'elle.

— Que se passe-t-il ? lança-t-elle, encore somnolente, à Willis qui sautait sur ses pieds.

— Rien, si ce n'est qu'on nous rend notre liberté pour la soirée ! La vache, j'ai cru que ces quatre heures ne finiraient jamais !

— Je… J'ai dormi tout du long ? fit-elle, se redressant brusquement.

Willis jeta un coup d'œil sur la page blanche du cahier de Briséïs. Le sien était couvert de pattes de mouche. Il haussa les épaules.

— J'imagine que tu ne seras ni la première, ni la dernière…

Ils éclatèrent de rire ensemble.

Cela les fit moins rire lorsqu'il fallut recommencer au même rythme le lendemain. Et les jours suivants.

Chaque après-midi, Briséïs se battait contre le sommeil, s'accrochant aux bribes de phrases compréhensibles des discours soporifiques des orateurs. Elle s'efforçait le soir de rassembler ses notes, les comparant avec celles des autres, ce qui leur faisait perdre un temps précieux car une fois ce laborieux travail terminé, il leur fallait se pencher sur leurs grilles de sudoku et s'entraîner sans relâche jusqu'à tomber d'épuisement, tard dans la soirée. Comment Benji pouvait-il encore trouver la force d'explorer les couloirs interdits ? Briséïs, elle, s'écroulait sur son oreiller et se réveillait le lendemain toujours plus fatiguée que la veille.

Puis, à la fin de la deuxième semaine, on leur annonça une bonne nouvelle : on les libérait deux heures plus tôt de l'oratorium, car le soir même avait lieu la joute mondiale, qui allait départager les cinq continents. La Belgique bien sûr représenterait l'Europe, tandis que l'Uruguay jouerait pour l'Amérique, le Mali pour l'Afrique, la Corée du Sud pour l'Asie et la Nouvelle-Zélande pour L'Océanie.

L'effervescence dans la grande cour enfla à mesure que le soleil disparaissait lentement derrière les murs de la Citadelle. On parlait beaucoup, on examinait les chances de réussite de la Belgique. Du moins, c'est ce qu'imaginait Briséïs, écoutant les petits groupes de toutes nationalités argumenter à grand renfort de gestes, quelques émissaires courant de place en place pour transmettre les points de vue.

Seuls les élèves du premier mois ne se sentaient pas en weekend : à l'approche de la joute internationale, leur acharnement à l'entraînement de sudoku avait décuplé. Le petit groupe de Français ne faisait pas exception. Sitôt installés près de la fontaine, ils avaient dégainé leurs cahiers ornés du dragon noir. Mais Briséïs n'avait pas le cœur à l'ouvrage. Un autre problème occupait son esprit : cela faisait bientôt deux semaines qu'elle avait envoyé sa lettre à ses parents, et elle n'avait toujours pas reçu de réponse. Cela commençait à faire long, mais chaque fois qu'elle demandait des nouvelles aux veilleurs, on lui répondait avec une moue évasive : on n'avait rien reçu pour elle.

— Deux semaines, si tu penses qu'on est peut-être à l'autre bout de la planète, c'est quand même un peu court, lui fit remarquer Willis alors qu'elle lui faisait part de ses inquiétudes. Imagine-toi : vous êtes sans doute des milliers à envoyer des lettres chaque jour, et ils doivent toutes les lire avant de les envoyer.

Elle se contenta de hocher mollement la tête. Cela ne suffisait pas à la rassurer.

— Tu ne t'entraînes pas ?

Le cahier de symboles de Briséïs gisait à ses pieds. Elle jouait distraitement avec l'eau de la fontaine.

— À quoi bon ? répondit-elle. Je ne serai pas observatrice, c'est évident. Chaque fois que j'arrive par miracle à terminer une grille, Christophe en a rempli trois dans le même temps.

— Où est passée ta persévérance ? Avec ce raisonnement, l'équipe des Belges n'aurait même pas osé se pointer sur la piste. Regarde où ils en sont maintenant !

Briséïs soupira. Elle laissa son regard errer dans la cour. Christophe s'était éloigné du groupe pour reprendre ses étranges calculs. Elle le regarda un moment froncer les sourcils puis lever la tête et remuer les lèvres. De dépit, il arrachait les feuilles de son calepin pour tout recommencer, et se prenait la tête entre les mains, déconcerté.

Sa frustration reflétait celle de Briséïs, qui augmentait un peu plus chaque jour. Peut-être était-ce dû à la fatigue. Elle s'était laissée porter par les promesses de la Citadelle, persuadée d'obtenir rapidement des réponses à ses questions. Elle comprenait maintenant que ce ne serait pas si simple, et redoutait de ne jamais rien comprendre.

La grande horloge de la cour indiquait huit heures trente. De l'autre côté des grandes portes vitrées du réfectoire, des techniciens intérieurs en costumes traditionnels finissaient de débarrasser le repas du soir. D'autres allumaient de grands flambeaux le long du jardin, en préparation des festivités. Les lumières orangées du couchant illuminaient leurs costumes débordant de froufrous, de plumes et de dentelles, tandis que les flammes dansantes des torches rehaussaient le reflet impassible de la grande horloge dans l'eau de la fontaine.

Le cœur de Briséïs fit un bond. Les aiguilles sur la surface de l'eau cavalaient à nouveau, à toute allure autour de leur axe. La véritable horloge, elle, indiquait bien huit heures trente, mais le reflet n'en faisait qu'à sa tête.

— Le… commença-t-elle d'une voix étranglée.

— Briséïs ? Ça va ?

Briséïs appuya ses paumes contre ses paupières pour faire disparaître la vision. Elle rouvrit les yeux lentement et considéra la surface de l'eau, comme hypnotisée. Les aiguilles du reflet s'obstinaient à courir autour de leur axe.

L'étrangeté des événements passés l'assaillit à nouveau. Son père, l'appareil IRM, les passeurs, les angelots…

Elle avait trop chaud. Le sang bouillonnait à ses tempes. Trop froid aussi. Un frisson glacial lui parcourut le dos. Les aiguilles tournaient encore.

— Est-ce que je vais devenir folle ? Comme mon père ? murmura-t-elle pour elle-même.

Willis se leva pour s'asseoir à côté d'elle au bord de la fontaine, l'air soucieux.

— Tu sais, Briséïs, tu te poses trop de questions, ce n'est pas bon. Contente-toi de t'entraîner, crois-moi, ça vaut mieux. Tu trouveras les réponses que tu cherches bien assez tôt.

Ses paroles eurent l'effet d'un détonateur.

— Tu ne crois pas que c'est un peu gros ? s'exclama-t-elle. Qu'on nous bourre le crâne avec des cours qui ne veulent rien dire et ce stupide jeu qui nous fait tourner en bourrique, juste assez pour nous faire oublier ce qui ne tourne *vraiment* pas rond ici ?

Willis ouvrit de grands yeux étonnés.

— Qu'est-ce qui ne tourne pas rond ?

— ÇA ! s'exclama-t-elle en pointant un doigt fébrile vers la surface de l'eau.

Willis y jeta un rapide coup d'œil, la dévisagea sans comprendre. Le souffle coupé, Briséïs contempla le reflet qui renvoyait de nouveau une image fidèle à la réalité.

— Les aiguilles, tu les as vues ? Bouger dans le reflet… Il se passe des choses pas normales ici, murmura-t-elle pour elle-même, pas normales du tout… Ce n'est pas la première fois que je les vois tourner, tu sais, ajouta-t-elle, balayant du regard le jardin. Et encore, si ce n'était que ça, mais quand tu vois comment… Quoi ?

Willis la regardait d'un drôle d'air.

— Toi alors ! s'exclama-t-il, éclatant d'un rire franc. T'es vraiment un numéro ! Pendant un moment j'ai vraiment marché ! J'ai vraiment cru que t'étais devenue aussi folle que Benji !

Ahurie, Briséïs le regarda ramasser son cahier de sudokus en essuyant une larme de rire au coin de sa joue et se replonger dans son travail. Plus loin, Christophe jetait une énième boulette de papier en secouant la tête. Les autres étaient toujours penchés sur leurs grilles, très concentrés. Le bruit sourd de l'eau sur les farfadets de pierre avait couvert leurs éclats de voix. Seul Benji avait relevé la tête, et l'observait avec intérêt. En voilà un autre à qui elle aurait bien fait ravaler sa langue. Aussi folle que Benji, elle ? Et si c'était le cas ?

— Tu ne veux vraiment pas t'entraîner ? s'enquit Willis. C'est important tu sais, il faut qu'on gagne !

Elle le toisa, incrédule :

— Et pourquoi doit-on gagner ?

— Eh ben, parce que c'est important. Je ne sais pas moi, qu'est-ce que tu veux que je te dise ? Tu poses encore trop de questions !

Derrière eux, une voix s'écria :

— L'instant de vérité approche, j'espère que vous avez fait vos jeux !

Raoul, un sourire satisfait aux lèvres, s'approchait en compagnie de son ami Hugo.

— On va voir si l'Europe est à la hauteur, approuva Willis.

— Moi je ne me fais pas trop de soucis, déclara Hugo. Ce n'est pas pour rien qu'on appelle l'Europe « le vieux continent ». On a de la bouteille, une sacrée expérience.

— Les autres n'ont qu'à bien se tenir, ajouta Raoul, parce que ça va castagner !

Briséïs n'avait aucune envie de se fondre dans la foule qui s'ébranla vers le stade quelques minutes plus tard. Elle prit la direction des dortoirs, feignant d'être trop fatiguée. Elle voulait profiter de ce moment de solitude pour retourner voir les couloirs blanc hôpital de son premier jour. Si elle parvenait à retrouver Katie, peut-être pourrait-elle la convaincre de s'expliquer. Et tant pis si elle se perdait en chemin. On finirait bien par la retrouver…

Mais elle eut beau arpenter des kilomètres de galeries, elle ne retrouva pas trace des bureaux de son arrivée. À croire que pour son réveil, un décor avait été construit, puis démonté juste après son passage. Dépitée, les jambes lourdes, elle finit par se résoudre à reprendre le chemin du réfectoire, en observant l'architecture et les tableaux. Elle trouva une longue allée de statues romaines grandioses, peintes de toutes les couleurs, si réalistes qu'on s'attendait presque à les voir bouger. Subjuguée, Briséïs pensa que le plus grand mystère de la Citadelle devait être celui de sa beauté. Pendant plus d'une heure, elle s'amusa à faire naître une histoire pour chaque visage qu'elle rencontrait. Mais sans Willis, ce jeu n'avait pas autant d'intérêt. Elle ne pouvait s'empêcher de les imaginer tous assis sur les gradins du magnifique stade, hurlant et vociférant à chaque pas de l'équipe belge, ou dès qu'un gardien furibond passait un peu trop près d'un joueur en faisant trembler le sol, ou quand un nouveau chiffre enflammait la terre poussiéreuse et arrachait un cri de joie à la nuée de supporters… Plus de cent mille personnes assistaient aux joutes mondiales, avait dit Raoul. Ce devait être quelque chose à voir…

Tout était silencieux. Le vide l'enveloppait, l'oppressait. Mais à l'extrémité d'un couloir, de lointains éclats de voix résonnèrent entre les arcades de pierre. La foule. Elle ne devait pas se trouver loin du stade. Briséïs fut prise d'une irrésistible envie d'aller voir ce qui s'y passait.

Elle marchait vite, de plus en plus vite à mesure que les bruits s'amplifiaient, tournant à gauche puis à droite, suivant la rumeur comme on suit une boussole. Elle courait presque, lorsqu'elle stoppa net.

Dans un recoin sombre, quelque chose avait attiré son attention : un tableau posé contre un mur, sur le sol. Il représentait un malade allongé dans un lit du début du XX$^{e}$ siècle, entouré d'une dizaine d'hommes et de femmes qui tentaient de le soulager. Le pauvre homme se tenait le ventre, le visage pâle, les traits crispés. Briséïs scruta minutieusement la peinture. Cette fois-ci, elle en était sûre : la tache rouge sombre qui recouvrait son ventre faisait partie intégrante de l'œuvre.

— Ce n'est pas croyable, murmura-t-elle.

— N'est-ce pas ? souffla une voix derrière elle.

Elle sursauta.

— Benji ! Tu m'as fait peur !

— Tant de réalisme, on croirait une photo, enchaîna-t-il comme si de rien n'était. Toutes ces ombres, ces jeux de lumière… On imagine facilement la tension qu'il devait y avoir ce jour-là.

— Quel jour ? demanda Briséïs, méfiante.

— Le jour où le grand Pascal Demeur a eu son malaise, répondit-il sans quitter le tableau des yeux. Alors qu'il était à l'agonie, prisonnier entre la vie et la mort, et que personne ne savait quoi faire pour le sauver. C'est arrivé juste avant qu'il n'ait l'idée de génie de construire le palais des Illusions, dans le Sud de la France. Tu n'en as jamais entendu parler ?

— Non.

— Comme à peu près tout le monde, dit-il en hochant la tête. Son palais a été détruit à peine quelques mois après avoir été achevé. Un méchant incendie. Il n'a pas eu de chance. Mais il n'en reste pas moins un architecte génial. Un des meilleurs. Il venait de la Citadelle, naturellement.

— Cette tache qu'il a sur le ventre, dit-elle tout bas, rassemblant son courage comme si elle avait peur qu'il lui explose de rire à la figure, j'ai eu la même avant de venir ici. Ça paraît dingue, je sais bien, mais je suis sûre que c'est la même chose. Tu crois que c'est possible ?

— Évidemment, répondit-il simplement.

Briséïs le scruta, incrédule.

— Je suis sérieuse.

— Moi aussi. Tu as eu la même chose, comme tout le monde ici. Sinon, tu ne serais pas là.

— Mais…

Elle fronça les sourcils. Elle s'était tellement persuadée qu'il réagirait comme Willis. Benji approuvait, il était de son côté. Or, Benji était fou. Elle devait donc être folle aussi…

— Et les autres ? demanda-t-elle prudemment. Ils n'ont pas cessé de me répéter que je me faisais des idées pour rien.

— Je vous l'ai déjà dit, ce n'est pas un simple somnifère qu'on nous donne avant d'arriver ici.

— Mais comment se fait-il que moi, je m'en souvienne ?

— Il faut croire que tu n'es pas comme les autres. Mais tu n'es pas la seule. Moi aussi, je m'en souviens.

Et voilà. À présent, ils formaient une équipe. La bande des barjos.

— Et… la joute ne t'intéresse pas ? s'enquit-elle.

— Bof, c'est quand même un peu toujours la même chose. Et puis les jours de joute, c'est l'idéal pour visiter la Citadelle. Elle est vide. Si ça t'intéresse, je peux t'emmener.

Il semblait sérieux. Mais Briséïs préféra jouer la prudence.

— Tu n'as pas peur de t'encombrer d'une fille ? Si je compte pour une moitié, je risque de marcher moitié moins vite et de faire moitié plus de bêtises. Je vais t'attirer moitié plus d'ennuis.

— Mais si tu es prise, tu ne seras qu'à moitié punie, répliqua Benji. Je te l'ai dit : tu n'es pas comme les autres.

Briséïs lui lança un regard méfiant.

Visiter la Citadelle sans avoir à attendre, découvrir des lieux, des secrets inaccessibles même aux élèves du huitième mois ?

Bien sûr que ça l'intéressait ! Mais si elle le suivait et se faisait prendre, elle détruirait toutes ses chances de résoudre un jour les grands mystères de la Citadelle…

— J'ai une question pour toi, Monsieur-Je-Sais-Tout.

— Vas-y, je t'écoute.

— Suppose que la passeuse qui t'a accompagné à ton réveil vienne te retrouver le lendemain, qu'elle te pique tes papiers d'identité et qu'elle proclame ton nom devant le tableau d'un angelot, une cloche à la main… Et que plus tard, un gardien sorte de nulle part, juste devant un tableau vide…

— Oui ?

Briséïs se tut. Elle n'arrivait pas à se résoudre à poser sa question.

— Tu voudrais peut-être que je t'annonce que les angelots et les cavaliers noirs sortent de leurs tableaux ? s'amusa Benji.

— Non, bien sûr que non. Mais je voudrais bien comprendre ce que Don Kallys voulait dire, quand il m'a assurée que certains tableaux ont le pouvoir d'attirer à eux ceux qui les regardent avec trop d'insistance.

Benji hocha la tête.

— Rien ne t'empêche de retourner le voir pour le lui demander.

— Oui, sans doute.

— Alors, pour ma proposition ?

— Je… Je vais y réfléchir.

Un grand fracas, comme un effroyable coup de tonnerre, se fit entendre dans la direction du stade.

— Qu'est-ce que c'était ? demanda-t-elle, alarmée.

Les grondements et coups de tonnerre reprirent de plus belle, accompagnés de hurlements déchirants. Briséïs frémit. Elle n'avait jamais rien entendu d'aussi terrifiant.

— Je n'avais encore jamais… Ce n'est pas habituel, allons voir, dit Benji, les dents serrées, avant de s'élancer vers le stade.

Ils coururent le long des corridors sombres, se guidant à l'oreille. Ils suivaient le flot des cris de plus en plus puissants qui ricochaient contre la pierre et le métal, glissaient le long des vastes escaliers, soulevaient les rideaux, et abattaient un voile de terreur sur les splendeurs de la Citadelle. Benji courait très vite, Briséïs peinait à le suivre. Chaque nouvelle explosion, chaque nouvelle vague de hurlements lui coupait le souffle. Des images terrifiantes envahissaient son esprit. À quelle catastrophe venaient-ils d'échapper ? Vers quelles horreurs se précipitaient-ils ainsi, tête baissée ? Était-ce la fin d'un rêve, le début d'un cauchemar ?

Enfin, elle reconnut les lieux : ils ne se dirigeaient plus vers le stade, mais vers le réfectoire et son immense jardin. Ils avaient gravi plusieurs escaliers, monté quelques étages. Progressivement, les éclats de voix se clarifiaient, changeaient de fréquence. Ils paraissaient plus contrôlés, plus rythmés.

Et puis au fond d'un dernier couloir jaillit une lumière, si puissante que Briséïs dut se couvrir les yeux pour se protéger. Benji s'était lancé dans un dernier sprint. Elle usa ce qui lui restait de force pour le rattraper. Une déflagration à percer les tympans les accueillit aux portes du grand jardin.

Alors seulement ils réalisèrent à quel point l'étrange architecture de la Citadelle avait déformé les sons. Ce n'étaient pas des cris de douleur ou d'effroi qui les avaient guidés depuis les profondeurs de la Citadelle, mais les exclamations jubilatoires de tout un continent. Pas des explosions destructrices, mais un gigantesque feu d'artifice. Et cette prodigieuse lumière qui les avait tant éblouis, une exposition soudaine aux feux des projecteurs après de longs moments passés dans l'obscurité.

— Tiens ! Vous voilà, vous deux ! vociféra Raoul qui passait par là, une bouteille à la main, les éclaboussant d'un sourire princier. Qu'est-ce que vous faisiez ensemble dans le noir ? Enfin, peu importe, LES BELGES ON GAGNÉ ! L'EUROPE RESTE LA REINE POUR LA TROISIÈME FOIS !

Et il repartit, sautant et hurlant dans la foule euphorique qui dansait dans le jardin, éclairée par les couleurs éclatantes de la fête.

# 13

# CASSURE

L'euphorie qui avait gagné tout le quartier européen ce treizième jour ne désenfla pas avant le début de la semaine suivante. Gagner deux fois d'affilée était rare, mais conserver le titre trois fois de suite relevait de l'exploit. D'autant que la victoire des Belges avait été spectaculaire : ils étaient parvenus à compléter leur grille de sudoku bien plus rapidement qu'à l'ordinaire.

Cette prouesse inhabituelle avait réveillé dans les couloirs européens une vieille légende : l'Europe aurait, il y a bien longtemps, conservé son titre dix mois durant. Tous ne rêvaient plus que d'une chose : établir un nouveau record. Bien sûr, il fallait beaucoup d'optimisme pour se projeter aussi loin. Mais après une victoire aussi foudroyante, les Européens se sentaient invincibles.

Et chacun, évidemment, avait fait son calcul : ce serait aux élèves actuels du premier mois d'établir ce nouveau record, à la fin de leur cursus… Le pays qui représenterait l'Europe à ce moment-là entrerait dans la légende. La sélection des meilleurs énigmatiques devenait autrement plus importante.

Pour le groupe de Brisćïs comme pour les autres, il ne s'agissait plus seulement d'occuper son temps perdu le soir en gribouillant sur son cahier de sudokus. C'était une question de chaque instant. Dès le matin au lever, on se mettait au travail. On ouvrait son cahier en s'habillant, on l'étudiait dans les couloirs, on griffonnait dessus en attendant son tour devant la salle de bains. À table, chacun gardait sa grille sur les genoux, et si les cours de l'après-midi étaient suivis assidûment, il arrivait fréquemment qu'un élève en proie à quelque inspiration tire de son sac son œuvre inachevée. Quand aux rares moments où les casse-têtes étaient laissés de côté, c'était pour mieux parler tactiques de jeu. On ne vivait plus que pour les joutes.

Briséïs aurait aimé partager l'enthousiasme général. Ce devait être exaltant de se sentir porté par un tel projet. Entrer dans la légende… Mais son expérience avec Benji l'avait trop bouleversée pour qu'elle se laisse séduire par un rêve si vain. Les hurlements de douleur qu'elle avait cru entendre, alors qu'elle courait à perte d'haleine, la poursuivaient toutes les nuits dans ses songes. Benji aussi avait été bien secoué.

— Je commence à comprendre pourquoi les techniciens sont toujours sur les nerfs, lui avait-il glissé deux jours plus tard, la voyant perdue comme lui dans ses pensées. Si la Citadelle leur réserve ce traitement…

— Les voix étaient déformées par l'architecture, ce n'était pas la faute de la Citadelle, avait rétorqué Briséïs.

Il lui avait souri, affichant son habituel air condescendant :

— Tu ne te souviens pas de ce que nous a dit le pédagogue Don Kallys, le premier jour ? Rien n'est laissé au hasard dans la Citadelle. Alors un truc pareil, tu penses bien… La Citadelle est la plus grande maîtresse des illusions. Tu verras, tu vas vite t'en rendre compte.

Pourtant Briséïs n'était pas prête à voir les choses sous cet angle. Quelle que fût l'intensité de son trouble, avoir été victime d'un écho involontaire lui paraissait beaucoup plus acceptable que d'imaginer la Citadelle responsable d'une immense mise en scène destinée à terrifier ses loyaux serviteurs. Benji avait toujours cette fâcheuse tendance à voir tout en noir. Et cette lueur parfois dans son regard, quand il se lançait dans une explication sur l'existence du Grand Secret de la Citadelle…

Pour cette raison, elle s'était résolue à refuser l'offre généreuse de Benji : elle ne se joindrait pas à lui pour ses expéditions nocturnes.

Mais quand Benji avait une idée en tête, on ne le faisait pas changer d'avis si facilement. Plusieurs fois par jour, il trouvait le moyen de lui glisser une allusion à l'oreille, le plus innocemment du monde. En cours, si Briséïs bayait aux corneilles devant le discours de l'orateur hongrois, il secouait la tête d'un air désolé et murmurait comme pour lui-même :

— Quand on pense à tout ce qu'il y a à découvrir dans les couloirs interdits et on s'embête avec des âneries pareilles…

À table, si elle se plaignait de ses camarades obnubilés par leurs grilles de jeu, il hochait la tête et soupirait plus tard d'un air détaché, passant à côté d'elle :

— Tu ne peux pas leur en vouloir, ils sont comme ils sont. Toi et moi nous sommes différents, c'est tout. Nous nous posons les vraies questions.

Et Briséïs ne savait plus que penser. Elle voulait fuir cette voix dérangeante, mais occulter ses impressions n'était pas une solution.

Elle aurait souhaité que Willis ressente aussi cette étrange atmosphère. Que le groupe se rassemble près de la fontaine, discute avec Raoul, considère l'expérience de chacun et celle de Benji en particulier. Qu'enfin ils étudient ensemble, sérieusement, la possibilité de l'existence d'un objectif secret de la Citadelle. Mais Willis, comme les autres, était bien trop occupé. Il lui fallait calculer, agencer, ordonner, pour gagner, gagner, gagner…

Briséïs avait besoin d'espace pour réfléchir. Aussi passait-elle une bonne partie de son temps libre à errer seule entre la salle de bain des filles, qu'elle trouvait toujours déserte, et dans son dortoir quand il était vide. Son expérience avec Benji lui avait fait passer l'envie de se promener seule dans des couloirs inconnus.

Un jour, alors qu'elle avait profité de l'absence des garçons pour s'isoler dans le dortoir, ses yeux se posèrent sur son vieux sac jaune poussière. Mue par une envie soudaine, elle en déversa le contenu sur son lit pour contempler un à un les objets de son quotidien et se sentir à nouveau chez elle, rien qu'un moment. Ses baskets, achetées avec sa mère pour son anniversaire l'année passée. Son jean, choisi par son frère Jules un jour où elle l'avait traîné dans les magasins alors qu'elle était censée le garder. Son agenda de lycée, avec des devoirs à rendre qu'elle ne rendrait jamais… Elle avait vécu tellement de choses depuis, tous ces objets lui semblaient venir d'une autre vie. Elle retrouva le pendentif orangé du clochard, qu'elle avait totalement oublié. Il s'était glissé dans la doublure de la toile de son sac, comme bon nombre d'objets avant lui. Dans la même doublure était tombé cet étrange bouton marqué d'un côté du dragon de la Citadelle, et de l'autre de la silhouette d'un angelot. Elle le glissa dans la poche de sa veste. Elle allait le montrer à Willis, peut-être le rendre à un veilleur.

Elle trouverait certainement Willis dans la grande cour, près du réfectoire, penché sur l'une de ses grilles. Elle se mit en route, traînant des pieds. À force, elle connaissait tous les détails du trajet menant de sa chambre au réfectoire. Aussi fut-elle surprise de passer devant une galerie qu'elle n'avait encore jamais remarquée ; un tunnel sombre, bas de plafond, dont l'arcade bombée était signalée à l'entrée par une ribambelle de jolies petites clochettes. Comment avait-elle pu ne pas se rendre compte de son existence ? Elle s'y engouffra, trop étonnée de sa découverte pour résister à sa curiosité.

Le tunnel débouchait plusieurs mètres plus loin sur une vaste pièce ronde, similaire à celle abritant la collection de dragons des cinq continents. Une dizaine d'hommes et de femmes vêtus de blouses blanches, roses, vertes, allaient et venaient entre les murs tapissés de portraits de chimères, tenant une cloche à la main, identique à celle qu'avait tenue Katie, la passeuse.

Briséïs blêmit. Chacun parlait tout seul, acquiesçait d'un air entendu et se précipitait vers un autre point de la pièce pour faire sonner sa cloche et recommencer le même manège. L'un d'eux remarqua sa présence. Il suspendit son geste, la regarda d'un air éberlué :

— Comment est-elle passée ? Sans rien faire sonner ?

Les autres s'arrêtèrent et la dévisagèrent.

— Comment a-t-elle trouvé le passage ? ajouta une femme alors que tous avançaient vers elle.

— Elle n'aurait pas dû !

— Il doit y avoir une erreur, il faut aller les prévenir.

— Je suis vraiment désolée d'avoir interrompu votre travail, s'excusa Briséïs en reculant. Ne vous occupez pas de moi…

— Il ne faut pas qu'elle s'en aille, avertit un autre.

— Au contraire, il le faut ! s'exclama le premier en se retournant vers son confrère, et tout de suite ! Avant qu'ils l'apprennent…

— Tu es fou ? Il faut qu'elle reste, il faut qu'on sache ce qui s'est passé, protesta un troisième.

Les remarques fusèrent, plus personne ne faisait attention à Briséïs :

— Oui, il faut qu'ils sachent !

— Pourquoi faire, tant que nous pouvons nous en occuper ?

— Et qu'ils s'en rendent compte plus tard, à notre insu ? Et s'ils se mettaient en colère ?

— Oh ! Non ! Il ne faut pas…

— Ce serait terrible !

— Ne soyez pas ridicules, voyons…

— Il faut la faire partir !

— C'est une catastrophe !

— Pas si on l'arrête avant…

— C'est horrible !

— Qu'est-ce qu'on va faire ?

— Calmez-vous voyons ! Nous allons délibérer, décida l'un des hommes en se tournant vers Briséïs.

Mais elle avait déjà disparu.

. . .

Briséïs trouva Willis à l'une des tables rondes du réfectoire, penché sur son cahier de sudokus. Elle s'assit à côté de lui, encore tout essoufflée.

— Salut ! Il faut que je te parle, c'est urgent.

Willis leva la tête d'un air ennuyé, lui accorda tout de même un sourire.

— Je n'ai plus que sept chiffres. Sept chiffres et je suis à toi, dit-il gentiment, et il replongea le nez dans son cahier.

Un toréador en culotte brodée vint leur demander ce qu'ils désiraient manger : au choix, salade niçoise ou bouillie polonaise. Briséïs le renvoya poliment.

— C'est très important ! glissa-t-elle à Willis, qui agita la main comme pour chasser une mouche. Willis ! C'est urgent ! Ta grille peut attendre !

Willis posa son crayon dans la rainure de son cahier, la regarda droit dans les yeux.

— C'est à propos d'un passage que j'ai découvert…

— Briséïs, tu ne vois pas que je suis occupé ? Je sais que tu n'es pas une grande travailleuse. C'est ton choix. Mais il faut que je me concentre, là. Il est très difficile celui-là, essaye de me comprendre.

Devant la mine dépitée de Briséïs, il se radoucit, soupira :

— Bon, maintenant je suis déconcentré de toute façon. Tu voulais quoi ?

Briséïs serra les dents.

— Rien, ce n'est pas grave, répliqua-t-elle en se levant.

— Je croyais que c'était urgent ?

— Eh bien ça ne l'est plus, rétorqua-t-elle sèchement. Salut. Travaille bien surtout, et vive l'Europe !

— Vive l'Europe… répondit Willis en la regardant s'éloigner.

Il secoua la tête et se remit au travail.

Furibonde, Briséïs sortit comme une tornade par l'une des portes-fenêtres en direction de la ville basse. Elle avait besoin de prendre l'air.

Le soleil descendait doucement sur les toits. Les élèves

rentraient peu à peu vers la haute Citadelle. Briséïs respira à pleins poumons l'air frais des plaines alentour.

Elle flâna dans les ruelles, le long des cours d'eau, jusqu'à la grande place que Benji leur avait fait visiter la première semaine. La musique s'était tue sur le bord du lavoir où barbotaient les pigeons, mais quelques tables étaient encore sorties devant le grand café à l'enseigne française.

Briséïs commanda un grand chocolat. Elle ne prit pas la peine de demander le prix, son uniforme suffisait. Sa tasse était remplie à ras bord.

— Double ration pour la d'moiselle, fit le barman avec un clin d'œil. Une demoiselle, ça n'arrive pas tous les jours.

Le chocolat était brûlant et crémeux. Elle mit ses mains autour de l'émail blanc pour se réchauffer, comme le faisait toujours sa mère. Où se trouvait Annie en ce moment ? Trois semaines étaient passées et Briséïs n'avait toujours pas de nouvelles.

Une vieille femme vint la soustraire à ses sombres pensées. Elle portait dans ses bras de nombreux cadeaux, qu'elle entreprit de lui offrir un à un. Écharpe de soie, broche en or massif, dentelle fine… D'abord, Briséïs ne sut refuser. Mais quand la femme déposa un gros chandelier ouvragé sur sa table de café, elle dut bien trouver le courage de protester :

— Non, vraiment, je ne peux plus accepter. Vous m'en avez déjà beaucoup trop donné, gardez-les pour d'autres…

La vieille femme prit la main de Briséïs dans la sienne et y fourra malgré tout un large chapeau. Enfonçant aussitôt son bras dans sa grande besace, elle en sortit des chaussures assorties. Briséïs n'avait aucun moyen d'expliquer à la vieille, qui ne parlait pas un mot de français, qu'elle serait bien en peine de trouver de la place pour tant de trésors dans son minuscule dortoir. Elle chercha discrètement du secours.

Le barman aperçut ses appels désespérés et vint à la rescousse, lui servant de traducteur. La vieille ne consentit à partir qu'après lui avoir glissé un collier de perles autour du cou, non sans maugréer dans sa barbe naissante.

— Je ne voulais pas la rendre triste… fit Briséïs, embarrassée.

— Oh, pour ça, vous inquiétez pas. La mère Tolric, elle est toujours triste, de toute façon.

— Pourquoi ? Il lui est arrivé quelque chose ?

— À elle, non, mais à son fils.

Le barman désigna de la tête un homme prostré dans un coin.

— Que s'est-il passé ?

— Il a disparu.

— Disparu ?

Le barman acquiesça d'un air grave.

— Pendant plus d'un mois. Et quand il est revenu, il avait perdu la tête. Il passe ses journées à trembler, et la nuit, il hurle comme si on l'égorgeait. Pire qu'un cochon, je sais pas si vous imaginez…

Briséïs avait vu une fois un cochon qu'on emmenait à l'abattoir. C'était le cri le plus déchirant qu'elle ait jamais entendu.

— Certains disent qu'on lui a volé son âme, ajouta un homme coiffé d'un béret rouge en se penchant par-dessus l'épaule du barman.

Il n'était pas le seul à s'être rapproché, attiré par la présence d'une élève de la Citadelle.

— Ouais, des histoires de bonnes femmes ! On lui a juste foutu la trouille ! fit le barman.

— Mais qui, *on* ? demanda Briséïs.

Les quelques personnes rassemblées échangèrent des regards furtifs. Le barman reprit la parole.

— On n'est pas tout à fait sûr, mais disons qu'il y a de grandes chances…

— C'est même plus que probable ! ajouta un autre.

— Enfin, on pense que c'est le travail des cavaliers noirs, finit par dire le barman avec une grimace désolée.

Briséïs les dévisagea.

— Les cavaliers noirs… Les vrais ?

— Oui mam'selle, ceux qui rôdent autour de la Citadelle.

— Mais… Je croyais que c'était justement des histoires… de bonnes femmes ?

— De bonnes femmes ! Malheureuse ! s'emporta le barman.

Il fit un geste vers l'homme prostré, et ajouta :

— Allez donc voir de plus près la tête du pauvre Majendo, et on verra si c'est toujours des histoires de bonnes femmes !

— Mais… Est-ce que vous les avez déjà vus, ces cavaliers noirs ? reprit Briséïs alors qu'un homme glissait un mot dans l'oreille de Majendo.

— Pas de ce côté de la ville, encore heureux, mais dans les cours plus tranquilles, au pied des tours d'approvisionnement, paraît qu'ils rôdent assez régulièrement.

— Et la Citadelle laisse faire une chose pareille ?

Le barman appuya son regard :

— On n'arrête pas un fantôme si facilement.

Majendo s'était approché de la table de Briséïs, guidé par l'homme parti le chercher. Il tremblait de tous ses membres. Il leva les yeux et, découvrant Briséïs, s'illumina brusquement :

— Tu viens nous sauver ? s'écria-t-il en lui attrapant le poignet. Je le savais ! Je le savais… Il l'avait dit qu'un jour tu viendrais…

— Qui ? demanda Briséïs, le cœur battant.

— Tu lui ressembles tellement…

— Vous avez parlé à mon p…

— LES VOILÀ ! LES CAVA… LES CAVALIERS NOIRS ! LES VOILÀ ! À L'ABRI ! TOUS À L'ABRI !

Majendo s'était jeté sous la table du café et s'accrochait aux chevilles de Briséïs comme si sa vie en dépendait.

— ILS… ILS SONT LÀ ! ILS SONT LÀ ! LES CAVA… LES CAVALIERS NOIRS !

— Bon ! Allez, ça suffit maintenant Majendo ! coupa le barman en l'attrapant par les épaules pour le sortir de là. Il faut l'excuser ma'mselle…

— Non c'est rien, je… Il allait dire quelque chose, avant de se jeter sous la table…

Aussitôt rassis à sa place habituelle, Majendo repartit dans son monde, oubliant tout des gens autour de lui.

— Il faut pas faire attention, soupira le barman, le pauvre Majendo, il dit plus rien d'intelligible depuis longtemps.

— Mais non, il allait me parler de mon…

— Cherchez pas trop loin, vous êtes pas la première à qui il fait un effet bizarre. Vous en tirerez rien, croyez-moi. C'est qu'une coïncidence. Vous avez qu'à voir comment il se laisse emporter… Enfin, la pauvre mère Tolric, elle attend qu'une chose, comme nous tous, c'est que vous trouviez une solution à ce fléau.

— M… moi ? murmura Briséïs.

— Vous et tous les autres. Vous êtes la future Élite, non ? C'est vot' boulot de vous occuper de ces choses-là. Bien sûr, vous n'êtes pas encore prêts, mais la mère Tolric, elle est un peu pressée. Remarquez, ça se comprend, après une histoire pareille… Alors elle vous encourage comme elle peut, histoire que vous ne l'oubliiez pas, finit-il en désignant le chandelier du menton.

Briséïs acquiesça lentement. Peu à peu, les habitués du lieu la laissèrent à son chocolat, s'en retournant à leurs occupations. Mais on continuait discrètement de l'observer. Briséïs se tortillait sur sa chaise, mal à l'aise. Les pauvres gens, si seulement ils savaient comme les élèves s'en fichaient, de leurs fantômes ! Derrière son comptoir, le barman lui lançait aussi des regards en coin. Est-ce que tous ces gens s'attendaient à ce qu'elle brandisse une épée et bondisse sur la table, prête à pourfendre un cavalier noir ?

L'atmosphère devenait pesante et son chocolat amer. Elle remarqua un homme à la silhouette familière, assis dans l'ombre.

— Qui est cet homme ? Pourquoi a-t-il l'air si triste ? demanda-t-elle au barman.

— Un de ces salauds de techniciens intérieurs, un de ces pourris de la gestion lui a retiré le droit de jouer. Le pauvre gars, il demandait rien, il faisait que trois notes. Mais il a fallu qu'il aille chercher un de ces formulaires à la con… Comment vous voulez qu'il s'y retrouve ? Qu'il rassemble toutes ces signatures ? Enfin, tout le bazar habituel. Résultat, il reste là et il se lamente… Un de ces quatre, faudra que je le vire. Je peux pas faire la nounou pour tous les paumés du coin, vous comprenez. Parce que c'est pas un bar qu'il me faudrait après, c'est un hangar ! N'empêche, si je tenais le con qu'a fait ça…

Briséïs le reconnaissait. C'était le musicien de la place. Elle insista pour payer sa consommation avec un bracelet et, avant de sortir, fit un détour vers la table du fond.

En la voyant, l'homme se redressa pour se lever. Elle le retint fermement par l'épaule, lui fit signe de se taire.

— Tout est réglé, chuchota-t-elle. Vous pouvez retourner jouer.

L'homme cligna des yeux puis, le visage rayonnant, leva sa chope de bière à sa santé.

— Je suis avec vous, pour la Citadelle, toujours ! claironna-t-il.

Briséïs sentit les regards se poser sur elle. Elle se garda bien de se retourner et s'éclipsa sans demander son reste.

Sur le chemin du retour, on lui fit de petits signes amicaux, on lui souhaita une bonne semaine, une bonne nuit, on tint à lui serrer la main, à lui offrir un dernier petit verre. Elle refusa poliment, remonta quatre à quatre les marches vers la haute Citadelle.

Elle ne se sentait pas prête à rentrer au dortoir. Elle opta pour la salle de bains des filles. Elle s'assit dans un coin, sur l'un des pieds de la grande divinité grecque dessinée en mosaïque sur le sol. La scène du café lui revenait en cadence, rythmée par les gouttes d'eau d'un robinet mal fermé. Elle ne valait pas mieux que les autres élèves. Comme eux, elle s'était laissée emporter par les beaux discours de la Citadelle, par sa belle légende enrobée de miel. Elle s'était montrée aussi sèche avec ce musicien que tous les passeurs avec elle le jour de son arrivée. Elle participait comme les autres à l'asservissement des techniciens périphériques. Elle n'était qu'un maillon de plus dans la chaîne de pouvoir qui les emprisonnait tous, tout en les berçant avec de fausses promesses.

Elle se sentait sale. Elle prit une longue douche, laissa l'eau apaiser son mal-être. Fermant les yeux sous le jet, elle se décida enfin : oui, elle suivrait Benji. Tant pis pour les cours. Quelque chose ne tournait pas rond, et elle devait en apprendre davantage.

Elle trouva Benji dans la chambre avec les autres. Il s'apprêtait à partir faire sa tournée du soir.

— J'aurai quelque chose à te dire, lui glissa-t-elle tout bas.

Mais la chambre était minuscule, et aussitôt sa phrase terminée, elle sentit les oreilles à l'affût. Briséïs ne se sentait pas prête à affronter Willis. Heureusement, Benji n'était pas d'humeur à discuter. Il hocha la tête, grommela un « on verra demain » et disparut dans le couloir.

## 14

# LA TRAPPE

Benji avait de gros cernes sous les yeux : il avait dû marcher longtemps cette nuit. Pour autant, il ne semblait pas avoir oublié la promesse faite à Briséïs ; il lui fit un clin d'œil en arrivant à table tandis qu'un Inuit leur servait du porridge. Elle ne cessa ensuite de l'épier. Peut-être allait-il lui faire un signe particulier, lui donner rendez-vous pour parler plus tranquillement… Il n'en fit rien. De son côté, Willis observait Briséïs sans relâche. Quand il se montrait trop insistant, elle se tournait brusquement vers lui et lui souriait, pour le prendre au dépourvu. Il la laissait alors tranquille pour un moment.

Enfin, alors qu'ils se dirigeaient vers la grande porte au fond du réfectoire parmi la foule d'élèves, Benji retint Briséïs par le bras.

— On peut y aller ce soir. Sois prête à huit heures et je t'emmènerai faire un beau voyage.

Un veilleur les attendait devant la porte à double battant. Briséïs jeta un regard inquiet à Willis, en pleine discussion avec Quentin, à quelques pas de là.

— T'inquiète, je me chargerai de le raisonner, reprit Benji.

Pourquoi souriait-il toujours avec tant d'assurance ? Elle détestait ce sourire.

— Écoute, dit-elle, je ne suis pas sûre que ce soit une bonne idée, finalement… J'aime bien Willis et les autres, je ne veux pas qu'ils croient que je les trahis…

— Tu ne peux pas tout avoir. Il va falloir que tu fasses un choix, la coupa Benji.

Les autres élèves les rejoignirent et ils marchèrent en silence derrière leur veilleur vers la cathédrale baroque. Là, le pédagogue Herfolk leur parla du comportement qu'ils devraient adopter à la fin de la formation.

— Quand vous serez en fonction, vous ne serez plus Willis Ferdinand ou Pierre Dull, mais homme d'affaires ou politicien. Ce masque, vous l'enfilerez le matin et ne devrez l'enlever *sous aucun prétexte*. Vous oublierez tout de vos problèmes familiaux, de vos petites impuissances, de vos désirs personnels. Vous ne vous concentrerez *que* sur votre mission. L'Élite occupe les rôles clefs de la société. Elle *doit* être par nature altruiste, obédientielle, ferme, responsable.

Son sermon rappelait à Briséïs le premier discours du pédagogue Don Kallys, autour de la table de verre. Il leur avait présagé la désobéissance de certains avant leur neuvième mois. Et voilà qu'elle confirmait son pronostic avant même d'avoir achevé son premier mois… Mais le pédagogue Don Kallys ne leur avait pas prédit d'étranges phénomènes. Et il n'avait pas parlé de cette détestable sensation d'étouffement…

Le déjeuner fut tendu. Willis semblait aussi décidé à pénétrer l'esprit de Briséïs que celle-ci à décrypter les pensées de Benji. Au milieu de ce triangle infernal, les autres ne savaient que faire ; ils inventaient des sujets de conversation stériles, lançaient des blagues qui n'intéressaient personne et retombaient lamentablement. Seul Christophe ne semblait pas percevoir de gêne : ces derniers temps, il avait pris l'habitude d'emporter ses calculs partout avec lui, oubliant toute prudence. Pourtant il ne semblait pas beaucoup progresser.

— Alors, ça avance ? lui lança Briséïs à travers la table, histoire de détendre l'atmosphère.

Axel envoya un coup de coude au rouquin, qui releva la tête.

— Pas vraiment, dit-il d'un air maussade. C'est à n'y rien comprendre. C'est comme si nous nous trouvions un jour dans l'hémisphère Nord, et le jour d'après dans l'hémisphère Sud.

— Peut-être que nous sommes juste à la limite, fit Pierre, haussant les épaules.

— Oui, peut-être... murmura Christophe, peu convaincu.

Plus tard, alors qu'ils étaient à nouveau perdus dans la masse d'élèves se dirigeant vers les grandes portes, Benji la tira à l'écart :

— Il y a une solution. Si tu ne veux pas y aller ce soir, allons-y cet après-midi.

— Quoi, pendant le cours ? Mais c'est impossible...

— On est plus de cinq cents à aller à ce cours. Si on s'éloigne au moment d'entrer dans l'oratorium, personne ne le remarquera.

— Personne, sauf ceux de notre groupe...

Benji posa sur elle un regard sévère.

— Écoute, il faut savoir ce que tu veux. Tu ne peux pas rester éternellement entre deux eaux. Là au moins, tu n'as pas à leur faire directement face. En tout cas pour la première fois.

— Et les cours ?

— Ne me raconte pas de bêtises, ça fait un moment que tu as décroché.

Briséïs serra les lèvres. Une fois de plus, il avait raison. Cela faisait plus d'une semaine qu'elle ne prenait de notes que pour faire bonne figure. Elle n'avait pas la moindre idée du sujet des derniers cours magistraux.

— De toute façon ça fait un moment que je réfléchis à y aller l'après-midi, enchaîna Benji. Les couloirs sont moins surveillés dans la journée. Il suffit d'avoir les bons documents, c'est plus facile... Alors ?

— Je ne sais pas, laisse-moi réfléchir un instant.

Tout allait trop vite, elle n'avait pas imaginé partir tout de suite… Et si elle était découverte ? Et si on la renvoyait ? Mais elle avait déjà pris sa décision. Elle devait le faire.

— Je ne voudrais pas te bousculer, mais tu n'as plus que quelques minutes, murmura Benji alors qu'ils passaient les grandes portes et suivaient les veilleurs vers l'oratorium.

Willis était loin devant, Axel, Pierre et Quentin le suivaient peu après. Christophe était perdu au milieu d'un groupe d'Islandais. Briséïs ralentit le pas, tant pour mettre de la distance entre elle et son groupe que pour retarder le moment de sa décision. De nombreux veilleurs entouraient la colonne d'élèves, échangeant de courtes paroles, balayant la foule du regard.

Le sang pulsait dans ses veines. Des picotements couraient le long de ses bras et sur son visage. Elle mourait d'envie de se lancer.

— Plus que quelques secondes, l'avertit Benji.

— OK, je te suis, lâcha-t-elle.

Benji eut un hochement de tête amusé. Briséïs lança un dernier regard vers son groupe, vers les veilleurs. Elle venait de mettre en marche une bombe à retardement : était-elle la seule à s'en apercevoir ?

La porte de l'oratorium apparut au fond du couloir. Les veilleurs étaient partout. Briséïs ne voyait vraiment pas comment Benji comptait s'y prendre.

— Prête ? dit-il en lui attrapant la main.

Une vague de panique la traversa. Prête à quoi ? Ils n'allaient tout de même pas détaler dans l'autre sens ?

— Prête.

La porte n'était plus qu'à une cinquantaine de mètres. Les premiers élèves s'engouffraient déjà dans l'oratorium.

Plus vif que l'éclair, Benji sortit un caillou de sa poche et l'envoya par-dessus la foule contre une armure de chevalier dont le casque tomba dans un grand fracas. Au moment où les veilleurs se retournaient, Benji propulsa Briséïs derrière un rideau de velours noir. Il la fit grimper sur un haut tabouret, se hissa à son tour, se plaqua contre elle en lui couvrant la bouche d'une main. Briséïs put lire sur ses lèvres « chut, attends... ».

De l'autre côté du rideau, les voix des veilleurs fusaient dans vingt langues différentes pour faire taire le brouhaha causé par l'incident et rétablir l'ordre. Peu à peu, la foule se remit en mouvement.

Briséïs et Benji attendirent, retenant leur souffle, aux aguets. Les gonds de la grosse porte de l'oratorium grincèrent. Benji lâcha alors Briséïs pour attraper une grille de fer juste au-dessus de leurs têtes. À cet endroit, le plafond était nettement plus bas que dans le reste du couloir. Elle dut s'accrocher à lui pour ne pas tomber à la renverse. À l'instant où la porte se refermait dans un bruit assourdissant, Benji poussa de toutes ses forces la grille vers le haut et la tira sur le côté. Le bruit du fer contre la pierre s'estompa en même temps que celui de la porte. Toujours silencieux, Benji fit signe à Briséïs de poser son pied sur sa cuisse. Elle y consentit avec une grimace inquiète. La voltige n'était pas son point fort. Mais il ne lui laissa pas le temps de réfléchir : il l'avait déjà empoignée par la taille et la hissait vers la grille. Le tabouret se mit à trembler dangereusement. Elle agrippa les épaules de Benji d'abord, puis sa tête, et enfin le bord de la trappe carrée. Il la tenait par les jambes et la hissait encore. Elle maudissait silencieusement son manque de force. Mais savoir le visage de Benji plaqué contre ses cuisses lui donna l'énergie nécessaire pour se débattre vers la sortie et se hisser, enfin, sur les dalles glaciales de l'étage supérieur.

L'ouverture donnait sur un petit couloir sombre. Sitôt près d'elle, Benji sortit une sorte de chronomètre de sa poche, tapa quelques numéros et l'y remit.

— Nous avons un peu moins de quatre heures, dit-il à voix basse. Nous ferions mieux de nous dépêcher.

— Comment savais-tu tout ça, pour la grille et l'armure ?

— Je te l'ai dit, ça fait un moment que je me pose la question d'y aller pendant la journée. J'ai fait mon enquête. Allez viens, plus vite nous y serons, mieux ce sera.

— Où va-t-on ?

— Chercher notre alibi.

Ils coururent dans la pénombre jusqu'à un grand vestiaire. Benji vérifia que personne ne se trouvait à l'intérieur, la fit entrer puis ferma la porte. Ne perdant pas une seconde, il sortit de sa poche un bout de fil de fer tordu et entreprit de forcer l'un des casiers qui s'alignaient de chaque côté. À l'intérieur étaient entassés des objets personnels que Briséïs devina appartenir à un veilleur, puisqu'une toge blanche pendait sur un cintre accroché à la porte métallique.

— Qu'est-ce que tu fais ? s'exclama-t-elle, réalisant qu'on les accuserait de bien plus que de se promener seuls dans les couloirs si on les surprenait dans cette salle.

Benji fouillait à présent dans les affaires. Il lui fit signe de se taire d'un geste agacé. Briséïs jeta un coup d'œil nerveux vers la porte. Elle n'osait pas imaginer ce qui se passerait si quelqu'un entrait…

— Je l'ai ! s'exclama-t-il en sortant un tampon du fourbi.

Il tira un papier de sa poche et le marqua à l'encre noire avant de remettre le tampon à sa place.

— C'est bon, on file !

Et il poussa Briséïs dans le couloir.

Ils longèrent les murs quelques minutes avant que Benji ne s'estime hors de danger. Il s'adossa à une fenêtre, content de lui.

— Qu'est-ce que c'était, ce tampon ? demanda Briséïs le souffle court.

— Le blason de la Citadelle. Les veilleurs en ont tous un. Ils ne peuvent pas escorter tout le monde, donc quand un élève des derniers mois a besoin de se rendre quelque part, l'un des veilleurs lui écrit une autorisation spéciale, signée et tamponnée avec le blason. La signature, je peux l'inventer, mais pour le tampon, c'était plus compliqué. Maintenant nous pouvons aller partout, il suffit d'avoir l'air de se rendre quelque part.

— Ils vont s'en rendre compte…

— Aucun risque. C'est un tel foutoir administratif ici, avant qu'ils s'en aperçoivent, nous serons loin.

Briséïs acquiesça sans grand enthousiasme, et jeta un coup d'œil peu rassuré derrière elle. Ici, comme partout de ce côté des grandes portes du réfectoire, régnait une atmosphère électrique, presque religieuse. À force, Briséïs s'était habituée à cette étrange sensation. Mais dans ces couloirs, se sachant une intruse, c'était une autre histoire. L'endroit lui donnait la chair de poule.

— Bon alors, par quoi veux-tu commencer ?

— Par quoi ?

— Ben oui, qu'est-ce que tu as envie de voir ?

Il fit quelques pas, désignant d'un geste magistral l'interminable couloir qui s'enfonçait devant eux.

— Les cuisines ? La tour de guet ? Le département de l'administration ? Le théâtre des Inventions ? Le musée des Faits et Habitudes ? La bibliothèque ?

— La bibliothèque ? reprit Briséïs, curieuse.

— Ah ! La bibliothèque ! dit-il en souriant. Bien ! Bon choix ! C'est la plus grande bibliothèque au monde. Elle possède un exemplaire de toutes les œuvres existant ou ayant existé : chaque fois qu'un livre est écrit, un double est fait pour la Citadelle, et cela depuis la naissance de l'écriture. Mais ce n'est pas tout : les inventions y sont aussi décrites, les courants de pensée, les faits historiques racontés du point de vue des perdants autant que de celui des gagnants… Tout ce que l'homme a pu créer, vivre, s'y trouve répertorié. Tous les cours de la Citadelle sont fondés sur ce que l'on trouve dans cette bibliothèque. En fait, toute la Citadelle est construite autour de la bibliothèque. Mais ça, on ne l'apprend qu'au quatrième mois. C'est le plus précieux et le mieux gardé de ses trésors. Il faut attendre le huitième mois pour avoir le droit d'y entrer.

— Et toi, tu y es allé ?

Benji réalisa ce qu'il venait de dire et plongea dans ses yeux un regard pénétrant.

— C'est vrai, c'est bête… Je ne sais pas ce qui m'a pris de te proposer d'aller la voir. Non, bien sûr, elle est trop bien gardée… Viens, je vais te montrer les cuisines.

Il l'entraîna après lui, bifurquant à droite, à gauche, descendant un escalier, en remontant un autre, traversant des cours, évitant certains passages trop peuplés, effectuant un détour pour lui montrer une belle vue ou une statue remarquable.

— Comment fais-tu pour ne pas te perdre ? lui demanda Briséïs au bout d'un moment.

Elle n'avait pas la moindre idée de l'endroit où elle se trouvait, ni de comment elle pourrait retrouver son chemin. Elle avait la désagréable impression qu'elle pourrait errer des heures durant dans ce labyrinthe s'il prenait l'envie à Benji de l'abandonner là.

— C'est une question d'habitude, fit-il. Et puis j'ai étudié la carte.

— La carte ? Quelle carte ?

Au lieu de répondre, Benji s'arrêta et leva un doigt, lui faisant signe de tendre l'oreille. Il se balança d'un pied sur l'autre, faisant grincer le plancher sous le tapis.

— C'est ici, murmura-t-il finalement.

— Qu'est-ce qui est ici ? chuchota Briséïs.

— Les cuisines ! dit Benji sur le ton de l'évidence. Surveille le couloir, ajouta-t-il en s'accroupissant.

Il enroula le tapis, découvrant une large trappe de bois.

— La cuisine est là-dessous ? s'étonna Briséïs. Pourquoi est-ce qu'ils n'utilisent pas une porte classique ? Une trappe, pour monter les plats, c'est pas très pratique !

— Tout est symbole ici. Si la cuisine ne possède pas de porte, c'est qu'ils ne la jugent pas digne d'en avoir une.

Il empoigna l'anneau de fer encastré dans le bois et le tira de toutes ses forces. La trappe se souleva lentement, dévoilant une large rampe éclairée aux flambeaux, descendant en spirale.

— Tu es sûr que ça mène aux cuisines ? On dirait plutôt un cachot…

— Je n'en suis pas à ma première visite. Allez viens.

La descente parut interminable à Briséïs. À mi-chemin, ils croisèrent un technicien intérieur habillé en capitaine de marine, portant gracieusement une pomme rouge sur un plateau d'argent.

Benji sortit son papier cacheté, mais l'homme hocha la tête avant même d'avoir vu l'autorisation dépliée, mit sa main libre en visière pour les saluer et poursuivit son chemin.

Briséïs ne put s'empêcher de s'exclamer en découvrant les cuisines quelques minutes plus tard. Des batteries de cuisines de styles très différents s'alignaient à perte de vue. De la vapeur s'échappait de chaque fourneau, rustique, moderne, baroque ou rococo, aspirée par d'énormes hottes pendues au plafond. Autour des marmites s'agitait une foule de marmitons, remuant, coupant, assaisonnant dans un commun effort pour préparer le dîner.

— Impressionnant, n'est-ce pas ? murmura Benji, content de son effet. La cuisine occupe une grande partie du sous-sol de la Citadelle. C'est qu'il y en a, du monde à nourrir !

Ils avaient débouché d'un chemin creusé dans une énorme colonne soutenant la voûte. Quatre autres colonnes s'élançaient ainsi vers le plafond, chacune cachant probablement un passage vers les quatre autres quartiers de la Citadelle. Il l'invita à s'avancer dans l'une des allées. Plus Briséïs progressait, plus la cuisine lui paraissait interminable.

— Pourquoi est-ce si grand ? demanda-t-elle finalement. Bien sûr, il y a les élèves des autres continents, mais quand même, ça paraît un peu démesuré…

— Précisément ! s'exclama Benji.

Briséïs recula instinctivement. Ce n'était pas bon signe, quand Benji faisait ces yeux-là.

— La cuisine est démesurément grande, et ce n'est pas la seule chose qui cloche dans les proportions. Le stade par exemple : à chaque joute mondiale, il est bondé. C'est le plus grand stade du monde : en se tassant un peu, on peut s'y asseoir à deux cent mille. Or, j'ai fait le calcul : si on est huit par mois et qu'il y a neuf mois, ça fait soixante-douze élèves par pays. Multiplié par cent quatre-vingt-douze pays, ça fait un peu moins de quatorze mille élèves, sans compter que les équipes qui arrivent complètes au neuvième mois sont rares. On pourrait y ajouter le personnel, mais même en comptant tous les techniciens intérieurs, on ne dépasse pas les vingt mille ! Alors d'où viennent les autres ?

— Mais… Est-ce que ça ne pourrait pas être des gens de la ville basse ? proposa Briséïs.

— Non, ce sont des élèves. Des jeunes, en costume bleu roi.

— Tu crois qu'ils viennent *d'ailleurs* ?

— Je ne crois rien, j'observe. Et ce que je constate, c'est que chaque treizième jour du mois, cent quatre-vingt mille personnes apparaissent comme par miracle pour passer une chaleureuse soirée avec nous, puis disparaissent.

— Il y a certainement une explication.

— Oui, comme pour tout le reste… Mais une explication qu'on n'a pas jugé utile de nous donner.

— Peut-être est-ce pour une bonne raison. Peut-être que nous comprendrons tout ça plus tard.

— Ou peut-être qu'on va attendre neuf mois pour se rendre compte qu'on n'est pas plus avancés qu'au premier jour. Peut-être même qu'on sera plus bêtes parce qu'on nous aura appris à obéir sans réfléchir, à vivre la tête baissée.

— Willis dit que tu ne devrais pas abuser de la générosité de la Citad…

— Willis, Willis ! s'emporta Benji. Je me fous de ce que pense Willis ! Je ne fais que reprendre ce qui m'appartient. Sa générosité ! La culture de l'humanité est le bien de tous, et chaque homme devrait être libre d'y avoir accès sans limite. Sa générosité ! Ah, ils sont beaux, tous, à se prosterner devant celle qui leur a volé leur culture, parce qu'elle veut bien leur en laisser quelques miettes !

— Je n'ai pas dit le contraire… protesta Briséïs, surprise par ce brusque changement d'humeur.

— Non, bien sûr, tu ne dis pas grand-chose, toi, dit Benji en lui attrapant la main. Mais tu écoutes les bêtises de cet imbécile, et tu gobes tous les beaux discours des pédagogues sans te poser de questions. C'est suffisant.

— Eh bien vas-y, éclaire-moi, répliqua-t-elle froidement en se dégageant.

Pour qui la prenait-il, celui-là, à lui faire la morale ? Elle n'avait fait que ça, ces dernières semaines, se poser des questions !

Benji la prit au mot :

— Tu n'es qu'un pion.

— En plus clair ? dit-elle, ravalant sa fierté.

— La Citadelle est loin d'être le grenier de la connaissance. Elle en est plutôt la prison. La légende a au moins cela de vrai. Mais on a greffé tellement de folklore dessus que personne ne prend plus cette histoire au sérieux.

— Les gens de la ville basse la prennent au sérieux.

— C'est bien ce que je dis, personne de sensé ne la prend au sérieux. La Citadelle ne peut pas dire officiellement qu'elle garde tout ce savoir pour elle puisqu'il ne lui appartient pas réellement. C'est comme un barrage qui retient l'eau d'un lac. Si elle tentait de tout garder, ça finirait par exploser. Alors elle filtre une toute petite partie de la vérité pour mieux maîtriser le reste. Elle fait mine de divulguer ses informations, et tout le monde se tient à carreau. Et toi, petit pion dans tout cet engrenage parfaitement huilé, tu lui permets de continuer à voler aux hommes ce qu'ils ont de plus précieux au monde : le savoir, qui mène à la liberté.

— Et qu'est-ce qui te fait croire ça ?

— Il n'y a qu'à ouvrir les yeux, c'est évident.

Une voix s'éleva derrière Briséïs :

— Puis-je vous aider ?

Un homme aussi coloré qu'un arlequin les regardait, et le sourire poli qu'il affichait ne suffisait pas à adoucir son regard inquisiteur.

— Ça ira, merci, répliqua Benji plein d'assurance.

Ils avaient parlé au beau milieu d'une allée, et plusieurs cuisiniers les observaient à présent avec insistance.

— Viens, on ferait mieux de ne pas traîner, ajouta-t-il en jetant un coup d'œil à son chronomètre. Le temps passe beaucoup plus vite en dehors de l'oratorium.

15

# LA BIBLIOTHÈQUE

Ils arrivèrent juste à temps pour rejoindre les élèves sortant de l'oratorium. Le brouhaha couvrit leur chute acrobatique jusqu'au tabouret, puis le bruit de la grille contre la pierre lorsque Benji la remit en place. Il leur fut facile ensuite de se mêler à la foule sans être vus. Ils entraient tout juste dans la grande salle à manger lorsqu'on tapota l'épaule de Briséïs.

— Il faut qu'on parle, dit Willis.

Le cœur de Briséïs se serra. Elle avait espéré avoir un peu plus de temps pour se préparer à cette inévitable confrontation. Mais elle s'était voilé la face : ils s'asseyaient toujours en groupe dans l'oratorium, et quatre laborieuses heures de cours étaient largement suffisantes pour noter leur absence.

— De quoi ? demanda-t-elle innocemment.

— De ta petite escapade avec Benji.

Briséïs évita soigneusement son regard.

— Je ne vois pas de quoi tu parles.

— Tu le sais très bien au contraire, dit Willis durement.

Le rouge monta aux joues de Briséïs et cela la rendit furieuse. Pourquoi se laissait-elle gronder ainsi ? Elle n'avait pas à justifier ses choix.

Willis attendait, les yeux rivés sur elle. Elle tenta la diversion.

— Je sais surtout que tu es jaloux de Benji.

— Où étiez-vous assis ? demanda Willis, piqué au vif.

Il fit un effort pour reprendre un ton badin.

— Je ne vous ai pas vus pendant le cours…

C'était presque trop beau pour être vrai. Briséïs s'appliqua à prendre un ton agacé :

— J'ai le droit de m'asseoir où je veux. Pourquoi tu nous cherchais ? Tu m'espionnes maintenant ?

— Je ne vous cherchais pas, mentit Willis, je me demandais, c'est tout…

Il jeta un coup d'œil autour de lui pour vérifier que personne ne les écoutait, avant d'ajouter :

— Briséïs, je sais que tu es libre de faire ce que tu veux, mais tu devrais faire attention : ce mec est un malade, tu n'es pas en sécurité avec lui.

— Laisse la sécurité de côté, tu veux ? Benji ne ferait pas de mal à une mouche.

— Si elle va dans son sens, oui, mais si elle avait le malheur de voler à contre-courant…

— Eh bien tu n'as pas de soucis à te faire alors, puisque je vais dans son sens.

Willis encaissa le coup.

— Mais si tu changeais d'avis…

— Rassure-toi, ça n'arrivera pas.

Elle lui décocha un beau sourire et tourna les talons. Elle chassa la pointe de culpabilité qui perçait dans son cœur et sortit dans le grand jardin, pleine de sa nouvelle confiance. Enfin, elle se sentait dégagée du regard scrutateur de ses compagnons de chambre, libre de suivre ses propres aspirations.

— Qu'est-ce qu'il voulait ? s'enquit Benji qui arrivait à ses côtés.

— Savoir si je vole à contre-courant.

— Et tu lui as répondu…

— … que j'allais dans le bon sens.

— Ah bon ! fit Benji, quelque peu dérouté.

— Alors, à quand la prochaine ? demanda-t-elle d'un ton assuré.

— Après le week-end. Il faut laisser les choses se tasser un peu. Je doute que les veilleurs apprécient de voir l'armure dégringoler tous les jours.

Ils attendirent donc deux jours avant de programmer une nouvelle escapade. Les journées étaient ensoleillées, et Christophe s'en donnait à cœur joie. Willis avait perdu toute concentration pour ses exercices de sudoku. Il ne cessait de jouer avec son crayon, prêt à le briser à chaque fois qu'il croisait le regard de Benji. Il lui lançait alors des éclairs, et Benji le toisait en retour d'un air dédaigneux. Briséïs essayait de les oublier tous les deux. Elle préférait observer les manigances de Quentin, qui s'était mis en tête de récupérer le chapeau d'un technicien intérieur pour le ramener chez lui en trophée, ou encore parier sur les tactiques de jeu de Pierre et Axel. Ces deux derniers avaient décidé de jouer toutes leurs affaires personnelles au sudoku, jurant de ne s'arrêter qu'à la défaite totale de l'un ou l'autre. Ils se retrouvaient régulièrement en caleçon, mais comme ils étaient à peu près d'un niveau égal, la partie se poursuivait interminablement.

Enfin, le soleil se leva sur le vingt-deuxième jour. L'après-midi arriva vite, et avec elle l'excitation du nouveau départ.

— Où m'emmènes-tu cette fois-ci ? demanda Briséïs, un peu nerveuse alors qu'ils progressaient le plus lentement possible vers l'oratorium.

— Tu verras bien, sourit Benji. Attention, ça va être à notre tour…

Une explosion retentit à l'avant, et une des rares jeunes filles élèves se mit à crier : le petit sac qu'elle portait en bandoulière venait de prendre feu.

Benji poussa Briséïs derrière le rideau. Dans le couloir, les veilleurs faisaient tout leur possible pour rétablir le calme. Briséïs jeta un regard de reproche à Benji qui riait silencieusement, la serrant contre lui sur le tabouret.

— Tu vas me montrer la bibliothèque ? chuchota-t-elle sans trop y croire, une fois remontée par leur passage secret.

— Tu vas voir, je te dis.

Benji ne lui montra pas la bibliothèque. Il l'emmena voir le musée des Faits et Habitudes. L'endroit regorgeait de vieux ustensiles et de grimoires illisibles. Puis ils s'enfoncèrent plus profondément dans la Citadelle. Peu à peu les rencontres avec le personnel se firent plus rares, jusqu'à ce qu'ils se retrouvent totalement seuls dans le labyrinthe architectural.

— À quoi servent tous ces beaux couloirs si personne n'y vient jamais ? murmura Briséïs, intimidée par le silence qui régnait autour d'eux.

— Il faut de la place pour stocker l'œuvre de toute l'humanité. Tiens, derrière cette porte par exemple, qu'y a-t-il à ton avis ?

— Encore des tableaux ?

— Tous les jeux de société jamais conçus par la main d'un homme, déclara Benji.

Les yeux brillants, il poussa la petite porte métallique qui s'ouvrit sur un énorme hangar chargé d'étagères croulant sous des piles de boîtes en carton poussiéreuses, vieux jeux en bois, bilboquets, toupies et autres.

— L'une de mes préférées, c'est la salle des costumes, poursuivit Benji, l'entraînant déjà hors du hangar. Elle n'est pas loin. Viens, ça devrait te plaire.

La gigantesque salle des costumes était si grandiose, si extravagante avec sa collection infinie de robes d'époque, de complets traditionnels, d'ensembles contemporains et de créations d'avant-garde que Briséïs en eut le tournis.

. . .

Le soir, elle songea longtemps à ce qu'elle avait vu ce jour-là. Elle y songeait encore le lendemain lorsque Benji lui proposa une troisième sortie.

Ils visitèrent la tour de guet, qui offrait une vue imprenable sur les plaines, se promenèrent longuement dans le hall des automobiles puis le long des allées de la salle des instruments, qui rassemblait tous les instruments de musique jamais imaginés. Benji ne se gênait pas pour toucher chaque objet, soufflant dans les cors, pianotant sur les touches d'orgues monstrueux et glissant ses doigts sur les cordes de très vieux instruments miraculeusement encore en état.

Mais au retour de cette expédition, Benji cessa subitement de lui adresser la parole. Deux jours durant il prétendit ne pas avoir de temps à lui consacrer, s'éclipsant prestement chaque fois qu'elle s'approchait de lui. Briséïs fulminait.

Willis, lui, était aux anges.

— Je savais que tu finirais par comprendre que ce gars n'est pas fréquentable, disait-il d'un air satisfait, feignant de croire qu'elle avait délibérément choisi de ne plus suivre Benji.

Willis était un grand adepte de la « pédagogie de la carotte et du compliment », le nouveau dada du pédagogue Herfolk.

— Tu pourras mieux te concentrer sur ton travail maintenant, martelait-il. C'est déjà la fin du premier mois, c'est le moment de mettre les bouchées doubles pour être sûr de passer au suivant.

Un sourire crispé aux lèvres, Briséïs cherchait Benji du regard.

Enfin, alors qu'elle se rendait vers l'oratorium pour le dernier après-midi de cours de ce premier mois, Benji la retint par la manche.

— On peut y aller, murmura-t-il. Prête ?

Elle hocha imperceptiblement la tête, son cœur bondissant dans sa poitrine. Elle avait bien cru qu'ils ne repartiraient pas.

— Où va-t-on ? souffla-t-elle en passant le goulot des grandes portes.

— En profondeur.

Alors que Benji plongeait sa main dans sa poche, Briséïs leva les yeux au ciel.

— Pourquoi faut-il que tu sois toujours aussi mystérieux ?

— Pour rester dans le ring. Pourquoi crois-tu que je suis toujours là après tout ce que je fais, alors que chaque mois des centaines d'élèves rejoignent la ville basse ?

— Que des centaines d'élèves sont renvoyés, tu veux dire.

— C'est pareil.

— Pas tout à fait ! chuchota Briséïs. Personnellement, je n'aurais aucune envie de m'installer dans la ville basse. J'aimerais plutôt passer à autre chose.

— Comme c'est mignon... laissa-t-il échapper.

L'entrée de l'oratorium apparut au fond du couloir. Ils ralentirent encore le pas.

— Quoi ? Qu'est-ce qui est mignon ? rétorqua Briséïs, irritée.

— Ta naïveté...

— Arrête ça tout de suite ! Si tu as quelque chose à me dire, dis-le simplement. Je ne supporte pas quand tu joues avec moi comme ça.

— *Yes m'am*, fit Benji en portant sa main au front.

— Alors ?

— Alors, on ne donne pas le choix à ceux qui sont renvoyés. La Citadelle ne peut pas se permettre de laisser partir chaque mois une foule de gars frustrés d'avoir été rejetés, tous prêts à trouver quelque chose pour se venger. Ce serait trop facile pour eux de divulguer le secret de son existence.

— Je croyais que la Citadelle était de mèche avec tous les États. Ça ne devrait pas être un problème...

— Ce n'est pas un problème tant que les gêneurs ne sont pas nombreux : ça reste facile de les faire passer pour fous. Des centaines par mois, c'est beaucoup trop.

Briséïs resta silencieuse un moment, prise de court. Puis elle éclata de rire.

— Tu me fais marcher ! s'exclama-t-elle, c'est impossible. On nous a dit qu'on pouvait rentrer n'importe quand.

— Chut ! moins fort… Tu sais très bien où je veux en venir : la Citadelle est maîtresse des illusions.

— Mais…

Benji ne lui laissa pas le temps de terminer sa phrase : il lança un caillou à la vitesse de l'éclair et non seulement le casque mais toute l'armure s'ébranla de l'autre côté du couloir, dans un énorme bruit de ferrailles. Ils se précipitèrent derrière le rideau. Ils attendirent que les exclamations s'estompent et que les élèves reprennent le chemin de l'oratorium perchés sur le tabouret, coincés l'un contre l'autre. Briséïs scrutait Benji du regard. Il ne pouvait avoir dit la vérité. La ville basse, une prison géante ? Non, c'était impossible. Lisant dans ses pensées, Benji fit oui de la tête d'un air déterminé. La porte de l'amphithéâtre grinça, puis claqua.

— D'accord, admettons que ce soit vrai, dit Briséïs une fois en sûreté de l'autre côté du passage secret. Le seul moyen de sortir d'ici, c'est de faire partie de l'Élite. Ça paraît logique : on a peur qu'il y ait quelques fuites, mais on se fout pas mal de faire disparaître des centaines de personnes par mois. C'est vrai après tout, ce n'est pas le genre de chose qui réveille la curiosité des gens ça, des disparitions massives… Et puis toutes ces femmes passeuses, techniciennes périphériques, elles sont arrivées là par enchantement ?

Benji haussa les épaules :

— Elles ne sont pas nombreuses à pouvoir entrer, mais elles sont encore moins nombreuses à finir leur cursus, alors au total…

— Quoi ? s'indigna Briséïs avant de s'interrompre brusquement.

Un veilleur marchait dans leur direction. Benji sortit rapidement son autorisation que l'homme en toge blanche balaya du regard avant de la lui rendre. Il répondit d'un signe de tête au sourire de Briséïs et reprit sa route.

— Je n'ai pas réponse à tout, fit Benji une fois le veilleur éloigné.

— Je sais, répliqua-t-elle. Et c'est pour ça que nous grappillons des informations, petit à petit, sans nous presser…

— Ce n'est pas exactement comme ça que je vois les choses.

— Non ?

— Tous ces mystères ne sont là que pour nous empêcher d'accéder au véritable secret de la Citadelle. Moi, je ne cherche que celui-là. Quand je l'aurai trouvé, tous les autres s'évanouiront.

— Je ne vois pas bien…

— C'est comme si tu te trouvais dans une pièce sombre. Au lieu d'explorer chaque coin d'ombre, tu peux aller directement vers l'interrupteur, et tout s'éclaire d'un coup.

— Mais est-ce que tu sais où il est, cet interrupteur ? Parce que si tu tâtonnes dans toute la pièce pour le trouver, ça revient au même.

— Disons que j'ai ma petite idée.

— Dans la bibliothèque ? s'exclama Briséïs.

— Briséïs, quand je parlais de l'interrupteur, c'était une métaphore.

— J'avais compris ! répliqua-t-elle, vexée.

— Quelques petits détails techniques sont assez déroutants, admit Benji. Par exemple, le fait que personne ne sache à quoi ressemble le Grand Gestionnaire, ni de quelle couleur est sa toge…

— Personne, c'est-à-dire ?

— Tiens ! Viens voir par là, ça risque de t'intéresser…

Il poussa une petite porte joliment ouvragée donnant sur une chapelle de style baroque pourvue d'un autel et de bancs de bois sagement alignés.

— Elle est en fonction, chuchota Benji, devinant sa question. La religion fait partie intégrante de la culture de l'humanité. On visitera les lieux de culte le mois prochain, c'est Raoul qui me l'a dit… Tu as vu le plafond ?

Une trentaine d'angelots y formaient une ronde tout autour de la pièce, dans un grand ciel nuageux en trompe-l'œil. Ils dansaient, s'amusaient à faire des grimaces, jouaient de la flûte, tiraient à l'arc ou encore brandissaient fièrement un parchemin entouré d'un ruban rouge.

— Alors, c'est lequel ? murmura Benji.

— Lequel quoi ? demanda Briséïs tout aussi doucement.

— L'angelot qui en a après toi, répondit Benji très sérieusement.

Briséïs lui lança un regard assassin.

— Ce n'est pas drôle, grinça-t-elle en tournant les talons.

— Personne n'a dit que ça l'était, rétorqua Benji, un sourire en coin.

Elle accéléra dans le couloir.

— OK, attends, attends, excuse-moi, s'exclama-t-il, lui courant après. Je ne devrais pas me moquer, tu as le droit d'avoir un angelot pour copain si ça te chante. Et puis ça peut être pratique, si tu as besoin d'une plume pour écrire une lettre…

Le cœur serré, Briséïs s'arrêta pour le regarder pouffer de rire.

— Tu sais, pour quelqu'un qui accuse toujours tout le monde de ne pas voir plus loin que le bout de son nez, je te trouve plutôt mauvais joueur.

— C'est vrai, excuse-moi, articula-t-il, se forçant à prendre de grandes inspirations pour se calmer.

— Tu peux quand même admettre qu'il se passe des choses au moins aussi improbables ici.

— C'est sûr. Tiens, en parlant d'improbable : il y a un corridor juste là, avec des œuvres datées. C'est plutôt rare ici. Viens voir, ça va t'intéresser… Promis, ce n'est pas une autre blague, ajouta-t-il en la voyant hésiter à l'entrée de l'étroite coursive plongée dans l'obscurité.

De rares trouées de lumières traversaient l'air empli de poussière pour venir s'échouer sur des alcôves creusées dans le mur. Chaque niche abritait une statuette de bois peint datée d'une autre ère, et pourtant en parfait état.

— Elles sont belles, admit Briséïs en se penchant sur la silhouette d'une femme portant un vase sur la tête. Mais elles sont très mal datées. Celle-ci est censée avoir été sculptée en 1342 avant Jésus-Christ.

— Alors c'est qu'elle date de cette époque. La Citadelle ne fait jamais d'erreur.

— C’est impossible, Benji. Comment auraient-ils pu la conserver aussi bien ? Elle est comme neuve !

— Improbable, pas impossible. C’est simplement qu’elle n’a pas eu à souffrir de catastrophes. Elle est restée bien sagement dans ce couloir depuis cette époque.

— Quoi, tu veux dire que des gens marchaient déjà dans ce couloir il y a plus de trois mille ans ?

— La structure de la Citadelle évolue bien sûr, mais elle est née avec l’humanité. Que crois-tu qu’on te raconte depuis le début, des salades ? Comment aurait-elle fait sinon pour récupérer la totalité de son œuvre ?

— Je sais, je sais, mais… hésita-t-elle alors qu’ils s’enfonçaient plus loin dans l’obscurité. C’est juste qu’imaginer tous les personnages qui ont pu arpenter ces couloirs, avec des collants et des chaussures à pointes et avant, avec des drapés antiques… Et imaginer que pendant tout ce temps, la Citadelle a su garder le secret de son existence… C’est difficile à concevoir.

— Évidemment ! Mais on ne croise pas une Citadelle à chaque coin de…

Benji s’évanouit dans le noir. Il y eut un bruit sourd, suivi d’un long gémissement.

— Benji ? lança Briséïs, hésitante. Benji, tu es là ? Ça va ?

Les bras en avant, elle progressa doucement et le découvrit bientôt, étalé par terre, la tête entre les mains. À ses pieds, un petit muret de cinquante centimètres de haut courait tout autour du couloir, sur le sol comme sur les murs et au plafond.

— Satanées fenêtres ! râla-t-il, je l’avais oubliée, celle-là…

Elle éclata de rire.

— Bien fait ! Ça t’apprendra à te moquer de moi !

— Si je tenais celui qui a eu l’idée de les construire…

— Nous ne sommes que de passage, lui rappela Briséïs, l’explication du pédagogue Don Kallys lui revenant en mémoire. Les fenêtres protègent *symboliquement* la Citadelle des visiteurs trop curieux. Physiquement aussi, on dirait.

— Tout ça, c’est des bêtises pour nous dissuader de reprendre ce qui nous appartient de droit ! dit fermement Benji en se relevant. Nous sommes chez nous ici. Il n'y a pas un seul secret caché dans ces murs que nous ne méritions de connaître !

— Tu as beau jeu de te plaindre de la Citadelle : tu fais exactement la même chose avec moi.

— Qu'est-ce que ça veut dire ?

— Toi aussi, tu m'en caches, des choses… Tu ne me dis jamais ce que tu penses réellement.

— Quoi ? Je ne fais que ça, te montrer ce que je sais !

— Ce que je veux dire, continua Briséïs sans se démonter, c'est que tu me caches ta vraie raison de m'emmener ici. Tu as forcément un plan, ne me raconte pas d'histoires. Tu ne perdrais pas ton précieux temps à balader une fille alors que tu n'as pas trouvé le vrai secret de la Citadelle. Je n'ai pas raison ?

Benji prit le temps de l'étudier d'un air énigmatique avant de répondre.

— Si, tu as raison.

— Bien ! fit Briséïs, surprise par sa franchise. Alors ?

Il hésita.

— Très bien. Je serai honnête avec toi si tu l'es avec moi.

— C'est-à-dire ?

— Tu as vu autre chose que des angelots avant d'accepter ma proposition, sinon tu ne serais jamais venue me voir. Tu ne m'appréciais pas beaucoup non plus, au début. Je n'ai pas raison ? Alors, qu'est-ce que c'était ?

— Je…

Benji croisa les bras, bien décidé à ne plus bouger tant qu'il n'obtiendrait pas une réponse satisfaisante.

— Ça a commencé par un rêve tout bête après le premier jour, bafouilla-t-elle presque sur un ton d'excuse.

— Le premier sujet d'étude de la Citadelle est l'esprit humain, qui génère des rêves au moins aussi fréquemment qu'il génère des idées, la coupa-t-il. Les rêves n'ont rien de bête. Ils sont même beaucoup trop souvent pris à la légère.

— … On avait parlé de nos montres qui s'étaient arrêtées, et dans mon sommeil j'ai rêvé d'un soleil qui portait une horloge sur son dos et qui fuyait les cavaliers noirs. Alors quand Christophe a commencé à étudier la course du soleil et que je me suis mise à voir ces aiguilles bouger dans le reflet de…

Elle releva les yeux vers Benji. Il l'étudiait toujours intensément.

— Mais ce devait être une simple illusion d'optique, se corrigea-t-elle.

— Une *simple illusion ?* La Citadelle est maîtresse des illusions ! Rien ici n'est que *simple illusion !* Le vrai problème, c'est de comprendre ce qu'elle cherche à cacher grâce à ses illusions. Maintenant, réfléchis : de quelle autre illusion as-tu été victime à ton arrivée ?

— J'ai cru me réveiller à l'hôpital Alfred-Richet. Tous ces couloirs y ressemblaient tellement…

— Et tu as marché jusqu'à te retrouver dans la Citadelle où tu vis maintenant, acquiesça Benji. Même si ta logique te rappelle que tu as dû être transportée inconsciente dans ce lieu, tu ne peux t'empêcher de penser aussi que tu es arrivée de ton plein gré puisque tu as *marché* jusqu'ici. Il te suffirait de reprendre ces couloirs dans l'autre sens, de refaire le chemin à l'envers…

— J'ai essayé, je n'y suis pas arrivée ! Je n'ai pas un très bon sens de l'orientation… Est-ce que tu pourrais m'y emmener ? Je voudrais tellement poser d'autres questions à la passeuse qui était là à mon réveil…

— Non, c'est impossible. Et puis ça ne te servirait à rien. La passeuse, comme les couloirs, fait partie de l'illusion. Ils ne sont là que pour te distraire, pour dévier ton attention de ce qui importe vraiment. L'hôpital Alfred-Richet, tu dis ? Bien. Suis-moi.

À la surprise de Briséïs, Benji étudia les pierres de la fenêtre courant tout autour du couloir tout en comptant sur ses doigts, puis il ferma les yeux, inspira profondément et secoua la tête comme s'il fredonnait une comptine. Enfin il ouvrit les yeux, et remuant les lèvres silencieusement, il sortit de l'étroit conduit, martelant le sol un pas sur trois, en rythme. Il poursuivit ainsi son chemin, exécutant de temps à autre un pas de côté ou deux en arrière, Briséïs sur les talons.

— Qu'est-ce que tu fais ? murmura-t-elle au bout d'un moment, après l'avoir vu pivoter plusieurs fois à quatre-vingt-dix degrés aux carrefours entre deux couloirs puis reprendre sa marche du même pas cadencé.

Benji la fit taire d'un mouvement de la main, trop concentré pour lui répondre. Ils marchèrent encore dix bonnes minutes ainsi, sans que Benji ne daigne lui adresser la parole. Puis brusquement, il s'arrêta et se tourna vers elle, tout sourire.

— Et voilà !

Forte de ses précédentes expériences avec Benji, Briséïs préféra prendre le temps d'étudier les lieux. Elle ne fut pas longue à comprendre ce qu'il avait en tête : à sa droite, les yeux noirs et profonds d'un homme d'une cinquantaine d'années perçaient une toile suspendue au mur. Elle laissa échapper un hoquet de surprise. C'était le même regard lugubre qui lui donnait des frissons chaque fois qu'elle rendait visite à sa mère sur son lieu de travail. Même sans la petite plaque en or vissée sur le cadre sculpté, Briséïs n'aurait eu aucun mal à reconnaître le portrait de l'éminent docteur Alfred Richet.

— Comment as-tu…

— La carte, répondit Benji, fier de lui.

— Mais… Je ne t'ai pas vu sortir de carte…

— Ce n'est pas une carte ordinaire.

Il balaya l'air de la main avant de reprendre d'un ton passionné :

— Tu vois, je ne crois pas que tu aies perdu connaissance dans cet hôpital par hasard. C'était un point de ralliement. J'ai vérifié, c'est pareil à chaque fois : au moins un élément du dernier endroit dont nous nous souvenons se trouve ici. Pas entassé parmi les milliers d'œuvres d'art de toutes sortes, non, exposé bien en évidence, dans un des couloirs de la zone sécurisée de la Citadelle. Voilà ce qu'elle essaye de nous cacher en construisant des décors entiers de l'autre côté des portes. Nous n'arrivons pas de l'extérieur de la Citadelle.

— … Tu crois que ces objets marquent l'entrée de passages secrets ? demanda-t-elle, dubitative. Tu crois qu'il y en a un caché derrière ce tableau ?

Benji haussa les épaules en souriant.

— J'ai déjà essayé « Sésame, ouvre-toi », ça n'a pas marché. Si tu as d'autres idées, n'hésite pas.

Briséïs passa une main derrière le cadre. Le mur était lisse. Elle caressa du doigt la toile rugueuse. Alfred Richet resta de marbre, les yeux fixes, accusateurs. Elle retira sa main.

— Ça ne m'explique toujours pas pourquoi tu perds ton temps à me balader partout.

— C'est vrai. Tu veux vraiment savoir ? Tu ne vas peut-être pas aimer la réponse.

— Je prends le risque.

Benji hocha la tête et son visage s'assombrit.

— Je ne sais pas comment ces œuvres d'art sont reliées à l'extérieur. Mais je sais une chose : tout cela est plus complexe qu'il n'y paraît…

Briséïs planta son regard dans celui de Benji, cherchant à lire ses pensées. Elle ne l'avait jamais vu aussi sérieux. Il resta songeur un moment, puis tout à coup se redressa, comme frappé par une idée.

— Tu sais quoi ? dit-il gaiement, il y a une dernière pièce que j'aimerais te montrer avant de tout t'expliquer. Est-ce que je t'ai parlé de la salle des inventions inachevées ?

— Non, je…

— C'est une salle tellement sous-estimée ! Si tu penses que tout inventeur tente de concrétiser au moins une dizaine de projets avant d'en réussir un seul, imagine un peu la taille de cette salle ! Elle se trouve juste avant la place hongroise, derrière le square inca. Viens, tu vas adorer !

Briséïs le suivit à contrecœur. Elle en avait assez de ses sautes d'humeur mais elle avait peur de le pousser dans ses retranchements si elle exigeait trop de lui. Aussi prit-elle son mal en patience.

Elle ne l'écouta que d'une oreille, passant sous un dôme de verre abritant une énième galerie de statues de marbre peint.

— Les plus grands esprits du dernier millénaire sont représentés dans ce couloir : Michel-Ange, Mozart, Shakespeare, Newton, Einstein…

Plantés sur de hauts socles de pierre, les grands personnages semblaient toiser les visiteurs d'un air réprobateur. Briséïs promena ses doigts sur les orteils de Léonard de Vinci et retira sa main promptement après avoir croisé son regard. Elle avait beau le savoir de marbre, son visage n'en était pas moins expressif. Benji parlait toujours, un peu plus loin, sans se soucier de vérifier si elle le suivait. Elle se concentra sur les inscriptions gravées sur les socles des statues. Chaque œuvre était datée, en chiffres romains cette fois. Démêler les chiffres romains était l'un des passe-temps favoris de Briséïs, étant petite. Une des rares choses qu'elle se souvenait avoir apprise de son père. Elle s'amusa à en déchiffrer quelques-uns. MDCCLXXXVI, Mozart, 1786… MCMIX, Tesla, 1909…

— Eh, Benji ! Celui-là est bizarre ! MMMCCXLV, c'est bien 3245, non ? Ce nom ne me dit rien… Et il est drôlement habillé…

Le silence retomba. Benji était loin, à l'autre bout du couloir, et il continuait de parler tout seul. Elle soupira. Il n'y avait jamais moyen d'obtenir quoi que ce soit de ce gars-là.

Un grincement attira son attention. Derrière la statue, un courant d'air s'infiltrait par une porte entrouverte. Par l'entrebâillement s'échappait une légère lumière vacillante. Briséïs posa sa main sur le bois sculpté. La porte tourna sur ses gonds dans un gémissement déchirant. Briséïs eut juste le temps d'apercevoir une grande bougie avant qu'un nouveau courant d'air souffle la flamme et plonge la pièce dans l'obscurité.

— Il y a quelqu'un ? demanda-t-elle timidement.

Elle fit un pas de plus. Un pas de trop. Un autre courant d'air, encore plus violent, poussa la porte qui lui glissa entre les doigts et claqua dans son dos. Dans le noir total, Briséïs retint sa respiration. En silence elle se retourna, chercha à tâtons la poignée de la porte, en vain. De la pièce se dégageaient une drôle d'odeur de moisi, de poussière, et une impression dérangeante, comme une présence froide... Elle n'aurait jamais dû entrer. Pas d'interrupteur non plus. Le cœur battant, elle se plaça dos à la porte, avança de trois pas. Quelque chose lui frôla le visage. Elle se défendit d'un bras, se retint de crier. Un simple cordon pendait là. Sans trop réfléchir, elle tira dessus.

Un bruissement étrange lui glaça le sang. Puis, sans crier gare, un éclat de lumière vint l'éblouir.

Elle s'accrocha à son cordon et quand elle put enfin voir ce qui l'entourait, un grand soulagement l'envahit. Le bruissement provenait de lourds rideaux en velours qui remontaient lentement, découvrant de belles rosaces tout autour d'une gigantesque pièce circulaire. Les vitraux des rosaces projetaient de longs faisceaux colorés qui venaient s'échouer sur une forêt de lourdes étagères de bois rayonnant depuis le centre. Briséïs écarquilla les yeux. Elle n'osait y croire...

Partout où son regard se posait, elle ne voyait que des livres, alignés à perte de vue par dizaines de milliers sur les étagères et le long des hauts murs de l'immense salle sombre.

— La bibliothèque... murmura-t-elle dans un souffle.

Une vague d'excitation monta en elle. Avait-elle réellement trouvé le centre de la Citadelle ? Il ne semblait pas si bien gardé.

Comme un lustre suspendu au plafond d'une cathédrale, un crocodile empaillé saluait les visiteurs d'un air bienveillant, découvrant des dents scintillantes. Briséïs répondit à son sourire d'un rictus prudent.

Elle exultait. La bibliothèque ! Le cœur de la Citadelle ! Elle s'y trouvait, là, en ce moment, alors que Willis et tous les autres devraient attendre huit mois pour avoir le droit d'y poser les yeux.

... Se pouvait-il que le fameux secret de Benji se trouve ici ? Elle avança dans la première allée, sur le parquet grinçant recouvert d'un lourd tapis, pour se rapprocher du centre. Elle fit une centaine de pas avant de se heurter à une balustrade de bois massif, qui courait en cercle autour de l'axe de l'immense pièce. Briséïs se pencha et découvrit, bouche bée, une multitude d'autres étages au-dessus et en-dessous, tapissés de livres et éclairés à travers des vitraux par de faibles faisceaux colorés. Les cercles de balustrades, plus étroits dans les étages supérieurs, prenaient de l'ampleur vers les étages inférieurs avant de se resserrer, conférant une forme d'œuf à l'ensemble. Mais le puits, d'une centaine de mètres de diamètre au niveau de Briséïs, descendait si profond vers l'obscurité, qu'il paraissait sans fin. Comment une telle structure pouvait-elle exister ? Briséïs scruta l'étage où elle se trouvait, découvrit des escaliers en colimaçon qui trouaient çà et là plafond et plancher, pour accéder aux autres étages. Son cœur se serra. Il y avait tant de livres, tant à explorer, tant à lire… Si la Citadelle cachait son Grand Secret dans un endroit pareil, elle n'avait certainement pas besoin de plus de protection. Il faudrait au fraudeur des centaines d'années pour arriver à bout d'une telle collection…

Elle promena distraitement ses doigts le long d'une étagère, à la recherche d'une idée. La rugosité des vieux grimoires reliés à la main attira son attention. De quand dataient-ils ? Elle étudia de plus près quelques inscriptions : ici commençait la lettre B. Elle s'aperçut en lisant quelques titres que toutes les langues étaient mélangées. Comment diable s'y retrouvaient-ils ? Elle continua sa lecture, amusée de ne pas comprendre un mot, parfois même incapable de reconnaître les lettres. Elle trouva tout de même quelques livres en français. Il y avait *Boulimies intempestives*, suivi un peu plus loin de *Braquages et autres interdits*, *Bretons déracinés*, *Brisby et le secret de Nimh*… Briséïs plissa le front à la vue du titre suivant puis sourit, intriguée : quelqu'un avait eu l'idée d'appeler son livre *Briséïs !*

Elle tira du doigt l'antique volume pour l'étudier de plus près. Il n'y avait rien d'autre que le titre sur la couverture, enjolivée de dorures ouvragées. Rien non plus au dos. Elle l'ouvrit au hasard. Le papier jauni sentait le vieux. Tout avait été rédigé à la main, avec des moyens élémentaires semblait-il : l'encre noire avait laissé des taches à certains endroits. L'écriture était relativement petite, ronde mais hachée. Au milieu d'une page, elle lut quelques lignes :

« Suspendu au plafond, un crocodile empaillé saluait les visiteurs d'un air bienveillant, découvrant des dents scintillantes. Briséïs répondit à son sourire d'un rictus prudent. »

Briséïs releva brusquement la tête et scruta l'espace autour d'elle. Personne ne se retenait d'exploser de rire en voyant son visage déconfit, hormis peut-être le crocodile, qui la toisait toujours de son œil de verre. Elle relut hâtivement le passage, certaine d'avoir mal compris. La main tremblante, le cœur tambourinant, elle tourna la page et se força à lire la suite :

« Elle exultait. La bibliothèque ! Le cœur de la Citadelle ! Elle s'y trouvait, là, en ce moment, alors que Willis et tous les autres devraient attendre huit mois pour avoir le droit d'y poser les yeux.

… Se pouvait-il que le fameux secret de Benji se trouve ici ? Elle avança dans la première allée, sur le parquet grinçant recouvert d'un lourd tapis, pour se rapprocher du centre. »

Elle ferma les yeux, comme pour oublier ce qu'elle venait de lire. Tout son corps tremblait. Une sueur froide coulait le long de ses tempes. Elle n'osait plus bouger, plantée au milieu de la pièce, le livre ouvert entre les mains. Elle rassembla son courage pour ouvrir à nouveau les yeux. Son regard s'échoua sur la même page, un peu plus bas. Et elle lut :

« Et elle lut : Et elle lut : Et elle lut : Et elle lut : Et elle lut : Et elle lut : Et elle lut : Et elle lut : Et elle lut : »

Briséïs laissa tomber le livre. Il s'écrasa sur le parquet dans un énorme fracas qui parcourut comme un frisson tous les étages de la bibliothèque et lui revint en un immense courant d'air qui souleva ses cheveux. Ce fut comme une décharge électrique. Elle se précipita vers la sortie, agrippa la poignée, tira de toutes ses forces sur la porte qui céda enfin. Elle fit un pas dans le couloir et la porte claqua comme un coup de tonnerre dans son dos.

Confortablement installé sur le rebord d'une fenêtre juste en face, Benji l'attendait, tout sourire.

— Alors, ça t'a plu ?

Briséïs voulut parler, mais une douloureuse crampe à la mâchoire l'en empêcha. Elle avait du mal à respirer.

— Qu'est-ce que… Qu'est-ce que c'est que ça ? articula-t-elle finalement.

— Elle est belle, n'est-ce pas ?

— Benji, qu'est-ce qui se passe ici ? répéta-t-elle lentement. Dis-moi, je veux savoir ! Qu'est-ce que c'est que ce truc ? *Où* sommes-nous *exactement* ?

Il garda le silence un moment, comme pour savourer sa victoire.

— Qu'est-ce que tu as à sourire comme ça ? explosa-t-elle, tu vas cracher le morceau à la fin ?

— Je vous avais dit que la Citadelle cachait quelque chose.

Briséïs resta interdite.

— Mais pourquoi tu ne nous as pas dit plus tôt que tu avais découvert ce… ça ?

— Honnêtement, vous m'auriez cru ?

— Je…

Il avait raison, bien sûr. Ils lui auraient tous ri au nez. Elle venait de le vivre, et elle n'arrivait toujours pas à y croire.

— Et aujourd'hui, si je t'avais prévenue, tu n'aurais pas pu entrer dans la bibliothèque. De même que tu n'aurais pas pu y trouver ce que tu y as trouvé si j'étais venu avec toi… Les perspectives changent, à deux. Voilà pourquoi j'ai besoin de toi. Viens, je vais t'expliquer sur le chemin, on ferait mieux de ne pas trop traîner dans le coin. Notre autorisation ne suffirait pas ici. Je me suis déjà fait prendre une fois et je ne crois pas leur indulgence éternelle…

Il sauta sur ses pieds, prit Briséïs par le bras et l'entraîna rapidement dans le couloir.

— D'abord, reprit-il, n'espère pas de lettre de tes parents, parce qu'elle n'arrivera jamais. D'ailleurs, ils n'ont jamais reçu la tienne. Si je t'ai dit le contraire il y a quelques semaines, c'était pour t'aider à te sentir mieux. Toute communication avec l'extérieur est totalement impossible parce que…

Il retint Briséïs et se plaqua contre le mur. Des pas résonnaient au bout du couloir, dans un corridor adjacent. On venait peut-être dans leur direction. Benji sonda les alentours : impossible de se cacher. Briséïs voulut faire demi-tour, mais Benji fit vigoureusement non de la tête et la poussa contre le maigre renfoncement de la plus proche fenêtre, s'y pressa lui-même, s'immobilisa. Briséïs n'osait plus respirer. Même si la personne ne faisait que tourner la tête en passant, elle les verrait immédiatement.

Les pas se rapprochèrent… puis s'éloignèrent au même rythme.

— Je ne l'avais pas vu venir, celui-là ! murmura Benji en s'essuyant le front quelques secondes plus tard. Il était moins une. Viens, dépêchons-nous.

Ils s'avancèrent à pas de loup jusqu'au bout du couloir et Benji risqua un regard dans la direction prise par l'homme en toge.

— Je vais traverser le couloir et courir jusqu'à cette statue, là-bas, lui dit-il tout bas. Elle ne peut cacher qu'une seule personne. Quand j'y serais, je hocherai la tête pour te signaler que la voie est libre et tu attendras que je me sois déplacé pour venir à ton tour, d'accord ?

— D'accord.

— Je t'attendrai un peu plus loin, sur la droite. Ne bouge pas tant que tu n'as pas vu mon signe.

— D'accord.

— À tout de suite.

Il s'élança dans le couloir, se précipita derrière la statue du petit homme aux pattes de chèvre. Il jeta un coup d'œil à gauche, à droite, hocha la tête dans sa direction et disparut. Briséïs s'élança à son tour, mais à peine se trouva-t-elle à découvert qu'elle heurta de plein fouet un ventre rebondi. Lentement, elle releva la tête vers le visage sévère du veilleur qui croisa les bras.

— Hem… Je… je… commença Briséïs, cherchant désespérément Benji du regard.

— Suivez-moi, coupa l'homme d'un ton glacial.

Il fit volte-face et s'éloigna à grand pas.

Briséïs songea un instant à prendre ses jambes à son cou et foncer dans la direction opposée, mais le veilleur parut sentir son hésitation. Il se retourna, l'étudia de haut en bas avant d'ajouter sur le même ton :

— Dépêchez-vous, on vous attend.

16

# LA GOUTTE D'EAU

On l'attendait ? Briséïs fronça les sourcils, en proie à une vive agitation. Comment pouvait-on *l'attendre ?* Sans doute le veilleur bluffait-il, mais le message était clair : il ne servirait à rien qu'elle essaye de s'échapper.

Elle le suivit donc, les jambes flageolantes.

Comme elle avait pu être stupide ! Willis avait pourtant essayé de la prévenir : il ne fallait pas faire confiance à Benji. Mais elle avait été si près du but ! Benji allait justement lui révéler ses découvertes… Aurait-elle l'occasion de lui reparler ? Si le veilleur ne l'avait pas vu, peut-être avaient-ils encore leurs chances… À moins qu'on la questionne, qu'on essaye de lui faire avouer qui l'avait guidée jusque-là. Allait-on lui faire du chantage ? Ce serait facile, il suffirait de la menacer d'être recalée au mois suivant. Mais peut-être y était-elle condamnée de toute façon… Son cœur se serra. Elle comprenait à présent l'amertume de Benji durant ces premières semaines. L'idée de revivre chacune des interminables heures d'oratorium lui paraissait insurmontable. Et tout cela au milieu d'une équipe toute fraîche, en étant soumise au jugement de son groupe d'origine, réduit à cinq membres à peine arrivé au deuxième mois… Ou peut-être allait-on directement l'envoyer dans la périphérie pour y passer le restant de ses jours…

— Entrez. N'oubliez pas de le saluer.

Le veilleur l'avait conduite jusqu'à une porte à double battant de plus de quatre mètres de haut. L'un des battants s'ouvrit de l'intérieur. Le veilleur appuya son ordre d'un signe de tête autoritaire. Briséïs pénétra à regret dans la pièce sombre. La porte se referma derrière elle avec fracas.

— Avancez, je vous attendais, tonna une voix à l'autre bout de la pièce, derrière un bureau massif.

La lumière du jour pénétrait difficilement par de longues fenêtres, filtrée par des vitraux colorés. En s'approchant, Briséïs discerna mieux les traits de l'homme calé dans l'immense fauteuil. Son visage longiligne de vieil homme était rendu plus grisâtre encore par sa toge noire.

— Bonjour. Vous… Vous m'attendiez ? tenta Briséïs d'une voix étranglée.

— Avec la plus grande impatience, dit l'homme en esquissant un sourire.

Il laissa passer un moment avant de poursuivre.

— Alors vous avez visité la bibliothèque. Cela vous a plu ? Approchez, ne faites pas la timide.

Il portait une chevalière marquée du blason de la Citadelle à l'annulaire gauche. Briséïs franchit les quelques mètres qui la séparaient encore du bureau.

— Savez-vous qui je suis ?

— Heu… pas exactement, murmura Briséïs, la gorge sèche. Le Grand Gestionnaire ?

L'homme s'amusa de sa réponse.

— Non, je ne suis pas le Grand Gestionnaire. Je suis l'un des dix maîtres gérants de la Citadelle. Mon rôle est de m'assurer que tout se passe bien ici, particulièrement en Europe occidentale. Tout ce qui affecte cette zone me préoccupe. Par conséquent, vous me préoccupez.

Il fit une pause, attendant sa réaction. Son regard droit était celui d'un homme sûr de son propre pouvoir.

— Je… passais simplement par là et la porte était ouverte. Alors…

— Vous *passiez ?* reprit le maître d'un air faussement étonné.

Briséïs baissa les yeux.

— Vous étiez avec M. Benji Lorenz, que vous suivez comme son ombre depuis quelque temps. Pour votre gouverne, mademoiselle Riccetti, sachez que tout se sait dans un établissement comme celui-ci.

Elle releva la tête, abasourdie.

— Mais alors, pourquoi nous laisser faire ?

— Disons que nous laissons une petite marge de manœuvre aux fraudeurs. Beaucoup se découragent avant de représenter un réel danger pour la Citadelle. Mais vous vous êtes fait aider.

— Vous… Vous allez me renvoyer dans la périphérie ? demanda-t-elle d'une voix étouffée.

Le visage du maître s'éclaira. Il semblait trouver l'idée cocasse.

— Juste au mois prochain alors, souffla Briséïs dans un murmure, n'osant pas trop y croire.

— Non, pas pour si peu. Beaucoup d'élèves découvrent la bibliothèque par eux-mêmes. Vous avez été précoce, il est vrai, mais c'est sans importance, du moment que vous vous en tenez là.

Elle le regarda sans comprendre.

— Mais alors… pourquoi Benji…

— Benji a fait bien plus que de découvrir la bibliothèque, trancha le maître d'un ton grave.

— Il a trouvé la carte, réalisa Briséïs.

Le regard noir du maître lui fit regretter d'avoir parlé tout haut. Mais il se détendit vite, lui offrant même un semblant de sourire.

— Dites-moi, mademoiselle Riccetti, qu'avez-vous vu au juste dans la bibliothèque ?

— Je… Je ne suis pas sûre de savoir…

— Soyez sans crainte, personne n'a l'intention de vous juger.

Briséïs balaya du regard l'impeccable bureau.

— J'y ai trouvé un livre avec mon nom inscrit dessus.

— Et ?

— Et à l'intérieur était décrit ce que je venais de faire… et de penser.

L'homme se pencha vers elle.

— Mon expérience m'a appris qu'un secret fait jaser bien plus longtemps s'il reste impénétrable. Je vais donc éclaircir quelques points pour vous. La bibliothèque a cette particularité étrange d'être organisée par ordre d'idée. Lorsque vous y pénétrez, des capteurs analysent votre pensée immédiate et la retranscrivent sous forme d'enregistrement. Si vous cherchez un pamphlet voltairien, vous verrez défiler le rayon de la lettre V et vous trouverez justement ce livre auquel vous pensiez. S'il vous manque quelques vers d'*Hamlet*, elle vous procurera « être ou ne pas être » sans que vous ayez à fournir le moindre effort. C'est très appréciable, en réalité. Encore faut-il penser à autre chose qu'à son nombril.

— Mais le livre paraissait si vieux…

— Simple effet de style. La Citadelle aime le grand spectacle.

— Et les illusions…

— Précisément, sourit le maître.

— Mais…

Briséïs se passa la main sur le front, tâchant de rassembler ses pensées.

— Je n'étais qu'au milieu du livre… Que pouvait-il bien y avoir après ?

— Il ne tient qu'à vous de retourner voir. Mais pour cela, il vous faudra attendre le huitième mois. À présent, il serait plus sage de regagner votre dortoir.

Il se leva, lui signifiant qu'elle pouvait disposer. Perdue dans ses pensées, Briséïs ne bougea pas. Le maître dut faire le tour de son bureau pour attirer son attention.

— Pardon, je… je crois que je suis un peu perdue, s'excusa-t-elle, croisant son regard.

Il lui sourit. Il tenait dans sa main un document roulé et scellé.

— C'est tout naturel, concéda-t-il en l'entraînant vers la sortie.

La vérité sur la bibliothèque est quelque chose de difficile à admettre pour nos esprits rationnels. C'est pour cela que la visite n'est prévue qu'en fin de cycle. Soyez assurée que nous nous préoccupons en priorité de votre sécurité. Allez donc vous allonger un peu. En sortant, prenez à gauche et tout de suite à droite. Vous reconnaîtrez vite votre chemin. Voici un document cacheté de mon sceau pour votre retour. Reposez-vous bien.

Le maître lui offrit un dernier sourire avant de la pousser dehors. La porte claqua derrière elle, faisant résonner tous les couloirs alentour.

Briséïs resta un moment plantée là, le souffle court, l'esprit vide.

On lui avait conseillé d'aller se reposer. Dans son état, peut-être était-ce la seule chose à faire. Elle se mit en marche.

Mais à peine avait-elle fait quelques pas que des bruits venant du grand bureau – une sonnette puis des sons mécaniques – retinrent son attention. Elle se rapprocha et, retenant son souffle, colla son oreille contre la porte.

— Elle devient gênante, dit une voix inconnue.

— Je sais, répondit le maître après un silence. Fais ce que tu as à faire.

Le sang de Briséïs ne fit qu'un tour. Elle broya le document du maître dans sa main, tourna les talons et s'en fut à grandes enjambées.

Son cœur battait à tout rompre. Elle se sentait fiévreuse. Elle devait parler à Benji. Tout de suite. Il disait vrai : ils n'étaient que des pions dont on se débarrassait dès qu'on n'en avait plus l'utilité. Il fallait qu'elle le retrouve. Peut-être l'attendait-il dans le dortoir ?

Elle franchit les grandes portes du réfectoire presque vide, reprit le chemin de sa chambre. Des images de ce mois passé dans la forteresse se bousculaient dans sa tête.

Quels dangers avait-elle réellement courus, face aux illusions de la Citadelle ? Des tableaux de chimères, un étrange reflet ou même un livre... Le ton du maître gérant, lui, était véritablement terrifiant. Froid. Calculateur. Prêt à tout. Il lui promettait un avenir proche bien plus inquiétant que ces inexplicables phénomènes optiques. Il n'était plus temps de rêvasser à quelque révélation miracle. Il lui fallait agir, et vite.

Elle entra dans la chambre alors que la cloche sonnait la fin du cours à l'oratorium. Tous les lits étaient vides. Elle se laissa tomber sur le sien. Sans Benji, elle n'avait plus le moindre plan. Devait-elle retourner le chercher ? Mais il pouvait se trouver n'importe où, peut-être même était-il déjà entre les mains du maître gérant et de ses veilleurs…

Pour la première fois, elle envisagea de s'évader. Et pour la première fois, elle prit conscience de son statut de prisonnière. Une sensation d'étouffement l'écrasa brusquement.

Elle n'avait pas la moindre idée de comment franchir les murs de la forteresse sans se faire arrêter. Ni de comment survivre à la traversée d'une si grande étendue désertique sans connaître son chemin, sans entraînement, sans vivres. Ni de comment passer d'éventuelles frontières sans argent ni visa. Ni de comment éviter les agents de la Citadelle une fois rentrée chez elle. Ils sauraient parfaitement les retrouver, elle et sa famille.

Dire qu'elle s'était crue chanceuse : une élève, une élue… Benji avait vécu la même chose un mois plutôt. Oh, comme elle le comprenait à présent ! Et tous ces gens, dans la ville basse, séquestrés depuis des années… Jamais elle n'aurait imaginé vivre un tel sentiment d'impuissance. Elle n'avait plus la moindre force. Elle voulut disparaître sous ses draps. Mais même là, la Citadelle était présente, tapie avec elle, brodée sur son vêtement, tout contre sa peau.

C'en fut trop.

Elle se releva d'un bond, tira ses habits de sous son lit : son bon vieux jean délavé, son pull en laine légère. Elle les serra contre elle, respirant l'odeur familière de sa mère, son frère, sa chambre, sa maison, sa rue, sa ville, son univers. L'uniforme de la Citadelle pesait sur ses épaules comme une chape de plomb. Elle se changea prestement et s'allongea ainsi, serrant contre elle sa sacoche jaune poussière. Enfin, elle respirait. Mais cela ne lui apporta que des larmes, qui coulèrent abondamment sur ses joues brûlantes. Elle en avait assez de tout cela. Elle voulait se réveiller et sentir l'odeur du café monter de la cuisine, entendre son frère geindre qu'il ne voulait pas se lever. Elle était même prête à accepter un tête-à-tête avec le professeur Pichet, si cela pouvait la sauver de cet enfer. Qu'on la laisse tranquille, qu'on l'oublie, pour toujours…

Quelqu'un entra dans la pièce. C'était Willis, qui portait un petit paquet. Il s'arrêta net en la voyant.

— Qu'est-ce que tu fais ? dit-il, jetant un coup d'œil à l'uniforme qu'elle avait laissé tomber par terre.

— Rien, fit Briséïs en s'essuyant le visage d'un revers de manche.

Willis s'assit sur le lit d'en face.

— Tu n'étais pas en cours cet après-midi, lâcha-t-il en jouant avec le paquet qu'il tenait toujours entre ses mains.

— Bien observé, répondit-elle sèchement.

— Il y a quelque chose qui ne va pas ?

Le cœur de Briséïs se serra : elle avait oublié à quel point Willis pouvait être attentionné. Et elle s'était comportée comme une teigne envers lui ces derniers temps. Mais pourquoi arrivait-il toujours au mauvais moment ?

— Non, tout va à merveille ! Ça ne se voit pas ?

— C'était juste pour savoir. Si tu ne vas pas bien, c'est important d'en parler. Notre équipe doit rester soudée. C'est ce qui fera la différence sur le terrain de joute.

Briséïs se laissa retomber sur son matelas avec un soupir exaspéré et se couvrit la tête de son oreiller. Willis ne valait pas mieux que les autres.

— Briséïs, ne fais pas l'enfant, reprit-il. C'est pour ton bien que je te dis ça !

— Lâche-moi ! cria-t-elle, je ne veux plus jamais entendre parler des joutes !

— Puisque tu le prends comme ça… Tiens, c'est pour toi.

Briséïs laissa remonter le coin de son oreiller et aperçut le petit paquet qu'il lui tendait.

— Qu'est-ce que c'est ?

— Je n'en sais rien. C'était devant la porte. Il y a ton nom dessus… Préviens-moi quand tu seras de meilleure humeur.

Il posa son colis près d'elle et s'en fut sans attendre.

Le paquet était à peine plus gros qu'un étui à lunettes. Le nom de Briséïs était joliment calligraphié sur le papier d'emballage. Était-ce l'écriture de son père ? Benji se serait-il trompé à propos des courriers ?

*Si Benji s'est trompé pour le courrier, alors peut-être s'est-il trompé pour le reste aussi*, se dit-elle, le cœur battant, en s'escrimant contre le scotch. Peut-être n'y avait-il pas de terrible secret, pas d'élèves forcés de rester dans la ville basse éternellement, pas de menaces, pas de dangers, juste une école ?

Le scotch céda d'un coup et le paquet s'éventra. Une bille d'un bleu clair et limpide, assez grosse pour occuper le creux de la main, tomba sur le plancher. Briséïs examina le papier déchiré, espérant y trouver une lettre cachée, mais il n'y avait rien. Elle lança un regard interrogateur à la sphère. Celle-ci brillait étrangement, comme si elle dégageait sa propre lumière. Des pépites dorées se mouvaient à l'intérieur.

Briséïs se leva pour la ramasser mais son pied la percuta et l'envoya rouler jusqu'à la porte que Willis avait laissée entrouverte. Elle disparut dans le couloir. Briséïs l'entendit se cogner et continuer de rouler. Elle jura, empoigna son sac et sortit.

La bille roulait toujours sur le sol lisse. Briséïs pesta encore. Elle n'avait jamais remarqué la légère pente du couloir. Pensant avoir le temps de la rattraper, elle se mit tranquillement en marche, sans prendre en compte le large escalier en colimaçon qui se déployait quelques mètres plus loin. Le temps qu'elle s'en rende compte, il était trop tard.

La bille prit de la vitesse, sautant sur les marches de marbre. Un, deux, trois étages…

— Non, non, non… Eh ! Toi, arrête-la !

Deux étages plus bas, un élève leva les yeux vers Briséïs,

marcha vers la bille et shoota dedans avant de comprendre. La bille repartit, plus rapide encore.

— *Entschuldigung*… fit le garçon, désolé, en se poussant pour laisser passer Briséïs en trombe.

— Non, non, non !

Enfin, trois étages plus bas, la bille roula dans un couloir, ralentit et s'arrêta dans un carré de lumière. Briséïs s'agenouilla près d'elle, l'examina tout en reprenant son souffle. Sous les rais du soleil tombant en pluie d'or d'une fenêtre, la bille paraissait tout à coup d'un noir de jais. Elle avait perdu son mystérieux éclat. Briséïs promena prudemment ses doigts au-dessus de la petite sphère de verre, le soleil réchauffant le dos de sa main. Pourquoi lui avait-on envoyé un tel objet ? Elle tendit l'index, frôla la surface de la bille. Au même instant, une explosion emplit l'air d'un éclat terrifiant, comme un foudroyant coup de tonnerre. Les rayons du soleil pâlirent et des cris montèrent par la fenêtre.

Briséïs sauta sur ses pieds. Une seconde explosion percuta l'air, vrillant ses tympans. La fenêtre donnait sur une des nombreuses cours de ravitaillement de la Citadelle, qui était en flammes. Des hommes et des femmes hurlaient, courant d'un endroit à l'autre sur la place de terre battue. Le cœur battant, Briséïs chercha à distinguer la scène à travers les épais nuages noirs montant des toits de chaume. Elle avait cru apercevoir une lame scintiller au milieu des flammes… Un coup de vent dispersa la fumée. Elle laissa échapper un cri de stupeur : un cavalier vêtu de grands drapés noirs, monté sur un puissant cheval noir, brandit sous ses yeux un sabre étincelant et l'abattit sur un homme qui s'effondra dans la poussière. Puis le cavalier talonna furieusement son cheval et, levant son sabre sanglant, se jeta sur un groupe de femmes affolées. Briséïs réalisa alors qu'une dizaine de cavaliers semblables l'accompagnaient, galopant dans la cour, saccageant tout sur leur passage.

Le barman avait dit vrai. Briséïs n'en croyait pas ses yeux.

Les cris stridents des femmes, les râles des mourants, le craquement du bois brûlé, le martèlement des sabots…

— Il faut faire quelque chose, murmura Briséïs, paniquée. Prévenir quelqu'un, arrêter ce carnage !

Elle s'élança au hasard, les genoux tremblants, appela au secours. Mais les couloirs étaient vides, les portes closes, sa voix resta sans écho.

Ce devait être un cauchemar, elle allait se réveiller d'un instant à l'autre. Elle erra jusqu'à ne plus savoir où elle se trouvait. Au détour d'un couloir, elle perçut enfin du bruit derrière une porte. Elle allait pouvoir parler à quelqu'un. Elle se jeta sur la poignée. La porte s'ouvrit sans résistance, la projetant à l'extérieur.

Le vacarme, la chaleur, la lumière l'assaillirent de toutes parts. Elle venait de se précipiter dans la cour même où les cavaliers noirs poursuivaient leur massacre. Elle voulut faire demi-tour mais ses pieds restèrent cloués au sol. La fumée, les odeurs lui montaient à la tête, l'empêchaient de respirer, obstruaient sa pensée. Une poutre craqua au-dessus d'elle. Elle se jeta en avant pour l'éviter et chuta sur un corps. Elle s'écarta brusquement, rampa dans la poussière, aveuglée par la fumée et la chaleur des braises.

Soudain, un souffle chaud sur sa nuque. Elle releva la tête, vit les naseaux dilatés d'un cheval fiévreux. L'homme en noir leva le bras et Briséïs laissa échapper un cri déchirant.

Mais le coup ne vint pas. À la place, on l'empoigna, la souleva, la jeta tel un sac au travers de la selle. On lui lia les mains, recouvrit sa tête d'un capuchon noir. L'homme cria un ordre et le cheval prit le galop.

La tête ballottée contre la selle, suffoquant sous la cagoule, Briséïs essaya de se jeter à terre, mais son corps ne lui répondait plus. Des paroles glissaient de sa mémoire, emplissaient son esprit embrumé.

« De bonnes femmes ! Malheureuse ! Allez donc voir de plus près la tête du pauvre Majendo, et on verra si c'est toujours des histoires de bonnes femmes ! On n'arrête pas un fantôme si facilement… Certains disent qu'on lui a volé son âme… »

Et puis, tout cessa. Elle sombra dans une nuit sans fond.

17

## ILLUSION

Des larmes chaudes et salées coulaient doucement le long de ses tempes, jusque dans sa chevelure embrouillée. La poussière avait réussi à se frayer un chemin à travers le tissu. Elle assiégeait sa bouche, ses narines, ses yeux. Les pas des chevaux résonnaient à ses oreilles comme autant de timbales grossières.

Ils avaient ralenti. Depuis combien de temps voyageaient-ils ainsi ?

Elle ne ressentait plus rien. Ni ses membres, ni ses liens, ni son ventre, ballotté contre la selle. Tout son sang semblait s'être réfugié dans son crâne, bouillonnant sous le soleil torride et l'air confiné du capuchon.

Combien de temps voyageraient-ils encore ?

Il faisait moins chaud à présent. L'odeur puissante du cheval en nage montait, mêlée à la poussière. Il s'élança pour escalader une pente sous les cris d'encouragement de son maître. Derrière, les autres cavaliers suivirent. La montée lui parut interminable. Quand enfin le cheval exténué retrouva l'horizontale, on la déposa à terre. Briséïs s'effondra au sol, incapable de contrôler ses mouvements. On lui retira la capuche noire et le soleil frappa violemment sa rétine. Peu à peu, elle retrouva la vue. Devant elle, un désert de rocaille jaune s'étendait à l'infini.

Son corps se réveilla, et avec lui ses douleurs. Ses poignets lacérés par les cordes rugueuses, son ventre serré, ses épaules retenues tout ce temps en arrière, sa mâchoire crispée, ses innombrables hématomes. La peur revint aussi, arrimée à son estomac.

On l'aida à se relever. La poussière collait encore ses yeux humides et rougis. On l'escorta, titubante, jusqu'à une petite hutte de terre et de chaume. Du toit pendaient d'innombrables attrape-rêves, grigris et autres tuyaux musicaux qui se balançaient dans le vent avec de doux tintements. Ses gardes s'arrêtèrent sur le seuil. Briséïs gardait les yeux rivés au sol de peur de croiser leurs regards.

— Entre donc, si tu veux, grinça une voix à l'intérieur.

Elle déglutit, fit un pas en avant, seule.

La hutte semblait vide. Une colonne de lumière descendait du toit par une étroite cheminée, éclairant une tapisserie ronde posée à même la terre battue. La finesse des motifs de laine contrastait avec l'aspect rudimentaire du lieu. Cinq licornes disposées en cercle, tel un mandala, pointaient de leurs cornes un petit soleil si adroitement réalisé qu'il semblait diffuser sa propre lumière.

— C'est beau, n'est-ce pas ?

Briséïs sursauta.

Un vieillard frêle s'avançait, habillé d'un enchevêtrement de capes aux couleurs ternes. Ses longs cheveux gris se mêlaient à sa barbe broussailleuse. Il s'arrêta prêt de la tapisserie, lentement s'assit, l'invitant d'un sourire à faire de même. Elle s'exécuta laborieusement, déséquilibrée par ses bras encore ligotés.

— Tu ne dois pas avoir peur. Personne ici n'a l'intention de te faire de mal. Pourquoi gardes-tu tes mains derrière le dos ?

Il l'observait avec curiosité. Cherchait-il à la déstabiliser ? Elle rassembla son courage pour s'exprimer avec dignité, tant qu'elle en avait encore la force.

— Ce… Ce sont vos hommes qui m'ont attachée.

Sa voix sortit éraillée. Sa gorge était en feu.

— Vraiment ? répondit-il malicieusement.

— Vous voyez bien, je ne peux pas…

Elle s'interrompit, s'apercevant qu'elle avait ramené ses mains devant elle.

— Que… Comment avez-vous fait ça ? s'exclama-t-elle.

— Je n'ai rien fait, dit le vieillard. Mes… « hommes », comme tu dis, ne t'ont jamais attachée.

Briséïs passa ses doigts sur l'intérieur de ses poignets. La peau délicate ne portait pas une trace de brûlure, pas une rougeur. Elle se tâta les bras, le ventre. Partout les sensations douloureuses s'évanouissaient, comme effacées par le seul pouvoir de sa nouvelle perspective. L'effet était si déroutant, Briséïs crut un instant perdre à nouveau connaissance. Mais le vieil homme claqua des doigts et rattrapa son attention. Il ne la lâchait plus du regard.

— Tu as été victime d'une des mises en scène de la Citadelle. As-tu déjà entendu dire que la Citadelle était la « maîtresse des illusions » ?

— Oui… souffla Briséïs.

— Qu'as-tu vu avant d'arriver dans cette cour où mes « hommes » t'ont trouvée ?

— Je… J'étais dans la Citadelle, murmura Briséïs, déboussolée. Il y a eu des explosions, de la fumée… Les gens hurlaient et il y avait ces horribles cavaliers noirs qui tuaient tout le monde sur leur passage. C'était…

Elle ferma les yeux pour chasser l'atroce vision de son esprit.

— Je… Je n'ai jamais eu aussi peur de ma vie. Dans la cour, j'ai cru que j'allais…

Le vieillard hocha la tête.

— Rien de ce que tu as vu et entendu n'était réel.

— Le carnage…

— … n'a jamais existé, conclut-il d'un ton catégorique.

Et tandis qu'elle le regardait sans comprendre, il ajouta :

— Bien sûr, tu n'as pas été la seule touchée par l'illusion. Il y avait donc bien des gens qui couraient et hurlaient. Mais personne n'a réellement été blessé.

Briséïs en resta bouche bée. Bientôt, sa logique reprit le dessus :

— Comment voulez-vous que je croie une chose pareille ? Comment serais-je arrivée ici autrement ?

— La Citadelle ne peut pas créer un événement de toutes pièces, mais elle peut changer l'interprétation d'un fait dans l'esprit de celui qui l'observe. Ainsi, même si nous entrons tranquillement au pas dans la ville, elle vous fait croire que nous arrivons au grand galop en brandissant des sabres. Voilà comment elle maintient un climat de terreur sur la population, indispensable si elle veut la contrôler. Et sur les élèves aussi. Combien réussira-t-elle à en ébranler, d'après toi, grâce à ton « enlèvement » ?

— Alors... Vous ne volez pas les âmes ?

— Non, sourit le vieil homme. Et nous ne sommes pas non plus des fantômes. Nous ne sommes que des hommes et des femmes, des résistants venus s'établir dans cette petite base, dans le désert, pour étudier la Citadelle de loin. Nous cherchons à comprendre son fonctionnement afin de pouvoir mieux la combattre sans avoir à subir son influence néfaste.

— Et le pauvre Majendo, celui que vous avez enlevé pendant un mois ? Lui aussi a été seulement victime d'une illusion d'optique ? Il en a perdu la tête vous savez, maintenant, il passe son temps à trembler. Elles sont bien réelles, les souffrances psychologiques que vous lui avez imposées.

— Je n'ai jamais rencontré ce Majendo... Nous ne sommes pas responsables de toutes les apparitions des cavaliers noirs dans la forteresse. La Citadelle a plus d'un tour dans son sac.

Il hésita un instant, puis reprit sur un ton d'excuse :

— Nous sommes conscients du trouble que nos intrusions engendrent chez les habitants de la Citadelle. Mais parfois, c'est inévitable... Comme aujourd'hui : nous devions absolument te récupérer.

Une étincelle de malice éclaira son regard. Il lui faisait penser au clochard qu'elle avait rencontré sur le marché de sa petite ville. En plus vieux et plus élégant.

— Pourquoi « me récupérer » ?

— Parce que nous savions que tu n'étais pas faite pour rester dans la Citadelle. Tu es un esprit trop libre pour cela. De curieuses circonstances t'ont menée jusque dans la forteresse. Tu n'y étais pas destinée.

Briséïs se redressa, galvanisée par un fol espoir :

— Vous êtes en contact avec mon père ! C'est lui qui vous a dit tout ça, n'est-ce pas ? C'est lui qui vous a permis de me retrouver ?

— Non.

— Non ?

— Je suis désolé.

— Mais enfin, alors... Comment savez-vous tout ça ? Comment m'avez-vous trouvée ?

— C'est toi qui nous as trouvés.

— Moi ?

— Nous connaissions ton nom et nous savions comment te faire parvenir ce paquet, c'est vrai. Malheureusement, pour l'instant, je ne peux pas t'expliquer pourquoi. Mais peu importe, c'est toi qui es venue à la rencontre de nos cavaliers. La petite sphère que tu as mise dans ta poche avant de venir ici possède une qualité particulière : elle permet de réussir à merveille chacun de nos actes manqués. Tu avais pris la décision de sortir de la Citadelle avant qu'elle ne te parvienne. Personne ne t'a obligée à descendre dans cette cour. Maintenant, j'aimerais la récupérer, si tu n'y vois pas d'inconvénient.

— La bille ? Je l'ai laissée là-bas... C'est vous qui me l'avez envoyée ? Quand il y a eu ces explosions, je suis partie voir ce qui se passait. Je n'ai pas pensé à la ramasser.

— Regarde tout de même dans ta poche.

Après un moment d'hésitation, Briséïs plongea la main dans la poche de son jean. Elle en retira la petite bille qui avait recouvré sa couleur d'origine et brillait à présent d'un éclat extraordinaire.

— Mais... s'écria Briséïs, comment est-ce possible ?

— Tu l'y as mise sans t'en rendre compte, fit le vieillard en tendant la main pour la récupérer.

— Vous savez que c'est à cause d'elle que je suis arrivée devant cette fenêtre et que j'ai assisté à l'explosion ?

— Oui, je sais. Tu n'en as plus besoin maintenant, elle a rempli son rôle. Veux-tu bien me la rendre ?

Briséïs fit rouler la bille entre ses mains, hypnotisée par son éclat.

— Juste avant l'explosion, elle est devenue toute noire...

— Elle ne fait pas partie du monde de la Citadelle. La perception que tu en avais a donc également changé. Tu l'as d'abord vue sous sa teinte naturelle parce qu'elle était trop insignifiante pour déclencher le processus d'illusion, mais à l'approche des cavaliers, elle s'est métamorphosée.

— Mais nous ne sommes plus dans la Citadelle, et il y a encore une minute, j'avais des liens...

— Parce que tu y croyais encore.

— Et vous m'avez désensorcelée ?

— Je t'ai suggéré qu'il pouvait exister une autre réalité, c'est tout. Tu as fait le reste. Donne-la-moi maintenant s'il te plaît, ajouta-t-il avec plus d'insistance.

Elle la lui tendit à regret. La bille disparut aussitôt dans un repli du vêtement du vieil homme.

— Une dernière chose : si nous ne connaissons pas ton père, nous connaissons ton histoire. Pour ne pas mettre en péril nos opérations, il est préférable qu'en dehors de cette hutte, tu ne parles pas de ce qui t'est arrivé avant d'entrer dans la Citadelle.

— Vous ne faites pas confiance aux gens qui vous entourent ?

— Si, bien au contraire. C'est pour les protéger que je préfère que chacun en sache le moins possible sur la vie des autres. Au cas où nous fassions de mauvaises rencontres. Tous ici ont reçu les mêmes instructions. Ne posez pas de questions et on ne vous en posera pas non plus. Est-ce que je peux te faire confiance ?

— Oui.

— Bien.

Le vieil homme se tourna vers l'entrée de la hutte.

— Enndall ! cria-t-il, tu peux venir, je te prie ?

— Je ne crois pas avoir jamais été aussi fatiguée de ma vie, souffla Briséïs alors qu'un bel homme approchant de la cinquantaine, vêtu d'un ensemble de lin blanc, arrivait derrière elle.

— Briséïs, je te présente Enndall, fit le vieil homme. Enndall est l'un des « cavaliers noirs » qui viennent de t'escorter jusqu'à ma hutte. Son apparence n'était pas différente tout à l'heure.

Enndall s'accroupit à côté d'elle pour lui tendre un verre d'eau. Son regard doux, bienveillant, toucha Briséïs. Elle n'avait jamais croisé ce visage anguleux et basané, encadré de longs cheveux châtains mal coiffés, ces yeux clairs, ces sourcils presque absents. Mais en le voyant, elle se sentit tout à coup chez elle, en sécurité. Elle prit une grande inspiration, la première depuis longtemps, et fondit en larmes.

— Je suis désolée, fit-elle, secouée de soubresauts, je ne sais pas ce que j'ai...

— Tu es encore sous le choc de l'illusion, c'est tout naturel, la rassura le vieil homme. Tiens, ajoute cela à ton verre d'eau. C'est une essence de plante, elle t'aidera à passer ce moment désagréable. On va te conduire dans une autre hutte où tu pourras te reposer, ajouta-t-il tandis qu'Enndall versait le contenu de la fiole du vieil homme dans la timbale de fer. Tu verras, quand tu auras dormi un peu, tout ira beaucoup mieux.

Enndall lui reprit le verre d'eau vide, et l'aida à se relever.

— Alors vous ne m'avez pas transportée comme un sac à patates sur le devant d'une selle ? lui demanda-t-elle en sortant avec lui de la hutte.

— Si... Nous avons essayé de rendre le voyage aussi confortable que possible, mais malgré tout ça n'a pas dû être très agréable, je suis désolé. Nous n'avons pas eu le choix. Même quand tu es tombée dans les pommes, nous n'avons pas pu desserrer tes liens imaginaires. Pas moyen de déloger tes bras de ton dos. La puissance de persuasion de la Citadelle est phénoménale. Il fallait une personne étrangère à la mise en scène de la Citadelle, comme le vieil homme, pour te sortir de ton état. Nous-mêmes n'avons pas été affectés par l'illusion parce que nous ne sommes pas restés assez longtemps dans la Citadelle. Elle ne peut apparemment pas imposer une idée à partir de rien, elle doit planter une graine d'abord, et laisser grandir son poison. D'où les légendes…

— Comment êtes-vous entrés et sortis de la Citadelle ?

Il haussa les épaules :

— On nous a ouvert les portes. Je ne sais pas qui. Les portes se sont ouvertes, c'est tout.

— Mais alors, vous l'avez vue, la Citadelle, n'est-ce pas ?

— Oui, bien sûr.

— Et alors ? Elle est comment de l'extérieur ?

— Elle est comme ça, fit-il en lui montrant l'horizon. Comme ça, mais en plus près.

Briséïs tourna la tête et resta bouche bée. À quelques mètres de la hutte du vieil homme, une grande falaise – qu'ils avaient dû gravir pour parvenir jusqu'ici – plongeait vers une vaste plaine. Plus bas, le vent dansait dans les hautes herbes jusqu'à l'horizon, marqué par la silhouette grandiose d'une immense ville-château gardée par de hautes murailles.

— Trop imposante pour que l'horizon puisse la contenir… murmura Briséïs, ébahie.

Même à cette distance, la Citadelle s'étendait à perte de vue. Des tourelles à n'en plus finir, des toits de toutes formes et de toutes couleurs, des architectures plus surprenantes les unes que les autres assemblées dans une perfection improbable, étincelant de mille feux. Mieux, tous les éléments du paysage semblaient avoir été placés là dans le but de sublimer la Citadelle. Une véritable composition d'un tableau de maître : l'éclat orangé du soleil du désert, la danse des herbes argentées, le jeu de lumière des nuages passant au loin. Briséïs n'avait jamais rien vu d'aussi beau.

— Est-ce que tu sais où nous sommes ? demanda-t-elle à Enndall qui contemplait la vue avec elle. En pays francophone, j'imagine ? ajouta-t-elle avec une pointe d'espoir.

— Le vieil homme te dirait que nous ne sommes pas très loin de la Citadelle, mais plus loin du reste du monde, sourit-il.

— Tu ne sais pas ? Mais… Comment es-tu arrivé ?

— Un peu comme toi je suppose, mais sans passer par la Citadelle. Un jour, je me suis réveillé dans ce village. Ce devait être il y a un peu plus d'une semaine. Même si j'ai l'impression qu'il s'est passé bien plus de temps que ça, la vie est tellement différente ici.

— Et maintenant tu es coincé là ?

Il rit silencieusement à sa question.

— Tu n'as pas à t'inquiéter, cet endroit n'a rien à voir avec la Citadelle. Je fais le choix de rester, mais je pourrais partir. Nous sommes libres, ici. Tu devrais aller te reposer avant de réfléchir à la suite, ajouta-t-il, sentant venir sa prochaine question. Le vieil homme a raison, tout ira mieux après.

Il l'invita à le suivre jusqu'à l'une des petites huttes qui se dressaient derrière celle du vieil homme. Il y en avait une vingtaine, toutes faites de terre et de chaume.

— La voilà ! s'exclama une grande jeune femme rousse, vêtue du même ensemble blanc, qui sortit de la hutte en les voyant arriver. Ça fait tellement plaisir de te voir sur tes deux jambes après cet horrible voyage la tête en bas ! Bienvenue Briséïs.

Elle se reprit, lui tendit la main :

— Pardon, moi, c'est Liz. Je ne m'étais pas présentée. Ça fait tellement longtemps qu'on t'attend, on en oublie que toi, tu ne nous connais pas encore.

— Longtemps ?

— Pas *si* longtemps, quelques jours, mais quand on attend dans le désert avec rien d'autre à faire que se tourner les pouces, le temps est long !

— Briséïs a besoin de se reposer, intervint Enndall.

— C'est bon, je m'en occupe, assura Liz, plaçant une main dans le dos de Briséïs pour la pousser doucement à l'intérieur. Tiens, tu peux prendre cette couche-là. C'est très rudimentaire, les matelas sont en paille serrée, mais on s'y fait. Moi je dors sur le lit d'en face. Mon Dieu je suis contente que tu sois là ! Tu as dû vivre tellement de choses dans la Citadelle ! Tu nous raconteras tout ça. Mais pas tout de suite. Tiens, on a récupéré ton sac aussi, on s'est dit que ça te ferait plaisir… Regarde-moi ça, tu as encore les traces de tes larmes sur les joues. On t'a tous entendue pleurer sur le chemin. Je n'avais jamais rien vécu d'aussi déchirant. Et de ne rien pouvoir faire, ça me fendait le cœur, vraiment. J'avoue que je n'y croyais pas trop avant, à ce pouvoir d'illusion, quand le vieil homme nous en parlait. Mais de le voir à l'œuvre de ses propres yeux… C'est impressionnant.

— J'imagine que tu ne sais pas non plus où nous sommes ? demanda Briséïs en s'essuyant les joues.

— Ce n'est pas faute de cuisiner le vieux, crois-moi. Mais d'un côté, j'aime bien cette idée de ne pas savoir. C'est plus excitant ! C'est la grande aventure, la vraie. Qui a la chance de pouvoir en dire autant, de nos jours ? J'ai l'impression d'être transportée des siècles en arrière ! Pardon, je m'excuse, je parle trop. Tu dois te reposer. Voilà une bouteille si tu as soif. Là il y a une bassine d'eau et du savon si tu veux faire un brin de toilette. Prends le temps qu'il te faut et quand tu te sentiras mieux, viens nous retrouver, on n'est jamais très loin. À tout à l'heure !

Liz se retourna en sortant de la hutte pour lui adresser un dernier signe de la main, un sourire encourageant éclairant son visage. Elle laissa retomber un rideau sommaire qui plongea la petite pièce dans une semi-obscurité. Briséïs s'allongea sur son lit, écrasée de fatigue. Les yeux fermés, elle eut juste le temps de visualiser les fossettes rieuses de la jeune femme, ses pommettes hautes, son sourire si grand dévoilant largement ses gencives, ses traits fins, étrangers et pourtant encore une fois si familiers, avant de sombrer dans un profond sommeil.

Des bruits de casseroles, de bric-à-brac s'entrechoquant la réveillèrent. La pièce était sombre. La seule lueur provenait d'une lampe à huile accrochée à l'entrée de la hutte. Une très vieille femme marmonnait en fouillant dans un monticule d'objets entassés au pied de sa paillasse. Briséïs prit appui sur son coude. La femme ne semblait pas l'avoir remarquée.

— Vous cherchez quelque chose ? demanda Briséïs en se frottant les yeux.

La vieille femme se releva. Une expression étrange, mélange de curiosité et de mélancolie, se peignit sur son visage. Elle marmonna encore, sortit en claudiquant sur le pas de la porte. Là, elle héla dans le noir une jeune femme.

— Bonsoir, fit celle-ci en pénétrant dans la hutte après avoir écouté la vieille. Maria veut vous dire qu'elle est très contente de vous voir enfin. Elle est désolée de vous avoir réveillée mais elle cherche quelque chose de très important.

La veille hocha la tête pour appuyer ces propos. Briséïs sourit.

— Ce n'est pas grave. Que cherche-t-elle exactement ?

— Un attrape-rêves, je crois… Oh, mais si elle trouvait de la ficelle, cela irait aussi, dit la jeune femme après une nouvelle déferlante de marmonnements.

— Je n'ai pas d'attrape-rêves… mais j'ai peut-être de la ficelle, proposa Briséïs devant le regard insistant de Maria. J'ai toujours un tas de trucs dans la doublure de mon sac… J'y mets les petites choses que je ne veux pas perdre. Résultat, c'est un vrai désastre, s'excusa-t-elle en extirpant un bout de ficelle d'un amas d'objets hétéroclites d'où émergea un instant le bouton orné d'un angelot de la Citadelle. La plupart du temps ça prend de la place pour rien, mais parfois, ça peut être utile.

La vieille femme avait observé attentivement chacun de ses gestes. Elle écarta d'un mouvement agacé le piètre cadeau de Briséïs et saisit le petit fouillis dans lequel elle fourragea avec un plaisir évident, comme si elle avait trouvé le trésor d'Ali Baba. Elle en tira le pendentif à la pierre orangée, celui que le clochard avait offert à Briséïs quand elle était au marché avec sa mère.

— Il vous plaît ? demanda Briséïs. J'ai bien peur que ce soit du toc, vous savez… Mais si vous le voulez, je peux vous en faire cadeau.

Maria lui jeta un regard noir.

— Elle veut que vous le gardiez toujours, traduisit la jeune femme, et surtout que vous ne le donniez à personne, sous aucun prétexte. Elle dit que celui qui vous en a fait cadeau devait beaucoup vous aimer, et qu'il serait injuste de le décevoir.

— C'était un clochard. Il ne m'avait jamais vue avant.

— Peu importe qui il était, vous ne devez pas vous séparer d'un si beau présent ! Elle dit aussi que vous devriez lui donner de l'énergie. La pierre a perdu de son éclat.

— Que je lui donne de l'énergie ? Et comment pourrais-je faire une chose pareille ?

Le visage de la vieille femme s'illumina.

— Il vous suffit de la mettre au soleil toute une nuit, traduisit la jeune femme.

— C'est ce qu'elle a dit ?

— C'est ce qu'elle a dit.

— Et comment suis-je supposée faire ça ?

Maria fit de grands gestes, poussa des exclamations et marmonna encore. La jeune femme traduisit :

— Tout est possible lorsqu'on le veut vraiment. Si vous le lui confiez pour quelques heures, Maria pourra vous aider. Mais elle ne pourra pas le faire à chaque fois.

— Dans ce cas, me voilà sauvée…

La vieille femme s'en alla sans son attrape-rêves, le pendentif de Briséïs précieusement logé au creux de sa main. Briséïs doutait revoir un jour la pierre orangée, mais peu lui importait. Une chemise et un pantalon de lin blanc avaient été déposés au pied de son lit, soigneusement pliés. Ses vêtements imprégnés de poussière et de sueur lui collaient à la peau. Elle rangea sa pelote d'objets dans la doublure de son sac, se passa de l'eau sur le corps, enfila promptement sa nouvelle tenue et se risqua hors de la hutte.

Plusieurs feux de camp brillaient entre les maisonnettes de terre et de chaume. Les grandes flammes s'élevaient vers le ciel étoilé. Briséïs repéra Liz et Enndall assis avec le vieil homme et quatre autres personnes, toutes vêtues de blanc. Liz, l'unique femme du groupe, l'accueillit avec un grand sourire, se poussant pour lui faire de la place.

— Et voilà, tu nous as trouvés ! On n'était pas bien cachés, il faut dire. Bien dormi ?

Briséïs acquiesça, répondit d'un hochement de tête aux signes de bienvenue des autres, s'assit en tailleurs.

— Comment te sens-tu ? demanda le vieil homme.

— Beaucoup mieux, merci.

— Le sommeil est toujours le meilleur des remèdes.

— Tu as l'air plus en forme que tout à l'heure, commenta l'un des deux jeunes hommes sur sa gauche, le seul à porter les cheveux très courts.

Il lui adressa un sourire avenant. De son regard pourtant ne transparaissait pas la même chaleur. Ses yeux verts la scrutaient comme s'il cherchait à percer un masque. Ses épais sourcils noirs et ses joues creuses ajoutaient une touche d'ironie à son expression.

— À ce qu'il paraît, tu nous as vus arriver dans la Citadelle comme des cavaliers noirs brandissant des sabres. C'est vrai ?

Briséïs acquiesça silencieusement.

— J'ai vu tous ces gens courir devant nous et crier comme des damnés. Mais j'ai quand même du mal à croire que tout ça, ce soit l'œuvre de la forteresse…

— Moi aussi.

Cette fois-ci le sourire du jeune homme gagna son regard.

— Alors nous sommes aussi perdus l'un que l'autre.

— Tu frissonnes, Briséïs, tu as froid, remarqua un des hommes assis de l'autre côté du feu, un Asiatique proche de la soixantaine. Leonel, va chercher des couvertures.

Le jeune homme aux joues creuses détacha son regard de Briséïs pour fixer l'autre, les mâchoires serrées.

— Tu ne me donnes pas d'ordre ici, vieux.

— Les femmes ont froid, répliqua l'homme asiatique, autoritaire.

Enndall lui posa une main sur l'épaule.

— Meng Zhou, s'il te plaît…

— Les deux sont militaires, murmura Liz à l'oreille de Briséïs tandis qu'un affrontement de regards s'installait par-dessus le feu de camp entre Meng Zhou et Leonel. Général et soldat révolté, ça fait un bon cocktail…

— Je n'ai pas si froid, risqua Briséïs, ça ira sans…

— Aeneas, va chercher les couvertures, trancha Meng Zhou.

Le jeune homme assis à côté de Leonel possédait une silhouette musclée bien plus adaptée à l'idée que se faisait Briséïs d'un soldat. Il hocha imperceptiblement la tête et se leva docilement, profitant que ses cheveux blonds tombent devant son visage pour éviter le regard consterné de Leonel.

— Tu dois avoir faim, remarqua le vieil homme, souriant à Briséïs au-dessus des flammes. Ohanko ?

— Mmm ? Ah, oui, ce doit être prêt, fit le dernier homme du groupe en se levant.

Le teint très mat de son visage laissait à peine transparaître de petites rides aux coins de ses yeux. Il devait être de la même génération qu'Enndall. Il rassembla d'une main l'impressionnante chevelure parfaitement lisse et noire qui descendait jusqu'à sa poitrine pour jeter un coup d'œil à la petite marmite suspendue au-dessus du feu. Il ne prêta pourtant pas beaucoup attention à son contenu. Il étudiait les deux femmes d'un air étonné et peut-être, songea Briséïs, réprobateur. Elle ne pensait pourtant pas avoir déjà commis un faux pas à peine arrivée…

Sentant grandir le malaise de Briséïs, Liz entoura ses épaules d'un bras et glissa à son oreille :

— Ne fais pas attention, ce n'est pas toi qu'il regarde comme ça, c'est moi. On a eu beau leur dire de faire comme s'ils ne me reconnaissaient pas en arrivant, ce n'est pas donné à tout le monde de bien jouer la comédie.

— Vous vous connaissiez avant d'arriver ici ?

— Non, je veux dire, à cause de qui je suis.

— Qui tu…

— Tu sais, dans la vraie vie.

Briséïs eut beau se creuser les méninges, elle ne retrouva pas trace dans sa mémoire d'une célébrité rousse prénommée Liz. Mais celle-ci paraissait si sûre d'elle que Briséïs n'osa pas lui demander de précisions. Aeneas était revenu avec des couvertures et Ohanko leur servait de son potage dans des écuelles de bois. Elle concentra son attention sur Leonel qui tapotait impatiemment son bol en observant le vieil homme manger.

— Alors, on est tous là maintenant, n'est-ce pas ? lui lança-t-il finalement. Vous allez enfin pouvoir nous révéler votre plan.

Le vieil homme approuva d'un signe de tête, but une gorgée de son potage et reposa délicatement le bol sur le sol.

— Briséïs, accepterais-tu de nous raconter un peu ce que tu as vécu, dans la Citadelle? Qu'y faisais-tu ?

— J'y étais élève, répondit-elle, hésitante, certaine qu'elle n'apprenait cela à personne.

— Et dans quel but la Citadelle te formait-elle ?

— Officiellement, la Citadelle permet aux élèves d'accéder aux connaissances des sociétés du mondes, accumulées là depuis les premières civilisations. On nous dit que les peuples d'aujourd'hui ne sont pas prêts à accueillir un tel savoir, contrairement à nous, la future Élite, qui avons été sélectionnés justement pour nous en imprégner. On nous donne accès à la connaissance cachée du monde, pour que nous puissions ensuite secrètement retourner le guider.

— Et officieusement…

— Je crois bien qu'on nous éblouissait avec les splendeurs de la Citadelle sans jamais vraiment nous révéler ses véritables secrets. Et on nous faisait miroiter des postes importants simplement pour mieux pouvoir nous contrôler ensuite. On nous préparait à servir la Citadelle comme des pions posés sur un gigantesque échiquier.

— Les membres de l'Élite ne seraient que des pions ? demanda Meng Zhou, plissant ses yeux ridés.

— Des pions convaincus de leur importance, et de la validité de leur travail. Des pions à qui on aurait bien lavé le cerveau.

— Mais peut-être certains sont-ils contents de ce qu'ils apprennent, remarqua le vieil homme.

— Des jeux de pouvoir malsains ?

— N'as-tu jamais ressenti comme le pouvoir pouvait être grisant, avant de finir par le trouver malsain ?

Briséïs rosit mais ne dit rien, trop honteuse pour admettre qu'il avait raison.

— S'ils aiment le pouvoir, poursuivit le vieil homme, les élèves peuvent tout à fait soutenir les idées de la Citadelle. Comment dire alors s'ils ne sont que des pions, ou s'ils participent volontairement à ses complots ?

— Même si tous les membres de l'Élite ne sont pas manipulés, les peuples, eux, le sont, répondit Briséïs. Personne ne devrait avoir le droit de diriger notre avenir à notre insu. Comme on ne devrait pas avoir le droit de retenir prisonniers tant de savoirs. Tout ce qui se trouve dans la Citadelle revient de droit à l'humanité tout entière.

— Penses-tu qu'il soit bon de vouloir démanteler la Citadelle, dans ce cas ?

— Oui, c'est certain.

— Et comment faudrait-il s'y prendre, d'après toi, Briséïs?

— En toute logique il faudrait la dévoiler au monde. Elle et son réseau d'Élites.

— Mais…

Le vieil homme laissa traîner sa phrase. Briséïs acquiesça, la termina pour lui :

— À moins de les assommer de preuves irréfutables, la majorité des gens refuseront de nous croire. Qui voudrait entendre qu'il n'a jamais été libre, que depuis toujours les sociétés sont manipulées, et qu'aujourd'hui encore, une force secrète décide constamment de la direction que prend le monde? Si on pouvait montrer la forteresse à la planète entière, les gens seraient bien forcés de nous croire. Mais j'imagine que s'il suffisait de pointer du doigt la Citadelle, vous l'auriez fait depuis longtemps… Une forteresse gigantesque capable de rester invisible aux yeux du monde ; capable de tromper les esprits au point de transformer une simple visite en massacre vécu par des dizaines de personnes ; et capable d'afficher sur un grimoire qui semble vieux de plusieurs siècle des pensées que l'on vient d'avoir…

Un frisson parcourut le dos de Briséïs. Elle n'était pas prête d'oublier son passage dans la bibliothèque. Elle leva les yeux, s'attendant à ce que le vieil homme lui demande des explications sur sa dernière allusion. Mais il lui adressait un sourire bienveillant, et Briséïs en profita pour passer à autre chose.

— Il ne peut pas s'agir d'un simple Ordre Secret qui se passerait les clés du pouvoir de génération en génération. La Citadelle est la maîtresse des illusions. Si nous voulons l'arrêter, il faudra d'abord comprendre comment elle parvient à créer ces illusions. Il faudra identifier ses armes, pour les lui retirer et la dévoiler au grand jour.

Le vieil homme hocha la tête, satisfait.

— Tu crois que l'Élite peut utiliser des illusions hors des murs de la Citadelle ? demanda Enndall.

— Dans la mesure où la manipulation des autres est une certaine forme d'illusion, je dirais même qu'il s'agit de sa première arme. Pour le reste, je ne sais pas…

— Qui dirige la Citadelle d'après toi ? s'enquit Meng Zhou. Qui est réellement derrière tout cela ?

— Je n'en ai pas la moindre idée. Et d'après Benji, un élève avec qui je passais le plus clair de mon temps ces derniers jours, même ceux qui servent fidèlement la Citadelle n'en savent rien. Il dit que personne ne sait qui est le Grand Gestionnaire, l'homme censé tout diriger. J'imagine que les dix maîtres gérants au moins doivent bien savoir de qui il s'agit, comment feraient-ils autrement ? Ce qui est certain, c'est que la Citadelle n'hésite pas à utiliser son pouvoir d'illusion pour faire planer le mystère à ce sujet. Durant tout ce mois passé là-bas, j'ai eu l'impression, sans vraiment réussir à me le formuler, que la forteresse était… vivante. C'est bête, mais… Comme si elle n'avait pas de maître tout simplement parce qu'elle n'en avait pas besoin.

— L'identité du grand gestionnaire est l'une des clés du Grand Secret, approuva le vieil homme. La Citadelle souhaite plus que tout le protéger.

— *Le* Grand Secret ? demanda Briséïs. Il en existe donc vraiment un qui les relie tous ?

— Le Grand Secret est la logique sur laquelle a été fondée la Citadelle. Le comprendre nous permettrait de relier ensemble ses mystères. Comme le dessin d'un puzzle, qui guide l'agencement de ses pièces. Je crois qu'en apprenant qui se cache derrière la forteresse, nous comprendrions ses réelles motivations. Quel intérêt a-t-elle à contrôler l'évolution de l'humanité, et à la priver de nombre de ses richesses ? Sa logique nous apparaîtrait alors, et avec, je l'espère, le moyen de la révéler au monde.

— Est-ce que le Grand Secret est relié au mystère des passages qu'il pourrait y avoir derrière les tableaux ? risqua-t-elle.

— Peut-être.

— À la bibliothèque ?

— À vous de le découvrir.

Briséïs sonda les visages autour du feu. Visiblement, elle ne leur apprenait rien. Mais elle devinait facilement que le vieil homme avait voulu leur montrer qu'une personne ayant séjourné dans la Citadelle en était arrivée aux mêmes conclusions que lui.

— On ne peut s'approcher de la Citadelle sans risquer de perdre le sens de la réalité, vous avez pu le constater, dit le vieil homme. Il vous faudra donc chercher vos réponses ailleurs. Partout où vous irez, vous repérerez l'Élite en fonction, et vous l'espionnerez. Vous étudierez la façon dont elle communique avec la Citadelle, et les moyens qu'elle met en place pour exécuter ses ordres. Vous essayerez de découvrir quels systèmes d'illusion sont à l'œuvre. Vous devrez toujours garder à l'esprit que la Citadelle surveille ses arrières, et que vous n'êtes pas les premiers à partir l'espionner. Vous devrez rester discrets. Mais si d'aventure vous trouvez des moyens de la freiner dans ses plans, n'hésitez pas à passer à l'acte. Si nous faisons notre possible pour lui rendre la vie difficile, peu à peu nous parviendrons à affaiblir la Citadelle. Et alors, peut-être, les clés qui nous manquent pour enfin comprendre son Grand Secret nous apparaîtrons.

Briséïs observa Leonel, le jeune homme aux cheveux coupés court, resserrer ses longs bras maigres autour de ses genoux et hocher la tête, l'air farouchement déterminé. Les muscles de ses joues creuses jouaient sur ses mâchoires serrées. Il n'était pas le seul prêt à se jeter dans l'action. Mais une lueur sombre brillait au fond de ses yeux. Comme s'il portait déjà, malgré son jeune âge, tous les fardeaux du monde sur ses épaules.

— Comment ferons-nous pour trouver l'Élite ? demanda Meng Zhou. Existe-t-il un moyen de la repérer ?

— Les membres de l'Élite portent souvent une bague au doigt, mais beaucoup de gens portent une bague au doigt, ce ne sera pas suffisant pour les reconnaître, dit le vieil homme. Votre meilleure chance sera de vous fier à l'expérience de Briséïs. Son temps passé dans la Citadelle vous sera d'une aide précieuse, peu de résistants peuvent se vanter de partir avec un tel avantage. Je suis heureux de vous voir tous ici, poursuivit-il. C'est pour moi chaque fois un événement. Bientôt, vous marcherez sur les traces de ceux qui ont tenté avant vous de découvrir le Grand Secret de la Citadelle. Mais une chose après l'autre. Demain, vous commencerez par aller marcher dans le désert.

— Dans le désert ? s'étonna Meng Zhou. Pour quoi faire ?

— L'Élite a de multiples visages, et elle se cache dans nombre de villes et villages. Mais pour que votre quête soit utile, il vous faudra arpenter le monde en suivant le chemin que vous propose la résistance. Or celui-ci ne peut se trouver grâce à une boussole. Du moins, pas depuis ce désert. Demain, vous partirez à la recherche de l'élément clé qui vous permettra d'emprunter ce chemin.

Un silence s'ensuivit, tandis que chacun attendait la suite.

— Et donc ? intervint enfin Leonel, n'y tenant plus. Quel est cet élément clé ? Une carte ? Un message codé ?

— Un sentiment à l'intérieur, répondit tranquillement le vieil homme, pointant son propre cœur.

Leonel l'observa sans comprendre.

— C'est une blague ?

— Non.

Le jeune homme se tourna vers les autres, stupéfait.

— Attendez, intervint Enndall avant que Leonel n'ait le temps d'enchaîner, de quel genre de chemin parlez-vous ? Quel genre de chemin trouve-t-on grâce à un sentiment à l'intérieur ?

— Un chemin que l'on ne peut appréhender qu'avec son cœur. Les sentiments sont le langage du cœur. Quand vous aurez trouvé ce sentiment, vous le reconnaîtrez, et vous saurez quoi faire pour poursuivre votre voyage.

Ils échangèrent des regards interrogateurs. Avaient-ils manqué quelque chose ? Mais non, ils avaient bien entendu. Le vieil homme les envoyait dans le désert fouiller leurs âmes. Liz laissa échapper un rire sonore. Le cours que prenait la discussion n'amusait pas du tout Leonel. Il se leva d'un bond :

— Ça fait presque cinq jours qu'on attend Briséïs pour qu'il nous révèle enfin son plan ! Cinq jours, et pour quoi ? Ça t'amuse de te payer notre tête, vieil homme ? Des gens meurent tous les jours à cause de la Citadelle, tu t'en rends compte au moins ? Et il nous parle de promenade spirituelle dans le désert ? Non mais c'est quoi ce guignol ?

— Leonel, ça suffit, rassieds-toi, intervint Enndall.

— Je suis d'accord avec Leonel, remarqua Meng Zhou. Depuis notre arrivée, vous avez fait montre de beaucoup de sagesse. Vous nous avez parlé à tous de la Citadelle, et à chacun indépendamment de nos vies respectives, et du rôle que nous pourrions jouer dans ce que vous appelez la résistance. Et même si je ne sais pas ce que vous avez raconté aux autres, j'imagine que vous avez été avec eux aussi convaincant qu'avec moi. Sinon ils ne seraient pas prêts comme moi à vous suivre dans cette rébellion. J'ai peur cependant que votre assurance ne brouille votre jugement. Je comprends qu'il faille avoir l'esprit clair pour retrouver l'Élite, mais il n'est plus temps d'aller se perdre dans une quête spirituelle. Nous avons affaire à des professionnels de la manipulation. Les complots qu'ils montent sont de la plus haute sophistication. Ils sont préparés des mois, voire des années à l'avance. On ne retrouvera pas l'Élite par la seule pureté de notre intention. Aucun chemin mystique ne pourra remplacer une recherche rigoureuse. Il faut dès maintenant se rapprocher des villes stratégiques où pourrait agir l'Élite et étudier chacun de leurs mouvements, faire appel à notre logique, analyser leurs tactiques, repérer leurs points faibles.

— Amen ! s'exclama Leonel, levant son bol pour saluer cette intervention.

— Vous y viendrez, mais chaque chose en son temps.

— Il est temps que vous nous révéliez où nous nous trouvons réellement, insista Meng Zhou.

— Plus que temps, ajouta Leonel.

— Je comprends votre frustration, répondit le vieil homme. Mais cette information ne vous aiderait pas pour le moment. Faites ce que je vous demande une dernière fois, et vous serez récompensés de la confiance que vous m'avez accordée jusqu'à présent.

Le général asiatique se retint de riposter. Il pinça les lèvres et laissa le vieil homme poursuivre :

— Vous avancerez avec le soleil, vers l'ouest. Nous vous donnerons des vivres pour trois jours. Le reste dépendra de vous. Vous aurez des alliés, le désert est loin d'être inhabité, mais il vous faudra avant tout chercher par vous-mêmes. Enndall aura la responsabilité du groupe. J'estime qu'il est le plus apte à vous guider. Il est ici depuis plus longtemps et sa foi est grande.

Cette fois c'en était trop pour Meng Zhou.

— Avec tout le respect que je dois à Enndall, protesta-t-il, je dirige des armées entières depuis plus de trente ans, mon expérience…

— … ne sera pas nécessaire ici. Vous ne partez pas en campagne. Dois-je te rappeler, général, ce que tu m'as promis ? Nous souhaitons tous ici la même chose. Vous *devez* me faire confiance jusqu'au bout.

Le général serra les poings, fit un effort pour se détendre et souffla à contrecœur :

— D'accord, comme vous voudrez.

— Et si nous ne trouvons pas ce sentiment clé ? demanda Enndall, mal à l'aise.

— Alors vous n'aurez aucune chance de pister l'Élite, croyez-en ma longue expérience. Si vous revenez de votre marche sans l'élément clé, vous ne pourrez plus rien pour la résistance. Mais vous le trouverez. Beaucoup d'autres y sont arrivés avant vous, ce n'est que la première étape de votre voyage. Ne vous inquiétez pas, vous serez guidés, appuya le vieil homme pour apaiser les esprits. Et puis Briséïs a acquis beaucoup d'autres connaissances dans la Citadelle, qui vous seront très utiles.

Tous les regards se posèrent sur elle.

— Quel genre de connaissances ? demanda Ohanko.

Briséïs s'éclaircit la gorge.

— Je ne suis pas sûre de comprendre de quoi vous voulez parler, je…

— Tu comprendras sur le chemin, lui dit le vieil homme.

— Lors de mon premier jour de cours, on nous a montré un tableau représentant la légende de la Citadelle. Il s'agissait d'un combat entre deux dragons, un noir et un rouge. On nous a dit que le noir, le symbole de la Citadelle, possédait la sagesse de l'esprit, et que le rouge incarnait les pulsions incontrôlées et dévastatrices de notre nature primaire…

— La nature de l'homme est de se laisser guider par son cœur.

— On nous a dit que le dragon noir avait fini par avoir l'avantage.

— Nous avons tous gagné des manches, mais la bataille n'est pas terminée, répondit le vieil homme. Le dragon rouge n'a pas dit son dernier mot.

Briséïs acquiesça.

— Je ne suis pas sûre de vous être d'une si grande aide, si vraiment tout ce qu'on nous a raconté n'est que mensonge, murmura-t-elle.

— Vous a-t-on affirmé que le dragon noir avait gagné ? La Citadelle ne ment pas, elle se contente de formuler les choses à son avantage, en omettant certains détails. Nous avons tous cette tendance. À toi de faire le tri.

— Si d'autres ont trouvé cette clé du cœur avant nous, pourquoi ne pouvez-vous pas nous la transmettre ? demanda Aeneas, soucieux de bien comprendre toutes les directives du vieil homme.

— Il y a des choses qui ne peuvent être comprises avant d'être vécues. Certaines portes ne s'ouvriront que si vous les poussez vous-mêmes. C'est le principe même d'une clé du cœur. M'adresser à votre logique pour vous l'expliquer serait contre-productif. Je ne peux malheureusement pas vous en dire plus, mais vous avez toutes les cartes du jeu en main. Vous trouverez votre chemin.

Briséïs se rappela la façon dont Benji l'avait amenée à découvrir la bibliothèque par elle-même. Croisant le regard du vieil homme, elle eut tout à coup l'intime conviction qu'il savait précisément de quoi il parlait et qu'elle pouvait lui faire confiance. Elle regrettait seulement de ne pas posséder le flair de Benji pour détecter les mauvais coups de la Citadelle.

— Mon ami resté là-bas, Benji, il pourrait vous être très utile. Il en sait tellement plus que moi sur la forteresse… Et à l'heure qu'il est, il a certainement besoin de notre aide.

— Sans doute. Mais nous ne pouvons pas le faire sortir contre son gré. Et s'il avait eu le désir de s'échapper, nous l'aurions su.

— Peut-être que si vous lui écriviez une lettre…

— Si nous écrivons autre chose que son nom, la lettre sera interceptée aux portes de la forteresse. Je suis désolé. Mais ne t'inquiète pas pour lui : il ne risquera pas sa vie tant qu'il ira dans le sens de la Citadelle. Et je te promets que le jour où naîtra en lui un véritable désir de s'évader, nous irons le chercher. Pour l'instant, concentre-toi sur ta nouvelle mission.

— À moins que je décide de rentrer chez moi… J'ai encore le choix, n'est-ce pas ? C'est ce que m'a dit Enndall. Je peux rentrer chez moi si je le veux. Je suis partie depuis un mois, et je n'ai eu aucune nouvelle de ma famille.

Ils restèrent suspendus à ses lèvres. Elle croisa les bras, attendant la réponse du vieil homme.

— C'est vrai, tu n'es pas obligée de rester, et nous avons les moyens de te faire rentrer chez toi, je te le promets. Mais si tu rentres chez toi maintenant, la Citadelle n'aura aucun mal à te retrouver.

Briséïs changea de position, mal à l'aise.

— Et si nous nous perdons ? Ce désert paraît très aride.

— Votre voyage ne sera pas sans risques. Mais il en vaut la peine.

— Prions pour que tu aies raison, vieil homme, soupira Leonel en jetant une brindille dans le feu.

Les autres hochèrent la tête, pensifs. Ils observèrent les flammes danser dans la pénombre. Le vieil homme sortit une pipe de son vêtement, Ohanko en tira une plus longue de son sac, tassa des herbes sèches au fond des deux. Les deux hommes les allumèrent à l'aide d'une branche tirée du feu. Lentement ils aspirèrent la fumée, soufflèrent des volutes dans la nuit.

Briséïs retourna sombrement les paroles du vieil homme dans sa tête au cours de la soirée. Elle n'écouta que d'une oreille ses dernières recommandations et fut soulagée de pouvoir se retirer quand enfin il leur annonça qu'il était l'heure d'aller se reposer.

— Attends-moi Briséïs ! s'exclama Liz qui lui courait après sur le chemin de leur hutte.

Elle lui attrapa le bras, le cala sous son coude pour marcher tout près d'elle.

— Écoute, je voulais te dire… Je sais que la situation n'est pas facile pour toi. Tu n'avais pas choisi d'arriver dans la Citadelle, et après t'être fait ballotter pendant un mois, alors que tu crois t'être enfin échappée, tu te rends compte qu'encore une fois, tu n'es pas vraiment maîtresse de tes choix. Mais en fait, il t'en reste encore un : celui de voir la situation différemment. Nous avions tous avant d'arriver ici un profond désir de changement. Je le sais, nous avons eu le temps d'en parler pendant qu'on t'attendait. Tu n'es pas différente, et c'est pour ça que le vieil homme et sa troupe d'énergumènes bizarroïdes t'ont retrouvée. Nous ne savons pas ce qui nous attend dans ces prochains jours, mais tu peux encore décider de voir ce voyage comme l'opportunité dont tu rêvais avant. Tout est possible.

Briséïs leva vers elle un regard inquisiteur.

— Et toi, c'était quoi ton profond désir de changement ?

— Je n'ai pas à me plaindre, j'ai une très belle vie. Mais je ne sais pas… Je voulais plus. Je voulais me sentir vivante. Et je ne me suis jamais sentie aussi vivante que ce soir, au bord de ce précipice.

Elles avaient atteint leur hutte, toute proche de la falaise. Baissant les yeux vers le vide, Briséïs aperçut une lueur le long de la paroi verticale. Une petite roue à vent de guingois avait été érigée au bord du gouffre. La roue couinait furieusement dans le noir, alimentant en électricité un petit projecteur dirigé sur une chaise en osier… d'où pendait son pendentif orangé.

— Qu'est-ce que tu en dis ? fit Liz, frottant son dos de la main. Est-ce que ce ne serait pas mieux de voir les choses comme ça ? Et puis tu vas voir, les gars de notre troupe, ce sont de sacrés personnages. On ne va pas s'ennuyer. Alors, prête pour l'aventure ?

Briséïs ne put s'empêcher de sourire devant son enthousiasme.

— D'accord, céda-t-elle enfin, d'accord. Prête pour l'aventure.

# 18

# L'AVENTURE

L'aube scintillant d'une rosée miraculeuse vit se dresser une troupe de résistants pacifiques plutôt désorientés. Chacun devait emporter pour le voyage, en plus de ses affaires personnelles, une gourde de cuir pleine, deux boules de pain, du fromage, trois pommes et quelques fruits secs. Ils remplirent leurs sacs en silence, jetant de temps à autre des coups d'œil au vieil homme assis sur un tabouret contre le mur de sa hutte qui tirait sur sa pipe en les observant.

En plus d'un ensemble blanc, chacun avait reçu une paire de sandales de cuir. Seuls leurs sacs de voyage les différenciaient les uns des autres, et celui de Liz défiait toute concurrence. Briséïs n'était pas capable d'en déterminer la matière. Mélange de rouge et de rose criard, on aurait dit de la soie tant il était souple et léger. Pourtant, au toucher, il rappelait plus une sorte de cuir velouté. Il dégageait une étrange odeur de plante aussi, pas désagréable.

— Où as-tu trouvé un sac pareil ? lui demanda-t-elle, curieuse.

— Ça ? C'est une antiquité. Il appartenait à mon arrière-grand-mère. En parlant d'antiquités, ils croient vraiment qu'on va pouvoir traverser le désert avec ces machins ? fit Liz, forçant sur les boucles de cuir durci de ses sandales. On aura de la chance si elles tiennent jusqu'à ce soir !

— On ne nous a pas dit ce qui était arrivé aux autres groupes partis espionner l'Élite, fit remarquer Briséïs alors qu'elle tassait ses baskets dans sa sacoche pour faire de la place au pain que lui tendait Aeneas.

Elle aurait préféré les garder aux pieds, mais elle ne voulait pas dénoter dans le groupe.

— D'après les gens d'ici, ils finissent toujours par rentrer chez eux, lui répondit Ohanko. Certains ont pu rapporter des informations intéressantes, mais jamais suffisantes pour découvrir le Grand Secret.

— Et les gens de ce village ? demanda-t-elle, jetant un coup d'œil aux hommes et aux femmes occupés à leurs tâches quotidiennes. Qui sont-ils exactement ?

— Ça…

— Depuis cinq jours que nous sommes ici, nous n'avons même pas pu obtenir le vrai nom du vieil homme, ajouta Liz. Alors d'où ils viennent, tu penses…

— Ils font bien, renchérit Leonel en leur distribuant le fromage. Quand on entre dans la résistance, moins on en sait les uns sur les autres, mieux c'est. Sur ce point, au moins, ils ne sont pas complètement irrationnels. Tout ce pain, c'est pas mal pour faire des boulettes. Vous croyez qu'on pourrait s'en servir pour marquer notre chemin comme le Petit Poucet ?

— Comme qui ? demanda Aeneas.

— Personne, intervint Liz. Leonel, arrête avec tes bêtises.

— Pourquoi ? C'est pas si bête.

Leonel lança une boulette de pain en l'air et la goba au vol.

— Comme ça, au moins, on ne crèvera pas de faim au retour si on a de quoi manger sur la route. Déjà qu'on risque d'être bien désillusionnés côté spirituel…

— Vous croyez que je peux quand même aller poser une question au vieil homme ? demanda Briséïs.

Leonel haussa les épaules :

— Tu peux toujours y aller. S'il n'a pas envie de te répondre, il ne se gênera pas pour t'envoyer promener.

Ne sachant pas comment aborder le sujet qui lui trottait dans la tête, Briséïs s'approcha gauchement du vieil homme. Celui-ci sourit en la voyant hésiter.

— Vas-y, pose ta question, lui dit-il en soufflant un nuage de fumée.

— Il s'est passé quelque chose juste avant que je suive la bille bleue. Quelque chose qui m'a… bien ébranlée. Je l'ai évoqué hier. J'ai trouvé un vieux grimoire où était écrit ce que je venais de faire et de penser…

Le vieil homme tira sur sa pipe, attendant qu'elle en vienne aux faits. Elle prit une grande inspiration.

— J'ai trouvé ce grimoire dans la bibliothèque, au centre de la Citadelle. Je ne sais pas si vous savez, mais…

Il hocha la tête, mais elle ajouta quand même :

— Ce n'est pas une bibliothèque comme les autres.

— Oui, je sais.

— Mais rien n'est normal dans la Citadelle, je comprends mieux à quel point maintenant. Là-bas aussi ce n'était qu'une illusion, exactement comme avec les cavaliers noirs… n'est-ce pas ?

— Non, pas dans la bibliothèque.

Le cœur de Briséïs se serra. Pourquoi s'était-elle attendue à cette réponse ?

— Mais… Comment pouvez-vous en être sûr ? Et puis c'est impossible, j'y ai lu ce que je venais de faire, et je n'étais qu'au milieu du volume…

— La bibliothèque est un mystère pour nous tous, intervint le vieil homme. Mais ce qui t'inquiète, c'est de savoir si quelqu'un d'autre que toi peut influer sur ta vie. Ce n'est pas le cas. Nous sommes seuls maîtres de notre destinée. As-tu déjà entendu parler de cette question existentielle : si un arbre tombe dans la forêt et que personne ne l'entend, y a-t-il eu un bruit ? La réponse est non. Le bruit n'existe que si une oreille l'écoute. Ce livre, dans la bibliothèque, était comme l'arbre qui tombe, et le futur décrit sur ses pages, une multitude de bruits qui ne peuvent exister qu'en présence d'un témoin. Ton futur n'existera qu'à travers toi, et toi seule pourras décider de la symphonie que tu souhaites écouter. Les pages et l'encre que tu as pu apercevoir ne veulent dire qu'une seule chose : ton histoire est loin d'être terminée.

Il lui fit un clin d'œil et, se levant péniblement, ajouta :

— Va dire à tes compagnons de se regrouper : mon amie aimerait vous offrir des présents pour votre voyage.

La vieille femme qui avait pénétré dans la hutte de Briséïs le soir précédent ne tarda pas à se montrer, portant dans ses bras une masse de petits objets qu'elle fourra dans les mains du vieil homme pour libérer les siennes. Les voyant l'un à côté de l'autre, Briséïs réalisa que le vieil homme n'était pas si vieux. Malgré le poids des années, il était beau et fier. Elle semblait deux fois plus petite tant elle était ratatinée, ses épaules sans forme épousant sa silhouette ovale. Sa bouche s'ouvrait sur le vide d'une mâchoire édentée ; sa peau fripée, son nez racorni, ses mains difformes rappelaient davantage la folie des sorcières, tandis que lui resplendissait de la douce sagesse attendue des vieillards. Pourtant, une lueur toute particulière brillait dans les yeux de la femme. La même qui illuminait déjà le regard de l'homme. Et cette similarité suggérait que peut-être, il existait un lien de parenté entre eux… Un lien ténu. Très ténu.

La vieille offrit à Briséïs un sourire que celle-ci lui rendit timidement. Mais cela ne parut pas plaire à l'ancienne qui retira d'un air résolu la main qu'elle tenait tendue vers la paume ouverte de Briséïs, marmonnant furieusement, pour aller finalement donner son cadeau à Aeneas : un diapason si vieux que le fer rouillé s'émiettait. Le jeune homme accueillit son présent avec le plus grand respect, se penchant si bas pour la remercier qu'elle put lui attraper les oreilles et déposer un baiser au sommet de sa chevelure blonde. Liz avait déjà reçu un flacon de parfum doté d'une poire à l'ancienne – elle avait dû l'acheter alors qu'elle était encore jeune fille – et Ohanko une boussole, qui de toute évidence ne fonctionnait pas. À Meng Zhou, la vieille offrit un fagot de brindilles recouvertes de mousse, et à Enndall, deux longues baguettes de bois aux extrémités courbées, très jolies, mais sans la moindre utilité. Enfin, après un dernier instant d'hésitation, elle donna à Leonel un monocle serti d'une chaînette oxydée. Il la remercia comme tous l'avaient fait. Elle leur fit comprendre par l'intermédiaire du vieil homme qu'elle leur prêtait ses précieux trésors, et qu'il faudrait lui rendre à leur retour.

— Que devons-nous faire avec ça ? glissa Enndall au vieil homme qui regardait d'un air attendri la grand-mère repartir en claudiquant vers sa hutte.

Le vieil homme eut une moue amusée.

— Ce que vous voudrez, du moment que vous les lui rapportez.

— Je n'ai rien reçu, fit remarquer Briséïs alors qu'ils s'éloignaient vers l'ouest, à l'opposé de la Citadelle. Vous croyez que je l'ai offensée ? Il y a quelque chose que je n'aurai pas dû faire ?

Leonel haussa les épaules.

— On ne sait jamais avec les vieux, il ne faut pas se formaliser pour si peu. Si ça te fait plaisir, je te passe mon monocle, dit-il en faisant tournoyer la chaînette autour de son doigt.

— Merci, ça ira.

Aeneas mit sa main en visière pour scruter l'horizon :

— Jusqu'à quand faudra-t-il marcher avant qu'il se passe quelque chose ?

Partout s'étendaient le même plateau aride, les mêmes traînées poussiéreuses, les mêmes arbres desséchés.

— Le temps qu'il faudra, répondit Enndall, déterminé. Jusqu'à ce que nous ayons rencontré ce sentiment à l'intérieur, ou une personne capable de nous y guider. Même si…

Son regard se perdit dans l'immensité de l'horizon, et Briséïs devina sans peine ce à quoi il pensait. Ils se faisaient tous la même réflexion : même s'il rôdait dans le désert quelques personnes susceptibles de les aider, quelle chance y avait-il pour que leurs chemins se croisent, sur une si vaste étendue ?

— T'inquiète donc pas, fit Liz en prenant Aeneas par les épaules. Il fait beau, les oiseaux chantent, et on est partis pour une chouette petite promenade. Pourquoi s'en faire ? Le monde est à nous !

— Oui, enfin pas trop de relâche quand même, rectifia Leonel : Briséïs, au premier signe étrange qui te rappellerait la Citadelle, tu nous arrêtes. Rien ne nous dit que l'Élite n'a pas piégé ce désert.

— Tu nous arrêtes, on se replie, on se met à l'abri et après seulement on en discute, renchérit Meng Zhou, déjà sur le qui-vive.

Mais comme les autres, il avançait résolument, le cœur empli d'espoir, attiré par la promesse de l'horizon. Briséïs aussi se sentait prête. Liz avait fini par la convaincre. Elle ne désirait rien d'autre à présent que marcher vers l'inconnu, dans cet étrange désert oublié du reste du monde. Elle ne pouvait se l'expliquer, mais elle devait bien l'admettre : rien ne lui avait jamais paru revêtir autant de sens. Jamais elle ne s'était sentie à ce point à sa place, si bien entourée, totalement à son aise parmi de parfaits inconnus. Et comme il était bon de sentir sur sa peau la douce lumière matinale, glisser sur son visage une brise légère tout en rêvant à ses aventures futures !

Mais déambuler des heures durant dans la poussière, sous un soleil harassant, avec pour seuls oiseaux charmeurs des vautours aux cris macabres, c'était une autre histoire. Liz abandonna rapidement toute idée de joyeuse marche enchanteresse. Avant le zénith, ils purent entendre ses premiers jurons de protestation.

— Pourquoi faut-il qu'il y ait tant d'épines dans ce désert ? Et pourquoi faut-il qu'elles soient toutes attirées par *mes* orteils ? râla-t-elle, en équilibre sur un pied, s'accrochant au bras de Briséïs.

— J'ai des baskets si tu veux, proposa Briséïs.

— Et encore, passe pour les épines, mais qui nous dit que ce maudit désert n'est pas bourré de scorpions mortels ? Des sandalettes, je te jure, ce vieillard est taré… Merci, c'est gentil, mais même si tu avais des pieds de dix mètres, les miens ne rentreraient pas dans tes chaussures dans l'état où ils sont. J'ai l'impression de marcher sur des bouées ! Tu crois qu'ils nous attendraient devant ?

Briséïs jeta un coup d'œil vers les autres : Ohanko, en tête, scrutait l'horizon dans le faible espoir d'y trouver un quelconque indice. Meng Zhou et Enndall suivaient, en pleine conversation. Aeneas et Leonel de leur côté, s'amusaient à imiter les voix chevrotantes des deux vieux :

— Vous donnerez à nos nouveaux explorateurs mes précieux présents, mais attention, qu'ils me les rendent !

— Bien sûr, mais… Faites attention ma chère, je crois que vous perdez une dent…

— Tiens ? J'ignorais qu'il m'en restât encore une.

— Ce maudit soleil nous tuera, pesta Liz. Si au moins ils nous avaient donné des parasols !

— Ça aurait peut-être été un peu lourd…

Liz haussa les épaules et reprit sa marche.

— Ou un peu de crème alors. Mais j'imagine que ça les amuse de nous faire vivre ça à la dure. Et le plus drôle, c'est que je ne peux pas vraiment leur en vouloir, vu que c'est moi qui ai insisté pour ne pas tricher… N'empêche que ma pauvre peau blanche ne va pas supporter ça longtemps.

Les heures passèrent encore, et la peau de Liz vira à l'écarlate.

Vers le milieu de l'après-midi, au plus fort de la chaleur, Ohanko crut voir un homme courir au loin. La silhouette se révéla n'être qu'un arbre calciné. Aeneas y grimpa pour sonder l'horizon, mais cet horizon-là n'avait pas dû donner de nouvelles depuis des générations.

— Tout ça n'a aucun sens ! Il serait peut-être temps de discuter d'un plan avant de se remettre en route, protesta Liz, transpirante, en s'effondrant contre le tronc d'arbre.

— Nous marchons dans un désert, répondit Meng Zhou, à quoi t'attendais-tu ?

— Facile à dire quand on est jaune, moi, c'est ma peau que je risque dans ce four !

— Tiens, étale ça sur tes bras et ta figure, proposa Ohanko en sortant une petite fiole de sa grande besace en cuir. Ça te protégera. C'est de la bonne qualité, tu peux me faire confiance, ajouta-t-il en la voyant renifler l'onguent d'un air méfiant.

— Ça ne m'empêchera pas d'attraper une insolation.

— Dépêche-toi de l'étaler, s'impatienta Meng Zhou, mieux vaut ne pas perdre de temps. Nous ne savons pas quelle distance il nous reste à parcourir.

— Pourquoi, tu crois que la solution sera plus évidente dans ton cœur quand tu auras parcouru cinquante kilomètres ? demanda Leonel, avec un sourire ironique.

Très pâle de peau lui aussi, il commençait à souffrir de la force du soleil, même s'il n'était pas près de l'admettre. Briséïs supportait assez bien la chaleur, mais elle était éreintée. Ils étaient en route depuis au moins sept ou huit heures. Elle n'avait pas l'habitude de marcher si longtemps sans réelle pause.

— Je suggère plutôt qu'on s'arrête là et qu'on se construise un abri pour attendre les heures fraîches, appuya Liz.

— Avec quoi ? Il n'y a rien ici pour faire de l'ombre. Allez, ne fais pas d'histoire.

— Et la déshydratation, tu y as pensé, Meng Zhou ? À ce rythme de marche, on boit comme des baleines. D'ici demain midi, on n'aura plus une goutte d'eau. Si on s'arrête, on pourra au moins économiser un peu d'énergie.

— C'est hors de question. Nous allons continuer à suivre le soleil tant qu'il peut nous guider. Nous nous reposerons à la nuit tombée.

— Mais c'est ridicule enfin, on va crever avec cette chaleur !

— En marchant on peut sentir l'air sur nos visages, ça peut être rafraîchissant aussi, suggéra timidement Aeneas.

La moindre de ses interventions trahissait son désir de plaire. Lui-même ne semblait affecté ni par la marche, ni par la chaleur. Il ne transpirait même pas. Il devait vivre quelque part dans le Sud.

Sa peau tannée s'était habituée depuis longtemps au soleil, et ses cheveux dorés témoignaient de longues heures passées dehors.

— De toute façon, ce n'est pas toi qui décides Meng Zhou, mais Enndall, trancha Liz en regardant le général droit dans les yeux, pas le moins du monde impressionnée par son air autoritaire. Enndall, exprime-toi nom d'un chien, qu'est-ce que tu en penses ?

— Eh bien… J'imagine… que nous pourrions prendre le temps de nous asseoir. Pas longtemps, juste le temps de manger un bout et d'écouter Briséïs nous parler plus longuement de son expérience dans la Citadelle.

— Ah ! s'exclama Liz, triomphante.

— Cette femme parle beaucoup trop, riposta Meng Zhou. Tu n'aurais pas besoin de tant boire si tu n'usais pas autant de salive.

— Quel personnage, je te jure ! s'esclaffa Liz. Allez Briséïs, vas-y, déballe, je sens que Meng ne va pas nous laisser tranquilles longtemps.

Assise dans la poussière en plein cagnard, un sandwich dans la main, Briséïs leur raconta son expérience des couloirs interminables, de l'architecture grandiose, des œuvres d'art ; l'enthousiasme qui avait d'abord été le sien à la perspective de toucher du doigt un si grand savoir. Puis elle leur parla des passeurs toujours sur les nerfs, des croyances des techniciens périphériques, de l'obsession des élèves pour les joutes et de tous les petits mirages dont elle avait été victime et qu'on aurait installés là pour détourner son attention du véritable secret de la Citadelle. Elle leur raconta ses expéditions avec Benji, détailla le point de vue du jeune homme, qu'elle avait peu à peu adopté. Elle finit par le récit de son aventure dans la bibliothèque et de sa rencontre avec l'un des maîtres gérants.

Ils restèrent suspendus à ses lèvres, en attente d'explications plus cartésiennes. Elle leur fit une grimace d'excuse : elle n'avait rien à ajouter.

— Le plus étrange, hormis la bibliothèque, c'est cette atmosphère mystique qu'on ressent partout, dit-elle encore pour combler le vide. Cette présence dont je vous ai parlé hier. Au début, je la trouvais extraordinaire, surtout derrière les grandes portes du réfectoire. Mais après la deuxième joute, quand je me suis rendue compte à quel point tout pouvait prendre une allure tragique dans les couloirs de la Citadelle, c'est devenu terriblement oppressant… J'aurais tellement aimé pouvoir parler plus longtemps à Benji, après avoir visité la bibliothèque. Comprendre ce qu'il a réellement découvert.

— Et des membres de l'Élite, tu en as croisé ? demanda Leonel. Des hommes qui seraient déjà en poste hors de la Citadelle.

— Non.

— Alors tu ne sais pas vraiment comment les reconnaître ?

— J'imagine qu'ils sont un peu comme des pédagogues. Terriblement fiers, ne doutant de rien… Avec une tendance à traîner les autres plus bas que terre… C'est du moins ce qu'on a essayé de m'apprendre.

— Mmmm… Et ils vous habillent aussi avec des pyjamas blancs là-bas ?

— Quoi ? Non, avec des uniformes bleu roi.

— Bon, bon, fit Leonel avec un petit sourire narquois avant de se retourner vers les autres :

— Et pour la suite, on suit la boussole cassée d'Ohanko ou bien mon petit doigt ?

— Tu ne trouves pas Leonel un peu… déroutant ? demanda Briséïs à Aeneas quelque temps plus tard.

Ils avaient repris leur route vers l'ouest comme le leur avait suggéré le vieil homme. Ils avaient avancé longuement en silence, méditant sur le récit de Briséïs, avant qu'Aeneas vienne marcher à ses côtés.

— Dans quel sens ?

— Je ne sais pas, il paraît à la fois tellement déterminé et tellement… désabusé.

— C’est notre situation qui est déroutante. Il ne fait que la refléter.

— J’ai passé un mois dans la Citadelle, et pourtant je n’en suis pas à un tel degré d’amertume. À l’écouter, on croirait que le monde est sur le point de s’effondrer.

Aeneas sourit faiblement, ses yeux bleus perdus dans la contemplation d’un souvenir lointain.

— S’effondrer, je ne sais pas… J’espère seulement que les choses peuvent encore s’arranger. Mais il faut s’attendre à tout avec la Citadelle. Elle a un tel pouvoir, je ne crois pas que nous aurions pu pénétrer à l’intérieur si elle ne nous l’avait pas permis.

— Je suis d’accord, renchérit Liz, arrivée à leur niveau. Et la Citadelle pourrait très bien se cacher si elle le voulait. Ce qui est intéressant, c’est qu’elle n’en voit pas l’intérêt. Elle n’a pas peur de nous.

— Ce n’est pas très étonnant, remarqua Aeneas avec un regard circulaire pour la troupe.

Briséïs devait bien admettre qu’ils n’avaient rien de bien terrifiant ; sept petites silhouettes perdues dans l’immensité du désert.

— La Citadelle aime les intrigues, poursuivit Aeneas, et nous lui permettons peut-être seulement d’en tisser une de plus.

— Des pions sur son énorme échiquier, comme dit mon ami Benji.

— Et le vieil homme qui ne nous dit pas tout… Leonel se sent ballotté par les vents, totalement impuissant alors qu’on s’amuse à ses dépens. Ça le rend nerveux. Ça me rend nerveux aussi, à vrai dire.

— Tu ne le montres pas.

Aeneas rit doucement.

— C’est que j’ai été bien entraîné. En plus de mon père, je dois vivre tous les jours sous le regard de mes deux sœurs et de leurs maris. Et ils ne sont pas commodes.

— Tu vis encore chez ton père ?

Aeneas ne devait avoir que quelques années de plus que Briséïs, mais il paraissait si débrouillard, et c’était un tel athlète, elle ne l'aurait jamais imaginé vivant toujours sous le toit de ses parents. Peut-être travaillait-il dans une entreprise familiale ?

— Ah ! La famille ! s'exclama Liz, levant les yeux au ciel. Tu ne feras jamais rien de ta vie, mon pauvre, si tu écoutes leurs avis !

— Ils comptent beaucoup pour moi.

— Ils savent que tu es ici ?

— Ils le sauront tôt ou tard. Je n'ai pas envie de les décevoir. Pas cette fois-ci.

— C'est dur de ne pas les décevoir quand on n'est pas sûr de ce qu'ils veulent, remarqua Briséïs, l'estomac noué.

— On a parfois l'impression qu'on ne pourra jamais en faire assez, acquiesça Aeneas, absorbé par son souvenir. Mais au moins, les choses aujourd'hui sont plus simples : tant qu'on suit les instructions du vieil homme, on ne pourra pas nous accuser de ne pas avoir joué le jeu. Pour le reste, eh bien, on verra. Une chose à la fois… Il fait beau, les oiseaux chantent, et Liz va devenir rouge écrevisse. Pourquoi s'en faire ?

— Tu te crois malin, riposta cette dernière. Attends un peu de voir ce que te réserve l'écrevisse…

En un éclair, elle se jeta sur lui, les mains recourbées comme des pinces. Aeneas l'évita avec une agilité surprenante et Briséïs les regarda s'éloigner, zigzagant entre les autres comme des enfants jouant à cache-cache.

— Je croyais qu'elle n'avait plus assez de force pour marcher, soupira Meng Zhou d'un air désapprobateur.

Ohanko était toujours en tête, scrutant l'horizon, humant l'air, étudiant chaque trace au sol avec la plus grande attention. Briséïs se demandait bien ce qu'il espérait trouver ainsi, à jouer à la chasse au trésor. Au cours de la journée, elle s'était amusée à détailler la silhouette, les attitudes de chacun, cherchant à imaginer leurs vies passées. Mais chaque fois qu'elle posait les yeux sur Ohanko, son petit jeu tournait au ridicule. Elle ne pouvait le visualiser autrement que dans un uniforme de boy-scout parti à l'aventure. Avec ses grands cheveux noirs, il paraissait aussi déplacé dans son pyjama blanc que s'il avait porté un costume-cravate.

— Il est médecin, déclara Liz tout essoufflée en revenant à ses côtés. Ça surprend, hein ? Je sais, on n'est pas censés en parler, ajouta-t-elle devant le regard de Briséïs, mais qu'est-ce que tu veux, je ne sais pas tenir ma langue. Et puis c'est lui qui m'a vendu la mèche.

— Dire qu'elle lui a tiré les vers du nez serait plus exact, corrigea Leonel qui ralentit le pas pour se joindre à la conversation.

— Va jouer ailleurs, toi ! riposta Liz. Aeneas a encore besoin d'un peu d'exercice. Moi, je suis crevée.

Elle s'appuya sur l'épaule de Briséïs pour reprendre son souffle :

— Tu le vois, notre bel Ohanko, dans un cabinet tout propre, ses grands cheveux par-dessus une blouse blanche, une pipette stérilisée à la main ? Pas moi.

— Il est peut-être médecin de campagne, suggéra Briséïs, même si l'idée d'Ohanko derrière un bureau, perdu dans un petit village, lui sembla tout aussi saugrenue.

— Ou alors il est médecin sur le front, compléta Leonel.

— Pourquoi est-ce qu'il faut toujours que tu ramènes tout à tes batailles ? riposta Liz. Ma parole, on dirait que tu n'as jamais rien vu d'autre. Voilà ce qui arrive quand on s'engage au berceau.

— J'ai vingt-deux ans, ce n'est pas si jeune, rétorqua Leonel.

— Ça l'est pour aller se faire tuer. La vie offre tellement de possibilités, mais toi, tu préfères aller « sauver le monde » !

— Je fais mon devoir, et le monde, un jour, m'en remerciera.

— C'est ça. Le monde n'en a rien à faire de toi, mon pauvre.

— Et que fait-on aujourd'hui sinon essayer de sauver le monde ?

— Les bombes en moins. Ça fait une grosse différence. Tu t'en rendras peut-être compte un jour, quand il te manquera une jambe.

— Mais c'est une pièce de théâtre ma parole, il ne manque plus que la musique dramatique ! riposta-t-il, sortant un violon imaginaire et sifflant un air tragique.

— Voire deux jambes. Ça arrive aussi, tu sais, et ce n'est pas ce qu'il y a de pire.

Leonel augmenta le volume.

— Fous-toi de moi, petit soldat, on verra bien qui rira le dernier…

— Tout va bien, Briséïs ?

Enndall venait de la rattraper.

Relevant la tête, Briséïs réalisa qu'elle n'avait pas desserré les dents depuis un moment, perdue dans le labyrinthe de ses pensées.

— Ça va, dit-elle, affichant un sourire avenant. Je suis préoccupée, c'est tout…

— On en est tous là, sourit-il.

— Est-ce que ce n'est pas un squelette là-bas ? demanda-t-elle, pointant le doigt vers un tas d'ossements au loin.

— Avec des cornes pareilles, ce devait être un gros buffle, acquiesça Enndall.

— C'est le troisième que je vois depuis ce midi. J'espère que l'aide que nous a promise le vieil homme est en meilleure santé, sinon on n'ira pas loin. Il ne faudra pas compter sur moi pour trouver l'idée miracle, en tout cas. J'ai beau me creuser les méninges, je ne vois pas comment ce que j'ai appris dans la Citadelle pourrait nous servir ici…

— Parfois il faut être patient pour voir apparaître une solution. Le Christ a marché quarante jours dans le désert avant de trouver la sienne.

Enndall avait sans doute voulu la rassurer, mais sa déclaration fit l'effet inverse.

— Est-ce ce à quoi faisait référence le vieil homme quand il a parlé de ta grande foi ? Parce que nous, nous n'avons que trois jours de vivres.

Sa réflexion parut amuser Enndall.

— Le vieil homme m'a confié la responsabilité du groupe. Je n'ai pas l'intention de vous laisser mourir de faim.

— Ce que j'ai du mal à comprendre, c'est pourquoi aucun de vous n'a hésité à mettre de côté sa vie d'avant, quand il s'est réveillé dans le désert. Vous vous êtes tous jetés à corps perdu dans l'aventure. Et peu importe si ce n'est pas une petite promenade de santé, vous avez l'air prêts à tout risquer. Pour moi, c'est une autre histoire, je viens de la Citadelle. Mais vous ? Qu'est-ce que le vieil homme a bien pu vous raconter, pour que vous acceptiez de le suivre si aveuglément ?

— J'ai passé ma vie à combattre le mal. Ce que nous faisons ici n'est pas différent. Le Seigneur nous guide parfois sur d'étranges chemins… La vraie question pour moi, celle que j'ai posée au vieil homme en arrivant ici, c'est pourquoi maintenant ?

— Et qu'a-t-il répondu ?

— Que j'avais été seul à décider de ma destinée, rit-il. Va savoir ce que ça veut dire… Il m'a aussi assuré que je ne pourrai jamais cesser de rêver, et qu'il serait moins douloureux de suivre mon rêve que d'y résister.

Briséïs étudia longuement les mains de travailleur d'Enndall, son air calme, posé. Elle l'imaginait bien artisan, paysan peut-être aussi. Son regard trahissait un dur vécu. Elle mourait d'envie de savoir contre quel mal il s'était battu. À quel genre de vie pouvait-il bien aspirer ?

— Pourquoi tu te balades avec ça ? demanda-t-elle en pointant du doigt le bâton enroulé dans un épais tissu accroché dans son dos.

L'une des extrémités était légèrement plus large, comme si le bâton s'était terminé par une croix.

Enndall leva un bras au-dessus de son épaule, comme pour s'assurer que le bâton s'y trouvait toujours.

— C'est un cadeau d'un être très cher. Je ne m'en sépare jamais.

— Une femme ? ne put s'empêcher de demander Briséïs.

Enndall lui sourit et Briséïs put voir dans ses yeux qu'il pensait à l'interdiction du vieil homme.

— Ou un prêtre ?

— Quelqu'un que je respecte énormément.

Des heures passèrent encore. Rien, absolument rien ne dérangeait leur procession. Le paysage était grandiose, des pics de roche orangés s'élevaient parfois du sol comme de petites montagnes. Mais l'attente sans fin d'une rencontre déterminante, ou d'un quelconque indice, gâchait à Briséïs une bonne partie du plaisir. Tout reposait sur ce qu'ils allaient trouver. S'ils ne découvraient rien, eh bien… c'est qu'il n'y avait rien à découvrir, point final. Ils rentreraient au village, et leur histoire s'arrêterait là. Briséïs ne pouvait supporter cette idée. Elle en était venue à espérer trop de ce voyage. Il n'était pas question d'échouer.

Quand le soleil disparut derrière l'horizon, Liz s'écroula en s'écriant :

— C'est bon ! Ça suffit, j'en ai marre, vous n'obtiendrez plus rien de moi ce soir !

— Nous devrions continuer tant qu'il fait encore jour, intervint Meng Zhou.

— Vous pouvez continuer seuls. Moi, je reste ici !

— Ne sois pas ridicule voyons, soupira Enndall.

— Ce n'est pas si bête, suggéra Meng Zhou tout bas à Enndall. Nous pourrions laisser les femmes à l'abri ici et venir les chercher au retour. Elles nous ralentissent beaucoup, nous perdons un temps précieux.

— Et je ne suis pas sourde !

— Personne ne laisse personne derrière, appuya Enndall avant que Briséïs n'ait le temps de protester. Nous sommes une équipe, nous devons avancer ensemble. Arrêtons-nous ici pour la nuit, nous y verrons plus clair après nous être reposés.

La température chuta rapidement une fois le soleil disparu, et Briséïs réalisa qu'ils n'étaient pas bien équipés pour la nuit. Ils n'avaient même pas emporté de briquet ou d'allumettes, et ils auraient été bien en peine d'alimenter un feu si Ohanko n'avait pas eu la présence d'esprit de ramasser du bois mort tout au long de la journée. Heureusement, il était aussi doué pour faire naître une étincelle grâce à deux vieux bouts de bois que pour étudier la terre et l'horizon. Aeneas ne s'en sortait pas si mal non plus. À eux deux, ils firent bientôt naître des flammes dignes d'un véritable feu de camp.

— C'est génial Ohanko, où as-tu appris ça ? s'exclama Leonel, impressionné.

— J'ai passé plusieurs hivers loin de tout, répondit simplement Ohanko, jamais trop enclin semblait-il à nourrir la conversation.

— Ohanko, d'où vient ton nom ? demanda Liz. C'est original.

— Oui, comme Aeneas, et Enndall, et Briséïs et Meng Zhou, remarqua Leonel.

— Leonel non plus, ce n'est pas commun, s'amusa Aeneas. Des Briséïs, par contre, j'en connais quelques-unes.

— Alors, Ohanko ?

— Ne le pousse pas à parler de sa vie, Liz, intervint Enndall.

— Juste le prénom ! Ce n'est pas grand-chose !

— C'est un surnom que me donnait ma femme. Ça la faisait beaucoup rire.

— Et ça ne la fait plus rire ?

— Elle a rejoint le monde des esprits, avec mon fils.

Un silence s'installa. Enndall lança à Liz un regard entendu.

— Mince… Ce n'est pas mon jour de chance, marmonna-t-elle. Je suis désolée.

— Non, ce n'est rien, balaya Ohanko de la main. C'était il y a plus de dix hivers. J'ai appris à les sentir près de moi.

Mais il sortit sa pipe et prit tout son temps pour l'allumer, histoire de s'occuper les mains. Liz n'osa rien ajouter. Leonel s'éclaircit la gorge, adoptant un ton enjoué :

— Tout à l'heure, Aeneas et moi avons pensé à un jeu pour ce soir, pour nous détendre un peu et apprendre à mieux nous connaître.

— Nous ne sommes pas là pour apprendre à mieux nous connaître, intervint Meng Zhou. Le vieil homme a dit « pas d'explications inutiles ».

— Oui, et il a aussi dit « marchez dans le désert, vous finirez par rencontrer quelqu'un », rétorqua Leonel. L'important c'est de le trouver, ce foutu truc à l'intérieur, non ? Alors si on n'a rien le droit dire… autant mimer.

Aussitôt, il exécuta un salut militaire puis plongea au sol, le regard droit sur Briséïs, les mains tenant un fusil imaginaire. Il rampa sur ses coudes d'un bout du cercle à l'autre, la mit en joue. La puissance de son regard vert, concentré, prêt à tuer, lui donna des frissons. Mais une explosion fit basculer Leonel sur le côté avant qu'il ne tire, et il se retrouva couché sur le dos, les yeux ouverts, inerte. Il se releva promptement, adopta l'attitude du vieil homme et se pencha au-dessus de l'endroit où il s'était trouvé quelques secondes plus tôt. Il prit la tête du soldat imaginaire entre ses mains, puis lui administra une gifle avant de pointer un doigt à l'horizon et de hurler silencieusement. Reprenant la position du soldat, il se releva péniblement, observa, la main en visière et les yeux plissés, l'horizon que lui montrait le vieil homme. Puis il marcha sur place, déterminé d'abord, puis de plus en plus fatigué, jusqu'à traîner ses mains plus bas que ses genoux, la langue pendante, hagard. Soudain il plaça ses deux mains sur sa poitrine, et mimant les palpitations de son cœur avec ses deux paumes, prit une expression béate puis dansa de joie, les bras en l'air. Enfin il se laissa tomber à terre, et perdant son faux sourire, les prit chacun à témoin, le regard grave.

— Arrête avec tes bêtises, Leonel, siffla Meng Zhou.

— Ça, mes amis, c'est ce qui est censé se passer, le vieil homme nous l'a garanti. Si vous y voyez des bêtises, libre à vous.

— Il y a une autre façon de jouer à ce jeu, fit Aeneas.

Il sauta énergiquement sur ses pieds :

— Qu'est-ce que je suis en train de faire ?

Sous l'œil consterné de Meng Zhou, il se dandina, tapant dans ses mains, se jetant brusquement par terre, suivant le mouvement de ses doigts comme s'ils étaient doués d'une volonté indépendante.

— Tu mesures ton taux d'hémoglobine ! s'exclama Liz, se

prenant tout de suite au jeu. J'adore les jeux de mime ! Alors, c'est ça ?

— Euh... Non...

— Tu rattrapes une tasse de porcelaine au vol, soupira Leonel. Ou alors tu attrapes des bulles de savon ? C'est l'un ou l'autre.

— Tu diriges un orchestre, proposa Liz, sûre d'elle.

— Mais non voyons, la corrigea Leonel, c'est évident, il se bat avec les mains de Frankenstein.

— Non : tu fais une danse du soleil !

— Mais où est-ce que tu vas chercher des trucs pareils, Liz ? hoqueta Ohanko.

— Quoi ? J'essaye au moins ! Tu te bats avec ton chat ?

— Tu chasses un moustique ? lança Briséïs.

— C'est simple, tu imites un chat qui se bat avec un moustique, fit Leonel.

— Vous êtes loin du compte...

— Tu attrapes un poisson dans une rivière, finit par proposer Ohanko.

Aeneas se laissa enfin retomber à terre, couvert de poussière.

— J'ai cru que vous ne trouveriez jamais, ma parole ! C'était simple, pourtant.

— Quelle drôle d'idée aussi, commenta Liz, attraper un poisson, franchement ! Pour quoi faire ? Allez, à moi !

Liz exécuta une série de mouvements – de pompe, de soufflerie, les joues gonflées, le genou gauche redressé, tête baissée puis bassin secoué d'avant en arrière – qui les laissa tous pantois. Au bout de quelques minutes, les voyant si perplexes, elle changea de tactique et sans se démonter déclara qu'elle allait leur mimer une histoire. Hurlant des ordres silencieusement, elle galopa autour du feu, tira à l'arc, brandit une épée, chuta de cheval et se battit comme une forcenée contre un ennemi imaginaire. Briséïs n'avait aucune idée de l'histoire particulière à laquelle elle faisait référence, mais son manège eut au moins l'intérêt de faire se dérider les trois seniors du groupe : Ohanko sourit, Enndall se mordit la lèvre pour ne pas rire et Meng Zhou s'esclaffa carrément :

— C'est la reconstitution de bataille la plus pitoyable que j'aie jamais vue ! Y a pas idée de se battre avec des mouvements pareils !

— J'ai pris des cours d'escrime ! se défendit-elle, retirant son casque imaginaire pour lui jeter à la figure.

— Il faudra en reprendre, alors.

— Allez, fit Liz en reprenant son souffle, vous n'êtes plus obligés de faire semblant, vous voyez bien qu'il n'y a personne dans ce désert. On ne viendra pas m'embêter si vous prononcez mon nom à voix haute… Je mime peut-être mal, ajouta-t-elle devant leur silence étonné, mais ce n'est quand même pas si difficile ! Je n'en ai pas fait cinquante, des films de cape et d'épée.

Les flammes du feu crépitèrent dans le silence de la nuit et dans leurs yeux ahuris.

— Mais de quoi parles-tu, Liz ? avança finalement Enndall.

— Eh bien de *Voluptueuse, volupteuse*. Bon, d'accord, il n'est pas aussi connu que *La Métaphysique des trapèzes*, mais quand même, c'est un classique.

— Ma parole, de ma vie, je n'ai jamais rencontré une femme pareille ! laissa échapper Ohanko, abasourdi.

À quoi Liz répondit, avec une belle révérence :

— Merci, ça me va droit au cœur.

Ne sachant que répondre, Ohanko chercha un appui dans le regard des autres, tout aussi perdus. Il finit par lancer :

— On pourrait peut-être manger, non ? Vous n'avez pas faim ?

— Elle est bizarre quand même, souffla plus tard Aeneas à Enndall à côté de Briséïs, alors que près du feu, Liz montrait à Ohanko comment préparer un coussin imaginaire pour la nuit.

— Ce n'est qu'une question d'entraînement, lui expliquait-elle, tassant le polochon invisible entre ses mains. Les gens s'imaginent qu'être actrice, c'est être menteuse. Alors que c'est tout l'inverse. Être actrice, c'est savoir rester réelle, fidèle à ses émotions, à son ressenti, quoi qu'il arrive. Ensuite, il suffit d'altérer sa réalité suivant les besoins de l'histoire. Tu t'apprêtes à passer une horrible nuit sur un sol caillouteux et plein d'insecte rampants ? Qu'à cela ne tienne, tu n'as qu'à te créer un coussin et tu dormiras comme une reine !

— Elle est… singulière, répondit Enndall, faute d'autres mots.

— L'autre jour, je lui ai demandé où était son mari, ajouta Aeneas. Je sais, je n'aurais pas dû, mais tu sais ce qu'elle m'a répondu ? Que si j'arrêtais de me voir comme un objet et que si tous les hommes faisaient pareil, la société irait beaucoup mieux…

— Nous devrions organiser un tour de garde, Enndall, remarqua Meng Zhou en s'approchant. Qui sait si ce désert ne s'anime pas plutôt la nuit.

— Je vais prendre le premier quart, approuva Enndall.

— Je veux bien prendre le deuxième, déclara Briséïs.

— Tu ferais mieux de te reposer cette nuit, lui répondit Enndall, posant une main paternelle sur son épaule. Demain, la journée risque d'être longue.

Briséïs aurait protesté, si elle n'avait été aussi fatiguée. Mais elle devait bien admettre que la décision d'Enndall était plus sage. Elle était de toute évidence moins préparée pour une telle marche que ses compagnons. Et pour rien au monde elle n'aurait voulu les empêcher d'atteindre leur but.

Elle s'allongea sur le dos, leva les yeux vers le firmament. Jamais elle n'avait contemplé de ciel si présent et si proche. Les étoiles par milliers rivalisaient d'éclat, et recouvraient le désert d'une nappe de mystère qui intimidait Briséïs autant qu'elle l'émerveillait. Elle se roula en boule, comme pour mieux s'accrocher au monde connu et rassurant, du regard suivit la voie lactée au travers de l'espace et, peu à peu, permit aux astres millénaires de l'emporter vers un songe.

## 19

# CADEAU DU CIEL

Même sans tour de garde, la nuit pour Briséïs fut longue, froide, hachée. Elle n'était pas habituée à dormir à la dure, emmitouflée dans un nuage de poussière, avec pour seul oreiller son sac raidi par la crasse. Elle se réveilla à l'aurore, à peine plus fraîche que la veille au soir.

Meng Zhou et Leonel étaient déjà prêts à partir, le sac sur l'épaule. Agenouillé un peu plus loin, Enndall récitait une prière, les mains jointes et les yeux fermés.

— Ohanko et Aeneas sont en pleine offrande de fumée, commenta Leonel tout bas, suivant le regard de Briséïs. Avec une telle équipe, la Citadelle n'a qu'à bien se tenir.

— Tant qu'ils ne prient pas le dieu de la guerre, gémit Liz, allongée sur la terre sèche, en se retournant pour trouver une position plus confortable.

— Qui sait, c'est peut-être notre meilleure option, répartit Leonel.

Briséïs attendit le milieu de matinée avant d'approcher Leonel. Il marchait comme un diable, droit devant, le regard fixé sur l'horizon. Elle dut accélérer progressivement le pas pour parvenir à sa hauteur sans avoir l'air de lui courir après.

— Tu es… sacrément déterminé… fit-elle après un long moment de silence, tâchant de garder le rythme.

— Tu ne l'es pas, toi ?

— Si… Si, bien sûr, mais je voulais comprendre ton point de vue…

La voyant peiner, il ralentit légèrement.

— Tant que tu ne vas pas raconter ce que je t'ai dit à Enndall.

Elle secoua vivement la tête. Elle ne dirait rien.

— Avant, je rêvais de devenir un grand physicien, pour faire des découvertes aussi phénoménales que Tesla avec l'électricité. Mon père aurait préféré que je reprenne la direction de sa scierie, alors j'ai pensé que si je m'engageais dans l'armée, je pourrais plus facilement me payer mes études moi-même. Mais après ce que j'y ai vu… Les atrocités que ces tarés sont capables de commettre grâce à la technologie… Il y a des choses qu'on voit sur un champ de bataille qu'aucun homme ne devrait voir de sa vie. Ça coupe l'envie de rêver pour un moment. Mon petit frère est encore jeune, il n'a que quinze ans. Je ne veux pas qu'il ait à vivre ce que j'ai vécu. Je veux qu'il puisse encore croire en l'homme. Et tant que ces ordures seront dans la nature, il ne sera pas à l'abri.

— Est-ce que ça ne serait pas plus simple de garder ton frère loin de la guerre ? Je veux dire, bien sûr, tu peux aussi tenter de supprimer tous les méchants de ce monde, mais ça risque d'être plus long.

Il posa ses yeux verts sur elle, et un sourire creusa ses joues émaciées.

— T'es une petite rigolote, toi. J'y consacrerai tout ce qu'il me reste, quitte à en mourir s'il le faut, mais je trouverai le moyen de débarrasser le monde de cette vermine qui nous mène par le bout du nez. La Citadelle en premier.

Briséïs acquiesça silencieusement. Bien sûr, elle ne pouvait lui en vouloir de se sentir concerné par leur quête, mais son discours la tracassait.

— Est-ce que ce n'est pas justement pour ça qu'il y a des guerres ? Parce qu'il y a des gens comme toi, prêts à échafauder de belles théories et à mourir pour elles ? Les choses ne sont peut-être pas si noires et blanches, le mal d'un côté, le bien de l'autre.

— Tu préférerais peut-être que je reste bien gentiment à ma place ? Que j'arrête de me poser des questions et que je crève face à l'ennemi plutôt qu'ici ?

— Ce n'est pas du tout ce que j'ai dit…

— Je n'ai pas quitté ma place, s'énerva Leonel, je ne suis pas un déserteur. J'ai été amené ici inconscient, comme vous autres.

— Je n'ai pas dit le contraire… se défendit-elle, surprise.

— C'est tellement facile pour vous de juger les soldats ! Allez aussi plonger vos mains dans la boue, et on verra après ce que vous en dites.

— Mais c'est justement parce que je choisis de ne pas les plonger dans la boue que je te fais remarquer que…

— Arrête, s'il te plaît. Tu es très jolie, mais tu ne sais pas de quoi tu parles.

Le rouge monta aux oreilles de Briséïs. Elle se planta toute droite pour lui répondre, mais lui continua de marcher, et le temps qu'elle retrouve le fil de sa pensée, il s'était déjà éloigné.

— Est-ce qu'il est toujours aussi bête ou il fait une exception pour moi ? lança-t-elle à Liz qui arrivait avec Enndall. Moi qui croyais avoir laissé les misogynes derrière moi en quittant la Citadelle…

— Il faut être indulgent avec lui, répondit Liz. La guerre, même à notre époque, ça secoue.

— Je croyais que tu le trouvais bête de s'être engagé ?

— Chacun fait ce qu'il peut avec ce qu'il connaît. Qui sommes-nous pour le juger ? En tout cas, il n'a pas un mauvais fond.

— J'ai été un jour dans sa position, renchérit Enndall. Cette sensation d'être dépossédé de son rêve dans la pleine force de l'âge, ça nourrit une rage que seul le temps peut apaiser.

— Mais il ne veut pas laisser le temps l'apaiser, il veut mourir avec !

— La mort n'est qu'une des issues possibles de son histoire.

S'il veut avancer, s'il veut s'extirper du sentiment d'impuissance dans lequel on l'a enfoncé – le pire de tous –, il lui faudra bien passer par la rage et la colère. Il faudra bien qu'il se batte. Nous mourrons tous un jour. Et parfois, c'est en s'approchant de la mort qu'on se sent enfin revivre.

— Ce n'est pas faux, réalisa Liz. Je ne me sens jamais aussi vivante que lorsque je joue un personnage proche de la mort.

— Ça ne lui donne pas le droit de se croire plus malin que tout le monde, maugréa Briséïs d'un air renfrogné.

Le soleil monta toujours plus haut dans le ciel, éclaboussant la terre désolée qui jamais ne dévoilait signe de vie. Quand il fut arrivé à son zénith, aucun d'entre eux ne pensait plus à discuter et l'atmosphère s'alourdit encore lorsqu'il amorça sa descente vers l'ouest. Ils s'arrêtèrent un moment pour reprendre des forces et Aeneas exprima enfin ce que tous avaient en tête :

— Il faudrait peut-être faire demi-tour ? Nous n'avons plus que la moitié de nos vivres…

Enndall sortit son couteau de sa ceinture, le fit tourner entre ses doigts, comme Briséïs l'avait déjà vu faire la veille au matin, lors de leur départ.

— Aeneas a raison, soupira Meng Zhou. C'est le moment de penser à rentrer. Nous ne trouverons personne ici.

— Je vous avais bien dit qu'il fallait semer du pain, dit Leonel, un sourire amer sur les lèvres.

— Range ce couteau Enndall, tu vas finir par blesser quelqu'un, siffla Liz, agacée. Moi qui commençais tout juste à m'habituer à ce désert… Il va m'entendre, le vieux.

Ohanko sortit son sandwich sans un mot.

— Peut-être qu'on aurait encore une chance de comprendre, fit remarquer Leonel, si Briséïs voulait bien se souvenir de ce qu'elle a appris d'utile dans la Citadelle.

Briséïs lui lança des éclairs, et Leonel soutint son regard tout en mordant dans son pain. Enndall leva les mains dans un geste de paix :

— Écoutez, on ne va pas commencer à se…

— Ça y est, je me rappelle, l'interrompit Briséïs, piquée au vif, sans quitter Leonel des yeux. S'il y a une chose qu'on nous a sans cesse répétée dans la Citadelle, c'est que rien n'est laissé au hasard. Tout est calculé pour coller très exactement à ce qu'ils ont prévu. Le vieil homme aime les mystères au moins autant que la Citadelle. Pourquoi n'aurait-il pas lui aussi tout calculé précisément ? S'il nous a fourni de la nourriture pour trois jours, c'est parce qu'il savait qu'il nous faudrait marcher pendant trois jours avant de trouver un point de ravitaillement. Il faut continuer vers l'ouest.

Enndall interrompit son jeu de couteau.

— Pardon ?

— Le vieil homme savait ce qu'il faisait en nous envoyant ici. Il n'a pas hésité une seule fois. Imaginez sa déception s'il nous voyait rentrer demain soir, bredouilles… Ce n'est pas comme ça que les choses doivent se passer.

— Nous n'avons aucune idée de comment les choses doivent se passer, c'est bien là tout le problème, intervint Leonel. C'est trop risqué, nous devrions rentrer.

— Trop risqué ? Je croyais que tu étais prêt à mourir pour la cause ? Tu as vite changé de discours !

— J'ai dit que j'étais prêt à mourir, je n'ai pas dit que j'étais prêt à mourir bêtement, répartit Leonel d'un ton presque agressif.

— Même si le vieil homme comptait sur un point de ravitaillement, nos chances de tomber exactement dessus sont trop faibles, intervint Meng Zhou. Notre parcours est trop aléatoire.

— Sans compter qu'il ne nous a pas parlé de point de ravitaillement, remarqua Liz.

— C'est peut-être un test. Peut-être qu'on nous suit de loin en attendant le troisième jour. Ils veulent savoir si nous sommes capables de leur faire confiance. Enndall, toi qui es censé avoir la foi…

— Jusqu'à un certain point, Briséïs. Je ne peux pas me permettre de prendre un tel risque pour le groupe. C'est trop de responsabilités.

— Je sais, admit Briséïs. À ce stade, chacun doit prendre sa décision. Moi, je continue.

— Il est hors de question que tu t'aventures toute seule dans ce désert. Nous devons rester groupés.

— Rien ne vous empêche de m'accompagner, conclut-elle en se levant.

— Tu ne sais même pas où aller, intervint Meng Zhou.

— Je suis jeune, je ne suis pas bête, répondit Briséïs du tac au tac. Si Ohanko peut suivre la course du soleil, je peux le faire aussi.

Elle leva la tête pour retrouver la position du soleil et s'élança droit devant, tenant fermement la bandoulière de son sac.

Elle au moins n'avait pas besoin de proclamer à tout vent qu'elle était courageuse, ses actions suffisaient. Elle au moins avait de réelles raisons de vouloir continuer. Elle ne pouvait de toute façon pas rentrer chez elle. Des agents de la Citadelle seraient là pour l'accueillir. Elle n'avait pas le choix, et contrairement aux autres, elle avait le cran de l'admettre.

— Contrairement aux autres, j'ai le cran de l'admettre, se répéta-t-elle tout bas, martelant le sol pour ne pas entendre la petite voix qui prenait de l'ampleur dans son esprit.

*Maudite fierté*, disait la voix. En quoi marcher aveuglément dans le désert arrangerait ses affaires ? Ils avaient raison, bien sûr, et Leonel le premier. Mais elle ne pouvait tout simplement pas l'admettre de but en blanc, pas après ce qu'il lui avait déclaré dans la matinée. *Maudite, maudite, maudite fierté…*

Elle décida de compter jusqu'à trente pas. Ils allaient certainement se lever pour la retenir… Puis elle admit que trente pas, ce n'était pas tant que ça, et leur en accorda soixante pour se manifester. Arrivée à cinquante-sept, elle décida qu'il était idiot de compter ses pas quand on en avait tant fait et qu'il en restait tant à faire, et se contenta d'espérer ardemment qu'on veuille bien la rappeler.

Pourquoi, nom d'un chien, ne réagissaient-ils pas ?

— Briséïs !

Elle laissa échapper un soupir de soulagement. Tout de même ! Ils allaient pouvoir rentrer.

Aeneas courait derrière elle. Elle fit volte-face et, le menton bien haut, lâcha un « Quoi ? » provocateur.

— Briséïs, ralentis un peu, il y a des vieillards dans la troupe. Au-delà de trente-cinq ans, ça marche plus pareil, tu sais.

Derrière lui, les vieillards arrivaient. Ils affichaient un air anxieux, mais déterminé. Le teint de Briséïs vira au blanc lorsque Enndall s'approcha d'elle :

— Tu as raison, Briséïs. Nous devons continuer, faire confiance au vieil homme… Nous allons nous rationner au cas où il faudrait revenir sur nos pas, mais nous irons jusqu'au bout. Tu fais preuve d'un grand courage. Tu nous as tous épatés.

Leonel évitait son regard et Liz n'avait pas l'air fière malgré son sourire, mais Meng Zhou et Ohanko approuvèrent d'un hochement de tête. Briséïs se serait bien enfoncée sous terre.

L'après-midi passa.

Ils marchaient la tête basse, le front plissé, les pieds rouges et enflés. *Je ne les ai pas forcés à me suivre*, se répétait Briséïs sans pouvoir se donner bonne conscience.

— Et voilà, un deuxième jour dans le vide ! s'exclama Liz en se laissant tomber à terre au soir de cette seconde journée.

— C'est normal, les rassura Enndall. Le vieil homme a dit d'attendre trois jours. Nous ne verrons rien avant demain soir, il faut être patient.

— *Briséïs* a dit d'attendre trois jours, le vieillard n'a rien dit du tout, rappela Leonel.

Briséïs lui décocha un regard noir.

La nuit s'écoula sans incident, hormis l'apparition impromptue d'une araignée copieusement poilue tout près du sac de Briséïs. Une irruption qui coûta un beau bleu à Leonel, malheureusement allongé tout près d'elle. Bien sûr, Briséïs ne l'avait pas *volontairement* frappé sur la joue avec son coude en sursautant. Mais essayer de le convaincre du contraire était peine perdue. Tant pis, il n'avait qu'à aller au diable.

Le troisième jour, le désert jusque-là si plat se permit quelques rondeurs.

Charmant. Mais cela ne changea rien.

À la nuit tombée, il leur restait chacun l'équivalent de deux repas et moins d'un litre d'eau.

Enndall déclara alors solennellement qu'il leur fallait rentrer. Il en était le premier dépité, mais le chef de la résistance – le vénérable vieil homme – ne devait être qu'un vieux fou.

— Il est plus que temps, approuva Liz en faisant immédiatement volte-face. Contrairement aux apparences, je n'ai pas envie de crever ici.

— Attendons demain matin, plaida Briséïs. Il faut bien que nous reprenions des forces. Laissons encore une chance à notre rendez-vous d'arriver.

— Très bien, céda Enndall, mais demain, au lever du jour, il faudra lever le camp. Profiter de la fraîcheur du matin pour couvrir le plus possible de terrain.

Il leur recommanda de garder leur ration de nourriture du soir pour le lendemain. Briséïs n'avait pas faim de toute façon. Elle n'aurait pu avaler une miette, pas plus qu'elle ne pouvait digérer la réalité de leur situation. Elle s'était attendue à recevoir quelques regards réprobateurs durant la soirée, mais personne ne songea à lui faire la moindre remarque. Tous étaient plongés dans la même torpeur, mélange de déception et de lassitude à la pensée de la marche qui les attendait encore.

Briséïs dormit très mal. À force de se tourner et se retourner sur le sol dur, elle avait fini par se faire des bleus sur les hanches et chaque mouvement ravivait sa douleur. Elle ne cessait de ressasser les paroles du vieil homme. « Le reste dépendra de vous », avait-il dit. Quels indices avaient-ils manqués ? Pourquoi avaient-ils échoué ? Si seulement ils avaient pu continuer encore un peu, peut-être auraient-ils fini par découvrir quelque chose…

L'aurore n'apporta rien d'autre que le silence d'une nouvelle journée vide de sens. Ils rassemblèrent leurs affaires sans un mot.

Briséïs grimpa sur la butte la plus proche pour embrasser une dernière fois du regard la vaste étendue de dunes et se laisser imprégner par sa majesté sauvage. Pourquoi la poussière du désert semblait-elle toujours plus belle au loin ? Un goût amer s'était installé dans sa gorge. Même si la Citadelle la laissait rentrer chez elle en paix, sa banlieue lui paraîtrait bien ordinaire après cette expérience dans le désert…

— Briséïs ! Il faut y aller maintenant ! cria Enndall derrière elle, en contrebas. Dépêche-toi !

— J'arrive ! répondit-elle à contrecœur.

— À quoi joues-tu ? ajouta Liz, impatiente.

Briséïs s'arracha à sa contemplation. Mais alors qu'elle faisait demi-tour, quelque chose retint son attention.

Ce n'était rien, à peine une étincelle, mais qui n'en fit pas moins battre son cœur à tout rompre. Elle se frotta les yeux. Il était là, incroyable, trop beau pour être vrai, ce petit scintillement.

De l'autre côté, on ne cessait de l'appeler avec insistance. Elle s'élança.

C'était un objet métallique. La trace d'un passage. Le début d'un chemin ? Elle dévala la pente, les yeux fixés sur l'objet par crainte de le perdre de vue. Elle s'agenouilla pour le ramasser. Du haut de la butte, Enndall la rappelait à l'ordre.

Une fourchette.

Elle releva la tête, cherchant autour d'elle d'autres indices. Cette fourchette ne pouvait être arrivée là toute seule ! La lumière enflammait peu à peu le flanc de la colline.

— Briséïs ! N'espère pas que nous te suivrons indéfiniment ! Reviens !

Elle tressaillit. Derrière ce bosquet, un peu plus bas…

Elle dévala la pente, la fourchette à la main. Son pied heurta quelque chose. Elle culbuta, atterrit sur une planche de bois, releva douloureusement la tête et se retrouva nez à nez avec une caisse éventrée qui déversait son contenu sur le sable.

— Briséïs, tout le monde t'attend ! Il faut partir !

Leonel l'avait rejointe.

— Nous n'allons plus avoir besoin de partir, répondit-elle, le souffle court.

— Briséïs… qu'est-ce que c'est, à tes pieds ?

— Donne-moi ton couteau, il faut que je vérifie.

Leonel sortit prestement son couteau et le lui tendit. Briséïs plongea la lame de toutes ses forces dans la boîte : un liquide froid et visqueux lui gicla à la figure et elle partit d'un grand éclat de rire.

— Qu'est-ce que c'est ?

— Il n'y a rien de marqué, sur aucune d'elles, mais Briséïs en a ouvert une avec des haricots verts.

— Et combien y en a-t-il ?

— Plus que nous ne pourrions en emporter. Il y a des bidons d'eau aussi.

Enndall promena ses doigts le long du cylindre métallique, le fit danser entre ses mains.

— C'est étrange… finit-il par murmurer.

— C'est un don du ciel, approuva Leonel. Puis se retournant vers les autres, il mit ses mains en porte-voix :

— Venez tous ! On a trouvé des conserves !

Liz pleura presque de joie en découvrant la caisse que Briséïs avait fini par ouvrir complètement, révélant une réserve de boîtes de conserve impressionnante. Ohanko, Meng Zhou, Enndall et Aeneas examinèrent la trouvaille avec circonspection.

— Et comment pouvons-nous être sûrs que tout ce qui se

trouve là est comestible ? dit Meng Zhou en tapotant prudemment l'un des emballages.

— Des conserves ! s'exclama Liz. Évidemment que c'est comestible !

— On n'a qu'à toutes les ouvrir pour vérifier, proposa Aeneas.

Liz lui décocha un regard assassin.

— Ça t'arrive de réfléchir ? Tu le fais exprès ou tu es vraiment idiot ?

Aeneas leva les bras vers Enndall dans un geste d'impuissance. Celui-ci haussa les épaules.

— Ce n'est pas une si mauvaise idée, si on trouve un moyen de les ouvrir…

— Ce qu'il faudrait faire, intervint Briséïs avant que Liz ne perde le contrôle de ses nerfs, c'est en ouvrir quelques-unes ce matin pour faire un bon repas, et emporter pour plus tard celles qu'on aura gardées fermées.

Enndall promena un regard indécis sur les deux femmes avant de capituler :

— Puisque vous avez l'air de vous y connaître…

Ils trouvèrent un peu plus loin une seconde caisse éventrée, écrasée là comme si elle avait été jetée d'un avion. Vaisselle en miettes et débris de verre se déversaient sur le sol, autour de quelques ustensiles utiles : une casserole, un réchaud… Il y avait aussi plusieurs bidons d'eau.

— C'est un miracle, ne cessait de répéter Enndall tandis qu'Aeneas s'amusait à éteindre et à rallumer le feu du réchaud.

— Oui, et ce sera aussi un miracle si nous réussissons à sortir de ce désert malgré la bêtise de certains, rétorqua Liz en retirant la bonbonne des mains d'Aeneas.

Elle étendit une grande nappe blanche dans la poussière et y déposa des morceaux d'assiettes.

— Aujourd'hui, c'est la fête, dit-elle. Il faut faire les choses dans les règles de l'art.

Les boîtes de conserve étaient si grosses qu'une seule aurait suffi pour un repas. Ils se permirent d'en ouvrir une dizaine. Petits pois-carottes, soupe de tomate, marrons, sardines… Pour des voyageurs prêts à se contenter d'un demi-sandwich, c'était un véritable festin.

— Et ensuite, on repart dans quelle direction ? demanda Aeneas une fois rassasié.

— Je croyais que c'était évident, s'étonna Briséïs.

— Bien sûr que ça l'est, nous retournons sur nos pas, enchaîna Liz.

Briséïs fronça les sourcils.

— Ce n'est pas ce que je voulais dire.

— Comment ça, ce n'est pas ce que tu voulais dire ?

Liz laissa échapper un hoquet.

— Quoi, la leçon ne vous a pas suffi ? Vous tenez vraiment à mourir dans ce désert ?

— Le vieil homme avait raison, dit Meng Zhou. Nous avons effectivement trouvé de quoi nous ravitailler.

— Mais c'était un hasard, ces caisses, un coup de bol monstrueux ! explosa Liz.

— On ne survit pas dans le désert avec un coup de bol, fit remarquer Ohanko.

— Et c'est justement pour cela qu'il faut faire demi-tour !

— Ce n'était pas un hasard, murmura Briséïs tout bas, comme si elle avait dit un gros mot, cherchant un appui dans le regard de ses compagnons.

Leonel, indécis sur le camp à choisir, reporta son attention sur Aeneas, plus préoccupé à deviner ce que chacun pensait qu'à se faire sa propre opinion. Les trois autres hommes acquiescèrent silencieusement.

— Et si on votait ? proposa Leonel. Que ceux qui sont pour continuer l'aventure lèvent la main.

— Oh, à quoi bon ? s'exclama Liz en voyant des bras se tendre. Je sais bien que je suis la seule personne raisonnable dans cette troupe de tarés.

Elle s'allongea par terre, contemplant le grand ciel bleu.

— Vous feriez de bons acteurs, tous. Il faut être complètement fou et irresponsable pour vouloir être acteur.

Un sourire timide vint malgré elle percer son masque de mauvaise humeur.

— Je vous préviens, si dans trois jours nous sommes à nouveau sans eau et sans nourriture, il ne faudra pas venir vous plaindre, vous l'aurez bien cherché.

Briséïs laissa échapper un soupir de soulagement. L'aventure continuait.

Ils se mirent d'accord pour que chacun emporte deux des énormes boîtes de conserve et de l'eau pour trois jours, plus s'ils se rationnaient un peu. Le sac de toile de Briséïs n'était pas fait pour supporter une telle charge, mais il tint bon.

Et ils reprirent leur marche, toujours vers l'ouest.

Les boîtes de conserve tombées du ciel leur avaient rendu espoir, et fait naître en eux de nouvelles interrogations. Et si le vieil homme leur avait déjà donné plus de pistes qu'ils n'avaient bien voulu l'admettre ? Et s'ils n'avaient pas fouillé assez profond au fond de leurs âmes ? Peut-être n'avaient-ils pas assez cherché à comparer ce que le vieil homme leur avait appris de la Citadelle avec le vécu de Briséïs. Pouvaient-ils mieux s'imprégner de son expérience ?

Les compagnons de Briséïs redoublèrent de questions sur la Citadelle. Malgré sa gorge sèche et poussiéreuse, Briséïs s'évertua à répondre du mieux qu'elle le pouvait, fouillant dans sa mémoire dans l'espoir qu'une énième anecdote réveille soudain en eux un sentiment particulier. Elle regrettait de ne pas avoir été plus attentive aux cours de l'oratorium, car les multiples légendes se mélangeaient dans sa tête. Mais ses amis s'intéressaient beaucoup plus aux enseignements sur les jeux de pouvoir.

En tant que général, Meng Zhou n'y était pas étranger, et les entraînements de la Citadelle l'intriguaient au plus haut point. Briséïs mit en scène certains des exercices du pédagogue Herfolk, et leur fit même rejouer sa désagréable première épreuve, seule élève féminine au milieu d'un cercle de regards masculins. L'expérience n'illustra pourtant pas vraiment son propos, Liz, placée au centre, n'éprouvant aucun malaise à se faire déshabiller du regard. Elle s'en amusa même, jouant la provocation jusqu'à faire terriblement rougir Aeneas, sous les éclats de rire de Leonel. Si elle assurait prendre leurs recherches très au sérieux, Liz agissait parfois avec une légèreté qui décontenançait Briséïs. Elle posait beaucoup de questions, contrairement à Ohanko, qui se contentait d'observer, tirant sur sa longue pipe comme s'il espérait que son tabac lui apporte l'illumination. Mais Liz s'arrangeait toujours, ses talents de comédienne aidant, pour tourner leurs séances d'introspection en ridicule. Briséïs finit par comprendre que les enfantillages de Liz n'étaient qu'une façon de gérer son inquiétude. Un stratagème parfois inefficace, comme ils purent le constater un soir qu'ils s'essayaient aux jeux des regards. Liz leur fit croire pendant de longues minutes qu'elle avait enfin trouvé en elle le fameux sentiment mystère qu'ils convoitaient tant. Puis elle éclata de rire, les voyant tous suspendus à ses lèvres, électrisés à l'idée de bientôt comprendre. Leur déception fut si grande qu'ils lui ôtèrent rapidement toute envie de plaisanter.

Au fil des jours, la morosité s'installa pour de bon. Ils résistaient malgré tout à la tentation de désobéir et d'échanger sur leurs passés. Transgresser cet interdit équivalait à reconnaître l'absurdité des directives du vieil homme. Et après avoir parcouru tant de kilomètres, au point de mettre leur vie en péril, ils ne se sentaient plus capables de renoncer à leurs derniers espoirs.

Ainsi ils poursuivaient leur marche, le visage las, le regard vitreux. Désabusée, Briséïs regardait le soleil brûler sa peau qui pelait, et brûlait encore avant d'avoir fini de peler. Des croûtes s'étaient formées sur ses lèvres et elle ne comptait plus ses ampoules aux pieds. Elle avait toujours soif. Elle rêvait d'eau, mais le désert était partout, chaque jour plus sec, plus morne, plus désolé. Jusque dans son esprit… Elle ne s'était pas imaginée l'aventure ainsi.

Quant aux conserves, la désillusion avait été sévère. Oh, ils avaient fait bonne pioche la première fois ! Certaines des boîtes qu'ils avaient emportées s'étaient sans doute fissurées lors de la chute de l'avion : ils avaient retrouvé leur contenu moisi. Et pour les autres… Un soir, ils avaient eu pour dîner un assortiment d'échalotes, ail et oignons hachés menu. Le lendemain matin, du foie gras. Le soir même, Meng Zhou leur avait servi de la moutarde, et Briséïs avait été prise de nausées lorsqu'au petit-déjeuner suivant ils avaient trouvé du concentré de tomate en quantité. Son ventre commençait à faire de drôles de bruits. C'était à se demander si au lieu de périr de faim ou de soif, ils n'allaient pas mourir d'indigestion.

— Et alors, Briséïs, lança Leonel le quatrième soir, sortant sa dernière conserve pour la soupeser avant de l'ouvrir, si le vieil homme a vraiment tout prévu, pourquoi nous a-t-il composé un menu pareil ? Pour nous faire une bonne blague ?

— Chez moi, on reconnaît les blagues à ce qu'elles sont drôles, grogna Meng Zhou.

— Combien de boîtes restantes après celle-ci ? demanda Enndall, soucieux.

Ohanko, Briséïs et Meng levèrent la main.

— Trois… murmura Enndall, le regard lointain. Seulement trois…

— Ça nous laisse encore plus d'une journée, remarqua Aeneas, attrapant la conserve de Leonel pour l'ouvrir avec son couteau. Il peut s'en passer des choses, en une journée.

Aeneas avait une fâcheuse tendance à toujours voir le bon côté des choses. Le jour précédent, il avait même réussi à plaisanter sur la moutarde, assurant qu'elle était incontestablement de très bonne qualité puisqu'elle effaçait toute trace du plat qu'elle accompagnait. Briséïs avait souri malgré elle, imaginant, d'après le regard assassin de Leonel, que ce dernier aurait bien aimé tester la théorie d'Aeneas en lui enfonçant une poignée de poussière dans la bouche.

— Voici notre bon repas du soir, ajouta Aeneas. Elle est lourde, c'est peut-être intéressant… Une prière mes amis, que tous les dieux nous viennent en aide, l'instant de vérité approche !

Enndall baissa la tête pour murmurer une prière, et Briséïs l'imita, au cas où. Son ventre gargouillait furieusement. Cette fois-ci, ils allaient certainement pouvoir manger convenablement…

Aeneas leva haut son couteau et poignarda le métal d'un coup sec. Mais la lame ricocha et alla se planter dans son index.

— Aïe ! s'exclama-t-il, surpris, lâchant la conserve et se levant d'un bond. Mon doigt ! Ça fait mal !

— Aeneas ! Ça va ? s'inquiéta Liz en sautant sur ses pieds.

— Le doigt est toujours là, il devrait survivre, commenta Leonel.

— C'est rien, j'ai été surpris, désolé, je n'aurais pas dû crier…

— Ce n'est pas rien du tout, tu pisses le sang ! Ohanko, vite, sors un pansement !

— Où est passée la boîte de conserve ? demanda soudain Briséïs, fouillant le sol des yeux dans l'obscurité naissante.

Ils avaient installé leur campement en haut d'un petit monticule rocheux, dans l'espoir de repérer de loin une présence de vie le lendemain matin. Ohanko, le bras enfoncé dans son sac à la recherche d'un bandage, interrompit son remue-ménage.

Un bruit de roulement métallique leur parvint.

— Oh non…

La boîte de conserve roulait vers une crevasse qu'ils avaient longée en grimpant jusque-là. Briséïs bondit à sa suite. D'abord sur ses talons, Leonel la dépassa poussant des jurons, grignotant rageusement le terrain qui les séparait de leur repas roulant.

La conserve avait dévié à gauche, vers le chemin le moins escarpé, qu'ils avaient emprunté pour monter. Une idée lumineuse éclaira Briséïs jusque-là esclave de son estomac. Elle bifurqua à droite. Un raccourci. En trois grandes enjambées, elle se retrouva trois mètres plus bas, garda par miracle son équilibre. Encore quelques pas et elle aperçut la conserve qui roulait vers elle.

Non.

Vers la crevasse.

Briséïs ouvrit de grands yeux. Elle allait la manquer de peu. Au dernier instant, elle se jeta en avant, tendit le bras, effleura du doigt le cylindre qui prit de la vitesse et disparut dans l'abîme. Alors seulement elle prit conscience de son erreur. La rocaille roulait sous ses semelles, elle n'avait aucun moyen de se retenir. Elle chuta à son tour.

Son cri atteignit le fond de la cavité sans elle : quelqu'un lui avait attrapé le poignet.

— Reste avec nous, grimaça Enndall, tous les muscles tendus dans son effort.

Meng Zhou arrivait juste derrière. Il se jeta à terre pour attraper Enndall par les jambes et l'aider à faire marche arrière.

— C'est bon, je vous tiens, je vous tiens !

— Je l'ai touchée du bout du doigt, je l'avais presque ! se lamenta Briséïs une fois la butte remontée.

— Et tu en es presque morte, commenta sévèrement Meng Zhou. Finalement, tu ne t'en sors pas si mal. Ma parole, tu es comme un chiot qui gambade partout sans réfléchir !

— Essaye de faire plus attention la prochaine fois, tempéra Enndall. Nous allons peut-être trouver d'autres boîtes en fer. De vie, tu n'en as qu'une seule.

Briséïs hocha la tête d'un air coupable. Son ventre gargouillait à nouveau. Elle devait avoir l'air bien misérable pour qu'Enndall, d'ordinaire si inflexible, s'exclame tout à coup :

— Bon ! On ne va pas se laisser abattre : Briséïs, il te reste une boîte il me semble ?

Elle acquiesça faiblement.

— Elle n'est pas bien lourde, remarqua-t-elle, déçue.

— C'est peut-être un gâteau à la crème déshydraté, rêva Liz, les yeux gourmands.

Meng Zhou prit le cylindre luisant des mains de Briséïs, tira son propre couteau.

— Assez d'un blessé pour la soirée…

Il perça d'un geste sûr le disque lisse, et tous se penchèrent en avant pour jeter un coup d'œil à l'intérieur.

— Qu'est-ce que…

Meng Zhou tira de la boîte une sorte de petite branche de l'épaisseur d'un doigt. Briséïs n'en crut pas ses yeux. Un bâton d'anis, identique à ceux qu'utilisait son amie Alix pour s'empêcher de reprendre la cigarette. Tout ce qui lui restait de bonne humeur disparut d'un coup.

— Mais ce n'est pas de la nourriture, ça ! s'indigna Liz. Pourquoi mettent-ils des bâtons d'anis dans une boîte de conserve ? À quoi ça leur sert ?

— À quoi ça leur a servi de larguer une caisse de provisions en plein désert ? soupira Leonel. Qui sait ? Au moins, sur le front, on savait pourquoi on crevait de faim…

— Briséïs, qu'est-ce que tu fais ? demanda Liz, interloquée.

Briséïs retira le bâton d'anis qu'elle tenait entre les dents pour former d'un air bougon un deuxième cercle de fumée imaginaire avec ses lèvres.

— Je fais des concessions.

## 20

# LES MARCHANDS DE SABLE

L'instant de grâce arriva sans crier gare.

Ils avaient marché encore toute une journée et s'étaient assis à la tombée de la nuit autour de leur dernière boîte, plus démoralisés que jamais.

— Je déteste les olives, avait grimacé Briséïs en découvrant la nature de leur ultime repas.

Puis elle s'était jetée sur sa part, pensant qu'elle aurait pu tout aussi bien avaler un œuf cru. Quelque chose alors avait lâché en elle, en même temps que la chair des olives se déchirait sous ses dents.

Elle n'attendait plus rien du désert et se fichait bien de trouver une réponse à l'énigme du vieil homme, ou de savoir si elle sortirait vivante de ce voyage. L'angoisse qu'elle avait nourrie durant leur marche n'était plus tenable, et elle ne souhaitait plus qu'une chose : retrouver un peu de paix.

Prenant conscience de son désir, elle se sentie soulagée et presque euphorique.

Puis un bruit la dérangea et son état l'inquiéta brusquement : avait-elle perdu l'esprit au point d'halluciner d'étranges couinements ? À moins qu'elle ait tant perdu l'habitude de manger que sa mâchoire se mette à grincer ? Ou était-ce les olives pleines de sable qui crissaient sous ses dents ? Elle cessa de mâcher et le bruit s'intensifia. Elle se leva promptement, fit volte-face, ouvrant grand les oreilles.

— Briséïs, qu'y a-t-il ? demanda Enndall qui cessa de manger à son tour.

Ohanko était déjà aux aguets.

— Là ! s'écria Briséïs, pointant son doigt vers la pénombre. Il y a quelqu'un, juste là !

Ils se levèrent d'un bond.

— Tu es sûre ?

— Où ça ?

— Faites que ce soit vrai, supplia Liz en retenant sa respiration.

— Je ne vois rien, dit Leonel en fronçant les sourcils.

— Mais vous entendez, vous entendez ce grincement ? PAR ICI ! hurla Briséïs, en agitant les bras. ON EST ICI ! ON EST ICI !

Le grincement s'arrêta puis reprit de plus belle. Bientôt, ils purent distinguer nettement deux silhouettes. Deux vélos chargés de lourdes sacoches, poussés par un couple visiblement fatigué. Malgré ses cheveux fauves, la femme devait bien avoir la soixantaine. L'homme au catogan gris semblait plus âgé.

Ohanko et Aeneas coururent à leur rencontre.

— Quelle étrange idée de traverser le désert avec de si drôles d'engins, pensa tout haut Ohanko, alors qu'il ramenait l'une des deux bicyclettes couvertes de rouille jusqu'au feu de camp.

— Mais nous ne le traversons pas, répondit la femme d'une voix douce. Nous y vivons.

— Vous y vivez ? répéta Liz, interloquée.

— Le vieil homme vous envoie à notre rencontre ? demanda Enndall. Nous commencions à désespérer de trouver quelqu'un dans ce désert.

— Et pourtant, il s'y passe tant de choses, fit l'homme, sans répondre à la question d'Enndall. Vous plairait-il de partager notre repas ?

— Nous sommes trop nombreux, assura Liz poliment, nous dévaliserions vos réserves.

— Mais non, ça nous fait plaisir, rétorqua la femme de sa voix de velours. N'est-ce pas Miguel ?

— Mais certainement Haydie, fit ce dernier.

Il tira d'une des sacoches deux énormes jambons séchés et ramena également du pain et de l'eau en quantité. C'était plus qu'il n'en fallait pour faire verser une larme à Liz et perdre son air sévère à Meng Zhou. Ohanko insista pour leur offrir en échange un assortiment d'herbes médicinales qu'il gardait séchées dans un petit sac de toile.

— Y a-t-il un rassemblement de résistants près d'ici ? enchaîna Enndall. D'où venez-vous comme ça, avec vos deux-roues ?

— D'où nous venons n'a pas d'importance, répondit Miguel, mordant dans son morceau de viande. Seule votre destination importe. Où comptez-vous vous rendre ?

— Tant que nous n'aurons pas trouvé notre solution à l'intérieur, nulle part, jeta amèrement Leonel, tout en espérant secrètement qu'ils sortent une solution miracle de leurs sacoches de vélo.

— Vous ne l'avez toujours pas trouvé, dit Haydie d'un air compatissant. C'est embêtant... Mais après, quand vous l'aurez trouvé, où comptez-vous vous rendre ?

— C'est bien pour le savoir que nous attendons de trouver ce sentiment, dit Meng Zhou, méfiant, tandis que Ohanko se penchait vers Enndall pour lui murmurer à l'oreille :

— Je ne suis pas sûr qu'ils soient ceux que nous attendons…

— Ah oui, bien sûr, approuva Miguel avec un hochement de tête désolé.

Mais une étincelle illumina soudain son regard. La femme posa une main aimante sur son bras, comme si elle venait de lire dans sa pensée.

— Un matin, alors que je faisais mon jardin, un lutin est passé sous mon nez, déclara-t-il. Il avait de grandes oreilles pointues, un bonnet tout tordu et il traînait des pieds. « Ça n'a pas l'air d'aller fort », je lui ai dit en le voyant trébucher sur ma bêche. Il m'a alors raconté qu'il était parti de chez lui mille ans plus tôt pour chercher un objet perdu, jurant qu'il ne rentrerait pas sans l'avoir retrouvé. Et qu'avait-il perdu ? « C'est bien là tout le problème, m'a-t-il répondu, je suis parti depuis si longtemps, pas moyen de me le rappeler ! » Les lutins n'ont qu'une parole. Le pauvre, prisonnier de sa promesse, ne pouvait ni retrouver son bien, ni retourner chez lui. Cela m'a rendu bien triste. Alors j'ai décidé de l'aider : puisqu'il venait de piétiner mon travail, j'ai exigé de lui une réparation.

Haydie approuva d'un signe de tête entendu.

— La politesse de son peuple voulait qu'il s'acquitte de sa dette envers moi avant de reprendre sa quête. Je l'ai envoyé chercher la nature de son objet perdu. Pour cette nouvelle quête, il pouvait parcourir le monde, se rendre n'importe où, et même rentrer chez lui du moment qu'il ne revenait pas chez moi tant qu'il n'aurait pas trouvé la réponse. Ainsi, le lutin était libéré un temps de sa première promesse. Quelques mois après il est revenu m'informer de la nature de son objet perdu, et je lui ai permis de reprendre sa quête initiale. Il ne lui a pas fallu bien longtemps ensuite pour retrouver son objet.

Haydie déposa un baiser sur les lèvres de Miguel, fière de lui, tandis que son auditoire laissait planer le silence.

— Et qu'est-ce que c'était, cet objet ? demanda finalement Aeneas, le seul à avoir bu les paroles de Miguel sans y trouver aucune étrangeté.

— Oh… Je ne m'en souviens plus…

— Vous ne nous avez toujours pas dit qui vous êtes, ni qui vous envoie, enchaîna Meng Zhou, de plus en plus méfiant.

— Avec un discours pareil, y a-t-il vraiment besoin de présentation ? remarqua Liz. Ces deux-là sont de la même trempe que le vieux. C'est lui qui vous envoie, n'est-ce pas ?

Le couple se contenta de sourire.

— Est-ce que vous suggérez que nous retournions voir le vieil homme ? tenta Enndall.

— Commencez par revisiter ses instructions. Ensuite, vous verrez.

— Le vieil homme ne nous en a pas vraiment donné, répondit Aeneas, trop fasciné par le couple pour se rendre compte de la tension chez ses compagnons de route. Une très, très vieille femme du même village nous a offert des objets pour le voyage, mais…

— … mais le vieil homme nous a dit d'en faire ce que nous voulions, compléta Enndall.

— Naturellement. Vous êtes seuls maîtres de vos choix.

Meng Zhou et Leonel dévisageaient maintenant les deux inconnus comme s'ils étaient au mieux de pauvres fous, et au pire des sbires de la Citadelle prêts à leur jouer un mauvais tour. S'ils ne leur avaient apporté un repas, songea Briséïs, le général et le soldat auraient déjà menacé le pauvre couple pour leur faire cracher toute la vérité.

— Si ces objets ont réellement de l'importance, pourquoi n'ai-je rien reçu ? risqua Briséïs, pour voir leur réaction.

— Tu n'as rien reçu ? s'étonna poliment Miguel. C'est étrange…

— Ne t'inquiète pas, dit Haydie en se levant, nous allons y remédier tout de suite.

Elle partit vers les bicyclettes, revint avec un grand sac en toile et un petit sablier vide qu'elle déposa dans la paume ouverte de Briséïs.

— Ceci sera ton cadeau de départ, dit Haydie, tirant une poignée de sable or et blanc du sac.

Lentement, elle fit glisser entre ses doigts les minuscules grains, les observant avec attention tomber dans le sablier. Lorsque sa partie supérieure fut remplie, Haydie referma le socle et déclara :

— Il y a deux millions sept cent quatre-vingt-trois mille six cent cinquante-quatre grains de sable. À chaque passage, renverse le sablier. Lorsque le dernier grain de sable sera passé de l'autre côté, alors vous aussi, il vous faudra passer de l'autre côté.

— Vous… Vous les avez comptés ? s'exclama Aeneas.

— Aeneas, gronda Liz, moqueuse, lui donnant un léger coup de coude.

Mais le sourire de Haydie ne semblait pas démentir sa supposition.

— Vos besaces, sur vos engins, elles sont remplies de sable ? demanda Ohanko. Pourquoi transportez-vous tout ce sable à travers le désert ?

— Nous avons tous notre tâche à accomplir, répondit simplement Miguel.

Un retentissant coup de tonnerre interrompit leur échange. Ils levèrent la tête. Au loin, vers le sud, un bouquet d'éclairs déchirait le ciel.

— Un orage… murmura Enndall.

Combien de fois avaient-ils espéré la pluie ces derniers jours ?

— Oui, dit Haydie, les escaliers cognent ce soir. Il y a du mouvement là-haut.

— Quels escaliers ? fit Aeneas, intrigué.

— Ils bougent, vous ne le saviez pas ? répondit Miguel, le regard pétillant. La carte du temps n'est pas immuable. Les escaliers du temps bougent, et parfois se froissent les uns contre les autres. Alors tout le ciel tremble.

— Pourquoi se cognent-ils quand ils bougent ? demanda Aeneas, qui ne semblait pas perturbé par le discours du couple.

— Ce sont des mouvements difficiles, la carte du temps doit tenir compte des deux mondes : celui du rêve – Haydie eut un mouvement circulaire pour désigner le désert – et celui de la réalité, d'où vous venez. Ils sont très liés, beaucoup plus que vous ne pourriez l'imaginer, grâce au voyage des chimères entre les deux.

— Qu'est-ce que vous appelez les chimères ? fit Meng Zhou, qui s'était décidé à leur tirer les vers du nez.

— Toutes les créatures fantastiques créées dans le Monde du Rêve !

— Et comment passent-elles dans le… réel ?

— Les œuvres d'art leur servent de pont.

— Des peintures, par exemple ? demanda Briséïs, songeant aux portraits de créatures fantastiques qui ornaient les murs de la Citadelle par centaines, et à son étrange expérience avec la passeuse, sous le terrain de joute.

— Surtout les peintures !

Briséïs croisa le regard d'Enndall et de Liz. Comme elle, ils n'avaient pas manqué les vagues allusions du couple. Et comme elle, ils ne savaient pas s'il fallait s'en inquiéter, ou s'en réjouir.

— Et les angelots, d'après vous, ce sont des chimères aussi ? ajouta Briséïs à tout hasard.

— Bien sûr !

Miguel poursuivit :

— On dit que lorsque l'orage arrive, il faut dire « Éternelle inspiration, tu es libre ». Cela aide les chimères à passer d'un monde à l'autre.

— Éternelle inspiration, tu es libre ! s'écria Aeneas joyeusement.

Leonel envoya un regard sidéré à son ami, qui pour la première fois réalisa qu'il y avait peut-être un problème. Il se tassa sur lui-même, attendant la suite.

— S'il y a un message codé dans votre discours, enchaîna Leonel à l'intention du couple d'un ton un peu sec, je suis désolé, mais j'ai peur de ne pas l'avoir saisi.

— Il n'y en a pas, répondit Miguel simplement.

Haydie préleva un peu de sable de son sac et fit rouler quelques grains dans la paume de chacun.

— Je vois que vous êtes fatigués, nous devrions vous laisser vous reposer.

Briséïs n'avait pas l'intention d'interrompre leur conversation qui venait tout juste de commencer. En poursuivant leur interrogatoire, ils finiraient par comprendre où le couple voulait en venir. Pourtant, comme elle jouait avec les grains de sable au creux de sa main, tâchant de rassembler ses pensées, elle sentit ses paupières s'alourdir. L'idée d'une bonne nuit de repos lui parut alors si agréable, qu'elle en oublia sa question. Elle tenta de se raccrocher à la question suivante, mais celle-ci s'évapora comme la première, et bientôt elle ne se rappela plus pourquoi elle tenait tant à rester éveillée.

— Comment savez-vous tant de choses ? demanda Aeneas dans un bâillement.

— Parce que nous sommes les gardiens du sommeil…

Briséïs se réveilla le lendemain matin plus fraîche et détendue qu'à l'ordinaire. Le mystérieux couple s'était volatilisé, laissant derrière lui deux énormes jambons secs, sept pains, et plusieurs litres d'eau fraîche.

— Le Seigneur est avec nous, murmura Enndall en découvrant tous ces trésors.

— Si tu le dis… fit Leonel, qui contemplait déjà leurs nouvelles victuailles. Pourquoi croyez-vous qu'ils nous ont laissé tout ça ?

— Peut-être parce qu'ils souhaitent nous aider, répondit Liz, s'étirant de tout son long pour se donner le courage de se lever. Vous avez vu dans quelle direction ils sont partis ? J'étais tellement fatiguée hier, je me suis endormie comme une masse.

— C'est parce que nous avons été drogués, dit Meng Zhou, étudiant les traces de sable doré laissées sur la terre battue, près des restes du feu.

— Tu crois ? Mais pourquoi ?

— Peut-être qu'ils n'ont tout simplement pas toute leur tête, réfléchit Leonel. Ce qu'ils font n'a pas l'air bien logique.

Enndall interrogea Aeneas du regard, curieux de connaître son point de vue, mais le jeune homme n'osa rien formuler, de peur qu'on lui reproche son attitude de la veille.

— J'ai fait le tour du camp, dit Ohanko. Ils n'ont pas laissé une seule trace en partant. À croire qu'ils se sont envolés.

— Ils sont bien efficaces, pour des gens qui n'ont pas toute leur tête, releva Meng Zhou. Il y avait une logique, mais elle nous échappe. Vérifiez qu'il ne vous manque rien.

En fouillant son sac, Briséïs fut surprise de retrouver son pendentif orangé emmêlé au milieu de ses petites affaires, dans la doublure de la toile. La vieille femme aussi n'était peut-être pas si folle… Briséïs attacha la pierre orangée autour de son cou et la laissa pendre sous sa chemise de lin.

Leurs affaires étaient intactes. Puisque les jambons paraissaient tout à fait comestibles, Enndall en conclut qu'ils devaient continuer d'aller de l'avant, en suivant la course du soleil. Il leur proposa également d'étudier leurs instruments, comme l'avait recommandé Miguel. Mais les objets paraissaient toujours aussi dénués d'utilité. Le diapason ne sonnait pas juste, le parfum n'avait pas d'odeur et les baguettes n'avaient rien de chinois. Le monocle n'était qu'une grosse loupe et le fagot de bois pourrissait. La boussole ne montrait toujours pas le nord.

Dépitée, Liz joua avec la poire de son parfum, puis soupira :

— Bon, alors vous êtes vraiment sûrs de ne pas vouloir rebrousser chemin ? Avec ces jambons, on aurait peut-être assez de nourriture pour rejoindre le village du vieux. On n'aurait certainement pas assez d'eau, mais…

— Le Seigneur est avec nous, dit Enndall, appuyant une main assurée sur son épaule.

— Ça veut dire qu'on continue, glissa Leonel d'un air faussement discret à l'oreille de Liz quand Enndall se fut éloigné. Il a bon dos, le Seigneur, soupira-t-il encore en se relevant.

Mais il ne protesta pas davantage. Comme les autres, il préférait s'en remettre à la foi d'Enndall, plutôt que d'avoir à reconsidérer l'utilité de leur interminable marche.

Ils se remirent en route vers l'ouest en silence, songeant au discours saugrenu du couple. Leur histoire de chimères et de voyage à travers les tableaux avait particulièrement ébranlé Briséïs. Elle collait tellement avec son expérience de la Citadelle qu'elle avait cru un moment qu'ils lisaient dans ses pensées pour tisser leurs réponses abracadabrantes. En un sens, c'eut été plus rassurant que de les imaginer au service de la Citadelle, comme le présumaient Meng Zhou et Leonel. Si le couple faisait partie de l'entourage du vieil homme, leur discours était peut-être influencé par les trouvailles de la résistance… Mais pourquoi dans ce cas seraient-ils repartis aussi vite, sans leur donner de véritables explications ? Ou alors ils s'étaient rendus dans la Citadelle dans des conditions similaires aux siennes, avaient été comme elle victimes de ses mises en scène, et en avaient perdu la tête. Leur histoire de Monde du Rêve et d'escaliers du temps paraissait complètement tirée par les cheveux…

La journée passa, lentement.

Il devait être cinq heures de l'après-midi et Liz s'était mise à fredonner pour tuer le temps. Le paysage avait encore changé : à présent, ils parcouraient des collines aux pentes douces, recouvertes d'une toundra grisâtre. Enndall et Meng Zhou discutaient à bâtons rompus du couple à bicyclette. Le général restait convaincu que les deux les avaient roulés, et que tôt ou tard, ils comprendraient à leurs dépens le but de leur mascarade.

— On ne disparaît pas ainsi si on n'a rien à se reprocher, martelait-il, tu dois bien sentir qu'il y a un problème, Enndall.

— Le vieil homme ne nous a jamais dit qu'il faudrait nous méfier de nos rencontres dans le désert, rétorquait Enndall. Il nous a seulement parlé d'une aide qui viendrait, et elle est bien venue…

— Non, il nous a dit que nous serions guidés. Pas aidés, *guidés*. Et ces deux-là, à part nous farcir la tête d'histoires à dormir debout…

— Il devait y avoir un code que nous n'avons pas su interpréter.

— Ils étaient les premiers à le nier ! Pourquoi nous mentiraient-ils s'ils avaient voulu nous guider ?

— Personne ne s'est posé la question de savoir si Haydie et Miguel disaient tout simplement la vérité, dit Aeneas d'une petite voix.

Il marchait entre Briséïs et Leonel, à l'écart des deux hommes qui ne l'entendirent pas.

— Qu'est-ce que tu veux dire ? fit Leonel, tu crois que nous sommes dans un Monde du Rêve ? Aeneas, tu n'es pas sérieux ?

— Je veux dire que nous pourrions au moins essayer de l'imaginer, pour voir ce que ça nous ferait, se défendit faiblement Aeneas, les yeux rivés au sol. Qu'est-ce qu'on risque ? Si ceux qui doivent nous aider attendent ça pour se montrer…

— Moi, je trouve que c'est une bonne idée, trancha Liz. Je n'en peux plus d'entendre Enndall et Meng Zhou se crêper le chignon. Il faut faire quelque chose. Ohanko ! cria-t-elle à leur infatigable éclaireur, qui scrutait encore l'horizon, cent mètres devant. Si nous étions dans un Monde du Rêve, que crois-tu qu'il y aurait à chercher dans le paysage ?

Ohanko observa attentivement son entourage, pointa son doigt vers quelques gros nuages bas qui venaient égayer la monotonie du ciel.

— Si nous voyagions dans le Monde du Rêve, il faudrait trouver quels messages nous adressent les nuages. S'ils forment un cheval, un aigle ou un ours.

— Là ! Il y a une forme ! s'exclama Liz. Un chien, vous le voyez ?

— Moi, je dirais plutôt une taupe, dit Leonel, faisant la moue.

— Ou plutôt une tortue, pouffa Briséïs.

— Une tortue ? s'écria Liz, n'importe quoi !

— Ça n'a rien d'un chien en tout cas !

— Mais si, regarde, avec ses oreilles qui décollent, là ! Ohanko ! Qu'est-ce que ça veut dire d'après toi, un chien dans les nuages ?

— Est-ce que c'est grave s'il a les oreilles qui décollent, Ohanko ? ajouta Leonel.

— Si on était dans le Monde du Rêve, on pourrait choisir la forme des nuages, enchaîna Aeneas, heureux que ses compagnons renchérissent sur son idée.

Il laissa son regard vagabonder entre les formes de vapeur grise :

— Moi, je voudrais que les nuages me fassent des ailes, comme Icare, pour que je vogue au gré des vents. Ça ne serait pas magnifique, des ailes faites de nuages ? dit-il, se retournant vers ses amis. Pour se sentir flotter comme une chimère, une créature mi-homme, mi-…

Leurs expressions de stupeur le coupèrent net dans son élan.

— Je croyais que vous vouliez bien jouer, dit-il hésitant, comme ils restaient cois. Mais si ça vous dérange, on n'est pas obligés de… Quoi, qu'est-ce que j'ai ? J'ai encore dit quelque chose qu'il ne fallait pas ?

Il suivit leurs regards jusqu'à ses pieds et pâlit brusquement.

Il y avait ses semelles de cuir, toujours les mêmes ; il y avait le sol aussi, la toundra, toujours la même. Mais entre les deux… Entre les deux, il n'y avait rien. Trente centimètres de vide. Il lévitait.

— Zeus tout-puissant… murmura-t-il dans un souffle.

Ses genoux se mirent à trembler. Il se pencha en avant, le corps raidi, les bras écartés, et se jeta sur le côté pour atterrir à plat ventre sur la terre ferme. Les autres se précipitèrent à ses côtés. « Qu'est-ce que c'était ? Comment as-tu fait ça ? Tu lévitais ! Vous avez vu ? Il lévitait ! C'est toi qui as fait ça ? Qu'est-ce qui s'est passé ? Mais réponds, qu'est-ce que c'était ? » s'écrièrent-ils tous à la fois. Aeneas faisait oui et non de la tête, les yeux exorbités.

— Je… Je ne sais pas… parvint-il à articuler au bout d'un moment pour qu'on lui fiche la paix.

— Laissez-lui de l'air ou il va nous faire un malaise ! s'exclama Liz, tirant le bras d'Enndall pour qu'il recule. Briséïs, regarde s'il n'y a pas quelque chose là où il se tenait.

Quelque chose ? Il n'y avait rien là où Aeneas se tenait, se dit Briséïs, fouillant malgré tout l'air de ses mains. Son poignet se cogna contre une surface dure et invisible. Le cœur battant, elle explora l'objet lisse, ahurie de voir ses paumes pressées contre du vide. Un verre transparent aurait dû laisser au moins quelques arêtes visibles…

— Hé ! cria-t-elle, venez voir ce que j'ai trouvé !

Les hommes gardèrent leurs distances, mais Liz posa ses mains sur l'étrange surface.

— Et voilà, mystère résolu ! rit-elle. Ce n'est qu'un…

Elle poursuivit son exploration.

— Une sculpture ? Non, ce sont des marches. Un escalier ! C'est un escalier invisible ! Mais qu'est-ce qu'il fait là ?

Briséïs palpa les marches qui s'élançaient vers le ciel sans aucune structure pour les soutenir. Six, sept, huit, neuf, dix, onze… Sur la pointe des pieds, Briséïs effleura du bout des doigts la douzième marche, bien au-dessus d'elle, et laissa son regard se perdre dans le ciel.

L'escalier du vieux couple… Des escaliers qui cognent avec l'orage… Qui bougent et se froissent, pour s'accommoder aux mouvements de la carte du temps. Briséïs frissonna.

— Éloignez-vous, grogna Meng Zhou. C'est la tromperie du couple d'hier. Je vous avais bien dit qu'on finirait par découvrir leur stratagème.

— Ce n'est qu'un escalier, Meng Zhou, répondit Liz en levant les yeux au ciel.

— Et tu avais déjà vu un escalier invisible, toi ? demanda Leonel.

— À ce point-là… non, j'avoue que non. Mais enfin, de là à dire qu'il est dangereux…

Ohanko se décida à venir étudier la curieuse structure de plus près. Il tendit un doigt, tressaillit et recula brusquement avant de reprendre son exploration.

— Quelle étrange matière…

— Oui, bon, l'illusion est réussie, soupira Liz, m'enfin quand même, il n'y a pas de quoi fouetter un chat, c'est juste un escalier. Peut-être que si je trouvais de quoi l'étudier de plus près, ajouta-t-elle, posant son sac sur l'une des marches pour fouiller à l'intérieur.

Mais celui-ci dévala l'escalier comme s'il avait été lancé sur une patinoire. Elle le reprit et le reposa sur une marche plus basse. Le même scénario se répéta.

— Ça, c'est quand même un monde, râla-t-elle.

Ohanko tira de sa besace en cuir l'un de ses onguents visqueux couleur groseille, en étala l'équivalent d'une cuillère sur l'une des marches. La substance glissa sur l'escalier comme de l'huile, et se répandit par terre sans laisser une seule trace. Même Liz en fut estomaquée.

— Nous ne devrions pas rester à découvert, murmura Meng Zhou. Cette chose est l'œuvre de la Citadelle, ça ne fait aucun doute.

— C'est le vieil homme qui nous a envoyés explorer le désert, pas la Citadelle, remarqua Aeneas. Et le couple d'hier s'exprimait comme lui, tu l'as dit toi-même, Liz. Vous...Vous croyez que cela pourrait avoir un rapport avec le chemin qui mène à l'Élite dont il nous a parlé ?

— C'était une métaphore, Aeneas, cette histoire du vieil homme, répondit Enndall, cherchant vainement dans le paysage de toundra un creux où se replier. Un chemin que seul le cœur peut appréhender n'est pas un véritable chemin que l'on peut toucher et...

— ...Voir ? compléta Leonel.

Pris de cours, Enndall en oublia sa recherche d'abri. Leonel éclata d'un rire nerveux.

— N'écoutez pas ce que je dis. Bien sûr que c'était une métaphore.

— Ce n'est pas seulement cet escalier qui est invisible, pressa Meng Zhou, qui commençait à perdre patience. Le lieu où il mène l'est aussi. Seule la Citadelle serait capable de tromper nos esprits à ce point.

— La Citadelle est à des jours de marche derrière nous, pointa Enndall.

— Et alors ? De toute évidence, nous n'avons pas la moindre idée de ce dont elle est réellement capable, rétorqua Meng Zhou, désignant l'escalier comme preuve.

— Est-ce que vous vous rendez compte qu'Aeneas s'est tenu droit sur une marche, alors que le reste a valdingué en moins de deux ? remarqua Liz. Briséïs, tiens-moi ça.

Elle lui flanqua son sac dans les mains, leva un pied hésitant... et se hissa sur la première marche. Elle se figea, retenant sa respiration, et comme rien ne se passait, gravit la seconde marche.

— C'est un escalier sélectif, dit-elle, émerveillée. Ça, c'est de la technologie de pointe. S'il sélectionne la nature de ce qui se pose, du moins. Si ce n'est qu'une question de poids… Il faudrait trouver une grosse pierre pour s'en rendre compte. Meng Zhou ! Tu m'en cherches une ?

— Certainement pas, fit ce dernier entre ses dents, attrapant Liz par le coude pour la forcer à descendre des marches invisibles.

— Eh ! Qu'est-ce que tu…

— Enndall, si tu n'organises pas notre repli, je vais être forcé de reprendre les choses en main, la coupa-t-il.

— Lâche-moi Meng Zhou ! Ça va pas ?

— Et toi, tais-toi ! Tu vas tous les ameuter !

— Qui ça ? Il n'y a personne ici Meng, calme-toi !

— Meng Zhou, tempéra Enndall, s'il y avait des gens de la Citadelle, tu ne crois pas qu'ils nous auraient déjà encerclés ?

— Peut-être qu'ils attendent qu'on se rapproche.

— Peut-être même qu'ils espèrent qu'on n'osera pas monter, réfléchit tout haut Leonel.

— Il n'y a pas de quoi se cacher dans les environs, poursuivit Briséïs. Trouver cet escalier était un miracle, dans une étendue pareille. Si on s'éloigne de plus de deux cents mètres, qui nous dit que nous serons capables de le retrouver ?

— Et alors, qu'est-ce que tu suggères de faire ? riposta Meng Zhou.

C'était une question rhétorique, mais Ohanko, qui pourtant n'éprouvait jamais le besoin de s'exprimer, y répondit :

— Il n'y a qu'un seul moyen de savoir ce qu'il y a au bout de ces marches. Il faut monter.

Enndall acquiesça. Les mâchoires serrées, il se débarrassa de son sac et du bâton qu'il portait toujours dans son dos, exécuta un signe de croix discret devant les marches et gravit la première.

— Ça fait bizarre, grimaça-t-il, écartant les bras pour garder l'équilibre.

Lentement il monta la seconde, puis la suivante, et la suivante… Quand il atteignit deux mètres de hauteur, il s'arrêta pour retrouver son calme.

— Bon, eh bien on ne m'a toujours pas attaqué, et il n'y a toujours rien à l'horizon. Il n'y a plus qu'à poursuivre...

— Tu t'y prends mal, dit soudain Leonel, qui se rongeait les ongles depuis le début de son ascension. Il faut te guider avec tes mains, laisse-moi faire.

Il monta à son tour, tâtonnant d'un pas mal assuré d'abord, mais il passa ensuite rapidement près d'Enndall, et poursuivit son parcours de funambule, dépassant l'équivalent de trois étages, toujours en ligne droite.

— Jusqu'où est-ce que va cette chose ? murmura Briséïs, le cou tordu pour suivre son ascension.

— S'il tombe maintenant… dit Liz dans un souffle.

— Ça n'en finit plus ! cria Leonel, la voix tendue.

— On t'entend très bien, tu n'es pas obligé de brailler ! répondit Meng Zhou.

— OK, OK, c'est juste que…

Leonel s'arrêta un moment et étudia sa situation, debout au milieu de rien avec l'horizon pour seul point de repère. Il hésita avant de poser son pied sur la marche d'après, prit encore plus de temps pour la suivante.

— On… On dirait qu'il tourne…

— Tu devrais redescendre maintenant ! lui enjoignit Enndall.

— Je ne dois plus être très loin du sommet, ça serait trop bête, il faut bien savoir où il mène...

Il hésita, mais n'arrivant pas à aborder le coude invisible des marches, il finit par se retourner, cherchant du bout du pied la marche qu'il venait de quitter.

— Vas-y doucement, ne tombe pas ! s'exclama Liz.

— C'est plus facile à dire qu'à faire. C'est encore plus compliqué à descendre, ce truc…

Il tâtonna dans le vide et soudain, perdit l'équilibre. Liz poussa un cri. Leonel dévala quelques marches sur les fesses puis chuta comme une pierre de plusieurs mètres… pour atterrir tout droit dans les bras d'Ohanko.

Celui-ci tomba à la renverse sous le poids de Leonel, mais accusa le coup remarquablement bien.

— Ohanko ! Ça va ?

Liz se précipita pour venir l'aider tandis que Briséïs éclatait d'un rire nerveux.

— La belle a trouvé son prince charmant, se justifia-t-elle à Enndall, qui la regardait de travers.

Leonel s'extirpa rapidement des bras musclés de son sauveur et lança des éclairs à Briséïs.

— Leonel, tu pourrais remercier Ohanko, s'indigna Liz. Tu te serais cassé le cou sans lui.

— J'étais tellement proche du but, grommela-t-il en retour. J'en suis sûr, c'était tout proche.

— C'était par là, dit Aeneas, pointant le ciel vers le point le plus haut qu'avait atteint Leonel. Vous croyez qu'on pourrait essayer de lancer un caillou, pour voir s'il y a quelque chose ?

Au timbre de sa voix, il ne semblait pas certain que ce fût une bonne idée. Meng Zhou renchérit en signant non de la tête à Enndall qui se penchait pour ramasser un caillou. Enndall joua avec la pierre, pesant le pour et le contre et, finalement, visa le ciel. Le projectile s'envola, décrivit une courbe… et retomba à terre sans rien avoir touché.

— Enndall… fit Meng Zhou, attrapant son bras alors qu'il s'apprêtait à lancer un deuxième caillou.

— Il faut tenter, Meng Zhou, répondit-il.

À contrecœur, le général retira sa main.

Le second projectile retomba à terre comme le premier. Mais le troisième heurta l'invisible et changea brusquement de trajectoire. Un formidable bruit dissonant se propagea dans le désert comme si une gigantesque plaque en tôle avait été touchée. Meng Zhou, Leonel et Aeneas eurent tous les trois le réflexe de s'allonger à terre, comme s'ils s'attendait à une rafale de coups de feu. Ohanko et Enndall les imitèrent, et Aeneas attrapa le poignet de Briséïs, trop lente à réagir, pour la forcer à se baisser.

— Quel incroyable bruit ! s'exclama Liz, la seule encore debout, les yeux rivés vers les cieux. Dites donc, il va bien au-delà de trois étages cet escalier, non ?

— Liz ! Baisse-toi ! murmura énergiquement Meng Zhou.

Le visage près du sol, Briséïs ne pouvait plus bien voir. Visiblement sur les nerfs, Aeneas serrait son poignet comme un forcené.

— C'est bon Aeneas, tu peux me lâcher, lui dit-elle.

Ses yeux s'attardèrent sur le cordon de cuir qui pendait au cou du jeune homme. Il y avait attaché le diapason rouillé que lui avait offert la vieille femme du village, au départ de leur voyage. L'instrument tressautait au rythme de ses tremblements nerveux.

— Mais oui, bien sûr ! s'exclama Briséïs, tirant sur la fourche de métal de sa main libre pour la libérer du cordon de cuir.

Surpris, Aeneas lâcha son poignet et lui permit malgré lui de se relever.

Briséïs frappa le diapason contre son genou et courut le mettre en contact avec l'escalier. La vibration de l'instrument se propagea dans la structure invisible, et une seconde note discordante résonna en écho, loin au-dessus de leurs têtes.

— Oui, c'est ça ! s'écria-t-elle, jubilant. Puisqu'on ne peut pas voir l'escalier, il faut l'écouter ! Il n'y a rien à craindre, ajouta-t-elle pour ses amis, le vieil homme nous a bien envoyés retrouver cet escalier : la vieille femme nous a donné ses précieux objets pour que nous puissions décoder ce passage secret avec ! Nous sommes censés gravir ces marches !

— Tu crois ? fit Liz, s'approchant pour observer le diapason.

— C'est évident, écoute !

Cette fois elle cogna le diapason directement sur l'escalier. La structure crissa, un son puissant et très désagréable. Avant que Briséïs ai eu le temps de reposer l'extrémité du diapason sur les marches pour le faire vibrer d'une note, la petite bille transparente qui y était soudée se décrocha et roula par terre.

— Ma fourchette ! gémit Aeneas, partagé entre l'envie de se relever pour récupérer l'objet et son besoin de rester à l'abri près du sol. Qu'est-ce que je vais dire à la vieille dame ?

— S'ils nous ont donné ces objets pour nous guider sur les marches invisibles, pourquoi ne pas nous l'avoir dit ? demanda Enndall qui s'était prudemment approché.

— Peut-être justement parce que nous devions le trouver autrement que par la logique, répondit Briséïs. Nous devions le trouver avec notre intuition, avec notre cœur. Je sais, ça ne paraît pas très vraisemblable à première vue, mais vous vous rappelez de ce que je vous ai dit à propos de la façon dont mon ami Benji m'a fait découvrir la bibliothèque ? Ce doit être pour les mêmes raisons que le vieil homme a choisi de ne rien nous dire. Parce qu'il y a dans ce désert des éléments qui fonctionnent comme la Citadelle.

— Des phénomènes qu'il a peut-être intérêt à cacher. Ce qui expliquerait qu'il n'ait pas voulu nous révéler l'emplacement du désert, réfléchit Leonel. Il n'y a peut-être pas que la Citadelle qui gagne à rester secrète, tant qu'on n'a pas compris comment la battre. En un sens ça se tient… Dans ce cas, les autres objets de la vieille doivent avoir leur utilité. Du moins je l'espère, parce que ces échos de tôle discordants ne seront pas suffisants pour emprunter l'escalier, s'il va au-delà de trois étages.

À cet instant Meng Zhou fit un brusque bond en arrière, jetant un objet en l'air.

— Qu'est-ce que c'est que ça ? s'écria-t-il alors que tout le monde se penchait sur l'objet retombé par terre.

— C'est un cube, dit Leonel en le ramassant. D'où le sors-tu ?

— J'ai dénoué la ficelle qui tenait mon fagot de bois, répondit Meng Zhou. Qu'est-ce que c'est encore que cette magie ?

Les petits morceaux de bois pourris et pleins de mousse s'étaient collés solidement les uns aux autres, formant les arêtes d'un cube parfaitement géométrique. Deux bouts de bois gisaient encore à terre. Liz les ramassa pour les poser sur le cube.

— Ça n'a rien de magique, il doit y avoir des aimants au bout des tiges.

Pour s'en assurer, elle prit la petite bille des mains d'Aeneas et la promena sur les arêtes de bois.

— Vous voyez, je vous l'avais dit : le micro-métal de la bille est repoussé…

La sphère lui échappa malencontreusement des doigts et tomba au centre du cube où elle resta en suspension.

— Des aimants plutôt puissants…

Tous échangèrent un regard et les visages s'illuminèrent. Fébrilement, chacun sortit son présent.

Leonel coinça son monocle entre sa joue osseuse et son épais sourcil, ausculta du mieux qu'il put un invisible agrandi. Ohanko vida entièrement son grand sac pour retrouver sa boussole, la secoua dans tous les sens, tenta diverses expériences de placement sur les marches, chaque fois pour la regarder dégringoler.

Aeneas fit la première trouvaille : trois encoches sur les branches rouillées de son diapason. Il accepta de le confier à Leonel, qui découvrit grâce à sa loupe grossière qu'on pouvait faire pivoter chaque branche d'un quart de tour sur elle-même afin de réajuster les longueurs de quelques millimètres. Aeneas en fut émerveillé. Leonel examina tous les autres objets de la sorte. Il put brillamment confirmer que les baguettes d'Enndall n'étaient pas télescopiques et que la boussole d'Ohanko ne servait décidément à rien.

— Il y a quelque chose ici ! s'exclama-t-il en examinant le cube. À l'intérieur, sur cette arête, une sorte de graduation. Et sur ces deux-là aussi.

— Quel genre de graduation ? demanda Briséïs.

Leonel colla son œil tout contre le bois mousseux.

— Ça a l'air d'aller de un à cent, à moins que ce ne soit de un à mille. Si seulement ce n'était pas si vieux et si sale…

— Mets un peu d'eau dessus pour le nettoyer alors, suggéra Briséïs en sortant sa gourde de son sac.

— Non, pas d'eau, intervint Liz. L'eau, on la garde pour boire, et puis du bois déjà en miettes, ça ne lui ferait pas du bien. Mettons plutôt un peu de mon parfum.

Sous les regards attentifs de la troupe, elle aspergea minutieusement les arêtes de bois… qui restèrent verdâtres, la mousse bien accrochée. Les gouttelettes scintillantes ne firent que rendre les graduations encore plus indéchiffrables.

Ils cherchèrent longtemps encore des indices en tentant d'assembler leurs objets. Fallait-il attacher les baguettes d'Enndall sur les arêtes du cube ? Placer la boussole d'Ohanko sous le diapason pour la faire enfin fonctionner ? Le sablier de Briséïs pouvait-il servir à quelque chose dans cette histoire, si par exemple on le plaçait sous le cube, ou par-dessus la boussole ? Mais ils tournaient en rond, et peu à peu l'enthousiasme retomba. Découragés, ils s'installèrent au pied de l'escalier pour reprendre des forces.

Ils mangèrent en silence, chacun perdu dans ses pensées. Ils n'osaient toujours pas s'éloigner de l'escalier, au risque de ne pas le retrouver. Pourtant il leur faudrait bien agir, pour débloquer la situation.

Meng Zhou proposa que deux d'entre eux partent à la recherche de l'étrange couple, avec l'espoir qu'il saurait leur montrer comment utiliser les cadeaux de la vieille femme. Enndall refusa catégoriquement. Sur leurs engins, ces deux-là étaient peut-être déjà très loin, et il ne voulait pas prendre le risque de perdre deux membres de leur groupe. Ce serait bien pire que d'avoir perdu la trace de l'escalier.

Le temps passe très lentement quand on se trouve dans un cul-de-sac, pensa Briséïs, affalée par terre comme les autres, son sac sous la tête. Elle faisait danser entre ses doigts le monocle de Leonel et la bille légèrement transparente du diapason pour observer les éclats de lumière du soleil. Il lui semblait être coincée au pied de l'escalier depuis des lustres, et pourtant l'astre ne semblait pas vouloir se coucher. Il se contentait de les narguer du haut de son perchoir. Briséïs l'aurait bien secoué.

— Lui doit savoir jusqu'où va notre escalier, dit Ohanko qui tirait sur sa pipe, lisant dans ses pensées.

— Si seulement on pouvait lui demander, acquiesça Briséïs

avec un faible sourire. Il fut un temps où j'espérais vainement comme ça que le soleil règle tous mes problèmes…

Son père lui avait montré un jour comment concentrer les rayons du soleil avec une loupe. Il lui avait juré qu'un rayon bien dirigé pouvait mettre le feu à une feuille de papier et la faire disparaître sans laisser aucune trace. Quelques années plus tard, Briséïs s'était évertuée à lui rendre raison, s'escrimant à envoyer des rayons concentrés sur toutes ses dictées. Elle n'était jamais parvenue à obtenir plus qu'une maigre fumée.

Elle s'amusa à concentrer les rayons du soleil sur la bille grâce au monocle… et réalisa tout à coup que la bille du diapason semblait être façonnée comme un prisme : la lumière ressortait dans trois directions différentes, bien précises. Briséïs réquisitionna le cube de Meng Zhou, laissa tomber la bille au milieu comme l'avait fait Liz et plaça le monocle au-dessus du cube, soutenu par les deux tiges supplémentaires. Elle se couvrit la tête de son pull pour ne laisser passer qu'un faisceau de lumière qu'elle orienta afin qu'il ne touche le cube que par le biais du monocle.

Son cœur se mit à battre la chamade.

— Briséïs, qu'est-ce que tu fais ?

Liz la regardait de travers.

— Je ne sais pas encore… Aeneas, ta fourchette s'il te plaît.

Elle étudia attentivement les branches du diapason, l'œil agrandi par le monocle, les positionna de façon à ce que les chiffres de graduation de l'instrument correspondent aux graduations du cube éclairées par les trois rayons de soleil. Puis elle réemboîta la bille sur l'extrémité du diapason, le cogna contre son genou et posa le diapason contre l'une des marches. Un magnifique *la* se propagea dans la structure, et l'escalier parut chanter à des kilomètres au-dessus de leurs têtes.

— Comment as-tu fais ça ? demanda Enndall, si proche d'elle qu'il la fit sursauter.

Le groupe s'était regroupé autour d'elle sans qu'elle s'en rende compte.

— J'ai adapté la graduation du diapason en fonction de celle du cube et des rayons du soleil. C'est complètement dingue, mais ça marche !

Leonel ne paraissait pas impressionné par sa trouvaille :

— La note est plus audible, dit-il, mais ça ne va pas nous empêcher de nous écraser par terre au moindre tournant. Et puis le soleil tourne, c'est un coup de chance que ton expérience ait marché.

— Les escaliers bougent aussi, rappela Aeneas, et parfois ils se froissent, et tout le ciel tremble.

— Ah oui ? Et après, il faut dire « éternelle inspiration, tu es libre », j'imagine ? poursuivit Leonel, l'œil noir.

Mais Aeneas le prit au mot : il écarquilla les yeux, comme frappé par une révélation, se tourna vers l'escalier, mit ses mains en porte-voix et cria en direction du ciel :

— Éternelle inspiration, tu es libre !!

Leonel se tourna vers Liz en quête de soutien.

— C'est embêtant qu'on ne puisse pas le salir, dit-elle, ça serait tellement plus simple. Quand je pense aux escaliers de chez moi qui ne sont pas foutus de se nettoyer proprement, et voilà que celui-là fait trop bien les choses.

Elle approcha ses lèvres de l'invisible pour faire de la buée, comme si elle nettoyait des lunettes. Leonel lui attrapa le bras pour l'empêcher de frotter amoureusement les marches de sa manche.

— Liz ! Ton haleine !

— Quoi, mon haleine ? Elle ne te plaît pas, mon haleine ?

— Non, enfin, je veux dire… Là, sur la marche, la buée est encore là !

Tous retinrent leur respiration, observant la marque qui avait miraculeusement fait apparaître une marche. Progressivement celle-ci se résorba, puis au bout d'une bonne minute, finit par disparaître.

— On ne va quand même pas tracer notre chemin en soufflant dessus marche par marche ! dit Enndall.

— Il nous faudrait quelque chose qui fasse de la vapeur, songea Briséïs.

— On pourrait en faire en jetant de l'eau sur des pierres chauffées dans un feu, renchérit Ohanko. Mais pour emmener la vapeur avec nous, et la diriger sur l'escalier…

— Nous avons un réchaud, rappela Leonel. Avec quelque chose de fermé qui puisse contenir l'eau et projeter la vapeur, on pourrait…

— Quelque chose comme une fiole attachée à une poire directionnelle ?

Liz souriait, balançant devant elle le flacon de parfum de la vieille dame.

— C'est une chance, il a un jet très puissant, dit-elle. À vrai dire, je me demande même s'il s'agit vraiment de parfum.

— Et les baguettes d'Enndall et la boussole d'Ohanko ? demanda Leonel. On n'a toujours pas trouvé leur utilité.

— On la trouvera peut-être en chemin, répondit Briséïs.

— Avant ou après être tombés de trente mètres ?

Briséïs le foudroya du regard mais Enndall l'interrompit avant qu'elle ne trouve une réplique cinglante.

— Il faut faire chauffer ce parfum. Dépêchons-nous, tant que le soleil est encore haut dans le ciel. Je ne voudrais pas que nous soyons encore sur cet escalier quand la nuit tombera.

Ils se mirent au travail. Briséïs et Aeneas allumèrent un feu et Liz aida Ohanko à préparer un cataplasme qui garderait la chaleur de la fiole quelques heures. Enndall et Meng Zhou firent sonner l'escalier à répétition, tâchant de déterminer plus précisément sa hauteur et sa direction, tandis que Leonel dessinait des courbes et schémas qui pourraient au mieux le représenter, suivant leurs résultats. Il traça quelques coudes, mais au-delà d'une certaine hauteur, tout devenait flou. Pour en savoir plus, ils n'avaient pas le choix : il fallait monter.

Liz voulut absolument passer la première : elle n'avait pas confiance en la subtilité des autres. Et puis, la fiole de parfum lui avait été confiée à elle. Le soleil commençait à descendre quand elle posa son pied sur la première marche, brandissant son parfum devant elle comme une arme protectrice. Le système fonctionnait à merveille.

— Tout ce qu'il y a à faire, c'est prétendre qu'il est vraiment là, dit-elle en se tournant vers ses compagnons pour rassembler son courage. Il suffit d'altérer la réalité, ce n'est qu'une question d'entraînement… C'est parti.

Ils décidèrent de s'assurer les uns les autres en se tenant par la ceinture. Enndall murmura une prière, et Ohanko et Aeneas l'imitèrent. Puis Aeneas emboîta le pas de Liz, suivi de Meng Zhou, Briséïs, Ohanko, Leonel ; Enndall monta en dernier. Ils avancèrent lentement, marche après marche, s'assurant sans cesse de la position de chacun, faisant sonner l'escalier, vérifiant que la structure supportait bien leur poids.

Peu à peu, ils s'élevèrent.

Dix mètres, puis vingt, trente, quarante, cinquante…

« C'est incroyable », murmuraient-ils en jetant de brefs regards au paysage, à mesure que l'escalier continuait de monter. « Jusqu'où va-t-il comme cela ? »

Briséïs faisait de gros efforts pour garder son calme. La terre était de plus en plus loin en bas. Ils ne gardaient pas trace du temps, mais bientôt les rayons orangés du soleil couchant firent briller d'un éclat doré la vapeur de parfum. Le chemin ne restait pas longtemps visible après leur passage. L'escalier derrière eux se volatilisait tel un mirage, et avec lui leur éventuel chemin de retour. Ils montaient toujours plus haut. De temps à autre, l'escalier faisait un coude, puis il revenait à sa trajectoire d'origine.

— Si tu fatigues, Liz, dis-le avant de faire une bêtise, conseilla Meng Zhou. On peut aller à l'avant à tour de rôle.

— Il est hors de question de changer de place à cette hauteur, répliqua Liz sans quitter des yeux le chemin de vapeur à ses pieds.

Briséïs accueillit chaleureusement cette décision. Elle était terrifiée à l'idée de trébucher. L'ascension était éprouvante, ses jambes commençaient à trembler. Les étendues désertiques tout en bas sollicitaient bien plus le regard que la faible vapeur de parfum. Garder en vue la traînée brumeuse sans se laisser attirer par le vide requérait une solide concentration. Que se passerait-il si l'escalier ne menait nulle part ? Jamais elle ne trouverait la force de tout redescendre… Qui avait bien pu construire un monument pareil ? Même à l'échelle des prouesses de la Citadelle, un tel escalier se perdant à l'infini paraissait impensable.

— Nous n'aurions jamais dû nous engager sur cette chose, marmonna Leonel quand la terre disparut dans l'ombre. S'il n'y a pas d'issue, nous sommes fichus.

Seuls restaient éclairés leur petit îlot de buée et les nuages dans les cieux. Bientôt, aussi incroyable que cela puisse être, ils rattrapèrent les premiers cumulus. Jusqu'où pourraient-ils monter ainsi, avant de manquer d'air ?...

Puis brusquement, l'escalier fit place à un chemin plat. Le groupe reprit espoir. Peut-être finalement avaient-ils bien fait de monter ? La route invisible sinuait entre les châteaux de brumes, qui se tintaient des lueurs du couchant dans un calme surréaliste. Dans le désert, Briséïs avait cru marcher en silence. Elle s'était trompée : sur Terre, il y avait toujours un peu de bruit. Les herbes qui se froissent, le fourmillement des insectes, les pas sur la terre sèche… Dans le ciel, le silence était absolu. Mais tout était si beau… Un tel chemin devait sûrement mener quelque part.

C'est alors que Liz leur annonça qu'il se divisait en deux. Aeneas lui donna son instrument, mais aucun des passages ne produisit de son harmonieux au contact du diapason.

— Tirons au sort, proposa Aeneas.

— Je ne tiens pas à confier mes chances de survie au hasard, cingla Liz. Meng, passe-moi le cube. Leonel, ton monocle, je vais refaire les calculs.

Les instruments passèrent de mains en mains. Liz repositionna le diapason en suivant les indications des timides rayons du soir. Si la théorie de Briséïs était fausse…

Sitôt réagencée, la fourchette chanta de toute son âme, et le chemin bifurquant à droite y répondit. S'ils n'avaient été en équilibre sur une plateforme invisible à si haute altitude, ils en auraient sauté de joie. Ils se contentèrent d'un timide hourra que Liz calma rapidement : ils n'étaient pas encore tirés d'affaire.

Ils marchaient à l'horizontale depuis une demi-heure environ lorsque, courbée en avant, trop concentrée sur sa tâche, Liz glissa subitement hors du chemin de verre.

Elle ne cria pas. Aeneas se jeta à plat ventre juste à temps pour la rattraper par les bras. L'effroi se lisait dans les yeux de Liz tandis que ses jambes galopaient dans le vide.

— Je te tiens, je te tiens, lui répétait Aeneas, tout proche de son visage blême.

Mais lui aussi commençait à glisser et Meng Zhou l'empoigna à bras-le-corps pour l'empêcher de tomber. Juste derrière, Briséïs, terrifiée, s'accroupit sur le chemin. Les autres hurlaient des encouragements à Liz qui secouait la tête, incapable de sortir un son. Tous réalisaient qu'il était possible de tomber pour de bon. Très facilement.

Enfin, Aeneas parvint péniblement à hisser Liz sur la passerelle. Elle grelottait de la tête au pied. Elle n'était pas la seule. Elle se remit debout tant bien que mal, et Aeneas s'assura qu'elle tenait bien sur ses jambes avant de la lâcher.

Mais elle glissa à nouveau, avec un cri strident. Aeneas se jeta en avant, la rattrapa du bout des doigts.

— Bon sang, Liz, à quoi tu joues ? pesta-t-il entre ses dents serrées, tous les muscles tendus.

Liz avait de la chance : jamais un autre qu'Aeneas n'aurait pu réagir aussi vite.

— SORS-MOI DE LÀ ! hurla-t-elle à ses oreilles.

Aeneas la hissa à nouveau et la propulsa dans les bras de Meng Zhou. Mais Meng Zhou, n'étant pas prêt à la recevoir, trébucha par-dessus Briséïs toujours accroupie et tomba dans les bras d'Ohanko. Au même instant Leonel eut la merveilleuse idée de se projeter en avant pour rattraper Liz en pleine crise d'hystérie. Poussé sur le côté, il dut effectuer une savante contorsion pour ne pas chuter dans le vide avec Briséïs, à qui il s'était raccroché.

— ON SE CALME ! ON SE CALME ! ON NE BOUGE PLUS ! hurla Enndall de l'arrière.

Tous se figèrent, Ohanko sur un pied, Leonel à plat ventre, Briséïs en dessous, Meng Zhou par-dessus, Liz pendue à ses chevilles.

Trois nuages pourpres passèrent dans le ciel de plus en plus sombre, frôlant l'air de rien l'invisible détenteur de leurs maigres chances de survie.

— Qu'est-ce qui s'est passé ? articula lentement Enndall.

— La voie est de nouveau glissante, hoqueta Liz. Ça a changé tout à coup, sans prévenir.

Elle désigna du doigt une ligne imaginaire derrière laquelle, selon elle, le passage se transformait en patinoire.

— Il faut faire demi-tour, on est tombés dans un piège ! s'exclama Leonel en se relevant vivement, ce qui eut pour effet d'arracher un hurlement à Liz qui se cramponna de plus belle.

— J'AI DIT DU CALME ! s'égosilla Enndall. On réfléchit avant d'agir.

Il inspira profondément.

— Liz, as-tu la moindre idée de ce qui a pu provoquer ce changement ?

Elle secoua la tête. Des larmes coulaient sur ses joues.

— Jurez-moi de ne plus jamais suivre mes idées débiles, sanglota Briséïs.

— Ce que nous allons faire, reprit Enndall, c'est nous asseoir tout doucement et reprendre des forces. Ensuite, nous déciderons de la marche à suivre, d'accord ?

Briséïs était d'accord. Elle amorça un mouvement pour s'asseoir, réalisa qu'elle se trouvait déjà sur les fesses. Elle ne sentait plus ses jambes. Elle jeta un coup d'œil autour d'elle : chacun prenait ses dispositions, aussi lentement que des yogis en exercice.

Aeneas n'avait pas encore osé s'asseoir. Briséïs attrapa le bras de Liz qui sursauta en hurlant :

— AH ! BRISÉÏS ! Ne me fais pas peur comme ça ! Quoi ? Qu'est-ce qu'il y a ?

— Aeneas, est-ce qu'il n'est pas…

— AENEAS ! NE BOUGE PLUS !

— Mais… Je n'ai pas encore bougé, gémit ce dernier, se figeant comme une statue.

— Tu es juste à la limite, Aeneas ! Tu pourrais glisser d'un moment à l'autre !

Aeneas retint sa respiration. Il se trouvait bien trop loin des autres, assis en rang d'oignons au milieu du ciel, pour qu'ils puissent le rattraper.

— Surtout ne panique pas, dit Enndall. Nous allons venir te chercher. Ne bouge pas et tout ira bien.

— Ohanko, avec moi, ordonna Meng Zhou en passant derrière Liz, recroquevillée sur elle-même.

Enndall remonta aussi la file. Ils ne pouvaient pas prendre le risque d'être déséquilibrés par le poids d'Aeneas. Ils prirent le temps de construire leur plan de sauvetage tandis qu'Aeneas se tenait toujours immobile, de la sueur perlant sur son front.

— C'est bizarre, j'aurais dit que la limite était plus proche que ça… réfléchit Liz tout haut. Oui, j'en suis sûre, elle était plus proche.

Les trois sauveteurs continuaient d'argumenter, ne sachant qui d'Ohanko ou Enndall serait plus en mesure de rattraper Aeneas, évaluant à vue d'œil le poids de chacun au cas où il faudrait utiliser un levier. Aeneas n'en pouvait plus d'attendre. Lentement, il baissa la tête pour contempler le vide autour de lui. Les dernières traces de buée s'étaient effacées depuis longtemps.

— Si j'ai déjà dépassé la limite, fit-il, et si je ne suis pas encore tombé, alors…

Il remua les orteils à travers sa sandale. Briséïs retint sa respiration. Il balança son poids d'un pied sur l'autre.

— AENEAS, NON ! cria Liz, mais il était trop tard.

Aeneas avait levé le pied. Il le jeta en avant…

Un concert d'exclamations accueillit son premier pas.

— Je le savais, souffla Aeneas, soulagé, je n'allais pas glisser.

Encouragé par ce résultat, Meng Zhou se risqua sur le passage. Il glissa avant d'avoir rejoint Aeneas qui le retint juste à temps.

— Ma parole, il n'y en a pas un pour rattraper l'autre ! sourit nerveusement Aeneas en le remettant sur pied.

Meng Zhou serra les mâchoires, dégagea sèchement son épaule de la main d'Aeneas et glissa instantanément comme sur une patinoire, jusqu'à ce qu'Aeneas le rattrape par le bras.

— Avec moi tu es stable. Sans moi, tu glisses…

Aeneas écarquilla de grands yeux, tout étonné de sa découverte :

— On dirait bien que je suis l'élu des dieux.

Après quelques autres essais, ils furent bien obligés de constater que seul Aeneas avait le pouvoir de transformer la patinoire en chemin praticable. Et il suffisait qu'il touche l'un d'entre eux et qu'ils se tiennent tous par la main pour que le don se transmette à chacun. Ils ne pouvaient ni retourner en arrière, ni rester là éternellement. Ils reprirent donc leur route en file indienne, Aeneas en tête.

Sous la pleine lune, les nuages s'élançaient comme de gigantesques cathédrales blanches au milieu des étoiles. Mais Briséïs ne pouvait se permettre de lever les yeux pour les observer : chaque faux pas risquait de la précipiter dans l'abîme. Et encore, elle, pouvait se laisser guider par la main de Leonel, juste devant. Elle s'inquiétait pour Aeneas, chargé de suivre la buée à la seule lueur de la lune. Au terme d'une journée aussi éprouvante, ne risquait-il pas de commettre une erreur fatale ?

Briséïs était exténuée. Pourtant, elle ne pouvait se résoudre à réclamer une pause, de peur de casser le rythme et de rompre leur jolie farandole sans le vouloir, en s'asseyant. Non, il lui fallait serrer les dents, et marcher. Mais combien de temps ? Ils progressaient depuis des heures, et rien à l'horizon ne s'était encore profilé.

Une étrange sensation s'empara de ses narines. Elles étaient comme… prises par la poussière. À plusieurs milliers de mètres d'altitude ? Curieux. Briséïs en fit part aux autres. Ils n'eurent pas le temps de lui répondre : un éclair blanc envahit le ciel, si éblouissant qu'il l'aveugla. Le cri strident de Liz remplaça le tonnerre.

Pourquoi les yeux de Briséïs ne s'habituaient-ils pas ? Elle ne voyait que du blanc. Elle s'immobilisa, le cœur battant, attendant de retrouver l'obscurité rassurante de la nuit. Mais la nuit s'était enfuie. S'habituant peu à peu à la lumière, Briséïs distingua quelques formes. Leonel se retourna vers elle et ses semelles crissèrent comme sur de la terre sèche. Il leva la tête, elle suivit son regard. Haut dans le ciel, le soleil rayonnait, comme s'il n'en avait jamais été autrement. Briséïs contempla, ahurie, le paysage environnant.

Ils se trouvaient à nouveau sur des collines arides.

En pleine journée.

## 21

# LE MONDE D'AENEAS

— Ah ! On est vivants ! s'exclama Leonel, attrapant vigoureusement la tête de Briséïs dans ses mains pour l'embrasser sur les deux joues. La terre ferme ! On s'en est sortis !

Il sautilla ensuite de l'un à l'autre pour tous les embrasser de la même façon.

— On s'en est sortis ! s'écria-t-il en secouant Ohanko qui s'était accroupi pour examiner le sol. Vous vous rendez compte ?

— Oh là, on se calme, grogna Meng Zhou. Enndall, cette fois, si ce n'est pas une illusion de la Citadelle…

— Peut-être bien, murmura Enndall tout bas, lâchant la main de Liz pour tirer de son dos son grand bâton empaqueté. Il déficela le tissu, révélant une longue épée qu'il empoigna des deux mains, à l'affût du moindre mouvement.

— Mince ! Enndall ! Qu'est-ce que c'est que ça ? siffla Leonel tandis que Meng Zhou et Ohanko sortaient chacun un long poignard.

— J'avais promis au vieil homme de ne m'en servir qu'en cas extrême, mais je crois que le moment est venu. Aeneas, Leonel, tenez-vous prêts, on ne sait pas ce qui s'apprête à nous tomber dessus…

— C'est pas croyable, murmura Aeneas, effaré, c'est à n'y rien comprendre…

— Moi, je trouve au contraire que c'est plutôt clair, déclara Liz, les mains sur les hanches. Je suis en train de rêver et vous n'existez pas.

— … Être montés si haut pour arriver ici…

— Désolé Liz, mais je crois bien exister pour de vrai, rétorqua Leonel, tout joyeux.

— Nous ne sommes pas dans un rêve, nous sommes chez moi, annonça Aeneas. Mon camp hoplite est juste derrière cette colline.

— … Tu es sûr ?

— Avec des montagnes comme celles-ci, c'est difficile de se tromper, dit-il, pointant à l'ouest une écrasante masse de sommets tout proches. Si je m'attendais à ce que les dieux nous jouent un tour pareil… Que cherchent-ils, à la fin ?

— Cette fois ça suffit, il n'est plus temps de garder nos secrets, grogna Meng Zhou. Aeneas, quelles sont les vues politiques de tes dirigeants ? Sais-tu si le général An Lushan s'est présenté à eux ?

— Je n'ai jamais entendu parler d'un tel général…

— Est-ce que ton peuple participe au commerce de la Route de la soie ?

— La…

— An Lushan cherche surtout des alliés sur la Route de la soie. Il protège ses arrières. S'il a amadoué tes dirigeants, il ne faut surtout pas qu'on nous voie ici, An Lushan leur aura certainement donné une description de moi. Alors, que sais-tu ?

— Aucune route de ce nom ne passe par Sparte, je…

— Sparte, la ville grecque ? s'étonna Briséïs. C'est là que tu vis ?

— C'est là que nous sommes.

— C'est en Grèce que se construit la résistance au conflit ? demanda Leonel, éberlué. Si je m'attendais à ça… Je les croyais pour la monarchie. C'est à cause du Premier ministre ? J'ai entendu dire du bien de lui.

— C'est quoi ce camp d'hoplites, Aeneas ? demanda Liz. Tu fais encore partie des boy-scouts ? Tu n'as pas passé l'âge ?

— Je suis encore un peu jeune pour habiter avec ma femme.

— Mais de quoi est-ce que vous parlez ? demanda Enndall. Ohanko, tu comprends quelque chose ?

— Quand je ne comprends pas, c'est que ça vient de l'est, répondit Ohanko, haussant les épaules.

— An Lushan est le général que l'Élite compte placer au pouvoir, expliqua Meng Zhou. Le vieil homme m'a recommandé de ne révéler son nom qu'en dernier recours, mais s'il s'apprête à nous tomber dessus, vous devez savoir.

— Je n'ai jamais entendu parler d'un An Lushan, dit Leonel, fouillant dans sa mémoire. Pour quel camp se bat-il ?

— Contre l'empereur Xuanzong, évidemment.

— Quel empereur ?

— Tu te fiches de moi ?

Briséïs écoutait sans parvenir à suivre la conversation : deux mots dansaient dans sa tête et l'empêchaient de réfléchir. *Sparte, hoplite. Hoplite, Sparte*. Elle était certaine de les avoir vus ensemble dans son livre de géographie… Mais n'était-ce pas plutôt son livre d'histoire ?

— Pourquoi utilisez-vous ce mot, *hoplite* ? demanda-t-elle à Aeneas. C'est un terme de l'époque de la Grèce antique, non ?

— Je l'utilise tous les jours, répliqua Aeneas en haussant les épaules.

— Je croyais que les hoplites étaient ces fantassins des armées de l'Antiquité, avec leurs lances et leurs boucliers…

— Oui, oui, lances et boucliers…

— Tu es un soldat aussi, alors, dit Meng Zhou se redressant.

Mais Aeneas maintint son attention sur Briséïs :

— De quelle époque, tu dis ?

— L'Antiquité, répondit Briséïs dans un souffle.

— Jamais entendu parler.

— Allons bon, Aeneas, s'amusa Liz. Personne n'est *à ce point* nul en histoire. Moi-même je confonds toujours les périodes, mais il reste les bases : préhistoire, *Antiquité,* Moyen Âge, Renaissance, Temps modernes, Aire digitale, Antiretrouvé, Atomyat, Matriarcatie, Temps libérés… Zut, j'en ai oublié un ? Non, voilà, c'est ça : Aire digitale, Atomyat d'abord, Antiretrouvé ensuite et Matriarcatie après.

— Bon, on ne va peut-être pas nous attaquer tout de suite, mais nous devrions quand même nous mettre à couvert, déclara Meng Zhou en se tournant vers Enndall. Même s'il n'a pas amadoué les dirigeants de cette bourgade, An Lushan sème des sentinelles un peu partout. Tôt ou tard, on risque de se faire repérer.

— Aeneas, *quand* sommes-nous ? demanda Briséïs, le cœur battant.

— Que veux-tu dire ? On est en été, maintenant quel jour… J'ai perdu le compte.

— On ne peut pas être en été, réfléchit tout haut Leonel. Il neigeait dans le Nord, je n'ai pas été hors du coup si longtemps…

— Nous sommes à la fin de l'été, rectifia Ohanko, sûr de lui. Je n'ai pas encore vu les premières feuilles tomber.

— Je voulais dire quelle année, dit Briséïs. Quel *siècle* serait même peut-être plus approprié…

— Oh, mais bien sûr, vous n'êtes pas de Sparte ! Vous n'avez pas le même calendrier… De quelle partie du monde barbare êtes-vous ?

Liz le regarda avec des yeux ronds, puis se tourna vers Meng Zhou.

— C'est un nom de code, la Route de la soie ? Parce que la véritable Route de la soie n'existe plus depuis un bon millénaire, on est bien d'accord ?

De la fumée parut sortir des oreilles du général. Il se tourna brusquement vers Enndall :

— C'est un coup monté ? Qu'est-ce que c'est que ces âneries ? Vous ne croyez-pas que nous avons mieux à faire ?

— Meng Zhou, je suis navré, mais je n'ai jamais entendu parler de la Route de la soie. Pourtant j'ai beaucoup voyagé en dehors du royaume de France, vers les bords du monde, mais…

— Est-ce que ce serait possible ? fit Briséïs d'une voix étouffée.

Le couple du désert avait parlé des escaliers de la carte du temps. Elle n'avait pas voulu l'entendre, mais ils avaient bel et bien gravi un escalier, et maintenant…

— Je vais vous dire quel jour nous sommes, s'esclaffa Liz, sortant un calepin de son sac. Zut, évidemment, pas d'électricité ici… De toute façon, c'est pas compliqué, je ne suis pas partie depuis plus de quinze jours, ce qui nous amène au… 22 décembre 18.

— 17, tu veux dire. On n'est encore qu'en 1917… à moins qu'on soit déjà en janvier ?

— Le 22 décembre 3418, Leonel, articula Liz, le visage pâle.

Puis elle éclata franchement de rire.

— Briséïs, si tu voyais ta tête ! Allez, arrêtez de dire n'importe quoi, ce n'est plus drôle.

— Cela expliquerait pourquoi nous ne savons pas qui tu es…

— Qui je… Ohanko, au moins, sait qui je suis.

Ohanko toussota, s'excusa d'une grimace.

— Tu ne sais pas ? Mais alors… Pourquoi est-ce que tu me regardes toujours bizarrement ?

— C'est vous qui vous comportez bizarrement : je n'ai jamais vu de femmes manquer à ce point de bienséance. Vous vous asseyez en tailleur comme des hommes…

— … Vous parlez fort comme des hommes, compléta Meng Zhou, et Ohanko hocha la tête d'un air entendu.

— Mon Dieu, c'est pas vrai…

Briséïs commençait à avoir la nausée. Le paysage désertique tournait autour d'elle ; elle chercha appui sur une pierre. Des éléments de leur périple se bousculaient dans son esprit, éclairés sous un jour nouveau : la réaction infantile d'Aeneas jouant avec le réchaud à gaz, la méfiance d'Enndall face aux boîtes de conserve, l'obsession de Leonel pour la guerre… Tout lui paraissait soudain plus clair. Elle n'aurait eu aucun mal à reconnaître une épée dans le paquet ficelé d'Enndall si elle avait pu imaginer un seul instant qu'il puisse marcher en plein désert avec une telle arme sur le dos. Et que dire d'un général coiffé d'un large chignon ? D'un médecin transportant de la pommade de groseille ? D'un sac confectionné dans une matière et un style si étranges qu'il était impossible pour Briséïs de le rattacher à rien de connu ? Elle ne s'était vue dans ce type de situation qu'une seule fois auparavant : dans la Citadelle, face à certains éléments d'architecture.

— Benji savait… murmura-t-elle.

Puis elle ajouta plus haut pour les autres :

— Dans la Citadelle, mon ami m'a montré des statues datées de périodes futures. Et d'autres qui paraissaient neuves alors qu'elles avaient traversé les siècles… Il m'a aussi dit qu'un grand nombre d'élèves venaient *d'ailleurs*. Il devait vouloir dire d'autres époques… Il avait compris, ou du moins il se doutait de quelque chose.

— C'est maintenant que tu nous dis ça ? s'exclama Leonel, atterré. Après tout ce temps passé à nous raconter les détails de ta vie dans la Citadelle, tu ne penses que maintenant à nous parler de ça ?

— Si j'avais su que ça avait une telle importance, j'y aurai pensé avant. Mais il y a tellement de bizarreries dans la Citadelle, et il me paraissait plus important de me focaliser sur les cours…

— La prochaine fois, laisse-nous faire le tri, d'accord ?

Elle le fusilla du regard. De tous les étranges traits de caractère de ses compagnons, seul le manque de finesse de Leonel demeurait injustifiable.

Enndall brisa le silence surréaliste qui flottait sur le groupe. D'une voix sourde, il déclara :

— Je propose que chacun révèle son époque d'origine. Ensuite… Ensuite, nous aviserons, d'accord ?

Ils acquiescèrent.

Briséïs s'était inquiétée pendant des semaines de ne pas savoir où elle se trouvait, et comment elle pourrait un jour rentrer chez elle. Comme ces questions lui paraissaient ridicules maintenant qu'elle ne savait plus *quand* elle se trouvait…

Enndall avait quitté les terres connues de l'Europe en l'an de grâce 1450, après avoir longtemps séjourné en royaume d'Aragon. Ohanko, lui, ne comprenait rien à tous ces chiffres. Il vivait sur la terre de ses ancêtres et comptait les années de sa vie grâce aux événements qu'apportait chaque hiver. Aeneas leur assura posséder un calendrier plus exact, mais aucun des noms de rois spartiates qu'il cita ne put éclairer leur lanterne. Quand à Meng Zhou, il pouvait affirmer sans la moindre hésitation avoir quitté Chang'an, capitale de l'empire du Milieu, pour rejoindre sa frontière nord au septième mois de la trente-quatrième année du règne de Xuanzong. Ce qui leur faisait une belle jambe. Leonel était né en 1895. Depuis trois ans, il se battait dans les tranchées de la guerre mondiale. Il était le plus proche de l'époque de Briséïs... Bonjour l'image du XX^e^ siècle... Était-il toujours vivant quand elle sera née ? Ou devait-elle plutôt dire... Serait-il toujours vivant quand elle était née ? Fût née ? Naquît ?

— Attendez un instant. Si nous sommes tous d'époques et d'endroits différents, comment se fait-il que nous nous comprenions ? demanda Leonel.

Ou alors « avait été née » ?

— Briséïs ?

— Hein ? Ah, non rien, je... Mais oui, comment se fait-il que nous nous comprenions ?

— C'est bien, les gens sont vifs au XXI^e^ siècle, siffla-t-il.

— J'ai toujours pensé que tout le monde parlait grec, intervint Aeneas. Après tout, c'est la langue des dieux.

— Tu crois ça ? dit Liz, amusée. Pourquoi, tu les as déjà entendus parler ?

Aeneas hésita devant sa question.

— Oui... avoua-t-il finalement.

— Alors peut-être que tu pourras leur demander ce qu'on fait ici, la prochaine fois que tu les croiseras.

Aeneas frissonna à cette idée.

— Le vieil homme du désert m'a dit que les dieux m'avaient envoyé en mission pour... Enfin, qu'ils m'avaient envoyé en mission. J'ai vraiment cru que ces escaliers nous mèneraient à l'Olympe, et nous voilà de retour ici. Je ne comprends pas ce que j'ai pu faire qui ne leur a pas plu…

— Ne t'inquiète pas, ils sont capricieux, dit Leonel, reprenant le costume d'amertume qu'il avait un temps oublié. À moi, on m'a assuré que j'allais me battre contre la puissance secrète qui entretient la Grande Guerre sur les deux fronts. On s'est bien foutu de ma gueule.

— Le vieil homme m'a juré que la Citadelle nourrissait les intrigues à la cour et qu'elle permettrait à An Lushan de renverser l'empereur, dit Meng Zhou. Il m'a fait croire qu'il avait mis l'empereur au courant, et que ce dernier lui avait donné l'aval pour diriger la résistance. Il m'a même montré une lettre cachetée du sceau impérial pour me convaincre. Si j'ai accepté de me mettre à ton service, Enndall, c'est parce que le vieil homme m'a assuré que tu étais l'ambassadeur secret d'un des alliés de l'Empire.

— On dirait bien que le vieil homme n'en a fait qu'à sa tête, répondit Enndall, gêné. Mais… S'il nous avait dit la vérité, est-ce que nous l'aurions cru ?

— Je n'ai pas le temps pour ces bêtises, s'emporta Meng Zhou. L'avenir de l'Empire pourrait bien se décider dans les jours qui viennent, et je suis le seul à pouvoir faire évoluer la situation !

— Si réellement nous sommes en Grèce antique, alors tu as peut-être quelques siècles devant toi pour faire évoluer la situation, fit remarquer Liz avant de sursauter : mais enfin, qu'est-ce que je raconte ? Tout ça n'a ni queue ni tête !

— Je ne crois pas que le vieil homme nous ait menti, réfléchit Briséïs. Il a seulement fait comme la Citadelle, il n'a dit à chacun qu'une partie de la vérité, celle qu'il pouvait entendre. La Citadelle a gouverné le monde à toutes les époques. Le vieil homme nous envoie donc observer ses complots… à toutes les époques.

Un ange passa parmi eux.

— Maintenant tu veux nous faire croire que nous allons visiter *chacune* de ces époques ? demanda enfin Leonel. C'est une jolie théorie.

L'idée était si nouvelle dans l'esprit de Briséïs, elle-même avait du mal à le concevoir. La Chine impériale, l'Europe du Moyen Âge, le futur… C'était incroyable, et pourtant…

— Je ne vois pas d'autre explication, conclut-elle.

— D'accord. On se rend à chaque époque et on répare ce qui a besoin de l'être. Parce que le vieil homme ne nous a pas seulement parlé d'observer, je vous le rappelle. Il souhaite également que l'on *passe à l'acte*, pour *freiner la Citadelle dans ses plans*. Bien. Mais on le fait vite alors. Vas-y Aeneas, dis-nous ce qui ne va pas chez toi.

Aeneas resta sans voix. Leonel explosa de rire.

— *Chacune de ces époques !* Montre-moi d'abord la Grèce antique, la vraie, hors de ces collines. Ensuite, on verra.

— Nous ne pouvons pas rester ici éternellement, remarqua Enndall en se relevant. Nous allons bientôt avoir besoin de vivres. Ne perdons plus de temps, en route. Aeneas, montre-nous le chemin.

— Le chemin ?

Enndall le toisa d'un air fatigué.

— Vers ton campement.

Aeneas ouvrit de grands yeux alarmés. Il promena un regard inquiet sur chacun des membres du groupe avant de balbutier :

— Mais… Mais… Je ne peux pas… On ne laisse pas entrer des étrangers comme ça dans un camp spartiate.

— Alors tu n'as qu'à partir en éclaireur, ils te feront confiance.

— Je ne suis pas sûr que… Je ne suis qu'un hoplite, un petit soldat. S'ils décident que vous n'êtes pas les bienvenus, je ne pourrai pas…

— De quoi as-tu peur ? s'emporta Meng Zhou. C'est bien ton camp, tes camarades, non ?

— Oui, mais…

— Nous avons marché toute la journée, grimpé toute la soirée, traversé les nuages en pleine nuit, et maintenant il fait de nouveau jour et nous sommes tous éreintés. Alors en route, soldat, et ne nous fais pas attendre !

Aeneas avala sa salive. Il tira de son sac sa tunique grisâtre de spartiate, l'enfila à la hâte et s'en fut à grandes enjambées dans la vallée parsemée de bosquets méditerranéens qui s'ouvrait à eux vers le sud.

— Tu n'aurais pas dû être dur avec lui, dit Enndall, soucieux, en regardant Aeneas disparaître.

— Est-ce que tu as des enfants, Enndall ? repartit Meng Zhou, ajustant son long poignard à sa ceinture. Mon plus jeune a son âge. Un soupçon de discipline, ça ne fait de mal à personne.

Ils s'étaient retirés dans une cavité à l'abri du soleil, sur le flanc d'une colline, dans l'espoir de se reposer un peu en attendant Aeneas. Briséïs, recroquevillée contre la roche calcaire, observait ses compagnons bâiller, les paupières lourdes. Elle jeta un coup d'œil à Ohanko en poste de garde sur un rocher un peu plus haut. Personne ne trouvait le sommeil ; ils étaient à la fois envoûtés par les événements des dernières heures et tourmentés par ce qui les attendait encore.

Une sorte de fièvre avait saisi Briséïs. *La Grèce antique ! La Grèce antique !* ne cessait-elle de se répéter, tout excitée. Pourrait-elle visiter les temples grecs ? Voir passer des armées avec leurs casques à cimiers ?

— Est-ce qu'on va pouvoir mettre des vêtements antiques ? fit Liz rêveusement. Manger du raisin, affalés sur des banquettes, pendant qu'on nous joue de la lyre ?

— Vous croyez que le vieux a aussi prévu un moyen de nous faire rentrer chez nous après ? demanda Leonel, sans vraiment attendre de réponse. Non pas que je tienne absolument à retourner d'où je viens, mais s'il espère que nous retrouvions *par hasard* un deuxième escalier invisible… On risque d'être coincés ici longtemps.

— Je suis sûr qu'une fois notre tâche accomplie ici, nous serons guidés vers le chemin du retour, assura Enndall.

Leonel l'observa un moment sans rien dire.

— D'où est-ce qu'elle te vient ? demanda-t-il enfin, pointant du doigt la grande épée d'Enndall.

Enndall souleva son épée, la soupesa, la fit tournoyer doucement entre ses mains.

— Un cadeau de mon maître d'armes, pour mon adoubement. Je la garde toujours avec moi, elle est la gardienne de mon titre.

— Tu es chevalier ? s'amusa Leonel. Un vrai de vrai, avec armure et tout ?

— Bien sûr, je suis chevalier.

— Et à quel genre de quête te livres-tu ? Tu préfères aller sauver des princesses ou partir à la recherche du Saint Graal ?

— Léo, ce n'est pas drôle, coupa Liz. Tu n'aimerais pas qu'on se moque de ton époque.

— Ce n'est rien Liz, je ne me sens pas offensé. Je fais partie de l'ordre des Dragons, ajouta Enndall, tirant un médaillon de sous sa chemise.

Il caressa du doigt la large feuille argentée marquée d'une grande croix rouge qui recouvrait le dos d'un dragon doré dont la longue queue, recourbée sous son ventre, finissait enroulée autour de son cou.

— Vous voyez cet insigne ? C'est l'emblème de mon ordre. La croix de saint Georges symbolise la victoire du Christ sur les forces du mal, représentées par la bête de l'Apocalypse.

— Tu t'es battu contre des dragons ? glissa Leonel, tâchant de garder son sérieux.

— Les formes du mal sont multiples. Si une damoiselle est en danger, je ferai tout ce qui est en mon pouvoir pour lui venir en aide, bien sûr. Et je serai toujours, d'une façon ou d'une autre, à la recherche du Saint Graal. Il n'est pas besoin de choisir, quand on est au service de Dieu.

— Un chevalier au service des dam'selles en détresse… soupira Liz. Si j'avais su que j'en rencontrerai un en chair et en os !

— Je ne fais que mon devoir.

— Qu'est-ce que c'est, le Saint Graal ? demanda Ohanko du haut de son rocher.

Enndall sursauta :

— Tu ne connais pas le Saint Graal ? La coupe qui recueillit le sang du Christ ? Celle qui apportera la paix des âmes ?

— Et toi, tu connais ce qu'il y a de l'autre côté de l'Atlantique ? rétorqua Leonel.

— Par-delà l'océan ?

Enndall resta muet un instant, puis se tourna vers Ohanko.

— C'est de là que tu viens ? Il y a vraiment quelque chose là-bas ?

Liz et Briséïs échangèrent un regard entendu.

— On ne devrait pas parler de ce genre de choses, intervint Liz. C'est peut-être bien pour cette raison que le vieil homme nous a demandé de nous taire à propos de nos passés respectifs. Pour protéger le cours de l'histoire. Ça dérangerait l'ordre des choses si Aeneas apprenait ce qu'est un frustac.

Et devant leurs mines déconfites, elle s'exclama :

— Aeneas ou les autres… Seigneur… Je suis la seule à savoir ce qu'est un frustac… Eh ben ça, c'est un choc !

— Je croyais qu'on était justement là pour le changer, le cours de l'histoire, remarqua Leonel. Si vraiment tout ça est vrai, si nous voyageons à travers des époques déjà construites, à quoi ça sert qu'on se démène ? Je veux dire… Enndall, ça me fait vraiment du mal de te décevoir, mais dans ma réalité, le Graal n'a toujours pas été découvert. Et vous, les filles, vous savez forcément déjà comment se termine la Grande Guerre, pas vrai ? Qui va la gagner et quand…

Briséïs baissa les yeux, de peur qu'il ne lui demande des détails.

— Vous n'êtes pas obligées de me le dire, s'agaça-t-il, avant de se redresser, en proie au doute :

— Elle se termine bien un jour, quand même ?

— Oui… souffla Briséïs.

— Et c'est bien la dernière ? Les hommes ont forcément appris la leçon après un désastre pareil.

— Tu sais, même à mon époque il y a encore des guerres, répondit Liz. De ce côté-là, je ne suis pas sûre que l'homme apprenne un jour…

Leonel encaissa le coup. Il hocha la tête, dit sombrement :

— Franchement, c'est tordu ce qui se passe ici, vous n'êtes pas d'accord ? Pourquoi on nous a réunis s'il n'y a aucun espoir ?

— Les guerres sont peut-être inévitables, mais une défaite ou une victoire peut avoir d'énormes conséquences, remarqua Meng Zhou. Et comment savoir si nous n'y sommes pas pour quelque chose ? Le monde que connaît Liz serait peut-être bien plus sombre sans notre intervention aujourd'hui. Nous n'avons pas à changer le cours de l'histoire, parce que nous sommes le cours de l'histoire.

Leonel n'avait de toute évidence pas envisagé les choses sous cet angle. Il resta interdit un moment, puis rit doucement :

— En voilà au moins un qui ne se prend pas pour n'importe qui…

— S'il dirige l'armée du plus grand empire au monde, il a de quoi, remarqua Liz.

— Ça te plaît ça, Liz, hein ? Tu sais, je vais te dire pourquoi il y a encore des guerres à ton époque : parce que vous, les filles, vous n'êtes pas satisfaites tant qu'on ne vous a pas montré de blessures de guerre. Il vous faut de vrais *mâles*, bourrés de cicatrices, partis se faire écorcher vifs pour vos beaux yeux. Et nous, on est assez bêtes pour tomber dans le panneau.

Liz se redressa vivement.

— Qu'est-ce que c'est que ce cliché stupide ?

— Ne me raconte pas de salades, ça t'a bien plu tout à l'heure d'imaginer Enndall, le beau grand chevalier, brandir son épée. À quoi crois-tu que ça sert, une épée ? Tu ne réfléchis pas plus loin que le bout de ton nez ! Même si nous arrivons à exécuter tout ce qu'on nous demande à la lettre, comment pouvez-vous savoir que nous sommes dans le bon camp ? L'histoire est écrite par les vainqueurs. Tu dois le savoir, ça, Meng.

— Un homme qui fait son devoir sait où se trouve l'Esprit du Juste, répliqua le général.

— Est-ce que tu as confiance en ton empereur, Meng ? Aucun homme n'a jamais créé d'empire sans écraser d'abord ses voisins. Ça aussi, tu dois le savoir.

— L'équilibre d'un empire repose sur la confiance que le peuple place en son souverain.

— Alors qui fait son devoir lui obéit au doigt et à l'œil ? Corps et âme, hein ? Ton empereur a bien de la chance d'avoir un gars comme toi à sa botte.

Meng Zhou se leva d'un coup, furibond, la main déjà posée sur le manche de son long couteau.

— C'est une insulte ?

— Meng Zhou, qu'est-ce que tu fais ? s'exclama Enndall en se levant à son tour.

— Lève-toi, soldat ! Allons, qu'est-ce que tu voulais dire ? Sois plus clair !

Pris au dépourvu, Leonel se protégea de ses bras, tenta un sourire.

— C'était juste une boutade, faut pas s'énerver pour rien comme ça…

— Oui, je suis tout entier au service de mon empereur ! rugit Meng Zhou en attrapant Leonel par le col de la chemise. Corps et âme ! Et pourquoi cela ? Parce qu'il est lui-même dévoué au service de son peuple, un peuple qui depuis des siècles travaille à l'épanouissement d'un idéal, un peuple qui connaît la vraie valeur des choses et qui sait que la fierté n'a pas sa place chez les ignorants !

— Meng ! C'est un gamin ! s'exclama Enndall, attrapant le poignet du général. Laisse-le donc !

— Il s'est moqué ouvertement de toi tout à l'heure, et tu le défends ? s'emporta Meng Zhou en lâchant Leonel. Tout ce qui peut lui tomber sous la main, il trouve le moyen de lui manquer de respect !

— Nous sommes tous sur les nerfs, il faut garder notre calme !

— Et toi, Leonel, demanda Liz innocemment, dans quel camp te bats-tu ? Pour l'Allemanie ou la Françoise ?

Leonel tourna brusquement la tête vers Briséïs :

— Qu'est-ce que ça change, dans quel camp je me trouve ?

— Rien… fit-elle, surprise.

— Tu en es sûre ?

— Je…

— Enndall ! Viens voir ! N'est-ce pas notre Grec qui revient, là ?

Le chevalier grimpa rejoindre Ohanko. Briséïs le vit mettre sa main en visière et scruter l'horizon, puis se retourner vers eux pour crier :

— Ça doit être lui ! Il fait le signe d'alerte, il doit y avoir un problème !

— Déjà ? s'étonna Liz, mais ça fait à peine une heure ! Les négociations n'ont pas dû être longues !

Ils montèrent sur le pic rocheux pour observer au loin la silhouette gesticulante qui courait vers eux.

Meng Zhou plissa ses yeux bridés.

— Des négociations courtes ne sont pas forcément un mauvais signe. Il faut se méfier avec des poltrons pareils : ça s'affole pour des clous et ça détale comme un rien.

Leonel lui lança des éclairs, puis étudia à son tour la situation. La lumière éblouissante se réfléchissait sur la pierre calcaire.

— Il gigote bien, là, quand même.

— La vache, c'est plus les grosses chaleurs, c'est la canicule ! commenta Liz, s'asseyant sur une grosse pierre. Elle releva sa chevelure rousse pour faire passer l'air sur son cou et suspendit son geste, songeuse :

— Dites… Vous croyez que c'est quoi qui provoque cette poussière ?

Un drôle de nuage s'élevait à travers la végétation, quelques centaines de mètres derrière Aeneas.

— J'en sais rien, mais ça a l'air rapide, murmura Briséïs.

Des pointes de métal étincelantes jaillirent soudain entre les bosquets, puis des casques à cimier portés par une vingtaine de soldats l'air monstrueusement bien entraînés, le torse cuirassé, les cuisses à l'air, qui couraient comme des chiens enragés sur les traces d'Aeneas.

— Nous sommes vraiment en Grèce antique, s'émerveilla Liz dans un souffle.

— Bon alors, qu'est-ce qu'on fait maintenant ? demanda Leonel en se tournant vers Enndall.

— On observe, on réfléchit.

Le ton de Meng Zhou était sans appel. Le groupe se tut, contemplant le nuage qui enflait à une allure impressionnante.

— Et quand on a bien réfléchi, qu'est-ce qu'on fait ?

Tous se dévisagèrent.

— Ça me paraît évident, trancha Enndall.

Et comme, à en juger par leurs têtes d'ahuris, ça ne l'était pas, il ajouta :

— À COUVERT !

— Où ça ? paniqua Briséïs.

Elle fouilla des yeux les collines écrasées de soleil : la végétation était plutôt éparse dans les environs. Peut-être s'ils retournaient se cacher en bas de leur rocher ?

— Regardez, il a changé de direction ! s'exclama Ohanko.

Le Spartiate courait maintenant vers le lit asséché d'une rivière proche de leur point d'observation. Un geste d'Enndall et la troupe s'élança dans la même direction. Plus loin, la rivière effectuait un coude et pénétrait dans une large gorge gardée par de hautes roches. Ils s'y élancèrent à perdre haleine.

Bientôt, Aeneas se trouva à portée de voix.

— À couvert, suivez-moi ! hurla-t-il en grimpant dans un renfoncement sur le flanc de la roche, invisible jusqu'alors.

— Qui sont ces soldats ? demanda Enndall en aidant Aeneas à

boucher l'entrée de leur cachette avec des branchages coupés d'un coup d'épée tandis qu'Ohanko effaçait leurs traces.

— Des Spartiates !

— Alors pourquoi te courent-ils après ?

D'un geste, Aeneas le supplia de se taire. Ils se tassèrent les uns contre les autres au fond du trou, écoutant les pas qui déjà se rapprochaient. Un soldat fit son apparition un peu plus bas, une lance à la main. Il ralentit sa course pour scruter la roche avec attention. Les autres le suivaient, marchant lentement, en demi-cercle comme des lions prêts à bondir sur leur proie.

— AENEAS ! tonna soudain l'un d'eux. Tu ne pourras pas te cacher éternellement ! Tu vas payer pour ce que tu as fait, je te le promets !

Ils se rapprochaient dangereusement. Aeneas saisit une pierre et la lança de toutes ses forces de l'autre côté du ravin. Les hoplites se placèrent en formation d'attaque, s'éloignèrent en direction des ricochets, grimpèrent comme des chèvres sur la façade opposée.

À peine avaient-ils disparu que Liz s'exclamait à mi-voix, incapable de se retenir :

— Vous avez entendu ? Ils ont parlé ! Et j'ai tout compris !

— Chut Liz ! gronda Enndall.

— Vous aussi vous avez tout compris ? Comme s'ils avaient parlé l'iracanito !

— Liz ! Tu n'es pas dans une de tes pièces de théâtre. Reste assise et ferme-la !

— Oui, eh ben, ce n'est pas une raison pour perdre sa politesse…

— C'était quoi, ça ? gronda Meng Zhou en direction d'Aeneas.

— Des Spartiates fâchés…

— Et qu'as-tu fait pour les fâcher, Aeneas ?

— Taisez-vous ! Personne ne parle tant que je n'en ai pas donné l'autorisation !

Meng Zhou se retourna vivement vers Enndall.

— Pour qui me prends-tu, paladin des confins obscurs de l'Occident ? Ne crois-tu pas qu'un général de l'empire du Milieu sait quand parler et quand se taire ?

Ohanko attrapa le bras de Meng Zhou et, sans rien dire, le supplia de se taire. Meng Zhou se libéra, de mauvaise humeur, mais s'en tint là.

— Merci, souffla Enndall, fixant le général droit dans les yeux.

Aeneas supporta longuement le regard assassin du général. En silence, ils observèrent le soleil rejoindre le sommet des hautes montagnes à l'ouest et se faire engloutir.

Peu après, Enndall envoya Ohanko examiner les environs. Les cris des soldats s'étaient évanouis depuis longtemps, mais Enndall insistait pour qu'ils demeurent cachés, le plus discrets possible.

— Il est temps de parler, annonça enfin le chevalier après le retour de son éclaireur. Aeneas, sois franc. À présent, tu n'as plus rien à perdre, si ce n'est peut-être notre temps.

Aeneas se racla la gorge, parla comme s'il essayait de ravaler ses mots.

— Avant de partir et de vous rencontrer, j'étais en première ligne dans une bataille importante et… et je n'ai pas tenu… J'ai rompu… rompu le rang. J'ai reculé. Les rangs serrés, c'est ce qui fait notre force. Mon général a reçu une flèche dans le cou. Ça a déstabilisé les troupes et nous avons perdu. Sparte ne peut pas perdre une bataille. Ils n'ont pas… pas vraiment apprécié.

— Tu aurais pu nous prévenir, dit sèchement Enndall.

— J'espérais que…

— Tu espérais ! s'exclama Meng Zhou. Et dis-moi, qu'espérais-tu en ramenant vers nous un bataillon spartiate ?

— J'ai eu peur, je n'ai pas réfléchi.

— C'est bien ce que je te reproche ! Et ça se veut guerrier.

— Je suis né spartiate, maugréa Aeneas, ce n'est pas une vocation. J'espérais que les dieux me viendraient en aide puisque c'est eux qui m'ont envoyé vous rejoindre dans l'autre monde, juste après ma faute. Les dieux doivent être furieux… À moins qu'ils soient ravis, s'ils avaient parié sur mon échec. Je voulais tellement que les choses s'arrangent ! s'exclama-t-il, tapant rageusement du poing sur le sol.

— Quoi, tu vas te mettre à pleurer ? fit Meng Zhou, voyant Aeneas trembloter. Mais qui nous a fichu une nouille pareille ?

— Je suis désolé, sanglota Aeneas sans parvenir à sécher ses larmes, c'est plus fort que moi, je n'y suis jamais arrivé… Je n'ai jamais rien voulu autant que devenir un bon guerrier. Mais je n'ai jamais été à la hauteur. Je n'ai jamais jeté ma lance assez loin, je n'ai jamais couru assez vite, je n'ai jamais réussi à retenir mes larmes… Je suis la risée de ma famille. Au rite des fromages, j'ai cru que mon père allait mourir de honte.

— Le rite des fromages ? Qu'est-ce que c'est ? demanda Liz.

Aeneas renifla bruyamment, prit une grande inspiration pour se calmer.

— Notre rite de passage à l'âge adulte. Les adolescents doivent monter les marches du temple jusqu'en haut de la colline sous les coups de fouets, sans se plaindre, pour aller voler les fromages sur l'autel. Je suis arrivé en haut, j'ai volé le fromage mais je n'ai pas su cacher ma douleur. Les maris de mes sœurs m'en parlent encore.

— Qui peut inventer un rite de passage si cruel ? s'offusqua Liz. Et pourquoi vous demande-t-on de *voler* un fromage ?

— Tout Spartiate apprend à voler. Un homme qui sait voler, c'est un homme qui sait survivre en toutes circonstances.

— Pourquoi tu ne nous raconterais pas ton histoire depuis le début ? suggéra Ohanko. Ça nous aiderait à y voir plus clair.

Enndall approuva d'un signe de tête.

Briséïs étira son dos pour trouver une position un peu plus confortable. Ils étaient coincés au fond de cette crevasse, depuis une éternité.

Les épaules basses, Aeneas leur raconta son histoire.

Destinés de par leur naissance à faire partie de l'élite guerrière, lui et son ami Kasen avaient grandi ensemble, enrôlés dès l'âge de huit ans dans les rangs spartiates. Ils avaient survécu tant bien que mal aux rituels de l'enfance, au froid, à la faim, aux épreuves de force. Ils avaient vite compris qu'ils ne seraient jamais parmi les meilleurs. On ne s'était d'ailleurs pas gêné pour le leur rappeler. Mais ils s'en étaient accommodés, se consolant dans leur amitié commune et se sachant malgré tout protégés, promis à l'armée la plus redoutable de Grèce.

À douze ans, ils savaient manier le glaive, connaissaient les lois de la cité par cœur et dormaient sur des lits de roseaux qu'ils avaient confectionnés eux-mêmes, au milieu de centaines d'autres apprentis guerriers. À quinze ans, ils marchaient pieds nus dans les montagnes sous le commandement de leur chef de bande, les cheveux rasés, pauvrement vêtus, volant leur nourriture pour survivre.

Peu de temps après, on les avait envoyés par deux passer la nuit dans des collines infestées de loups. Aeneas et Kasen avaient vécu des moments difficiles, mais ils avaient survécu. Deux de leurs camarades, moins chanceux, n'étaient jamais revenus. De ce jour, les deux amis avaient retenu que même entourés des leurs, jamais ils ne seraient en sécurité.

Aeneas avait découvert l'horreur des champs de bataille à vingt ans. Il ne s'en était jamais remis. Des jours passés à marcher dans la poussière et la chaleur accablante, lesté de plus de trente kilos d'armement, cuirasse de métal, bouclier, casque à cimier, glaive, lance. Des heures à attendre, groupés par centaines, face à des étrangers ivres de haine. Des minutes effroyables avant le choc des armées, se sachant faible, perdu d'avance. Des secondes enfin, vécues au ralenti, où chaque mouvement compte.

Coincé dans les rangs serrés des Spartiates, Aeneas s'était jeté vers l'inconnu avec l'énergie du désespoir. Frappant à tout va, priant pour que sa fin soit brève. Plusieurs fois, il avait vu sa mort prochaine dans le regard de l'ennemi. Mais contre toute attente, il avait survécu. À peine avait-il été blessé quand sur la plaine s'amoncelaient les corps. Aeneas avait déjà tué, mais rien n'aurait pu le préparer à la boucherie d'une vraie guerre. Contemplant ses mains rouges de sang après la bataille, les visages de ses victimes gravés dans sa mémoire, il avait compris qu'il ne serait plus jamais le même.

Empiler les cadavres de jeunes gens plus courageux que lui avait fini de le rendre malade. Tremblant encore de peur et de honte, vomissant ses tripes à l'abri des regards, il s'était juré de tout faire pour ne plus jamais revivre une telle journée.

Aussi était-il devenu, avec son ami Kasen, maître dans l'art de se faire oublier. Quatre années durant, ils avaient redoublé d'ingéniosité pour éviter les batailles. Ils avaient appris à voler mieux que quiconque, étaient parvenus à soudoyer leurs chefs de groupe, leur promettant le meilleur de leurs récoltes en échange de postes de gardes à l'arrière chaque fois qu'ils partaient en campagne.

La catastrophe tant redoutée avait pourtant fini par se produire : un jour, le chef de camp d'Aeneas n'avait plus jugé bon d'honorer sa parole. Aeneas, terrorisé, sous-entraîné, s'était retrouvé en première ligne et ne l'avait pas supporté. Il était toujours en vie, mais un général était mort à cause de lui. Il s'était couvert de honte, et cela, pour Sparte, c'était pire que la mort.

— Toutes ces ruses, et tu n'as jamais pensé à partir ? demanda Briséïs après un long silence.

Il la regarda, perplexe.

— Partir où ?

Elle haussa les épaules.

— Je ne sais pas, trouver un autre endroit pour vivre, plus pacifique.

— Les Spartiates ne sont pas très appréciés en dehors de leurs terres… Je suis désolé pour tout à l'heure, ajouta-t-il, j'ai été très mal inspiré, les dieux ne sont pas avec moi.

— C'est un peu facile de rejeter la faute sur les dieux, tu ne crois pas ? rétorqua Meng Zhou.

Aeneas se renfrogna.

— Que voulais-tu dire tout à l'heure à propos de tes dieux qui t'ont envoyé nous retrouver ? lui demanda Ohanko.

— Quand mon général est mort, je me suis enfui du champ de bataille et j'ai couru jusqu'à Sparte avec l'idée de rentrer chez ma femme. Mais arrivé chez elle, je n'ai pas eu le courage de lui faire face. Alors je me suis rendu à l'un des temples d'Athéna pour lui faire une offrande et essayer de me faire pardonner ma faute. C'est tout ce dont je me souviens. Ensuite, je me suis réveillé chez le vieil homme. J'ai naturellement pensé qu'Athéna m'envoyait en mission pour me permettre de me racheter. C'est vrai qu'au début, je n'étais pas enchanté par l'idée ; me retrouver encore une fois un instrument de guerre au service de caprices qui me dépassent… Mais j'étais si reconnaissant qu'Athéna veuille bien m'octroyer une deuxième chance, qu'elle me permette de vivre encore ! J'ai tellement envie de vivre. Mais maintenant, je ne sais plus…

— Il faut nous rendre chez cette Athéna, réfléchit Enndall tout haut. Lui demander si elle est réellement responsable de ton départ et ce qu'elle connaît de la Citadelle.

— Athéna est une déesse, Enndall, soupira Leonel. Elle fait partie de l'imaginaire mythologique grec. On ne peut pas aller toquer à sa porte.

— Je croyais qu'Aeneas était allé toquer à sa porte ? répondit Enndall, confus.

— C'est une façon de parler. Il s'est rendu dans son temple, articula lentement Leonel, qui perdait patience. Athéna n'existe pas vraiment.

— Bien sûr qu'elle existe, sursauta Aeneas. Comment me serais-je retrouvé chez le vieil homme autrement ?

Leonel voulut répondre, mais il abandonna avant d'avoir trouvé les mots et se tourna vers Briséïs :

— Ce qu'il faut, c'est retrouver une trace de la Citadelle dans cette époque. Tu ne pourrais pas te souvenir d'autre chose qui pourrait nous aider ? Un point de départ pour nos recherches.

— Aeneas, est-ce qu'il y a une bibliothèque à Sparte ? demanda Briséïs.

— Non, fit ce dernier, surpris. Enfin je veux dire, oui, il y a des écrits, mais une… Enfin tout ce qu'il y à savoir, je l'ai appris par cœur de toute façon. L'histoire des hommes et des dieux, les armes, les offrandes…

Liz le regardait, éberluée.

— D'accord, pas de bibliothèque, trancha Enndall. Briséïs, autre chose ?

Briséïs prit le temps de réfléchir.

— Rien ne me vient à l'esprit que vous ne sachiez déjà. Contrairement à ce que pense Leonel, je vous ai raconté tout ce que je pouvais. Le mieux serait de nous rapprocher des dirigeants, pour repérer l'Élite de la Citadelle.

— Aeneas, Sparte a un roi, non ? demanda Enndall.

Aeneas hocha lentement la tête, craignant la suite.

— Bon, alors c'est décidé, il faut aller le voir. Où se trouve-t-il ?

— En temps de guerre, dans le camp hoplite, avoua Aeneas à mi-voix.

Un silence pesant s'installa.

— Alors il va falloir y aller, déclara finalement Enndall.

— Ils ne m'écouteront plus, ce serait du suicide.

— Si tu as une autre idée, n'hésite pas à nous le faire savoir, cingla Meng Zhou.

— Ma vie ne vaut plus rien et vous, avec vos habits de barbares, vous ne représenterez rien à leurs yeux ! Ils pourront tous nous faire tuer d'un claquement de doigts !

— Alors nous nous faufilerons dans le camp sans nous faire voir.

— Sans nous faire voir ? L'armée spartiate n'est pas l'armée la plus redoutée de Grèce pour rien !

— Et je ne dirige pas l'armée de l'empire du Milieu pour rien !

Aeneas bondit sur ses pieds, prêt à répondre, mais choisit finalement de sortir comme une tornade de leur cachette.

— Aeneas, attends ! s'exclama Leonel en lui courant après.

— Revenez ! ordonna Enndall, c'est trop dangereux dehors !

— Laisse-les, intervint Ohanko. Il n'y a personne dehors. Ils reviendront tout à l'heure.

— Ce n'est pas l'époque qu'il va falloir redresser ici, soupira Meng Zhou, c'est ce foutu guerrier spartiate.

. . .

Leonel et Aeneas n'étaient pas partis bien loin. Briséïs les entendait murmurer de l'autre côté des branchages. Leurs silhouettes se découpaient dans l'éclat blanc du lit de la rivière, qui réfléchissait la lumière de la lune, pleine et brillante. Elle les aurait bien rejoints, mais elle n'osait s'imposer dans un moment si délicat. Les deux jeunes hommes partageaient une histoire si étrangère à sa propre expérience ! Tendant l'oreille, elle n'avait entendu que quelques bribes de leur conversation, mais une phrase de Leonel l'avait marquée :

— J'ai réagi comme toi, la première fois face à l'ennemi, avait-il avoué après un long silence, posant une main sur l'épaule d'Aeneas. Moi aussi, j'ai pleuré.

Dans la pénombre, Briséïs commençait à frissonner : au fond de la crevasse, la pierre était froide et la terre humide. Dénichant un bout de bois mort, elle entreprit de tracer à ses pieds une ligne bien droite. Elle répartit chacun de leurs noms sur sa frise, respectant autant que possible les proportions. Liz à droite, quelque part après 3400, puis elle-même, et à gauche les autres, dans le passé.

Quel étrange phénomène, le temps.

Elle se rappela le sablier d'Haydie. Qu'avait-elle dit ? Il leur faudrait passer de l'autre côté… Elle sortit le sablier de son sac et le retourna à côté de la frise, espérant secrètement qu'il se passe quelque chose. Les petits grains se mirent à tomber lentement, mais rien d'autre ne se produisit.

— Qu'est-ce que c'est ? demanda Ohanko en contemplant son dessin.

— Le temps.

Il considéra son travail un instant, puis lui prit le bâton des mains et traça un cercle au centre duquel il plaça le sablier.

— Ça, c'est le temps, fit-il en lui rendant le bâton.

— On peut le voir comme une succession de cycles, oui, mais finalement le temps reste une ligne droite, rétorqua Briséïs. Tu as été plus jeune un jour et tu ne le seras plus jamais. C'est une ligne droite.

Et elle replaça le sablier près de sa propre frise. Mais aussitôt, Ohanko le remit au centre de son cercle.

— Le sablier coule dans un sens, puis on le retourne et il coule dans l'autre. C'est une boucle qui se répète.

— Mais chaque fois que tu le retournes, c'est une nouvelle étape, et tu ne pourras pas revenir en arrière, expliqua Briséïs en déplaçant à nouveau le sablier.

Comment un concept aussi simple pouvait-il lui échapper ?

Liz se rallia à Briséïs contre Ohanko qui n'en démordait pas.

— Et si c'était encore autre chose ? proposa Meng Zhou.

— C'est-à-dire ?

— Eh bien, puisqu'il existe déjà deux façons différentes de voir le temps, pourquoi n'en existerait-il pas une troisième ?

— Parce que ça ne serait pas logique, rétorqua Liz.

— Ta ligne droite n'est pas logique non plus, répliqua Ohanko.

— D'accord, montre-nous ta théorie, coupa Enndall.

Meng Zhou se baissa pour ramasser un peu de terre qu'il frotta entre ses mains.

— Si le sable dans le sablier est le temps qui coule, alors pourquoi n'aurait-on pas plutôt un temps – il laissa retomber les grains à terre – qui s'étale dans tous les sens ?

— Comme une carte, conclut Enndall.

Briséïs fronça les sourcils. Le couple du désert avait effectivement parlé de la carte du temps, mais…

— Et la Citadelle ? demanda Enndall.

— Elle doit être sur un point de la carte où absolument tout est visible, suggéra Meng Zhou.

— Ou dans un « hors temps », proposa Leonel qui finissait d'enjamber les branchages de l'entrée de leur cachette, Aeneas sur les talons.

— Il ne peut pas y avoir d'existence dans la matière sans temps, c'est ridicule ! rétorqua Briséïs.

— Je croyais qu'on avait déjà passé la barrière du ridicule depuis longtemps, dit Leonel en haussant les épaules.

Il devait y avoir du vrai dans cette histoire. Comment expliquer autrement la course impossible du soleil au-dessus de la Citadelle et les aiguilles folles ? Mais le couple avait raconté tant d'autres histoires farfelues ! Fallait-il admettre qu'ils s'étaient trouvés dans le « Monde du Rêve » et que des angelots allaient et venaient à travers des tableaux comme ils le prétendaient ? Comme elle en avait eu l'intuition face aux tableaux sous le terrain de joute ? Non, c'en était trop pour Briséïs.

— Moi, je vote pour, dit Aeneas en s'asseyant. De toute façon qu'est-ce que ça change ? On ne savait rien de tout ça avant, et cela ne nous a pas empêchés d'atterrir ici.

— Toi, on se passera de tes conseils, cingla Meng Zhou.

— Vous feriez peut-être mieux de l'écouter, rétorqua froidement Leonel. Vas-y Aeneas, explique-leur ce que tu m'as dit.

Aeneas parla à contrecœur, évitant le regard du général.

— Il y a peut-être une solution pour entrer dans le camp d'hoplites. En rentrant tout à l'heure, je suis passé près d'un village déjà pillé. La guerre contre les esclaves a été déclarée pour la saison. Là-bas, on devrait trouver des tuniques pour vous habiller. Et si je prête mes vêtements à Leonel pour qu'il se fasse passer pour un soldat et qu'il me déclare comme son prisonnier, je serai protégé. Enndall est trop vieux pour ne pas être connu dans le camp, et bien sûr Ohanko et Meng Zhou n'ont pas le profil – on naît spartiate, on ne le devient pas –, mais Leonel peut encore passer pour un jeune tout juste sorti de l'apprentissage. Il faut se dépêcher si on veut arriver dans le village avant les chacals.

— On y va, trancha Enndall, se levant pour dégager l'entrée du passage.

— Des chacals ? Pourquoi des chacals ? s'inquiéta Liz.

— Ils sont attirés par l'odeur des cadavres.

— Des… des cadavres ?

— Chut, Liz, on discutera plus tard.

. . .

Chaque nuit passée dans le désert, Briséïs avait eu le souffle coupé par la beauté du ciel étoilé. En sortant de leur cachette, elle constata, admirative, que la voûte céleste visible depuis la Grèce antique n'avait rien à envier à celle du désert. La pureté de l'air balayant son visage fatigué ajoutait au merveilleux du spectacle. Tournant sur elle-même, elle posa son regard sur une constellation en forme de casserole, tout près de l'horizon, et sourit devant la silhouette familière. La Grande Ourse. Elle l'avait observée toute son enfance par le Velux de sa chambre. Certaines choses, semblait-il, restaient immuables dans ce monde, quelle que soit l'époque.

Ils descendirent en silence dans la vallée, longeant roches et bosquets pour rester discrets. Le hameau dont avait parlé Aeneas n'était pas loin. Quelques huttes semblables à celles du village du vieil homme se dressaient dans la nuit, au bord de la rivière asséchée. Tout semblait désert. Aeneas et Enndall partirent en reconnaissance. Puis, depuis le seuil d'une des maisonnettes, ils leur firent signe de les rejoindre. Il fallut un certain temps à Briséïs pour s'habituer à l'obscurité de la petite pièce et pour comprendre la nature des étranges formes étendues à terre et sur la table centrale.

— Qu'est-ce que… Ils ne sont quand même pas… chuchota Liz sur le pas de la porte sans oser terminer sa phrase.

— On devrait pouvoir trouver assez de tuniques, dit Aeneas. Il faut aller voir dans les autres maisons. Briséïs, tu n'as qu'à prendre les vêtements de celle-là, ça devrait t'aller.

— Mais ils sont morts ! lâcha enfin Liz, plaquant une main devant sa bouche.

Briséïs s'y était attendue, mais c'était tout de même un choc. Deux femmes ensanglantées gisaient à terre, les yeux grands ouverts. Ohanko avait déjà commencé à dépouiller l'homme allongé sur la table de sa vieille tunique en peau de bête.

— Dépêchez-vous les filles, les pressa-t-il, mieux vaut ne pas traîner.

Enndall et Meng Zhou étaient partis avec Aeneas faire le tour du hameau. Briséïs s'approcha lentement de la plus menue des femmes. Elle s'agenouilla, tendit un bras tremblant et la toucha du bout du doigt. Des frissons désagréables parcoururent son dos au contact du corps froid, encore souple. La femme avait été frappée au ventre. Un filet de sang séchait au coin de sa bouche. Elle levait ses beaux yeux gris clair droit sur Briséïs. Leonel s'arrêta près d'elles, passa une main sur le visage de la morte pour lui fermer les paupières.

— Ça aide, dit-il avec un faible sourire. Tiens-lui les bras, je vais tirer sur la robe.

Liz ne s'était toujours pas approchée.

— Pourquoi les a-t-on tués ? demanda-t-elle, cherchant appui contre le mur.

— Liz voudrait savoir pourquoi ils ont été tués, répéta Ohanko à Aeneas qui revenait dans la hutte une cuvette à la main.

— C'est un village d'esclaves. On leur déclare la guerre une fois par an pour contrôler leur nombre. Ils ont tendance à se multiplier et ça devient dangereux : ils pourraient se révolter.

— Pourquoi s'habille-t-on en esclaves alors ? s'exclama Briséïs.

— Ne vous inquiétez pas, on ne tue pas d'esclaves en service auprès d'un Spartiate. Tant que vous resterez derrière Leonel, il ne vous arrivera rien.

— Tout de suite, je me sens mieux…

— Voilà un peu d'eau, vous devriez nettoyer les taches de sang pour ne pas attirer l'attention.

— Il est hors de question que je touche à un cadavre, maugréa Liz en se laissant tomber sur un tabouret.

— Leonel aura-t-il assez l'air d'un Spartiate ? demanda Enndall qui surgit sur le pas de la porte.

— ENNDALL ! Tu m'as fait peur ! s'exclama Liz, bondissant du tabouret.

Meng Zhou entra à son tour, métamorphosé en esclave.

— Leonel n'a pas vraiment la carrure, c'est vrai, admit Aeneas tout bas, Leonel étant parti explorer un renfoncement derrière la pièce principale. Ce serait plus facile s'il avait une armure pour faire illusion, mais il faudra faire avec…

— Nous n'avons trouvé qu'une seule autre tenue, le reste des maisonnettes est vide, poursuivit Enndall. Même si Leonel passe pour un Spartiate, il nous manque encore deux tenues.

— Une seule ! annonça fièrement Leonel.

Il entra dans la pièce, un casque à cimier sur la tête et une cuirasse trop large plaquée sur le torse, le reste de son costume dans les mains.

— Où ont-ils volé tout ça ? s'offusqua Aeneas.

— Je ne sais pas, mais moi, je l'ai trouvé dans un trou, sous une malle.

Leonel avait tout : jambières, sandales, épée courte, ceinturon…

— Est-ce qu'il y avait des miroirs à l'époque ? demanda-t-il, ajustant la jupette autour de ses hanches. Vous voyez, je pourrais très bien être un Spartiate, c'est presque parfaitement ma taille. Tu as encore une tache sur la poitrine, Ohanko.

— Je sais, elle ne part pas.

Liz se prit la tête dans les mains.

À cet instant surgit dans la pièce un homme chétif. Les voyant debout dans le noir, il s'arrêta, pétrifié. Briséïs n'avait jamais vu une telle expression de terreur sur le visage d'un homme. Sans hésiter, Aeneas marcha vers lui, l'attrapa par le col, le plaqua contre le mur et tira son poignard. Liz partit d'un cri strident :

— AENEAS ! Qu'est-ce que tu fais ? Tu ne vas pas le tuer quand même ?

— Ce n'est qu'un esclave…

Il la considéra un instant puis replongea son poignard dans son étui.

— Non, bien sûr, marmonna-t-il.

Puis il tira l'homme par le col, le soulevant presque, et le plaça près d'Enndall.

— Il est petit, mais ça passe quand même. Qu'est-ce que vous en pensez ?

— Je crois que je ne me sens pas bien, répondit Liz faiblement.

Aeneas lâcha l'esclave et lui dit simplement :

— Donne ton vêtement.

L'homme n'hésita pas une seconde : il se dénuda entièrement et tendit ses frusques à Aeneas.

— Pas à moi, à lui.

L'homme les tendit aussitôt à Enndall qui hésita, puis les prit avec un faible « merci ».

— Décampe maintenant.

L'homme ne se le fit pas dire deux fois. La tête baissée, il fit prudemment le tour d'Aeneas et fila sans demander son reste, détalant à toutes jambes dans la nuit, de peur sans doute qu'on ne change d'avis et lui envoie une lance entre les omoplates.

— Et voilà, le compte est bon, fit Aeneas en se retournant, satisfait. Quoi ? Qu'est-ce que j'ai fait encore ?

— Rien, répondit Leonel d'une petite voix. Tu es juste un peu… spartiate, c'est tout.

22

## SEPT VERRES DE VIN

— Bon alors, qu'est-ce que je dois dire ? demanda Leonel pour la énième fois.

Ils n'étaient plus qu'à une centaine de mètres des premières tentes du camp éclairé par des torches, et Leonel n'avait plus l'air aussi fier. Des soldats allaient et venaient tranquillement. On entendait des éclats de voix, des rires, de la musique.

— Juste ce qu'on a dit, répéta Enndall par-dessus son épaule. Tu as un message important pour le roi, quelqu'un doit t'amener à lui.

— Et s'ils ne veulent pas que vous veniez avec moi ?

— Aeneas au moins pourra venir. Dis-leur que ça le concerne.

— OK, OK, ça va, j'ai compris, coupa Leonel nerveusement.

— Du calme, tu es celui qui risque le moins dans cette histoire, fit Meng Zhou entre ses dents.

Plus que quelques mètres. Leonel prit une grande inspiration, serra le manche de son glaive dans sa main.

— Retire ton casque, lui souffla Aeneas. Tu rentres au camp, tu ne pars pas en campagne.

En levant la main pour attraper son casque, Leonel dégaina son glaive. Surpris par son propre geste, il voulut éviter la lame et laissa tout tomber. Il se précipita pour ramasser son casque qui avait roulé jusqu'à des orteils.

— Tout va bien ? demanda une voix au-dessus de lui.

Leonel se redressa vivement, fit un geste pour remettre son casque sur sa tête puis se ravisa.

— Je… Il y a… Le roi. Je dois parler au roi. Maintenant. J'ai quelque chose d'important à… à transmettre.

Le Spartiate l'inspecta de haut en bas d'un air soupçonneux. Leonel eut un mouvement de recul. L'homme était si imposant, ses mains si larges qu'il lui aurait suffi de prendre la tête de Leonel entre ses paumes pour l'écrabouiller.

— C'est à propos de lui, ajouta précipitamment Leonel, attrapant Aeneas et le poussant devant lui.

Le visage de l'homme se ferma.

— Où l'as-tu trouvé ?

— Je dois parler au roi, répéta Leonel en essayant de prendre un air menaçant.

— Le roi est occupé, répliqua l'autre en le fixant attentivement. Je ne me souviens pas de t'avoir déjà vu… D'où viens-tu ?

— Je… viens d'intégrer.

— Hum…

Le Spartiate resta planté devant lui, les bras croisés. Briséïs n'avait pas besoin de voir Leonel pour sentir sa nervosité monter. Aeneas leur avait conseillé de ne pas lever les yeux et de parler uniquement si on les invitait à le faire.

— Et les esclaves ?

— Oh… Ces cinq-là sont avec moi, dit Leonel en se retournant vers les autres. Je veux dire… ils sont à… à mon service. Ils m'aident, quoi.

Aeneas se racla la gorge.

— Mais c'est moi qui les dirige, s'empressa d'ajouter Leonel. Je leur dis ce qu'il faut faire… et tout. Alors je dois les garder avec moi, parce que j'en ai encore be… besoin.

— Hum, grogna l'homme. Bon, tu connais ton chemin. Quelqu'un viendra te prévenir quand tu pourras aller parler au roi.

— OK. Tant mieux. Merci. C'est chouette, dit Leonel.

Mais le Spartiate ne bougeait pas. Lentement, Leonel se décida à faire le tour de la montagne de muscles.

— Je suis toujours vivant ! glissa-t-il entre ses dents, comme s'il avait du mal à y croire.

— On a passé le premier test, acquiesça Aeneas. Maintenant, on n'a plus qu'à se rendre à ma tente, et à attendre que ça se tasse un peu. On est arrivés un peu trop tôt, il y a encore de l'agitation.

Peut-être en effet aurait-il été préférable d'attendre le milieu de la nuit pour pénétrer dans le camp hoplite. Car si dans la journée les Spartiates étaient sur le qui-vive, prêts pour un éventuel départ, la monotonie des soirées loin de leurs familles les rendait plus disponibles, enclins à chercher des divertissements. Avec un inconnu, un traître, deux femmes, un esclave jaune et l'autre rouge, ils se firent vite repérer. Ils n'arrivèrent jamais jusqu'à la tente d'Aeneas.

On invita Leonel à venir s'asseoir autour d'un feu. Devant la cinquantaine d'hommes joyeusement armés jusqu'aux dents, il n'eut pas le cœur de refuser.

— D'où tu viens comme ça ? Où as-tu trouvé le traître ? lui demanda-t-on avec une grande tape dans le dos qui le fit presque atterrir sur ses genoux.

— J'étais en mission. Aeneas est avec moi.

— D'où ils viennent, ces esclaves ? demanda l'un d'eux en prenant Ohanko par le menton pour mieux étudier son visage à la lumière de sa torche.

— Regardez-moi ça ! s'écria un autre en tirant de son paquet la grande épée d'Enndall qui dut se contrôler pour ne pas la lui arracher des mains.

Elle était deux fois plus longue et plus lourde que les glaives spartiates. Elle passait maintenant de mains en mains et risquait de se perdre dans la foule. Enndall avait viré au rouge.

— Rendez-la-moi ! s'exclama Leonel.

Les autres ne s'attendaient pas à cette réaction. La bonne humeur s'évapora.

— Les armes de l'ennemi sont à tout le monde, gronda un colosse, tu devrais le savoir.

— Elle ne vient pas de l'ennemi, corrigea Leonel avant de se mordre la langue.

— Non ? D'où vient-elle alors ?

De la sueur commençait à couler sur le front de Leonel. Il prit une grande inspiration.

— Elle vient de… Elle vient de… de…

— Une déesse la lui a donnée.

Tous les visages se tournèrent vers Aeneas qui se tassa sur lui-même.

— Qui t'a donné la permission de parler ? fit l'un des Spartiates en le torpillant du regard.

— Pendant qu'il était en mission, une déesse est venue lui demander de garder précieusement l'épée jusqu'à ce qu'elle revienne.

— QUI T'A DONNÉ LA PERMISSION DE PARLER ? beugla le géant avant de l'empoigner par le col et de le jeter à terre.

Au milieu des cris approbateurs, il lui administra un phénoménal coup de poing.

— ATTENDEZ ! hurla Leonel, il est à moi, vous n'avez pas le droit !

Le Spartiate se retourna sans se donner la peine de desserrer la main qui plaquait le cou d'Aeneas par terre. Le nez d'Aeneas était en sang, il commençait à suffoquer.

— Tu as trouvé le traître, dit l'homme avec un méchant sourire, mais j'ai trouvé le menteur.

— Il dit la vérité ! s'exclama Leonel.

Briséïs retint sa respiration. Ils étaient perdus. Leonel venait de se rendre aussi coupable de mensonge qu'Aeneas. Qui croirait à cette histoire de déesse ? Ils allaient se faire massacrer…

Mais l'homme ne sembla pas s'offusquer. Il se releva, laissant Aeneas tousser au sol.

— Tu as rencontré une déesse ? demanda-t-il.

Il examinait attentivement le visage de Leonel.

— Laquelle ?

— C'était… C'était… La voix de Leonel s'étouffa.

Briséïs chercha vivement dans sa mémoire des noms de déesses. Mais elle ne se rappelait jamais lesquelles étaient grecques, lesquelles étaient romaines. Et comment aurait-elle pu lui souffler la réponse sans se faire remarquer ?

Le mastodonte rattrapa Aeneas par le col et le cogna à nouveau. D'autres se joignirent à lui. Leonel les supplia de le laisser tranquille, en vain. La scène tourna au cauchemar. Aeneas, qui se débattait tant bien que mal, recevait des coups de toutes parts. Des hurlements jouissifs sifflaient dans leurs oreilles alors que la horde de Spartiates donnait libre cours à sa colère sur son bouc émissaire. Encore quelques instants et Aeneas serait défiguré. Liz laissa échapper un faible cri. Aussitôt, une main vint lui agripper les cheveux, lui tira la tête en arrière.

— Silence, esclave, entendit Briséïs avant de voir briller une lame près du cou de l'actrice.

Elle ferma les yeux pour ne pas voir gicler le sang.

— IL DIT LA VÉRITÉ !

Un homme, un Spartiate, s'était avancé dans la foule et avait attrapé le poing du premier soldat avant qu'il n'administre un autre coup à Aeneas, déjà inconscient. Briséïs entendit un corps tomber comme un sac à côté d'elle : Liz était à genoux, une main à son cou, tremblant comme une feuille. La lame l'avait à peine égratignée.

— Qu'est-ce que tu veux dire ? demanda l'homme aux pieds duquel elle s'était effondrée.

— J'y étais avec ces deux-là et je l'ai vue, dit le Spartiate. C'était Aphrodite.

Un murmure parcourut la foule.

— Aphrodite ne se laisse pas espionner si facilement, objecta l'homme qui se tenait au-dessus d'Aeneas.

— Nous ne l'avons pas espionnée. J'étais là, avec lui, je l'accompagnais depuis Sparte jusqu'ici quand nous avons entendu une voix plus puissante que l'écho d'une montagne. Elle me disait de courir devant, de préparer une tente pour mon ami, qu'il allait revenir avec un bien précieux qu'il lui faudrait garder trois jours. Elle nous a avertis aussi qu'elle s'occuperait personnellement du traître une fois que l'épée lui serait restituée, et qu'il ne faudrait rien faire avant sans quoi elle serait furieuse.

L'autre hésita un instant avant de se tourner vers Leonel.

— C'est vrai ?

Leonel hocha vigoureusement la tête.

— Alors pourquoi n'es-tu pas venu nous le dire plus tôt ? rugit-il en attrapant le nouveau venu par le col. Tu voulais te payer notre tête ?

Leur nouvel ami ne se laissa pas impressionner : il envoya un coup de coude dans l'épaule de l'autre pour le faire lâcher prise et continua d'un ton autoritaire :

— J'installais la tente pour l'arrivée de l'épée et du traître. Je ne pouvais pas deviner qu'il te faudrait moins de cinq minutes pour t'emparer de l'une et tabasser l'autre !

— Et lui alors, fit la brute attrapant Leonel, pourquoi il n'a rien dit ?

— Lâche-le ! Tu ne vois pas que c'est un protégé d'Aphrodite ? Fais plutôt en sorte de calmer la déesse !

Le colosse bouillonnait. Il héla un esclave :

— Toi ! Va chercher une chèvre ! Une belle ! C'est pour Aphrodite…

Puis il attrapa Aeneas, le jeta dans les bras de Leonel et de leur sauveur. Ils faisaient demi-tour lorsque le gigantesque Spartiate rattrapa Leonel par l'épaule, tous les muscles du visage contractés par la fureur. Il prit un moment pour se calmer tandis que Leonel luttait contre son angoisse.

— Aphrodite ne se montre pas souvent. Il va falloir que tu nous racontes ça en détail.

Leonel hésita.

— C'est-à-dire qu'elle m'a demandé d'être discret…

L'homme fronça le nez, inspirant profondément.

— Les femmes… soupira-t-il.

La chèvre fut sacrifiée près d'un grand feu de camp, au pied d'une grande statue de bois vêtue de légers drapés. Les Spartiates ne savaient comment accueillir la nouvelle de la présence d'Aphrodite sur leur terre. Elle semblait encline à les aider, mais la déesse était aussi réputée pour ses terribles colères, et l'on venait de désobéir à l'un de ses ordres. Quoi qu'il en soit, les hommes avaient besoin de se détendre. Ils apportèrent des lyres, se mirent à jouer et à chanter. Ils étaient très bons musiciens. La mélopée montait délicieusement dans la nuit parmi les rires et les bruits de cuillère dans les écuelles du repas. Briséïs avait du mal à imaginer qu'il s'agissait des mêmes hommes qui venaient de faire une si éclatante démonstration de violence. Leonel et leur sauveur avaient porté Aeneas à l'écart, toujours inconscient. L'un rinçait le sang de son visage et l'autre lui appliquait une pommade d'Ohanko.

— Merci, souffla Leonel. Pour nous tous, merci.

— Ce n'est pas une chèvre mais un taureau que je vais devoir sacrifier, grimaça le Spartiate. Aphrodite va être furieuse. Mais je devais bien ça à Aeneas. Où l'as-tu trouvé ? J'ai cru qu'il était mort après ce qui s'est passé l'autre jour.

— Euh… C'est un peu compliqué à expliquer. Je m'appelle Leonel, ajouta-t-il en lui tendant la main.

— Kasen.

— Kasen ! s'exclama Briséïs, oubliant toute prudence.

Bien sûr, c'était Kasen, le compagnon d'escapade d'Aeneas, celui avec qui il partageait tout ! Comment n'y avaient-ils pas pensé plus tôt ?

— Aeneas nous a parlé de toi ! s'écria-t-elle, posant une main sur son épaule. Il nous a dit que…

Kasen lui attrapa brusquement le poignet, le tordit pour l'obliger à se plier en deux.

— Pour qui te prends-tu, esclave ?

— Kasen ! Lâche-la, ce ne sont pas des esclaves !

— Non ?

— Ce sont des amis d'Aeneas, ils avaient besoin de passer inaperçus pour un temps.

Kasen hésita un moment puis lâcha Briséïs dont la peau avait déjà rougi sous la force de sa poigne.

— Tu es avec Aeneas, je te fais confiance…

— Merci, merci beaucoup, soupira Leonel.

Pour la première fois, Kasen parut remarquer le reste de la troupe rassemblée autour d'Aeneas. Il leur adressa un sourire maladroit.

— Alors comme ça, vous n'êtes pas des esclaves ? lança-t-il, comme s'il leur avait souhaité le bonsoir.

Mais à cet instant la brute réapparut et se planta les bras croisés devant Leonel qui se leva d'un bond, la respiration courte. L'homme se détendit.

— Je tenais à m'excuser pour tout à l'heure, dit-il. J'ai réagi impulsivement.

— C'est pas grave, bafouilla Leonel. Ce n'est pas tous les jours qu'Aphrodite montre son nez, tu ne pouvais pas savoir.

L'homme eut un rictus en entendant le nom de la déesse, et Leonel regretta aussitôt de l'avoir prononcé. Mais le Spartiate enchaîna chaleureusement :

— Oui, ce n'est pas tous les jours.

Il jeta un coup d'œil vers la bande d'esclaves et ajouta :

— Que dirais-tu d'un peu de vin, pour fêter ça ?

— Ça oui, c'est une bonne idée ! répondit spontanément Leonel, soulagé. Non d'un chien, ça fait tellement longtemps ! Ça me ferait un bien fou.

— Le rire est guérisseur, s'esclaffa l'autre en lui administrant une tape amicale dans le dos avant de le laisser là, perplexe.

— Pourquoi as-tu accepté ? demanda Kasen. Je croyais que tes amis n'étaient pas des esclaves ?

— Le vin est pour les esclaves ? s'enquit Enndall entre ses dents, attentif à rester discret.

— On les soûle et on les fait danser pour les ridiculiser. Vous allez devoir en boire des litres.

— Est-ce que ça veut dire que je ne vais pas pouvoir en boire ? demanda Leonel.

— On devrait pouvoir survivre, fit Liz riant sous cape. On a vu pire comme châtiment, franchement.

Mais Briséïs ne sut trop que penser lorsque l'homme revint avec une énorme jarre et cinq gobelets. On leur ordonna de s'avancer près du feu, au centre d'un grand cercle de Spartiates, et on leur servit à chacun un verre. Des murmures enthousiastes montaient déjà de l'attroupement d'hoplites.

Briséïs n'avait pas l'habitude de boire. Elle prit le verre qu'on lui tendait, goûta une gorgée. Elle n'y connaissait rien en vins, mais celui-là ne lui paraissait pas si mauvais. Au moins aussi correct que celui que lui avait servi sa mère pour ses dix-huit ans. « Bienvenue dans le monde adulte, avait-elle dit, où tout est permis du moment que c'est avec modération… »

— Bois, lui dit un Spartiate à sa droite.

Briséïs se risqua à croiser son regard une fraction de seconde. N'était-ce pas ce qu'elle était en train de faire ? Elle tourna la tête vers les autres. Liz et Enndall avaient déjà fini leur premier verre, et on les resservait.

— Bois, répéta l'homme.

Briséïs contempla son verre. Il fallait qu'elle boive. OK. Pas de problème. Elle porta le verre à ses lèvres et avala le contenu d'une traite, comme un médicament.

Ça non, elle n'avait pas l'habitude. Des larmes lui montèrent aux yeux. L'homme lui prit son verre, le remplit à ras bord et lui remit dans les mains.

— Bois.

Briséïs serra les dents, vida le second verre. Elle n'allait pas en mourir. Mais aussitôt son verre décollé de ses lèvres, le Spartiate le lui reprit et répéta la même opération une troisième fois.

— Bois.

Au cinquième verre, elle n'en pouvait plus. Au sixième, elle se demanda comment elle pourrait ajouter un millilitre de plus dans son estomac.

— Ça t'amuse, hein ? dit-elle au Spartiate qui lui tendait son septième verre en souriant.

Puis elle eut un hoquet en réalisant qu'elle venait de parler sans autorisation. Ooooups… Mais le Spartiate ne réagit pas. Elle en profita pour continuer sur sa lancée.

— Comment veux-tu que je devienne cool… soûle si tu me laisses pas le temps de tout faire monter au cerveau ?

Elle chercha l'approbation des autres. Liz, Enndall et Meng Zhou la regardaient, pétrifiés.

— Quoi ? fit-elle assez fort.

Heureusement, Ohanko semblait d'accord avec elle. Il buvait à même la jarre qu'il avait empoignée.

— Ces Spart-à-tartes, ils comprennent rien, dit-il en s'essuyant la bouche.

— Comme ça, on est clairs, affirma Briséïs. Mais attendez… dit-elle, frappée par une soudaine inspiration. Messieurs ! Avec ce charmant breuvage, ne devrait-on pas danser ?

À sa grande joie, les musiciens entamèrent aussitôt une musique plus rythmée. Elle se mit à danser et on l'applaudit ! Mais un soldat la stoppa dans son élan :

— Chante le chant des pauvres.

— Euh… Connais pas… hoqueta-t-elle. Puis, à Ohanko : le chant des pauvres, tu connais ?

Ohanko fit un non vigoureux de la tête.

— Désolée, on connaît pas, dit Briséïs haussant les épaules. Mais je peux vous faire la Macarena.

On aima beaucoup sa Macarena. Elle l'avait apprise à l'école, ce n'était pas pour rien. Comme c'était chouette de voir tout le monde s'amuser !

Leonel ne riait pas. Leonel était un looser, elle le savait depuis longtemps. Liz ne dansait pas. Tout le monde ne pouvait pas être une aussi bonne danseuse qu'elle. Et faire rire tant de monde. Tant pis pour Liz. Elle n'avait qu'à pas être rousse.

— Les gros bonshommes musclés n'aiment pas les rousses, expliqua-t-elle à Ohanko.

Il n'y avait qu'à voir, elle n'avait pas croisé une seule rousse depuis son arrivée. Même la morte dont elle portait la tenue n'était pas rousse. C'était à croire que les gens d'ici n'aimaient pas les rousses !

Un homme immense se leva pour lui donner personnellement son prochain verre. Briséïs fut très touchée. Il avait le même sourire parfait que Raoul, quelque part dans un autre temps, derrière les murs de la Citadelle. Cela lui rappela que ça n'avait pas été une expérience si désagréable de se trouver seule entourée de garçons. Et voilà qu'elle la renouvelait ! À ceci près que ceux-là possédaient quinze tonnes de muscles en plus, et qu'ils avaient essayé de la tuer avant de lui offrir à boire. Pas de quoi en faire un fromage. Il fallait fêter ça.

Briséïs marcha droit devant elle jusqu'au premier Spartiate et déclara très fort :

— J'ai besoin d'un cavalier !

Pour quelque raison obscure, le Spartiate trouva cela très drôle.

— CA-VA-LI-ER, articula Briséïs. Cavalier. LEONEL ! Tu veux pas venir lui expliquer en Spar-tartare ?

Elle se sentit soulevée de terre. Le soldat l'avait empoignée pour la balancer sur son épaule.

— Oooooups !

Briséïs ne put s'empêcher de rire de la méprise du colosse.

— Un cavalier ! s'écria-t-elle, j'ai besoin d'un cavalier, pas d'une monture !

Le pauvre soldat sembla blessé par sa remarque : il la jeta dans les bras d'un autre, qui la renvoya à un troisième.

— Att… Atten… Attention ! Le bal…l on ne va pas tenir… longtemps, haleta Briséïs, riant tout en valsant de bras en bras. Ooooups !

Les soldats avaient maintenant décidé de l'emporter à l'écart. Bonne idée, après tout ! Briséïs ne supportait plus le son des lyres. Elle avait tellement dansé, tournoyé…

Mais Leonel et Kasen eurent la mauvaise idée de s'interposer.

— J'ai besoin de mon esclave, dit Leonel d'un ton sévère.

Briséïs leva les yeux au ciel.

— Mais non, tu n'as pas besoin de moi ! cria-t-elle. Je ne suis même pas une vraie esclave ! Tout ça, c'est pour du faux !

Le groupe de soldats allait repartir en riant, mais Leonel attrapa le bras de celui qui tenait Briséïs.

— J'en ai besoin, répéta-t-il aussi calmement que possible.

L'homme cessa de sourire et le torpilla du regard. Leonel déglutit mais ne bougea pas d'un cil.

— Bon, les gars ! soupira Briséïs, je crois qu'il va nous faire une crise cardiaque si on attend plus longtemps ! C'est que vous savez, en vrai il n'est pas vraiment spartiate, c'est un étranger qui... Ooooups !

Elle avait sauté des bras de sa montagne sans s'attendre à une telle descente. Elle s'écrasa par terre. L'homme voulut la récupérer, mais Leonel l'avait déjà tirée de son côté tandis que Kasen s'avançait, une main sur le manche de son glaive. Leonel essaya de l'emmener plus loin, mais les pieds de Briséïs ne voulaient plus suivre. Il dut la traîner et c'était fort désagréable. Elle ne se gêna pas pour le lui faire remarquer à coups de gifles et de cris indignés. Ils parvinrent tant bien que mal jusqu'à une tente circulaire.

— Est-ce que tu as la moindre idée de ce qu'ils allaient te faire ? pesta Leonel, furieux, en la traînant au fond de la tente.

Kasen ferma la toile derrière eux.

— Heureusement qu'ils te croyaient trop soûle pour dire la vérité...

Leonel la lâcha au-dessus de coussins mais il perdit l'équilibre et tomba à son tour. Briséïs éclata de rire.

— Oooooups ! On dirait que c'est le moment idéal pour un baiser ! s'exclama-t-elle avant de lui attraper la tête à deux mains pour l'embrasser goulûment.

Leonel se releva d'un bond.

— Briséïs ! Tu es soûle ! s'écria-t-il en se passant une main dans les cheveux, gêné.

Kasen les observait avec grand intérêt.

— Sans rire ! fit Briséïs en levant les yeux au ciel.

Elle s'arrêta net, captivée par le plafond de la tente. Blanc, courbé, il semblait flotter au gré du reflet des torches plantées à l'extérieur. Elle entendit au loin Leonel maugréer qu'il valait mieux aller chercher les autres et se retrouva seule.

Les coussins étaient très confortables. Briséïs se pencha en arrière, fascinée par le mouvement de la toile. Elle resta longtemps ainsi avant de remarquer un puissant rai de lumière qui se faufilait par une fente de la tente. Attirée comme un papillon de nuit, Briséïs s'y laissa glisser la tête la première. Une conversation était en cours de l'autre côté, dans une tente accolée, bien mieux éclairée.

— … Il faut prévenir la Citadelle, disait un homme richement vêtu. Si la Pythie continue dans sa lancée, on ne pourra plus…

— La Cita-del-eu-del-eu-delle ! chantonna Briséïs.

L'homme se retourna brusquement.

— Sale fouineuse de…

Il l'attrapa par le col, la souleva, tira un poignard de sa ceinture et le lui colla sous la gorge.

— Ooooups !

— Attends, Agis ! À quoi joues-tu ? cria une voix familière.

— Hé ! sourit Briséïs, je te connais, toi !

Elle pointait du doigt un petit bonhomme assis sur une caisse, une paire d'ailes accrochée dans le dos. L'homme lança un coup d'œil interrogateur vers l'angelot.

— Elle peut te voir, Céfaïdon ?

— On dirait bien.

— Oh oui ! affirma Briséïs, on se connaît très bien. Il est déjà apparu deux fois dans mes rêves. Et puis il est dans plein de tableaux !

À ces mots, l'homme fronça le nez.

— Elle est soûle.

— Bien sûr qu'elle l'est, mon roi, dit l'angelot.

— ROI ! coupa Briséïs, ses pieds ballottant dans le vide. Tu es le roi ? Ah, ça ! Ça tombe bien ! On te cherchait, justement !

— On ? Le roi fronça les sourcils. Qui ça, *on* ?

— Ben tiens, moi et les autres !

Le roi la laissa retomber sur le sol et souleva brusquement la toile de la tente pour jeter un coup d'œil dans la voisine, vide.

— Comment expliques-tu ça ? s'emporta-t-il, furieux, en se retournant vers l'angelot.

— Ce n'est pas parce que je suis ce que je suis que j'ai réponse à tout, rétorqua l'angelot. Elle peut me voir parce qu'elle est soûle. Et beaucoup d'humains rêvent un jour d'angelots. Ça ne veut pas dire qu'elle fait partie de la résistance. Ça ne veut pas dire qu'on te cherchait.

— Et comment puis-je en être sûr ?

— Essayons de rester concentrés, tu veux bien ? Il faut quand même accorder aux résistants un peu de crédit : une fillette, esclave et complètement soûle ? Réfléchis un peu, Agis, nous avons assez à faire avec de vraies menaces pour ne pas perdre notre temps à courir après des chimères. Façon de parler, bien sûr, grimaça-t-il, moqueur.

Le roi se racla la gorge.

— En parlant de chimères… Nous n'avons plus que deux harpies à notre service . Si nous pouvions seulement…

L'angelot l'interrompit d'un ton rassurant :

— Je m'en occuperai. Est-ce que j'ai déjà manqué à ma parole ?

Le roi acquiesça mollement. Il posa à nouveau les yeux sur Briséïs, étalée à terre. Il semblait incapable de se détendre.

— Aphrodite était sur nos terres aujourd'hui, elle a donné une épée à l'un de mes hoplites, souffla-t-il, comme s'il touchait enfin au vrai problème. Comment puis-je rester calme ? Aphrodite ne fait jamais de cadeau sans arrière-pensées.

— Tu as vu l'épée ?

— Non. Je ne veux pas attirer trop l'attention. Aphrodite serait bien capable de le prendre mal si j'avais l'air de mettre en doute son messager. Tant que je ne sais pas de quoi il retourne…

— Je suis sûr qu'elle avait ses raisons, dit l'angelot, haussant les épaules.

— Tu n'as pas l'air de te rendre compte de ce dont Aphrodite est capable, grinça le roi.

— Tu t'oublies, mon roi, crissa l'angelot en retour.

Agis semblait fulminer, mais il baissa la tête, murmura un « je m'excuse ». Il désigna Briséïs du menton.

— Il faudrait qu'elle dessoûle pour que tu l'interroges.

— Tu sais bien qu'alors elle ne pourra plus ni me voir, ni m'entendre. Et si elle ne me voit plus, je ne pourrai plus distinguer ses traits non plus. Je le vois bien dans ses yeux, elle ne croit pas aux chimères.

— Moi, je la verrai toujours, et je pourrai traduire, proposa le roi.

— Nom d'une plume mouillée, pourquoi une fillette te fait-elle si peur ? s'emporta l'angelot en levant les yeux au ciel. Bon, céda-t-il finalement, je peux faire quelque chose pour vérifier si c'est une résistante. Mais je te préviens, c'est la dernière fois.

Il vola jusqu'à Briséïs qui s'amusait bien : ce n'était pas tous les jours qu'on assistait à une conversation entre un roi et un angelot.

Céfaïdon détacha d'un coup sec une plume blanche de son aile et la donna à Briséïs.

— Tu vas aller voir un oracle et tu vas lui montrer cette plume.

— Je vais faire ça ? s'étonna Briséïs, les yeux brillants.

Puis elle s'étonna plus encore en réalisant qu'elle parlait toute seule. La lumière vacilla, tout devint confus. Elle ferma les yeux.

## 23

# APHRODITE

La poussière avait un goût salé. Peut-être à cause de la mer, qui ne devait pas être loin. Briséïs n'aurait su dire où se trouvait Sparte sur une carte, mais en Grèce, on ne devait jamais être trop loin de la mer. Elle leva lentement la tête. Elle était allongée sur des coussins, là où Leonel l'avait déposée la veille. Une migraine insupportable la prit d'un coup. Elle se redressa maladroitement, eut un haut-le-cœur. Tout son corps lui faisait mal. Elle fit quelques pas. Son épaule désarticulée, son cou tordu, ses intestins retournés... Elle s'arrêta pour reprendre son souffle. Comment pouvait-on trouver du plaisir à boire tous les soirs ?

Lentement, elle atteignit l'entrée de la tente et plissa les yeux pour s'habituer à la lumière. Le soleil, déjà haut dans le ciel, se reflétait sur les toiles blanches et la pierre calcaire. Le silence régnait dans le camp désert.

Elle resta un moment indécise, les lèvres sèches, et se résolut à marcher dans une direction au hasard. La chance lui sourit : au bout de quelques mètres, des voix lui parvinrent. Briséïs eut chaud au cœur en reconnaissant celle d'Enndall. Elle trouva ses amis assis autour des cendres d'un feu. Enndall se tut en la voyant approcher, titubante.

— Bien dormi ? demanda-t-il d'un ton neutre.

Briséïs ne sut comment interpréter la question. Elle n'avait pas l'habitude de le voir si froid. Les autres n'avaient pas l'air ravis de la voir non plus. Aeneas avait repris connaissance, l'œil à demi fermé, le nez, la joue et les lèvres tuméfiés. Elle jeta un coup d'œil alentour :

— Où sont-ils tous ?

— Partis en campagne tôt ce matin, dit Meng Zhou d'un ton sec.

— Ah… C'est pas de chance… balbutia-t-elle, soulagée malgré elle. Et le roi ?

Le silence qui suivit fut assez éloquent.

Briséïs fronça les sourcils, fouillant dans sa mémoire.

— Vous avez déjà eu l'impression d'avoir vécu quelque chose et de ne plus savoir si c'était un rêve ou la réalité ?

— Cette fois-ci, c'était bien réel, dit brusquement Leonel.

— Je ne me souviens pas de tout, s'empressa d'ajouter Briséïs.

— J'aimerais pouvoir en dire autant.

— Je ne tiens pas bien l'alcool, répondit-elle sèchement.

— Sans blague.

— Tu n'étais pas la seule, fit remarquer Liz qui ne pouvait s'empêcher de sourire malgré le ton grave qu'ils avaient tous jugé bon d'adopter. Ohanko nous a fait une sacrée danse sacrée. Tu aurais dû le voir essayer de piquer les Spartiates avec une flèche accrochée à son…

— Hum, Liz, ça ira, coupa Enndall.

Briséïs jeta un coup d'œil à Ohanko. Ses cheveux emmêlés lui cachaient à moitié le visage. Tenant d'une main un petit sac en toile sur sa tête, il fixait le sol d'un air absent et mastiquait machinalement quelques herbes guérisseuses.

— Je ne parlais pas de ça, dit Briséïs en tâchant de garder le fil de sa pensée. J'ai rêvé, ou vécu, quelque chose d'assez… Il y avait un… Avec une…

Elle s'arrêta.

— Je reviens tout de suite.

Elle retourna vers les deux tentes, fourragea partout, autour de la table, sous les coussins et les tapis. Dépitée, elle revint vers les autres.

— Je ne l'ai pas trouvée.

Elle s'assit, encore vacillante.

— Qu'est-ce que tu cherchais ? demanda Enndall.

— Hein ? Oh, rien…

Ce n'était pas le moment de leur raconter n'importe quoi, après ses exploits de la veille…

— Bon, voilà la situation, exposa Enndall. Nous avons failli nous faire tuer la nuit dernière, Leonel n'a pas pu aller espionner le roi parce qu'il était trop occupé à courir après Briséïs et Ohanko, et maintenant toute l'armée est partie pour Dieu sait combien de temps.

— Et encore, heureusement que Kasen était là, sinon Leonel se serait fait embarquer pour la prochaine campagne militaire, compléta Meng Zhou.

— On se retrouve au point de départ… Suggestions ?

— C'est ça ! s'écria Briséïs.

Ils levèrent les yeux, attendant de voir quelle illumination l'avait encore frappée. Briséïs pointa Kasen du doigt.

— La plume ! C'est ça que je cherchais !

— Une plume ? s'étonna Kasen en retirant la grande plume blanche qu'il avait coincée derrière son oreille à l'aide de sa longue chevelure brune. Je l'ai ramassée par terre ce matin. On en trouve ici de temps en temps.

La plume passa de main en main jusqu'à Briséïs qui l'examina attentivement. Elle ressemblait en tout point à celle qu'elle croyait avoir tenue dans sa main la veille.

— La plume ? fit Enndall, l'incitant à développer.

Non, l'angelot avait du être un rêve, encore une fois.

— Elle… est très jolie, improvisa Briséïs.

— La plume est jolie, soupira Enndall. D'accord. Les enfants, je ne veux pas vous affoler mais nous sommes dans cette épo… – il jeta un coup d'œil vers Kasen – dans cette contrée depuis un moment déjà. Or rien n'a été découvert et nous n'avons toujours pas la moindre idée de comment repartir.

Briséïs réalisa tout à coup qu'elle n'avait plus son sac. Si elle avait perdu le sablier… Mais non, il était debout aux pieds de Meng Zhou, son sac posé derrière. Elle grimaça : la moitié du sable s'était déjà écoulée.

— Vous cherchez un bateau ? s'enquit aimablement Kasen.

Aeneas lui posa une main sur l'épaule.

— C'est un peu plus compliqué que ça… Ne t'inquiète pas, on trouvera une solution.

— Peut-être devrions-nous aller voir un oracle, réfléchit tout haut Briséïs. C'est ce que vous faites, vous autres, quand vous êtes perdus, non ?

Aeneas hocha la tête.

— Parfois, mais pour une récolte ou une guerre, pas pour… pour ce genre de situation…

— C'est que ce genre de situation ne doit pas se présenter souvent, fit remarquer Leonel.

Briséïs se garda bien de lui accorder la moindre attention.

— Et que voudrais-tu lui demander, à cette oracle, Briséïs ? demanda Liz.

— Je…

Elle n'en était pas trop sûre. Comment cette idée lui était-elle venue ?

— C'est un oracle, reprit-elle, elle communique avec d'autres niveaux d'existence. Peut-être pourra-t-elle nous mettre en contact avec le vieil homme ? Ce serait pratique de pouvoir lui demander quelques précisions sur ses explications, vous ne croyez pas ?

Ses compagnons échangèrent des regards, puis Enndall acquiesça.

— Très bien, allons voir l'oracle.

Sparte se trouvait à une demi-journée de marche. Là, ils trouveraient un oracle pour les aider. Ce n'était pas la Pythie de Delphes, mais ils ne pouvaient s'offrir le luxe de se rendre si loin. Ils chapardèrent quelques provisions dans le camp laissé vide et se mirent en chemin.

Briséïs avait hâte de voir Sparte. Connaître une ville, une culture et des mœurs disparues depuis plusieurs milliers d'années ! La veille, elle avait été si tendue qu'elle n'avait pas profité pleinement de la situation. Cette fois-ci, elle comptait bien ouvrir grand les yeux et les oreilles, s'imprégner autant que possible de tout ce qu'elle allait découvrir.

Les deux Spartiates connaissaient la région comme leur poche. Ils les menèrent à travers une gorge profonde, un raccourci qu'ils avaient souvent emprunté. Kasen marchait à côté de Briséïs et l'observait du coin de l'œil ruminer silencieusement et bien malgré elle les événements de la veille.

— Tu sais, je crois qu'il t'aime bien en fait, dit-il tout à coup.

Briséïs fit la grimace :

— Ça m'étonnerait franchement. Il n'y a que deux choses qui l'intéressent : lui-même et sa chère guerre. Borné, sexiste, jamais content de rien…

Elle s'interrompit tout à coup.

— De qui parles-tu ?

— De personne, sourit Kasen, l'air innocent. Et alors, Enndall, dit-il plus fort, d'où vient-elle, cette épée, finalement ?

Enndall marchait juste devant et Kasen dévorait des yeux le paquet ficelé sur son dos.

— C'est vraiment Aphrodite qui me l'a donnée, répondit Enndall après un moment d'hésitation.

— Aphrodite ? s'inquiéta Aeneas. Qui t'a parlé d'Aphrodite ?

Il se tourna vers Kasen, comprenant tout à coup.

— Tu es malade ? Tu sais bien que c'est la plus colérique ! Pourquoi tu as choisi Aphrodite ?

Il s'était exprimé avec force : le nom d'Aphrodite se répéta en écho dans la gorge profonde. Aeneas se retourna vivement, scrutant les chemins qui se perdaient dans la roche.

— Je n'ai pas vraiment eu le temps de réfléchir, j'ai juste pensé à elle et…

— C'est un miracle que nous soyons encore en vie ! chuchota Aeneas.

Briséïs ne l'avait jamais vu aussi furieux.

Kasen parut réaliser pour la première fois son erreur. Il se mit lui aussi à inspecter les environs d'un œil suspicieux.

— Allons, ce n'est qu'une déesse, fit Liz, amusée. Tout ça c'est du vent… la mythologie…

— Du vent ! De toute évidence, tu n'as jamais été témoin de la colère d'une déesse, gronda Aeneas.

— Parce que toi, tu l'as été ?

— Et comment !

— Raconte, je suis curieuse.

Aeneas lui lança un regard méfiant. Gardant un œil sur le défilé de calcaire, il leur raconta une histoire.

Il y avait de cela une dizaine d'années, à l'occasion du mariage de sa fille, un père avait sacrifié pour Aphrodite un taureau malade, pensant que la déesse ne se rendrait compte de rien. La famille traversait une période difficile et ne pouvait se permettre de se séparer de ses bonnes bêtes. La nuit venue, le nouveau couple s'était retiré dans une maisonnette cachée dans la montagne, à l'abri des bois. Au milieu de la nuit, le marié s'était réveillé, pris d'une soif si terrible qu'il n'avait pas même trouvé la force de se lever. Sa jeune femme avait proposé d'aller remplir d'eau sa coupe d'or, un cadeau de mariage, au ruisseau en contrebas. Elle n'était pas revenue. Au matin le jeune homme, ayant récupéré un peu de force, était parti à sa recherche. Il l'avait retrouvée au bord du ruisseau, la coupe à la main, le visage figé dans la douleur et défiguré par d'horribles marques verdâtres. Du ruisseau se dégageait une odeur putride, et le pauvre homme n'avait pas douté que sa nouvelle femme fût morte empoisonnée par sa faute. Fou de remords, il avait marché tout le jour jusqu'au fleuve Eurotas et, s'asseyant sur la berge, les yeux plongés dans le tumulte liquide, s'était laissé mourir de soif. Mais sa femme n'était pas morte. Reprenant conscience quelques jours plus tard, découvrant son visage devenu monstrueux et l'infortune de son amant, elle en avait perdu la raison. Le père, comprenant son rôle dans l'infortune de sa fille, s'était donné la mort. Personne n'avait jamais revu le monstre ensuite, mais Aeneas affirma qu'elle vivait encore dans la montagne, comme une bête, se lamentant sur son sort et celui de son amant perdu.

— Ce ruisseau coule près d'un village au nord de Sparte, ajouta Kasen. L'odeur y est insupportable.

— Mais vous n'avez jamais vu la déesse, fit remarquer Liz, ni le monstre, je me trompe ? Comment savez-vous ce qui s'est réellement passé ?

Aeneas la regarda, surpris.

— Les centaures sont connus pour empoisonner les rivières, répondit Kasen. Et les centaures sont très proches d'Aphrodite. Elle s'est servie d'eux.

— Tout le monde connaît cette histoire, ajouta Aeneas. Et ce n'est qu'un exemple parmi d'autres. On ne compte plus les vengeances d'Aphrodite.

Aeneas était lancé. Il enchaîna avec l'histoire d'Horace, qui avait osé refuser les avances de la déesse. Furieuse, elle avait changé son nouveau-né en cochon de lait et l'avait échangé avec celui qu'Horace avait prévu pour son repas du soir. Bien évidemment, une fois son crime réalisé, Horace s'était jeté du haut d'une falaise. Vint ensuite l'histoire des trois femmes condamnées à ne pas sourire sous peine de perdre instantanément leur jeunesse, une punition qu'elles subissaient pour avoir été jugées plus belles qu'Aphrodite par leur frère. Et il y en avait bien d'autres, Aeneas ne s'arrêtait plus. La préférée de Briséïs resta l'histoire des hoplites qui se perdaient dans la montagne et qui, s'ils avaient la malchance de tomber sur Aphrodite se parlant à elle-même, étaient changés en lutins de pierre dont elle se servait ensuite pour espionner les humains.

Sparte n'était plus très loin, mais il se faisait tard, aussi décidèrent-ils de camper plutôt que d'entrer dans la ville de nuit.

Kasen et Aeneas ne cessaient de jeter des regards méfiants par-dessus leurs épaules à chaque bruit suspect. Le visage d'Aeneas avait déjà repris une forme beaucoup plus acceptable ; les lotions d'Ohanko faisaient des miracles.

La nuit tomba, claire encore une fois. Briséïs, toujours sous le choc de sa beuverie de la veille, du stress, de l'euphorie, du décalage horaire et de la marche, était éreintée. Laissant les autres préparer le repas, elle s'allongea pour admirer le firmament. La Grande Ourse était là, silhouette familière, réconfortante.

— Aeneas ? appela-t-elle, le Spartiate s'étant accroupi près d'elle pour allumer le feu. Pour toi, est-ce qu'un centaure est une chimère ?

— Bien sûr, répondit-il.

— Et une harpie ?

— Oui, comme tous les êtres au service des dieux. Tous ceux qui sont issus de leur monde.

— À quoi ressemblent les harpies ?

— Ce sont des créatures hideuses. Une harpie a une tête de femme mais des ailes d'oiseau à la place des bras. Ses crocs sont presque aussi aiguisés que ses immenses serres, qui peuvent déchirer le cou d'un homme d'un seul coup de patte. Quand un homme entend le cri strident d'une harpie, il sait que sa fin est proche, frissonna Aeneas. Les harpies sont vicieuses, parce qu'elles sont l'instrument de vengeance préféré des dieux. Et il n'y a rien de plus cruel qu'un dieu qui souhaite se venger.

— Oui, j'ai cru comprendre cela tout à l'heure, marmonna Briséïs, de moins en moins à l'aise.

Aeneas lui tapota amicalement l'épaule, et se concentra à nouveau sur son feu.

— Et les angelots ? demanda Briséïs après un instant d'hésitation, tu as déjà entendu parlé des angelots ?

Soudain une voix de femme extraordinairement puissante pétarada de toutes parts :

— MORTELS ! COMMENT AVEZ-VOUS OSÉ…

Briséïs se redressa vivement, s'attendant presque à voir surgir une ogresse. La voix se réverbérait dans toute la vallée, gagnant chaque fois de l'ampleur.

— ... VOUS MOQUER DE MOI AVEC AUTANT DE CULOT !

— Aphrodite ! glapit Kasen.

Enndall tira son épée mais Aeneas se jeta sur lui :

— Non ! À plat ventre ! À plat ventre !

Kasen était déjà au sol, ses mains tremblantes sur la tête.

— POURRITURES DE SPARTIATES ! SOLDATS DÉGÉNÉRÉS ! AH ! VOUS VOULIEZ TESTER MES LIMITES ? EH BIEN VOUS ALLEZ CONNAÎTRE LA VÉRITABLE COLÈRE D'APHRODITE !

— Je vous en supplie ! cria Aeneas, nous ne pensions pas à mal !

— TAIS-TOI MISÉRABLE ! NE SAIS-TU PAS À QUI TU PARLES ?

Briséïs s'était jetée face contre terre, le cœur battant à tout rompre. Se pouvait-il qu'Aphrodite existe ? C'était impossible, et pourtant... Tout se bousculait dans sa tête. Qu'allait-elle leur faire ?

— VOUS MÉRITEZ QUE JE VOUS CHANGE EN PIERRE ET QUE JE VOUS JETTE DANS LA GUEULE DE... D'UN MONSTRE !

D'où la voix pouvait-elle provenir ? Briséïs n'osait pas bouger, de peur d'être changée en pierre. Un énorme rire bondit de roche en roche, terrifiant.

— VOUS VOYEZ BIEN QU'ON PEUT VOUS FAIRE CROIRE N'IMPORTE QUOI ! ESPÈCES DE BENÊTS ! ÇA DEVRAIT PAS ÊTRE PERMIS D'ÊTRE AUSSI CRÉDULE !

Briséïs releva la tête. Son sang ne fit qu'un tour. Liz ne se trouvait pas parmi eux.

— ... Liz ? risqua Leonel, couché à côté d'elle, Liz, c'est toi ?

Un nouvel éclat de rire retentit dans toute la vallée puis s'évanouit. Liz réapparut juste après, se tenant les côtes de rire.

— Vous devriez voir vos tronches ! Il y a une cavité qui résonne par là, c'est impressionnant le son que ça…

Aeneas avait sauté sur ses pieds. En trois pas il fut près d'elle et lui administra une énorme gifle. Liz en resta sans voix, la main contre sa joue rougie.

— En route ! déclara-t-il sèchement en ramassant ses affaires.

— Comment ça, en route ? fit Enndall.

— Je ne resterai pas une minute de plus dans cette vallée, répondit Aeneas en passant en trombe devant lui tandis que Kasen lançait des regards noirs à Liz.

— Mais on ne va pas repartir maintenant ! s'emporta Enndall. Il faut reprendre des forces !

Aeneas fit volte-face pour revenir s'écraser le nez contre celui d'Enndall.

— Faites ce que vous voulez. Moi, je m'en vais.

— Je voulais juste… me rendre utile, balbutia Liz une fois Aeneas et Kasen disparus au détour du sentier. Si Aeneas voyait comme ses croyances sont ridicules, peut-être qu'il passerait moins de temps à se flageller…

— Allons-y, repartit Enndall en soupirant. Cette fois, je ne crois pas qu'on pourra le faire changer d'avis.

— Dans mon époque, on apprend à ne pas frapper les filles, commenta Leonel, ramassant ses affaires.

— Dans la mienne on apprend à tenir sa langue, rétorqua Meng Zhou avec un regard désobligeant pour Liz.

Les deux Spartiates avançaient comme si le diable était à leurs trousses. Briséïs peinait derrière. Elle avait déjà eu du mal à suivre le rythme en pleine journée, la nuit et la fatigue n'arrangeaient pas les choses. Et puis cette mascarade avait réussi à la rendre nerveuse ; elle sursautait au moindre bruit suspect, hantée par l'image de la déesse grecque. Elle avait beau savoir Liz responsable de cette peur, elle ne parvenait plus à s'en débarrasser.

— Si Aphrodite avait tout entendu, n'aurait-elle pas déjà

réagi ? demanda Enndall, le seul qui tenait encore bien la cadence derrière les deux Grecs enfiévrés.

Ohanko avait trop souffert de la nuit précédente pour se montrer à la hauteur.

— Cessez de prononcer son nom, nom d'un chien ! siffla Aeneas entre ses dents.

Enfin, Sparte s'étendit devant eux, sombre et silencieuse. Les deux Spartiates s'arrêtèrent, laissant aux autres une chance de les rattraper.

— Si elle est réellement en colère, tu crois vraiment que les murs de la ville l'empêcheront de se venger ? demanda Leonel en reprenant son souffle.

Aeneas ne jugea pas nécessaire de lui répondre. Briséïs plissa les yeux pour mieux discerner les détails de la cité sous les timides rayons de lune. De loin, Sparte paraissait étonnamment sobre. Elle ne possédait ni murailles pour la protéger, ni immense palais bardé de colonnes, comme Briséïs l'imaginait d'Athènes. Seuls quelques temples se détachaient de la ligne des toits, construits à flanc des petites collines alentours. Somme toute, Sparte ressemblait à un très gros village, et était loin d'en imposer autant que ses soldats d'élite.

Déjà les deux jeunes hommes reprenaient leur course. Leonel leva les bras au ciel.

— Où comptes-tu aller une fois à l'intérieur ? lança Enndall avant qu'ils ne soient trop loin.

— Nous allons avoir besoin d'une offrande pour nous faire pardonner, répondit Aeneas par-dessus son épaule.

Les entrées de Sparte étaient gardées, mais Aeneas et Kasen connaissaient leur cité aussi bien que la campagne environnante. Ils déjouèrent sans difficulté l'attention des vigiles, se faufilant à pas de loup entre les maisonnettes et les jardins protégés par de hauts murs blanchis à la chaux. De puissantes odeurs se dégageaient des ruelles pavées, mélange singulier de fumets exquis et de détritus. Aeneas les mena au pied d'un mur par-dessus lequel un grand arbre avait laissé pendre l'une de ses branches.

— Où sommes-nous ? murmura Enndall, le voyant sauter pour attraper la branche et se hisser en haut du mur.

— Chez Imène, ma femme, répondit-il en les invitant à le suivre. Elle devrait pouvoir nous trouver une offrande.

— Si c'est chez ta femme, pourquoi ne pouvons-nous pas passer par la porte d'entrée ? s'étonna Meng Zhou.

Aeneas hésita un instant puis se tourna vers Kasen qui l'avait rejoint en haut du mur :

— Explique-leur, toi.

Et il sauta de l'autre côté.

— C'est une coutume de chez nous, leur apprit Kasen en les aidant à le rejoindre dans l'arbre. Ça ne se fait pas d'être surpris chez sa femme avant l'âge de trente ans. Mais tout le monde le fait, il faut juste… rester discret.

— Mon Dieu, vous êtes bien compliqués, vous les Grecs, marmonna Liz, qui n'avait pas ouvert la bouche depuis l'incident.

Une lumière s'alluma à l'intérieur de la maison et la femme d'Aeneas apparut, une bougie à la main. Elle la posa sur le rebord d'un muret du jardin et se jeta dans ses bras. Elle était ravissante, vêtue d'un joli drapé blanc, avec ses longues boucles brunes dansant sur ses épaules nues et son sourire d'ange. Elle l'embrassa sans lui laisser le temps de parler.

— La vache, elle est pas mal du tout, il ne s'emmerde pas, commenta poétiquement Leonel à mi-voix.

— Qu'est-ce que tu t'es fait à l'œil ? s'inquiéta Imène entre deux baisers. Et ton nez, il est tout gonflé !

— Ce n'est rien. Écoute, Imène, il faut que je…

— Tu te rends compte que ça fait une éternité que tu n'es pas venu me voir ? Tu crois que c'est amusant pour moi d'attendre toutes les nuits pour rien ?

— Je sais, excuse-moi mais j'avais un…

— Plus tard, plus tard, coupa-t-elle en l'entraînant vers la maison.

— Ta famille…

— Ils dorment. Viens, tu me raconteras après.

— Mais non, je…

— J'ai dit plus tard ! rit-elle, le couvrant de baisers.

— Imène ! Arrête ! Je ne suis pas seul !

Imène se dégagea.

— Comment ça, tu n'es pas seul ?

Une branche craqua et Kasen sauta juste derrière Aeneas.

— Bonsoir Imène.

— Qu'est-ce qu'il fait là, celui-là ? demanda-t-elle sans un regard pour Kasen.

— Hem… Il n'est pas le seul…

Imène blêmit.

— Comment ça, il n'est pas le seul ?

Aeneas leur fit signe de descendre. Ils s'exécutèrent aussi silencieusement que possible. Imène n'en revenait pas. Elle ne trouva pas de mots pour répondre à leurs salutations. Elle se contenta de se tourner vers Aeneas, attendant des explications. Il lui sourit bêtement, reprit son air sérieux :

— Nous allons avoir besoin d'une offrande. Et de vêtements aussi. Il nous les faut tout de suite.

— Apparemment ce ne sont pas des esclaves, mais ton mari n'a rien trouvé d'autre à leur mettre sur le dos, commenta Kasen.

— Pourquoi, ils n'avaient pas de vêtements là où tu les as trouvés ? demanda-t-elle, sondant de ses grands yeux noirs les étranges visages de Meng Zhou et d'Ohanko.

— Écoute, dit Aeneas, il me faudrait des heures pour tout te raconter. Pour l'instant, j'ai besoin que tu me fasses confiance.

Imène le dévisagea, méfiante.

— Pour qui est-ce, cette offrande si urgente ?

— Pour… l'oracle. Du temple d'Aphrodite.

Kasen toussota et Imène lui jeta un regard soupçonneux.

— Dans quelle histoire vous vous êtes encore fourrés tous les deux ? Je dois pouvoir trouver quelque chose pour vous, dit-elle à Liz et Briséïs sans attendre de réponse à sa question. Aeneas, va sous le toit. Dans la malle, tu trouveras peut-être de quoi habiller les autres.

— Merci.

— Il va falloir vous laver aussi, vous ne pouvez pas vous rendre au temple dans cet état.

Briséïs la bénit intérieurement. Elle n'avait pu se laver depuis le début de leur voyage et imaginait déjà le délice de l'eau savonneuse sur sa peau. Imène la fit entrer dans sa chambre avec Liz, leur apporta une bassine remplie à ras bord et du savon, sortit plusieurs tuniques aux plissés élégants qu'elle déposa sur des coussins pour leur permettre de choisir avant de retourner dehors apporter aux hommes une seconde cuvette d'eau.

— Qu'est-ce qui peut amener deux femmes à voyager avec un groupe aussi étrange ? demanda-t-elle enfin, revenant du jardin.

Briséïs hésita :

— Comme l'a dit Aeneas, c'est un peu long à expliquer…

— C'est un homme bon, repartit vivement Imène. Ne l'entraînez pas dans une aventure qui pourrait fâcher les dieux.

— Nous… Nous allons essayer, murmura Liz.

24

## L'ORACLE

Fringants dans leurs habits tout propres, ils se regroupèrent dans la cour. Imène flanqua un porcelet dans les bras du premier venu, c'est-à-dire Leonel, qui le prit avec un sourire forcé.

— Fais attention à ce qu'il ne couine pas jusqu'au temple, il ne faudrait pas qu'il réveille tout le monde.

Leonel se contenta de hocher la tête comme un abruti heureux, sous le charme de la belle Spartiate.

— Un porcelet ? commenta Aeneas.

Imène le défia du regard.

— Je te connais, Aeneas, quoi que tu aies fait, mieux vaut une belle offrande. Et aussi beaucoup de discrétion… Passons par les toits pour éviter la grande place et les veilleurs de nuits, si vous ne voulez pas qu'on nous pose de questions.

Légère et agile comme un félin, elle grimpa la première dans l'arbre puis longea le haut du mur et monta sur le toit de sa propre maison.

— Tu nous accompagnes, mon amour ? s'enquit Aeneas d'une petite voix.

— Tu viens me voir une fois toutes les deux lunes, rétorqua-t-elle, je ne vais pas te laisser filer aussi vite.

Aeneas n'osa rien ajouter. Il se tourna vers Briséïs pour l'aider à monter dans l'arbre, mais lui attrapa d'abord le poignet et déposa dans sa main un petit poignard protégé par un fourreau ouvragé.

— Tiens Briséïs, prends ça, au cas où.

— Au cas où quoi ?

Aeneas haussa les épaules.

— Mieux vaut se protéger.

Il donna le même à Liz, qui l'attacha à sa ceinture avec une grimace pour Briséïs. Elles espéraient bien ne pas avoir à s'en servir.

La lune éclairait les toits en pente douce. Bien qu'ils soient rapprochés, passer de l'un à l'autre se révélait parfois difficile. Kasen, Aeneas et Imène sautaient allègrement sur les tuiles de terre cuite comme s'ils avaient fait cela toute leur vie. Les autres suivaient tant bien que mal. Leonel surtout peinait, le porcelet couinant dans ses bras, maugréant qu'on lui refilait toujours les tâches difficiles. L'animal gigotait dans tous les sens. Briséïs riait sous cape : il n'avait qu'à pas faire le mielleux pour les beaux yeux d'Imène.

— Fais attention ! le sermonna Imène par-dessus les cris du porcelet, il va nous faire repérer. Fais-le taire !

— Elle est gentille, la Spartiate, marmonna-t-il, j'aimerais l'y voir, moi, faire taire un cochon ! À moins de l'égorger…

Comme s'il avait compris, le cochon donna un coup de croupe si puissant qu'il lui glissa des mains et tomba avec fracas sur les tuiles. Il fila aussitôt entre les jambes de Leonel et courut droit vers le bord des toits.

— Nom de Zeus, il va tomber ! s'écria Imène à mi-voix, s'élançant pour lui couper la route.

Imène sautait comme si la main de Zeus l'avait soulevée dans les airs. Rapide comme l'éclair, elle lança un morceau de tuile vers le porcelet pour l'effrayer. Celui-ci hésita, obliqua, laissant juste le temps à Imène de se jeter à plat ventre sur lui. Ils roulèrent ensemble jusqu'à la limite du toit où Imène stoppa leur chute à la seule force de ses jambes. Elle mit sa main devant la truffe de l'animal qui, ne pouvant plus respirer, s'arrêta de couiner. Imène rattrapa le groupe, le petit cochon dans les bras.

— Je crois que je vais le garder, si ça ne te dérange pas, dit-elle, à peine essoufflée, en passant à côté de Leonel.

— Vous êtes une femme d'une rare agilité, remarqua Meng Zhou, impressionné.

— Je suis née spartiate, répondit-elle aimablement.

— Et à Sparte, on entraîne les femmes à la bravoure plutôt que les hommes ?

Imène se retourna vivement.

— Oui, étranger, les femmes de Sparte s'entraînent presque autant que les hommes, bien plus que dans n'importe quelle autre cité grecque.

— Plus que les hommes, dirait-on, appuya Meng Zhou, se penchant pour la saluer.

Mais Imène ne se laissa pas berner par son compliment.

— Étranger, si tu insinues que mon mari n'est pas à la hauteur, tu peux dès à présent t'en retourner d'où tu viens. Je connais Aeneas mieux que personne, je connais sa valeur, et je ne pourrais être plus fière de lui.

— Elle est au courant pour le général ? murmura Leonel à l'oreille d'Aeneas qui se raidit et lui fit les gros yeux.

Trop tard, Imène avait entendu.

— Bien sûr que je suis au courant, riposta-t-elle. Ses supérieurs sont venus fouiller chez moi pour le trouver.

Aeneas parut se liquéfier sur place.

— Je… J'avais vraiment l'intention de tenir le rang, bégaya-t-il, mais juste avant l'impact…

— Je me fiche de savoir ce qui s'est passé.

— J'ai été lâche et un général est mort par ma faute.

— Tu as fait de ton mieux avec les circonstances qui t'étaient données, et ce qui est arrivé est arrivé. C'est le jeu de la guerre.

Voyant Aeneas encore penaud, Imène libéra une de ses mains pour lui relever le menton :

— Aeneas, tu as bien fait d'attendre avant de venir me voir. Mais si tu m'as crue capable de juger ta valeur uniquement à la force de tes bras pendant les massacres des batailles, tu me déçois profondément. Ne refais jamais ça.

Emporté par un élan de gratitude, Aeneas la prit fougueusement dans ses bras pour l'embrasser. Le porcelet, coincé entre les deux, se mit à brailler comme jamais. Une porte claqua sous le toit, et un homme beugla dans la nuit.

— Espérons seulement qu'Aphrodite sera aussi indulgente, sourit Imène en reprenant son souffle.

— Oh mais nous n'avons rien de plus à nous faire pardonner, le porcelet est pour l'oracle, mes amis ont une question urgente…

— Ne te fatigue pas Aeneas. Tu ne sais pas mentir.

Le temple d'Aphrodite se trouvait sur le flanc d'une colline abrupte, à la lisière de la ville. Une petite place de marbre quadrillé précédait un grand escalier menant à l'entrée du sanctuaire, pourvu de plusieurs rangées de colonnes caractéristiques de l'époque antique. Des flammes montaient de grandes coupoles de chaque côté de l'escalier, éclairant une magnifique statue d'Aphrodite plus grande que nature, le bras tendu vers la ville endormie, peinte de couleurs chatoyantes et couverte de véritables drapés soyeux. La façade et les colonnes du temple avaient elles aussi été peintes en rouge, orange et vert. Un homme d'un certain âge, vêtu de blanc, à demi assoupi, se tenait près de la statue. Imène lui donna une petite tape sur l'épaule.

— Va chercher l'oracle.

— Mmmm ? Quoi ? L'oracle ? Vous êtes tombés sur la tête ? Vous avez vu l'heure ? fit l'homme, gêné d'avoir été surpris à somnoler.

— Je sais qu'elle se lève très tôt.

— Et alors ? L'oracle ne donne pas d'audience avant le lever du soleil ! Revenez dans la matinée.

— L'oracle est connue pour faire des écarts dans des circonstances exceptionnelles, répondit Imène en plaçant le porcelet juste sous son nez.

— L'offrande est pour la déesse, l'oracle n'en a que faire, cingla l'homme.

— Dans ce cas, je devrais peut-être aller voir l'oracle du temple d'Athéna…

L'homme se leva d'un coup, la tête haute, comme si elle l'avait insulté personnellement.

— L'oracle sait reconnaître des circonstances exceptionnelles. Elle seule jugera de votre cas.

Et il s'en fut monter les marches du temple, grognant le long du chemin.

Les trois Spartiates profitèrent du temps de répit qu'on leur accordait pour exécuter des gestes de prière et de purification, levant les bras au ciel, implorant la statue d'Aphrodite. Enndall scrutait la statue d'un air méfiant. Du coin de l'œil, Briséïs le vit lever discrètement la main pour se marquer le visage du signe de croix. Puis l'oracle arriva, escortée par une dizaine de prêtres portant des torches. Des symboles tracés au charbon noir marquaient le front ridé de la grande femme. Un voile d'or couvrait son épaisse tignasse, de lourds bijoux paraient ses bras. Elle les toisa d'un air sombre.

— Qu'y a-t-il donc de si pressant, que l'on ne puisse attendre le lever du soleil pour mander mes conseils ?

Imène prit les devants.

— Mon nom est Imène. Nous apportons ce porcelet pour la gloire d'Aphrodite, dit-elle en poussant l'animal devant elle.

L'oracle fit un léger signe de tête à l'un des prêtres qui s'en fut à l'intérieur du temple.

— Aphrodite en sera satisfaite, dit-elle d'une voix forte. Quelles que soient vos fautes – son regard vert émeraude se tourna vers Aeneas –, soyez sans crainte, elles vous seront pardonnées.

Aeneas la remercia d'un hochement de tête, profondément soulagé.

Le prêtre revint, portant une hache et un couteau aiguisé. L'oracle leva son visage vers les cieux et murmura une incantation, les bras ouverts. Un autre prêtre attrapa le porcelet qui s'était remis à couiner et le plaqua contre une dalle déjà couverte de fleurs, d'encens et d'épices, aux pieds de la statue d'Aphrodite. Un troisième leva la hache au-dessus de la tête de la bête. Le sang, puis les entrailles, se répandirent sur la pierre. Liz porta une main à sa bouche, écœurée. S'ensuivit une danse grotesque et splendide ; l'oracle en transe poussait des cris jubilatoires, jouant avec les fumées d'encens allumés par ses prêtres.

Enfin, l'oracle reprit contenance et leur demanda d'un ton grave, cérémonial :

— À présent, quelle est votre requête ?

— Nous…

Briséïs s'arrêta, interdite. Ils n'avaient pas pris le temps de discuter de la façon de poser leur question. Parler d'un vieil homme suffirait-il pour éveiller le don de l'oracle ? Le vieil homme n'avait pas d'autre nom… Ou fallait-il évoquer un vieil homme vivant dans un village au sommet d'une falaise, dans un désert ? Une falaise qui faisait face à une gigantesque forteresse ? Hypnotisée par la majestueuse femme, Briséïs ne se sentait plus les idées très claires. L'oracle lui rappelait tant la beauté et la terrifiante puissance qui se dégageaient de la Citadelle. Des images de la forteresse revinrent l'obséder. Les mots sortirent tous seuls de sa bouche.

— Nous recherchons des informations sur la Citadelle.

Enndall lui fit les gros yeux.

— Ce que mon amie voulait dire c'est que…

Il perdit le fil de sa pensée : les yeux de l'oracle venaient de partir subitement en arrière, laissant ses globes blancs briller dans la nuit. Une secousse la prit brutalement aux épaules. Elle ouvrit grand la bouche, un son aigu sortit du fond de sa gorge. Puis elle proclama funestement :

— La forteresse des possibles tremble sous leurs pieds. Leur pouvoir est grand tant qu'ils ne savent. Mais quand ils croient, ils voient, et le malheur frappe. Le monstre bleu contemple les efforts et se lamente. OH ! FUYEZ ! Fourmis infâmes, le trépas est à vos chevilles !

Les mots suivants s'évanouirent dans sa gorge. Elle toussa, reprenant doucement ses esprits, tandis que les prêtres ramassaient la dépouille du porcelet. L'oracle se retourna lentement pour gravir une à une les marches jusqu'à la porte du temple.

— C'est tout ? s'exclama Briséïs, faisant sursauter les trois Spartiates.

En quoi ce charabia pourrait-il les aider ?

— Il faut qu'elle revienne, dit-elle, se tournant vers Aeneas. Nous n'avons même pas encore parlé du vieil homme.

— À qui la faute ? répartit Leonel.

— Briséïs, quelle mouche t'a piquée ? enchaîna Enndall. Le vieil homme nous demande de rester discrets, et toi tu parles de la Citadelle à la première venue ?

— Nous devrions y aller, conclut Meng Zhou. Replions-nous hors de la ville avant l'aube.

Mais Briséïs ne pouvait pas accepter une telle déconvenue.

— Attendez ! cria-t-elle à l'oracle, déjà arrivée à l'entrée du temple. Attendez, je…

Prise au dépourvu, elle saisit la plume blanche fourrée le matin dans son sac et la brandit en l'air.

— Je vous ai apporté quelque chose, regardez !

Par miracle, l'oracle parut intéressée. Elle revint tranquillement, la tête haute, saisit la plume et la caressa entre ses doigts.

— Ça n'a aucune valeur, déclara-t-elle, prête à gravir les marches une nouvelle fois.

— Si elle n'a aucune valeur, rendez-la-moi, lança Briséïs.

L'oracle fit volte-face, furieuse. Imène était proche de la syncope. Briséïs fit tout son possible pour l'ignorer, défiant l'oracle du regard.

— Très bien, dit cette dernière. Alors suivez-moi. Pas vous, ajouta-t-elle avec un regard cinglant pour Imène et Kasen.

Le temple était plus grand qu'il n'y paraissait de l'extérieur. Il avait dû être creusé directement dans la roche. Ils s'avancèrent au milieu d'une salle plongée dans la pénombre. Le voile de l'oracle voletait derrière elle, reflétant la faible lumière des torches. Elle les mena jusqu'à un autel de pierre blanche, se retourna. Quelques prêtres s'approchèrent, intrigués par son attitude. D'un geste elle leur fit signe de sortir.

— Où l'avez-vous trouvée ? demanda-t-elle une fois seuls.

Sa voix tranchait l'air comme un rasoir.

— Pourquoi tenez-vous à le savoir ?

— Ne jouez pas l'insolente avec moi ! gronda l'oracle. Ils m'amènent une plume d'Hermès et ils me demandent pourquoi je leur pose des questions !

Aeneas manqua de perdre l'équilibre.

— Qui ça ? demanda à mi-voix Ohanko à Enndall, aussi perdu que lui.

L'oracle leur lança un regard assassin.

— Elle nous a été donnée, improvisa Briséïs. Elle doit nous transmettre un message et tu dois nous le traduire.

D'où diable lui venait cette idée ? L'oracle était bouche bée, ses amis aussi. Briséïs se racla la gorge.

— Alors, qu'est-ce que tu attends ? fit-elle. C'est ton rôle de traduire, non ? Mais épargne-nous le folklore, nous n'avons pas de temps à perdre.

À son grand étonnement, l'oracle ne dit rien. Elle prit une grande inspiration, alla se placer au sommet des quelques marches menant à l'autel.

— Je ne puis garantir ce qui va se passer, dit-elle, hésitante, avant de lever la plume à la hauteur de ses yeux.

Elle mima le geste de tremper la plume dans un encrier et se mit à écrire dans le vide. Aussitôt, elle entra en transe. Son regard vitreux allait et venait, comme pour lire des lignes invisibles. Dans un mouvement saccadé de marionnette, elle ouvrit la bouche. Une voix étrangère sortit de sa gorge, masculine :

— QUI VIENT DÉRANGER LE MESSAGER ?

Tous firent un bond en arrière, Briséïs la première. Elle avait immédiatement reconnu la voix nasillarde. Mais c'était impossible. Ce *ne pouvait être* la voix du Céfaïdon de son rêve. Les angelots n'existaient pas…

— Nous… Nous sommes à la recherche d'informations, dit-elle pour gagner du temps.

L'oracle se pencha vers Briséïs pour mieux discerner ses traits, fronçant les sourcils comme si elle était gênée par un voile tombé devant ses yeux.

— C'est à toi que j'ai donné cette plume…

Briséïs se figea. Ça n'avait donc pas été un rêve.

La voix nasillarde à l'intérieur de l'oracle reprit pour tout le groupe :

— N'ayez crainte, je suis là pour vous aider. Nommez-vous et faites votre demande. Que recherchez-vous ?

Briséïs en avait des sueurs froides. Peut-être l'alcool l'avait-il fait halluciner la veille au soir ? Peut-être avait-elle simplement eu affaire à un homme très petit ? Elle voulut parler, mais Aeneas la devança. Il se racla la gorge, mit un genou à terre :

— Ô, vénérable Hermès, je suis honoré que tu acceptes de nous parler à travers l'oracle. Je suis Aeneas, de la grande Sparte. J'ai suivi la commande des dieux, j'ai rejoint mes amis dans le désert et nous avons gravi l'escalier de l'Olympe, mais nous avons échoué ici à la place et…

— Cafards minables… grinça la voix.

Aeneas déglutit. L'oracle se redressa subitement, comme un pantin mu par des ficelles invisibles.

— Message de Céfaïdon pour la Citadelle ! Résistants détectés ! Localisation : Sparte. Temps : Antiquité, quatre siècles avant l'ère chrétienne. Prévenez le roi Agis ! ORACLE ! FERME LES PORTES DU TEMPLE !

Secouée par un spasme, l'oracle tendit la main comme un automate vers une clochette suspendue au-dessus de l'autel. Enndall sauta sur elle et lui arracha la plume des mains. L'oracle chancela, perdit connaissance et s'effondra dans les bras d'Enndall.

— C'était moins une, fit-il, la déposant sur les marches. Vite ! Ne traînons pas !

— Briséïs, tu nous dois des explications, gronda Meng Zhou en l'attrapant par le bras.

— Plus tard, plus tard ! dit Enndall, pour l'instant, sortons d'ici !

Mais déjà plusieurs prêtres rappliquaient, attirés par les cris de l'oracle.

— Qu'avez-vous fait à l'oracle ! s'exclama l'un d'eux, saisissant le pied en métal d'une torche. Silas ! Va prévenir la garde !

Enndall dégaina son épée, Meng Zhou son long couteau.

— Pas les prêtres ! blêmit Aeneas en s'interposant.

— Au fond, par là ! s'exclama Ohanko, indiquant un renfoncement à leur droite.

La porte s'ouvrit sur une immense salle creusée dans la roche. Ohanko et Meng Zhou refermèrent brusquement l'accès derrière Liz et le bloquèrent avec un banc. Déjà les prêtres tambourinaient derrière. Deux autres prêtres vêtus de blanc se trouvaient dans la grande salle. Ils les regardèrent, surpris, pénétrer dans la pièce. L'un tenait un peigne dans une main, l'autre une petite cuillère. Ils s'occupaient de jeunes hommes étendus sur des autels de marbre…

— Si vous venez chercher un proche, nous tuer ne le ramènera pas à la vie, dit le prêtre à la cuillère d'une voix tremblante.

Il tenait serrée contre lui la tête du garçon dont il s'occupait. De la bouillie dégoulinait de sa cuillère, et de la bouche du jeune homme inerte, aux yeux perdus dans le vague.

Une angoisse prit Briséïs à la poitrine. Pendant plus de onze ans, elle avait contemplé tous les jours cette expression vide sur le visage de son père…

— Encore une de vos coutumes ? demanda discrètement Meng

Zhou à Aeneas en contemplant les dizaines de corps étendus sur des autels derrières les deux prêtres.

— Je n'ai jamais vu une chose pareille, souffla Aeneas.

Une seconde révélation frappa alors Briséïs : elle avait déjà vu le jeune homme dont le prêtre s'occupait. Alors animé d'une vie incroyable, il jouait au chef d'orchestre au sommet de sa tour d'observation, sur le terrain de joute de la Citadelle. Le messager grec aux longs cheveux blonds.

— Je le connais, murmura-t-elle en s'approchant plus près, n'en croyant pas ses yeux.

Le prêtre leva sa petite cuillère pour se défendre :

— Il est parti dans la Citadelle de l'Olympe et il n'est pas près de revenir !

— Vous… Vous voulez dire qu'il vient juste de revenir, corrigea Briséïs. Il avait disparu, n'est-ce pas ? Pendant neuf mois ?

Les prêtres continuaient de frapper de l'autre côté de la porte.

— Par là, il y a un passage ! cria Leonel qui avait couru de l'autre côté de la salle.

— Briséïs, il faut y aller, la pressa Enndall tout en empoignant Aeneas par les épaules : lui aussi était resté sidéré à la vue des corps sur le marbre.

— Prêtre ! Réponds-moi, il vient de revenir, n'est-ce pas ?

— Non, il vient de partir. Il est parti pour toujours. Mais il s'est couvert de gloire : les dieux l'ont choisi. Son nom restera gravé dans le temple pour l'éternité, avec les autres.

Il désigna les hommes allongés plus loin : ceux du fond semblaient bien plus âgés.

— Y a-t-il aussi des corps au temple d'Athéna ? demanda Aeneas.

Le prêtre ne parut pas comprendre sa question.

— Prêtre ! s'emporta Aeneas en attrapant par sa tunique le prêtre qui, paniqué, lâcha sa petite cuillère. Y a-t-il aussi des corps au temple d'Athéna ?

Dans un dernier craquement, la porte bloquée par le banc céda et une vingtaine de prêtres firent irruption.

— Aeneas, il n'est plus temps de poser des questions ! pesta Enndall, le poussant vers la sortie.

Les prêtres étaient armés de pieds de torches et de palets. Des pierres volèrent au-dessus de leur tête alors qu'ils filaient rejoindre Leonel et Liz au fond de la salle. Mais les prêtres ne les suivirent pas à l'extérieur du temple : leurs préoccupations s'arrêtaient avec leurs protégés endormis sur les stèles.

Dehors, le jour pointait. Une lueur rose orangé baignait la mer de toits de Sparte d'où surgissaient çà et là les majestueuses silhouettes des temples.

— C'était un élève du neuvième mois ! s'exclama Briséïs, dévalant le petit escalier qui les ramenait vers la ville, le long de la colline abrupte. Je suis sûre de l'avoir reconnu ! Et le prêtre a dit qu'il venait de *partir*, alors qu'il était là, sous mes yeux ! C'est à n'y rien comprendre !

— Je suis allé au temple d'Athéna avant de partir, enchaîna Aeneas plus troublé que jamais. Mon corps doit encore y être !

— Qu'est-ce que tu racontes ? fit Liz, essoufflée.

— Il vient seulement de réaliser que seul son esprit est en voyage, je crois, commenta Ohanko.

— Comment ça, seulement ? s'exclama Aeneas, s'arrêtant dans sa course. Parce que toi, tu le sais depuis le début ?

— Évidemment. Seuls les esprits pourraient nous transporter dans un tel voyage. C'est donc un voyage de l'esprit.

— *Le Monde du Rêve dans le désert, et le monde réel d'où nous venons*, dit Briséïs, se rappelant leur conversation avec le couple du désert.

— Le couple nous a aussi parlé de chimères, fit remarquer Leonel. Sérieusement, Ohanko, tu ne crois pas que nous l'aurions remarqué si nous voyagions comme des fantômes ? Et vous croyez que les petits copains d'Aeneas auraient pu le tabasser s'il n'avait été qu'un spectre ?

— Les chimères sont des esprits, pourtant elles sont bien

réelles, et elles peuvent tout à fait nous faire du mal, remarqua Aeneas.

— Aussi réelles qu'Aphrodite ?

— Précisément. Là-bas ! Imène !

Imène leur faisait signe, cachée avec Kasen derrière le muret d'une courette.

— Aeneas ! Qu'as-tu fait encore pour mettre les prêtres dans une telle furie ? souffla-t-elle d'un ton de reproche quand ils arrivèrent à sa hauteur. Les prêtres ont appelé la garde, Kasen et moi avons dû nous enfuir de la place comme des voleurs !

— Il faut nous cacher, Imène, les dieux sont très fâchés, nous avons parlé à Hermès, il était furieux !

— Tu as parlé à Hermès ? s'exclama Imène, écarquillant de grands yeux.

— Kasen, quand a eu lieu la bataille où le général est mort ?

— Qu'est-ce que tu veux dire ?

— Il y a combien de jours ?

— Six… Six jours, pourquoi ?

— Six jours ! répéta Aeneas, hébété. Ce qui veut dire que je me suis rendu au temple d'Athéna il y a seulement deux jours…

— Ça ne veut rien dire, intervint Leonel, puisque nous voyageons dans le…

— Aeneas, Hermès est venu te voir toi, directement ? le coupa Kasen.

— Non, c'était un angelot, répondit Briséïs, j'ai reconnu sa voix. Je l'ai vu avant-hier soir, dans la tente avec le roi.

— Tu as vu le roi avant-hier soir et tu ne nous le dis que maintenant ? s'écria Meng Zhou.

— Il parlait avec un angelot ! J'avais mis ce souvenir sur le compte de l'alcool ! Je ne pensais pas qu'il pouvait être réel !

— Imène, reprit Aeneas, je ne peux pas me rendre chez mes parents. Mais le vieil ami de ton père qui vit aux abords de la ville et dont tu me parles parfois, tu sais, celui qui t'aime tant sans que tu comprennes pourquoi ? Lui peut-être pourrait nous accueillir.

Imène fit la moue :

— Llyr est un peu bizarre… Mais c'est vrai que personne n'ira vous chercher chez lui. Il est insupportable avec tout le monde, mais moi, il m'aime bien, expliqua-t-elle aux autres. Il ne vit pas loin d'ici, je peux vous y conduire. J'espère que ce sera suffisant pour qu'il vous laisse entrer…

— Des soldats ! À couvert ! leur cria Ohanko qui, parti observer le coin de la rue, revenait vers eux en courant.

— Par ici, dit Imène, suivez-moi !

À l'ouest de la ville, des chemins de terre battue prenaient le relais des ruelles pavées, desservant des quartiers plus aérés. Imène les guida jusqu'à une propriété entourée de hauts murs et d'un immense portail, qui dénotait au milieu des simples maisonnettes alentours. La jeune femme frappa plusieurs fois sur le bois vermoulu. Personne ne répondit. Kasen cherchait déjà un moyen de passer par-dessus quand Imène l'arrêta :

— Il y a un passage secret. Llyr m'a juré un jour qu'il ne l'avait jamais dit à personne d'autre qu'à moi.

Ils longèrent le mur avant d'atteindre un bosquet d'oliviers. Imène le contourna et se fraya un chemin à travers de larges buissons ras. Fouillant dans le feuillage et la paille déposée à terre, elle dénicha un anneau de fer. Elle tira dessus de toutes ses forces et dévoila une trappe qui s'ouvrait sur des marches de bois.

— Llyr est un peu paranoïaque, expliqua-t-elle en les faisant descendre. Il croit toujours qu'un ennemi imaginaire va lui tomber dessus.

Imène attrapa une belle torche accrochée près de l'escalier et les guida à travers le tunnel. Ils ressurgirent à l'intérieur de la maison, dans une pièce austère, au sol de terre battue. Imène les guida à travers la bâtisse, qui, bien qu'assez grande, reflétait dans son ameublement la sobriété de vigueur dans le reste de la ville. Ils longèrent une cour intérieure où poussait un bel oranger, et s'installèrent dans ce qui devait être un salon : une large pièce décorée d'une malle, de quelques amphores de terre cuite, et pourvue en guise de sièges de simples nattes de jonc posées à même le sol couvert d'une mosaïque abstraite. Malgré l'heure matinale, la propriété semblait vide. Imène leur promit qu'ils seraient tranquilles jusqu'au retour de leur hôte ; jamais personne ne venait déranger le vieil homme. Kasen proposa tout de même d'aller monter la garde derrière le grand portail de l'entrée.

Briséïs sortit son sablier. Il avait été ballotté sans arrêt dans son sac ; elle doutait que sa mesure du temps soit bien exacte. Pourtant, après l'avoir posé arbitrairement dans un sens, elle ne put s'empêcher de s'inquiéter en voyant que plus des trois quarts du sable s'étaient écoulés. Elle était si fatiguée. Ils avaient marché tout le jour, couru toute la nuit.

— Je ne suis pas sûr qu'il soit prudent de rester ici, dit Meng Zhou en inspectant le jardin par les fenêtres sans vitres. Nous devrions sortir de la ville tant qu'il en est encore temps, choisir un plan d'attaque à partir des hauteurs.

Briséïs se raidit. Jamais elle n'aurait la force de repartir aussitôt. Liz et Leonel ne paraissaient pas en meilleure forme. Heureusement, Enndall était du même avis.

— Il nous faut absolument du repos, trancha-t-il, posant son épée à ses pieds. Quelques heures. Ensuite, nous déciderons d'un plan d'attaque.

## 25

## LLYR

— Comment ça, tu as ramené des gens ?!

Briséïs se réveilla en sursaut. Il faisait grand jour, elle avait dû dormir plusieurs heures. Un homme balafré d'une soixantaine d'années déboula de la cour intérieure. Imène le suivait.

— Kasen est resté à l'extérieur. Ce sont des amis d'Aeneas, je pensais que tu comprendrais…

— Je te l'ai déjà dit ! Je ne veux personne chez…

L'homme s'interrompit en les découvrant assis dans son salon. Son regard s'arrêta un instant sur Meng Zhou et Ohanko, puis sur le sablier, aux pieds de Briséïs. Enfin, il croisa son regard.

— Non d'un chien, c'est pas trop tôt… soupira-t-il, se laissant tomber sur la malle de bois.

Puis il partit d'un grand éclat de rire. Briséïs répondit d'un geste d'impuissance au regard étonné d'Enndall.

— Llyr ? fit Imène, tu les connais ?

— Eux ne savent pas encore qui je suis, mais moi, je sais qui ils sont. Ha ! Ça ! Si j'avais su que ce serait aujourd'hui, comme ça, sans crier gare ! Quand êtes-vous arrivés à Sparte ?

— Qui sommes-nous, d'après vous ? demanda prudemment Enndall.

Llyr hésita, se tourna vers les deux jeunes Spartiates :

— Imène, Aeneas, peut-être pourriez-vous aller dans la cuisine…

Aeneas, assis tout près d'Imène, l'attrapa par la taille et la ramena à lui.

— Je voyage avec eux et Imène mérite de tout entendre. Parle Llyr, nous t'écoutons.

— Tu voyages avec eux ? Ça alors, je n'aurais jamais cru… Il faut dire que c'était si bref et il y a si longtemps… Je ne vous aurais jamais reconnus sans ces deux étrangers et le sablier. Vous faites partie de la résistance, vous voyagez entre les époques grâce aux escaliers invisibles pour étudier les manigances de la Citadelle et lui mettre des bâtons dans les roues, dans l'espoir qu'un jour la résistance découvre son Grand Secret, la logique qui gouverne tous ses mystères.

— Qui es-tu ? demanda Meng Zhou, après un moment de surprise générale.

— Moi aussi, j'ai fait ce périple, vous n'êtes pas les seuls… Mais je n'avais jamais rencontré d'autres voyageurs depuis mon retour. Vous ne pouvez pas savoir comme ça fait du bien ! C'est qu'on finit par ne plus y croire, le temps passant… En fait, s'il n'y avait la présence constante de l'Élite pour me rappeler que la Citadelle existe, j'aurais vraiment fini par être persuadé que j'avais rêvé tout ça. Comment va le vieil homme du désert, depuis tout ce temps ?

— Il est toujours aussi vieux, répondit Leonel, encore sur la défensive.

— Sacré bonhomme…

Llyr désigna le sablier d'un signe de tête :

— Vous n'avez plus beaucoup de temps. Vous savez comment rejoindre votre prochain escalier ?

— Tu peux nous le dire ? demanda Aeneas.

— C'est votre première époque, hein ? Ah, que de souvenirs…

Avec les baguettes et la boussole. Donnez-les-moi, je vais vous montrer.

Ohanko plongea la main dans son sac mais Enndall l'arrêta d'un regard.

— Vous n'irez nulle part si je ne vous montre pas comment rejoindre l'escalier, dit Llyr. Vous n'avez pas d'autre choix que de me faire confiance.

— Et comment aurait-on fait, si on ne vous avait pas rencontré ?

— Comment auriez-vous fait si vous n'étiez pas tombés par hasard sur votre premier escalier, dans le désert ? On est tous passés par là, sourit-il devant leurs mines étonnées. Plus vous avancerez dans votre quête, plus vous vous rendrez compte que le hasard n'existe pas.

— Le fameux truc à l'intérieur, hein ? demanda Leonel.

— Et puis on m'avait prévenu de votre passage un jour. On m'avait conseillé de garder un œil sur Imène. Mais j'étais loin de me douter que ce serait à travers son mari que…

Il laissa filer sa pensée, encore ravi de les voir là.

— Comment savez-vous que nous pouvons faire confiance au sablier ? demanda Briséïs.

— Parce que les marchands de sable vous l'ont donné. Ce n'est pas du sable ordinaire.

— Le couple du désert ? Et tout ce qu'ils nous ont raconté, sur le Monde du Rêve…

— … est véridique.

Briséïs accusa le coup, abasourdie.

— Est-ce vrai que seul notre esprit voyage ? demanda Aeneas.

— Qu'est-ce que tu veux dire ? interrompit Imène.

La pauvre suivait la conversation tant bien que mal, complètement désarçonnée.

— Oui, en quelque sorte. Sauf que vos esprits ne peuvent réellement appréhender cet état non physique, si bien qu'ils projettent ces enveloppes corporelles qui me permettent de vous voir, de vous toucher, et grâce auxquelles vous pouvez interagir avec ce monde.

— Est-ce que mon corps est allongé dans le temple d'Athéna ?

— Non, les prêtres ne s'occupent que des habitants de la Citadelle, de ceux qui n'en reviendront jamais. Le temps est suspendu pour l'esprit qui voyage. Il ne reprend son cours qu'après l'équivalent de neuf mois de souvenirs accumulés. Les élèves qui rentrent à temps ne deviennent jamais végétatifs. Ils reprennent connaissance une seconde seulement après leur départ. La même règle vaut pour toi : si tu ne dépasses pas neuf mois de souvenirs de voyage, tu reprendras connaissance à ton retour exactement là où tu te trouvais avant de te réveiller chez le vieil homme.

— Charmant, marmonna Leonel sombrement.

— Alors nous sommes bel et bien en train de rêver, conclut Liz d'une petite voix.

— Si on veut… Mais un rêve capable d'influer sur la réalité, peut-on appeler ça un rêve ?

— À quoi bon tout ce sport si ce n'est que dans la tête, maugréa-t-elle en réponse.

— Et peut-on mourir, dans ce rêve ? demanda Ohanko.

— Oui, j'en ai peur. Je vous l'ai dit, ce n'est pas un rêve comme les autres. Prenez garde d'ailleurs à bien vous occuper de vos projections mentales. Si vous ne nourrissez pas correctement vos corps fictifs, si vous tombez malade ou vous blessez, votre mental enregistrera cela comme la réalité. Vous pourriez vous retrouver avec de lourdes séquelles.

— Si la Citadelle n'existe pas dans le monde physique, ça explique comment elle parvient si bien à rester cachée du reste du monde… pensa Briséïs tout haut. Et Benji qui disait qu'on entre dans la Citadelle de l'intérieur. Il devait s'en douter, comme du voyage à travers les époques… Est-ce que ce serait ça, le Grand Secret de la Citadelle ? Qu'elle n'existe que dans le monde des esprits ?

— Bien sûr que non : de cela, le vieil homme est au courant depuis longtemps. Il vit dans le Monde du Rêve, après tout.

— Si le vieil homme vit à plein temps dans le désert, c'est donc qu'il y reste plus de neuf mois, remarqua Liz. Est-ce qu'il est végétatif, lui aussi ?

— Les habitants permanents du désert ne sont pas des humains comme vous et moi. Ils font partie intégrante du Monde du Rêve.

— Ce sont des esprits, acquiesça Ohanko.

— Ils n'ont pas vraiment de corps physique, oui. Ce sont des êtres éternels, pour toujours liés au Monde du Rêve.

Leonel laissa échapper un petit rire.

— Éternel, hein ? Mais ce que tu nous dis là signifierait que le vieux envoie peut-être des résistants en balade depuis un bon moment.

— Depuis très longtemps, oui... Ou alors il vient juste de commencer. Comment le savoir, dans un hors temps ? Mais je vais vous embrouiller. Retenez simplement que vous et moi, êtres physiques, ne pouvons accumuler que neuf mois de vécu conscient durant notre périple. Au-delà, le temps reprend ses droits, et l'esprit paraît se séparer du corps.

Briséïs se prit le visage dans les mains. Des souvenirs de son père apathique des années durant revenaient hanter son esprit. Sa mère disait souvent, pour détendre l'atmosphère à la maison quand ses enfants lui posaient trop de questions, que Lucien était parti en voyage, à l'intérieur... Avait-il lui aussi été un élève de la Citadelle ? Avait-il fait partie des ratés rejetés dans la ville périphérique, prisonniers à jamais de la forteresse ? Bien sûr, il ne pouvait en être autrement. Majendo, l'homme terrorisé du café français, avait bien tenté de lui parler de son père. Il l'avait connu. Et le jeune Grec du jeu de joute : il venait de perdre conscience pour les gens d'ici, parce qu'il avait achevé ses neuf mois dans la Citadelle vécus en une seconde de temps réel, et qu'elle ne lui avait pas permis de repartir. Son esprit s'était alors détaché pour de bon de son corps, le laissant végétatif aux yeux de ses pairs, pour le restant de ses jours.

Mais son père, lui, s'était réveillé... juste assez longtemps pour l'envoyer à son tour dans la Citadelle. Peu à peu, son estomac se nouait. Et si elle-même ne rentrait pas à temps ? Sa mère serait-elle forcée de s'occuper d'elle comme elle s'était occupée de son mari ? Serait-elle un légume de plus assis toute la journée dans la cuisine, une expression macabre fichée sur le visage ?

— Comment fait-on pour rentrer chez soi au bout de ces neufs mois qui ne durent qu'une seconde ?

— Vous êtes entrés librement dans le Monde du Rêve : vous vous êtes endormis, et vous avez commencé à rêver. Il vous suffira de vous réveiller, ce n'est pas bien difficile, vous verrez, quand le temps sera venu.

— Mais si je suis rentrée par la Citadelle ?

— Tu es rentrée par la Citadelle de l'Olympe ? grimaça Llyr. Personne ne se libère d'un contrat avec la Citadelle sans son autorisation. Je suis désolé…

— Même si nous parvenons à parlementer encore avec Hermès ? demanda Aeneas. Nous pourrions retourner voir l'oracle, faire une plus grande offrande, demander la clémence des dieux…

— Comment ça, vous avez parlé à Hermès ? se raidit Llyr.

— Non, pas à Hermès, corrigea Briséïs, à un angelot à travers l'oracle. J'ai reconnu sa voix, je l'avais vu le soir d'avant avec le roi.

— Vous avez parlé à un angelot ? s'exclama Llyr, horrifié, sautant sur ses pieds. Et ensuite vous avez couru droit chez moi ! Zeus tout-puissant ! Il ne faut pas rester ici, le roi Agis me soupçonne depuis des années, la première chose qu'il va faire en arrivant à Sparte, c'est toquer à ma porte ! Vite, la boussole, les baguettes, je dois vous montrer comment retrouver l'escalier.

Cette fois Ohanko lui tendit sa boussole sans hésiter. Llyr la retourna dans tous les sens, la secoua près de son oreille, la plaça sur la tranche et la frappa violemment sur le sol.

— Ma boussole ! s'écria Ohanko en voyant le cadran se briser et le disque de graduation tomber sur le sol de mosaïque avec l'aiguille de direction.

Llyr retourna le disque, le remit aussitôt dans son boîtier en fer, replaça l'aiguille. La boussole reconstituée contenait en réalité trois disques concentriques que l'on pouvait faire pivoter pour faire correspondre de nombreuses inscriptions, totalement illisibles aux yeux d'un néophyte.

— Vous avez de la chance, je m'en souviens encore. C'est moi qui étais responsable de cette tâche dans mon groupe. Il suffit de régler la boussole à la date d'aujourd'hui. Il me faut les baguettes maintenant. Merci… Ensuite, vous placez les baguettes de sourcier comme ceci, parallèles au sol, les extrémités pliées contre le cadran pour leur permettre d'écouter la boussole. Si elles se rapprochent, vous chauffez, si elles s'écartent, vous refroidissez, et si elles se croisent, vous êtes arrivés. Vous n'avez plus qu'à les suivre pour trouver l'escalier qui correspond. Celui qui est aligné avec cette époque.

— Est-ce que nous ne devrions pas plutôt faire face au roi de Sparte ? demanda Meng Zhou. Nous ne sommes pas venus jusqu'ici pour rien.

— Vous auriez eu votre chance si vous n'aviez pas été démasqués, mais maintenant qu'ils savent qui vous êtes, ce serait du suicide.

— Pourquoi ? L'Élite peut-elle provoquer ici des illusions comme dans la Citadelle ?

— Non, les choses fonctionnent différemment dans le réel. Si la forteresse peut faire subir tant d'illusions aux élèves qui y séjournent, c'est parce que le Monde du Rêve est plus malléable que le monde physique. Mais l'Élite n'a pas besoin de ces illusions pour tout contrôler, elle a beaucoup d'autres cartes dans son jeu.

— Qui fait partie de l'Élite ? Le roi ? L'oracle ? Les prêtres ?

— Très peu de prêtres, la plupart n'ont pas la moindre idée de ce qu'ils font dans ces temples. L'oracle la première. Elle a un don, et l'Élite sait parfaitement exploiter les dons des autres. Le roi, oui, et quelques-uns de ses subalternes. Je ne sais pas lesquels exactement, ils savent se fondre dans la masse.

— Ils n'ont pas l'air bien nombreux…

— Ne songez pas à les attaquer, vous ne faites pas le poids face à l'Élite. De toute façon, vous n'avez plus le temps : votre sablier est bientôt écoulé.

— Que se passe-t-il si nous dépassons le temps du sablier ? demanda Enndall.

— Je n'essaierai pas à votre place, répondit Llyr d'un ton grave. Il vous faudra des vivres pour remonter le prochain escalier. Imène, montre-leur la cuisine. Prenez tout ce dont vous aurez besoin, vous êtes ici chez vous.

— Merci infiniment pour votre aide, dit Enndall en se levant, la main sur le cœur.

— C'est normal.

— Ohanko, Aeneas, allez chercher de l'eau au puits, ordonna Meng Zhou. Liz, Leonel, Enndall, avec moi dans la cuisine. Briséïs, va prévenir Kasen que nous partons.

Ce n'était pas le moment de se plaindre de la maudite autorité de Meng Zhou. Briséïs obéit, traversant la cour intérieure vers l'entrée de la propriété et le grand portail.

La jolie cour extérieure, agrémentée de bosquets de verdure, paraissait déserte. Kasen avait-il abandonné son poste ? Ou était-il passé de l'autre côté du portail ? Briséïs s'avança en tendant l'oreille, aux aguets. Un craquement attira son attention vers un buisson tout près du mur, sur sa gauche.

— Kasen ? chuchota-t-elle, indécise.

Pas de réponse. Elle fit quelques pas, tripotant nerveusement le manche de son nouveau poignard accroché à sa ceinture.

— Kasen ?

Une masse surgit du buisson, lui arracha un cri.

— KASEN ! s'exclama-t-elle. Tu m'as flanqué la peur de ma vie !

— Désolé, sourit-il. Ce n'était presque pas fait exprès… Nous autres Spartiates préférons monter la garde discrètement. C'est plus facile de surveiller son entourage, si on est soi-même ca…

— KASEN !

Un soldat avait sauté du mur juste derrière Kasen. Se retournant, celui-ci évita de justesse le coup de glaive mais reçut dans l'épaule le poignard que l'intrus tenait de son autre main. Le Spartiate profita de la douleur de Kasen pour foncer sur lui tête baissée et le projeter à terre. Un instant les deux roulèrent ensemble dans la poussière, celui d'après, le soldat planta son glaive dans la poitrine de Kasen qui s'écroula, inerte.

Briséïs sentit ses jambes faiblir. Déjà, le jeune soldat se relevait, son arme sanglante à la main, les yeux fixés sur elle. D'un regard elle calcula la distance qui la séparait de la maison. Un sourire se dessina sur le visage du Spartiate. Il la rattraperait bien avant qu'elle ne parvienne au porche. Son cœur battait à tout rompre. Elle voulait tant crier, alerter les autres, mais sa voix restait coincée dans sa gorge.

— Va prévenir le roi ! souffla le Spartiate entre ses dents en marchant doucement vers elle, le dos courbé, comme un prédateur avisant sa proie.

Briséïs entendit quelqu'un sauter du mur de l'autre côté et partir en courant. Ses mains moites cherchèrent en tremblant le manche du poignard qu'elle sortit de son étui. Le sourire du Spartiate s'élargit. Il devait avoir à peine son âge. Il la laissa se rapprocher à reculons de la maison, avançant avec elle, faisant tournoyer son glaive dans un mouvement fluide, totalement maîtrisé. Une masse de muscles en action, parfaite machine de combat… Il vint à Briséïs une furieuse envie de pleurer, mais ses yeux restaient secs, hypnotisés par la lame rougie du glaive. Dans un geste désespéré, elle brandit son poignard. Elle avait à peine la force de serrer ses doigts sur le manche. Le Spartiate était si proche, il allait frapper…

Soudain on fondit sur elle par-derrière. En une fraction de seconde, le poignard avait quitté sa main et se plantait dans la poitrine du Spartiate. Aeneas bloqua le bras du jeune homme avant qu'il puisse lui rendre la pareille et le laissa s'effondrer sur le sol, suffoquant dans son sang. Briséïs n'arrivait plus à respirer.

— Kasen ! murmura Aeneas, se précipitant vers son ami.

Il lui prit la tête, tenta de le ranimer. Mais le glaive avait frappé en plein cœur, Kasen ne se relèverait plus. Aeneas délogea le poignard de l'épaule de Kasen et de rage le lança contre le mur. Il tremblait de tous ses membres.

— Un autre est allé prévenir le roi, dit Briséïs d'une voix éraillée, ils ne vont pas tarder…

Aeneas acquiesça, sécha ses larmes d'un revers de main, s'agenouilla près de son ami pour lui fermer les paupières puis se releva vivement.

— Par le passage secret, vite !

Dans la cuisine, Ohanko et les autres finissaient de remplir les gourdes d'eau fraîche.

— Que s'est-il passé ? s'écria Imène en voyant le sang sur les mains d'Aeneas.

— Des gardes étaient là, ils ont surpris Kasen.

— Il est… ?

— Il faut sortir par derrière.

— Partez, dit Llyr précipitamment, filez vers les montagnes de l'ouest, suivez les baguettes. Je vous retrouverai dès que j'aurai mis Imène en sécurité.

— Il y a tellement de choses que vous pourriez nous expliquer, fit Liz, tout ce que vous avez découvert sur l'Élite…

— Je vous retrouverai. Filez !

Aeneas frotta ses mains dans le seau du puits. Imène lui passa son sac à l'épaule, l'embrassa une dernière fois.

— Je n'ai pas tout compris de votre histoire, lui souffla-t-elle, mais je sais une chose : Kasen n'est pas mort pour rien. Les dieux ont de grands projets pour toi. Je te fais confiance, tu ne les décevras pas. N'aie pas peur pour moi, je suis entre de bonnes mains. Essaie seulement de me revenir un jour.

Aeneas se laissa convaincre, la gorge serrée. Sans un mot Enndall l'entraîna dans le passage secret. Briséïs voulut leur emboîter le pas, mais Llyr la retint par le bras.

— J'allais oublier le plus important ! s'exclama-t-il, plongeant la main dans un vase en terre cuite.

Il en tira un vieux papier roulé qu'il glissa dans le sac de Briséïs.

— On m'a donné ça pour toi. Je t'expliquerai tout à l'heure. Non, ne le lis pas maintenant ! Plus tard ! Pour l'instant, il faut courir.

Les autres avaient déjà atteint le fond du tunnel. Briséïs hocha la tête, murmura un « merci » et se rua à leur suite.

Était-ce la lumière aveuglante de l'extérieur qui les avait freinés si brutalement ? Briséïs franchit la trappe et s'arrêta juste derrière Aeneas, stoppé net avec les autres.

— Je vous avais prévenus, murmura Meng Zhou dans sa barbe.

Par-dessus l'épaule d'Aeneas, Briséïs vit enfin la place au-delà des oliviers. Elle en resta paralysée de terreur.

Les bras fièrement croisés, Agis, roi des Spartiates, les considérait, le visage sévère. Derrière lui, une trentaine d'hoplites prêts à attaquer tenaient leurs lances pointées sur eux, leurs casques à cimier luisant au soleil.

## 26

# L'ÉLITE

Lentement, Aeneas se baissa, glissa une main en arrière et referma la trappe. S'il pouvait encore permettre à Imène de s'échapper… Il se fraya un chemin parmi ses amis, s'avança de trois pas vers le roi.

Aussitôt, le bataillon spartiate fit mine d'attaquer. Le roi leva un bras pour les arrêter. Aeneas avança encore pour se prosterner devant Agis.

— Mon roi, dit-il, c'est moi que tu es venu chercher. Je suis Aeneas, seul responsable de la mort de ton Général.

Un murmure réprobateur monta du bataillon hoplite. Le roi le fit taire d'un geste. Aeneas attendit en silence, tête baissée, que le roi décide de son sort. Mais celui-ci passa devant lui sans le regarder et marcha droit vers Briséïs.

Elle se sentit rapetisser devant l'impressionnante carrure du Spartiate, ses immenses mains, sa cuirasse décorée à l'or fin, ses larges épaules couvertes d'une grande cape rouge. Mais son regard, surtout, traduisait sa toute-puissance. Il la prit par le col, comme il l'avait fait dans la tente, étudia sa tunique élégante.

— L'esclave est montée en grade, à ce que je vois.

Il la relâcha, observa les fugitifs d'un air féroce :

— Vous me cherchiez, m'a-t-on dit. Ça tombe bien, je suis là.

Il leva un bras, prêt à donner un ordre, mais un soldat richement vêtu l'interpella, s'approchant rapidement.

— Agis, mon roi, je t'en prie…

— Qu'y a-t-il ? s'impatienta le roi.

L'homme se rapprocha pour lui glisser discrètement son message :

— Agis, tu ne peux pas les tuer ici. L'Assemblée n'apprécierait pas que tu ne l'aies pas consultée. Il faut la ménager.

Le roi inspira à pleins poumons, finit par hocher la tête.

— Je sais, Pleis, tu as raison. Et d'une voix fracassante, il ajouta : SOLDATS ! AU PALAIS !

On leur retira leurs armes et, sous la menace des glaives, on les poussa à la suite du roi sur les chemins de terre, puis les ruelles encombrées de ce milieu de journée. Les citoyens, des hommes et femmes vêtus d'humbles tuniques aux tons clairs, s'écartaient respectueusement au passage du roi. Ils observaient d'un œil curieux le petit groupe d'étrangers, se demandant sans doute de quels méfaits ils s'étaient rendus coupables pour mériter un tel cortège. Certains les suivirent jusqu'au cœur de la ville. Une majestueuse arche de pierre marquait l'entrée de la grande place du marché. L'endroit restait sobre, à l'image de Sparte. Seules extravagances, des statues de dieux armés jusqu'aux dents, des autels à la gloire des combats sanglants d'hoplites devenus héros de la cité, et des trophées de guerre – casques, boucliers, lances et épées de toute évidence d'origines étrangères – déposés en cascade aux pieds de l'arche. Tout à Sparte semblait décidément orchestré pour rappeler à ses citoyens leur devoir guerrier. Devant ce spectacle, Briséïs ne pouvait que mieux éprouver la douleur d'Aeneas de ne pas se sentir à la hauteur.

Le palais, un bâtiment de deux étages à peine plus imposant que les autres, se trouvait légèrement surélevé, de l'autre côté de la place. Seuls dix soldats les accompagnèrent à l'intérieur, dans un amphithéâtre en demi-cercle, où des hommes drapés de blanc et des officiers vêtus de leurs uniformes de guerre conversaient assis sur des gradins de pierre taillée. Ils se turent à l'arrivée du roi. Celui-ci donna une accolade à un homme, acquiesça à une question discrète puis s'adressa à l'Assemblée.

— Mes amis, prenez place, je vous prie. Je comprends votre étonnement, ajouta-t-il en souriant devant les chuchotements intrigués des soldats et des politiciens, vous me croyez en campagne et je viens vous déranger dans vos petites affaires. Mais prenez place, vous allez comprendre… Merci de votre attention, dit-il enfin, une fois l'ordre rétabli. Si je suis ici aujourd'hui, c'est qu'une affaire d'une importance capitale m'a ramené dans la cité. Nous avons d'abord…

Il attrapa Aeneas par l'épaule et le poussa en avant :

— Aeneas, l'hoplite responsable de la mort de notre cher général Brasidas. Vous avez tous entendu parler de cette histoire. Naturellement, un tel lâche mérite d'être destitué de ses droits de Spartiate, déclara-t-il, parlant de plus en plus fort pour couvrir le brouhaha qui montait des gradins, MAIS ! Mais, si vous voulez bien m'écouter jusqu'au bout, avant que le conseil ne rende son verdict, j'aimerais d'abord éclaircir avec vous un autre point. Il y a deux jours, on m'a annoncé qu'Aphrodite avait rendu visite à l'un de nos hoplites.

Des exclamations alarmées retentirent.

— Selon les dires de l'hoplite en question, Aphrodite lui aurait confié une longue épée, que voici.

Le roi tira l'épée d'Enndall du paquet de tissu que lui présentait l'un de ses soldats, la brandit devant son auditoire qui s'exclama de plus belle : « Un cadeau d'Aphrodite ! », « Aphrodite est parmi nous ! ».

— Bien entendu, ne connaissant pas les intentions d'Aphrodite, j'ai d'abord été à la fois flatté et alarmé de ce cadeau… jusqu'à ce que je mène mon enquête. L'hoplite qui a reçu l'épée de la déesse, le voici, déclara-t-il, posant sa main sur l'épaule de Leonel et le poussant en avant. Mes amis, vous connaissez tous le caractère d'Aphrodite. Si un mensonge a été proclamé en son nom, la cité entière est en danger. De ce fait, il paraît nécessaire de vérifier les dires de notre jeune soldat. Qu'en pensez-vous ?

« Oui ! » cria la foule, « Qu'il s'exprime ! Laissez-le parler ! ».

— Eh bien, soldat, fit le roi, qu'as-tu à dire pour ta défense ?

— Aphrodite m'a confié cette épée, déclara Leonel d'une voix peu assurée.

— Pourtant, Aphrodite ne confierait une telle arme qu'à un véritable Spartiate, poursuivit le roi. N'ai-je pas raison ?

Des hommes dans le public acquiescèrent vigoureusement. Le roi fit mine de réfléchir, puis il se planta devant Leonel.

— Soldat, peux-tu me dire quel était le nom de ton chef de bande pendant l'apprentissage ?

Leonel resta muet. Un nouveau murmure se répandit dans la foule.

— Ne t'en fais pas, fit le roi, faussement compréhensif, tout le monde peut avoir une absence. Voyons, quelque chose de plus facile : peux-tu nous réciter la devise spartiate ? Si tu l'as prononcée chaque matin depuis l'enfance, tu devrais t'en souvenir, non ?

— Je…

Leonel transpirait. Il se tourna vers Aeneas comme si son ami avait pu lui transmettre la réponse par télépathie. Aeneas lui rendit un regard impuissant. L'Assemblée retenait sa respiration, observant le moindre de leurs mouvements. Le roi esquissa un rictus.

— *Sparte t'es échue en partage, à toi de lui faire honneur*, déclara-t-il tranquillement.

Il se retourna vers l'Assemblée.

— Mes amis, inutile d'aller chercher plus loin.

— Mais je suis spartia…

— TAIS-TOI ! Spartiates, reprit-il, voyez la supercherie ! Ce gamin peut-il avoir été élevé par la grande Sparte ? Regardez-le ! Il tient à peine sur ses jambes !

Il fit un croche-pied à Leonel qui se retrouva à terre avant d'avoir compris ce qui lui arrivait. L'Assemblée laissa échapper quelques rires étouffés.

— Et ces deux-là ! enchaîna Agis, poussant Ohanko et Meng Zhou devant lui. D'où croyez-vous qu'ils sortent ? Mes amis, ceci n'est plus seulement une affaire de justice ! Des étrangers ont pénétré dans Sparte et ont souillé le nom de la déesse ! Comment va réagir Aphrodite d'après vous ? Qui tiendra-t-elle pour responsable de ce blasphème ? Quelques barbares sans esprit ou les hommes de Sparte en qui elle a placé sa confiance ? La cité doit être purifiée avant qu'Aphrodite ne déverse sa colère ! Accordez-moi votre approbation et je ferai brûler ces profanateurs, devant le temple de la déesse !

Une clameur assourdissante monta des gradins. La crainte d'Aphrodite se lisait sur chaque visage.

Le roi sourit, remercia l'Assemblée et d'un geste fit comprendre à ses soldats qu'ils pouvaient se mettre en mouvement.

Briséïs croisa le regard angoissé de ses amis. Le cercle d'hoplites se refermait autour d'eux.

— Fais sortir tout le monde, entendit-elle Agis souffler à son second, Pleis. Je dois parler à Céfaïdon, vérifier le lien entre Aphrodite et toute cette histoire. Elle est tellement imprévisible, on ne peut pas risquer de l'énerver réellement.

On leur attrapa les mains pour les ligoter. Bousculé, Enndall réussit à glisser à l'oreille de Briséïs :

— Tant que nous sommes vivants, il reste de l'espoir.

Mais bientôt leur dernière chance de parler au roi pour plaider leur cause s'évanouirait. La foule avait commencé à descendre les gradins. Un peu en retrait, Agis étudiait la forme de l'épée d'Enndall avec un intérêt prudent. Briséïs rassembla son courage, poussa de toutes ses forces le soldat qui lui barrait le passage et cria en direction du roi :

— *L'esprit fait la force, car ici sera élaborée l'essence de l'éternel !*

Agis se retourna brusquement, ainsi que Pleis et les quatre hommes avec qui le roi avait parlé en entrant.

— Que viens-tu de dire ? gronda le roi, retenant ses soldats.

— C'est la devise de la Citadelle de l'Olympe, n'est-ce pas ? poursuivit Briséïs, cherchant à retrouver la posture fière qu'on lui avait enseignée dans la Citadelle.

— Qui t'a appris cette phrase ?

— Qui d'autre qu'une déesse de l'Olympe aurait pu me l'apprendre ? Aphrodite nous l'a apprise, en même temps qu'elle nous a confié son épée.

L'ombre d'un doute traversa le visage du roi. L'Assemblée, prête à sortir, le sentit. Un silence incertain s'installa.

— Notre roi a été choisi par les dieux pour faire régner l'ordre, déclara l'un des quatre hommes qui avaient reconnu la devise. Qui crois-tu être, gamine, pour mériter le cadeau d'une déesse ?

— Nous ne sommes que ses messagers. Aphrodite seule connaît son dessein. Mais je peux vous dire ce qui vous attend si vous ne nous rendez pas l'épée.

Nouveau silence. Le roi s'approcha. La lame de l'épée luisait à la lumière. Il planta ses yeux dans ceux de Briséïs, la défiant du regard. Elle s'efforça de lui rendre la pareille, mais il possédait plusieurs années d'entraînement…

— Tu es très douée, dit-il, je t'ai presque crue. Mais tu restes une menteuse. Emmenez-les.

Enndall se jeta en avant, asséna un coup de tête droit sur le nez du roi qui, surpris, se laissa arracher l'épée des mains. Déjà deux soldats attaquaient Enndall, qui les esquiva et en trois mouvements s'empara de Pleis, sa longue épée pressée contre le cou du Spartiate.

— N'approchez pas ou il meurt !

Calmement, le roi essuya le sang qui coulait de son nez. D'un geste, il apaisa ses soldats indécis.

— Relâche-le. Résister ne vous mènera nulle part. Vous ne sortirez pas de la cité vivants.

Les poignets toujours liés, Enndall était limité dans ses mouvements. Il opta pour la discussion.

— Si Aphrodite ne nous avait rien donné, d'où viendrait

l'épée ? cria-t-il. Réfléchissez ! Vous allez faire une terrible erreur !

— Il a raison, plaida un politicien, nous ne savons toujours pas d'où vient l'épée…

— Elle vient du monde barbare, comme eux ! coupa brutalement Agis. Assez, emmenez-les !

Mais la scène avait ébranlé les Spartiates, les hoplites comme l'Assemblée. Meng Zhou profita d'un instant d'hésitation de son gardien pour lui tirer son poignard de la ceinture et se jeter sur lui avec un grand cri de guerre. Ohanko fit de même de son côté. Aeneas envoya un puissant coup de coude dans la pomme d'Adam de l'hoplite le plus proche et, pour s'éloigner des glaives des soldats, se fraya un chemin avec Leonel entre les vieux politiciens en proie à la confusion. Mais la lutte était perdue d'avance, déjà les Spartiates reprenaient le dessus.

— Aphrodite est avec nous ! cria désespérément Briséïs, fouillant fébrilement dans son sac de ses deux mains liées.

Il devait bien lui rester une preuve de son passage dans la Citadelle ! Du coin de l'œil elle aperçut un hoplite prêt à donner un coup fatal à Meng Zhou. Elle sentit sous ses doigts le petit bouton gravé d'un angelot trouvé dans la forteresse. Dans la précipitation, elle le laissa tomber à terre.

— Regardez, j'ai la preuve ! hurla-t-elle à quatre pattes en le brandissant.

Sa voix résonna dans un étrange silence, subitement installé.

Elle se releva, stupéfaite. Autour d'elle, les combattants s'étaient figés, comme statufiés en pleine action : corps en équilibre, bras levés, yeux écarquillés, bouches grandes ouvertes poussant des cris inaudibles… Briséïs fit quelques pas, le cœur battant, autour des silhouettes paralysées. Enndall s'était arrêté en vol, encaissant un coup dans le ventre. Meng Zhou gisait à terre avec entre les omoplates le pied d'un Spartiate qui levait son glaive au-dessus de sa tête. Ohanko tentait de se dégager des bras musclés de deux soldats, le poing d'un troisième tout près de lui offrir un bel œil au beurre noir. La situation de Leonel et Aeneas ressemblait singulièrement aux drames des tableaux de la période classique : poussés et tirés chacun par une vingtaine de mains, entre les hoplites venus les récupérer et les vieux politiciens voulant s'en débarrasser. Liz avait disparu.

— Briséïs !

Elle fit volte-face. Le roi Agis lui souriait. Dans une main, il tenait une cloche semblable à celles utilisées par les passeurs de la Citadelle. Il la reposa sur le premier gradin, joua avec la bague qu'il s'était mise au doigt.

— C'est ton nom, n'est-ce pas ? Ainsi, tu es réellement allée dans la Citadelle… Intéressant.

— Comment…

Il y eut un bruissement d'ailes, le bouton échappa des mains de Briséïs, resta en suspension dans l'air.

— C'est l'insigne de Cupidon que tu as là, commenta le roi.

— Aphrodite…

— … n'a rien à voir dans cette histoire. Ne te fatigue pas, j'ai déjà vérifié auprès de Céfaïdon.

Encore un bruissement d'ailes, et Briséïs sentit un souffle sur sa nuque.

— Les angelots… Ils sont ici ?

— Tout proches, rit le roi.

— Et… vous les avez fait venir avec cette cloche ?

— J'aurais pu. Mais cette fois, c'est toi qui les as fait venir, avec ton insigne.

Il tourna la tête, fixa un point invisible.

— Céfaïdon me dit que les harpies sont en chemin.

— Que ? Comment est-ce possible… bredouilla Briséïs, avec un geste pour les hommes figés autour d'eux.

— Le temps n'est qu'une illusion, à laquelle les angelots sont capables de soustraire leurs interlocuteurs s'il le faut. Tu les as terriblement énervés… Ceci dit, je les comprends. Quitter la Citadelle pour se rallier aux résistants, je n'avais encore jamais entendu une histoire pareille. Ils ont choisi de te faire tuer par les harpies, pour être certains que tu ne laisses aucune trace dans l'Histoire. C'est vrai que tu fais désordre, et la Citadelle a horreur du désordre. J'en suis navré, crois-moi. Tuer d'anciens élèves de la Citadelle n'est pas dans mes habitudes. Mais les membres Alpha de l'Élite ne peuvent pas plus se soustraire aux directives des angelots que l'Élite Beta.

— L'Élite Alpha ? Il y en a donc une.

— Ceci dit, tu ne peux t'en prendre qu'à toi-même : les angelots ne t'auraient jamais identifiée hors de la Citadelle si tu n'avais pas brandi l'insigne de Cupidon.

— Je l'ai trouvé un jour dans mon sac, dans la Citadelle…

— Cupidon l'avait laissé là pour pouvoir te retrouver si jamais tu commençais à poser problème. Les angelots ont un sacré flair pour repérer les fauteurs de troubles avant l'heure. Voilà les harpies.

La grande porte de l'amphithéâtre s'ouvrit lentement. Imène apparut, suivie de Llyr, son vieil ami. Ils se frayèrent un chemin entre les statues humaines. Briséïs lança un regard d'incompréhension au roi des Spartiates. Llyr et Imène, des harpies ? Mais soudain elle remarqua leur étrange démarche, légèrement penchés en arrière, les bras collés le long du corps. La peau de leur cou était plissée et rouge, leur respiration saccadée. Une force invisible semblait les pousser en avant…

— Les harpies, confirma le roi devant sa question muette. Crois-moi, Briséïs, elles ne sont pas belles à voir, tu ne manques rien.

La description des harpies d'Aeneas lui revint soudain en mémoire. Des chimères avec une tête de femme et un corps d'oiseau, hideuses et terriblement agressives. De puissants battements d'ailes et des sifflements aigus lui parvenaient comme de lointains échos. Ces créatures devaient être immenses, pour maintenir si facilement leurs prisonniers entre leurs serres. Mais Briséïs avait beau plisser les yeux, elle ne voyait que les deux pauvres Spartiates.

— Llyr ! s'exclama le roi, tu ne peux pas savoir quel plaisir c'est de te prendre enfin la main dans le sac. Dis-moi, tu pensais vraiment pouvoir nous fausser compagnie, après avoir aidé sept résistants ?

— Mon roi… toussa Llyr, je ne… comprends pas…

Il s'interrompit, chercha de l'air alors que les serres invisibles se resserraient autour de son cou.

— Ne me fais pas perdre mon temps sale traître, fit le roi, avant de se tourner vers Imène, dont le regard trahissait sa terreur et son incompréhension. Toi et ta petite protégée…

— Imène n'est… au courant… de rien, réussit à articuler Llyr, laissez-la… en dehors de tout ça… je vous en prie.

— Trop tard.

Briséïs fit un pas en avant, sans savoir ce qu'elle comptait faire, mais le roi réagit aussitôt : il dégaina son glaive et en glissa la pointe juste sous son menton.

— Ton tour viendra.

Elle se figea, sentant la lame aiguisée toute prête à lui entailler la peau.

— Tu peux… tous nous tuer… ça ne changera rien… reprit Llyr, qui se battait de toutes ses forces contre son tortionnaire. J'ai rempli… ma mission. Quarante ans… je l'ai attendue… dans l'ombre. Maintenant… vous ne pourrez plus… arrêter…

— … Briséïs ? compléta Agis. C'est déjà fait. Tout ce temps pour venir en aide à une gamine qui n'aura pas tenu trois jours à Sparte. Tu es pathétique.

— Non… pas la gamine… la vérité. Briséïs est beaucoup… plus qu'une simple… résistante. Tes angelots… le savent très bien.

Llyr désigna du regard l'insigne de Cupidon qui voletait toujours au milieu de la salle. Le roi se raidit, furieux, mais reprit du même ton froid :

— Je suis déjà au courant. Elle a été élève de la Citadelle.

— Tu n'y es pas du tout… mon roi. Allez-y… Cupidon, Céfaïdon… expliquez-lui.

— Tu es bien présomptueux pour un homme qui s'apprête à mourir, cingla le roi. Reconnaître la présence des angelots ne suffit pas pour leur donner des ordres.

— Non… mais c'est suffisant… pour que tu me prennes… au sérieux, Agis. Les angelots… se moquent de toi. Ils ont omis… de te dire qu'ils… avaient commis une faute… impardonnable avec… cette gamine… justement.

De furieux battements d'ailes dérangèrent l'air stagnant. La réaction des angelots parut ébranler le roi. D'un signe il ordonna à la harpie qui tenait Llyr entre ses serres de relâcher son étreinte pour le laisser parler. D'une voix éteinte, à peine audible, Llyr précipita la fin de son discours, de peur qu'on ne le laisse pas terminer :

— La gamine n'a pas été invitée dans la Citadelle, mais du fait de leur négligence, elle a été sélectionnée tout de même. Imagine seulement la colère de la Citadelle quand elle apprendra ce qu'ils ont fait ! Ma mission n'était pas de sauver Briséïs mais de confondre les angelots. Et maintenant que tu es au courant, qu'elle meure ou non, tu vas devoir rapporter l'erreur des angelots à la Citadelle, sous peine de risquer ta place. Tu vas le faire avec la lettre que la gamine porte dans son sac, qui prouve tout ce que je viens de te dire.

Le cœur de Briséïs se serra. Llyr avait-il tout prévu depuis le début ? Leur avait-il fait croire qu'il pourrait les aider pour mieux se servir d'eux ?

L'insigne de Cupidon se mit à danser plus vigoureusement dans les airs. Les harpies ne semblaient pas apprécier le discours de Llyr, elles non plus. Imène et Llyr se tordirent de douleur, coincés dans leur étau invisible. Le roi ne semblait plus savoir que faire. Le visage tendu, il se tourna vers Llyr :

— Tu mens. Tu essaies de sauver ta peau.

— Crois-tu que les chimères… réagiraient ainsi… si je mentais ? suffoqua Llyr. Mon roi ! Ne cherche pas… à défendre… les angelots ! Ils sont déjà… perdus ! De toute façon… tu ne pourras pas… en réchapper. La lettre… est écrite.

— Et alors ? Il suffit de la brûler.

— Tu sais très bien… que tout écrit… possède un double… dans la forteresse.

— Mais si personne ne sait que la lettre y est, c'est comme si elle n'existait pas. Si tu es si malin, le résistant, tu devrais connaître ce trait de la Citadelle aussi. Quand je vous aurai tués, toi et la gamine…

— La personne qui a écrit la lettre… est hors de ce temps… tu ne pourras pas lui… mettre la main dessus.

Le roi foudroya Llyr du regard, puis reporta son attention sur Briséïs et tendit sa main libre.

— Donne-la moi.

Briséïs hésita et le roi appuya plus fort la lame contre sa gorge. Elle tâtonna pour trouver l'ouverture de son sac, dénicha la lettre. Le roi baissa son glaive pour dérouler le papier, haussa les sourcils.

— Tu comptes me faire peur avec une lettre que personne ici ne peut lire ?

— Briséïs… le peut… elle a été écrite… dans sa langue.

Autour d'eux, les battements d'ailes s'intensifiaient, et Briséïs crut entendre le faible écho de voix fluettes. Le regard du roi allait et venait dans le vide.

— Je me fiche de savoir ce qui est vraiment écrit sur cette lettre, Cupidon ! s'emporta-t-il tout à coup. Si son auteur ne se trouve pas dans cette époque, comment voulez-vous qu'il sache ce qui s'y passe ? Je ne risque rien, et vous aurez retrouvé le fauteur de troubles bien avant qu'il ne se rende compte de quoi que ce soit.

— Comment la lettre est-elle arrivée ici, d'après toi ? répartit Llyr d'une voix faible, profitant que les harpies, préoccupées par l'échange entre le roi et les angelots, avaient desserré leur prise. Si tu connaissais le réel pouvoir de son auteur, tu n'hésiterais pas une seconde à dénoncer les angelots. C'est ta vie qui est en jeu… mon roi… et nous avons… déjà gagné… Tu n'as plus le choix !

Les angelots semblaient avoir proprement perdu leur sang-froid. Mais Agis avait repris du poil de la bête.

— Voilà comment je vois les choses, dit-il. Si réellement la personne qui a écrit cette lettre a le pouvoir de rapporter à la Citadelle ce qui s'est passé ici, si elle peut remettre en cause ma loyauté devant les maîtres gérants, alors certainement a-t-elle aussi les moyens d'empêcher le meurtre de ses amis. Pas vrai ?

— Je…

Llyr chercha ses mots, jeta un coup d'œil alarmé à Briséïs. Un rictus satisfait se dessina sur le visage du roi.

— Tu ne me feras pas perdre la tête, sale résistant. L'ennemi, c'est toi.

La chimère qui tenait Llyr témoigna de son approbation en lui assénant un coup qui le fit tomber à genoux avec un cri de douleur.

Le roi enroula la lettre, la glissa dans le sac de Briséïs comme s'il remettait une pièce à conviction en place, et s'éloigna d'elle.

— Allez-y, tuez-les tous les trois.

Briséïs sentit ses entrailles se tordre. Un grand battement d'ailes illustra le déplacement vers Imène de la harpie qui avait frappé Llyr.

— Mon roi… supplia la Spartiate, avant que sa voix ne s'éteigne dans sa gorge.

Elle échangea un regard avec Briséïs, puis sa tunique s'enroula autour d'elle en une torsade et la projeta à terre. Les monstres invisibles lui comprimaient la poitrine, resserraient leur étau. Le visage rouge, Imène se débattait encore, mais ne pouvait presque plus respirer. Elle ne tiendrait plus longtemps.

— Arrêtez ! hurla Briséïs.

Agis releva son glaive pour lui barrer la route.

— Un peu de patience, tu y passeras aussi.

— Pourquoi s'attaquer à Imène ? Elle n'a rien fait !

— Elle a aidé des résistants et elle en sait beaucoup trop, répliqua le roi. Tu n'imagines pas à quel point il est difficile de préserver le secret.

— C'est une Spartiate, l'une des vôtres !

— Tout Spartiate doit être prêt à mourir pour le bien de la cité.

— Briséïs ! cria Llyr tremblant alors qu'il tentait de se relever, le temps… relance… le temps !

— Tais-toi ! s'énerva Agis. Occupez-vous de l'homme d'abord, emportez-le !

Les sifflements aigus des harpies reprirent de plus belle, Imène fut relâchée et Llyr se retrouva plaqué au sol.

— Relance le temps… put-il encore grimacer, avant d'être tiré par les pieds entre les statues humaines, vers les grandes portes de l'amphithéâtre.

— Briséïs, hoqueta Imène à genoux, une main plaquée sur sa gorge, si tu t'en sors, jure-moi… que tu ne diras rien… à Aeneas.

Briséïs hocha la tête pour la rassurer, et le cœur battant glissa discrètement ses mains dans son sac à bandoulière, à la recherche de son sablier. Elle le retourna plusieurs fois dans la sacoche, de ses doigts parcourut les montures de bois lisse finement sculptées, à la recherche d'un indice. Il en avait de bonnes, Llyr ! Si le cadeau du couple du désert était aussi compliqué à agencer que ceux de la vieille femme du village, Briséïs n'était pas prête de sortir de ce cauchemar.

— Aeneas doit continuer. Il doit…

— Ça suffit, grogna le roi, s'approchant d'Imène pour l'empoigner.

Imène attendit le dernier moment pour se relever et se jeter tête baissée contre son roi qui, surpris, perdit un instant l'équilibre. La Spartiate en profita pour éviter sa poigne et se jeta vers l'un des hoplites statufiés. Elle voulait lui arracher son glaive, mais la main autour de la poignée était aussi figée que de la pierre. En deux pas le roi la rattrapa, la saisit par les cheveux et lui fit un croche-pied. Imène s'effondra au moment où Briséïs se jetait sur le roi. Elle sauta sur son dos avec l'idée de le tirer en arrière, ses mains liées autour de son cou, mais le Spartiate anticipa son mouvement et l'envoya rouler à terre avec un puissant coup de coude dans le ventre. La douleur cloua Briséïs au sol. Les harpies étaient déjà de retour. Briséïs les sentit la survoler pour fondre vers le roi et sa captive. Agis s'écarta brusquement d'Imène, comme s'il avait peur que les chimères ne se trompent de proie. Des cris étouffés se répercutèrent contre les gradins de la salle du Conseil, et les vêtements d'Imène se tordirent une nouvelle fois contre sa poitrine et ses jambes.

— Non ! gémit Briséïs, cherchant autour d'elle une aide improbable.

Son regard se posa sur l'insigne de Cupidon, qui voletait non loin de là. Au prix d'un formidable effort, Briséïs sauta sur ses pieds, se jeta en avant, tendit ses mains liées et les referma sur le bouton doré. Elle avait espéré saisir par la même occasion l'angelot qui devait le tenir entre ses doigts potelés. Mais dès l'instant où elle toucha l'insigne, l'objet se désintégra, laissant derrière lui une poudre dorée qui s'insinua dans ses narines et lui brouilla la vue. Des larmes lui montèrent aux yeux. Elle se frotta les paupières, paniquée de ne plus rien voir. Il lui sembla que le roi se rapprochait d'elle. Où se trouvait-il ? Les gradins, les hommes statufiés lui apparaissaient flous, éclairés d'une lumière aveuglante.

— Et qu'aurais-tu fait ensuite ? dit-il dans son dos.

Briséïs tourna la tête et distingua vaguement au milieu du décors brumeux la silhouette du roi, sa cloche à la main, et au doigt un anneau brillant de clarté. Elle ne songea pas à lui répondre. Derrière lui se dessinaient très nettement les deux terrifiantes harpies. Leurs longs crocs étincelaient à la lumière tandis qu'elles sifflaient des cris suraigus, secouant rageusement leurs chevelures blondes autour de visages crispés de haine. Elles battaient l'air de leurs gigantesques bras ailés, et étreignaient entre leurs serres écarlates le corps à peine discernable d'Imène. La Spartiate en se débattant leur avait arraché quelques-unes des plumes brun et or qui leur couvraient le ventre et les cuisses. Mais elle n'avait aucune chance de s'en sortir, face à ces deux redoutables créatures. Briséïs tendit les mains vers la femme d'Aeneas, avança d'un pas. Les harpies fixèrent brusquement leurs regards venimeux sur elle, puis le décor et Imène disparurent d'un coup dans la pénombre. Briséïs tomba en avant, s'étala sur des dalles de granite froid.

— Imène ! cria-t-elle, et sa voix se perdit dans un silence irréel.

Elle releva la tête, chassa hâtivement les larmes qui encombraient encore ses yeux irrités, attendit le cœur battant que sa vue s'adapte à la nouvelle obscurité. Elle se trouvait à genoux devant un grand mur tapissé de fleurs criardes. En face d'elle, au milieu d'un beau cadre sculpté, un grand centaure gris pommelé pointait son arc sur deux jeunes femmes en fuite. Briséïs se releva péniblement, haletante, gênée par ses liens et son sac en bandoulière. Derrière elle, un autre tableau illustrait les jeux guillerets d'une jeune femme et d'un angelot. Elle fit quelques pas, n'en croyant pas ses yeux. À sa gauche comme à sa droite, des enfilades de portraits de chimères s'enfonçaient dans un long couloir sombre.

La Citadelle.

## 27

# LE CAUCHEMAR

Briséïs reporta son attention sur l'angelot qui l'observait gaiment depuis sa toile. Une main levée, il pointait une petite flèche vers sa compagne de jeu légèrement dévêtue, qui le repoussait négligemment de ses bras tendus. La gorge sèche, Briséïs toucha la toile d'un doigt, s'attendant presque à ce que l'angelot réagisse. Mais il n'en fit rien. Elle se frotta le visage, tâchant de reprendre ses esprits. Elle ne savait pas pourquoi elle était là, ni si on s'apprêtait à l'attaquer. Mais quelque part, dans quelque temps loin d'ici, Imène était toujours aux prises avec des harpies. Il fallait faire quelque chose. Elle choisit une direction au hasard et, serrant les dents pour ne pas songer à la douleur dans son ventre, s'élança à toutes jambes.

Elle s'essouffla vite dans l'interminable enfilade de couloirs. Une migraine lancinante faisait danser des étoiles devant ses yeux, l'obligeant à avancer à tâtons pour éviter les obstacles. Des architectures radicalement différentes apparaissaient chaque fois qu'elle recouvrait la vue. Arpentant à l'aveugle le vieux plancher du couloir suivant, elle visualisa le réfectoire et la cour où dansaient les farfadets de pierre près desquels elle s'était si souvent assise.

Dès qu'elle eut recouvré la vue, une silhouette en uniforme

bleu roi apparut. Un élève. Son cœur bondit dans sa poitrine, elle accéléra le pas. Peut-être pourrait-elle lui demander son chemin…

— Hé ! S'il te plaît ! Je me suis perdue !

L'élève ne sembla pas l'entendre. Elle piqua un sprint pour le rattraper, posa ses mains liées sur son épaule et se posta devant lui. D'un bond elle s'écarta, prise de frissons. Les traits de l'élève lui paraissaient aussi flous que la silhouette d'Imène et des hommes statufiés dans la salle du conseil spartiate, quelques minutes plus tôt. Le garçon poursuivit tranquillement sa route, comme s'il n'avait pas remarqué sa présence.

— C'est un cauchemar… murmura Briséïs.

Une illusion de la Citadelle, à n'en pas douter. Il fallait qu'elle garde la tête froide. Elle serra les poings, suivit l'élève, reprit espoir lorsqu'il déboula dans le grand réfectoire.

Des centaines d'élèves en uniforme bleu roi prenaient leur repas. Quelques techniciens périphériques et veilleurs allaient et venaient. Tous arboraient des visages aux traits imprécis, comme sortis d'un rêve. Personne ne remarqua la présence d'une jeune fille vêtue d'une tunique grecque qui titubait, les poings liés.

Elle avait déjà perdu trop de temps.

— BENJI ! cria-t-elle, espérant un miracle.

Personne ne réagit.

— BENJI !

Elle se fraya un chemin vers la table que son groupe avait souvent occupé. Une main lui saisit le bras. Elle fit volte-face, resta muette de stupeur.

Son père se tenait là, vêtu de la même blouse blanche que lorsqu'il l'avait fait entrer dans le scanner. Il plantait ses grands yeux turquoise dans les siens, ses traits parfaitement nets si tendus qu'il lui glaça le sang. Il attrapa un long couteau fiché dans une dinde qu'un technicien périphérique transportait sur un plateau d'argent, et entreprit de scier ses liens.

— Il faut faire vite.

— Qu'est-ce que… tu fais là ? bégaya Briséïs. Qu'est-ce que… je fais là ?

— Tu as inhalé l'insigne de Cupidon, ce qui t'a plongée dans une transe, une sorte de rêve éveillé. Je savais que les angelots pourraient avoir recours à leurs insignes, et j'avais prévu de t'intercepter pour t'aider si cela arrivait.

— Quoi ?

— Tu ne distingues pas bien les visages des gens ici, n'est-ce pas ? C'est parce que nous ne sommes pas sur le même plan qu'eux. La Citadelle se trouve dans le Monde du Rêve, mais le Monde du Rêve est construit sur plusieurs niveaux de réalité. Le plan dans lequel les élèves se trouvent est plus proche du monde physique. Nous deux sommes dans celui que les angelots, et toutes les chimères en général, utilisent. Je t'ai retrouvée dans ton rêve éveillé, mais il ne durera pas longtemps. Tu seras bientôt à nouveau projetée en Grèce. Les harpies ne feront qu'une bouchée de toi si nous ne dénonçons pas les angelots à la Citadelle avant.

— Comment sais-tu ce qui se passe en Grèce ?

— Je t'expliquerai plus tard. Le docteur Moulin a écrit la lettre qui se trouve dans ton sac, à propos de ton passage dans la Citadelle. Je ne l'ai pas lue, mais elle décrit très certainement l'erreur des angelots, qui t'ont sélectionnée avec leur flèche alors qu'ils n'auraient pas dû. Comment cette lettre s'est retrouvée ensuite en Grèce, je n'en ai pas la moindre idée… Mais peu importe. Avec cette lettre, nous avons une chance inattendue de nous attaquer aux angelots, il ne faut pas la manquer. Mais seul un élément provenant du monde physique pourra servir de preuve d'accusation efficace. Pour prouver que la lettre vient bien du monde physique, qu'elle n'a pas été rédigée ici, dans la Citadelle, il faut trouver sa copie dans la bibliothèque. Tout écrit du monde physique possède un double dans la bibliothèque. Il faut retrouver la copie de la bibliothèque et amener les deux lettres à un maître gérant. Nous ferions mieux de le faire avant que les effets de l'insigne de Cupidon s'estompent, que tu sortes de ta transe et que tu te retrouves sans défense face aux harpies.

— Mais en fait je ne suis pas réellement en Grèce, n'est-ce pas ? Je suis allongée dans le scanner de l'hôpital.

— Ton corps physique y est allongé, mais ton esprit est en voyage en Grèce, et c'est là que tu reprendras conscience bientôt, que tu le veuilles ou non.

— Oui, mais tout ça ce ne sont que des rêves. D'ailleurs, notre conversation ici n'est pas réelle...

— Cette conversation est aussi réelle que le scanner dans lequel tu te trouves allongée, ou que ta situation en Grèce. Tous les plans du Monde du Rêve sont réels, même lorsqu'ils sont très peu physiques. Tous existent parallèlement et sont de la même importance. Tu ne peux pas leur échapper.

Briséïs ouvrit la bouche, ne sut que répondre. Elle balaya le réfectoire des yeux, tâchant de saisir le sens des paroles de son père. Son corps se trouvait dans le scanner de l'hôpital Richet, son esprit en Grèce antique, et une partie de son conscient venait de se projeter dans une version éthérée de la Citadelle ?...

Son regard se posa sur une silhouette familière qui s'approchait d'une table.

— Benji !

Dès l'instant où elle reconnut sa démarche, les traits du jeune homme se clarifièrent et son expression habituelle, à la fois hautaine et mystérieuse, lui apparut parfaitement. Une vague de soulagement envahit Briséïs.

— C'est Benji Lorenz, mon ami, dit-elle en le désignant à son père qui la retenait par l'épaule. Il connaît beaucoup de choses, il pourra peut-être nous aider !

— Non, tu ne pourras pas lui parler. Je te l'ai dit, il est sur un autre plan.

— Mais je peux le voir clairement !

— Parce que tu connaissais déjà son visage et que tu l'as reconnu. C'est ce qui se passe dans un rêve, tu n'as jamais remarqué ? Viens, dépêchons-nous.

Il la prit par la main, la guida entre les tables jusqu'aux grandes portes à l'entrée de la partie protégée de la Citadelle. Ils les franchirent sous le nez d'une dizaine de veilleurs en toge blanche et s'engouffrèrent au pas de course dans les allées imprégnées d'une atmosphère mystique.

La migraine de Briséïs s'intensifiait. Son esprit était pris dans un étau qui peu à peu se resserrait. Elle avait tant de questions à poser à son père, mais elle parvenait tout juste à se concentrer sur ses pas.

— Où m'emmènes-tu ?

— Là où nous pourrons retrouver la trace du docteur Moulin.

— Comment es-tu sûr que c'est lui qui a écrit la lettre ?

— Personne d'autre n'aurait pu le faire.

— Nous n'avons qu'à la lire, ce serait plus…

— Non ! Pas ici. Les angelots te cherchent, ils ne doivent pas te retrouver, ils nous empêcheraient d'aller voir le maître gérant.

Lucien désigna en passant un tableau où trois angelots voletaient au-dessus d'une vallée fantastique.

— C'est toi qui m'as envoyée dans la Citadelle ?

— Non. J'ai essayé d'empêcher ton transfert, mais mes expériences n'ont pas réussi, et le docteur Moulin, qui travaille pour la Citadelle, t'y a envoyée quand même. Il a dû écrire cette lettre juste avant de t'envoyer dans la Citadelle, pour justifier son acte et protéger ses arrières. Il faut localiser Moulin au moment où il écrit la lettre, ou juste après, quand l'encre est à peine sèche. Les coordonnées spatio-temporelles du document nous permettront de retrouver sa copie dans la bibliothèque. C'est le seul moyen de forcer la bibliothèque à nous fournir un document exact sans le lire à voix haute. Par là.

— J'ai du mal à te suivre, souffla péniblement Briséïs.

— Ce n'est pas grave, tu n'as pas besoin de comprendre. Contente-toi de me faire confiance.

— Mais…

— C'est ici.

Il stoppa net et Briséïs lui rentra dedans. Il lui prit les épaules, la fit pivoter vers un tableau accroché au mur.

— Quand as-tu vu pour la dernière fois le docteur Moulin ?

Briséïs tressaillit en découvrant le portrait sur fond vert. Le docteur Alfred Richet, fondateur de l'hôpital du même nom, la toisait de ses petits yeux noirs, sévère et hautain.

— Alors ? la pressa-t-il.

— C'était trois ou quatre heures avant que tu ne débarques dans ma chambre, au quatrième étage de l'hôpital.

— Ça fait une marge d'au moins sept heures !

Il souffla, se pinçant la base du nez, murmura pour lui même « bon, tant pis », puis la poussa en avant d'une violente tape entre les omoplates. Briséïs tendit les bras pour se protéger du tableau, mais le tableau disparut dans un voile gris qui s'abattit devant ses yeux. Sa migraine redoubla instantanément. Les bras toujours tendus, elle se réceptionna contre un bureau en bois. Elle releva le nez, les jambes flageolantes, pour se retrouver face à face avec le docteur Moulin, assis de l'autre côté, qui remplissait un formulaire d'un air absent. Derrière elle, sur le mur face au docteur, trônait l'habituel portrait sur fond vert d'Alfred Richet.

— Alors ? Est-ce que c'est ça ?

Briséïs suivit la voix de son père. Il observait nerveusement la nuit par la fenêtre du bureau moderne dans lequel ils venaient d'atterrir.

— Briséïs, fit-il encore sans se retourner, ne perds pas de temps. Est-ce que ce papier parle de toi ?

Briséïs avait envie de vomir. Elle fit un gros effort pour faire le point sur le document posé sur le bureau. L'écriture du docteur était presque indéchiffrable.

— Non, je ne crois pas, il s'agit d'un Pierre Ba… Bo…

— Alors allons voir ailleurs.

En deux pas, son père l'avait rejointe, l'empoignait par le bras et la tirait vers le portrait.

À nouveau, une douleur atroce.

Quand celle-ci se calma, Briséïs se retrouva au pied du portrait d'Alfred accroché dans la salle d'attente, où le docteur Moulin s'était pour la première fois penché sur la tache rouge de sa nuque. Cette fois-ci, le docteur discutait sur le pas de la porte avec une infirmière, un document à la main. Ses traits lui apparaissaient très clairement, mais ceux de l'infirmière et des quelques personnes assises sur les chaises en plastique s'effaçaient dans un flou angoissant.

— Quelle heure est-il ? demanda Lucien à ses côtés.

— Deux heures du matin sans doute, souffla Briséïs d'une voix faible, pointant l'horloge. Il fait encore nuit.

— Non, ça ne peut pas être ça, ragea Lucien, se prenant la tête dans les mains, il est beaucoup trop tard. Où est cette maudite lettre ?

Briséïs s'avança vers le docteur qui, comme la première fois, semblait totalement inconscient de sa présence, et confirma d'un signe de tête que le dossier ne la concernait pas.

— Essayons encore, lança son père.

Les nausées de Briséïs réapparurent avant même qu'il ne lui attrape le poignet. Quatre fois encore Lucien lui fit traverser le tableau. Quatre fois, elle lut par-dessus l'épaule du docteur Moulin, et son père la tira vers le portrait d'Alfred Richet sitôt le papier identifié. Briséïs n'en pouvait plus. Elle ressurgit devant le septième tableau les larmes aux yeux. Ils se trouvaient dans le hall d'entrée de l'hôpital.

— Arrête… Il faut arrêter…, gémit-elle, tombant à genoux. Je n'en peux plus, ma tête va exploser…

Réprimant un juron d'impatience, son père s'accroupit à côté d'elle pour l'aider à se relever.

— Briséïs, c'est dur, je sais. Mais c'est notre seule chance de réussir. L'insigne des angelots s'est évaporé, et pour avoir accès à un deuxième insigne, il faudrait que tu retournes dans la Citadelle sur le plan qu'empruntent les élèves, comme la première fois que tu t'y es rendue. Et c'est impossible. Quand tu te réveilleras en Grèce, je n'aurai plus de moyen de te faire revenir explorer l'hôpital, ou même la Citadelle, tu comprends ? Ressaisis-toi !

Des chaussures vernies s'arrêtèrent tout près de Briséïs. Elle releva la tête, découvrit le docteur Moulin qui serrait des documents contre sa poitrine. Il observait un coin sombre où se tenait un petit groupe de personnes aux visages brumeux, s'agitant de l'autre côté du grand comptoir ovale de l'accueil. Il jeta un coup d'œil furtif au portrait du docteur Alfred Richet, juste au-dessus de Briséïs, et s'avança vers le comptoir pour y poser sa pile de papiers. Lucien tira sa fille avec lui et lui emboîta le pas.

Les documents n'avaient rien à voir avec elle, encore une fois. Lucien s'apprêtait à la tirer en arrière quand Briséïs se dégagea. Le docteur Moulin s'était frayé un chemin entre les personnes rassemblées à l'autre bout du hall. Il s'était accroupi devant une femme qui pleurait, assise sur une chaise. Elle le remercia quand il lui tendit un mouchoir.

— C'est maman ! s'écria Briséïs, la gorge serrée.

— Briséïs ! Reviens !

Ignorant son père, Briséïs rassembla ce qui lui restait de force et courut rejoindre sa mère. Celle-ci essuyait ses yeux rougis d'une main tremblante. Autour d'elle, des employés de l'hôpital discutaient avec des policiers en uniforme.

— Annie, nous allons la retrouver, dit le docteur Moulin, une main posée sur son bras. Cela ne fait que quelques heures, elle n'a pas pu aller bien loin. Elle a été très secouée, avec le réveil de votre mari, mais Briséïs est une jeune fille réfléchie, elle ne ferait pas de bêtises.

— C'est bien ce qui m'inquiète, hoqueta sa mère.

Le docteur jeta un coup d'œil à sa montre. L'aiguille approchait de minuit. Il soupira, puis tourna brusquement la tête vers le parking éclairé de lampadaires, de l'autre côté de la grande baie vitrée. Les lumières bleues des gyrophares de police dansèrent un instant dans ses pupilles, puis il se releva.

— Donnez-lui un anxiolytique, dit-il à un homme en blouse blanche.

Il sortit sur le parking et bifurqua en direction du bâtiment de radiologie clos pour réparations.

— Viens Briséïs, il faut y aller, pressa Lucien.

— Non ! Ça suffit, je veux des explications ! Je t'ai fait confiance, et voilà où nous en sommes ! Maman est là dans tous ses états et je ne peux même pas lui parler, Imène en Grèce est peut-être déjà morte, je suis ballotée dans tous les sens, je ne comprends rien de ce qui se passe et je n'en peux plus, papa !

Personne dans le petit groupe de personnes ne réagit à son explosion soudaine. Son père, lui, se figea. Puis son regard se perdit dans le vide et il murmura pour lui-même :

— Papa…

— Je n'en peux plus, papa, répéta Briséïs, cédant aux sanglots.

Doucement son père la serra dans ses bras et dit tout bas :

— Briséïs, je suis tellement désolé. J'oublie ce qu'est le rôle d'un père. J'en ai été privé pendant si longtemps, prisonnier dans la Citadelle.

Briséïs se laissa bercer un moment, surveillant du coin de l'œil sa mère qui pleurait toujours sur sa chaise. C'est dans ses bras à elle qu'elle aurait voulu se blottir. Son père était un étranger, un physicien fou qui ne lui avait causé que des ennuis.

— Une flèche d'angelot t'a atteinte accidentellement, expliqua son père de la même voix douce. C'est ainsi que cette tache rouge est apparue sur ta nuque. Les angelots sont chargés d'aller retrouver dans le monde physique les futurs élèves de la Citadelle, d'après un ordre de mission qu'elle leur fournit. Le document est imprégné d'une emprunte qu'eux seuls sont capables d'interpréter. Ils désignent les élus avec leurs flèches ; des exécutants comme le docteur Moulin repèrent les personnes marquées d'une tache rouge, et ils les préparent au passage. Ils communiquent les informations sur les futurs élèves aux passeurs de la Citadelle, et surveillent l'état de santé des élus durant les quelques jours qui précèdent leur voyage. La pointe de la flèche d'angelot reste fichée dans le corps de ceux qui ont été choisis, vois-tu. C'est elle qui, au bout d'un moment, force l'esprit à se dissocier du corps et à s'aventurer sur un plan moins physique. Juste avant le moment critique, les exécutants comme Moulin injectent un sérum aux futurs élèves, qui accélère d'un coup la séparation corps-esprit. Le sérum permet également au corps de survivre au voyage de l'esprit.

« La flèche des angelots t'a atteinte malgré eux. Pour réparer leur faux pas, ils ont conclu un pacte avec moi. Ils m'ont communiqué par l'intermédiaire d'un passeur le dossier de l'élève envoyé par le docteur Moulin, puis ils m'ont fait échapper de la Citadelle, en échange de quoi je devais interrompre par tous les moyens le passage de la personne qu'ils avaient désignée par erreur. J'ai essayé d'annuler les effets de la flèche des angelots. J'ai tenté de te guérir de cette tache rouge, sur ta peau. Mais mes expériences n'ont pas fonctionné, comme tu as pu le constater.

« Les angelots ont dû vite comprendre que tu étais malgré tout entrée dans la Citadelle, il leur suffisait de compter le nombre d'élèves arrivés. Il ne pouvaient pas agir tant que tu te trouvais dans la Citadelle, ils avaient bien trop peur de dévoiler leur erreur. Mais ils ont dû faire parler les passeurs qui se sont occupés de toi à ton arrivée, pour t'identifier. Ils ont glissé un de leur jetons dans ton sac, comme un mouchard, pour te retrouver quand tu serais sortie.

— C'est ce que le roi de Sparte m'a dit…

— Tout aurait pu bien se terminer pour eux, si le docteur Moulin n'avait pas écrit cette lettre, le soir de ton passage. Il a dû m'apercevoir dans les couloirs de l'hôpital, et il a compris ce qui se passait : jamais je n'aurais pu ressortir de la Citadelle, si les angelots n'avaient pas cherchés à cacher une terrible faute. Alors pour ne pas risquer de faire un faux pas envers la Citadelle, avant de procéder à l'injection du sérum, il a expliqué la situation par écrit. Il savait qu'une copie se créerait automatiquement dans la bibliothèque. Qu'elle lui servirait de preuve de sa bonne foi, si les choses tournaient mal… On ne peut plus interrompre ton voyage, mais on peut encore se servir de la dénonciation de Moulin pour confondre les angelots. Si leur culpabilité est prouvée, la Citadelle les punira dans l'instant, et ils ne seront plus à même d'agir en Grèce. Nous aurons une chance alors de te sauver la vie là-bas.

« Les angelots y ont suspendu le temps, je le sais parce que sinon tu n'aurais jamais pu inhaler l'insigne de Cupidon. Le rêve dans lequel nous nous trouvons maintenant est comme une interruption dans l'interruption, plus profonde. Tu retourneras tout à l'heure dans la même agitation que tu as quittée, nous ne pourrons pas l'éviter. Mais je veux faire tout mon possible avant pour te permettre de survivre à l'épreuve. Tu comprends ?

— Mais… Et toi ? Comment as-tu fais pour me retrouver dans mon rêve éveillé ? Et comment fais-tu pour nous faire passer d'un endroit à l'autre à travers ces portraits ?

— On apprend beaucoup de choses, quand on reste longtemps prisonnier de la Citadelle.

Une douleur fulgurante attaqua à nouveau l'esprit de Briséïs. Elle se raidit dans les bras de son père.

— Mon Dieu, on approche de la fin, s'inquiéta-t-il, lui posant une main sur le front. Tant pis pour les coordonnées spatio-temporelles, il faut risquer le tout pour le tout. Viens !

Sans un regard pour sa femme toujours entourée par ses collègues à deux pas de là, Lucien saisit Briséïs par les épaules, lui fit faire le tour du comptoir d'accueil et la poussa à travers le portrait d'Alfred Richet. Briséïs crut qu'elle allait perdre connaissance, mais son père ne lui en laissa pas l'occasion.

— Nous allons reprendre ta première idée, tu vas me lire la lettre, dit-il, la tirant dans les couloirs de la Citadelle. C'est risqué, mais nous n'avons plus le choix. Attention, tu ne vas pas tout me lire, c'est très important. Quelques phrases seulement, prises dans le désordre, juste assez pour que la bibliothèque soit forcée de nous présenter sa copie du document, mais pas assez pour que les angelots nous repèrent. C'est primordial, tu comprends ? S'ils nous repéraient, ce serait une catastrophe ! Surtout, si je te demande d'arrêter de lire, fais-le dans l'instant, d'accord ?

— D'accord…

— C'est ici.

Lucien poussa une petite porte de bois massif, l'entraîna de l'autre côté. L'estomac de Briséïs se noua d'un coup. Des étagères chargées de livres s'élançaient vers le centre de l'immense salle circulaire, éclairée par de larges rosaces vitrées. Un crocodile empaillé pendait aux voûtes du haut plafond, et au bout des interminables étagères, une balustrade de bois laissait deviner la présence d'un gigantesque puits central reliant différents étages entre eux. Ils venaient de pénétrer dans la bibliothèque.

— La lettre, vite ! dit Lucien entre ses dents. Il faut être deux pour trouver un document dans la bibliothèque, poursuivit-il tandis qu'elle sortait de sa torpeur et fouillait dans son sac. Toi, tu lis, et moi, je cherche.

Briséïs déroula hâtivement le vieux papier jauni, taché par endroits comme s'il avait été éclaboussé par une tasse de café. L'écriture était à peine lisible, l'auteur avait dû rédiger sa lettre dans l'urgence. Sentant la cire rouge du sceau décacheté sous ses doigts, Briséïs pensa que ce document n'avait rien d'un formulaire d'hôpital. Puis ses yeux se posèrent sur les premiers mots, et elle se figea.

*Ma très chère fille*

Un frisson glacial lui parcourut le dos. Lentement elle leva le regard vers son père. Il jetait des coups d'œil nerveux entre les étagères, un peu plus loin. Il lui fit un signe de la main pour l'engager à commencer sa lecture.

— Rappelle-toi, il faut lire dans le désordre. Commence par une seule phrase.

Briséïs chercha la signature en bas de page. Le sang se mit à battre furieusement dans ses tempes.

*Avec tout mon amour,*
*Lucien*

Elle ramena la lettre à elle d'un geste protecteur, lorgna son père qui attendait toujours qu'elle se mette à lire. Elle n'avait pas le temps de réfléchir. Les mains moites, elle prétendit chercher un meilleur éclairage le temps de survoler la lettre et de choisir une phrase.

— « Hier, deux angelots ont commis une double faute impardonnable… »

— Non ! Ce n'est pas une bonne phrase, l'interrompit abruptement Lucien. Choisis-en une autre.

Avec un haut-le-cœur, Briséïs survola les phrases suivantes, s'arrêta un peu plus bas et lut pour elle-même :

*Quelle a été ma surprise lorsque j'ai découvert que c'était toi, « l'erreur » ! Les angelots ne peuvent pas lire, vois-tu, ils n'ont pu reconnaître ton nom sur le dossier envoyé par le docteur Moulin.*

*J'ai accepté leur mission sans rien dire. Dans quelques heures, je quitterai la Citadelle et tu seras témoin de mon réveil.*

La lettre dans ses mains se mit à trembler. Pas une seule fois pendant leurs allées et venues Lucien n'avait essayé de déchiffrer lui-même les documents du docteur Moulin. Il s'était donné un rôle de protecteur, et l'avait envoyée à sa place. Par contre, l'homme devant elle ne semblait avoir aucun mal à se déplacer dans un plan de la Citadelle supposé réservé aux chimères. Il n'avait aucun mal non plus à l'emporter vers d'autres espace-temps à travers un tableau. Se pouvait-il que… Elle étudia furtivement son profil. Pourtant c'était bien lui, et il l'avait pris si tendrement dans ses bras, lui avait tout expliqué…

Son regard se posa à nouveau sur la signature en bas de page, puis glissa vers le postscriptum.

*PS : Ne révèle jamais aux angelots que tu es ma fille, ils te poursuivraient sans répit.*

. . .

— Briséïs ?

Briséïs sursauta, chercha hâtivement une phrase neutre à prononcer à voix haute.

— « Il faut respecter l'ignorance du passé, car les erreurs qu'elle engendre nous poussent à construire l'avenir. »

— Qu'est-ce que c'est que cette phrase ? Moulin a perdu la tête ? … Ça ne suffit pas, je ne trouve rien, ajouta Lucien après avoir fermé les yeux quelques instants. Donnes-en-moi une autre.

Briséïs réfléchissait à toute vitesse. Lucien lui avait dit vouloir récupérer le double de la lettre pour les apporter toutes les deux à un maître gérant. Mais il était plus logique qu'on veuille les récupérer pour les supprimer. Pour effacer définitivement l'erreur des angelots, justement.

Elle choisit une nouvelle phrase, tâcha de maîtriser sa voix.

— « Pour la même raison, je ne peux malheureusement tout t'expliquer. »

— Et encore ? Donnes-en-moi plusieurs. Mais dans le désordre !

Si Briséïs avait affaire à un angelot qui se faisait passer pour son père, alors de qui l'angelot avait-il peur ? De la Citadelle, bien entendu. De l'immense puissance capable de tout entendre à travers ses murs, et dont la bibliothèque faisait partie…

— « Je ne peux me permettre de laisser filer une telle occasion… Le temps est une chose bien étrange... Ils espéraient ainsi éviter la colère de la Citadelle. »

— Ce n'est pas possible, je ne trouve rien. Tu es sûre que tu lis bien ce qui est écrit ? Pourtant, la lettre physique possède forcément un double ici. Si elle n'en possède pas, c'est que…

Une idée parut frapper Lucien. Il se redressa, la dévisagea de son grand regard bleu.

— … C'est que la lettre a été écrite dans la Citadelle. Le docteur Moulin n'est pas l'auteur de cette lettre… Donne-la moi, Briséïs.

Briséïs tira vivement la lettre hors de portée de l'homme qui prétendait être son père, fit trois pas en arrière. Il la foudroya du regard.

— Tu veux te faire étrangler par les harpies dès ton retour en Grèce ? C'est ça que tu veux ? C'est ce qui arrivera, si tu ne m'aides pas à prévenir le maître gérant.

— C'est ce qui arrivera si les angelots ne sont pas démasqués, acquiesça Briséïs.

Lucien tiqua, força un sourire avant d'avancer d'un pas.

— Les angelots ont provoqué le rêve éveillé qui nous permet à tous les deux d'accéder à ce plan de la Citadelle. D'ordinaire, seules les chimères y ont accès. Ils l'ont provoqué avec leur insigne, je n'ai fait qu'intercepter le rêve. Nous sommes sur leur terrain de jeu, et s'ils nous retrouvent, ils auront tout pouvoir sur nous.

— J'en ai conscience, répondit Briséïs, reculant d'un pas de plus.

— Et puisque cette lettre ne possède pas de double, tout ce que les angelots ont à faire pour effacer la trace de leur erreur, c'est de te supprimer, avec ta lettre, avant que la Citadelle puisse te mettre la main dessus. Ma fille, ne joue pas avec le feu. Donne-la-moi, je crois qu'il est plus prudent que je la lise moi-même.

Briséïs baissa la tête vers la lettre.

— C'est vrai, tu as raison, marmonna-t-elle.

Le cœur battant, elle laissa l'homme s'approcher encore d'un pas, tout en calculant du coin de l'œil la distance qui la séparait de la porte de la bibliothèque. Trois mètres. Si elle se dégageait d'un coup… Mais la migraine revint l'attaquer violemment. L'homme en profita pour se jeter sur elle. Il la poussa par terre, lui attrapa le poignet. Briséïs le mordit à la main, il la lâcha en criant, elle lui asséna un coup de genou entre les jambes et rampa vers la porte tandis qu'il reprenait son souffle en la maudissant. Il se releva en même temps qu'elle. Elle n'avait plus le temps de tirer la lourde porte. Elle courut derrière une étagère, pensant la faire tomber devant lui, mais les nombreux livres qu'elle abritait la rendait impossible à déplacer.

— Donne-moi cette lettre ! cria-t-il, courant derrière elle.

Elle sprinta jusqu'au milieu de l'allée, bouscula un pupitre sculpté qui par miracle s'abattit au sol juste devant l'homme, atteignit le balcon donnant sur les multiples étages du complexe et bifurqua à droite. Elle dépassa trois rangées d'étagères avant de s'engouffrer dans une nouvelle allée. Avec un peu de chance, il l'avait perdue de vue. Sans prendre le temps de s'en assurer, elle fonça entre les étagères, tourna à gauche, s'enfonça plus loin dans la forêt de livres et recommença son manège. Elle passa près d'un des escaliers en colimaçon qui traversaient les étages, hésita à le descendre, mais renonça après avoir posé le pied sur la première marche, constatant qu'il grinçait terriblement. L'homme derrière elle la retrouverait en un clin d'œil, si elle passait par là. Elle courut encore un moment, priant pour que le tapis recouvrant le parquet étouffe assez ses pas puis, à bout de souffle, se laissa glisser le long d'une étagère pour écouter, par-dessus la pulsation rageuse du sang dans ses oreilles.

Pas un bruit.

Avait-elle réussi à semer l'homme ?

Une nouvelle vague de douleur assaillit son esprit. Elle serra les dents, retint sa respiration. Elle chercha à se représenter le chemin vers la sortie de la bibliothèque. Peut-être devait-elle retrouver un tableau pour tenter de s'extraire de la Citadelle ? Mais s'échapper de la Citadelle ne la sauverait pas des harpies. Et comment savoir si elle ne foncerait pas droit vers l'homme, en se rapprochant de la porte ?

Ne sachant que faire, elle déroula la lettre de son père, fit un gros effort pour faire le point sur l'écriture précipitée et prononça silencieusement quelques mots :

— « Je vais m'arranger pour que tu rentres malgré tout dans la Citadelle en créant mon propre passage : ton arrivée doit rester cachée des angelots. »

— Non ! monta la voix de l'homme quelques allées plus loin.

Des bruits de pas précipités suivirent. Briséïs sauta sur ses pieds, s'élança dans la direction opposée.

— Briséïs ! Reviens ici ! Où es-tu sale petite garce ? Arrête ça tout de suite !

La voix de son père s'étrangla dans sa gorge, se pinça, devint nasillarde comme s'il avait inspiré de l'hydrogène.

— Ne crois pas pouvoir te cacher si facilement !

De furieux battements d'ailes montèrent entre les rangées de livres.

Briséïs eut juste le temps de jeter un coup d'œil à la prochaine phrase de la lettre, releva la tête et vit fondre sur elle un tout jeune enfant aux joues rosies par la colère, de courtes ailes blanches déployées derrière sa frimousse blonde. Elle se baissa pour l'éviter, trébucha, voulut s'abriter sous une table mais il l'attrapa par les cheveux et la tira violemment en arrière.

— « J'espère que tu me pardonneras un jour de… », cria Briséïs en se débattant comme une forcenée.

L'angelot possédait plus de force qu'elle ne l'aurait cru, mais sa petite taille l'empêchait d'atteindre la lettre que Briséïs tenait à bout de bras.

— Donne-moi cette lettre ! ragea-t-il dans un tourbillon de plumes.

— « … de te jeter ainsi dans la gueule du loup ! C'est peut-être indigne d'un… »

Une onde étrange sembla balayer la bibliothèque. Un puissant craquement fit trembler les vitraux des rosaces.

— Tu vas payer pour ça ! cria l'angelot.

Levant le bras par-dessus son épaule, il saisit une flèche dans son carquois.

Briséïs attrapa un gros livre, frappa l'angelot aussi fort que possible. La chimère valdingua contre l'étagère d'en face, s'écrasa au sol, sonnée. Briséïs sauta sur ses pieds, fondit vers la porte d'entrée tout en répétant à pleine voix :

— « J'espère que tu me pardonneras un jour de te jeter ainsi dans la gueule du loup, c'est peut-être indigne d'un père… »

Nouveau craquement dans l'air.

Briséïs ne connaissait pas la suite du texte. Mais la migraine troublait sa vue et rendait sa lecture difficile. Elle préféra se ruer vers la sortie. Arrivée à deux pas de la lourde porte, la douleur devint si atroce qu'elle lui coupa les jambes. Elle s'écroula, rampa à tâtons pour trouver la poignée ronde incrustée dans le bois. Des livres tombèrent au sol un peu plus loin. Des battements d'ailes. L'angelot revenait à lui. La vieille poignée de fer forgé refusait de tourner entre les doigts de Briséïs. Elle la secoua frénétiquement tout en cherchant la prochaine phrase sur la lettre.

— « J'espère que tu me pardonneras un jour de te jeter ainsi dans la gueule du loup, c'est peut-être indigne d'un père, mais je reste convaincu que c'est la seule… »

Un profond grognement interrompit sa lecture. Le mot « solution » s'étrangla dans sa gorge quand elle se retourna. L'énorme crocodile empaillé se trouvait juste devant elle. Bien vivant, la gueule grande ouverte. Son gigantesque râle emplit l'air, sa lourde queue fouetta les étagères. Il s'avança d'un pas. Briséïs s'agrippa à la poignée. Un déclic dans l'engrenage de la serrure libéra la porte. Lentement, sans quitter le monstre des yeux, elle tira la poignée entre ses doigts moites. Mais le monstre sentit son mouvement et se précipita vers elle.

Une flèche se ficha dans la porte, à quelques millimètres de la joue de Briséïs.

Le crocodile tourna sa gueule vers l'angelot voletant à quelques pas de là, et Briséïs profita de sa seconde d'inattention pour tirer de toutes ses forces sur la porte.

— Briséïs ! cria de rage l'angelot comme elle se jetait à l'extérieur.

L'incroyable masse du reptile lancé derrière elle s'écrasa contre la porte dans un terrifiant vacarme. Briséïs sauta sur ses pieds, détala dans le grand couloir, serrant la lettre entre ses doigts.

Avait-elle provoqué le réveil du crocodile ? Fallait-il se ranger au point de vue des angelots et cesser sa lecture ? Mais les harpies l'attendaient toujours en Grèce, elle n'avait pas le choix.

— « Je n'ai jamais pu être élève, Briséïs… » lut-elle à voix haute, jetant des coups d'œil derrière elle, persuadée que l'angelot serait bientôt là. « …et il me manque trop d'éléments pour percer un jour les secrets de la Citadelle. »

Un murmure angoissé monta des tableaux de chimères qu'elle dépassait à toute jambes.

— « Mais toi, avec neuf mois d'études, tu auras plus de chances d'y parvenir. Je ne peux me permettre de laisser filer une telle… »

— Briséïs ! cria une voix nasillarde.

Elle se figea. À cent mètres, le même angelot à la houppette blonde s'extrayait d'un tableau. Elle fit volte-face, s'élança tout en criant à pleins poumons :

— « Je ne peux me permettre de laisser filer une telle occasion ! »

Elle courait à présent vers la porte de la bibliothèque, qui semblait prête à céder sous le poids de l'énorme crocodile. De part et d'autre du couloir, les chimères prenaient vie à son passage. Elles la suivaient du regard, émergeaient de leur cadre derrière elle, paniquées, furieuses, et se joignaient à l'angelot pour courir, ramper ou voler à sa suite. Béliers griffus, chats ailés, fées pourvues de pattes de grenouilles et chevaux de nageoires de poisson, lutins, cyclopes…

— Attrapez-la ! Tuez-la ! hurla l'angelot derrière elle.

Un homme aux pattes de bouquetin la poussa de côté, elle se rattrapa de justesse en bousculant une branche d'arbre à forme humaine et évita miraculeusement un vol de marcassins grâce à la cohue de ses poursuivants. Mais d'autres chimères se déversaient des tableaux accrochés plus loin sur son chemin, et couraient vers elle en sens inverse. Juste derrière elle, un griffon allait bientôt la rattraper. Il fallait risquer le tout pour le tout. Avisant un sphinx terrifiant qui galopait vers elle, Briséïs fonça à sa rencontre, plongea au dernier moment sous ses pattes comme elle avait vu faire les joueurs de sudoku sous les pattes des chevaux des gardiens. Elle roula en boule sur le sol tandis que le sphinx s'écrasait contre le griffon et brandit sa lettre pour lire une dernière phrase :

— « … Où que tu sois, si tu reçois cette lettre, alors mon messager aura réussi et tu seras sur la bonne voie ! »

Un gnome lui arracha la lettre des mains, et le sphinx planta profondément ses griffes de lion entre ses omoplates. Briséïs hurla de douleur. Au même instant, un formidable rugissement monta des profondeurs de la Citadelle. Les chimères piaillèrent de concert et déguerpirent dans toutes les directions, telle une flopée de pigeons sur une place publique.

Briséïs resta seule, à plat ventre sur la moquette bleue. L'insupportable douleur dans son dos venait s'ajouter à son terrible mal de crâne. Un second rugissement, plus proche, la poussa à se redresser. Quelque chose de plus puissant et de plus terrifiant que toutes les chimères réunies s'approchait. À travers le voile gris désormais constant devant ses yeux, elle repéra la lettre de son père, abandonnée par le gnome à quelques pas de là. Briséïs puisa dans ses dernières forces pour ramper jusqu'à elle, et d'une main tremblante la fourra dans son sac. Le monstre venait pour elle, et pour sa lettre.

Des pas firent trembler les murs et dégringoler des gravillons le long des pierres. Péniblement, Briséïs se mit debout. Un râle rauque, continu, déchaîna un souffle chaud qui balaya le couloir, souleva ses cheveux et fit battre les cadres sur les murs. Briséïs s'attendait à tout. Pourtant elle ne put s'empêcher de reculer précipitamment et de basculer à la renverse quand la gigantesque tête d'un dragon noir à la crête dorée barra l'entrée du couloir. Ses grands naseaux de cheval couverts d'écailles rougirent comme des braises en reniflant son odeur. Il la fixa avec fureur, plissa ses yeux protubérants comme pour mieux la viser. Il ouvrit grand la gueule, dévoilant d'immenses crocs jaunes. Ses naseaux frôlèrent le plafond et sa barbichette se pressa contre la moquette, qu'il tira d'un coup sec vers lui à l'aide de ses griffes.

Paniquée, Briséïs recula à quatre pattes, bondit sur ses pieds, fit volte-face. Elle se figea, le sang glacé. De l'autre côté du couloir, cinq cavaliers noirs avançaient au pas, brandissant leurs sabres.

— J'ai une lettre à donner aux maîtres gérants ! tenta-t-elle, sans trop d'espoir.

Les cavaliers firent danser leurs sabres, et leurs chevaux macabres se mirent à piaffer comme des diables. De l'autre côté, le dragon grignotait du terrain en rugissant, s'échinant à avancer dans ce couloir trop étroit. Il était moins rapide que les cavaliers noirs. Briséïs rebroussa chemin vers le dragon pour gagner du temps, avant de réaliser, trop tard, que les cavaliers cherchaient peut-être justement à la pousser vers le dragon.

Un roulement de tonnerre à briser les tympans gronda dans la gorge du monstre, et une boule de feu illumina sa gueule. Au même instant les chevaux se cabrèrent et se jetèrent en avant. Briséïs se souvint brusquement de leur première attaque : une illusion dont le vieil homme du désert l'avait libérée. Aujourd'hui elle se trouvait dans un rêve, l'angelot le lui avait dit lui-même. Une autre forme d'illusion. Si elle pouvait en sortir… Les cavaliers seraient bientôt sur elle. Elle s'élança vers le dragon, cherchant de toute son âme un moyen de se réveiller. Elle invoqua des images de sa mère et de son frère, se rappela son père et les machines de l'hôpital. Son corps se trouvait là-bas, dans le réel. Si seulement elle pouvait s'en convaincre… Mais la boule de feu qui grossissait dans la gueule du dragon l'hypnotisait, et le sol qui tremblait sous les sabots de chevaux la désarçonnait. Plus que quelques secondes…

Le pendentif orangé tapait contre son buste à chaque pas. Elle le saisit d'une main et des images du désert lui revinrent : la vieille femme, le dispositif pour éclairer la pierre près de la falaise. Les cavaliers noirs poussèrent des cris dans son dos. Le dragon rugit et d'un souffle lança sur elle sa boule de feu. Briséïs ferma les yeux. Une image du clochard lui offrant le pendentif s'imposa à elle. Les odeurs vivaces du marché, la rumeur de la foule… Sous ses pieds, le sol se déroba. La boule de feu lui chauffa le visage, grilla une mèche de ses cheveux. Elle rouvrit les yeux juste à temps pour voir la moquette s'effondrer avec elle dans un noir sans fond. Au loin, les cadres des tableaux volaient en éclats sous les coups de griffes du dragon qui tentait de se rattraper pour ne pas tomber lui aussi dans les ténèbres.

Puis ne resta que le noir.

Le noir, et un couinement insistant de ferraille mal huilée.

— Vous ? fit Briséïs en voyant apparaître le couple du désert, tirant péniblement leurs vélos alourdis de sacoches. Que faites-vous là ?

— Nous sommes les marchands de sable, répondit Haydie, et tu te trouves sur les bords d'un rêve, alors nos chemins se croisent. Tu as réussi à t'extraire du rêve que t'avait imposé Cupidon, nous t'en félicitons.

Briséïs observa, ahurie, le noir qui les entourait. Ce silence était si étrange, après tant de cacophonie. Sa migraine avait disparu.

— Ce n'était vraiment qu'un rêve ! Je n'étais pas vraiment en danger. Mais dans ce cas…

Elle tâta son dos d'une main. Elle ne trouva pas d'entailles là où l'avait griffée la chimère, mais la douleur persistait.

— Si, malheureusement, tu risquais bien ta vie. Si tu étais restée quelques secondes de plus, si le dragon ou les cavaliers noirs t'avaient atteinte, tu n'aurais pas survécu. Sur ce plan, le Monde du Rêve et le monde physique s'entremêlent encore. Il existe de nombreux plans, et il n'y a que sur le plus haut d'entre eux que l'on est totalement libéré du monde physique. C'est celui dans lequel tu plonges chaque nuit lorsque tu t'endors. Celui-là est sans danger. Mais les angelots, eux, t'ont forcée à pénétrer dans un rêve alors que tu étais éveillée.

— J'ai dénoncé les angelots à la Citadelle en lisant ma lettre, et aussitôt, elle a envoyé son dragon pour me tuer ?

— Tu es avant tout une résistante. Une intruse. Tu t'es naturellement attiré les foudres de la Citadelle, avec ta lecture. Ta lettre cependant n'était pas une preuve suffisante contre les angelots, puisqu'elle n'a pas été écrite dans le réel. Tu leur as fichu une belle frousse, mais ils n'ont pas été punis. Nous le saurions.

— Alors que faut-il faire ? Il faudra bien que je trouve un

moyen de dénoncer les angelots, si je veux échapper aux harpies en sortant de ma transe.

— Tu ne peux plus rien contre les angelots. Ta seule chance d'échapper aux harpies est de relancer le temps.

— C'est ce que Llyr m'a dit, mais comment fait-on pour relancer le temps ?

— Tu le sais déjà.

— ...Le sablier ?

— Tu trouveras comment l'utiliser. Écoute ton cœur.

— Quoi ? Mais... Attendez, si vous savez vous servir du sablier, dites-moi ce qu'il faut faire !

— Tu as su utiliser ton premier cadeau, dit Haydie, effleurant son pendentif orange d'un doigt. Ne te reste plus qu'à faire de même pour le second.

— Je ne suis même pas sûre de ce que j'ai fait, avec ce pendentif !

— Tu vas bientôt émerger du rêve. Nous aurons l'occasion de nous revoir sur les bords d'autres rêves, et nous ferons tout notre possible pour répondre à tes questions. Mais sache que nous ne pourrons jamais rien te révéler que tu n'aies déjà découvert par toi-même, au fond de toi. Nous faisons partie du Monde du Rêve : nous pouvons seulement te servir de miroir.

Une bouffée de colère monta au visage de Briséïs :

— Alors servez-moi de miroir maintenant ! Puisque je suis déjà censée savoir comment relancer le temps, expliquez-le moi !

— À partir de maintenant, évite les angelots autant que possible. Concentre-toi sur ton but : la Citadelle est ton véritable ennemi. Étudie-la, et freine-la chaque fois que tu le peux.

— Comment fait-on pour utiliser ce sablier !?

Briséïs voulut saisir le poignet d'Haydie, mais sa main se referma sur du vide. Les ténèbres engloutirent les marchands de sable, et Briséïs tomba à la renverse.

## 28

# LA LETTRE

Elle n'eut pas réellement la sensation de chuter. Plutôt l'impression étrange, inverse, que les dalles froides du sol lui tombaient sur la tête. Elle avait à nouveau les poings liés. Imène, à l'agonie entre les serres des harpies, lui criait quelque chose. Briséïs n'eut pas le temps de comprendre ses paroles : les mots de la Spartiate s'évanouirent dans sa gorge, elle chercha une dernière goulée d'air, et perdit connaissance.

— Non ! cria Briséïs, vous n'avez pas le droit !

Comme le décor reprenait consistance, les harpies s'évanouissaient. Briséïs eut juste le temps de voir la première trainer Imène vers la sortie et la seconde se tourner vers elle, les ailes déployées, les babines retroussées, prête à bondir, avant qu'elles ne disparaissent totalement. L'air balaya son visage : la chimère invisible volait vers elle. D'immenses serres froides l'attrapèrent par les chevilles et la tirèrent d'un coup. Briséïs chuta sur les dalles.

À son tour, elle était tirée vers l'extérieur.

— Il faut savoir reconnaître qu'on a perdu, commenta le roi la voyant se débattre.

Les jambes piégées, Briséïs donna des coups de poings dans le vide, effleura des plumes avant d'être renvoyée violemment au sol.

Elle continuait de glisser vers la porte. Elle voulut attraper les chevilles d'un Spartiate de ses mains liées, manqua sa prise, s'agrippa aux pierres rugueuses, mais elle glissait inéluctablement, enserrée par l'invisible.

C'en était fini.

Tout était allé trop vite. Si seulement elle avait eu plus de temps pour…

Le temps. Les mots des marchands de sables lui revinrent comme les bribes d'un rêve lointain. Mais le rêve avait été réel, et il lui fallait…

Relancer le temps.

Dans un dernier élan, elle fourra les mains dans son sac qui glissait avec elle, à la recherche du sablier. Il était couché. Imaginant de toutes ses forces ses amis statufiés reprendre vie, elle saisit son deuxième cadeau et le planta debout sur les dalles.

Un craquement terrible lui déchira les tympans. Une voix puissante, comme sortie d'un haut-parleur, grésilla dans toute la salle du Conseil :

— AGIS ! MISÉRABLE VER DE TERRE !

Tout était à nouveau en mouvement. Meng Zhou avait évité de justesse le coup de glaive de son Spartiate, surpris comme Briséïs par l'éclat de la voix. Ohanko reçut son œil au beurre noir mais profita de la surprise générale pour rendre le coup. L'Assemblée et les soldats, terrorisés par la voix, s'allongeaient par terre, les mains sur la tête.

— MAIS JE VAIS TE CHANGER EN COCHON, VOILÀ CE QUE JE VAIS FAIRE !

Les jambes de Briséïs avaient été libérées. Elle sauta sur ses pieds, donnant des coups de sac dans le vide pour chasser la chimère. Mais la harpie semblait avoir disparu. Briséïs vacilla. Sa tête lui tournait.

— COMMENT OSES-TU ALLER CONTRE MA VOLONTÉ ! MOI, APHRODITE, DÉESSE SUPRÊME !

Seul le roi tenait encore à se battre. Il vociférait pour que ses soldats se relèvent, les secouait, les sommait de reprendre leurs armes. Mais la peur était trop forte.

Enndall se releva et se rua vers les gradins pour aider Leonel et Aeneas, empêtrés dans la horde de Spartiates paniqués.

— C'EST ÇA, LAISSE-LES FILER, NOM DE ZEUS ! ENNDALL ! PRENEZ LA PORTE DE DERRIÈRE !

Enndall ramassa son épée, repéra la sortie, attrapa Briséïs par le bras au passage pour l'entraîner avec lui. Les autres suivaient juste derrière.

— Il faut passer par devant ! s'exclama Briséïs.

Son cœur battait à tout rompre. Ils arrivaient dans un couloir extérieur bordé de colonnes.

— Pour quoi faire ? demanda Enndall, fouillant les environs à la recherche de soldats.

— Par là ! cria Aeneas qui courait devant. On peut rejoindre une petite rue et sortir de la ville par là !

— Enndall ! fit Briséïs en tirant le chevalier en arrière. Imène était là, elle est de l'autre côté, on pourra peut-être encore la sauver si…

— Imène est spartiate, elle s'en sortira.

Dans la salle, la voix de Liz martela encore :

— RESTEZ OÙ VOUS ÊTES ! BANDE DE BRUTES SANGUINAIRES ! JE TE JURE, ÇA DEVRAIT PAS ÊTRE PERMIS UNE ÉPOQUE COMME LA VÔTRE !

Puis il y eut un craquement et Liz apparut derrière eux.

— Le roi m'a retrouvée, courez !

— Mais Imène…

Enndall ne lui laissa pas le temps de finir sa phrase :

— Si nous restons une minute de plus, c'est la mort assurée, Briséïs. Cours !

Ils coururent à perdre haleine dans les ruelles, bousculant les passants, renversant tout sur leur passage. Aeneas évita les gardes aux portes de la cité en empruntant un chemin qui rasait les murs et s'enfonçait dans les broussailles. Arrivés à une certaine distance de la ville, ils se permirent de ralentir pour se défaire de leurs liens.

— Si Aphrodite ne nous foudroie pas sur place après ça, ce sera un miracle, cracha Aeneas en reprenant son souffle. Imène va me tuer.

Briséïs voulut parler, mais elle se rappela la dernière phrase d'Imène. La Spartiate l'avait suppliée de ne rien dire à Aeneas s'il lui arrivait malheur. Elle ne savait plus quoi faire.

— Liz, comment as-tu accompli un tel prodige ? demanda Enndall.

Liz sortit de son sac une petite boîte noire, la secoua d'un coup sec. Elle se déplia pour prendre la forme d'un petit haut-parleur.

— Mon frustac. Sur les tournages, ça évite d'avoir à hurler d'un bout à l'autre du plateau. Celui-là, je l'ai confisqué au réalisateur avant de partir. Il gonflait tout le monde avec. Ça fait mal aux oreilles, ces machins.

— C'est par là, vers les montagnes ! s'exclama Ohanko qui avait positionné les baguettes d'Enndall sur sa boussole.

Briséïs n'avait qu'une idée en tête, retourner à Sparte pour voir ce qu'il était advenu d'Imène. Elle tira le sablier de son sac de toile : il ne restait plus que quelques grains dans le bulbe du haut.

— Il faut y aller, dit Enndall en repoussant le sablier au fond de son sac et lui jetant un regard entendu. Nous discuterons de ce qui s'est passé plus tard.

Les montagnes à l'ouest de Sparte s'élevaient brusquement au-dessus de la petite plaine. Les baguettes les guidèrent le long des premières ravines, sur des chemins escarpés.

Meng Zhou ne cessait de regarder en arrière, persuadé qu'on les suivrait. Mais personne ne vint. Les Spartiates ne semblaient pas encore remis de leur stupeur.

Ils surplombaient déjà la cité grecque de plusieurs centaines de mètres quand les baguettes se croisèrent franchement dans les mains d'Ohanko.

— Ce doit être ici, dit-il, dubitatif, observant les fourrés autour de lui au bord d'un précipice.

Pourtant, ils eurent beau fouiller l'air, impossible de mettre la main sur les marches transparentes. Les minutes passaient et la tension montait. Enndall ordonna à chacun de sortir son instrument en prévision de la montée. Le fagot de brindilles, le monocle, le diapason, le parfum… Ohanko fit un feu pour chauffer le liquide du flacon. Il en profita pour allumer aussi sa pipe, qu'il avait bourrée de plantes séchées. Ils firent sonner la roche et l'air autour d'eux à l'aide du diapason dans l'espoir que l'escalier résonne en écho, sans résultat. Le sablier était presque vide. Briséïs s'assit par terre, découragée. Elle ne pouvait s'empêcher de voir défiler devant ses yeux l'étrange scène du palais : les hommes figés, le roi, les battements d'ailes des angelots, puis l'arrivée d'Imène et de Llyr, l'apparition des harpies hideuses après qu'elle ait inhalé l'insigne de Cupidon devenu poudre, et… Après, les évènements devenaient flous, ils se mélangeaient comme les histoires dans un rêve. Elle s'était réveillée sur les dalles et avait été témoin du départ d'Imène, mais avant…

La lettre que lui avait remise Llyr.

Elle la sortit de son sac et la déroula à la hâte. Le papier jauni était couvert de taches, comme dans son rêve. Celui-ci lui revint dans les moindres détails en parcourant la lettre de son père :

*Ma très chère fille,*

*Mes expériences de physicien m'ont mené, il y a quelques années, à découvrir l'existence d'un hors-temps, d'un lieu que l'on peut atteindre uniquement en esprit puisqu'il est étranger à toute matière. À l'époque, je l'avais surnommé le Monde du Rêve. Cependant le rêve a vite tourné au cauchemar lorsque je me suis retrouvé prisonnier à l'intérieur de celle que l'on appelle la Citadelle.*

*Hier, deux angelots ont commis une double faute impardonnable : non seulement ils ont perdu l'ordre de mission contenant l'empreinte d'un futur élève, mais ensuite, cherchant à rattraper leur bêtise, ils ont désigné un inconnu de leur flèche. Connaissant mon savoir-faire et me sachant de l'époque correspondante, ils m'ont offert de retrouver « l'erreur » et d'interrompre le processus de transfert dans la Citadelle. En échange, ils me rendaient ma liberté. Ils espéraient ainsi éviter la colère de la Citadelle.*

*Quelle a été ma surprise lorsque j'ai découvert que c'était toi, « l'erreur » ! Les angelots ne peuvent pas lire, vois-tu, ils n'ont pu reconnaître ton nom sur le dossier envoyé par le docteur Moulin.*

*J'ai accepté leur mission sans rien dire. Dans quelques heures, je quitterai la Citadelle et tu seras témoin de mon réveil.*

*Je n'ai jamais pu être élève, Briséïs, et il me manque trop d'éléments pour percer un jour les secrets de la Citadelle. Mais toi, avec neuf mois d'études, tu auras plus de chances d'y parvenir. Je ne peux me permettre de laisser filer une telle occasion.*

*Je vais m'arranger pour que tu rentres malgré tout dans la Citadelle en créant mon propre passage : ton arrivée doit rester cachée des angelots. J'espère que tu me pardonneras un jour de te jeter ainsi dans la gueule du loup. C'est peut-être indigne d'un père, mais je reste convaincu que c'est la seule solution. Nous devons tout essayer pour empêcher la Citadelle de continuer d'abuser de son pouvoir.*

*Le temps est une chose bien étrange. Évite de répandre autour de toi les informations que tu reçois concernant différentes époques. Il faut respecter l'ignorance du passé, car les erreurs qu'elle engendre nous poussent à construire l'avenir. Pour la même raison, je ne peux malheureusement tout t'expliquer.*

*J'ai confiance en toi. Où que tu sois, si tu reçois cette lettre, alors mon messager aura réussi et tu seras sur la bonne voie. La route est longue. Garde courage.*

*Avec tout mon amour,*
*Lucien*

. . .

*PS : Ne révèle jamais aux angelots que tu es ma fille, ils te poursuivraient sans répit.*

— Écoutez tous, dit-elle aux autres la gorge serrée, j'ai quelque chose à vous lire : Llyr m'a donné cette lettre avant de partir. Elle vient de mon père…

Elle s'éclaircit la voix avant de commencer la lecture.

— C'est mon père qui m'a fait passer dans la Citadelle, compléta-t-elle ensuite. Il a bricolé une machine dans laquelle il m'a fait entrer. Quand j'en suis ressortie, il avait disparu et j'étais dans la Citadelle.

Meng Zhou se leva d'un bond, lui tira la lettre des mains.

— Qu'est-ce que c'est que cette écriture ? grimaça-t-il devant les petites lettres noires. Jamais vu un truc pareil !

— C'est du français, répondit Briséïs en lui reprenant la lettre. Je ne sais pas qui est ce messager dont il parle. Peut-être est-ce Llyr, ou alors quelqu'un qui a donné la lettre à Llyr… Mais je ne le saurai jamais, parce que Llyr est mort.

— Llyr est mort ? Qu'est-ce que tu veux dire ? demanda Meng Zhou.

— Dans l'amphithéâtre, les angelots ont arrêté le temps.

— Comment ça, arrêté le temps ?

— Les angelots ? Mais de quoi parles-tu ?

Briséïs leur raconta tout dans le détail. Son échange avec le roi, la présence des angelots, l'arrivée des harpies avec Llyr.

— Et Imène ? demanda Aeneas, le visage blême.

Briséïs évita son regard.

— Je ne l'ai pas vue. Llyr avait dû la mettre à l'abri avant de se faire prendre.

— Tu as vu des harpies ? demanda Leonel, perplexe.

— Il y en avait deux, acquiesça Briséïs, soulagée de pouvoir enchaîner sur la suite de son histoire. J'ai pu les voir uniquement grâce au bouton gravé d'un angelot que j'avais sorti de mon sac.

Elle leur expliqua comment inhaler l'insigne de Cupidon

devenu poudre l'avait projetée dans une seconde interruption du temps, une sorte de transe, dirigée par les angelots. À ce moment-là Cupidon croyait encore alors que le docteur Moulin était responsable de son passage dans la Citadelle. Elle leur raconta comment l'angelot, se faisant passer pour Lucien, lui avait fait chercher pour eux le moment clé où Moulin aurait écrit la lettre, dans l'espoir de localiser ainsi son double dans la Citadelle. Ne le trouvant pas, il avait tenté une solution plus risquée, et avait fait lire des bribes de la lettre à Briséïs depuis la bibliothèque. Elle réalisait maintenant que l'angelot n'aurait peut-être jamais su que Lucien était son père si elle ne l'avait pas appelé papa. Mais prendre conscience de leur lien de parenté n'avait pas fait comprendre tout de suite à l'angelot qui était le réel auteur de la lettre. Il lui avait fallu réaliser d'abord que la lettre avait été écrite depuis la Citadelle. Que Lucien avait décidé de faire passer sa fille dans la Citadelle avant même d'en être sorti lui-même. Ensuite, tout s'était accéléré. Briséïs n'était pas sûre d'avoir provoqué le réveil du crocodile. Mais elle était certaine qu'en essayant de confondre les angelots, elle s'était attiré l'attention des gardiens de la Citadelle : les cavaliers noirs, et son emblème, le dragon à crête dorée. Sans son pendentif, puis l'intervention des marchands de sable qui lui avaient rappelé d'utiliser le sablier, jamais elle ne s'en serait sortie.

Ses compagnons la regardaient avec de grands yeux ronds. La pipe d'Ohanko tomba de sa bouche ouverte. Il sortit de sa stupeur en sentant les braises creuser un trou dans la toile blanche de son pantalon.

— Comment as-tu récupéré l'insigne des angelots au début ? demanda Aeneas. Et comment les angelots ont-ils su que tu étais l'erreur, quand tu étais élève, s'ils ne peuvent pas voir les visages ?

— Ils ont fait parler un passeur… Non, une passeuse, Katie ! réalisa Briséïs. C'est Katie qui m'a désignée, le soir de la première joute. Les angelots ont dû voler mon sac sur les gradins du terrain de joute – c'est pour ça qu'il paraissait se déplacer tout seul – et ils lui ont amené au sous-sol. Katie a brandi ma carte d'identité, mais elle n'a prononcé que mon prénom. Seulement mon prénom. Elle a fait ce qu'elle a pu pour cacher aux angelots que j'étais la fille de Lucien… Peut-être parce qu'elle était au courant des manigances de mon père ? Elle m'a parlé du scanner, à mon arrivée.

— Attends, attends, tu ne crois pas que tu mélanges un peu tout ? l'interrompit Leonel. Cette Katie voulait peut-être te protéger de la Citadelle, mais les angelots, les harpies, tout ça, ce ne sont que des illusions provoquées par la Citadelle, autant que les cavaliers noirs et ton dragon à crête dorée, on est bien d'accord ? Les chimères n'existent pas.

— J'ai été victime d'une illusion, c'est vrai. Mon père ne s'est jamais trouvé avec moi dans ce rêve éveillé. Mais les illusions ne sont pas construites à partir de rien. Les angelots m'ont réellement extraite du temps, deux fois de suite. Et tout ce que j'y ai vécu était réel, y compris le dragon noir de la Citadelle, et les marchands de sable venus me voir au bord de mon rêve. Ils me l'ont confirmé eux-mêmes.

— Pendant ton rêve ?…

— Un rêve éveillé, aussi réel que cet instant. Comment sinon aurais-je pu connaître le contenu de la lettre de mon père avant d'avoir pris le temps de la lire ici ?

Leonel se tourna vers Enndall.

— Elle a perdu la tête. Le roi l'a hypnotisée, et elle est devenue folle.

— Mais pas du tout !

— C'est peut-être parce qu'elle est restée trop longtemps dans la Citadelle, au début. Elle a des séquelles.

— Leonel !

— Aphrodite aussi est censée exister. Et pourtant, elle n'a toujours pas montré le bout de son nez, malgré tous les affronts qu'on lui a faits. C'est quand même curieux, tu ne trouves pas ?

— Je reconnais que j'ai moi-même du mal à croire tout ce qui vient de se passer. Mais il y a des choses que je ne peux pas oublier. Je sens encore les griffures du sphinx dans mon dos. Et puis surtout, j'ai senti les serres d'une harpie, là, juste maintenant, et… j'ai vu ce qu'elles étaient capables de faire.

Une vision d'Imène suffoquant bombardait son esprit. Elle croisa le regard d'Aeneas, baissa les yeux, le cœur lourd.

— Il y a autre chose, Briséïs ? demanda Liz.

— Comment ?

— Il y a autre chose que tu ne nous as pas dit. Je le vois bien.

— J'ai besoin d'un peu d'air.

Briséïs s'éloigna vers le ravin, serrant la lettre dans ses mains.

Il n'y avait rien d'autre à faire que fuir. Elle ne savait pas mentir, et Liz était bien trop douée pour lire sur son visage.

— Ne t'approche pas trop du bord ! lança Enndall.

Il arriva derrière elle, enroula son bras autour de ses épaules et laissa son regard plonger vers la cité grecque, silhouette blanche se détachant sur la plaine. Il soupira, cherchant ses mots, puis demanda tout bas :

— Est-ce que tu l'as vue mourir ?

— Je l'ai vue perdre connaissance et être emportée, répondit faiblement Briséïs, chassant les larmes de ses joues.

— Alors tu ne l'as pas vu mourir.

— C'était tout comme.

— Tu n'en sais rien. Ne tire jamais de conclusion sans savoir. Les choses sont déjà assez compliquées comme ça, tu ne crois pas ? C'est une sacrée histoire, que tu nous as racontée là.

— Toi aussi, tu ne me crois pas ?

— Si, justement. Je sais reconnaître quand une histoire est vraie. Mais je sais aussi admettre quand elle me dépasse. Laisse l'inconnu à l'inconnu, et applique-toi à tirer le meilleur parti de ce que tu sais. Tu n'as pas vu Imène mourir. Elle est donc encore vivante. On fait comme ça ?

Il lui tendit la main, comme pour conclure un accord.

— Qu'est-ce que je ferais sans vous ? sourit-elle en lisant la force de détermination dans son regard.

— Quelle drôle d'idée ! Personne ne te demande de te débrouiller sans nous ! Alors, on fait comme ça ?

Briséïs soupira, l'estomac noué, et tendit la main.

— On fait comme ça.

Mais emportée dans son mouvement, elle laissa glisser la lettre de son père entre ses doigts.

— Ma lettre !

— Laisse, Briséïs, c'est trop tard !

Une bourrasque avait emporté la missive au-dessus du vide.

Le cœur serré, Briséïs observa la lettre tourbillonner… et s'arrêter net dans sa course. Au milieu de rien.

— Qu'est-ce que… fit Enndall.

— L'escalier ! s'exclama Briséïs. C'est l'escalier !

Enndall ramassa un caillou, visa la lettre. La pierre changea brusquement de trajectoire et l'écho des marches invisibles résonna dans l'air. La lettre reprit son envol, disparut dans le ciel.

— C'est une blague… murmura Leonel, arrivant à leurs côtés.

Ohanko dénicha une longue branche, tâta le vide au-delà de la falaise.

— Oui, fit-il, il est bien là. Il commence à trois pas du bord.

En plein vide.

— Au moins nous l'avons trouvé, remarqua Aeneas face à leurs mines dépitées.

— Le sablier ! s'exclama Liz, le sable a fini de couler !

— Bon, eh bien il va falloir y aller, dit Enndall en récupérant son épée pour la ranger sur son dos. Liz, ton parfum. Je vais y aller en premier.

Mais le jet de la fiole ne projetait pas assez loin. Enndall eut beau pulvériser le vide, les marches restèrent invisibles.

— Tant pis, soupira Enndall en rendant son parfum à Liz.

— Comment vas-tu faire ? s'inquiéta-t-elle.

— Je vais sauter et espérer atterrir quelque part.

— Ce n'est pas une bonne idée, releva Meng Zhou. Tu es trop lourd. Si tu te rates, on ne pourra pas te rattraper. Il faut trouver une autre solution.

— Nous n'avons pas le temps pour une autre solution.

— Je vais y aller en premier, déclara Liz, serrant sa fiole entre ses mains. Moi, vous pourrez me rattraper. Vous n'aurez qu'à tenir la courroie de mon sac, il est solide.

Ils ne pourraient pas faire de miracles pourtant : trois pas sans cordage, en tenant une bandoulière du bout des doigts…

Enndall et Meng Zhou allaient servir de contrepoids à Ohanko, penché au-dessus du vide. Tandis que Leonel indiquait l'emplacement de la marche avec la longue branche d'Ohanko, Liz rassembla son courage, s'avança tout près du bord.

— Je n'arrive pas à croire que je fais une chose pareille, murmura-t-elle pour elle-même. Bon… Quand faut y aller, faut y aller…

Elle s'élança avec un cri de guerre, vola au-dessus du vide. Son cri se crispa dans sa gorge, tourna au cri de terreur… et subitement, elle cessa de tomber. Elle avait atterri sur la première marche.

— JE SUIS VIVANTE ! JE SUIS VIVANTE ! hurla-t-elle, se cramponnant aux marches.

— Elle l'a fait ! Elle a sauté, elle l'a fait ! s'exclamèrent les autres, sautant de joie et se prenant dans les bras.

— Ha ha ! Mwoua ! fit Liz, riant et embrassant une marche. Merci l'escalier ! Je t'aime, je t'aime, je t'aime !

— Le parfum ! cria Meng Zhou. Utilise le parfum !

— Je sais, je sais, du calme !

Liz aspergea les marches et lentement un escalier gracieux apparut sous leurs yeux, scintillant à la lumière du soir. Liz gravit quelques marches pour leur laisser la place, et un à un ils sautèrent dans le vide.

Fermant la marche, Aeneas ramassa à ses pieds une poignée de sa terre natale, la frotta entre ses paumes et en glissa quelques grains dans son sac.

— Je reviendrai, Imène, murmura-t-il, contemplant une dernière fois la cité spartiate.

Briséïs se concentra sur son ascension pour éviter de penser. L'escalier grimpait raide. Bientôt ils rattrapèrent les sommets des montagnes, les dépassèrent. Loin à l'ouest, au sud, à l'est, des liserés étincelants traçaient la limite de la terre du Péloponnèse et les prémices de la mer Méditerranée. Lentement, Briséïs se laissa imprégner de ce spectacle saisissant de majesté. Un jour, parcourant les couloirs de la Citadelle pour explorer ses splendeurs, elle avait conclu que le plus grand mystère de la forteresse résidait sans doute dans sa beauté.

Les immenses paysages inondés de soleil sous ses pieds resplendissaient de la même aura sublime et envoûtante. Enndall avait peut-être raison. Les mystères du monde étaient bien trop vastes pour que l'on tire des conclusions à la hâte. Timidement, Briséïs s'autorisa à penser qu'Imène s'en était sortie.

Puis elle songea à tous les trésors de l'humanité confisqués par la Citadelle, et au rôle de la résistance, grâce à qui, un jour peut-être, ils seraient restitués aux peuples de la planète. Briséïs éprouvait encore des difficultés à imaginer comment le cours de l'histoire pourrait être changé dans son passé, ou même dans celui de Liz. Elle était impatiente de découvrir le résultat.

Mais il fallait d'abord poursuivre le travail commencé par les groupes de résistants précédents, peut-être envoyés à travers les époques depuis des siècles, voire des millénaires. Espionner et affaiblir l'Élite, pour avoir une chance de trouver le Grand Secret de la Citadelle, la logique sur laquelle reposait tous ses mystères, et la forcer à révéler son existence au monde. Et pour cela, il leur restait à peine plus de sept mois. Briséïs inspira à pleins poumons, monta sur la marche suivante le cœur empli d'une nouvelle détermination. Ils avaient encore beaucoup à faire.

# ÉPILOGUE

Sa main lui faisait mal à force de gratter des cascades de chiffres sur le papier. Christophe étendit ses bras, passa ses doigts engourdis et tachés d'encre dans ses courtes boucles rousses. Son mal de crâne ne le lâchait plus. Il comptait, gribouillait, raturait, recommençait depuis si longtemps qu'il en perdait la notion du temps. Peu lui importait. À quoi servait-il d'additionner les jours lorsqu'on ne pouvait faire confiance au soleil ?

Christophe cherchait les coordonnées de la Citadelle sur Terre grâce à la trajectoire du Soleil. Malheureusement, ses calculs ne lui avaient apporté au fil des semaines qu'une seule certitude : la course du grand astre ne suivait plus aucune logique. Comme si la Terre, dans cette partie du monde, ne tournait pas rond… Cela n'avait pas de sens.

Il se redressa pour trouver une position plus confortable, cala son dos contre le mur froid. L'alcôve de béton qu'il avait dénichée dans un recoin de la grande cour, proche du réfectoire, n'était pas vraiment agréable. Mais c'était désormais le seul endroit où il se sentait suffisamment en sécurité pour poursuivre ses recherches.

Depuis la disparition de Briséïs, Christophe avait pris ses

dispositions. Comme Benji, elle avait remué le voile de mystère qui étouffait l'école et que chaque élève s'évertuait à ignorer. Mais elle avait aussi ouvertement tenté d'éveiller la curiosité de ses camarades. Cette erreur lui avait été fatale. Willis refusait de reconnaître un lien de cause à effet, mais Christophe préférait ne pas tenter le diable.

De même qu'il ne pouvait s'interdire de penser, il ne pouvait s'empêcher d'essayer de résoudre ces mystères mathématiques. Mais il agissait avec précaution : personne n'avait jamais l'idée de jeter un coup d'œil dans cette alcôve. On ne lui posait plus de questions gênantes.

Il s'étonnait parfois qu'on ne lui ait pas encore demandé de rendre des comptes. Les veilleurs n'étaient pas si bêtes, ils devaient bien se douter de la signification de ses calculs. Mais alors il posait les yeux sur le fouillis de papiers étalé devant lui et, dans un soupir exaspéré, se rappelait à quel point il était loin du but.

La Citadelle n'avait pas à s'inquiéter davantage de ses recherches qu'un lièvre qui se ferait courser par un escargot…

Il tournait ce raisonnement dans sa tête pour la quinzième fois de la journée, comme une vieille rengaine, lorsqu'un petit bruit métallique vint interrompre son disque rayé.

Une main plongea dans son champ de vision, ramassa la petite pièce dorée qui venait de tomber et la lança en l'air pour la rattraper nonchalamment.

— Salut, fit Benji, un semblant de sourire aux lèvres. Alors, ça avance ?

Christophe rassembla ses papiers dans un mouvement protecteur.

— Tu sais bien que non.

— Tu sais bien que tu ne trouveras rien, rétorqua Benji, et pourtant, tu t'obstines à chercher. Il faut donc que je m'obstine à demander.

Christophe se renfrogna. Benji était le seul à lui poser encore régulièrement des questions.

— Le temps existe, dit-il d'un ton ferme, reprenant abruptement la conversation laissée en plan quelques jours plus tôt.

— Pas ici.

— Il ne peut y avoir de matière sans temps !

— Et la Terre tourne sur elle-même en vingt-quatre heures, et autour du Soleil en trois cent soixante-cinq jours quoi qu'il arrive. N'est-ce pas ?

Christophe croisa les bras autour de sa poitrine.

— Tu ne me feras pas changer d'avis. Je ne te suivrai pas comme Briséïs. Je compte bien aller au bout de ma formation vivant, moi.

Benji le toisa d'un œil noir. Avec son mois d'avance, il maîtrisait bien mieux la prise de pouvoir par le regard. Christophe le savait. Mal à l'aise, il se concentra sur la pièce dorée que Benji n'avait cessé de faire virevolter dans sa main.

— Qu'est-ce que c'est ? demanda-t-il pour meubler le silence.

— J'ai perdu un bouton, dit Benji d'un ton détaché, le visage toujours sombre.

— Lequel ?

Benji cessa son jeu de jonglage, considéra Christophe un moment pour vérifier qu'il ne se moquait pas de lui puis jeta un coup d'œil à sa veste d'élève.

Il tira sur l'un des pans bleus, interloqué. Tous les boutons étaient bien arrimés, cousus au fil d'or, le dragon de la Citadelle luisant sur chacun d'eux.

Il fit danser le bouton supplémentaire entre ses doigts. Celui-ci semblait en tout point similaire à ceux de sa veste. Mais en le retournant, il découvrit un angelot aux ailes déployées gravé dans la dorure, l'arc bandé, prêt à tirer.

— C'est curieux, j'aurais pourtant juré… Il est tombé à mes pieds et je…

Benji enfouit le bouton dans la poche de son pantalon.

— Peu importe.

Pourtant il en oublia d'argumenter comme il le faisait toujours, poussant Christophe à bout jusqu'à lui faire promettre de considérer l'idée de le suivre dans ses aventures nocturnes. Il tourna simplement les talons et s'éloigna d'un pas déterminé.

La tête ailleurs, Benji marcha par automatisme jusqu'à la petite chambre réservée aux élèves français de deuxième mois.

Levant le nez, il se rendit compte trop tard de la présence de Willis, debout entre les deux rangées de lits superposés. Il prit un air dégagé et frotta les cheveux blond cendré du jeune homme en s'exclamant :

— Comment va notre commandant en chef ?

— Postier, aujourd'hui, répondit Willis. Tiens, pour toi.

Il plaqua une lettre sur la poitrine de Benji.

— Très drôle. On ne peut pas recevoir de lettres dans la Citadelle.

— Apparemment, toi, tu peux. Elle était posée devant la porte.

Benji le dévisagea un instant sans comprendre puis étudia la lettre. Seul son nom était inscrit à l'encre bleu pâle sur l'enveloppe. Il l'ouvrit prestement puis protégea le papier déplié d'un air défiant. Il ne partagerait certainement pas son contenu.

— Je ferais gaffe si j'étais toi, déclara Willis en haussant les épaules. La seule autre personne qui ait reçu une lettre, c'est Briséïs. On voit comme ça lui a réussi…

Benji attendit que Willis disparaisse dans le couloir pour commencer sa lecture. Ce n'était pas une lettre à proprement parler, juste quelques mots griffonnés, comme le début d'un brouillon sans queue ni tête :

*Ce n'est pas si simple, Benji. Pour résoudre un problème, il ne suffit pas de trouver le bon interrupteur. Prends Neil Cuba Junior par exemple : sa théorie du temps n'est pas mauvaise. Mais à quoi sert-il de la défendre quand d'autres soutiennent exactement le contraire ? Pourquoi traverser des océans et risquer sa vie pour découvrir la vérité si on ne peut mettre tout le monde d'accord ? Pourquoi ne pas rentrer tout simplement chez soi ?*

. . .

Benji relut plusieurs fois le texte puis serra le papier dans sa paume. Il le défroissa, le plia soigneusement et le glissa dans une poche intérieure de sa veste bleu roi. Il sortit dans le couloir et laissa encore une fois ses pieds décider de la direction à prendre.

On le mettait en garde. On voulait le dissuader de poursuivre ses recherches. Il ne se laisserait pas impressionner.

Il marchait depuis quelques minutes, l'esprit perdu dans un brouillard d'idées noires, lorsqu'un tintement doux chatouilla ses oreilles. Il releva la tête pour découvrir le long d'un mur de pierre une guirlande de clochettes soulignant l'entrée d'un étroit corridor.

Benji s'approcha, perplexe. Il avait suivi le chemin des grandes salles de bains. Il l'empruntait tous les jours et le connaissait par cœur. Pourtant, jamais il n'avait encore remarqué cet étrange passage…

À SUIVRE DANS :

Briséïs tome 2 : Ombres et chimères - Le passage

## TABLE DES MATIÈRES

## LES CHERCHEURS DU RÊVE

L'aventure de Briséïs se poursuit !

Rejoignez les Chercheurs du Rêve, et recevez gratuitement les documents de travail de Lucien Riccetti, et ses interviews retranscrites dans le *« Journal des découvertes extraordinaires »,* retrouvé par hasard par un employé de l'hopital Richet qui a préféré rester dans l'anonymat.

De nouveaux résultats de ses recherches, textes, dessins, seront ajoutés de temps en temps, au fur et à mesure de nos découvertes.

L'inscription dans le groupe des Chercheurs du Rêve est gratuite, et se fait sur www.briseis-siovel.fr

Vous pouvez vous désinscrire à tout moment.

## MERCI DE ME LAISSER UN COMMENTAIRE

Vous avez aimé ce premier tome de la série ? Vous pouvez m'être d'une aide très précieuse.

Un commentaire sur mon roman me permet d'attirer l'attention d'autres lecteurs. Si vous avez apprécié ce livre, je serais très heureuse de lire vos impressions sur la page Amazon / Fnac / Le Chapitre de Briséïs (quelques mots peuvent suffire).

Merci d'avance pour votre soutien !

## À PROPOS DE TIPHAINE SIOVEL

Tiphaine Siovel a grandi à Vannes, sur la côte bretonne, dans une famille de grands artistes : 1 mètre 96 pour le plus grand, tout de même.

Après avoir chuchoté à l'oreille des chevaux en Angleterre, on la retrouve à New York, puis à Paris, Londres, Toulouse et enfin Los Angeles, dans un ordre de voyage sans queue ni tête.

De nouveau installée en Bretagne, elle se consacre à la suite des aventures de son héroïne, tout en préparant ses prochains voyages. Toutes deux sont loin d'avoir fini leur épopée.

Retrouvez Tiphaine Siovel sur le site de la série Briséïs :
www.briseis-siovel.fr
Pour toute question, n'hésitez pas à lui écrire par mail sur
tiphaine@briseis-siovel.fr

Ou sur Instagram : @tisiovel

## LES ROMANS DE TIPHAINE SIOVEL

**BRISÉÏS Tome 1 : La Citadelle Intemporelle**

**BRISÉÏS Tome 2 : Ombres et Chimères - Le passage**

**BRISÉÏS Tome 3 : Ombres et Chimères - La chute**

**Histoire**
**liée à l'univers de BRISÉÏS :**
**La Gardienne des Brumes**

**À paraître:**

**BRISÉÏS** : Tomes 4, 5, 6 et 7

*Pour plus d'information sur la série,*
*rendez-vous sur*

www.briseis-siovel.fr

## REMERCIEMENTS

Merci à Hélène et Perrine, qui m'ont été d'une aide inestimable lors de la relecture.

Merci à Carine Barth, amie et correctrice de talent.

Merci à mes lecteurs Rémi Pingault et Maud Le Mat, pour leurs précieux retours.

Merci aussi à Matthieu, Hadrien, Zélie, Sibylle, Ded, Manou, Lotti, Marianne, Heidi et Michaël pour leurs conseils, leur soutien et l'inspiration qu'ils ont pu me donner.

Merci à Denis qui a cru en ce roman.

Merci enfin à la secrétaire de mon lycée qui a provoqué, sans le savoir, l'étincelle de toute cette histoire.

Couverture : Jelena Gajic @coverbookdesigns

Imprimé en France

Dépôt légal : Février 2021

Imprimé en France
FRHW010652090523
34847FR00009B/96